Hedwig Courths-Mahler

Das verschwundene Dokument

Das Findelkind von Paradiso

BASTEI LÜBBE

BASTEI LÜBBE TASCHENBUCH
Band 14518

1. Auflage: November 2000

Bastei Lübbe Taschenbücher ist ein Imprint
der Verlagsgruppe Lübbe

Umschlaggestaltung: Martinez Produktions-Agentur, Köln
Titelfoto: G. Sachs, Archiv Martinez
Satz: hanseatenSatz-bremen, Bremen
Druck und Verarbeitung: AIT Trondheim, AS
Printed in Norway
ISBN 3-404-14518-6

Sie finden uns im Internet unter
http://www.luebbe.de

Der Preis dieses Bandes versteht sich einschließlich
der gesetzlichen Mehrwertsteuer.

Hedwig Courths-Mahler

Das verschwundene Dokument

BASTEI LÜBBE

1

Ruth Alving stand mit bedrückter Miene am Fenster und sah hinaus in den verschneiten Garten. Wunderschön war das Winterbild, aber sie nahm es nicht in sich auf. Sie hatte den fein geschnittenen Mund fest zusammengepreßt, und in die klare, weiße Stirn hatte sich zwischen den Augenbrauen eine schmale, senkrechte Falte eingegraben, die diesem jungen Gesicht etwas Schmerzgereiftes gab.

So in sich versunken stand sie schon eine ganze Weile und mußte mit anhören, was aus dem Nebenzimmer an ihr Ohr drang. Dort befanden sich der Hausherr, Rochus Bernd, und seine beiden einzigen Verwandten, die Enkelkinder eines Vetters von ihm, die auch seinen Namen trugen.

Rochus Bernd war ein weißhaariger Greis. Er saß in etwas müder, abgespannter Haltung im Lehnstuhl und sah unter den weißen, buschigen Brauen hervor auf die beiden jungen Menschen, die ihm gegenüber Platz genommen hatten.

In seinen grauen Augen lag kein freundlicher Ausdruck. Er war nicht sehr gut auf seine beiden Verwandten zu sprechen und sah es nicht gern, wenn sie ihn besuchten. Deshalb erteilte er ihnen dazu nur selten die Erlaubnis.

Lena und Kurt Bernd waren weit davon entfernt, die Schuld daran bei sich selbst zu suchen. Sie waren fest davon überzeugt, daß Ruth Alving, das Mündel ihres Großonkels, diesen gegen sie beeinflußte. In ihren Augen war Ruth Alving eine gefährliche Erbschleicherin. Weil sie selbst unedle Menschen mit niedrigen Charaktereigenschaften waren, suchten sie auch bei anderen nur Schlechtes.

Rochus Bernd hatte Ruth Alving zu seinem Mündel gemacht, nachdem ihre Eltern bei einem Eisenbahnunglück ums Leben gekommen waren. Sie hatten ein Landgut, das Rochus Bernd gehörte, bewirtschaftet und waren ihm treu ergeben gewesen.

Eines Tages hatte er sie, wie zuweilen, nach Berlin beordert, um mit ihnen Geschäfte zu besprechen, abzurechnen und ihnen neue Aufträge zu geben. Er selbst stand damals noch mitten im geschäftlichen Leben, und seine Zeit war ihm zu kostbar, um auf das Gut zu reisen. Deshalb ließ er das Verwalterpaar meist zu sich kommen. Sie waren so tüchtig und zuverlässig, daß er ihnen das Gut vertrauensvoll übergeben hatte.

Auf seinen Wunsch hatten sie die Reise angetreten, die ihre letzte sein sollte. Der von ihnen benutzte Zug war entgleist, weil ein Damm vom Hochwasser unterspült war und die Festigkeit verloren hatte. Unter den zwanzig Toten, die dieser Unglücksfall forderte, befand sich das Ehepaar Alving. Mitten aus einem blühenden, schaffensfreudigen Leben wurden sie herausgerissen.

Und so war Ruth Alving mit zwölf Jahren eine Waise geworden.

Rochus Bernd hatte sich nicht freimachen können von dem Gedanken, er sei indirekt schuld an dem Tod von Ruths Eltern, und dieses Gefühl trieb ihn dazu, sich in großmütigster Weise der verwaisten Ruth anzunehmen.

Eine Tat, die ihm in Zukunft reichen Segen bringen sollte, denn Ruth wurde ihm lieb wie ein eigenes Kind und erhellte und erwärmte sein einsames Alter. Er hatte ihr eine vorzügliche Erziehung geben lassen, die sie befähigen sollte, auf eigenen Füßen zu stehen. Rochus Bernd war seit langen Jahren Witwer, und seine einzige Tochter, die er sehr geliebt hatte, war ihm mit zweiundzwanzig Jahren auf tragische Weise genommen worden. So stand er allein im Leben, und von Ruths kindlich dankbarem Wesen ging, wenn sie ihn von dem Erziehungsinstitut aus besuchte, eine so wohltuende, sonnige Wärme aus, daß er beschloß, sie ganz in sein Haus zu nehmen, nachdem ihre Erziehung beendet war.

Ruth hatte dankbare Verehrung und Hochachtung für ihn empfunden und kam gern und freudig zu ihm, als er ihr sagte, daß er ihrer bedürfe. Sie suchte ihm auf jede Weise ihre Dankbarkeit und Ergebenheit zu beweisen, zumal ihr schon ihre Eltern diese Gefühle für ihn eingeflößt hatten. Es kam so ganz von selbst, daß der einsame Mann und das verwaiste junge Geschöpf, das auch ganz allein im Leben stand, sich innig aneinander anschlossen. Der in der Mitte der Siebzig stehende Greis und das zwanzigjährige Mädchen fanden allerlei seelische und geistige Berührungspunkte.

Ruth wurde nach und nach Rochus Bernds rechte Hand in allen Dingen. Sie versah das Amt einer Sekretärin bei ihm, nahm sich das Haushalts in jeder Weise an und bekam, bei ihrer zuverlässigen Tüchtigkeit, bald die Zügel des ganzen Hauswesens in die Hand. Sie erhielt alle Schlüssel von Wäschekammern, Vorratsräumen und Silberschränken, bestellte bei Lieferanten, rechnete mit ihnen ab und führte so genau über alles Buch, daß Onkel

Rochus, wie sie ihren Vormund auf seinen Wunsch nannte, sie oft neckend damit aufzog und sich weigerte, die Bücher zu kontrollieren.

Dann pflegte sie ihn ernst und bittend anzusehen und sagte einmal: »Ich tue das nicht deinetwegen und nicht meinetwegen, Onkel Rochus, du vertraust mir, wie ich mir selber vertraue. Aber ich will auch jederzeit imstande sein, anderen Menschen zu beweisen, daß ich nicht das meine suche. Du weißt, daß man mich mit mißtrauischen Augen ansieht.«

Sie wußten beide, daß Ruth damit Lena und Kurt Bernd meinte, und so ließ der alte Herr sie gewähren und machte unter jede Monatsabrechnung, die Ruth ihm vorlegte, sein Abschlußzeichen.

Als der Vormund im Spätherbst, vielleicht zum erstenmal in seinem Leben, ernstlich an einer schweren Grippe erkrankte, war ihm Ruth eine treue, nimmermüde Pflegerin. Sie teilte sich mit seinem alten treuen Diener Heinrich in die Nachtwachen und ließ dem verehrten Greis alle liebevolle Fürsorge angedeihen.

Das brachte die beiden Menschen einander noch näher, und Rochus Bernd liebte sein junges Mündel wie ein eigenes Kind. Ein Umstand, der seinen auf seine Erbschaft gierig wartenden Verwandten natürlich ein Dorn im Auge war.

Als er Ruth ganz zu sich ins Haus nahm, lebte der Vater von Lena und Kurt Bernd noch. Schon er hatte vergeblich von Tag zu Tag auf den Tod des alten Herrn gewartet. Er war zeit seines Lebens ein Leichtfuß und lasterhafter Mensch gewesen. Jede ernste Arbeit war ihm verhaßt; er verbrachte seine Tage zum großen Teil faul im Bett und Lehnstuhl, seine Nächte in Bars und im Spielklub. Seine leichtlebige Gattin hatte auch nur ihrem Vergnügen gelebt und die Kinder sich selbst und bezahlten Dienstboten überlassen. So verpraßten diese beiden Menschen ererbtes Vermögen, und als die Verhältnisse kritisch wurden, starb die Mutter von Lena und Kurt an den Folgen einer Erkältung, die sie sich nach einer durchtanzten Ballnacht zugezogen hatte.

Sie hinterließ keine Lücke, aber nach ihrem Tod wurden die Verhältnisse ganz unhaltbar. Ihr Gatte gab sich vollends einem ausschweifenden Leben hin, und die inzwischen unter der Obhut gewissenloser Dienstboten aufgewachsenen Kinder, die nie ein gutes Beispiel vor Augen gehabt hatten und immer nur ein haltloses Genußleben führen lernten, traten ganz in die Fußtapfen der Eltern. Ein richtiges Familienleben hatten sie nicht kennengelernt, und jeder lebte, wie es ihm gefiel. Es war dabei zu verwundern, daß Kurt und Lena immerhin noch zusammenhielten.

Lena, eine üppig schlanke Brünette mit schwarzen Feueraugen und blauschwarzem Haar, einem Erbteil ihrer polnischen Mutter, hielt Umschau nach einem reichen Freier und entwickelte sich mehr und mehr zu einer raffinierten Kokotte. Nur der Gedanke an eine glänzende Partie bewahrte sie davor, noch tiefer zu fallen. Sie wollte sich teuer verkaufen. Aber reiche Freier waren in der Nachkriegszeit nicht so leicht zu finden. Die vom Glück begünstigten Männer, die mit Millionen rechneten, dachten vielleicht in ihren Mußestunden an Liebe, aber nicht an Heirat. Und so richteten sich auch Lenas Gedanken mehr und mehr auf das Erbe, das der Großonkel hinterlassen würde.

Kurt war das getreue Abbild seines Vaters. Er war faul,

genußsüchtig, hatte trotz seiner Jugend schon einen durch Ausschweifungen zerrütteten Körper und pendelte zwischen Tanzbars und Spieltischen hin und her. Oft nahm er seine Schwester mit zu solchen Veranstaltungen, denn sie hingen wie die Kletten aneinander, nicht, weil sie sich liebten, sondern weil sie die gleichen Lebensziele hatten.

Einen Beruf übte Kurt so wenig aus, wie es sein Vater getan hatte. Wie dieser, suchte er am Spieltisch, beim Rennen oder durch nicht einwandfreie Gelegenheitsgeschäfte zu Geld zu kommen. Und wenn diese drei Personen einmal ganz auf dem trockenen waren und nicht mehr aus und ein wußten, dann gingen sie zu Rochus Bernd, jammerten ihm von den schlechten Zeiten vor und baten um seine Hilfe.

Der alte Herr versagte diese Hilfe nie, obwohl er diese Menschen verachtete. Aber er wollte sie nicht vollends in die Gosse kommen lassen, weil sie doch nun einmal mit ihm verwandt waren und seinen Namen trugen. Er half aber immer nur so weit, wie er wollte, denn er hatte nicht Lust, sein in einem arbeitsreichen Leben erworbenes Vermögen sinnlos verschwenden zu lassen. Dazu hatte er zuviel Achtung vor ehrlich erworbenem Geld, gerade in dieser Zeit, wo durch schwindelhafte Manöver oder gewissenloses Schiebertum das Geld entwertet wurde. Dieser pflichttreue Arbeitsmensch hielt seinen großen Reichtum sorglich zusammen und legte auch jetzt, in seinem Greisenalter, die Hände noch nicht untätig in den Schoß. Wohl hatte er seit einigen Jahren seine ausgedehnten Geschäftsbetriebe in ein großes Aktienunternehmen verwandelt, aber er gehörte zum Aufsichtsrat, und sein Geist regierte noch immer in seinen Werken. Die Geschwister

Bernd und ihr Vater lebten also immer nur dem Augenblick. Um die Zukunft machten sie sich wenig Sorgen. Es stand fest bei ihnen, daß sie eines Tages das riesige Vermögen von Rochus Bernd erben würden. Eine sehr lange Lebensdauer konnte diesem nicht mehr beschieden sein, und andere Verwandte als sie besaß er nicht.

Als Rochus Bernd nun sein Mündel Ruth Alving ins Haus nahm und sie immer mehr wie eine eigene Tochter hielt, erfüllte Vater und Kinder großes Mißbehagen. Sie fürchteten, von sich auf andere schließend, daß Ruth Alving ihren Einfluß geltend machen könnte, um sich einen guten Teil der Erbschaft zu erschleichen. Sie begrüßten es als ein großes Glück, daß Rochus Bernd, wie viele alte Leute, sich immer noch nicht entschließen konnte, ein Testament zu machen. Starb er, ohne ein Testament zu hinterlassen, dann mußte ihnen alles zufallen. Machte er aber ein Testament, dann würde er sicher Ruth Alving hervorragend bedenken.

Und damit vermuteten sie ganz richtig. Wenn Rochus Bernd schon einmal den Gedanken an ein Testament erwog, dann stand es bei ihm fest, daß Ruths Zukunft unbedingt sichergestellt werden solle. Sie stand ihm näher als seine Verwandten. Und wenn er auch nicht daran dachte, diese zu übergehen, da er einen starken Familiensinn hatte, so war er doch willens, ganz anders zu testieren, als sie es erhofften. Der alte Herr hatte auch schon zuweilen mit seinem Notar, Dr. Jungmann, über seine Testamentspläne gesprochen, aber zur Ausführung waren sie noch nicht gekommen. Jedenfalls aber feindeten seine Verwandten die völlig unschuldige Ruth in gehässiger Weise an, und wenn in ihrem Herzen noch Raum für ein Gebet gewesen wäre, so hätten sie sicher darum gebetet, Rochus Bernd möge recht bald, ohne ein Testament zu hinterlassen, sterben.

Der Vater der beiden Geschwister sollte jedoch nicht in die Lage kommen, Rochus Bernd zu beerben. Er starb nach kurzer Krankheit und ließ seine Kinder in völlig ungeordneten Verhältnissen zurück. Die Geschwister verkauften einen Teil der Möbel und die Garderobe ihres Vaters, bezogen zusammen eine Dreizimmerwohnung, hielten sich zur Bedienung ein Dienstmädchen und verjubelten bald, trotz der Trauer, den Erlös aus diesen Verkäufen. Und wenn sie nichts mehr hatten, mußte der Großonkel helfen, was er auch immer wieder mit einer undurchdringlichen Miene tat. Oft genug malten die Geschwister sich aus, wie sie leben wollten, wenn erst sein Reichtum ihnen gehöre, wenn sie in der Villa Bernd wohnen und mit dem eigenen Auto fahren würden. Im Sommer wollten sie dann einige Wochen auf dem Landgut leben, das dem Großonkel noch gehörte, und im übrigen von einem Modebad zum andern ziehen und sich amüsieren. Das war der Hauptzweck ihres Daseins.

Nur der Gedanke an Ruth Alving und die Angst, der Großonkel könne ein Testament machen, trübte zuweilen ihre Stimmung.

Sooft der Großonkel erlaubte, besuchten sie ihn, schon, um Ruth Alving zu kontrollieren, ihr das Leben schwer zu machen und sie in den Augen des alten Herrn herabzusetzen.

Auch heute hatten sie bei ihrer Ankunft Ruth in ziemlich ungezogener Art behandelt. Ruth hatte sie im Vestibül empfangen und hatte ihnen gesagt, Onkel Rochus sei noch immer nicht ganz wohl, sie möchten daher recht vorsichtig sein, um den alten Herrn nicht aufzuregen.

Während Kurt mit seinen begehrlichen Augen, trotz seines Neides auf Ruth, deren jugendschöne Gestalt maß, sah Lena sie über die Achsel von oben herab an.

»Wir bedürfen keiner Verhaltungsmaßregeln, Fräulein Alving, die können Sie sich sparen.«

Und Kurt fuhr mit überlegenem Lächeln fort: »Ihre Fürsorge für unsern teuren Verwandten ist rührend, aber Ihre Verhaltungsmaßregeln sind in der Tat überflüssig.«

Ruth, die diesen Ton von den Geschwistern gewöhnt war, blieb ruhig.

»Ich wollte Ihnen nur mitteilen, daß Onkel Rochus noch nicht wieder ganz gesund ist.«

Lena hatte die Augen gezuckt und Ruth von oben bis unten angesehen.

»Mein Gott – diese Prätentionen, Fräulein Alving. Hören Sie doch ruhig an, was man Ihnen zu sagen hat. Einer Erwiderung bedarf es nicht. Ich liebe es nicht, wenn Untergebene widersprechen.«

Ruths Lippen zuckten, aber sie verlor ihre Selbstbeherrschung nicht.

»Ich bin Ihre Untergebene nicht, Fräulein Bernd, und was ich für meine Pflicht halte, werde ich immer tun, ob es Ihnen gefällt oder nicht.«

»Unverschämt!« zischte sie Lena an und ging an ihr vorüber in das Zimmer.

Ihr Bruder folgte, Ruth mit einem unverschämten Lächeln musternd, und Ruth trat hinter ihnen ein. Sie blieb aber, nach Fassung ringend, in diesem Zimmer zurück, während die Geschwister in das Nebenzimmer gingen, wo Rochus Bernd sie erwartete.

Und Ruth mußte hören, wie Fräulein Bernd zu dem alten Herrn sagte:

»Weißt du, Großonkelchen, dieses Fräulein Alving benimmt sich, als sei sie die Herrin dieses Hauses. Sie bekommt immer mehr Prinzessinnenallüren. Ich begreife nicht, daß du diese anmaßende und dabei langweilige Person Tag für Tag um dich leiden magst.«

Der alte Herr sah Lena bei diesen Worten mit seinen durchdringenden Augen seltsam an. »Hast du schon wieder etwas an Ruth auszusetzen? Sie ist mir eine treue, aufopfernde Pflegerin, eine nimmermüde Gesellschafterin. Ohne sie wäre mein Leben einsam und leer.«

»Aber liebes Großonkelchen, wenn du mir doch gestatten würdest, immer bei dir zu bleiben, ich würde dich noch viel aufopfernder und liebevoller pflegen.«

Mit einem sarkastischen Lächeln sah er sie an. »Du hast ja nicht einmal deinen Vater gepflegt, als er krank war. Er starb, während du dich auf einem Tanztee amüsiertest.«

»Ich konnte doch nicht vorher wissen, daß er starb.«

»Nein, aber du wußtest, daß er todkrank war – und ließest ihn doch mit einem unbeholfenen Dienstmädchen allein. Du besitzest jedenfalls nicht die aufopfernden Eigenschaften einer Krankenpflegerin, und ich würde einen schlechten Tausch machen.«

Lena machte ein allerliebstes Schmollmäulchen und sah ihn kokett an. »Das käme doch auf die Probe an.«

Er wehrte ab. »Darauf will ich es nicht erst ankommen lassen.«

»Nun – ich stehe dir doch näher als Fräulein Alving.«

»Meinst du?« fragte er mit seltsamer Betonung.

Lena konnte nur schwer ihren Ärger bemeistern. »Sie darf immer bei dir sein – uns hältst du fern«, schmollte sie.

Der alte Herr sah sie scharf an. »Das hat seine Gründe, Lena.«

Nun verlor sie ihre äußere Ruhe. »Oh, ich weiß, Fräulein Alving macht sich breit in deinem Herzen und verdrängt uns daraus. Sie berichtet dir allerlei Ungünstiges über uns, um sich bei dir einzuschmeicheln und uns in deinen Augen herabzusetzen.«

Rochus Bernd lachte hart und trocken auf. »Da kennst du Ruth Alving schlecht, die ist von anderer Art als ihr. Und von euch braucht sie mir nichts Ungünstiges zu berichten, das besorgen andere Leute zur Genüge. Auch habe ich trotz meines Alters noch recht gute und scharfe Augen. Also laßt mir endlich Ruth ungeschoren. Sie ist der Sonnenschein meines einsamen Alters, und ich habe sie viel zu lieb, um zu dulden, daß ihr sie mit Feindseligkeiten verfolgt.«

Ruth hatte auch diese Worte gehört. Sie trieben ihr das Blut in das Gesicht. Und hastig wandte sie sich vom Fenster ab, um in das Nebenzimmer zu treten. Es wurde ihr bewußt, daß Onkel Rochus nicht wußte, daß sie sich hier im Nebenzimmer befinde und alles hören konnte, was über sie gesprochen wurde. Deshalb trat sie schnell über die Schwelle des Zimmers.

»Ich bin hier, Onkel Rochus. Wenn du mich nicht brauchst, kann ich mich wohl zurückziehen?«

Der alte Herr richtete sich lächelnd auf. »Nein, bleib hier und komm herein. Ich wußte nicht, daß du im Nebenzimmer warst.«

»Ich habe es mit Herrn und Fräulein Bernd betreten. Es war mir peinlich, daß von mir gesprochen wurde. Aber ich konnte es nicht verhindern.«

Lächelnd nickte er ihr zu. »Es war wohl nicht für deine

Ohren bestimmt; aber da du es gegen deinen Willen hörtest, mach es dir zunutze. Man hat hier nicht viel Gutes über dich gesagt.«

»Ich habe es gehört.«

»Hat es dich geärgert, Ruth?«

»Du sprachst ja Gutes von mir, das macht alles gleich. Geärgert habe ich mich nicht.«

»Das ist gescheit, Ruth, manche Dinge muß man nicht so wichtig nehmen, daß man sich darüber ärgert. Aber nun laß den Tee servieren, kleine Hausfrau, denn nach dem Tee wollen die Herrschaften gewiß wieder aufbrechen.«

Ruth tat, wie ihr geheißen wurde, und die Geschwister sahen ihr mit feindseligen Augen nach, als sie ging, um für den Tee kleine Kuchen herauszugeben.

Rochus Bernd fing diese feindseligen Blicke auf und wurde nachdenklich. Aber die Geschwister ließen ihm nicht lange Zeit, seinen Gedanken nachzuhängen und benutzten Ruths Abwesenheit, um dem Großonkel wieder einmal zu klagen, sie seien in pekuniärer Verlegenheit. Lena hatte unerwartete Rechnungen früher bekommen, als sie dachte, und Kurt behauptete, vergeblich auf den Eingang eines Honorars gewartet zu haben. Er spielte sich als Schriftsteller auf, seit er einmal für einen an den »Ulk« eingesandten Witz ein Honorar erhalten hatte.

Rochus Bernd hörte ihnen ruhig zu. Dann zog er die Brieftasche und legte, ohne zu fragen, einige Geldscheine auf den Tisch.

»Das ist das letzte für dieses Vierteljahr, damit ist die Summe voll, die ich für euch auszugeben gedenke. Bitte, richtet euch danach.«

Die Geschwister wußten, daß der Großonkel nie über

das hinausging, was er freiwillig geben wollte. Sie hatten es früher zuweilen versucht, mehr aus ihm herauszupressen, aber da hatte er sie nur mit großen Augen angesehen und langsam den Kopf geschüttelt. Seither hatten sie es nie wieder gewagt, in ihn zu dringen, ihnen mehr zu geben. Die Summe war auch wirklich erheblich genug, daß die Geschwister bei weiser Einteilung hätten davon leben können. Aber sie hatten nie gelernt hauszuhalten. War Geld da, flog es hinaus für nichtige Vergnügungen und für Putz und Tand. Am Nötigsten war dann immer Mangel, und nach einer bei Sekt und Delikatessen verpraßten Nacht konnte es am nächsten Morgen an Lohn für das Dienstmädchen oder an Geld für Brot fehlen.

Als Ruth in Begleitung des alten Dieners Heinrich zurückkam, der den Teewagen hereinrollte, wurde der Tee eingenommen. Die Geschwister wagten keine weiteren Ausfälle gegen Ruth. Sie begnügten sich damit, sie voll Gehässigkeit anzusehen.

Als der Tee eingenommen war, verabschiedete Rochus Bernd die Geschwister ohne viele Umstände. Er bedürfe der Ruhe, sagte er.

Sie entfernten sich ohne Widerrede und verließen stumm das Haus. Sie sprachen auch kein Wort, während sie durch den großen, winterlich verschneiten Garten gingen, der die Villa Bernd umgab. Erst als sie an dem eisernen Gartengitter entlang gegangen waren und die nach einer belebteren Gegend führende Straße hinabschritten, stieß Kurt Bernd zwischen den Zähnen hervor: »Ich könnte diese scheinheilige Erbschleicherin kalten Blutes umbringen.«

Seine Schwester sah ihn mit ihren schwarzen Flammenaugen spöttisch an.

»Ich dächte, du hättest sie neulich mit sehr verliebten Blicken angesehen.«

Er zuckte die Achseln und schlug mit seinem Spazierstock in ein Gestrüpp, das am Weg stand. »Nun ja, verteufelt hübsch ist diese Person. Aber um mich in sie zu verlieben, ist sie mir zu gefährlich. Der alte Schwachkopf ist imstande, ihr den größten Teil seines Vermögens zu vermachen, wenn er dazu kommt, ein Testament zu machen. Ein Glück, daß er immer wieder zögert, aus Angst, daß er abfahren muß, wenn er seinen Letzten Willen niedergelegt hat. Er denkt durchaus nicht gern an den Tod und an alles, was damit zusammenhängt. So ist unsere einzige Hoffnung, daß er sich so lange vor einem Testament fürchtet, bis es zu spät ist. Sonst schnappt sie das fette Erbe, und wir werden mit einem Bettelgroschen abgespeist.«

Lenas dunkle Augen bekamen einen raubtierähnlichen, unheimlichen Ausdruck. »Dann soll sie sich hüten; ich weiß nicht, wozu ich imstande wäre, wenn ihre Erbschleicherei Erfolg hätte.«

Kurts Augen hatten ebenfalls einen unangenehm stechenden Blick. »Kannst du es also begreifen, wenn ich sage, daß ich sie kalten Blutes umbringen könnte?«

Sie nickte finster. »Ich kann es sehr gut begreifen.«

»Was könnte man nur tun, um sie unschädlich zu machen?«

Lena zuckte die Achseln und wickelte sich fröstelnd in ihren weiten schwarzen Samtmantel, der mit Skunkspelz besetzt war.

»Ich habe mir schon den Kopf zerbrochen, aber es fällt mir nichts ein. Sie sitzt zu fest in seiner Gunst, das hast du ja heute wieder gesehen. Unsere einzige Hoffnung bleibt, daß er sich fürchtet, ein Testament zu machen.«

»Anscheinend denkt er noch nicht an den Tod. Du hast ja gehört, er macht Reisepläne. Sobald er sich wieder kräftig genug fühlt, will er nach Italien, um sich vollends zu erholen.«

»Und diese Person wird ihn begleiten. Sie wird diese herrliche Reise mitmachen, wonach ich mich schon immer vergeblich gesehnt habe. Unsere Gesellschaft sagt ihm nicht zu, diese scheinheilige Duckmäuserin drängt uns völlig beiseite. Sie reist mit nach Italien, und wir bleiben zu Hause; sie fährt im Auto in die Stadt, und wir stapfen hier durch den Schnee zur Elektrischen; sie lebt wie eine Prinzessin in der Villa Bernd, und wir müssen uns in eine Dreizimmerwohnung ducken. Wie ich sie hasse, diese hergelaufene Person!«

»Daß man so ohnmächtig zusehen muß«, knirschte Kurt zwischen den Zähnen hervor. »Sie sitzt in der Wolle, hat alles, was ihr Sinn begehrt, und wir müssen uns begnügen mit den Brosamen, die von seinem Tisch fallen.«

»Dabei spielt sie sich auf wie die Herrin des Hauses! Aber das kann ich dir sagen, Kurt, ich zahle es ihr heim, wenn wir erst einmal die Erbschaft antreten. Dann kann sie etwas erleben. Lange kann es ja nicht mehr dauern, er ist schon sechsundsiebzig Jahre alt, und seine bis dahin so unverwüstliche Gesundheit ist doch durch die Grippe stark erschüttert.«

Kurt seufzte. »Einen anderen hätte so eine Krankheit glatt erledigt; er rappelt sich wieder auf. Und unsereins vertrauert seine schönsten Jahre in der Hoffnung auf die Erbschaft.«

Jetzt lachte Lena auf. »Na, weißt du, Kurt, daß du dein Leben vertrauerst, kann man wirklich nicht behaupten. Aber warum sollen wir das auch tun? Man ist nur einmal jung. Fort mit dem Ärger! Wir haben wieder Geld. Gehen wir heute abend in die neue Operette?«

»Klar, ich habe ja schon Billetts bestellt.«

»Und dann soupieren wir bei Troll, ja?«

Er sah sie von der Seite an. »Eigentlich habe ich eine Verabredung nach dem Theater.«

Sie zuckte die Achsel. »Ach, deine Dämchen können warten. Du hast mir versprochen, wenn wir von Großonkel Geld bekommen, führst du mich zu Troll, wo die valutastarken Ausländer soupieren. Da bekommt man raffinierte Sachen. Und ich will auch wieder einmal etwas haben. Wo soll ich denn Gelegenheit zu einer reichen Partie haben, wenn du mich nicht zuweilen ausführst.«

»Nun, du kleiner Racker, suchst dir doch auch so genug Gelegenheit zum Kokettieren.«

»Muß man auch! Wozu ist man hübsch? Und heute will ich nun mal zu Troll.«

»Na schön, gehen wir zu Troll; aber dann müssen wir haushalten bis Ultimo. Der Alte rückt nichts mehr raus.«

Und diese leichtsinnigen Geschwister, in denen alle unedlen Instinkte lebendig waren, gingen in schöner Einigkeit an diesem Abend in die Operette und soupierten bei Troll, als seien sie schon reiche Erben.

2

Ruth Alving hatte, als die Geschwister fortgegangen waren, Rochus Bernd in sein Arbeitszimmer begleitet. Er hatte ihr einige geschäftliche Briefe diktiert. Ruth kannte alle seine geschäftlichen Angelegenheiten. Sie wußte auch Bescheid über den Stand seines Vermögens, über seine Einkünfte und seine Ausgaben. Sie korrespondierte in seinem Auftrag mit dem Pächter, der jetzt sein Landgut bewirtschaftete, und war ihm auch sonst in allen Dingen eine verständnisvolle Helferin. Aber nie war ihr dabei der Gedanke gekommen, daß Rochus Bernd sie einmal in seinem Testament bedenken könne. Es erschien ihr zweifellos, daß die Geschwister Bernd, als die einzigen Verwandten von ihm, auch seine Erben sein würden. Wenn auch der alte Herr nicht viel von diesen hielt, so war er doch ein Mann, der Familienbande hochhielt.

Was aus ihr selbst würde, wenn ihr Wohltäter eines Tages starb, darüber machte sich Ruth keine Sorgen. Sie hatte viel gelernt und traute sich zu, auf eigenen Füßen stehen zu können. Auch besaß sie für den Fall der Not ein Sparkassenbuch, auf das sie einzahlte, was sie von ihrem Taschengeld, das Onkel Rochus ihr auszahlte, übrig behielt. Und dann gehörte ihr noch ein bescheidenes Vermögen aus der Hinterlassenschaft ihrer Eltern, das Onkel Rochus für sie in sicheren Papieren angelegt hatte. Das war genug, um sie über Wasser zu halten, bis sie sich aus eigener Kraft eine Existenz gründen konnte.

Sie war ein tapferes Geschöpf und ein vornehmer, uneigennütziger Charakter. An ihren Vormund band sie tiefe

Dankbarkeit und große Verehrung. Er galt nach außen als ein harter, stolzer Mann, aber im Innern war er gütig und herzlich. Freilich, einmal hatte er seiner Härte und seinem Stolz ein Opfer gebracht, er hatte mit dieser stolzen Härte sein eigenes Kind, seine einzige Tochter gequält und hatte noch geglaubt, im Recht zu sein. Aber der tiefe Schmerz über den Verlust dieser geliebten Tochter hatte alle Härte in ihm ausgelöscht.

Zuweilen sprach er mit Ruth von seiner Tochter Maria, deren fast lebensgroßes Bild, von einem Künstler ersten Ranges gemalt, über seinem Schreibtisch hing. Er hatte ihr erzählt, was geschehen war, ehe er sie verlor. Sie hatte ihm den Schmerz angetan, sich in einen Mann zu verlieben, den er nicht als Schwiegersohn anerkennen wollte, weil er ein Angestellter in seinem Geschäftsbetrieb war. Er war als Korrespondent bei der Firma Bernd tätig gewesen, ein tüchtiger, fleißiger Mensch und aus guter Familie. Aber Rochus Bernd, der für seine schöne Tochter die Sterne vom Himmel hätte herabholen mögen, fand es unerhört, daß dieser Mann es gewagt hatte, seine Augen zu der Tochter seines Chefs zu erheben.

Als seine Tochter behauptete, sie heirate nur diesen Mann oder keinen, war er in eine zornige Empörung geraten. Er wollte ihr diese »unvernünftige Liebelei« gründlich austreiben, und schickte sie kurzerhand auf ein Jahr nach England, zu einer Kusine ihrer verstorbenen Mutter, die in dem Dorf Longvillage ein reizendes Cottage bewohnte.

Den Korrespondenten hatte er noch vorher entlassen und so die Beziehungen zwischen den beiden Liebenden unterbrochen.

Schwer genug war es ihm geworden, sich auf ein Jahr

von seiner Tochter zu trennen, aber er hatte seinem Stolz dies Opfer gebracht, die einzige Tochter von Rochus Bernd sollte nicht mit einem simplen Angestellten ihres Vaters Hochzeit machen, für sie war ihm gerade nur der Beste gut genug.

Als das Jahr der Trennung vorüber war, ließ er seine Tochter wieder heimkehren. Sie war auch gekommen, und er hatte seine Augen ergötzt an ihrer reifer gewordenen Schönheit, und zugleich hatte ihm das Herz ein wenig weh getan, weil sie etwas blasser und zarter als sonst aussah, fast, als sei sie krank gewesen. Einige Zeit lebten sie nebeneinander dahin, einer den andern schonend und jede kritische Frage vermeidend. Maria war dem Vater gegenüber sehr lieb und zärtlich, und er überhäufte sie mit liebevollen Aufmerksamkeiten. Und eines Tages nahm er sie bei den Schultern und fragte lächelnd: »Nun, Maria, hast du nun die Torheit überwunden, um derentwillen ich dich von mir gehen ließ?«

Da war ein Zittern über sie dahingeflogen und eine dunkle Glut in ihr Gesicht gestiegen. Und mit einem tiefen Atemzug hatte sie erwidert: »Nein, lieber Vater, ich liebe Claus Herfurt heute noch wie einst und werde nie eines anderen Mannes Frau werden.«

Da hatte ihn der harte Stolz noch einmal gepackt, und in zorniger Empörung hatte er sie eine sentimentale Närrin gescholten, die ihrem Vater mit ihrem Eigensinn nur Kummer mache. Sie war sehr bleich geworden und hatte, die Hände flehend zu ihm erhebend, etwas sagen wollen, aber er war in zorniger Hast aus dem Zimmer gestürzt und hatte ihr zugerufen: »Nie wirst du zu einer solchen Verbindung meine Einwilligung bekommen. Herfurt hat dich längst vergessen, komm endlich zur Vernunft!«

Und so war er im Zorn von ihr geschieden.

Seine Tochter hatte, während er in Geschäften abwesend war, mit einem neuen Chauffeur, den er erst vor einigen Tagen engagiert hatte, eine Autofahrt unternommen.

Und von dieser Fahrt war Maria Bernd nicht lebend zurückgekehrt. Als Leiche hatte man sie ihrem Vater ins Haus gebracht. Das Auto war über eine Böschung einen Abhang hinuntergestürzt. Es hatte sich überschlagen und seine Tochter und den Chauffeur unter sich begraben. Beide waren tot.

Rochus Bernd brach verzweifelt an der Leiche seines Kindes zusammen und konnte es nicht verwinden, sich im Zorn von ihr getrennt zu haben. Jetzt hätte er mit Freuden eingewilligt, daß sie Claus Herfurts Gattin würde, wenn er sie damit ins Leben hätte zurückrufen können.

Völlig gebrochen, sandte er an Marias Tante nach Longvillage ein Telegramm, das dieser den Tod seiner Tochter meldete, aber am Tage danach traf von Longvillage ein Telegramm ein, daß Miß Jenny Brown, Marias Tante, an einer schweren Lungenentzündung gestorben sei, die sie gleich nach Marias Abreise befallen hatte.

Die Nachricht von dem Heimgang der alten Dame ging ziemlich eindruckslos an Rochus Bernd vorüber. Er war in jener Zeit unempfänglich für alles. Menschenscheu verbiß er sich in seinen Gram, und nur langsam fand er sich wieder im Leben zurecht. Seither lebte er nur seiner Arbeit, seinen Geschäften und der Erinnerung an seine Tochter. Erst nach vielen Jahren vermochte er dem Leben wieder einiges Interesse abzugewinnen. Und nun, seit Ruth Alving in seinem Haus lebte, war ihm zuweilen, als sei Maria in veränderter Gestalt wieder zu ihm zurückgekehrt. Wenn sie sich so fürsorglich und liebevoll um ihn mühte, konnte er sich einbilden, seine Tochter sei ihm wiedergeschenkt worden. Zweiunddreißig Jahre waren seit dem Tod seiner Tochter vergangen, und niemand als Ruth gegenüber hatte er ihrer Erwähnung getan, weil er es erst jetzt wieder ertrug, von ihr zu sprechen.

Ruth hatte ihn eines Tages gefragt: »Und jener Claus Herfurt – kam er nicht, um deiner Tochter das letzte Geleit zu geben? Hast du nie mehr etwas von ihm gehört? Ich meine, wenn er sie geliebt hat, wie sie ihn, dann hätte er etwas von sich hören lassen müssen in jener Zeit.«

Rochus Bernd hatte finster den Kopf geschüttelt. »Er scheint sie schnell genug vergessen zu haben. Ich habe nie mehr etwas von ihm gehört. Wenn er ihrer Liebe wert gewesen wäre, hätte er sie nie vergessen können.«

Ruth hatte lange in Maria Bernds schönes Gesicht gesehen. Ihr Bild über dem Schreibtisch war so lebendig, so sprechend. So viel Schönheit und Liebreiz war in ein frühes Grab gesunken. Konnte der Mann, der dies entzükkende Geschöpf geliebt hatte, jemals diesen süßen Reiz vergessen?

Auch heute, nach Beendigung der Geschäftsbriefe, sah Ruth sinnend zu dem schönen Frauenbild hoch. Große, graue Augen, von schwarzen Wimpern eingesäumt, schauten aus diesem Bild lächelnd und voll Güte heraus.

Sie hat dieselben Augen wie ihr Vater, aber sonst gleicht sie ihm nicht, dachte sie. Und dann fragte sie, sich aufrichtend:

»Hast du noch etwas für mich zu tun, Onkel Rochus?«

»Nein, Ruth, für heute ist das Geschäftliche erledigt.

Aber du kannst mir noch ein wenig aus der Zeitung vorlesen.«

Sie erhob sich und holte die Zeitung herbei. Damit setzte sie sich neben die elektrische Stehlampe in einen Sessel. Das rötliche Licht des Lampenschirms fiel verklärend über ihr blondes Haupt. Sie sah sehr reizend aus in dieser Beleuchtung.

Rochus Bernd sah sinnend auf das anmutige Bild, das sie darbot und lauschte wohlig der klaren, weichen Stimme.

Ruth trug ein dunkelblaues Kleid, das den Hals frei ließ und die schöne Nackenlinie zeigte. Ihre Kleidung war immer schlicht und einfach, aber absolut damenhaft. Sie wirkte auch in solchen Kleidern vornehm, weil der Adel der Gesinnung auf ihren reinen Zügen ruhte.

Als Ruth eine Weile gelesen hatte und eine Pause machte, sagte der alte Herr: »Laß jetzt die Zeitung, Ruth. Erfreuliches steht ja doch nicht drin. Wir wollen noch ein wenig plaudern.«

Sie faltete die Zeitung zusammen und legte sie beiseite. »Wie du willst, Onkel Rochus.«

Er nickte ihr lächelnd zu. »Immer, wie ich will. Du hast wohl nie einen eigenen Willen?«

Lächelnd blickte sie ihn an. »Doch, Onkel Rochus, ich glaube, ich habe sogar einen recht kräftigen Willen. Aber der schaltet aus, wo du in Frage kommst. Da gilt eben nur dein Wille.«

»Und warum?«

»Weil du für mich die höchste Instanz bist. Ich bin dir soviel Dank schuldig, daß ich jede Gelegenheit ergreife, dir meine Dankbarkeit zu beweisen. Viele solche Gelegenheiten habe ich nicht.«

»Mehr als genug. Und Dank bist du mir nicht schuldig. Vergiß nicht, daß ich es war, der dir deine Eltern nahm. Nie kann ich das ganz gutmachen.«

Mit großen ernsten Augen sah sie ihn an. »Meine Eltern nahm mir Gott, nicht du, Onkel Rochus. Du sollst das nicht immer wieder sagen.«

»Nun ja, mein Kind, ich war nur sein Werkzeug. Aber du sollst nicht von Dank sprechen; wenn wir genau abwägen, wer mehr Grund zur Dankbarkeit hat, dann bin ich es bestimmt. Aber wir wollen nicht streiten und von etwas anderem sprechen, was mir heute besonders auf der Seele lastet. Vorhin, als Kurt und Lena Bernd hier waren, ist mir ein Gedanke gekommen, der mich sehr beunruhigt hat. Diese beiden Menschen sind nach dem Gesetz meine Erben, falls ich nicht testamentarische Bestimmungen hinterlasse. Da ist es mir schwer auf die Seele gefallen, was aus dir werden sollte, wenn diese beiden Menschen hier in meinem Haus nach Willkür schalten und walten könnten. Ich fing einige Blicke auf, die dir galten und nichts Gutes prophezeiten. Deshalb habe ich mich entschlossen, endlich mein Testament zu machen, und zwar unbedingt noch vor der Reise nach Italien. Ich muß dich auf alle Fälle sicherstellen, muß für deine Zukunft sorgen, wenn ich auch meine Verwandten, so unsympathisch sie mir sind, nicht übergehen werde.«

Ruth faßte seine Hand. »Um mich sollst du dich nicht sorgen, Onkel, meine Zukunft hast du ja sichergestellt durch die vorzügliche Erziehung, die du mir geben ließest. Das ist ein Kapital, das immer Zinsen trägt. Und einen Notgroschen habe ich auch. Meinetwegen sollst du kein Testament machen, ich weiß, du denkst nicht gern daran. Sei unbesorgt, ich habe genug gelernt, um mir immer mein Brot selbst verdienen zu können.«

Er strich ihr über das Haar. »Davon bin ich überzeugt, du bist ein prächtiger, tüchtiger Mensch, kleine Ruth. Ich war es deinen Eltern schuldig, dich so erziehen zu lassen, daß sie ihre Freude daran gehabt hätten. Aber ich will dich nicht in ein Leben, wie du es jetzt führst, gestellt haben, ohne dir seinen Fortbestand zu sichern. Und deshalb will ich dich in meinem Testament bedenken. Vielleicht hätte ich das schon längst tun sollen, aber es ist mir immer ein unbehaglicher Gedanke gewesen, mich sozusagen selbst außer Kurs zu setzen. Immer habe ich mal einen Anlauf genommen und auch manchmal mit meinem Notar, Doktor Jungmann, darüber gesprochen, aber nun soll es Ernst werden. Denn Lenas und Kurts feindselige Blikke haben es mir direkt zur Pflicht gemacht, dich ihnen gegenüber sicherzustellen. Ich will in den nächsten Tagen den Notar herausbitten. Bevor wir unsere Reise antreten, soll mein Testament klipp und klar fertig sein. Das wollte ich dir sagen.«

Ruth drückte ihre Lippen auf seine Hand. »Ich bitte dich nochmals, sorge dich nicht um mich – und bitte – verkürze meinetwegen nicht das Erbe deiner Verwandten. Ich weiß ohnedies, daß sie in mir eine Erbschleicherin sehen.«

Sanft streichelte er ihre Hand. »Das darf dich nicht bedrücken, Ruth, ich kenne dich besser. Diese beiden Menschen sind nicht fähig, einen Charakter wie den deinen zu verstehen. Sie sind sehr unglücklich veranlagt und hatten keine richtige Erziehung. Ich kann deshalb nicht einmal streng mit ihnen ins Gericht gehen. Aber sie werden auch, wenn ich dich bedenke, noch genug haben, und ich will, zu ihrem Heil, ihr Erbteil so anlegen, daß sie nur über die jeweiligen Zinsen verfügen können. Sonst sind sie sehr bald damit fertig und stehen doch wieder vor dem Nichts. Aber nun ein erfreulicheres Thema.«

Und sie plauderten von anderen Dingen.

3

Die Villa Bernd lag etwas abseits von anderen Wohnungen in einem Vorort des vornehmen Berliner Westens. Nach allen Seiten sah man im Sommer von den Fenstern aus ins Grüne. Aber die Fahrstraße und der Fußweg gingen noch weit über die Villa hinaus, denn die Villenkolonie sollte sich nach dieser Seite noch weiter ausdehnen. Ruth machte täglich ihre Spaziergänge ins Freie. Bis vor seiner Krankheit hatte Onkel Rochus sie immer begleitet. Jetzt durfte er nur an sehr sonnigen Tagen um die Mittagszeit ins Freie.

Deshalb richtete Ruth ihre Spaziergänge immer für die Zeit ein, da der alte Herr ihrer nicht bedurfte.

Am nächsten Vormittag, während Rochus Bernd nach ärztlicher Vorschrift badete und sich einer Kur unterzog, wobei er von seinem alten Diener Heinrich bedient wurde, unternahm Ruth, wie fast täglich um diese Zeit, ihren Spaziergang. Schnell schritt sie vom Haus her auf das schmiedeeiserne Gartentor zu. Etwas befremdet sah sie einen hochgewachsenen jungen Herrn langsam am Gartengitter entlanggehen, den sie schon vor einer halben Stunde vom Fenster aus bemerkt hatte. Es war ihr aufgefallen, daß er sehr interessiert und aufmerksam durch das Gitter nach dem Haus gesehen und sich genau das blanke Messingschild, das den Namen Bernd trug, betrachtet hatte.

Nun ging er noch immer da draußen auf und ab, was um so auffallender war, als sonst wenig Menschen vorübergingen.

Der junge Herr war gediegen, aber ohne auffallende Eleganz gekleidet. Er machte einen sehr vornehmen Eindruck, sah aber ein wenig wie ein Ausländer aus. »Vielleicht ein Engländer oder ein Amerikaner«, sagte Ruth zu sich selbst, »er hat vielleicht Lust, die Villa Bernd zu kaufen, denn die Ausländer sind für alles kauflustig. Aber da hat er kein Glück.«

Unwillkürlich sah sie sich aber den Fremden etwas genauer an, als es sonst ihre Art war.

Und als sie ihm näher kam und sein Gesicht erkennen konnte, stutzte sie. Irgend etwas in diesem großzügigen, interessanten Gesicht fiel ihr auf, eine unbestimmte Ähnlichkeit, die sie an jemand erinnerte. Sie wußte nur nicht an wen.

Sinnend blickte sie ihm entgegen, und nun hatte sie auch der Fremde erblickt. Er wandte sich hastig um, als sei es ihm unangenehm, daß man ihn bemerkt hatte. Langsam, wie uninteressiert, schlenderte er weiter.

Als Ruth aus der kleinen Nebenpforte heraustrat und ihren Weg fortsetzte, mußte sie an ihm vorübergehen. Wie einem inneren Zwang gehorchend, schaute sie in sein edel geschnittenes Gesicht, und wieder fragte sie sich, an wen er sie erinnerte.

Sein Blick heftete sich jetzt auch groß und forschend auf sie, und als sie in diese tiefliegenden grauen Männeraugen sah, die hell aus einem gebräunten Gesicht herausleuchteten, stieg plötzlich eine dunkle Röte in ihr Gesicht. Und ihr Herz begann schneller zu pochen in einer ihr fremden Erregung.

Die ungewöhnliche Erscheinung des Fremden wirkte auf sie, wie noch nie ein Mann auf sie gewirkt hatte, und etwas in seiner Art berührte sie lieb und vertraut.

Es wollte ihr scheinen, als hätte er vor ihr stehenbleiben und etwas fragen wollen. Unschlüssig stockte jedenfalls dicht neben ihr sein Fuß, aber dann ging er doch zögernd weiter, und aus dem Klang seiner Schritte merkte sie, daß er gleich darauf stehenblieb und ihr nachsah. Während ihres Spaziergangs mußte sie immerfort an den Fremden denken.

Dieser hatte, nachdem Ruth verschwunden war, wieder aufmerksam zu der Villa hinübergespäht, und als er dann an der Gartenpforte stand, sah er wieder auf das Messingschild und las laut den Namen »Rochus Bernd.«

Und wieder flog ein seltsamer Blick zum Haus hinüber.

Dann gab er sich einen Ruck und entfernte sich mit schnellen Schritten in dieselbe Richtung, die zuvor Ruth eingeschlagen hatte.

Diese war immer weiter in den Wald hineingegangen, der sich jenseits der Villa Bernd dahinzog. Tief atmete sie die klare Winterluft ein. Der Wald zeigte noch das jungfräuliche Weiß des frischgefallenen Schnees. Ruth war immer sehr froh, wenn sie sich eine Stunde tüchtig auslaufen konnte. Ihr Leben im Hause ihres Vormunds war für ein so junges Blut viel zu eintönig und still. Sie lebte, seit sie aus dem Erziehungsinstitut in sein Haus gekommen war, fast nur in der Gesellschaft ihres Vormunds. Gesellschaften gab Rochus Bernd sehr selten, und wenn er einmal Einladungen ergehen ließ, waren sie nur an seine Geschäftsfreunde gerichtet. Ruth blieb diesen Gesellschaften fern. Sie sorgte sozusagen nur hinter den Kulissen, daß die Gäste zu Onkel Rochus' Zufriedenheit bewirtet wurden, und zog sich an solchen Abenden zeitig in ihre Zimmer zurück.

Ihr Vormund drang freilich darauf, daß sie zuweilen Theater und Konzerte besuchte, und wenn sie Einkäufe zu besorgen hatte, fuhr sie im Auto in die Stadt. Auch für Theater und Konzerte stand ihr das Auto zur Verfügung, zu Lena Bernds besonderem Ärger. Dankbar nahm Ruth all solche kleinen Abwechslungen an. Sie war anspruchslos und mit allem zufrieden. Nur nach Bewegung in frischer Luft sehnte sie sich immer, und dazu nahm sie gern jede Gelegenheit wahr. Sie klagte nie über die Eintönigkeit ihres Lebens. Ihr war es genug, ihrem Wohltäter etwas sein zu dürfen, damit sie die Schuld der Dankbarkeit etwas abtragen konnte. Auf die bevorstehende Reise nach Italien freute sie sich sehr, sie wollte sie mit allen Sinnen genießen und dann ihr ganzes Leben lang von dieser Erinnerung zehren.

Wenn sie sonst hier draußen spazierenging, malte sie sich die Schönheiten dieser bevorstehenden Reise aus, aber heute hatten ihre Gedanken eine andere Beschäftigung.

Sie mußte an den jungen Fremden denken und sich fragen, weshalb er so interessiert zur Villa Bernd hinübergespäht hatte.

Auf ihren Kreuz- und Querstreifereien durch den Wald kam sie, um ein Gebüsch biegend, fast mit einem Herrn in Kollision, der von der anderen Seite um die Ecke biegen wollte. Sie mußte stehenbleiben und der Herr auch, und als sie aufsahen, erkannten sie einander wieder. Es war derselbe Herr, dem sie am Gartentor begegnet war.

Ihre Augen tauchten einen Moment ineinander, fragend, forschend und interessiert. Und wieder stieg Ruth die Röte in die Wangen, wieder klopfte ihr Herz in schnellem Tempo. Der Fremde zog, artig um Verzeihung bittend, den Hut und trat zur Seite, um Ruth vorbeizulassen. Eine Weile sah er der schlanken Gestalt wie gebannt nach. Sie hatte das Gefühl, als zwinge sie eine unbekannte Macht, nach ihm zurückzusehen, aber sie wagte es nicht. Erst als sie annehmen konnte, daß er weitergegangen war, lugte sie durch das Gebüsch und sah ihn gehen. Und nicht nur sein Gesicht erinnerte sie an jemand, den sie kennen mußte, auch der Gang und die Haltung erschienen ihr bekannt und vertraut.

Versonnen schritt sie weiter und grübelte darüber nach, an wen sie der Fremde erinnere und warum er so intensiv durch das Gartengitter blickte, als sie ihn zuerst gesehen hatte.

Sie kam aber darüber nicht zur Klarheit.

Zu Hause angelangt, sagte ihr der alte Heinrich, daß Herr Bernd Besuch habe. Ein alter Geschäftsfreund, der oft ein Stündchen mit ihm plauderte, war gekommen. Ruth wußte, daß Onkel Rochus jetzt gut versorgt war und legte Hut und Jacke ab. Als sie die Treppe hinauf in ihr Zimmer gehen wollte, kam ihr eine Dienerin entgegen und lieferte ihr einige Schlüssel ab.

»Wir haben die Speicherkammern saubergemacht, Fräulein Ruth, hier sind die Schlüssel. Aber es wäre wohl gut, Sie gingen einmal hinauf und sähen selbst nach den

Sachen, die oben hängen. Es sind einige abgelegte Anzüge und Mäntel vom gnädigen Herrn, die offen da hängen. Da flogen Motten heraus, und es sind verschiedene Mottenschäden daran zu sehen. Mir schien, als wäre auch eine Motte aus einem der großen Koffer gekommen, die da oben stehen und mit Kleidern gefüllt sind. Sie müßten auch mal nachgesehen werden.«

Ruth nickte freundlich. »Das werde ich gleich tun, Berta, ich habe gerade Zeit. Heinrich, wenn Herr Bernd nach mir verlangt, rufen Sie mich, ich gehe auf den Speicher.«

»Es ist gut, Fräulein Ruth.«

Sie holte aus ihrem Zimmer das Körbchen mit den Schlüsseln und stieg ins Dachgeschoß.

Und sie schloß sogleich die richtige Speicherkammer auf. Sie war schon oft hier oben gewesen und wußte, daß die beiden großen Koffer, von denen Berta gesprochen hatte, die Kleider enthielten, die Maria Bernd, ihres Vormunds Tochter, vor ihrem Tod getragen hatte. Diese beiden großen Koffer hatte sie mit in England gehabt.

Als sie die Speicherkammer betrat, sah sie sich erst mit kritischen Augen die abgelegten Anzüge und Mäntel an. Es waren wirklich Mottenschäden vorhanden. Es ist schade, wenn die Sachen verderben. Ich werde Onkel Rochus bitten, daß ich sie verschenken darf. Das ist etwas für Max Reichert, den Laufburschen von unserem Kolonialwarenhändler. Seine arme Mutter weiß ohnedies nicht, wie sie für ihre drei Jungen Sachen schaffen soll. Da bekommt jeder einen Anzug und auch einen warmen Mantel, dachte sie. Und dann suchte sie im Schlüsselkorb nach den Kofferschlüsseln. Sie öffnete die beiden großen Koffer und schlug die Deckel zurück.

Sie waren angefüllt mit Wäsche und Kleidern, die nach

einer längst vergessenen Mode gearbeitet waren. Der Vater von Maria Bernd hatte nach ihrem furchtbaren Tod all ihre Sachen in diese Koffer packen und hier heraufstellen lassen. Es war ihm unmöglich gewesen, etwas davon zu verschenken. Wie eine Profanierung wäre es ihm erschienen, wenn jemand anders diese Sachen getragen hätte. So lagen sie seit längeren Jahren hier oben, ohne daß sich jemand darum gekümmert hätte.

Ruth nahm eines der Kleider nach dem anderen, schüttelte sie aus und legte sie beiseite. Mottenschäden fand sie erfreulicherweise nicht, aber sie mußte denken, daß bei den heutigen Kleiderpreisen ein ganzes Vermögen in diesen Koffern verborgen lag. Da waren Straßenkleider, Gesellschaftsroben, Hauskleider, Mäntel und Pelerinen und sonstige Toilettengegenstände aus den kostbarsten Woll- und Seidenstoffen. Auch das weiße Kleid mit reicher Spitzengarnitur war dabei, das Maria Bernd getragen hatte, als sie dem Maler zu dem Bild gesessen hatte, das unten über dem Schreibtisch ihres Vaters hing. Auch Leibwäsche in der feinen, soliden Ausführung jener Zeit war noch reichlich in den Koffern vorhanden, dazu Handtäschchen, Anhängetäschchen, Fächer und ähnliche Kleinigkeiten, die zur Ausrüstung einer vornehmen Dame aus jener Zeit gehörten. Es waren wirklich allerlei Schätze in den Koffern verborgen. Ruth sah mit sinnendem Blick auf diese Sachen, die sicher einst modern und elegant gewesen waren.

Die einstige Trägerin war längst zu Staub und Asche geworden. Werke von Menschenhand überdauern so oft die Menschen selber. Und unter all diesen Kleidern hatte einst ein warmes, tiefempfindendes Herz geschlagen, ein Herz, das heiß und treu geliebt hatte.

Ob jener Mann, dem diese Liebe und Treue gegolten hatte, dieser wert gewesen war? Warum hatte er nichts wieder von sich hören lassen, seit ihn Rochus Bernd entließ? Hatte er nichts von dem tragischen Ende Maria Bernds gehört, oder hatte er sich nur ihrem Vater nicht wieder nahen wollen, nachdem die Geliebte gestorben war? Maria Bernd mußte ein schönes, liebenswertes Mädchen gewesen sein mit einem gütigen Herzen. Konnte ein Mann so schnell vergessen, was er einmal geliebt hatte – oder hatte er Maria nicht so geliebt, wie sie es verdiente?

Verträumt hielt Ruth in ihrer Beschäftigung inne und schaute durch das Fenster der Speicherkammer hinaus auf die verschneiten Bäume. Und sie mußte wieder an ihre Begegnung mit dem Fremden denken. Selbst der Gedanke an ihn verursachte ihr Herzklopfen; sie wußte, daß sie ihn nie vergessen würde. Der im Beginn der Dreißig stehende Mann hatte einen tiefen Eindruck auf sie gemacht. Und ihr war, als könne sie heute Maria Bernd und ihre Liebe besser verstehen als zuvor.

Warum?

Ärgerlich über sich selber richtete sie sich straff empor und strich hastig das blonde Haar aus der Stirn zurück. Sie war sonst sehr streng gegen sich selbst und gestattete sich keine sentimentalen Anwandlungen. Und heute wurde sie immer wieder davon heimgesucht.

Hastig setzte sie ihre Arbeit fort, als wollte sie lästige Gedanken verscheuchen. Sie war bis auf den Grund des Koffers gekommen und packte nun die Sachen sorglich wieder ein.

Als sie ein feines, weiches Wollkleid zusammenlegte, freute sie sich über den prachtvollen, weichen Stoff und strich mit der Hand noch einmal wie liebkosend darüber hin. Und da fühlte sie plötzlich, daß es unter dem Stoff knisterte, als sei ein Papier darunter verborgen. Sie untersuchte das und fand in dem Rock des Kleides eine Tasche und in dieser Tasche steckte, wie schnell hineingeschoben, ein zusammengefalteter Brief.

Ruth zog ihn heraus und sah darauf nieder. Vielleicht hatte dieser Brief, den man beim Einpacken übersehen hatte, Interesse für ihren Vormund.

An das Speicherfenster tretend, entfaltete sie das Schreiben und sah, daß es Schriftzüge von einer festen, charakteristischen Männerhand zeigte. Unwillkürlich las sie diesen Brief, der sie mehr und mehr fesselte. Er lautete:

Mein inniggeliebtes Weib!

Wüßtest Du, wie unruhig ich bin, weil ich Dich allein heimkehren lassen mußte zu Deinem Vater. Viel lieber wäre ich mit Dir zusammen vor seine Augen getreten, um ihm zu sagen: Wir zwei haben uns Deinem strengen Gebot nicht fügen können, unsere Liebe war stärker als Dein Wille, der uns auseinanderreißen wollte. Wir haben uns in England wieder zusammengefunden und sind längst Mann und Frau. Und wir haben ein Kind, einen prächtigen Jungen und sind unsagbar glücklich. Nur eines fehlt meiner angebeteten Maria zu ihrem Glück – der Segen ihres Vaters. Enthalten Sie uns diesen Segen nicht vor. Sie werden nicht das Herz haben, uns jetzt noch auseinanderzureißen.

So hätte ich zu Deinem Vater gesprochen, Maria. Aber Du wolltest es nicht, Du wolltest selbst Deinem Vater dies Geständnis machen, wolltest ihn zart und schonend darauf vorbereiten, daß wir uns in Longvillage heimlich trauen ließen. Ach Liebste, wie danke ich Dir immer wieder von neuem, daß Du mir diesen Beweis Deiner Liebe gabst, daß Du mich so unsagbar glücklich machtest und daß Du mir vor Deiner Abreise sagtest: »Ginge auch nun plötzlich alle Sonne aus meinem Leben, es wäre doch ein reiches, glückseliges Leben gewesen, da ich dies eine wunderselige Jahr mit Dir verleben und meinem geliebten Kind in die Augen sehen durfte.«

Auch Tante Jenny bin ich in tiefstem Herzen dankbar, daß sie uns auf Deine heißen Bitten half, unser Glück zu begründen. Ich sehe Dich noch im Geiste in der winzig kleinen Dorfkirche vor dem Altar, schön und lieblich wie ein Engel des Lichts. Der alte Priester fügte unsere Hände ineinander, nachdem wir vor dem anwesenden Gemeindevorstand unsere bindende Unterschrift abgegeben hatten. Wie schlicht und einfach war die Hochzeit der einzigen Tochter des reichen Rochus Bernd, des gewaltigen Fabrikherrn. Die Tatsache, daß sie des simplen Claus Herfurts Gattin geworden war, steht nun in dem vergilbten Kirchenbuch, in dem die Eheschließungen der einfachen Dorfbewohner auch eingetragen wurden. Du wurdest mein Weib – und alle Engel jauchzten. Große Förmlichkeiten gab es nicht. Ein schlichtes Stück Papier – unser Trauschein – zeugt von dem großen Ereignis, und Du bist mein – mein. Und mein und Dein ist der goldige Bub, der mich mit seiner Mutter Augen anstrahlt. Unser Gert! Mein liebes Weib, wie reich hast Du mich gemacht. Und nun sitze ich hier und warte voll Unruhe auf Nachricht von Dir. Jedem Deiner Schritte folge ich voll Sorge und Liebe. Ich muß Dir immer schreiben unter der verabredeten Chiffre, muß Dir sagen, daß ich Dir die Hände unter die Füße breiten möchte. Ich weiß, wie sehr Du Dich bangst vor der Aussprache mit Deinem Vater, weiß, daß Du alle Tapferkeit nötig hast, um ihm unser Geheimnis entdecken zu können. Wie gerne hätte ich Dir das abgenommen, wie alles Schwere, aber Du hattest Angst, Dein ungestümer Claus könnte nicht zart genug mit dem geliebten Vater umgehen. Ich mußte mich fügen, aber dieses tatenlose Warten auf Deine Nachricht ist hart. Manchmal kommt eine jähe Angst über mich, Dein Vater könnte Dich gewaltsam zurückhalten, trotz aller meiner Rechte an Dich. Ich muß dann hinaus ins Freie stürmen oder unseren kleinen Gert fest an mich drücken. Nein, wie kann ich solche unsinnigen Gedanken fassen; Du kommst wieder, Maria, kommst zu Deinem Kind zurück, nichts und niemand kann Dich uns fernhalten. Und Dein Vater hat keine Macht über Dich, Du warst ja mündig, als Du mein Weib wurdest. So tröste ich mich, wenn mich die Angst überfällt, daß ich Dich nicht wieder an meinem Herzen halten dürfe. Und ich zähle die Stunden bis zu Deiner Wiederkehr oder bis Du mich rufst. Unser Bub schläft süß und sanft neben mir, seine Amme ist eben wieder heim zu Mann und Kindern. Sie hat ihn sorglich gebettet, und Nelly Flead, Tante Jennys Dienerin, schaut immer wieder mit ganz verliebten Augen nach ihm. Tante Jenny selbst kann sich heute nicht um ihn kümmern, sie fühlt sich krank und muß das Bett hüten. Wir werden den Arzt holen lassen müssen. Aber hoffentlich ist ihr Zustand nicht besorgniserregend.

Sonst weiß ich Dir von hier nichts zu melden, als daß Dein Claus vor Sehnsucht nach Dir ganz unleidlich ist. Wäre ich doch bei dir! Sei nicht traurig; wenn Dein Vater Dir zürnt und nicht verzeihen will, dann fliehst Du in meine Arme. Ich verdiene ja gottlob mit meinen Übersetzungen genug, um allein für Weib und Kind sorgen zu können, denn mein Verlag will mich durch einen langjährigen Vertrag binden. Und Du und ich werden auch in bescheidenen Verhältnissen unsagbar glücklich sein. Sag Deinem Vater, daß Du nichts als seinen Segen willst. Ich küsse Dich heiß und innig, meine Maria.

Dein Claus.

Ruth hatte diesen Brief in tiefster Bewegung durchgelesen. Obwohl sie merkte, daß er nicht für fremde Augen bestimmt war, vermochte sie sich nicht davon loszureißen. Als sie zu Ende war, ließ sie den Brief mit einem tiefen Atemzug sinken und fiel kraftlos in einen alten Sessel, der neben ihr stand.

Was sollte sie mit diesem Brief tun? Sollte sie ihn in die Tasche des Kleides zurückstecken und darüber schweigen? Oder sollte sie ihn hinuntertragen zu Onkel Rochus, der ganz sicher keine Ahnung hatte von dem Geheimnis, das dieser Brief verriet.

Maria Bernd war also damals, als der Vater sie gerufen, als Gattin und Mutter in ihr Vaterhaus zurückgekehrt. Sie war gekommen, um ihm zu sagen, daß sie gegen seinen Willen Claus Herfurts Gattin geworden sei und daß sie einem Sohn das Leben gegeben habe. Sie war nicht dazu gekommen, ihre Beichte abzulegen. Wie oft mochte sie dem Vater gegenübergestanden haben, mit dem zaghaften Wunsche, sich ihm anzuvertrauen. Vielleicht an jenem Tag, da sie in den Tod ging, hätte sie den Mut dazu gefunden, aber als der Vater zornig davonstürmte, verging ihr der Mut wieder. Und dann fand sie keine Gelegenheit mehr, und sie nahm ihr Geheimnis mit ins Grab.

Und der Mann, der sie liebte? Er wartete wohl im fernen England auf ihre Rückkehr, wartete sehnsuchtsvoll auf die Wiedervereinigung mit seinem jungen Weib, bis ihn irgendwie die Kunde von ihrem jähen Tod erreichte. Onkel Rochus hatte ihr erzählt, daß er ihrer Tante telegraphisch den Unglücksfall und den Tod seiner Tochter gemeldet habe. Diese Nachricht hatte sich mit der von Tante Jennys Tod gekreuzt; diese hatte wohl nicht mehr erfahren, daß ihre junge Nichte fast zu gleicher Zeit mit ihr den Weg ins dunkle Nichts angetreten hatte.

Statt ihrer hatte wohl Claus Herfurt dies furchtbare Telegramm erhalten. Wie mochte er die Kunde vom Tod seiner geliebten Frau ertragen haben?

Und weshalb hatte er nie etwas von sich hören lassen? Weshalb hatte er Marias verzweifeltem Vater nicht gemeldet, daß seine Tochter einen Sohn hinterlassen habe? Hatte ihn vielleicht die Nachricht vom Tod seiner Frau selbst getötet? Oder hatte er in dumpfer Verzweiflung Marias Vater gegrollt, daß er sie von seiner Seite rief und dem Tod in die Arme trieb? Wer konnte wissen, in welcher Seelenstimmung der Ärmste seine Tage verbracht hatte, denn aus diesem Brief klang eine zärtliche, gewaltige Liebe. Und wo mochte er sein, falls er noch am Leben war, und was war aus seinem und Marias Sohn geworden?

Ruth war sonst nicht leicht aus der Fassung zu bringen. Sie hatte frühzeitig gelernt, sich selbst zu beherrschen und mit ihren Gefühlen fertig zu werden. Aber jetzt zitterte sie vor Aufregung, wenn sie an Onkel Rochus dachte, wenn sie sich ausmalte, was dieser beim Lesen dieses Briefes empfinden mußte.

Durfte sie ihm diesen Brief ausliefern? Es würde vielleicht seinen Zustand verschlimmern, wenn sie es tat.

Aber – durfte sie wagen, ihm diesen Fund zu verheimlichen?

Nein – nein, es war wohl Gottes Fügung, daß er sie diesen Brief finden ließ. Nach mehr als dreißig Jahren sollte er erfahren, was ihm Maria damals hatte beichten wollen. Nach dreißig einsamen Jahren sollte er erfahren, daß Maria einen Sohn hinterlassen hatte, seinen Enkel. Während er so lange liebeleer durch das Leben ging, hatte irgendwo in der Welt ein Enkel gelebt, lebte vielleicht noch. Und wenn, so mußte er inzwischen zum Mann herangereift sein. Warum hatte er dann aber niemals seinen Großvater aufgesucht? Hatte ihn vielleicht sein Vater davon zurückgehalten, entweder weil er Rochus Bernd im verbitterten Stolz den Trost nicht gönnte, daß er einen Enkel habe, oder weil er fürchtete, dieser würde ihn nicht anerkennen?

Ruth grübelte über diese Fragen nach, bis sie sich erinnerte, daß unten Pflichten auf sie warteten. Sie richtete sich auf, las den Brief noch einmal durch und steckte ihn zu sich.

Schnell packte sie die Koffer wieder ein und verschloß sie. Sie war nun fest entschlossen, Onkel Rochus diesen Brief zu geben, sie durfte ihm nicht verheimlichen, was eine Schicksalsfügung ihr in die Hände gespielt hatte.

Langsam stieg sie hinab und überlegte, wie sie dem Onkel so schonend wie möglich das Geheimnis enthüllen sollte. Eine günstige Gelegenheit mußte sie abwarten, ehe sie ihm ihren Fund übergab. Vor allen Dingen mußte erst das Mittagessen vorüber sein. Eine Aufregung vor Tisch war dem alten Herrn schädlich.

Ein wenig blaß vor verhaltener Erregung kam sie unten im Vestibül an, gerade als sich der Besuch ihres Vormunds entfernen wollte.

Der alte Herr, Kommerzienrat Seidel, begrüßte sie lächelnd und sagte anerkennend:

»Sie haben meinen alten Freund Bernd wieder hübsch gesundgepflegt, Fräulein Ruth, er hat sich famos erholt und ist wieder frisch und munter, wie vor seiner Krankheit. Ich melde mich auch bei Ihnen zur Pflege, wenn es mich mal packen sollte.«

Ruth lächelte ein wenig geistesabwesend. »Das tun Sie nur, Herr Kommerzienrat. Aber ich rate Ihnen, lieber nicht krank zu werden. Nicht wahr, Sie finden Onkel Rochus gut erholt?«

»Sehr gut. Er freut sich auf die Reise mit Ihnen und macht Pläne wie ein Junger. Wenn Sie von Italien zurückkommen, wird er wieder ganz der alte sein.«

»Das mag Gott geben, Herr Kommerzienrat.«

»Also – auf Wiedersehen, Fräulein Ruth. Ihr Vormund wartet auf Sie, ich will Sie nicht länger aufhalten.«

»Auf Wiedersehen, Herr Kommerzienrat. Ich gehe gleich zu ihm.«

Und Ruth suchte Rochus Bernd in seinem Arbeitszimmer auf.

Er nickte ihr lächelnd zu. »Ich habe mich mit meinem alten Freund Seidel verplaudert, wir haben von der guten alten Zeit geschwärmt, wo man für einen Taler ein ganzes Schlemmersouper haben konnte. Solche Zeiten kommen nicht wieder, Kind.«

»Das glaube ich auch, Onkel Rochus.«

»Aber nun mußt du mir vor Tisch noch einen Brief schreiben und dann führst du mich ein Viertelstündchen draußen im Garten im Sonnenschein herum.«

»Gern, Onkel Rochus. Also bitte, was soll ich schreiben.«

Sie hatte an der Schreibmaschine Platz genommen und er erwiderte: »Schreib an meinen Notar, Doktor

Jungmann, er möge in den nächsten Tagen, sobald er Zeit hat, zu mir herauskommen, damit ich allen Ernstes über mein Testament mit ihm beraten könnte. Es müsse unter allen Umständen noch vor meiner Abreise fertig sein.«

Ruth begann zu schreiben, und da fiel ihr plötzlich ein, daß Onkel Rochus vielleicht ganz anders testieren würde, wenn er erfuhr, daß er wahrscheinlich einen direkten Erben hatte – den Sohn seiner Tochter.

Was wohl die Geschwister Bernd dazu sagen würden, wenn sie erfuhren, daß ihr Großonkel einen Verwandten hatte, der ihm viel näher stand als sie?

Wenn sie ahnten, was ich für einen Fund gemacht habe, sie würden alles daransetzen, mich zu bestimmen, daß ich ihn Onkel Rochus verheimliche, dachte sie.

Sie hatte eine sehr schlechte Meinung von den Geschwistern Bernd; dank ihrer Reinheit und vornehmen Gesinnung konnte sie nicht die ganze Tiefe der Verworfenheit ermessen, in die beide Geschwister schon gesunken waren.

Daß das Auftauchen eines neuen Erben auch für sie ungünstige Folgen haben könnte, daran dachte Ruth gar nicht. Der Gedanke, daß es ihr Vorteil wäre, den Fund zu verheimlichen, lag ihr ganz fern.

Sie war fest entschlossen, nach Tisch, wenn Onkel Rochus gespeist und danach zur Kräftigung sein Mittagsschläfchen gehalten hatte, ihm das Schreiben nach einer schonenden Vorbereitung zu übergeben.

Als sie den Brief beendet und postfertig gemacht hatte, begleitete sie den alten Herrn ins Freie. Der Diener Heinrich hüllte seinen Herrn sorglich in seinen Pelz und wikkelte ihm noch einen Schal um den Hals.

»Ich gehe ja nicht zum Nordpol, Heinrich«, scherzte dieser.

»Mit Verlaub, gnädiger Herr, Vorsicht ist besser als Nachsicht«, bemerkte Heinrich.

Rochus Bernd schob seine Hand in Ruths Arm, aber heute stützte er sich schon nicht mehr auf sie.

Langsam gingen sie über den hartgefrorenen Schnee im Sonnenschein auf und nieder. Und plötzlich zuckte Ruth leise zusammen. Drüben am Gartenzaun kam wieder der junge Fremde vorüber. Er kam wohl jetzt aus dem Wald zurück und wollte in die Stadt gehen. Aber als er Ruth neben dem alten Herrn erblickte, blieb er plötzlich wie festgewurzelt stehen und sah mit großen Augen herüber, während in seinem Gesicht eine tiefe Erregung zuckte.

Auch Rochus Bernd erblickte jetzt den Fremden. Seine scharfen, durchdringenden Augen ruhten forschend auf der kraftvollen Erscheinung des jungen Mannes. Und dann sagte er lächelnd: »Sieh nur, kleine Ruth, du scheinst da eine Eroberung gemacht zu haben, denn nach mir dürfte der junge Herr da draußen nicht so intensiv herüberspähen.«

Ruth war jäh errötet, und in ihrer Verwirrung wußte sie nicht, was sie sagen sollte. Der alte Herr lachte.

»Nun, nun – darum brauchst du nicht so rot zu werden. Ich verdenke es dem jungen Herrn nicht, daß er dich gern anschaut. Er ist es übrigens auch wert, daß ihn ein hübsches Mädel anschaut, denn er ist ein stattlicher Bursche. Schade, jetzt geht er weiter.«

Der Fremde war wohl zur Einsicht gekommen, daß sein Anstarren den beiden Menschen lästig sein konnte. Mit einem tiefen Atemzug wandte er sich von ihnen ab und ging erst zögernd, dann schnell davon. Ruth vermochte nicht, dem alten Herrn jetzt zu erzählen, daß sie schon vorher eine Begegnung mit dem Fremden gehabt hatte. Sie war so verlegen, daß sie kein Wort herausbrachte.

Der alte Herr sah dem entschwindenden jungen Mann wohlgefällig nach. Er hatte auf ihn einen sehr sympathischen Eindruck gemacht.

Aber dann plauderte er unbefangen mit Ruth, und nach einer Viertelstunde gingen sie zu Tisch.

4

Während Rochus Bernd sein Mittagsschläfchen hielt, promenierte Ruth wieder im Garten. Onkel Rochus hatte sie bei Tisch noch ein wenig geneckt mit ihrer Anziehungskraft auf den Fremden. Er wollte es nicht gelten lassen, als sie, sich endlich fassend, behauptete, der Fremde habe nicht sie, sondern den alten Herrn angesehen.

»Was sollte ein junger Mann an mir altem Mummelgreis zu sehen haben«, scherzte er.

»Du bist eine sehr interessante und imponierende Erscheinung, Onkel Rochus. Vielleicht ist der junge Herr ein Maler und braucht deinen Charakterkopf zu einem Bild«, hatte Ruth gesagt.

Nun schlief Onkel Rochus und sie überlegte, wie sie ihn denn auf ihren Fund vorbereiten sollte. Aber immer huschte wieder der Fremde durch ihre Gedanken. Wem sah er nur ähnlich, und warum erregte die Villa Bernd seine so brennende Aufmerksamkeit?

Während sie zwischen den schneebedeckten Gebüschen dahinschritt, stockte plötzlich ihr Fuß. Abermals sah sie den Fremden von der Stadt her eilig herankommen. Sie blieb hinter dem Gebüsch verborgen stehen und sah ihm entgegen. Am Gartengitter angekommen, verlangsamte er seinen Schritt, ging die ganze Front entlang und kehrte wieder um. Und unentwegt starrte er zu den Fenstern der Villa hinüber. Er hatte wohl keine Ahnung, wie sehr er hier in der abgelegenen Straße als Passant auffallen mußte.

Atemlos beobachtete ihn Ruth, ohne daß er sie sehen konnte. Und sie merkte, wie er plötzlich, sich hinter einen Baumstamm verbergend, stehenblieb und, sich straff aufrichtend, mit scharfen Blicken nach einem der Fenster spähte.

Unwillkürlich wandte auch Ruth nun ihren Blick in die gleiche Richtung, und da sah sie am offenen Fenster seines Schlafzimmers Onkel Rochus stehen, und, wie stets nach Absolvierung seines Mittagsschläfchens, einige tiefe Atemzüge tun. Als er dann das Fenster wieder geschlossen hatte und verschwunden war, atmete der Fremde hinter dem Baum tief auf, schob seinen Hut aus der Stirn zurück, als sei ihm zu heiß, und ging dann schnell auf die Gartenpforte zu. Hier stand er eine Weile überlegend still, wollte schon an der Glocke ziehen, um Einlaß zu begehren, nahm aber dann erst die Uhr aus der Tasche und sah nach der Zeit. Dann schüttelte er den Kopf, als wollte er sagen: »Um diese Zeit kann ich keinen Besuch machen«, und ging schnell wieder davon.

Ruth konnte sich sein Verhalten nicht erklären, nur soviel stand bei ihr fest, daß das Interesse des Fremden vornehmlich Onkel Rochus galt und daß er entschieden hatte Einlaß begehren wollen, was er anscheinend nur unterlassen hatte, weil ihm die Zeit nicht passend erschienen war.

Eilig begab sie sich ins Haus. Sie wußte, daß Onkel Rochus sie jetzt erwartete.

In seinem Arbeitszimmer traf sie mit ihm zusammen. Als sie eintrat, nickte er ihr lächelnd zu.

»Hast du gut geschlafen, Onkel Rochus?« fragte sie.

»Vorzüglich, Ruth. Ich würde mich wieder ganz wie früher fühlen, wenn ich nicht zuweilen die beklemmenden Herzbeschwerden hätte. Aber das hat wohl kaum noch etwas mit meiner überstandenen Krankheit zu tun, sondern ist wohl eine Alterserscheinung. Ich bin nur so gar nicht gewöhnt, daß an meinem Organismus etwas nicht in Ordnung ist.«

»Auch das wird sich wieder verlieren, Onkel Rochus.«

»Ich will es hoffen, schlimm ist es ja nicht.« Damit erhob er sich und ging auf einen Schrank zu. Sie sah ihm lächelnd nach.

»Wenn man dich so kräftig und aufrecht gehen sieht, merkt man von deinem Alter nichts. Wie ein Junger schreitest du noch aus.«

Lächelnd, wie zur Probe, ging er im Zimmer auf und nieder, sich Mühe gebend, recht elastisch auszuschreiten. Ruth sah ihm nach – und plötzlich zuckte sie zusammen. Wie ein Erinnern flog es über ihr Antlitz. Mit einem Mal wurde ihr klar, an wen sie der junge Fremde erinnert hatte: an Onkel Rochus!

Ja, er hatte den gleichen Gang, die stolze Haltung. Genauso trug er den Kopf auf den breiten Schultern. Und nun wußte sie auch, daß die Gesichtszüge des Fremden sie an Onkel Rochus erinnert hatten. Vor allen Dingen die

Augen, die gleichen grauen, tiefliegenden Augen, die aus dem großzügigen Gesicht herausleuchteten.

Wie ein Blitz zuckte diese Erkenntnis durch ihre Seele, und dann dachte sie an den Brief, den sie gefunden hatte, dachte daran, daß Onkel Rochus einen Enkel hatte und daß dieser Enkel, wenn er lebte, im Beginn der Dreißig stehen mußte. Und der Fremde war in diesem Alter, er hatte mit einem seltsamen, brennenden Interesse zur Villa Bernd, nach Rochus Bernd gesehen und hatte hereinkommen wollen.

Ruth sah in zitternder Erregung vor sich hin. Konnte es nicht möglich sein, daß der Fremde der Enkel ihres Vormunds war? Das hätte sein Interesse erklärt. Und die Ähnlichkeit der beiden Männer, diese große Ähnlichkeit, die ihr sogleich aufgefallen war.

»Du scheinst ein wenig zerstreut zu sein, liebe Ruth«, hörte sie jetzt Onkel Rochus sagen.

Sie zuckte zusammen und sah erschrocken zu ihm auf. »Wie meinst du das, Onkel Rochus?«

Er drohte lächelnd mit dem Finger. »Deine Eroberung von heute mittag hat dich entschieden beeindruckt, kleine Ruth. Ich habe dich schon zweimal gefragt, ob du spazieren warst und du gabst mir keine Antwort.«

Sie strich sich das Haar aus der Stirn. »Ach, Onkel Rochus, die Eroberung hast du gemacht, nicht ich, das steht fest bei mir. Aber ich war wirklich zerstreut, verzeih mir. Mich beschäftigt etwas sehr stark – und ich möchte es mit dir besprechen.«

»Nun, du machst mich neugierig. Was hast du denn auf dem Herzen?«

»Bitte, setze dich erst hier in deinen bequemen Lehnstuhl, es dauert vielleicht ein wenig lange.«

Der alte Herr nahm lächelnd Platz und ließ sich willig ein Kissen in den Rücken legen. »So Ruth, nun sitze ich bequem. Deine Vorbereitungen machen mich gespannt.«

Ruth nahm ihm gegenüber Platz und atmete tief auf. »Onkel Rochus, ich war heute vor Tisch, als du Besuch hattest, auf dem Speicher. Da hängen alte Anzüge und Mäntel von dir, an die sich die Motten gewagt haben. Es wäre schade, wenn die Sachen verderben. Man könnte jemand noch sehr glücklich damit machen. Ich habe an den Laufburschen Max Reichert gedacht. Er ist ein so braver, fleißiger Junge, und seine Mutter ist Witwe und hat noch zwei schulpflichtige Knaben zu ernähren. Darf ich ihm die Sachen schenken?«

Er nickte. »Kleine Samariterin, also das hat dich so zerstreut? Also meinetwegen, beglücke den braven Max mit den Sachen.«

»Das wird ihn sehr freuen, Onkel Rochus. Da oben auf dem Speicher sind überhaupt noch allerlei Schätze aufgestapelt. Zum Beispiel stehen da auch noch die beiden Riesenkoffer mit Kleidern und Toilettenutensilien, die deine Tochter mit in England hatte.«

Seine Augen blickten hinüber zu dem Bilde seiner Tochter. »Richtig, Marias Koffer! Ich habe sie da hinaufstellen lassen, weil ich die Erinnerung damals nicht ertrug. Die Zeit hat auch hier heilend eingegriffen – damals hielt ich das nicht für möglich. Nur eine tiefe Wehmut erfüllt mich noch immer, daß dies junge, blühende Leben so furchtbar enden mußte und daß mich der Verlust meines einzigen Kindes so einsam machte.«

Ruth schlug das Herz bis zum Hals. »Daran habe ich auch denken müssen, Onkel Rochus, als ich die Kleider deiner Tochter wegen eventueller Mottenschäden nachsah. Sie sind alle noch gut erhalten; prachtvolle Stoffe sind zu diesen Kleidern verwendet worden, wie man sie jetzt gar nicht mehr sieht. Sie haben dies blühende Leben um so viel Jahre überdauert.«

Er nickte und seufzte tief auf. »Ja, ja, Kind, der Mensch ist weniger unsterblich als tausend wertlose Dinge. Aber wenn du meinst, daß man diese Kleider jetzt nutzbar verwenden sollte, so muß ich dir sagen, daß ich es nicht übers Herz bringe, sie an fremde Menschen fortzugeben. Mögen sie liegen, bis ich nicht mehr bin.«

Sie faßte seine Hand. »Ich meinte das auch nicht, Onkel Rochus. Ich – ich wollte nur einmal mit dir sprechen über deine Tochter. Weißt du, wenn ich so ihr Bild ansehe, dort über deinem Schreibtisch, so meine ich, es war sehr grausam vom Schicksal, daß soviel Schönheit, Güte und Liebreiz vergehen mußte. Nicht wahr – du hast sie namenlos geliebt?«

Er nickte mit trüben Augen. »Nach dem frühen Tod meiner lieben Frau war Maria mein alles. Ich habe sie geliebt, wie ein Vater nur sein Kind lieben kann.«

»Und doch versagtest du ihr den heißesten Herzenswunsch.«

Er seufzte auf. »Daß ich's getan! Wie kleinlich erscheint mir heute meine zornige Weigerung, die mir damals mein eitler Vaterstolz abnötigte.«

»Nicht wahr, du hättest ihr eines Tages doch deine Einwilligung gegeben, hättest du gemerkt, daß sie um keinen Preis von dem Mann ihrer Liebe lassen wollte?«

Rochus Bernd starrte vor sich hin. »Mein liebes Kind, ein Unglück, wie es mich betraf, macht mürbe. Ich weiß heute nicht, wie lange ich mich noch gegen diese Verbindung gesträubt hätte. Nur das weiß ich – glücklich wollte ich meine Tochter sehen, nur sah ich ihr Glück nicht in einer Verbindung mit jenem Mann, er schien mir nicht gut genug für meine Tochter. Ob ich ihm damit unrecht tat, weiß ich nicht, weiß nur, daß ich mein Leben und alles, was ich besitze, willig drangegeben hätte, wenn ich mein letztes Zorneswort an sie hätte widerrufen können. So kleinlich und erbärmlich erschien mir mein Widerstand gegen diese Verbindung, als ich mein Kind tot vor mir liegen sah.«

»Nicht wahr, du hättest ihr alles vergeben, wenn du sie hättest wieder ins Leben zurückrufen können?«

Wehmütig lächelte er. »Es hätte nichts gegeben, was ich ihr nicht willig verziehen hätte.«

Jetzt erhob sich Ruth und trat zu ihm heran. »Onkel Rochus«, sagte sie, bleich vor Erregung und mit bebender Stimme, »ich habe dich aus einer ganz besonderen Veranlassung auf dies Thema gebracht. Es sollte dich langsam vorbereiten auf eine Kunde, die dich vielleicht ein wenig erregen wird.«

Überrascht sah er zu ihr auf. Seine Augen sahen forschend in ihr blasses, zuckendes Gesicht. »Was meinst du?«

Sie preßte seine kalten Greisenhände in ihren jungen, warmen. »Nicht wahr, du wirst dich nicht zu sehr aufregen, wenn ich dir sage, daß ich in der Tasche eines Kleides, das deiner Tochter gehörte, einen Brief fand, der etwas sehr Seltsames enthält.«

Er richtete sich auf und sah sie scharf und durchdringend an. »Einen Brief fandest du? Einen Brief von meiner Tochter?«

»Nein, ein Schreiben, das an sie gerichtet war – ein Schreiben von Claus Herfurt.«

Ein tiefer Atemzug hob seine Brust. »Ein Liebesbrief also von ihm an meine Tochter? Wohl aus der Zeit, ehe ich ihn entließ?«

»Nein, er ist nach dieser Zeit geschrieben; erst nach ihrer Rückkehr aus England.«

Es zuckte in seinem Gesicht. »Wirklich? Er hatte sie also nicht vergessen – nicht aufgegeben? Sieh, Ruth, das freut mich. Ich habe mir oft Vorwürfe gemacht in all den Jahren, daß ich zerstörend in das Liebesglück meiner Tochter eingriff. Ich sagte mir, sie hat hingehen müssen mit dem Bewußtsein, daß der Mann, den sie liebte, sie nicht einmal eines Kampfes wert gefunden hat. Ohne sich zu wehren, ließ er sich fortschicken und ließ nichts mehr von sich hören. Nun sagst du mir, daß sie noch brieflich in Verbindung miteinander standen. Sie wußte also, daß er sie nicht vergessen hatte, und das befähigte sie, mir zu sagen, daß sie nie einem anderen als ihm angehören würde. Ihr Liebesglück blieb ihr also wenigstens treu bis zum Tode. Dafür soll er gesegnet sein.«

Ruth nahm seine Hand und preßte ihre Lippen darauf. »Lieber, lieber Onkel Rochus, nun habe ich den Mut, dir diesen Brief zu geben.«

Er lächelte. »Gehört denn so viel Mut dazu?«

»Mehr, als du denkst. Ich wußte nicht, ob er dich nicht zornig aufregen würde. Aber deine Worte sagen mir, daß du jetzt milde über alles denken wirst, was damals geschah. Und ich habe nun die feste Überzeugung, daß du, wenn du dich erregst, du dich nur freudig erregen wirst. Und das kann dir doch nicht schaden. Eine Aufregung steht dir freilich bevor, deshalb habe ich dich so schonend vorbereitet.«

Der alte Herr schüttelte den Kopf. »Nun, nun, kleine

Ruth, du scheinst mir erregter, als ich es bin, du zitterst ja. Gib mir unbesorgt den Brief. Was er auch enthalten mag, er wird mich berühren wie ein verklungenes Leid.«

Sie zog den Brief aus dem Ausschnitt ihres Kleides. »Aber bitte, sei recht ruhig, mache dich auf eine große Überraschung gefaßt.«

Durchdringend sah er sie an, während er nach dem Brief griff. Und dann wollte er ihn entfalten.

Sie faßte seinen Arm. »Warte noch einen Augenblick. Bitte, nimm erst noch einmal die beruhigenden Tabletten, die dir der Arzt verschrieb. Du hast sie ja bei dir.«

Er schüttelte den Kopf. »Glaubst du wirklich, daß mich diese längst vergangenen Dinge noch so sehr erregen könnten?«

»Aber diese längst vergangenen Dinge spielen vielleicht bis in die Gegenwart hinein. Bitte, nimm eine Tablette, mir zur Beruhigung.«

»Nun also – gib mir einen Schluck Wasser. Und hier sind die Tabletten. Dir zur Beruhigung will ich eine nehmen.«

Er tat es und trank einen Schluck Wasser nach. Dann entfaltete er den Brief und begann zu lesen.

Ruth beobachtete ihn in großer Besorgnis. Und ihre Angst war nicht umsonst gewesen, der Inhalt dieses Schreibens erregte den alten Herrn viel mehr, als sie geglaubt hatte.

Als er zu Ende war mit seiner Lektüre, sank er wie zerbrochen in sich zusammen und stöhnte tief auf. Mit einem erschütternden Blick auf Ruth herabsehend, die angstvoll zu seinen Füßen niedergesunken war und zu ihm aufsah, sagte er mit rauher, versagender Stimme:

»Ich hatte einen Enkel – und wußte es nicht. Meine

Tochter hinterließ einen Sohn, der Blut war von meinem Blut, und niemand hat es mir gesagt. Einsam hat man mich gelassen, und ich hätte so reich sein können.«

Es lag ein erschütternder Klang in diesen Worten. »Hätte ich dir diesen Brief nicht geben sollen, Onkel Rochus? Hab ich dir weh damit getan?«

Er legte die Hand auf ihren Scheitel. »Wenn du mir diesen Brief vorenthalten hättest, wärest du teuflisch grausam gewesen. Das bist du gottlob nicht – ich danke dir.«

»Sag mir, lieber Onkel Rochus, wirst du deinen Enkel anerkennen, wenn er noch lebt?«

Er stöhnte auf. »Will er denn etwas von mir wissen? Wenn er noch lebt – warum hat er dann nicht ein einziges Mal den Weg zu mir gefunden?«

Sie faßte seine Hände. »Vielleicht wagte er es nicht, vielleicht glaubte er, du würdest ihn nicht anerkennen, weil du seine Eltern trennen wolltest. Er war vielleicht zu stolz, als um diese Anerkennung zu bitten. Sein Vater zeigte dich ihm vielleicht in dem Licht eines harten, unerbittlichen Menschen. Möglich auch, sie warteten beide, Vater und Sohn, daß du sie rufen würdest, weil sie glaubten, deine Tochter habe dir ihr Geheimnis enthüllt. Sie muß lange gezögert haben, ehe sie den Mut dazu fand, denn dieser Brief datiert vom 25. August, und der 14. September ist der Todestag deiner Tochter. Inzwischen hätte sie dir alles beichten können. Daß sie es nicht getan, wußte ihr Gatte nicht. Er glaubte vielleicht, du wolltest weder von ihm noch von seinem Sohn etwas wissen, und er wollte sich nicht aufdrängen. Ein stolzer, gerader Mensch muß er gewesen sein. Gott mag wissen, wie ihn der Tod seiner über alles geliebten Frau getroffen hat. Wie sehr er sie liebte, das klingt doch überzeugend aus jedem Wort seines Briefes.«

Er nickte schwer. »Ja – der Wahrheit dieses Gefühls kann ich mich nicht verschließen. Gesegnet sei er, daß er meiner Tochter ein volles Glück bereitet hat, ehe sie von hinnen mußte. Aber grausam war es dennoch von ihm, mir mein Fleisch und Blut vorzuenthalten, mich so einsam zu lassen. Er hätte wohl einen Weg finden können, wie er es mich wissen lassen konnte, daß ich einen Enkel habe, ohne daß er sich zu demütigen brauchte. Und im Herzen meines Enkels muß, wenn er noch am Leben ist, kein Funken eines Zusammengehörigkeitsgefühls mit mir leben, sonst hätte er den Weg zu mir gefunden.«

Ruth dachte an den jungen Fremden, und in ihrem Herzen lebte jetzt die Gewißheit, daß er Rochus Bernds Enkel sein mußte. Alles, was sie an ihm beobachtet hatte, stimmte damit überein. Und fliegend vor Erregung sagte sie:

»Onkel Rochus, ich glaube, dein Enkel war auf dem Weg zu dir. Vielleicht schon früher – aber heute gewiß.«

Er fuhr empor aus seiner gebrochenen Haltung und starrte sie an. »Wie kommst du darauf?«

Ruth erzählte von ihrer Begegnung mit dem jungen Fremden am Vormittag. Und dann fuhr sie fort:

»Sieh, als ich dich vorhin hier hin und her gehen sah, da kam mir wir ein Blitz die Gewißheit, daß er dein Enkel ist. In Gang und Haltung ist er dir so ähnlich, wie zwei Menschen es nur sein können. Und er hat deine Züge; nicht so hart und fest, aber doch unverkennbar. Und deine Augen leuchteten mir aus seinem Gesicht entgegen – oder vielmehr die seiner Mutter; sie blickten jünger und weicher als die deinen. Wie ein Wunder erscheint es mir, daß ich gerade heute den Brief fand, nachdem ich ihm begegnet war. Und wenn er dein Enkel ist, wie ich jetzt fest glaube, dann steht er dir ganz gewiß nicht gleichgültig gegenüber, denn er sah wie gebannt zu dir hinüber. Nicht mir galt sein Interesse, sondern dir allein. Dich sah er an. Auch nach Tisch war er noch einmal draußen.«

Und sie erzählte ihm, was sie am Nachmittag beobachtet hatte.

»Mit großen, brennenden Blicken starrte er nach deinem Fenster, wo du erschienst, und dann wollte er Einlaß begehren, aber ein Blick auf seine Uhr sagte ihm, daß es nicht die rechte Stunde sei. Aber er wird wiederkommen – vielleicht morgen schon.«

Er faßte ihre Hände und drückte sie, daß es ihr weh tat.

»Ruth, wenn du recht hättest! Wenn er es war? Er gefiel mir so sehr, ich mußte ihm nachschauen voll Wohlgefallen. Und ich ahnte nicht, daß er mein Enkel sein kann. Wenn er nicht wiederkäme, Ruth, wenn dieser Blick auf ihn der einzige gewesen wäre, den mir das Schicksal gegönnt hat? Ruth, wie sollte ich ihn finden, wenn er nicht wiederkehrte?«

Sie atmete tief auf und ihre Augen leuchteten. »Er wird wiederkehren, sei gewiß. Wie ihn die Sehnsucht nach deinem Anblick hierher trieb, dreimal, soviel ich weiß, vielleicht, ohne daß ich es weiß noch öfter, so wird er auch nochmals wiederkommen.«

Schwer und mühsam arbeitete seine Brust.

»Dann halte ihn fest, wenn du ihn wiedersiehst, und bringe ihn mir. Laß ihn nicht wieder davongehen. Ruth, liebe kleine Ruth, wie reich hast du mich gemacht! Fast glaube ich es selbst, daß ich heute meinen Enkel gesehen habe. Meine Augen freuten sich an ihm, noch ehe mein Herz ihn erkannte. Wenn dieser Brief nicht lügt – und wie sollte er –, wenn meine Tochter mir einen Sohn hinterlassen hat, Ruth – dann habe ich einen Erben, dem ich mein Hab und Gut freudig hinterlassen kann. Dich werde ich nicht vergessen, Ruth, ich werde auch meinem Enkel die Sorge für dich ans Herz legen. Aber die andern, was sind sie mir? Nur ungern hätte ich sie bedacht, weil ich keinen anderen Verwandten hatte, aber nun – nun habe ich einen Erben nach meinem Herzen, Ruth. Gut, daß du schon an meinen Notar geschrieben hast. Jetzt macht mir das Testieren Freude, jetzt freue ich mich wieder meines Reichtums. Ach, er würde ja auch ohne Testament meinem Enkel gehören. Nur für dich will ich etwas festlegen, alles andere gehört meinem Enkel – meinem Enkel – meinem Enkel!«

Und erschüttert barg er sein Gesicht in den Händen.

Ruth war tief ergriffen. Sie streichelte sein graues Haar.

»Wie freue ich mich, daß es dich so glücklich macht, Onkel Rochus.«

Er nahm ihren Kopf zwischen seine Hände.

»Ja, du freust dich mit mir, auch wenn dir dadurch ein reicheres Erbe verlorengeht. Ich weiß, du bist uneigennützig.«

Sie sah ihn mit strahlendem Lächeln an. »Daß du das glaubst, macht mich stolz und froh. Es hat meine Seele schwer bedrückt, daß die Geschwister Bernd mich für eine Erbschleicherin hielten. Eine Last ist mir vom Herzen, daß du deinen rechten Erben gefunden hast.« »Werde ich ihn finden, Ruth? Wird er kommen?« »Ganz gewiß, du kannst ruhig sein. Und kommt er nicht, so rufen wir ihn. Gert Herfurt heißt er, wir werden ihn suchen, wenn er nicht von selbst kommt. Aber er kommt.«

Er küßte sie auf die Stirn. »Ich danke dir noch einmal, liebes Kind, daß du mir diese Freudenbotschaft brachtest.

Aber – jetzt muß ich doch ein wenig ruhen, ich fühle mich so leicht und froh – und doch so müde. Gib mir den Brief, ich will ihn, wenn ich allein bin, noch einmal lesen. Weißt du, soviel Glück vermag mein altes Herz nicht zu fassen – ich muß ruhen. Ruth – ich habe einen Erben, einen Enkel! Gott segne ihn und führe ihn mir zu, und er gebe, daß ich stolz sein kann auf ihn.«

Damit winkte er Ruth zu. Sie küßte ihm die Hand in tiefer Rührung, und er strich wie segnend über ihr Haar.

Ruth rückte ihm noch das Kissen zurecht und ging dann leise hinaus.

Draußen stand der alte Heinrich. Ruth trat an ihn heran.

»Heinrich, Onkel Rochus will ein wenig ruhen, er darf nicht gestört werden. Sorgen Sie dafür, daß jetzt niemand sein Zimmer betritt.«

»Ist der gnädige Herr nicht wohl, daß er jetzt ruht?« fragte Heinrich besorgt.

»Doch – er hatte nur eine große, freudige Aufregung, und die hat ihn ein wenig erschöpft.«

5

Der junge Herr, den Ruth Alving nach seiner Ähnlichkeit mit Rochus Bernd für dessen Enkel hielt, war in der Tat Gert Herfurt.

Als er der Villa Bernd den Rücken gekehrt hatte, ging er mit schnellen Schritten bis zu einer Wegkreuzung, wo er auf die bald heranrollende Elektrische stieg. Er fuhr damit bis zum Anhalter Bahnhof, in dessen Nähe er in einem Hotel wohnte.

Als er sein Zimmer erreicht hatte, warf er sich in einen Sessel und stützte den Kopf auf die Hand. Seine Gedanken umkreisten die Villa Bernd. Sie suchten dort einen alten, weißhaarigen Herrn und eine reizende junge blonde Dame, die er heute morgen zum ersten Mal gesehen hatte und die auf ihn gleich beim ersten Blick einen so tiefen Eindruck machte, daß er sie nicht mehr vergessen konnte. Wer mochte die junge Dame sein? In welchem Verhältnis stand sie zu Rochus Bernd, seinem Großvater, der doch, wie er in Erfahrung gebracht hatte, ganz allein und einsam in seiner vornehmen Villa lebte. Die junge Dame gehörte sicher ins Haus, sie mußte auch in einem sehr innigen Verhältnis zu seinem Großvater stehen, das hatte er aus dem Verhalten der beiden Menschen entnommen, als er sie im Garten sah.

Sie hatte ihm sehr gefallen. Etwas in ihrer Art hatte gleich zu seinem Herzen gesprochen und fast hatte er über ihrem Anblick vergessen, was ihn zu der Villa Bernd geführt hatte.

Er war von England herübergekommen, um seinen Großvater zu sehen. Vor kurzer Zeit war sein Vater gestorben und erst kurz vor seinem Tod hatte er ihm eröffnet, daß sein Großvater mütterlicherseits noch am Leben sei. Und dabei hatte Claus Herfurt seinem Sohn die Geschichte seines Lebens, seiner Liebe erzählt.

Als Sohn eines vermögenslosen Offiziers hatte er Sprachstudien getrieben; nachdem er sein Abitur gemacht, hatte er die Universität bezogen. Aber als sein Vater starb, konnte er dies Studium nicht fortsetzen, er mußte schnell Geld verdienen. So hatte er eine Anstellung als Korrespondent angenommen, und zwei Jahre später war er unter günstigen Bedingungen von der Firma Bernd verpflichtet worden.

Er hatte sein Amt zur größten Zufriedenheit seines Chefs ausgefüllt. Dieser ließ ihn zuweilen in seine Privatwohnung kommen, um sich Briefe von ihm übersetzen zu lassen.

Und bei einer solchen Gelegenheit hatte er Maria Bernd kennengelernt. Eines Tages hatte er auf Rochus Bernd warten müssen, und da hatte ihn dessen Tochter in ihrer lieben Art unterhalten, bis der Vater kam. Dieses kurze Alleinsein war für die beiden Menschen entscheidend gewesen. Claus Herfurt liebte von diesem Tage an die Tochter seines stolzen Chefs, und als er merkte, daß Maria ihm wieder zu begegnen suchte und ihn wiederliebte, da kannte sein Glück keine Grenzen.

Die beiden Liebenden sahen sich fortan zuweilen heimlich, und Maria gab ihrer Besorgnis Ausdruck, daß der Vater nie seine Einwilligung zu ihrer Vereinigung geben würde. Aber sie gab ihm ihr Wort, daß sie nie von ihm lassen und, wenn es nicht anders gehe, auch ohne des Vaters Zustimmung seine Frau werden würde.

Und dann hatte ihr Vater eines Tages entdeckt, wie sie zu Claus Herfurt stand. Er hatte sie zur Rede gestellt, und sie hatte sich mutig zu ihrer Liebe bekannt.

Der Vater hatte nichts von einer Verbindung der Liebenden wissen wollen und hatte seine Tochter nach England geschickt und Claus Herfurt plötzlich entlassen. Die Liebenden hatten jedoch schon vorher miteinander eine Chiffre verabredet, unter der sie sich Nachrichten zukommen lassen wollten.

Und so erhielt Claus Herfurt von Maria ein Schreiben,

in dem sie ihm mitteilte, daß der Vater sie nach England, in die Grafschaft Cornwall, zu einer Cousine ihrer Mutter, Miß Jenny Brown, schicken würde. Ihre Tante bewohnte ein Cottage im Dorfe Longvillage. Sie erwarte ihn dort. Es sei ausgeschlossen, daß der Vater seine Zustimmung zu ihrer Heirat geben werde, aber einer vollendeten Tatsache werde er sich fügen müssen. Tante Jenny habe sie sehr lieb und werde sich von ihr bestimmen lassen, ihnen zu helfen.

Und Claus Herfurt hatte keinen Augenblick gezögert, Marias Wunsch zu erfüllen. Ihr Vater hatte ihn in so beleidigender Weise abgetan, daß er keine Rücksicht auf ihn zu nehmen brauchte. Maria war mündig, und seine Ersparnisse gestatteten ihm, mit seiner jungen Frau einige Monate zu leben. Inzwischen würde er sich nach einer anderen Existenz umsehen. Seine Liebe war zu stark und zu mächtig, als daß sie vor einem Hindernis halt gemacht hätte.

So folgte er Maria nach England.

Diese hatte Tante Jenny bereits auf ihre Seite gebracht. Die gutmütige alte Dame war zornig über den harten Vater, und als Claus Herfurt dann in seiner stattlichen, bezwingenden Männlichkeit vor ihr stand und seine Bitten mit denen Marias vereinigte, willigte sie in alles ein.

In kürzester Zeit war eine stille, schlichte Hochzeit gerichtet. Maria hatte ihre Papiere mitgebracht, Claus Herfurt ebenfalls, und so wurde wenige Wochen nach ihrer Abreise Maria Bernd Claus Herfurts glückseliges Weib.

Sie lebten in dem freundlichen Landhäuschen Tante Jennys, die das junge Paar nicht fortließ. Claus Herfurt knüpfte geschäftliche Verbindungen mit einem großen, englischen Verlag an und übersetzte literarische und wissenschaftliche Bücher. So lebte das junge Paar in stillfriedlicher Glückseligkeit, die nur zuweilen leise getrübt wurde, wenn Maria an ihren Vater dachte.

Mehr als ein Jahr war so vergangen. Maria hatte im zehnten Monat ihrer Ehe einem gesunden Söhnchen das Leben gegeben, und als der kleine Gert zwei Monate alt war, rief der Vater Maria nach Hause. Sie folgte auch diesem Ruf, um dem Vater persönlich in schonendster Weise ihre Beichte abzulegen. Würde sie seine Verzeihung erlangen, dann sollte Claus mit dem kleinen Gert folgen, andernfalls wollte sie zu ihrem Mann nach Longvillage zurückkehren. Nach einem schweren schmerzlichen Abschied von ihrem Kind, ihrem Gatten und Tante Jenny reiste Maria ab.

Claus Herfurt suchte Trost in seiner Arbeit. Er hatte inzwischen auch noch mit einem deutschen Verlag abgeschlossen. Seine Übersetzungen waren vorzüglich, und er hatte Aufträge genug. So hätte er der Zukunft beruhigt ins Auge sehen können; aber seit der Abreise seiner Frau war er von einer fast krankhaften Unruhe und Sehnsucht erfüllt. Ihm war, seit Maria fort war, als drohten seiner Liebe tausend Gefahren.

Dazu kam, daß die immer gütige, immer trostbereite Tante Jenny gleich nach Marias Abreise schwer erkrankte und nach wenigen Tagen starb.

Claus Herfurt küßte ihr ergriffen die toten Hände. So dankbar war er ihr gewesen, daß sie Maria und ihm das Glück gegönnt hatte.

Jenny Brown hinterließ ihr kleines, hübsches Anwesen testamentarisch einem Fräuleinstift. Es sollten in ihrem Haus alleinstehende alte Damen Aufnahme finden, und ihre treue Dienerin, Betty Flead, sollte bis an ihr Lebensende freie Wohnung und freie Verpflegung haben. Dies Testament hatte die alte Dame schon vor Jahren gemacht. Vor ihrer Krankheit hatte sie noch mit Claus Herfurt darüber gesprochen, daß sie dies Testament abändern und den kleinen Gert zu ihrem Erben einsetzen wollte. Sie war nicht mehr dazu gekommen.

Kurz nach Tante Jennys Tod traf Claus Herfurt dann der furchtbarste Schlag seines Lebens. Das Telegramm Rochus Bernds traf ein, das Jenny Brown das tragische Ende Marias meldete. Claus Herfurt öffnete mit bebenden Händen das Telegramm, hoffend, daß es ihm tröstliche Kunde über Maria bringe. Und als er es geöffnet und gelesen hatte, brach der stattliche, kraftvolle Mann wie ein gefällter Baum zu Boden. Er war in den folgenden Tagen dem Wahnsinn nahe, wußte nicht, was er tat und starrte wie ein Geistesgestörter vor sich hin. Betty Flead, die treue Dienerin der verstorbenen Jenny Brown, brachte ihm sein Kind, legte es ihm in die Arme und sagte weinend: »Ihr dürft das Kind nicht vergessen.«

Da endlich raffte er sich auf aus der Lethargie seines Schmerzes und preßte sein Kind in wildem Jammer an sich.

Vielleicht war es gut und heilsam für ihn, daß das Stift, das das Cottage geerbt hatte, in diesen Tagen seine Rechte antrat. Claus Herfurt mußte seine Sachen packen und das freundliche Landhaus, in dem er so glücklich gewesen war, verlassen. Dadurch wurde er ein wenig von seinem Schmerz abgelenkt.

Durch die Zeitungen erfuhr er Näheres über den Unglücksfall, dem seine Frau zum Opfer gefallen war.

Er wartete nun, daß eine Nachricht von Rochus Bernd

kommen würde. Es erschien ihm zweifellos, daß Maria längst ihrem Vater gebeichtet haben mußte.

Als keine Nachricht kam, sagte er sich, Rochus Bernd wolle weder etwas von ihm, noch von seinem Sohn wissen. Er nahm an, daß der alte Herr ihm grolle und die Verheiratung seiner Tochter verurteilte.

Kam ihm aber doch zuweilen ein Zweifel, ob Maria dem Vater gebeichtet hatte, dann drückte er in verbissenem Trotz sein Kind ans Herz und dachte: Um so besser, so brauche ich meinen Sohn nicht mit diesem Mann zu teilen, der sich zwischen mich und meine Liebe stellte. Weiß er durch Maria nichts von unserer Vermählung, so soll er auch von mir nichts erfahren. Er war mit seinem Sohn in das leere Dachgeschoß des Pfarrhauses übergesiedelt. Es grenzte dicht an die Dorfkirche. Auf der gegenüberliegenden Seite der Kirche, ebenso dicht an diese geschmiegt, stand das kleine Gemeindehaus, die Stätte aller Gerichtsbarkeit und behördlicher Amtlichkeit für Longvillage.

Dumpf und stumpf hatte Claus Herfurt die ersten Jahre nach dem Tod seiner Frau weitergelebt. Sein einziger Trost war der kleine Gert, der unter der speziellen Obhut der Frau Pfarrerin und Betty Fleads heranwuchs. Seine Amme, eine dralle Bäuerin, hatte ihn bis über das erste Lebensjahr genährt, und nun wurde er von der Pfarrerin und der treuen Dienerin Tante Jennys prachtvoll herausgepflegt.

Claus Herfurt hatte erst nach Deutschland zurückkehren wollen, aber er trennte sich schwer von dem Ort, wo er so glücklich gewesen war und wo ihm auf allen Wegen liebe Erinnerungen entgegenblühten. Langsam kam eine wehmütige Resignation über ihn, und die Zeit strich auch über seinen herben Schmerz mit heilender, lindernder Hand.

Er lebte zurückgezogen in dem kleinen Pfarrhaus seiner Arbeit und seinem Sohn. Nach etwas anderem verlangte er nicht.

So war der kleine Gert in der guten Berglandluft von Cornwall zu einem gesunden, kräftigen Knaben von zehn Jahren emporgewachsen, als eine jähe Wandlung in sein und seines Vaters Leben kam. An einem Sommertag hatte Claus Herfurt soeben ein vollendetes Manuskript von großem Umfang zur Post gegeben, um es an seinen Verlag nach Deutschland zu schicken. Und nun wollte er, ehe er eine neue Arbeit begann, eine kurze Ruhepause machen. Um sich zu erfrischen und Gert eine Freude zu machen, beschloß er einen Ausflug in die Berge von Cornwall.

Vater und Sohn liebten einander sehr und zogen mit Rucksack und Bergstöcken bewaffnet nebeneinander hin, immer bergauf von Longvillage aus.

Der Tag wurde sehr heiß, und um die Mittagszeit rasteten sie vor einer Hütte, die oben auf einem Aussichtspunkt stand.

Während sie hier ihren mitgebrachten Proviant verzehrten, zog ein schweres Gewitter auf, das sie nach seinem Ausbruch nötigte, in der Hütte Schutz zu suchen. Am Fenster dieser Hütte standen Vater und Sohn eng umschlungen und sahen in das grandiose Schauspiel des Unwetters. Tief unten lag, wie halb im Nebel, Longvillage mit der kleinen Kirche und dem sich daran schmiegenden Pfarr- und Gemeindehaus.

Und plötzlich sahen sie, wie mit einem furchtbaren Schlag der Blitz in die Kirche fuhr. Ein großer Brand entstand, dem nicht nur die Kirche, sondern auch das Gemeinde- und Pfarrhaus und noch einige kleine anstoßende Gebäude zum Opfer fielen.

Die Kirche brannte völlig aus, das Gemeindehaus brach brennend zusammen und vom Pfarrhaus blieben auch nur die nackten Wände stehen.

Als Vater und Sohn nach mühseligem Wandern am Nachmittag wieder in Longvillage anlangten, fanden sie das ganze Dorf in Aufregung. Außer dem alten Kirchendiener, der die Kirchenbücher hatte retten wollen, war kein Menschenleben zu beklagen, aber sonst war alles verbrannt, was in den Gebäuden gewesen war, vor allem auch die Kirchenbücher und die Gemeindeakten.

Auch von Claus Herfurts Habseligkeiten war ein Teil mit verbrannt. Zum Glück hatte der Pfarrer wenigstens die Kassette mit seinem Bargeld und seinen Papieren gerettet, die ihm Claus Herfurt in Verwahrung gegeben hatte. Und sein fertiges Manuskript, an dem er seit Monaten arbeitete, hatte er zum Glück zur Post gegeben.

Longvillage war Claus Herfurt nun verleidet. Er fand keine passende Unterkunft, und da er ohnedies beschlossen hatte, seines Sohnes wegen nach Deutschland zu gehen, um ihm eine deutsche Gymnasialbildung zu ermöglichen, führte er diesen Vorsatz jetzt aus.

Er reiste mit Gert nach Hannover. Dort blieben Vater und Sohn, in einer Pension wohnend, bis Gert sein Abitur gemacht hatte. Claus Herfurt hatte seinen Sohn selbst in den neuen Sprachen unterrichtet, und da auch Gert großes Sprachtalent hatte, war er bald, wie sein Vater, in der Lage, Übersetzungen zu machen.

Sie gingen nun wieder nach England zurück, weil Claus Herfurt dort gute Beziehungen hatte. Er hatte die Freude, seinen Sohn ebenfalls bei dem großen englischen

Verlag unterzubringen, und nun lebten Vater und Sohn in London und arbeiteten gemeinsam.

Dann brach der Weltkrieg aus und Vater und Sohn konnten nicht mehr nach Deutschland zurück. Sie wurden interniert, aber nicht so streng wie mancher andere Deutsche, weil sie jahrelang in England gelebt und weil Gert in England geboren war.

So vergingen ihnen die Kriegsjahre, wenn auch nicht angenehm, so doch erträglich. Sie waren beide sehr fleißig und verdienten reichlich genug, um ein ganz behagliches Leben führen zu können. Als der Krieg zu Ende war, begann Claus Herfurt zu kränkeln. Er hatte sich im Internierungslager eine heftige Erkältung zugezogen, und diese war nicht richtig ausgeheilt. Er konnte nicht mehr so viel arbeiten wie früher, und so kam es ganz von selbst, daß Gert in die Verträge seines Vaters eintrat. Seine Arbeiten fielen zur größten Zufriedenheit seiner Auftraggeber aus, und als Claus Herfurt dann nach einigen Jahren sein Ende nahen fühlte, konnte er über die Zukunft seines Sohnes beruhigt sein.

Aber während er tatenlos auf seinem letzten Krankenlager ruhte, kamen ihm doch Bedenken, ob er recht daran getan hatte, seinen Sohn völlig von seinem Großvater zurückzuhalten. Daß Rochus Bernd von der Existenz eines Enkels wußte, glaubte er schon längst nicht mehr. Er hatte in Erfahrung gebracht, daß Marias Vater ein ganz einsames, zurückgezogenes Leben führte. Sicher hätte er diese Einsamkeit nicht ertragen, wenn er gewußt hätte, daß ihm ein Enkel lebte. Trotzdem hatte er nie daran gedacht, dem reichen Manne mitzuteilen, was ihm seine Tochter vielleicht nicht zu sagen gewagt hatte.

Jetzt aber, angesichts des Todes, fragte er sich: Tatest du

recht, daß du dem Großvater den Enkel vorenthieltest? Und tatest du recht an deinem Sohn, daß du ihn vielleicht um ein reiches Erbe brachtest, nur, weil du zu stolz warst, Rochus Bernd ein Wort von seiner Existenz zu sagen? Ist dein Sohn nicht zugleich der Sohn deiner einzig geliebten Frau und als solcher der legitime Erbe seines Großvaters?

Und deshalb sagte er, wenige Tage vor seinem Tod zu seinem Sohn:

»Mein lieber Gert – wenn ich nicht mehr sein werde, dann sollst du eines Tages deinen Großvater in Deutschland aufsuchen.«

Überrascht hatte Gert ihn angesehen. »Lebt denn dein Vater noch?«

Claus Herfurt hatte den Kopf geschüttelt. »Nicht mein Vater, Gert, sondern der deiner Mutter.«

»Warum hast du mir nie von ihm gesprochen, Vater?«

»Ich hatte meine Gründe, aber sie erscheinen mir jetzt nicht mehr stichhaltig. Ich will mit dir darüber sprechen. Du sollst alles hören aus meinem Leben und aus dem Leben deiner Mutter, was ich dir bisher verschwiegen habe.«

Und er hatte Gert alles erzählt, auch seine Gründe für sein Schweigen hatte er ihm mitgeteilt. Und zum Schluß sagte er: »Ich glaube jetzt nicht mehr, daß dein Großvater etwas von deiner Existenz gewußt hat. Einmal hätte doch bei ihm die Sehnsucht nach seinem eigenen Fleisch und Blut durchkommen müssen. Wahrscheinlich hatte deine Mutter doch nicht den Mut gefunden, ihm alles zu sagen, als sie ein jäher Tod wegriß. Ich habe mich zuweilen nach Rochus Bernd erkundigt. Er lebt in seiner Villa in einer Villenkolonie im Westen Berlins und ist inzwischen ein sehr alter Herr geworden. Gesund und rüstig scheint er noch zu sein, obwohl er sich etwas von seinen Geschäften zurückgezogen hat. Er wird mich vielleicht um Jahre überleben. Mir läßt nun der Gedanke keine Ruhe, daß ich diesen Mann in meinem verbitterten Stolz um etwas Großes und Schönes gebracht habe, denn auf seinen Enkel könnte er sehr stolz sein. Und zugleich sage ich mir, daß ich dich nicht um ein großes, reiches Erbe betrügen darf, auf das du, als deiner Mutter Sohn, ein Anrecht hast. Deshalb, mein lieber Junge, wünsche ich, daß du nach meinem Tod nach Deutschland reist und deinen Großvater aufsuchst. Gib dich ihm zu erkennen als sein Enkel, lege ihm zu deiner Legitimierung den Taufschein deiner Eltern vor. Sieh, in dieser Brieftasche, zwischen Futter und Oberleder verborgen, trage ich seit Jahren diesen Trauschein bei mir, er ist ein unersetzliches Dokument. Du wirst dich erinnern, daß die Kirche und das Gemeinde- und Pfarrhaus von Longvillage ein Raub der Flammen wurde, nicht wahr?«

»Ja, Vater, wir sahen von dem Berg aus den Blitz hineinschlagen. Dieses grausig schöne Schauspiel werde ich nie vergessen.«

»Nun, mit der Kirche und dem Gemeindehaus verbrannten die Kirchenbücher und alle Gemeindeakten. Der alte Pfarrer und der Gemeindevorsteher sind längst gestorben. In der neu aufgebauten Kirche predigt ein neuer Pfarrer. Es wäre dir also nicht möglich, diesen Trauschein ersetzen zu lassen, würdest du ihn verlieren. Also hüte dies Dokument, es kann dir noch große Dienste leisten. Möglicherweise stirbt dein Großvater, ehe du zu ihm kommst, denn er ist ein Greis. Dann sollst du dich durch diesen Trauschein als sein Erbe legitimieren. Das habe ich jetzt alles bedacht. Für mich selbst habe ich nie nach dem Reichtum deines Großvaters getrachtet, ich liebte deine Mutter um ihrer selbst willen. Aber du hast als deiner Mutter Sohn ein Recht daran – und, ich fühle es, ich handle jetzt im Sinne deiner Mutter, wenn ich dich zu deinem Großvater schicke. Also hüte den Trauschein gut; laß ihn in seinem sicheren Gewahrsam, wo er so lange ruht, und trage ihn, wie ich es tat, immer bei dir. Vielleicht wird dir dein Großvater auch ohne dies Dokument glauben, daß du sein Enkel bist, denn du bist sein Ebenbild geworden, wenn deine Augen auch nicht so hart und stolz blicken wie die seinen. Vielleicht hat auch ihn das Leben milder und weicher gemacht, vielleicht hat ihm die Einsamkeit den harten Stolz ausgetrieben. Aber des Trauscheins bedarfst du vor allen Dingen, wenn du ihn nicht mehr am Leben triffst. Ich hoffe, daß es ihm noch vergönnt ist, dir in die Augen zu schauen. Deshalb zögere nicht lange, ihn aufzusuchen.«

So hatte Claus Herfurt zu seinem Sohn gesagt und Gert hatte geantwortet:

»Ich werde deinen Wunsch erfüllen, lieber Vater. Aber wenn mein Großvater mich nicht anerkennen will, dann brauche ich mich nicht durch eine Bitte darum zu demütigen?«

»Nein, mein Sohn, das sollst du nicht, dann wärst du nicht mein Sohn. Aber dein Erbrecht sollst du trotzdem nach seinem Tod geltend machen. Ich bin es deiner Mutter schuldig, daß ich dich veranlasse, das zu tun, gegen wen es auch sei. Denn deine Mutter war sein einziges Kind, und niemand hat ein größeres Recht auf sein Erbe als du. Versprich es mir, daß du deine Erbansprüche geltend machen willst, denn damit ehrst du deine Mutter noch im Grab.«

»Ich verspreche es dir, Vater. Und ich hoffe, daß ich meinen Großvater noch lebend antreffe.«

»Das hoffe ich auch, Gert. Und ich hoffe, daß es ihm eine Freude ist, dich zu sehen.«

»Wenn das aber nicht der Fall ist?«

»Dann hast du deiner Pflicht genügt und bist zu weiterem nicht verpflichtet.«

Bald nach dieser Unterredung war Claus Herfurt gestorben. Und Gert hatte, nachdem er ihn bestattet, nur noch seine laufenden Geschäfte geordnet und war nach Deutschland gereist.

In Berlin angekommen, hatte er im Hotel Excelsior Wohnung genommen. Seine Ersparnisse in englischem Geld gestatteten ihm das Leben in einem guten Hotel. Gleich am Tag nach seiner Ankunft zog er Erkundigungen ein nach seinem Großvater. Er erfuhr, daß dieser noch am Leben sei und kürzlich eine schwere Krankheit überstanden habe. Heute morgen war er nun zur Villenkolonie hinausgefahren und hatte sondieren wollen. Es wäre ihm lieb gewesen, seinen Großvater erst einmal von Angesicht zu Angesicht zu sehen, ehe er ihn aufsuchte. Deshalb umstrich er spähend die Villa Bernd.

Am Vormittag war es ihm noch nicht gelungen, da hatte er nur die Begegnung mit der jungen blonden Dame gehabt. Aber als er dann zurückkam, nachdem er eine Stunde im Wald herumgelaufen war, nach seiner zweiten Begegnung mit der jungen Dame, hatte er den alten Herrn mit ihr im Garten gesehen. Und er hatte gleich gefühlt, daß dieser ehrwürdige Greis sein Großvater sei. Tief bewegt war er davongegangen. Er hatte in einem in der Nähe liegenden Restaurant zu Mittag gespeist und war später noch einmal zur Villa Bernd gegangen. Die Unruhe hatte ihn dahin getrieben – und vielleicht auch die Sehnsucht nach der jungen blonden Dame. Als er dann den Großvater am Fenster seines Zimmers gesehen hatte, war der Wunsch in ihm erwacht, sogleich zu ihm zu gehen. Aber ein Blick auf die Uhr hatte ihm verraten, daß es keine Besuchsstunde war, zu der er Einlaß begehren konnte.

Und so war er davongegangen, mit dem festen Entschluß, am nächsten Vormittag seinen Großvater aufzusuchen. Dessen Bild hatte er sich tief eingeprägt, es hatte zu seinem Herzen gesprochen. Der alte, imponierende Herr mit dem dichten weißen Haar und dem edlen, charakteristischen Gesicht hatte etwas in seinem Innern geweckt. Blut ist dicker als Wasser; er hatte es gefühlt, daß er durch Bande des Blutes mit diesem alten Herrn verbunden war.

Und tief bewegt saß er nun hier im Hotel und hing seinen Gedanken nach.

»Morgen gehe ich zu ihm«, sagte er vor sich hin.

Und dann entnahm er seiner Brusttasche die Brieftasche, die sein Vater ihm gegeben hatte. Es war eine schlichte, feste Ledertasche, schwarz, mit einem kleinen, kreisrunden, roten Heck in der unteren rechten Ecke. Man sah ihr den längeren Gebrauch an, aber sie war tadellos erhalten.

Gert nahm einige Papiere aus der Brieftasche. Es waren keine Sachen von Wichtigkeit, nur einige geschäftliche Briefe. Gert hatte sich nach seines Vaters Tode überzeugt, daß zwischen Oberleder und Futter dieser Brieftasche der Trauschein seiner Eltern verborgen lag. Er hatte ihn wieder in sein Versteck zurückgeschoben, und die wenigen Stiche, die er hatte auftrennen müssen, wieder zugenäht. Einen Moment zögerte er, als er jetzt diese Stiche wieder auftrennen wollte, um den Trauschein herauszunehmen. Und schließlich unterließ er es. Dazu war Zeit, wenn er bei seinem Großvater war und den Schein vorlegen wollte. Er legte die geschäftlichen Briefe wieder in die Brieftasche und steckte sie wieder zu sich. Seine eigene Brieftasche mit seinem Geld, seinem Paß und anderen wichtigen Papieren hatte er im Tresor des Hotels deponiert. Geld trug er für den täglichen Bedarf in einer kleinen Geldtasche, die er extra zu sich gesteckt hatte.

Mit einem tiefen Atemzug erhob er sich und trat an das Fenster. Da unten brauste und brandete das Berliner Leben.

Dem Hotel gegenüber lag der Anhalter Bahnhof. Aus der Halle strömten die Passanten, Autos fuhren vor, Gepäckträger sprangen herzu, und dazwischen liefen die kleinen Reisenden, ihre ärmlichen Koffer und Kartons selber tragend.

Sinnend ließ Gert seine Augen über das bunte, bewegte Bild schweifen. Und er dachte an ein blondes Mädchen mit blauen Augen.

6

Ruth hatte, nachdem sie Onkel Rochus allein gelassen, allerlei im Haushalt zu tun gehabt. Als sie unten im Souterrain in den Wirtschaftsräumen verschiedene Vorräte herausgab, kam der Laufbursche aus dem Kolonialwarenladen und brachte einige Waren, die Ruth bestellt hatte.

Max Reichert dienerte, die Mütze in der Hand, vor Ruth.

»Allens bringe ick Ihnen, Fräulein Alving, nur Zucker jibt es nich. Der Chef läßt Ihnen sagen, et fehlte überall an Zucker. Sobald er welchen kriegt, dann kriegen Sie ooch welchen.«

Ruth nickte ihm freundlich zu. »Es ist gut, Max, aber sorgen Sie ein wenig mit dafür, daß wir den Zucker bekommen.«

Max Reichert nickte und sah Ruth ganz verzückt an. »Na, for Ihnen, Fräulein Alving, da werde ick schonst sorgen.«

Sie lachte. »Das soll mich freuen. Nun gehen Sie in die Küche, und lassen Sie sich eine Stulle und eine Tasse warmen Kaffee geben, heut ist's kalt.«

»Au fein, Fräulein Alving. Sie sind immer so gut zu mir. Ick möchte jern ooch mal wat for Ihnen tun.«

»Ist nicht nötig, Max. Wie geht es denn der Mutter und den Brüdern?«

Er seufzte. »Na – man so! Is ja allens so teuer. Und wir drei Jöhren, wir können wat vadrücken. Ick sage Ihnen, Fräulein Alving, et ist 'ne schreckliche Zeit. Und allens jeht kaputt. Ick friere wie'n Schneider in mein durchbrochenet Jewand.«

Damit zeigte er Ruth sein fadenscheiniges Röckchen.

Ruth glänzte die Freude aus den Augen, daß sie helfen konnte. »Ich habe etwas für Sie, Max, Sie werden sich freuen. Herr Bernd hat mir erlaubt, Ihnen einige getragene Anzüge und Mäntel zu schenken. Daraus kann Mutter für ihre drei Jungen Anzüge und warme Mäntel nähen. Ich packe Ihnen das zusammen, sobald ich Zeit habe, und dann können Sie es mitnehmen.«

Max Reichert bekam vor Freude einen roten Kopf und seine Augen blitzten und blinkten vor Vergnügen.

»Sie sind doch 'n Engel, Fräulein Alving, und ick freue mir kaputt. Muttern wird 'n Stein von Herzen fallen, det sie unsre Blößen bedecken kann. Sie jammert schonst alle Tage, det ick nun meinen Konfirmationsanzug for alle Tage anziehen muß, weil die alte Kluft hier nich mehr hält. Jott sei Dank, nu is Mutter 'ne Sorge los. Wann kann ick mir die Sachen holen?«

»Ich lege sie zurecht, wenn Sie wiederkommen, Max.«

»Na schön! Nochmals villen Dank, Fräulein Alving. Un nun jeh ick an die Stulle ran.«

Damit dienerte Max Reichert aus der Vorratskammer hinaus und ging in die Küche. Ruth ordnete die gebrachten Waren in ihre Behälter. Dann ging sie hinauf und brachte ihre Wirtschaftsbücher in Ordnung.

Inzwischen war es Zeit zum Abendessen geworden, und Ruth wurde ein wenig unruhig, weil Onkel Rochus nichts von sich hören ließ.

Sie ging hinunter und sah den alten Heinrich neben der Tür zum Arbeitszimmer sitzen. Er war ein wenig eingenickt, wachte aber sogleich auf, als sie herankam, und erhob sich.

»Hat Onkel Rochus noch nicht nach Ihnen verlangt, Heinrich?« fragte sie.

»Nein, Fräulein Ruth, ich war die ganze Zeit hier. Aber der gnädige Herr hat noch nichts von sich hören lassen.«

»Da müssen wir ihn wohl wecken, Heinrich, es ist Zeit zum Abendessen. Bitte, gehen Sie zu ihm hinein, und wenn er noch schlafen sollte, wecken Sie ihn recht vorsichtig.«

»Das will ich tun, Fräulein Ruth. Ich begreife überhaupt nicht, daß der gnädige Herr um diese Zeit so lange schläft. Das tut er doch sonst nicht.«

»Ich sagte Ihnen ja, er hatte eine große freudige Aufregung und danach wurde er matt und müde.«

»Nun, so will ich zu ihm hineingehen.«

»Tun Sie das, Heinrich, und wenn er nach mir verlangt – ich warte hier.«

Heinrich klinkte nun leise die Tür auf und trat ein. Drinnen im Arbeitszimmer brannte noch das elektrische Licht. Ruth stand wartend unweit der Tür. Aber kaum hatte sie Heinrich geschlossen, da riß er sie schon wieder auf und stand mit blassem, verstörtem Gesicht auf der Schwelle.

»Fräulein Ruth, unser gnädiger Herr – kommen Sie selbst; mir scheint, es ist ihm etwas zugestoßen.«

Ruth eilte erschrocken an ihm vorüber in das Zimmer. Im Lehnstuhl saß, wie vorhin, Rochus Bernd, mit zurückgelegtem Haupt, wie schlafend. Aber die Arme hingen steif herab und der Unterkiefer war herabgefallen. Vor ihm stand das kleine Tischchen, auf das er den Brief gelegt hatte, den Ruth in Marias Koffer gefunden hatte.

Etwas in dem starren, leblosen Gesicht ließ Ruth zusammenzucken. Sie faßte nach seiner Hand, seinen Namen rufend. Aber die Hand war kalt und steif.

Ruth schluchzte auf. »Heinrich – schnell – telefonieren Sie nach dem Arzt!« rief sie außer sich.

Heinrich eilte davon, so schnell ihn seine alten Beine trugen. Ruth beugte sich über den alten Herrn.

»Onkel Rochus – lieber Onkel Rochus – hörst du mich nicht?« rief sie weinend.

Aber er hörte sie nicht mehr, er war tot.

Sie fiel vor ihm nieder und küßte seine kalte Hand. Er war ihr immer ein großmütiger, fürsorglicher Vormund gewesen. Sie hatte ihn lieb gehabt wie einen Vater und ihn verehrt. Und es tat ihr weh, daß er von ihr gegangen war ohne Abschied und ohne daß sie ihm noch einmal hätte danken können. Seine Hand war freilich, ehe sie von ihm ging, wie segnend über ihr Haupt geglitten, und – sie hatte ihm noch eine große Freude bereiten können, eine Freude freilich, die zu groß gewesen war, als daß sein altes Herz sie noch hatte fassen können.

Sie sah den Brief Claus Herfurts auf dem Tisch liegen und instinktiv steckte sie ihn zu sich. Es sollten nicht fremde, neugierige Augen darauf ruhen.

So tief hatte ihn die Kunde von der Verheiratung seiner Tochter und von der Existenz eines Enkels erregt, daß er die Freude nicht hatte überleben können.

»Hätte ich ihm den Brief nicht geben sollen?« fragte sie sich bang.

Sie sah in des Toten Angesicht, auf dem ein majestätischer Frieden lag. Und sie dachte an seine Worte, als sie ihm die gleiche Frage vorgelegt hatte und richtete sich getröstet auf.

Nein, sie hätte ihm diesen Brief nicht vorenthalten dürfen. Vielleicht wäre er auch ohnedies gestorben, da er zuweilen schon Herzbeschwerden gehabt hatte. Und dann wäre er verschieden, ohne zu erfahren, was ihn mit einer so heiligen Freude erfüllt hatte – daß er einen Enkel, einen Erben besaß.

Ruth dachte an den jungen Fremden. Wenn er wirklich, wie sie bestimmt glaubte, der Enkel ihres Vormunds war, wenn er gekommen war, um seinen Großvater zu sehen, dann war er eben noch zur rechten Zeit gekommen. Und wenn er nun vielleicht wiederkam, um ihn zu sprechen, dann kam er zu spät.

Vielleicht hatte er ihn aber nur aus der Ferne sehen wollen? Aber nein, er hatte schon gestern die Hand an der Klingel gehabt, um Einlaß zu begehren, und er würde bestimmt wiederkommen. Aber würde er auch wiederkommen, wenn er hörte, daß sein Großvater gestorben war?

Ruth blieb jetzt keine Zeit, darüber nachzudenken. Heinrich kam zurück, und hinter ihm drängten sich die Dienstboten an der offenen Tür.

Ruth trocknete ihre Tränen und bat die Dienstboten mit verhaltener Stimme, sie möchten sich still verhalten und hinausgehen, damit die Ruhe des Toten nicht gestört würde. Nur Heinrich durfte mit bei dem Verstorbenen bleiben.

Als der Arzt kam, konstatierte er einen Herzschlag. »Hat Herr Bernd eine große Aufregung gehabt?« fragte er.

Ruth wußte nicht, was sie erwidern sollte. Und sie sagte vorsichtig: »Er hat am Nachmittag mit mir von seiner verstorbenen Tochter gesprochen. Das hat ihn anscheinend sehr erregt, denn er fühlte sich danach sehr angegriffen und wollte ruhen.«

Der Arzt nickte. »In seinem Alter kommt es schon vor, daß selbst ohne besondere Erregung das Herz den Dienst versagt, zumal er eben erst eine fieberhafte Krankheit hinter sich hatte. Er klagte verschiedentlich über Herzbeschwerden. Jedenfalls ist er schon seit einigen Stunden tot.«

»Also ist keine Hoffnung mehr?« fragte Ruth mit einem zitternden Schluchzen.

»Nein, Fräulein Alving.«

Bedrückt sah Ruth mit feuchten Augen auf den alten Heinrich, der zusammengesunken an einem Schrank lehnte und nach Fassung rang. Auch für ihn bedeutete der Tod seines Herrn einen schweren Verlust.

Ruth kam es nun erst zum Bewußtsein, wie sehr sich ihr ganzes Leben ändern würde, nun sich die Augen ihres Wohltäters und Beschützers geschlossen hatten. Aber nachdem sich der erste Schmerz in Tränen Luft gemacht hatte, wurde sie ruhig und gefaßt und besprach mit dem Arzt und Heinrich, wie der Tote gebettet werden sollte und was alles geschehen mußte.

Vor allem sagte sie sich, daß es ihre Pflicht sei, die Verwandten ihres Vormunds zu benachrichtigen.

Sie begab sich zum Telefon und rief die Geschwister Bernd an.

Es meldete sich die Dienerin, die den kleinen Hausstand der Geschwister in Ordnung hielt. Ruth fragte sie, ob die Herrschaften zu Hause seien.

Die Dienerin erwiderte sehr mürrisch: »Sie sind beide im Theater.«

»Wissen Sie, in welchem Theater?« fragte Ruth.

»Wie soll ich das wissen, mir sagen sie es nicht«, maulte die Perle.

»Dann bestellen Sie den Herrschaften, wenn sie nach Hause kommen, sie möchten sogleich in Villa Bernd anklingeln.«

»Is jut, werde ich bestellen.«

»Aber nicht vergessen, es ist sehr dringend. Ich muß die Herrschaften noch sprechen.«

»Na schön, ich werde es ausrichten, wenn sie man erst nach Hause kommen.«

Ruth hängte ab und seufzte. Aber sie wartete vergeblich bis nach Mitternacht, ohne daß die Geschwister angeklingelt hatten. Sie mußte nun annehmen, daß die Geschwister nach dem Theater noch ausgegangen seien und vielleicht, wie oft, vor dem Morgen nicht heimkamen.

Müde und abgespannt von allen Aufregungen und Arbeiten dieses Tages ging sie endlich zu Bett. Es war noch viel auf sie eingestürmt an diesem Abend, und sie mußte sich auch noch ein schwarzes Kleid etwas abändern, damit sie es als Trauerkleid tragen konnte.

Am nächsten Morgen, sobald sie sich erhoben hatte, klingelte sie nochmals bei den Geschwistern an. Wieder meldete sich die mürrische Dienerin. Ruth fragte erregt:

»Haben Sie den Herrschaften nicht ausgerichtet, was ich Ihnen aufgetragen habe?«

»Nein, ich habe es nicht bestellen können. Bis ein Uhr habe ich gewartet, ob die Herrschaften nach Hause kommen würden, aber sie kamen nicht. Da bin ich schlafen gegangen; man kann sich doch nicht die ganze Nacht um die Ohren schlagen.«

»Und heute morgen?« fragte Ruth, zitternd vor Ungeduld.

»Heute morgen schlafen sie noch, sie sind erst in der Frühe heimgekommen.«

»Dann wecken Sie die Herrschaften sofort, ich muß sie sprechen. Entweder rufen Sie mir Herrn Kurt oder Fräulein Lena an das Telefon.«

»Ick werde mir hüten!« klang es echt berlinisch durch das Telefon.

»Was soll das heißen? Tun Sie, was ich Ihnen sage!« rief Ruth empört.

»Is nich, Fräulein! Wenn ich die Herrschaft im Schlafe störe, kriege ich Zanke und dann fliegt mir 'n Pantoffel an den Kopp. Das kenne ich aus Erfahrung.«

»Aber ich sage Ihnen doch, ich habe den Herrschaften etwas sehr Wichtiges mitzuteilen.«

»Na, so wichtig wird es nicht sein. Sobald die Herrschaften aufstehen, werde ich es sagen.«

Damit hängte die mürrische Perle ab.

Ruth stand ratlos da. Sie war überzeugt, daß die Geschwister ihr die Schuld geben würden, daß sie nicht schon gestern abend Kunde vom Tod ihres Großonkels erhalten hatten. Aber ändern konnte sie es nicht. Zeit, um die Geschwister selbst aufzusuchen und sie zu wecken, hatte sie nicht. Und wie kam sie auch dazu? Sie hatte getan, was in ihrer Macht lag und mußte sich nun mit Geduld fügen. Wenn die Geschwister Bernd ihrer Dienerin Order gegeben hatten, daß man sie auf keinen Fall im Schlafe stören durfte, dann mußten sie auch die Konsequenzen tragen.

Es stürmten nun auf Ruth wieder tausend Anforderungen ein. Was bei einem Todesfall geordnet werden mußte, fiel ihr zu. Der alte Heinrich stand ihr getreulich bei, und er sah sehr sorgenvoll aus, denn er wußte, daß er bei der »neuen Herrschaft«, für die er die Geschwister Bernd ansah, so wenig gut angeschrieben war wie Fräulein Ruth.

»Wir beide werden sicher unser Bündel schnüren müssen, wenn die hier an das Ruder kommen«, sagte er bekümmert zu sich selbst.

Aber vorläufig sprach er das nicht aus, denn Fräulein Ruth und er kamen an diesem Morgen kaum zu Atem. Und Ruth wartete von Stunde zu Stunde vergeblich auf den Anruf der Geschwister.

»Was tue ich nur, Heinrich? Die Geschwister Bernd lassen nichts von sich hören, und das Mädchen weigert sich, sie zu wecken.«

Heinrich winkte müde ab.

»Lassen Sie nur, Fräulein Ruth, die kommen noch immer zu zeitig.«

»Aber sie werden mir Vorwürfe machen, daß sie die Nachricht nicht früher erhielten.«

Er nickte resigniert.

»Das bestimmt. Etwas anderes als Vorwürfe kommen uns von der Seite nicht. Darauf müssen Sie unter allen Umständen gefaßt sein.«

7

Es war gegen zwölf Uhr mittags. Die Geschwister hatten noch immer nicht angerufen. Sie schienen sehr lange zu schlafen.

Ruth hatte sich einige Minuten im Wohnzimmer an das Fenster gesetzt und sah hinaus ins Freie. Den ganzen Vormittag war sie nicht eine Sekunde zur Ruhe gekommen. Man hatte Onkel Rochus drüben im großen Gesellschaftssaal der Villa aufgebahrt, und der Gärtner hatte aus dem Gewächshaus herübergebracht, was nur blühend war. Nun blieben Ruth endlich einige Minuten, um sich zu sammeln. Sie hatte noch keine Zeit gehabt, darüber nachzudenken, was sie nun beginnen sollte in Zukunft. Daß sie in diesem Haus nicht bleiben konnte, stand fest bei ihr. Nur solange wollte und mußte sie ausharren, bis sie die Schlüssel an die rechtmäßigen Erben abgegeben und ihnen ihre Wirtschaftsbücher zur Abrechnung vorgelegt hatte. Was dann werden sollte, versuchte sie sich klarzumachen. Aber sie sollte nicht dazu kommen, denn in diesem Augenblick sah sie draußen am Gartentor den jungen Fremden von gestern auftauchen. Sie sah, daß er die Klingel zog. Hastig aufspringend, lief sie in das Vestibül, wo der alte Heinrich stand und nach der Gartenpforte sah. Er wollte wissen, wer Einlaß begehrte.

Ruth faßte erregt seinen Arm.

»Heinrich, wenn der Herr, der da auf das Haus zukommt, nach Herrn Bernd fragt, so sagen Sie ihm nicht, daß er nicht mehr am Leben ist. Führen Sie ihn einfach in das Arbeitszimmer. Ich glaube, ich weiß, was ihn herführt, und werde es Ihnen später erklären.«

»Es ist gut, Fräulein Ruth.«

»Wenn er Ihnen seine Karte gibt, so bringen Sie mir dieselbe. Ich warte im Wohnzimmer.«

»Soll geschehen, Fräulein Ruth.«

Sie nickte und huschte hinüber in das Wohnzimmer. Kaum war sie verschwunden, betrat der junge Herr das Vestibül.

Heinrich trat ihm entgegen. »Womit kann ich dienen, mein Herr?« fragte er.

»Bitte – bringen Sie Herrn Bernd diese Karte und fragen Sie ihn, ob er mich empfangen will.«

Heinrich nahm die Karte und ließ ihn in das Arbeitszimmer eintreten.

Dann brachte er Ruth die Karte.

Sie sah mit gespannter Erregung darauf nieder und wurde sehr bleich.

»Er ist es!« stieß sie hervor.

Heinrich sah sie fragend an. »Wer, Fräulein Ruth?«

Sie faßte sich. »Später, Heinrich. Haben Sie den Herrn in das Arbeitszimmer geführt?«

»Ja, Fräulein Ruth.«

»Es ist gut. Ich gehe hinüber, denn ich muß mit ihm sprechen. Wenn die Geschwister Bernd am Telefon nach mir verlangen, rufen Sie mich. Sonst aber lassen Sie mich ungestört mit dem Herrn sprechen. Es kann einige Zeit in Anspruch nehmen. Sie sorgen dafür, daß ich nicht gestört werde, außer, wenn die Geschwister Bernd anrufen.«

»Es soll geschehen, wie Sie wünschen, Fräulein Ruth.«

Ruth eilte nun erst hinauf in ihr Zimmer und steckte den Brief zu sich, den sie gestern in dem Kleid Marias gefunden hatte, dann ging sie in das Arbeitszimmer. Als sie eintrat, sah Gert Herfurt sie überrascht an.

»Mein gnädiges Fräulein, verzeihen Sie, wenn ich hier eingedrungen bin. Ich möchte Herrn Rochus Bernd sprechen.«

Bei diesen Worten sah er, daß sie Trauerkleider trug. Gestern war das nicht der Fall gewesen. Gestern trug sie ein graues Kostüm und eine hellfarbige Bluse.

Ruth wurde unter seinem Blick vor Erregung rot und blaß. »Es wird Ihnen sicher sehr leid tun, Herr Herfurt, daß Sie nicht schon gestern hier eingetreten sind, wie es doch Ihre Absicht war«, sagte sie erregt.

Er blickte sie überrascht an. »Sie wissen, daß ich schon gestern die Absicht hatte?«

Sie nickte. »Ich sah Sie schon die Hand nach der Klingel ausstrecken, aber leider ließen Sie sich dadurch abschrecken, daß keine Besuchsstunde war. Und nun kommen Sie zu spät. Mein Vormund, Herr Rochus Bernd, ist gestern nachmittag – verschieden.«

Er zuckte zusammen. »Nein, das ist doch nicht möglich! Ich sah ihn gestern mittag neben Ihnen draußen im Garten und – am Nachmittag an einem Fenster dieses

Hauses. Aufrecht stand er da, und anscheinend gesund und kräftig«, stieß er erregt hervor.

Sie sah, daß er tief bewegt war. »Ja, Sie haben recht gesehen, gestern war er noch ganz wohl. Er hatte zwar noch an den Folgen einer bösen Grippe zu leiden, aber sonst war er über den Berg. Nur sein Herz war nicht mehr so recht intakt. Und er hatte gestern eine große, wenn auch freudige Erregung. Durch sie ist er an einem Herzschlag gestorben. Dort – in jenem Lehnstuhl hat er seinen letzten Atemzug getan.«

Gert Herfurt sah mit großen Augen auf den Lehnstuhl und rang nach Fassung.

»So kam ich zu spät«, sagte er halblaut.

Sie trat ihm näher und ihre Augen leuchteten in die seinen.

»Nicht zu spät, um ihm noch eine große Freude zu machen. Er hat Sie gesehen, ein einziges Mal wenigstens gesehen. Und es hat ihn glücklich gemacht, daß Sie den Weg zu ihm finden wollten – endlich finden wollten«, sagte sie mit bebender Stimme.

Unruhig forschend sah er sie an.

»Mein gnädiges Fräulein, Ihre Worte berühren mich sehr seltsam. Wie sollte es möglich sein, daß – daß es Herrn Bernd eine Freude hätte bereiten können, daß ich da drüben stand – am Gartentor?«

Sie strich, sich fassend, über ihr Haar.

»Bitte, nehmen Sie Platz, ich habe Ihnen mehr zu sagen, als Sie ahnen.«

Er nahm Platz, nachdem sie sich niedergelassen hatte. Seine Augen hingen unverwandt an ihrem lieben, blassen Gesicht.

»Ich bin sehr erstaunt, mein gnädiges Fräulein, daß –

daß man mir in diesem Haus etwas zu sagen hat. Man kennt mich doch hier nicht.«

Ein blasses Lächeln huschte über ihr Gesicht.

»Doch, Herr Herfurt, ich kenne Sie. Außer mir hat freilich niemand in diesem Haus eine Ahnung, wer Sie sind, nur mein Vormund wußte es noch. Als ich Ihnen gestern vormittag begegnete, draußen am Tor, da ahnte ich freilich selbst noch nicht, wer Sie sind. Mir fiel nur eine große Ähnlichkeit auf, die Sie mit einem Menschen haben mußten, den ich kannte. Ich mußte unablässig darüber nachgrübeln. Auch fiel mir auf, daß Sie für dieses Haus ein großes Interesse an den Tag legten. Aber noch immer wußte ich nichts und tappte im dunkeln. Erst am Nachmittag, nachdem ich Sie nochmals da draußen gesehen hatte, wie Sie erregt und interessiert zu dem Fenster sahen, an dem mein Vormund stand, saß ich hier in diesem Zimmer und sah meinen Vormund auf und ab gehen. Und da wußte ich plötzlich, wem Sie so ähnlich waren, nicht nur im Gesicht, auch in der Haltung, im Gang, in jeder Bewegung. Aber da war auch inzwischen etwas geschehen, was mir die Augen öffnen half.«

Er sah sie betroffen an. »Sie wissen, daß ich –?«

»Daß Sie der Enkel des mir so teuren Verstorbenen sind.«

Gert Herfurt fuhr auf. »So wußte mein Großvater um meine Existenz?«

»Nichts wußte er davon – bis gestern nachmittag. Als er Sie da draußen sah, freute er sich nur an Ihrem Anblick, weil Sie ihm – ganz als fremder Mensch – so gut gefielen. Er sah Ihnen mit einem unbewußten Interesse nach. Wer der Mann war, der ihm auf den ersten Blick so sympathisch war, wußte er noch nicht, wie er überhaupt keine

Ahnung von Ihrer Existenz hatte. Das alles hat erst ein Zufall, ein Wunder, eine Fügung des Himmels – ich weiß nicht, wie ich es nennen soll, an den Tag gebracht, als Sie längst wieder fort waren. Hätten wir Sie erreichen können, dann hätten Sie vielleicht Ihrem Großvater noch ein liebes Wort auf seinen letzten Weg mitgeben können. Die Freude darüber, daß er einen Enkel hatte, konnte sein schwaches Herz nicht mehr ertragen.«

Gert Herfurt strich sich über die Stirn, als sei ihm zu heiß.

»Sie sprechen in Rätseln, mein gnädiges Fräulein.«

Sie lächelte zu ihm auf, und dieses reizende, gütige Lächeln erschien ihm bezaubernder als je ein Frauenlächeln. Gebannt sah er in ihr Gesicht.

»Dieses Rätsel werde ich Ihnen schnell lösen können«, sagte sie und erzählte ihm nun, daß sie gestern in dem Koffer seiner verstorbenen Mutter einen Brief gefunden hatte.

»Ich fand ihn, während ich noch immer vergeblich über die Ähnlichkeit nachgrübelte, die mir an Ihnen auffiel. Und nun will ich Ihnen diesen Brief erst einmal zu lesen geben, Herr Herfurt, will ihn überhaupt in Ihre Hände legen, denn er ist nicht für fremde Augen bestimmt. Daß ich davon Kenntnis erhielt, war wohl Schicksalsfügung, denn durch mich erhielt ihn Ihr Großvater. Und bei mir ist jedes Wort aus diesem Brief wie ein Heiligtum aufgehoben, ich werde keines dieser Worte profanieren. Sie können den Brief Ihrem Herrn Vater zurückgeben.«

»Mein Vater ist tot, er starb vor zwei Monaten, mein gnädiges Fräulein.«

»Oh, Sie hatten einen schweren Verlust. Bitte, nehmen Sie dann den Brief an sich. Aber bitte, lesen Sie ihn erst durch, damit Ihnen alles, was ich noch zu sagen habe, verständlich wird.«

Er tat es, und nachdem er den Brief gelesen hatte, sah er sie mit brennenden Augen an. Ein tiefer Atemzug hob seine Brust.

»Ah, nun verstehe ich. Sie gaben meinem Großvater diesen Brief; und erst durch ihn erfuhr er, daß meine Eltern verheiratet waren und – daß ich existiere?«

»So ist es.«

»Und – wie nahm er es auf?«

»Tief erschüttert.«

»Zürnte er meinen Eltern?«

Sie schüttelte den Kopf.

»O nein, sein Stolz und seine Härte haben ihm längst leid getan. Er segnete Ihren Vater, daß er seiner Tochter ein Jahr des Glücks beschert hatte. Aber er empfand auch einen herben Schmerz, daß er seit dreißig Jahren einsam gewesen war und nicht erfahren hatte, daß er einen Enkel besaß, der ihm diese Einsamkeit verklärt haben würde.«

Er richtete sich straff auf. »Sie glauben also, daß er mich freudig als Enkel anerkannt haben würde?«

Ihre Augen wurden feucht vor Erregung.

»Wüßten Sie, wie es auf ihn gewirkt hat! Ich kann es Ihnen nicht besser erklären, als wenn ich Ihnen jedes Wort unserer Unterredung wiederhole. Ich habe sie noch so genau im Gedächtnis; waren es doch seine letzten Worte, die er mit mir sprach, er, der mein Wohltäter war, den ich liebte und verehrte, wie keinen andern Menschen und dem ich so viel Dank schulde.«

Und in schlichten Worten schilderte sie ihm die letzte Stunde, die sie mit Rochus Bernd verlebt hatte. Zum Schluß sagte sie ergriffen:

»Sie sehen, wie er sich danach sehnte, Sie zu sehen, wie es ganz selbstverständlich für ihn war, daß Sie sein einzig berechtigter Erbe sind. Er wollte es noch notariell festlegen, aber dessen bedarf es ja zum Glück nicht, um Sie in Ihre Rechte einzusetzten. Sie brauchen sich ja nur als sein Enkel zu legitimieren, um ohne weiteres Ihr Erbe antreten zu können. Es existieren allerdings noch einige entfernte Verwandte von Ihrem Großvater, die Enkel eines Vetters von ihm, die sich als seine Erben betrachten, weil sie glauben, seine einzigen Verwandten zu sein. Diese beiden Menschen werden Ihnen feindlich gegenüberstehen, darauf machen Sie sich gefaßt. Aber es darf Sie nicht kümmern. Mein Vormund dachte nicht gut von diesen beiden Geschwistern, und er hätte sie nicht gern als seine Erben gesehen. Jedenfalls weiß ich, daß von dem Moment an, da er von Ihrer Existenz wußte, nur ein Erbe für ihn existierte: Sie allein.«

Er sah sie mit großen, ernsten Augen an. Vielleicht kam ihm eine Ahnung davon, daß sie ihm verschwieg, was ihr Vormund über ihre Beteiligung an seinem Erbe gesagt hatte.

»Glauben Sie wirklich, daß ich ihm als einziger Erbe galt?«

Sie wurde glühend rot und da sie nicht lügen wollte, umging sie seine Frage und sagte ruhig:

»Ich kann Ihnen darauf am besten mit seinen letzten Worten antworten, die er zu mir sprach. Er sagte wörtlich: ›Ruth, ich habe einen Erben, einen Enkel! Gott segne ihn und führe ihn zu mir, und er gebe, daß ich stolz sein kann auf ihn!‹ Und vorher sagte er zu mir: ›Nun habe ich einen Erben nach meinem Herzen, jetzt macht mir das Testieren Freude, jetzt freue ich mich wieder meines

Reichtums; alles gehört meinem Enkel – meinem Enkel – meinem Enkel!‹ Das kam wie ein Jauchzen aus seiner Brust. Hätten Sie es gehört, es würde Sie tief erschüttert haben.«

Ruth hatte mit bebender Stimme gesprochen. Gert Herfurts Augen bekamen einen seltsamen Glanz. Er kämpfte seine Rührung mannhaft nieder, aber sie war ihm doch deutlich anzumerken.

Er faßte Ruths Hand.

»Ich danke Ihnen von ganzem Herzen, mein gnädiges Fräulein, für das, was Sie mir mitgeteilt haben. Wie dies alles auf mich wirkt, kann ich Ihnen nicht sagen. Auch ich weiß erst seit kurzer Zeit, daß mir ein Großvater lebte. Mein Vater enthüllte es mir erst auf seinem Krankenbett, kurz vor seinem Tod. Seine Gründe dafür, daß er es mir verschwieg, und daß er meinem Großvater nichts von meiner Existenz mitteilte, wurzelten wohl in seinem verletzten Stolz. Er wollte nicht aufdringlich scheinen, wo er einmal abgewiesen war. Aber schließlich kamen ihm doch Bedenken, ob er recht getan hatte, und deshalb machte er es mir zur Pflicht, meinen Großvater aufzusuchen. Er wünschte auch, daß ich meine Erbansprüche stellen solle, falls mein Großvater nicht mehr am Leben sei, wenn ich zu ihm käme, weil ich nicht nur sein Sohn, sondern auch der meiner Mutter bin. Sie sagen mir, daß mein Großvater in mir seinen Erben sah, sobald er von meiner Existenz erfuhr. Das tut mir wohl, nicht des Erbes wegen, das können Sie mir glauben, sondern weil ich daraus ein warmes Empfinden für mich ersehe. Ich habe mein Herz bis in den Hals hinauf pochen fühlen, als ich gestern meinen Großvater zum ersten Mal sah. Ich habe gefühlt, daß ich zu ihm gehöre und deshalb freut es mich, daß er mich anerkannte, mich – und die Ehe meiner Eltern. Und Ihnen bin ich tiefen Dank schuldig, daß Sie es waren, die mir noch in letzter Stunde diese Anerkennung verschaffte. Als ich Ihnen gestern vormittag begegnete, hätte ich Sie gern angesprochen und mich nach dem Ergehen meines Großvaters erkundigt. Aber ich wagte es nicht, obwohl Ihnen die Güte aus den Augen leuchtete und – Sie mir gleich sehr sympathisch waren.«

»Hätten Sie es nur getan, vielleicht hätte ich Sie doch noch zu Ihrem lebenden Großvater führen können.«

Er atmete tief auf. »Wie oft unterläßt man etwas, das man so gern tun möchte, aus kleinlichen Formenrücksichten. Es läßt sich auch nicht mehr nachholen. Aber ich muß noch etwas zur Sprache bringen. Darf ich Ihnen einige Fragen vorlegen?«

»Bitte sehr.«

»Sie sind Waise?«

»Seit meinem zwölften Jahr.«

»Und – sind Sie reich?«

»Nein, ich habe von Ihres Großvaters Güte gelebt, der mich wie ein eigenes Kind hielt.«

»Dann trete ich vielleicht auch Ihren Erbansprüchen zu nahe?«

»Ich habe keine Erbansprüche.«

»Aber mein Großvater hat sicher die Absicht gehabt, Sie in seinem Testament zu bedenken. Mir schien, daß Sie mir bei Ihrem Bericht vorhin etwas unterschlugen, was darauf Bezug hatte. Sonst klangen alle Ihre Worte so klar und wahr; an einer Stelle wurden Sie unsicher. Und ich wette, an dieser Stelle hat mein Großvater davon gesprochen, daß er Sie in seinem Testament bedenken wollte.

Bitte, seien Sie auch in diesem Punkte mir gegenüber ehrlich.«

Eine dunkle Glut, die in ihr Gesicht schoß, verriet ihm, daß er recht vermutete. Ruth zögerte eine Weile, dann sah sie ihn offen an.

»Ich will nicht unehrlich sein, aber bitte, erlassen Sie mir, darüber zu sprechen. Nur um nicht den Verdacht aufkommen zu lassen, daß Onkel Rochus seiner Güte für mich nicht auch über das Grab hinaus Ausdruck geben wollte, sage ich Ihnen, daß es bei seinem Charakter selbstverständlich war, daß er mir seine Fürsorge hätte angedeihen lassen. Aber mich trifft es nicht, daß er diese Absicht nicht ausführen konnte. Er hat mir eine so vortreffliche Erziehung gegeben, daß ich auf eigenen Füßen stehen kann, und auch einen Notgroschen besitze ich in einem bescheidenen Erbteil von meinen Eltern her. Mir ist es fast eine Erleichterung, daß er mich nicht in einem Testament bedenken konnte, denn ich gelte in den Augen seiner Verwandten als Erbschleicherin, sie mißgönnten mir die Liebe und Fürsorge meines Vormunds. Und ich bin froh, daß ich mich von diesem Verdacht reinigen kann.«

Er sah bewundernd in ihre klaren, reinen Züge. »Ich hoffe, daß ich den Willen meines Großvaters in bezug auf Ihre Person erfüllen kann.«

Sie hob hastig abwehrend die Hand. »Nein, bitte sprechen Sie davon nicht. Ich danke Ihnen für Ihren guten Willen, aber ich habe in diesem Haus schon so viele Wohltaten erhalten, daß ich die Schuld der Dankbarkeit nicht vergrößern möchte. Ich bedarf keiner Hilfe. Aber wenn ich Ihnen etwas ans Herz legen darf, so bitte ich Sie, den alten Diener Ihres Großvaters und einige andere treue Dienstboten nicht zu vergessen. Heinrich ist seit vierzig Jahren in seinem Dienst gewesen, und wenn er in diesen schweren Zeiten aus dem Haus gewiesen würde, käme es ihn sehr schwer an.«

Impulsiv führte er ihre Hand an seine Lippen. »Darüber werden wir noch reden, wenn es soweit ist. Selbstverständlich werde ich alte, treue Diener meines Großvaters nicht vergessen. Mir ist es nur peinlich, daß ich Sie benachteiligen muß – und auch die Verwandten meines Großvaters. Ich dürfte ihnen wohl sehr ungelegen kommen.«

Ruth atmete auf. »Darüber besteht für mich kein Zweifel. Ich weiß, daß sie sicher mit dieser Erbschaft rechnen. Ihr Großvater hätte sie auch sicher bedacht, aus Familiensinn, weil er keinen direkten Erben zu haben glaubte. Zugetan war er diesen beiden Menschen nicht, er verachtete sie. Ihre Charaktereigenschaften haben den streng rechtlich und vornehm denkenden Mann abgestoßen, und als er erfuhr, daß er einen Enkel hatte, waren sie für ihn erledigt. Er hat ihnen viel Gutes getan. Sie werden in seinen Büchern die Summen finden, die er ihnen geschenkt hat und mit denen sie doch nicht zufrieden waren. Sie werden außer sich sein, wenn sie erfahren, daß ihnen das reiche Erbe verlorengeht. Das sage ich Ihnen, damit Sie sich darauf gefaßt machen, daß Ihnen von dieser Seite Feindseligkeiten bevorstehen. Ich habe oft genug unter ihren gehässigen Ausfällen gelitten, weil sie fürchteten, ich könnte Onkel Rochus bestimmen, ein Testament zu meinen Gunsten zu machen. Sie mißgönnten mir ein eventuelles Erbe mehr als seine Liebe. Es ist sonst nicht meine Art, über diese Menschen zu sprechen, aber ich halte es für meine Pflicht gegen meinen Wohltäter, Sie vor diesen beiden zu warnen. Ich halte sie zu allem fähig – auch zu dem Schlimmsten. Bitte, sehen Sie sich vor.«

»Ich danke Ihnen für Ihre Warnung. Eine Gefahr, die man kennt, ist keine mehr. Und ich hoffe und wünsche, daß ich Ihnen alle Güte, die Sie mir erweisen, vergelten kann. Aber nun habe ich noch eine herzliche Bitte an Sie.«

Sie sah ihn mit ihren schönen, seelenvollen Augen fragend an. »Was kann ich für Sie tun?«

»Bitte – führen Sie mich zu meinem Großvater. Ich möchte ihn noch einmal sehen und zugleich Abschied von ihm nehmen. Und – dabei möchte ich mit ihm allein sein.«

Ihre Augen leuchteten auf.

»Ich freue mich, daß Sie diesen Wunsch aussprechen und finde ihn verständlich. Viel Fremdes liegt zwischen Ihnen und Ihrem Großvater, das müssen Sie wegräumen. Und ich gönne es ihm, daß sein Fleisch und Blut an seinem Totenlager steht und daß die Augen seines Enkels auf ihm ruhen – voll warmer Teilnahme. Er ist es wert, glauben Sie es mir, wenn er auch einst Ihren Vater zurückgewiesen hat.«

Mit einem guten Lächeln sah er sie an. »Sie brauchen nicht sein Fürsprecher zu sein, mein eigenes Herz spricht für ihn.«

Ihre Blicke trafen sich. Selbstvergessen sahen sie sich eine Weile an, und er hielt dabei ihre Hand fest in der seinen. Sie hielt seinen Blick aus, bis ihr die Glut verräterisch ins Gesicht stieg. Da löste sie schnell und verwirrt ihre Hand aus der seinen.

»Kommen Sie!« sagte sie hastig. Damit führte sie ihn hinüber in den Saal, in dem Rochus Bernds sterbliche

Überreste aufgebahrt lagen. Sie ließ ihn eintreten und schloß die Tür, damit er mit dem Toten allein sei. Und dann preßte sie die Hände, von ihrem Gefühl überwältigt, aufs Herz und atmete tief und zitternd auf.

Eine Weile stand sie so, mit geschlossenen Augen, und ließ diese Stunde in sich nachklingen wie ein köstliches Erlebnis.

8

Langsam ging Ruth in das Vestibül, wo sie Gert Herfurt erwarten wollte. Sie fand dort den alten Heinrich, der sorgenvoll vor sich hinstarrte, denn er wußte nicht, was aus ihm werden sollte. Seine kleinen Ersparnisse, die er in vierzigjähriger Dienstzeit zurückgelegt hatte, waren durch die Entwertung der Mark zu einer Bagatelle zusammengeschrumpft, und viel leisten konnte er nicht mehr. Was sollte aus ihm werden?

Ruth legte ihm die Hand auf den Arm.

»Heinrich, Sie sind seit vierzig Jahren im Dienst Ihres Herrn gewesen, nicht wahr?«

Er nickte. »Ja, Fräulein Ruth, und nun ich ihm nicht mehr dienen kann, komme ich mir so überflüssig vor. Was soll aus mir werden, wenn ich jetzt das Haus verlassen muß?«

Sie sah ihn voll Güte an. »Dazu wird es nicht kommen, Heinrich, der neue Herr wird Ihnen einen geruhsamen Lebensabend gönnen nach so langer Dienstzeit.«

Heinrich machte eine wegwerfende Bewegung. »Mit

Verlaub, Fräulein Ruth, von Herrn Kurt Bernd halte ich so wenig wie von seiner Schwester. Wenn die beiden hier einziehen, kann ich mein Bündel schnüren und Sie auch, denn der gnädige Herr hat noch kein Testament gemacht. Er sagte mir gestern morgen, als ich ihn ankleidete, es solle noch vor seiner Reise geschehen.«

Ruth nickte. »Ja, Heinrich, ein Testament hat er nicht gemacht. Ich verlasse dieses Haus, sobald alles geordnet ist, damit habe ich immer gerechnet, und ich bin jung und gesund und kann arbeiten.«

»So hat es aber der gnädige Herr nicht mit Ihnen gemeint, das weiß ich besser. Sie standen ihm näher als die Geschwister Bernd, die sich nun hier breitmachen werden.«

»Vielleicht auch nicht, Heinrich, vielleicht kommt alles anders, als Sie denken. Haben Sie sich den Herrn angesehen, der vorhin gekommen ist?«

»Nicht sehr genau, meine alten Augen sehen nicht mehr gut.«

»Nun, sonst wäre Ihnen wohl aufgefallen, wie sehr er unserm teuren Verstorbenen ähnlich ist. Sie sollen es wissen, Heinrich, damit Ihr Sorgenbündel ein wenig leichter wird. Sie schwatzen ja nicht, solange es nicht sein darf. Die Tochter Ihres Herrn haben Sie doch noch gekannt, nicht wahr?«

Heinrich nickte.

»Unser Fräulein Maria? Das will ich meinen. Sie war ein Engel an Güte, und mit ihrem Tod ist das Haus meines Herrn einsam geworden. Schon als sie nach England ging, wurde es so still.«

Ruth faßte seine Hand. »Heinrich, der Herr, der vorhin gekommen ist, ist der Sohn von Frau Maria Herfurt, geborene Bernd. Sie hat in England geheiratet damals, heimlich, und kam nach Hause, um ihrem Vater zu gestehen, daß sie Claus Herfurts Frau und Mutter eines Sohnes geworden war. Mein Vormund hat das gestern erst erfahren, kurz vor seinem Tod. Und das hat ihn so erregt. Und nun ist heute sein Enkel gekommen, um ihn kennenzulernen. Er steht jetzt drinnen an seinem Totenlager. Leider kam er zu spät, um mit ihm zu sprechen, aber gesehen hat ihn gestern sein Großvater, und die Freude, daß er einen Enkel, einen direkten Erben hat, hat sein Herz nicht fassen können. Und nun seien Sie außer Sorge, Heinrich, der junge Herr, das ist Art von der Art seines Großvaters, der läßt einen alten, treuen Diener nicht darben. Er ist gut und edel.«

Der alte Diener war kraftlos vor freudigem Erstaunen in einem Sessel zusammengesunken.

»Du lieber Herrgott – da habe ich nun um ein Wunder gebetet, daß ich nicht auf die Straße gestoßen werde auf meine alten Tage, und nun ist das Wunder geschehen«, stammelte er fassungslos.

In diesem Moment klingelte das Telefon. Ruth legte den Finger auf die Lippen.

»Nicht schwatzen, Heinrich, bis alles klar ist. Wenn Herr Herfurt herauskommt, bitten Sie ihn, er solle noch einen Augenblick warten. Ich will jetzt zum Telefon.«

Heinrich nickte und sah Ruth noch ganz konsterniert nach.

Diese nahm den Hörer auf:

»Wer dort?«

Lenas Stimme antwortete:

»Ich bin hier, Fräulein Alving. Was ist denn los? Unsere Dienerin sagt mir eben, daß Sie schon gestern abend angerufen haben. Wir kamen spät heim und haben verschlafen. Also, was gibt es?«

Und nach dieser Frage hörte Ruth ein herzhaftes Gähnen.

»Es tut mir leid, Fräulein Bernd, daß ich Sie erst jetzt erreiche. Aber Ihr Mädchen wollte Sie partout nicht wekken, trotz meiner Dringlichkeit.«

»Mein Gott, ist es denn so eilig, was Sie mir zu sagen haben?«

»Wenigstens sehr wichtig – und sehr traurig. Ich muß Ihnen mitteilen, daß Onkel Rochus gestern abend plötzlich einem Herzschlag erlegen ist.«

Eine Weile lautlose Stille und dann ein Aufschrei: »Er ist tot?«

»Ja, Fräulein Bernd, leider. Wir haben ihn vor dem Abendessen tot in seinem Zimmer aufgefunden.«

Wieder eine Pause. Und dann herrschte Lena Ruth wie eine Dienerin an: »Und das erfahre ich jetzt erst?«

Ein verächtliches Lächeln huschte um Ruths Mund. Sie hatte gewußt, daß dieser Vorwurf kommen würde, trotz ihrer Bemühungen.

»Da Sie früher nicht zu erreichen waren, Fräulein Bernd, konnte ich Sie erst jetzt benachrichtigen«, sagte sie kurz.

»Oho, mein Fräulein, nicht diesen anmaßenden Ton, verstanden! Sie hätten sich unter allen Umständen aufmachen und uns suchen müssen.«

»Wollen Sie mir bitte sagen, wo ich hätte suchen sollen? Ihr Mädchen wußte nicht einmal, in welchem Theater Sie waren. Auch hätte ich gar keine Zeit gehabt, denn ich hatte genug zu tun.«

»Aha, nun ja – man kann sich denken, was Sie zu tun

hatten. Es gab wohl schnell noch ein Schäfchen ins trokkene zu bringen?«

Ruth wurde vor Empörung blaß bis in die Lippen. »Ich verbitte mir solche Anschuldigungen, Fräulein Bernd. Meine Koffer stehen Ihnen zur Durchsicht zur Verfügung, falls Sie es wünschen und ein Recht dazu haben.«

»Kommen Sie nur herunter von Ihrem Thron, meine Gnädigste. Ganz sicher werde ich es wünschen und ein Recht dazu haben. Aber ehe ich an Ihre Koffer komme, werden sie schon hübsch leer sein. Man kennt das.«

»Diese Beleidigungen fallen auf Sie zurück, ich stehe ihnen schutzlos gegenüber. Haben Sie sonst noch Wünsche?«

»Selbstverständlich – wir wünschen draußen zu speisen. Und in einer halben Stunde soll das Auto hier sein, damit wir endlich draußen nach dem Rechten sehen können.«

»Das hätten Sie schon früher tun können, wenn Sie zu erreichen gewesen wären. Ich sende den Wagen in einer halben Stunde.«

Damit hängte Ruth ab, zitternd vor Empörung, und schritt hinaus in das Vestibül. Da stand Gert Herfurt mit ernstem Gesicht neben dem alten Heinrich. Er sah unruhig forschend in ihr blasses, zuckendes Gesicht und sah, daß sie mit Tränen kämpfte.

»Ich hoffe, Sie hatten nichts Unangenehmes am Telefon zu erledigen, mein gnädiges Fräulein?«

Sie schluckte ihre Tränen tapfer hinab. »Es war Fräulein Lena Bernd. Sie machte mir Vorwürfe, daß ich sie nicht früher erreichen konnte, obwohl ich alles versucht habe. Und sie wagte es, mir zu sagen, daß ich die Zeit wohl benutzt hätte, um mein Schäfchen ins trockene zu bringen und stellte mir in Aussicht, daß sie meine Koffer untersuchen werde.«

»Empörend!« stieß Gert Herfurt heraus und sah sie besorgt an.

Ruth atmete zitternd auf. »Oh, von dieser Seite wundert mich nichts. Es ist mir nichts Neues, daß die Geschwister mir zutrauen, daß ich mich auf unrechtmäßige Weise am Erbe meines Vormunds bereichere, aber in so unverschämter Weise hätte Fräulein Bernd das nicht auszusprechen gewagt, solange ich unter dem Schutz des Verstorbenen stand.«

Da trat der alte Heinrich neben sie.

»Kränken Sie sich nicht, Fräulein Ruth, Sie stehen ja viel zu hoch über solchen Verdächtigungen. Fräulein Bernd sucht die Leute nur hinter dem Busch, wo sie selbst gesteckt hat. Ich will nichts gesagt haben, aber ich denke mir mein Teil.«

Ruth faßte sich mühsam. »Das war erst der Auftakt zu dem, was mir von dieser Seite noch bevorsteht«, sagte sie tonlos.

Teilnahmsvoll und impulsiv faßte Gert ihre Hand.

»Mein gnädiges Fräulein, darf ich mich nicht auch in dieser Angelegenheit als Erbe meines Großvaters betrachten? Darf ich Ihnen nicht in seiner Vertretung meinen Schutz anbieten? Ich betrachte das als eine Ehrenpflicht, denn dieser treue Diener hat mir soeben gesagt, daß mein Großvater Sie wie eine Tochter geliebt hat und Sie wie eine solche hielt. Bitte, begeben Sie sich vertrauensvoll unter meinen Schutz.«

Ein wohliges Gefühl des Geborgenseins erfüllte Ruths Seele. Sie sah mit feucht schimmernden Augen zu ihm auf.

»Ich danke Ihnen für Ihren guten Willen, und wenn ich mich einmal nicht selbst schützen kann, will ich um Ihren Schutz bitten.«

»Ich werde immer und jederzeit dazu bereit sein.«

Ruth gab nun Heinrich den Auftrag, zu bestellen, daß der Chauffeur in einer halben Stunde die Geschwister Bernd abholen solle.

»Fräulein Bernd wünscht mit ihrem Bruder heute mittag hier zu speisen, und man soll ihr das Auto schicken«, sagte sie.

»Nun, sie sollen sich nicht eher hier als die Herren aufspielen, bis sie ein Recht dazu haben«, knurrte Heinrich kampfesmutig. Als Ruth mit Gert Herfurt allein war, sagte er lächelnd:

»Sie haben einen treuen Freund und Verehrer an dem alten Heinrich. Er hat mir auch verraten, daß mein Großvater davon gesprochen hat, daß er Ihre Zukunft durch sein Testament sicherstellen wollte. Er hat mir überhaupt viel Gutes von Ihnen erzählt.«

Sie errötete. »Heinrich ist Partei. Er liebt alles, was sein Herr liebte, und mag niemanden leiden, den er nicht leiden mochte.«

»Dann mochte mein Großvater die Geschwister Bernd gar nicht leiden?«

»Ja, das stimmt. Aber, bitte, nun sagen Sie mir noch, wie ich mich den Geschwistern Bernd gegenüber verhalten soll. Wünschen Sie, daß ich ihnen sage, daß Sie der Enkel von Rochus Bernd sind und als solcher Ihr Erbe antreten werden, oder wollen Sie hier auf die Herrschaften warten und ihnen selber die Mitteilung machen?«

Er überlegte. Dann sagte er ruhig und bestimmt:

»Ich möchte erst einmal mit einem Notar sprechen und

mich informieren, wie ich mich zu verhalten habe. Können Sie mir einen guten Notar empfehlen?«

»Oh – suchen Sie Doktor Jungmann auf, er war der Notar und Rechtsbeistand Ihres Großvaters. Er wird inzwischen ein Schreiben erhalten haben, das ihn zu ihm rief, weil Onkel Rochus sich mit ihm wegen seines Testamentes besprechen wollte. Sagen Sie ihm, daß ich Sie zu ihm schicke. Er ist äußerst tüchtig und ehrenhaft und wird Ihnen gut raten.«

»Vielen Dank, mein gnädiges Fräulein. Das will ich tun. Inzwischen ermächtige ich Sie, den Geschwistern Bernd über mein Auftauchen zu erzählen, was Sie für gut halten. Und nun will ich nicht länger stören. Von meinem Großvater habe ich Abschied genommen. Ich werde die Stunde nicht vergessen, in der ich mit ihm wie mit einem Lebenden sprach. Und ich werde erst wiederkommen, wenn ich ihm die letzte Ehre erweise. Bevor er nicht zur letzten Ruhe bestattet ist, will ich es vermeiden, Streit in dieses Haus zu tragen. Sein Frieden soll nicht gestört werden. Erst nach seiner Beerdigung werde ich meine Ansprüche geltend machen. Inzwischen bitte ich Sie, hier nach dem Rechten zu sehen und alles, was Ihnen mein Großvater anvertraute, unter Ihrer Obhut zu behalten. Bitte, empfehlen Sie mich der Form halber den Geschwistern Bernd, da sie ja immerhin mit mir verwandt sind. Wenn ich es vermeiden kann, werde ich Streitigkeiten mit ihnen nicht suchen.«

Sie sah ihn seufzend an. »Dem werden Sie nicht aus dem Weg gehen können.«

Er faßte ihre Hand. »Bitte, lassen Sie sich keinerlei Demütigungen gefallen, ich werde nicht dulden, daß man Sie kränkt und beleidigt.«

Ihre Blicke hingen an seinen Zügen.

So standen sie eine Weile, Hand in Hand, Auge in Auge, und vergaßen alles um sich her. Dann trat Ruth, wie aus einem Traum erwachend, von ihm zurück. Aber er ließ ihre Hand nicht los.

»Ich bin sehr glücklich, Sie in diesem Haus gefunden zu haben, mir ist, als gäbe mir Ihr Hiersein ein Heimatrecht. Nicht wahr, Sie werden bleiben, bis alles geregelt ist?«

Leise bebte ihre Hand in der seinen. »Wenn man mir gestattet zu bleiben, dann bleibe ich gewiß.«

»Wer soll es Ihnen wehren? Hat hier jemand ein Recht, Sie gehen zu heißen?«

Sie atmete auf. »Außer Ihnen wohl niemand. Aber es könnte sein, daß die Geschwister Bernd mir das Bleiben durch ihr Benehmen unmöglich machen.«

»Nein, Sie dürfen nicht fortgehen, versprechen Sie es mir. Wenn man Ihnen zu nahe tritt, weisen Sie es stolz zurück. Ich muß Sie hier wiederfinden. Mir ist, als seien wir uns in dieser Stunde nähergekommen, als manche Menschen, die seit Jahren zusammen leben. Ich muß Sie wiedersehen«, sagte er erregt und sah sie flehend an.

Wie eine warme Welle gingen seine Worte über sie hin.

»Ich werde bleiben, selbst wenn ich meinen Stolz bezwingen und Demütigungen ertragen muß«, sagte sie leise.

Inbrünstig küßte er ihre Hand. »Ich danke Ihnen, nun bin ich ganz ruhig. Und ich werde Rechenschaft fordern von jedem, der Ihnen zu nahe treten sollte. Leben Sie wohl, Fräulein Alving. Auf Wiedersehen.«

»Auf Wiedersehen!«

Sie sagte es leise, wie im Traum. Und wie im Traum sah sie ihm nach und lauschte den Worten nach, die er mit ihr gesprochen hatte.

An der Tür wandte er sich noch einmal nach ihr um, noch einmal hingen ihre Augen ineinander, dann schloß sich die schwere Pforte hinter ihm.

Ruth richtete sich auf, strich sich das Haar aus der Stirn zurück und eilte dann in den Saal, an die Bahre des Toten. Hier sank sie in die Knie.

»Onkel Rochus – lieber Onkel Rochus!«

Sie wußte nicht, wie sie ihren Empfindungen Ausdruck geben sollte und weinte.

9

Lena Bernd war zunächst ziemlich fassungslos, als sie vom Tod ihres Großonkels erfahren hatte, nicht etwa vor Schmerz, sondern vor Freude. Endlich, endlich hatte es ein Ende mit diesem knauserigen, elenden Leben, in dem auf jedes kleine Vergnügen ein Katzenjammer folgte. Nun sollte es anders werden. Herrgott! Jetzt waren sie ja reich, unermeßlich reich, Kurt und sie.

Lena Bernd verstand unter einem lebenswerten Leben ein völliges Aufgehen in Genuß und Amüsement.

Daß sie in aller Eile Ruth Alving am Telefon noch einige »Dämpfer« aufgesetzt und einige Beleidigungen an den Kopf geworfen hatte, erhöhte ihre Zufriedenheit mit dem Stand der Dinge.

Als ihr nun, nachdem sie sich vom Telefon abwandte,

das schlampige, mürrische Dienstmädchen in den Weg lief, herrschte sie dieses an:

»Weshalb haben Sie gestern abend nicht auf uns gewartet, um uns zu sagen, daß man uns am Telefon Wichtiges zu sagen hatte?«

Das Mädchen sah sie nicht sehr achtungsvoll an.

»Wichtig haben es alle am Telefon, meistens mit die unbezahlten Rechnungen. Ich kann mir nicht auskennen, was für Ihnen wichtig ist und was nicht. Und ich kann nicht bis früh um fünfe aufsitzen, wenn ich am Tag arbeiten muß, ich kann nicht bis Mittag in den Federn liegen.«

Lena reckte sich vor der sonst so gefürchteten Perle, die seit einigen Monaten schon keinen Lohn bekommen hatte und nur bei ihnen aushielt, weil sie in einem anständigen Haus mit ihren schlechten Zeugnissen keine Stellung bekam. Dafür, daß man ihr den Lohn schuldete, erlaubte sie sich allerlei Unverschämtheiten. Sonst ließ Lena ihr diese hingehen. Aber jetzt trumpfte sie auf, und zwar in einer nicht sehr vornehmen Weise.

»Werden Sie nicht frech, Lina, sonst fliegen Sie.«

Die Perle sah sie äußerst erstaunt und beleidigt an. »Nanu, dann zahlen Sie mir erst mal meinen Lohn. Ich habe es längst satt hier.«

»Ihren Lohn werden Sie bekommen, Sie unverschämte Person, und dann fliegen Sie, aber mit Aplomb.«

»Mit was soll ich fliegen? Riskieren Sie man keene Lippe. Wir werden ja sehen, wer fliegt. Sie vielleicht, weil Sie auch keine Miete bezahlen.«

Lena schlug ihr die Tür vor der Nase zu mit einem heftigen Krach.

Und dann horchte sie nach ihres Bruders Zimmer hinüber.

»Nun wird er ja endlich aufgewacht sein«, sagte sie zu sich selbst.

Sie warf in ihrem sehr unordentlichen Schlafzimmer verschiedene Garderobestücke durcheinander, bis sie einen ziemlich defekten warmen Morgenrock fand, den sie fröstelnd überwarf, denn sie war vorhin direkt aus dem Bett an das Telefon geeilt.

Dann ging sie über den schmalen Korridor zum Zimmer ihres Bruders. Hier klopfte sie fest an die Tür.

»Bist du endlich wach, du Murmeltier?« rief sie.

Aber drinnen im Zimmer blieb alles stumm. Sie riß ungeduldig die Tür auf.

»Kurt! So höre doch! Herrgott, hast du einen Schlaf. Kurt, wach auf, Onkel Rochus ist tot! Onkel Rochus ist tot!« rief sie.

Aber ihr Bruder lag im Bett und rührte sich nicht. Lena trat näher heran und sog nun mit einem Naserümpfen die Luft ein.

»Wie riecht es nur hier, da wird einem ja ganz übel.«

Und schnell riß sie das Fenster auf, um bessere Luft hereinzulassen. Dann trat sie wieder an das Bett und schüttelte den Bruder heftig an den Schultern.

»Kurt, alte Schlafmütze, so werde doch nur munter. Hörst du nicht? Unser Großonkel ist tot. Vorbei ist es mit diesem elenden Hundeleben. Wach auf, in einer halben Stunde holt man uns im Auto ab.«

Aber ihr Bruder stieß nur einen grunzenden Ton aus, hob einen Moment die schweren Augenlider, konnte sich aber nicht ermuntern.

Lena sah sich ratlos im Zimmer um. Es sah genauso unordentlich aus wie das ihre. Auf dem Nachttisch neben dem Bett standen eine Schachtel mit Zigaretten und ein

Aschenbecher mit Zigaretten- und Aschenresten. Sie strömten den seltsam schweren, süßlichen Geruch aus, der das ganze Zimmer füllte und nur langsam durch die frisch einströmende Luft ersetzt wurde.

Sie roch an den Aschenresten, schüttelte sich ein wenig und rüttelte dann wieder an den Schultern ihres Bruders. Und da es noch immer nichts half, nahm sie ein Glas Wasser und schüttete es ihm über das Gesicht. Da endlich ermunterte er sich langsam und starrte sie an.

»Was ist denn – was willst du?«

»Aber Kurt, um Himmels willen, dich kann man ja im Schlaf forttragen. Wach doch endlich auf.«

Mühsam richtete er sich auf, das kalte Wasser von sich schüttelnd.

»Was ist denn los? Was schreist du denn so, und warum begießt du mich mit Wasser? Mach das Fenster zu, es ist kalt.«

»Hier war eine entsetzliche Luft, und du warst nicht munter zu bekommen.«

Sie sprang auf und schloß das Fenster. Er sank wieder in die Kissen zurück, noch immer schlaftrunken.

»Wenn du mich mal wieder so findest, Lena, dann gib dir keine Mühe, mich zu wecken. Bevor die halbe Stunde nicht um ist, kriegst du mich nicht munter.«

»Was denn für eine halbe Stunde?«

Er zeigte auf die Aschenschale.

»Vor einer halben Stunde, gerade als ich aufstehen wollte, bekam ich wieder so einen verwünschten Gallensteinanfall. Und da hat mir neulich ein Bekannter Zigaretten verkauft, die er selbst präpariert hat. Sie enthalten ein starkes Narkotikum, das einen auf eine halbe Stunde vollkommen betäubt und gegen alles unempfindlich macht. Aber, wie gesagt, nur genau eine halbe Stunde; dann ist aber in der Regel der ärgste Schmerz vorüber. Ich bin sehr froh, daß ich diese Zigaretten habe. Wenn du früher gekommen wärst, hättest du mich nicht munter bekommen. Man erwacht nach dem Genuß einer solchen Zigarette immer erst nach einer halben Stunde, zuweilen schläft man auch länger. Aber eine halbe Stunde ist man einfach tot – narkotisiert – betäubt – was weiß ich.«

Lena sah die Zigarettenschachtel neugierig an und öffnete sie. »Das sind sie?«

»Ja.«

»Sie sehen genau aus wie andere – mir scheint, diese Marke kenne ich sogar.«

»Jede Zigarette kann von meinem Bekannten so präpariert werden, er ist Chemiker. Ich habe mir gleich ein Quantum gekauft und trage sie immer bei mir. Diese Gallensteinanfälle sind zu scheußlich. Aber was hast du eigentlich in meinem Zimmer zu suchen?«

Sie schüttelte ihn lachend. »Hast du denn nicht gehört? Unser Erbonkel ist tot – Friede seiner Asche.«

Jetzt sprang Kurt mit einem Satz aus dem Bett und stand nun in einem ziemlich unfrischen, ausgebleichten Schlafanzug vor ihr.

»Was sagst du?« fragte er, sie mit brennenden Augen anstarrend.

»Also noch einmal: Der Großonkel ist gestorben«, sagte sie und mußte lachen über sein Gesicht.

Er fuhr mit der Hand durch das Haar. »Machst du auch keinen Witz, Lena?«

Sie zeigte eine würdevolle Miene. »Mit solchen Dingen scherzt man doch nicht. Also los, mach dich fertig. Bald wird das Auto hier sein. Die Alving hat uns schon gestern abend angeklingelt, und Lina, unsere Perle, hat es mir erst vorhin gesagt. Dabei ist sie wieder so unverschämt geworden – die fliegt jetzt mit Glanz, sage ich dir. Sie ist zu frech. Na überhaupt, jetzt geht es mit einem anderen Ton.«

»Meinetwegen! Sag mir nur, ob es wirklich wahr ist, daß Onkel Rochus tot ist.«

»Wahr und wahrhaftig, er ist einem Herzschlag erlegen. Die Alving ist natürlich froh, daß sie uns nicht erreicht hat. Die wird ihr Schäfchen schnell noch ins trokkene gebracht haben. Mach schnell, daß wir hinauskommen.«

Kurt fuhr ohne Umstände mit dem Kopf in die Waschschüssel. Lena hatte sich auf sein Bett gesetzt und spielte mit der Zigarettenschachtel.

»So eine Zigarette möchte ich auch mal rauchen, Kurt.«

Er rieb sich mit dem Frottierhandtuch das Haar trokken.

»Laß die Dummheiten, sei froh, daß du so etwas nicht brauchst.«

»Ist man wirklich total betäubt davon?«

»Vollständig – nach fünf Minuten fühlst du keinen Schmerz mehr, bist völlig bewußtlos und weißt nichts mehr von dir selbst und der Welt.«

»Und – sind sie sonst ungefährlich?«

»Na, so sehr viel darf man nicht davon rauchen. Und Kopfweh bekommt man meist auch danach. Aber das vergeht im kalten Wasser oder an der frischen Luft.«

Sie stellte die Schachtel hin.

»Also, wenn ich mal Schmerzen irgendwelcher Art bekommen sollte, gibst du mir so eine Zigarette ab. Du, da fällt mir ein, wenn man jemand so eine Zigarette zu rauchen gibt, kann man ihn nach Belieben einschläfern. Das ist eigentlich eine famose Sache für Taschendiebe und dergleichen. Stell dir vor, was man als Taschendieb mit diesen Zigaretten für Erfolg haben kann. Ein Glück, daß wir jetzt in bessere Vermögensverhältnisse kommen, sonst käme man in Versuchung, seine Finanzen mit Hilfe dieser Zigaretten aufzubessern. Denk nur an den Ausländer, der gestern abend mit mir kokettierte und der in seiner Brieftasche unzählige Dollarnoten hatte. Mir kribbelte es in allen Fingern, sie ihm wegzureißen.«

»Ja, ich hab auch wie hypnotisiert auf diese Schätze geblickt. Aber an die Zigaretten habe ich dabei nicht gedacht. Na gottlob, unsere Pleite hat ja nun ein Ende, und wir brauchen nicht mehr in Versuchung zu kommen, diese Zigaretten jemandem zu offerieren, der Dollars in der Brieftasche hat. Aber nun raus, Lena, ich will mich umziehen, und du solltest dich auch fertig machen.«

»Ja, ich muß mir ein schwarzes Kleid anziehen. Hab ich denn eins? Warte mal – ach ja, ich kann das schwarzseidene Abendkleid anziehen und wickle mir einen schwarzen Schleier um den Hals. Vorläufig muß es gehen. Von Villa Bernd aus telephoniere ich an ein Atelier, damit man mir Trauerkleider vorlegt. Um einen so reichen Erbgroßonkel muß man gebührend trauern, nicht wahr?«

»Ja doch. Nun geh, und Lina soll uns ein anständiges Frühstück machen.«

»Hm! Hoffentlich ist noch Geld in der Wirtschaftskasse. Aber wir können uns draußen schadlos halten, ich habe der Alving schon gesagt, daß wir draußen zu Mittag speisen.«

»Famos!«

Lena wollte zur Tür hinaus, als sie ihr Bruder nochmals anrief. »Du, Lena!«

»Hm?«

»Der Großonkel wird doch um Gottes willen nicht noch ein Testament gemacht haben?«

Lenas Augen funkelten. »Mach einem nicht angst. Ich werde die Alving gleich diplomatisch aushorchen.«

»Wenn der Großonkel diese scheinheilige Person zur Erbin eingesetzt hätte, ich brächte sie um.«

»Ich auch, das kann ich dir sagen. Aber ich hoffe, es ist kein Testament vorhanden, und dann gehört alles uns – alles.«

Und nun ging Lena hinaus. Draußen öffnete sie die Küchentür.

»Kochen Sie ganz starken Bohnenkaffee, Lina, aber ein bißchen dalli. Und holen Sie Weißbrot dazu und Eier auch.«

Lina sah ihre Herrin frech an.

»Eier und Weißbrot, denn jeben Sie mir Geld, pumpen tut uns keener mehr!«

»Was kümmert mich das! Und Geld? Ich pfeife auf Geld.«

Das Mädchen stemmte die Arme in die Seiten. »Jotte doch, Sie haben wohl geerbt oder in die Lotterie jewonnen?«

Lena richtete sich stolz auf.

»Jawohl, mein Großonkel Bernd ist gestorben, und wir sind seine Erben. Jetzt geht es hier anders zu, und Ihre Unverschämtheiten haben ein Ende. Also vorwärts, in einer Viertelstunde muß das Frühstück bereitstehen.«

Damit knallte Lena die Küchentür zu. Die Perle sah konsterniert nach der Tür und duckte sich unwillkürlich.

Als ihr Lena dann einen Hundertmarkschein aushändigte, sagte sie:

»Wenn unser Auto unten hält, melden Sie es mir.«

Die Perle glotzte sie dumm an. Aber das Auto schien ihr doch zu imponieren. Sie beeilte sich nach Kräften und servierte das Frühstück pünktlich und sogar mit einiger Nettigkeit.

Das Auto mußte natürlich noch eine gute Viertelstunde warten, ehe die Geschwister fertig waren und herabkamen. Lena trug ein schwarzes Kleid, darüber ihren schwarzen Plüschmantel, mit Skunks besetzt, und auf dem Kopf einen stumpfen schwarzen Seidenhut, von dem sie eine farbige Federgarnitur entfernt hatte.

So gut es ging, hatte sie in ihrem Anzug die Trauer markiert. Auch ihr Gesicht zeigte einen trauervollen Ernst.

Kurt hatte noch einen Trauerflor gefunden, den er nach dem Tod seines Vaters getragen hatte, und ihn um den Ärmel seines Überziehers befestigt. Auch er zeigte eine salbungsvolle Miene und begrüßte den Chauffeur, der den Wagenschlag öffnete, mit vornehmer Herablassung.

Als sie in der Villa Bernd ankamen, trat ihnen Ruth im Vestibül entgegen. Sie begrüßte die Geschwister höflich, aber zurückhaltend. Und als Lena ihr ungezogen ihren Mantel zuwarf und ihr befahl, ihn aufzuhängen, zuckte es nur leise um Ruths Mund. Ohne ein Wort der Gegenwehr übergab sie Heinrich den Mantel.

Kurt warf dem alten Diener auch seinen Mantel zu und wandte sich an Ruth. »Gab es wirklich keine Möglichkeit, uns früher von dem Ableben unseres teuren, unvergeßlichen Großonkels zu verständigen, Fräulein Alving?«

Dabei fuhr sein begehrlicher Blick lüstern über Ruths

schlanke Erscheinung. Er überlegte, ob er nicht doch vielleicht die Alving mit seiner Huld beglücken sollte. Ein verdammt netter Käfer war sie schon. Ruth ahnte zum Glück nichts von seinen Begierden.

»Nein, Herr Bernd, da ich nicht wußte, wo Sie zu finden waren und Ihre Dienerin mir zudem sehr widerwillig Auskunft gab und einfach abhängte, als ich dringlich wurde. Außerdem gab es gestern und heute so viel zu ordnen. Ich werde Ihnen darüber genaue Auskunft geben. Aber vielleicht wünschen Sie erst, an die Bahre des Verstorbenen zu treten.«

Die Geschwister legten sofort ihre Gesichter in würdevollen Ernst.

»Selbstverständlich; wo ist unser teurer Großonkel aufgebahrt?« fragte Kurt.

Aber Lena machte eine abwehrende Bewegung.

»Ich vermag es nicht, ihn anzusehen, ich würde fassungslos zusammenbrechen. Und ich will sein liebes Bild so in der Erinnerung festhalten, wie ich ihn im Leben gekannt habe. Geh du allein zu ihm, Kurt, und bringe ihm meine letzten Grüße.«

Und sie drückte das Taschentuch an ihre Augen. Kurt sah fahl und gelb aus. Sehr wohl war ihm nach seinem Gallenanfall und der betäubenden Zigarette überhaupt nicht, und nun sollte er noch an ein Totenlager treten. Das war ein wenig zuviel für ihn, aber er nahm sich zusammen und trat in den Saal.

Die Damen gingen in das Wohnzimmer, und kaum waren sie dort angelangt, als Kurt auch schon wieder zu ihnen trat. Er sah ganz elend aus.

»Lassen Sie mir eine Flasche Wein bringen, Fräulein Alving, von dem schweren Burgunder, den mein Großonkel immer zum Frühstück getrunken hat. Davon muß doch noch ein großer Vorrat vorhanden sein.«

Ruth neigte das Haupt. »Das ist genau in der Liste des Weinkellers eingetragen, die Onkel Rochus selbst bis zum letzten Tag geführt hat.«

»Nun gut, gelegentlich werde ich sie durchsehen. Also bitte, lassen Sie Wein bringen, der Schrecken über das Ableben meines Großonkels hat mich sehr erschöpft.«

Ruth klingelte. »Bringen Sie eine Flasche von dem Burgunder, den der gnädige Herr zum Frühstück genommen hat, Heinrich.«

»Wieviel Gläser, Fräulein Ruth?«

Ruth sah Lena fragend an.

»Wünschen Sie auch davon zu nehmen?«

»Selbstverständlich.«

»Also zwei Gläser, Heinrich.«

»Aber ein bißchen dalli, alter Mummelgreis«, sagte Kurt.

Der Diener ging hinaus.

»Was gibt es heute mittag für ein Menü?« fragte Lena von oben herab.

Ruth wandte sich ihr zu. »Es gibt Haferflockensuppe, Mohrrüben und Schweinefleisch und zum Nachtisch Grießspeise mit Kompott.«

Lena rümpfte die Nase. »Weshalb wollen Sie uns ausgerechnet so ein einfaches Mittagessen vorsetzen? Weshalb bekommen wir nicht ein Menü, wie es sonst hier im Haus üblich ist?«

»Es ist hier nie anders gespeist worden, Fräulein Bernd; Onkel Rochus liebte die Einfachheit und hielt es für eine Sünde, zu prassen in einer Zeit, wo Tausende hungern müssen.«

»Sie wollen mir doch nicht weismachen, daß man hier immer so einfach diniert hat.«

»Ich will Ihnen ganz gewiß nichts weismachen, Fräulein Bernd, denn ich wüßte nicht, warum ich das tun sollte. Das Menü war stets für eine Woche im voraus bestimmt, und die Köchin kann Ihnen die Küchenzettel von einem ganzen Jahr vorlegen.«

»Na, wie lange bleibt denn Heinrich mit dem Wein? Der leistet doch absolut nichts mehr. Hier muß man mal mit eisernem Besen auskehren. Ich möchte wissen, weshalb mein Großonkel diesen alten Nichtstuer noch bezahlt hat«, zankte Kurt ungeduldig.

Ruth sah ihn groß und ernst an. »Vielleicht, weil Heinrich seinem Herrn vierzig Jahre treu gedient hat. Im übrigen ist er noch immer fleißig und regsam und tut seine Pflicht in vollem Maß.«

»Ich wüßte nicht, daß mein Bruder Sie danach gefragt hat, Fräulein Alving. Wo haben Sie übrigens die Schlüssel hier vom Haus, die mein Großonkel Ihnen anvertraut hat?«

»Diese Schlüssel habe ich noch in Verwahrung.«

»Holen Sie sie herbei, ich will sie jetzt selbst an mich nehmen«, befahl Lena.

Ruth wandte sich ruhig nach ihr um. »Ich bedaure, Ihrer Aufforderung nicht Folge leisten zu können, Fräulein Bernd. Ich bin verantwortlich für alles, was ich unter Verschluß habe, und werde die Schlüssel und die abgerechneten Wirtschaftsbücher natürlich nur den gesetzlichen Erben ausliefern, sobald das Gericht darüber bestimmt hat.«

»Nun, was ist da erst zu bestimmen? Die gesetzlichen Haupterben sind wir, meine Schwester und ich«, warf Kurt ein.

»Darüber steht mir kein Urteil zu«, erwiderte Ruth.

Lena sah Ruth mit funkelnden Augen an. »Sie sind ja immer um meinen Großonkel gewesen, sollten Sie also nicht wissen, ob er ein Testament gemacht hat?«

»Doch, darüber kann ich Ihnen genaue Auskunft geben, da Onkel Rochus mich darüber orientiert hat.«

»Ach bitte, diese familiäre Bezeichnung des uns so nahestehenden Verstorbenen ist von Ihnen in Zukunft zu unterlassen. Er ist nie Ihr Onkel gewesen. Bitte, nennen Sie ihn, wie es sich gehört, Herr Bernd.«

Eine feine Röte stieg in Ruths Gesicht. Aber sie dachte an Gert Herfurt, und deshalb ertrug sie ruhig diese ungezogene Bemerkung Lenas und sagte gelassen: »Mein Vormund hat mir selbst das Recht gegeben, ihn so zu nennen. Das lasse ich mir von niemand streitig machen, auch von Ihnen nicht.«

»Sie sind immer sehr anmaßend gewesen, damit ist es aber jetzt vorbei.«

Es zuckte ein fast überlegenes Lächeln über Ruths Gesicht. »Mir scheint, wenn hier jemand anmaßend ist, so bin ich es nicht.«

»Laß doch jetzt solche Auseinandersetzungen, Lena«, warf ihr Bruder ein. »Wir wollen doch jetzt erst einmal von Fräulein Alving hören, ob der Großonkel ein Testament gemacht hat.«

Lena biß sich wütend auf die Lippen. Ruth aber wandte sich ruhig Kurt Bernd zu und sagte: »Nein, Herr Bernd, Onkel Rochus hat kein Testament gemacht.«

Ein Aufatmen der Geschwister verriet ihr, wie sehr sie gefürchtet hatten, daß ein Testament vorhanden sei.

»Wissen Sie das so bestimmt?« fragte Lena hastig.

»Ja, er hat dieser Tage erst mit mir davon gesprochen,

und ich habe kurz vor seinem Tod an Dr. Jungmann schreiben müssen, daß dieser kommen und mit Onkel Rochus sein Testament besprechen sollte, weil er es vor seiner Reise noch machen wollte.«

Triumphierend blitzten Lenas Augen auf.

»Ah, das wird Ihnen schmerzlich sein, daß dies Testament nicht zustande kam. So haben Sie sich viel Mühe umsonst gemacht«, sagte sie höhnisch.

Der alte Heinrich, der jetzt den Wein brachte, hörte diese Worte.

Ruth war blaß geworden vor Empörung, aber sie sagte ruhig: »Darauf werden Sie hoffentlich keine Antwort von mir verlangen.«

Lena zuckte spöttisch die Achseln. »Sie haben sich eben verrechnet, mein Fräulein. Und da Sie wissen, daß Onkel Rochus kein Testament gemacht hat, so müssen Sie auch wissen, daß wir selbstverständlich seine Erben sind, und Sie können mir daher ruhig die Schlüssel ausliefern. Ich ziehe es vor, sie in sicheren Gewahrsam zu nehmen.«

Heinrich hatte den Wein auf den Tisch gestellt, und seine Hände zitterten, als er die beiden Gläser füllte, so daß ein Tropfen auf das Tablett fiel.

Kurt nahm ihm brüsk die Flasche ab. »Zu nichts sind Sie mehr zu gebrauchen, nicht einmal dazu, ein Glas Wein einzuschenken.«

Heinrich stand zitternd vor ihm und sah Ruth wie hilfeflehend an.

Diese sah Kurt nur mit großen Augen an und wandte sich wieder zu Lena.

»Ich bedaure, Ihnen trotzdem die Schlüssel nicht ausliefern zu können, denn es steht durchaus nicht fest, daß Sie die Erben meines Vormunds sind.«

Heinrich entfernte sich mit einem befriedigten Gesicht. Aber Lena und Kurt fuhren zugleich zornig auf Ruth ein: »Was wollen Sie damit sagen?«

»Wie kommen Sie zu dieser Äußerung?«

Ruth stützte sich auf die Lehne eines Sessels, denn man hatte sie nicht zum Sitzen aufgefordert.

»Ich will damit nur sagen, daß es feststeht, daß Sie nicht die einzigen Verwandten von Onkel Rochus sind.«

Die Geschwister starrten sie an, als spräche sie in einer fremden Sprache mit ihnen.

»Unsinn, das wissen wir besser als Sie!« fuhr Kurt auf.

»Anscheinend doch nicht. Ich weiß, daß ein sehr naher Verwandter von Onkel Rochus aufgetaucht ist.«

Die Geschwister fuhren auf. »Was soll das heißen?«

»Sie erlauben sich einen Scherz.«

Ruth schüttelte den Kopf, aber ehe sie antworten konnte, sagte Kurt erregt: »Ich muß Sie dringend bitten, deutlicher zu werden. Ihr ganzes Verhalten ist mir schleierhaft.«

»Ich bin noch nicht dazu gekommen, deutlicher zu werden.«

»Also bitte, von welchem Verwandten sprechen Sie?«

Ruth atmete tief auf, und ihre Augen leuchteten.

»Ich spreche von dem Enkel von Rochus Bernd.«

Eine Weile blieb es still in dem weiten Raume. Die Geschwister starrten Ruth verständnislos an. Dann lachte Kurt heiser auf.

»Sie scheinen allerdings zu Fastnachtsscherzen aufgelegt zu sein. Wie soll unser Großonkel zu einem Enkel kommen? Seine einzige Tochter starb als Mädchen.«

Ruth schüttelte bestimmt den Kopf. »Nein, sie starb als die Frau von Claus Herfurt, mit dem sie sich in England heimlich, ohne Wissen ihres Vaters, trauen ließ. Und dieser Ehe ist ein Sohn entsprossen, Gert Herfurt, der heute morgen hier war, leider zu spät, um seinen Großvater noch lebend anzutreffen.«

Wieder lachte Kurt heiser auf. »Das ist ja ein aufgelegter Schwindel!«

»Anscheinend mit Ihrer Hilfe in Szene gesetzt!« fuhr Lena wütend auf Ruth los.

Diese zuckte ihre Achseln. »Es gehört Ihre Phantasie dazu, mir so etwas zuzutrauen. Ich habe Ihnen jetzt gesagt, wozu ich ermächtigt war. Herr Herfurt wird, wenn nicht früher, zur Beerdigung seines Großvaters kommen und sich wahrscheinlich später mit Ihnen ins Einvernehmen setzen. Weiter habe ich dazu nichts zu bemerken. Nur das will ich Ihnen noch sagen, daß Herr Herfurt wirklich der Enkel von Rochus Bernd ist. Das werden Sie schon an seiner großen Ähnlichkeit mit seinem Großvater sehen.«

»Pah, wenn er weiter keine Beweise hat. Diese Ähnlichkeit kann ein Zufall sein, der zu einem Schwindel ausgenutzt werden soll. Ob mit oder ohne Ihre Hilfe, das werden wir ja feststellen können. Diesem plötzlich hereingeschneiten Herrn muß man auf die Finger sehen. Für seine Behauptung muß er ja erst gerichtlich beglaubigte Beweise bringen. Hat er Ihnen die vielleicht vorgezeigt?«

»Nein.«

»Nun also, die Sache erscheint mir sehr märchenhaft. Wenn dieser Herr Herfurt wirklich der Enkel unseres Großonkels wäre, dann wäre er sicher eher aufgetaucht.«

Ruth richtete sich auf. »Ich habe Ihnen gesagt, was ich für meine Pflicht hielt. Jedenfalls bleibe ich darauf bestehen, daß ich Schlüssel und Wirtschaftsbücher nur an die gesetzlich festgestellten Erben ausliefere. Bis diese festgestellt sind, behalte ich sie in Verwahrung oder liefere sie dem Gericht aus, falls dieses sie mir abfordert.«

»Das ist Ihnen natürlich sehr angenehm, daß Sie nun noch länger Gelegenheit haben, Ihr Schäfchen ins trockene zu bringen.«

Ruth trat plötzlich dicht vor Lena hin. »Man schließt immer von sich auf andere, Fräulein Bernd. Im übrigen will ich Ihnen wünschen, daß Sie nie in die Lage kommen, sich solch unerhörte Beschuldigungen ins Gesicht sagen lassen zu müssen. Diese Beschuldigungen fallen auf Sie selbst zurück.«

Lena sprang auf. »Behalten Sie Ihre Litanei für sich, und lassen Sie uns allein. Wir bedürfen Ihrer nicht und wünschen nur gerufen zu werden, wenn das Mittagessen aufgetragen wird«, sagte sie entschieden nervös.

Ruth verneigte sich stumm und ging hinaus.

10

Als die Geschwister allein waren, sahen sie sich eine Weile in atemloser Erregung ins Gesicht. Endlich brach es über Lenas Lippen:

»Was hältst du von dieser Geschichte, Kurt?«

Dieser biß die Zähne aufeinander.

»Dieser Herr Herfurt soll sich hüten, das wird ein Kampf bis aufs Messer. Ich lasse mich nicht um ein Erbe bringen, das mir gehört.«

»Ich auch nicht, Kurt! Aber hältst du es für möglich, daß Maria Bernd sich in England verheiratet hat?«

Er zuckte die Achseln und starrte finster vor sich hin. Dann stieß er einen greulichen Fluch aus und goß ein Glas von dem schweren Wein wie Wasser hinab.

Jedenfalls war in die Erbfreudigkeit der Geschwister ein bitterer Tropfen gefallen, und sie hingen abermals in schwebender Pein.

Aber trotzdem traten sie in diesen Tagen ganz so auf, als seien sie die einzig rechtmäßigen Erben. Sie ließen es sich im ganzen sehr wohl sein. Lena bestellte sich elegante Trauertoiletten auf den Namen ihres Großonkels, sie und ihr Bruder benutzten das Auto, als sei es ihr eigenes, und sie verlangten beide die besten Weine und Delikatessen, die im Haus waren. Der schwere Burgunder, den Rochus Bernd nur in kleinen Gläsern gleichsam als Medizin genommen hatte, wurde flaschenweise bei Tisch getrunken. Auch Sekt ließen sie sich von Heinrich, den sie nach Willkür und Laune hin und her jagten, bringen. Gegen Ruth ließen sie nach wie vor allerlei Ausfälle los. Diese zeigte ihnen aber eine ruhige Gelassenheit. Nur der alte Heinrich ballte heimlich seine Hände, wenn er bei solchen Ungezogenheiten Zeuge war.

»Das sage ich alles Herrn Herfurt«, gelobte er sich und buchte gewissenhaft jedes kränkende Wort gegen Ruth.

Wenn diese ihn tröstete, daß die Geschwister so frech zu ihm waren, dann sagte er: »Es geht Ihnen ja nicht besser als mir, und ich bin nur ein Diener. Aber Gott behüte uns, wenn die beiden hier ans Regiment kämen, dann hinge ich mich lieber auf, als daß ich im Haus bliebe.«

So kam der Tag der Beerdigung heran. Als Gert Herfurt eintraf, um seinem Großvater die letzte Ehre zu erweisen, fragte er Heinrich: »Ist alles gutgegangen bis heute?«

Heinrich sah ihn trübe an.

»Ach gnädiger Herr, das arme Fräulein Ruth führt jetzt ein Höllenleben. Die Geschwister Bernd behandeln sie schlimmer als einen Dienstboten. Von mir will ich ja nicht reden, ich bin bloß ein Diener, aber der selige gnädige Herr würde sich im Sarge umdrehen, wenn er das mit ansehen müßte.«

»Nur noch ein wenig Geduld, Heinrich, nur die Ruhe des Toten nicht stören. Bald soll das anders werden«, erwiderte Gert.

Bei den Beisetzungsfeierlichkeiten nahmen die Geschwister alle Kondolationen entgegen, als seien sie einzig dazu berechtigt. Und wenn die alten Freunde des Verstorbenen, die im Hause verkehrt hatten, Ruth herzlich trösteten, dann funkelte Lena sie zornig an.

Erst nach den Beisetzungsfeierlichkeiten stellte sich Gert den Geschwistern vor und bat sie um eine Unterredung für den nächsten Vormittag.

Die Geschwister maßen ihn wie einen Feind, dessen verwundbare Stelle sie erspähen wollten, aber sie sagten ihm, daß sie ihn um elf Uhr in Villa Bernd erwarten wollten.

Gerts Ähnlichkeit mit Rochus Bernd hatten sie sehr wohl bemerkt, und ihre Stimmung wurde immer schlechter.

Gert hatte Ruth still und ernst begrüßt, aber er hatte ihre Hand fest und warm in der seinen gehalten.

Nach der Trauerfeier hatten sie Gelegenheit zu einem kurzen Alleinsein. Und da sagte Gert zu Ruth: »Heinrich hat mir erzählt, daß Sie sehr unangenehme Tage hinter sich haben, gnädiges Fräulein. Es tut mir sehr leid, daß ich Sie vorläufig schutzlos den Beleidigungen dieser Herrschaften aussetzen mußte. Aber das soll anders werden, dafür lassen Sie mich sorgen.«

Sie sah mit einem matten Lächeln zu ihm auf. »Beleidigungen von dieser Seite können mir nicht viel anhaben. Aber bitte, machen Sie sich auf einen Kampf gefaßt. Man hält Sie für einen Schwindler und Betrüger oder gibt sich wenigstens den Anschein, es zu tun. Ich hoffe doch, daß Sie die nötigen Papiere besitzen, die Ihr Erbrecht dokumentieren?«

»Seien Sie außer Sorge. Meine Papiere, die ich benötige, habe ich bei mir. Das Hauptsächlichste, womit allein ich freilich mein Erbrecht beweisen kann, ist der Trauschein meiner Eltern. Dieses Dokument ist in meinem Besitz.«

Sie nickte ihm mit einem Aufatmen zu. »Dann ist ja alles gut.«

»Und Sie werden tapfer auf Ihrem Posten aushalten?«

»Ganz gewiß. Fräulein Bernd wollte mir gleich am ersten Tage die Schlüssel abnehmen, aber ich habe mich geweigert, sie auszuliefern. Ich mußte mir freilich sagen lassen, daß ich wahrscheinlich noch allerlei unrechtmäßiges Gut beiseite schaffen wolle. Das ist bei dem Charakter dieser Menschen selbstverständlich. Ich habe ihnen erklärt, daß ich Schlüssel und Wirtschaftsbücher nur den gesetzlich festgestellten Erben ausliefern werde. Anders würde ich mich ja auch ins Unrecht setzen. Sie bewachen mich mit Argusaugen, und es gehört ziemlich viel Selbstbeherrschung dazu, ihnen die Schlüssel nicht vor die Füße zu werfen. Daß sie sich trotzdem hier als Herren aufspielen, allerlei auf den Namen Rochus Bernd bestellen, täglich die kostbarsten Weine trinken, die Onkel Rochus wie einen Schatz hütete, und sich aus den Vorratskammern die auserlesensten Delikatessen, die nur für besonders festliche Gelegenheiten angeschafft wurden, zu jeder Tageszeit servieren lassen, kann ich leider nicht hindern. Ich habe der Köchin aber nur einen Teil dieser Vorräte ausgeliefert und ihr gesagt, mehr davon sei nicht vorhanden. Ist das aufgebraucht, gebe ich nichts mehr heraus, auch aus dem Weinkeller nicht. Was noch im Vorraum lagert, mag verbraucht werden, darüber hinaus gebe ich nichts mehr frei. Ich fühle mich verpflichtet, Ihr Erbe, soviel es in meiner Macht steht, zu verteidigen.«

Seine Augen leuchteten in die ihren. »Wie sehr danke ich Ihnen für diese tapfere Verteidigung meiner Rechte«, sagte er warm und herzlich.

»Das bin ich Onkel Rochus schuldig, denn ich weiß, wenn er jetzt auf uns herabsieht, ist er zufrieden mit mir.«

»Das glaube ich auch. Also morgen vormittag um elf Uhr bin ich befohlen – zur ersten Fehde. Ich bin gespannt, ob es sehr heiß hergeht.«

»Nun, meine Eröffnung, daß ein Enkel von Onkel Rochus existiert, hat allerdings wie ein Blitz in die Hoffnungen der Geschwister eingeschlagen. Aber noch glauben sie nicht an Ihre Erbberechtigung, und es wird schwer halten, sie zu überzeugen. Sie glauben, daß wir beide, Sie und ich, Ihre Ähnlichkeit mit Onkel Rochus zu einem Schwindelmanöver benutzen.«

»Darauf kommt es zum Glück nicht an, sondern nur darauf, daß ich die Gerichte überzeuge. Aber nun muß ich mich verabschieden, mein gnädiges Fräulein. Morgen komme ich wieder und hoffe, schon dann eine Lanze auch für Sie brechen zu können. Daß Sie wenigstens keinen Beleidigungen mehr ausgesetzt sind, dafür will ich sorgen.«

Sie verabschiedeten sich herzlich voneinander.

11

Am nächsten Vormittag erhoben sich die Geschwister Bernd früher als sonst und kleideten sich schnell an, um, wie täglich, nach Villa Bernd hinauszufahren. Auch heute wartete das Auto unten auf sie.

Ziemlich verstimmt nahmen sie das Frühstück ein. Lena unterließ es sogar, sich mit der Perle herumzuzanken, die sich übrigens jetzt eines etwas gesitteteren Tons befleißigte und die Zimmer wider alle Erwartung in Ordnung hielt.

Kurt und Lena gaben sich zwar den Anschein, als glaubten sie nicht an positive Erbrechte des Herrn Herfurt, aber seine frappante Ähnlichkeit mit Rochus Bernd war ihnen doch beklemmend auf die Seele gefallen. Und aus seinen unerfreulichen Gedanken heraus knirschte Kurt zwischen den Zähnen hervor:

»Ich schieße ihn nieder wie einen tollen Hund, wenn er uns wirklich unser Erbe streitig macht.«

Lenas Gesicht bekam einen furchtbaren Ausdruck. »Es muß auch noch andere Mittel geben, ihn unschädlich zu machen.«

»Was meinst du?«

»Ich weiß nicht, noch weiß ich nicht. Aber sage mir: Ist

es dir ernst damit, daß wir jeden Weg gehen, jeden, der uns zum Ziel führt?«

Seine Augen bekamen einen kalten, stechenden Glanz. »Jeden!« sagte er hart.

»Das wollte ich nur wissen, Kurt. Ich denke nicht daran, diesem plötzlich hergelaufenen Menschen mein Erbe auszuliefern.«

»Ich auch nicht.«

»Gut, wir sind einig. Irgendein Mittel wird sich von zwei findigen Köpfen doch finden lassen, um einen Feind unschädlich zu machen.«

»Wir werden sehen. Und jetzt komm, wir müssen hinaus. Ich bin begierig, zu hören, was er uns zu sagen hat.«

Das Auto brachte sie in kurzer Zeit zur Villa Bernd. Und sie erreichten diese noch vor elf Uhr.

Wenige Minuten später traf auch Gert Herfurt ein. Heinrich ließ ihn in das Wohnzimmer treten, wo die Geschwister ihn erwarteten.

Mit gespanntester Unruhe sahen sie ihm entgegen, und Kurt nahm alle Kraft zusammen, um scheinbar ruhig fragen zu können:

»Was haben Sie uns zu sagen, Herr Herfurt? Sie deuteten uns gestern an, daß Sie uns eine wichtige Eröffnung machen wollen.«

Gert stand in seiner ganzen stolzen Jugendkraft, die so herrlich mit seiner vornehmen Erscheinung harmonierte, der verlebten, unsympathischen Persönlichkeit Kurts gegenüber.

»Nicht eigentlich eine Eröffnung, Herr Bernd. Diese Eröffnung hat Ihnen Fräulein Alving wohl bereits gemacht. Ich wollte Ihnen nur noch einmal persönlich wiederholen, daß ich der legitime Enkel des verstorbenen Rochus Bernd bin.«

Kurt sah ihn feindselig an, und auch Lenas Augen glühten wie im Haß zu ihm empor.

»Sie gestatten, daß ich vorläufig an Ihren Angaben zweifle. Mein Großonkel hat nie von einem Enkel gesprochen, er hat oft genug mit uns davon geredet, daß wir seine einzigen Verwandten und mithin seine Erben sind. Es ist doch wohl anzunehmen, daß er das nicht behauptet haben würde, wenn er einen Enkel gehabt hätte.«

»Das wußte er selbst nicht, bis zum Tag seines Todes. Meine Eltern hatten seine Einwilligung zu ihrer Verheiratung nicht erhalten; da aber meine Mutter mündig war und von meinem Großvater nach England geschickt wurde, konnte sie sich mit meinem Vater verheiraten. Als sie nach Jahresfrist von England heimkehrte, um meinem Großvater ihren eigenmächtigen Schritt zu beichten, hinderte sie ein plötzlicher Tod daran. Deshalb wußte mein Großvater nichts von mir.«

Die Augen der Geschwister funkelten ihn feindlich an.

»Und Sie sollten all die Jahre nicht versucht haben, sich Ihrem Großvater zu nähern?«

»Nein, ich habe es nicht getan, aus dem einfachen Grund, weil mein Vater mir erst kurz vor seinem, vor einigen Monaten erfolgten Tod Mitteilung davon gemacht hat, daß ich Rochus Bernds Enkel bin. Als ich dann nach Deutschland kam und meinen Großvater aufsuchen wollte, kam ich zu spät. Er war am Tage vorher gestorben.«

»Das war Ihnen wohl sehr unangenehm«, höhnte Kurt, »und Sie beeilen sich nun, Ihre Erbansprüche geltend zu machen.«

»Jedenfalls muß das jetzt geschehen.«

»Nun, dann müssen Sie natürlich Beweise dafür haben, daß Sie Rochus Bernds Enkel sind.«

Bei diesen Worten Kurts hingen die Augen der Geschwister in brennender Erwartung an Gert Herfurts Gesicht.

Dieser blieb ganz ruhig. »Diese Beweise besitze ich selbstverständlich. Ich habe mich bereits informiert, welcher Papiere ich dazu bedarf. Außer meinen persönlichen Ausweisen brauche ich als wichtigstes Dokument, womit allein ich meine Erbansprüche stellen kann, den Trauschein meiner Eltern, damit ich beweisen kann, daß meine Mutter eine geborene Bernd war.«

Die Geschwister rangen eine Weile nach Fassung. Dann sagte Lena mit rauher, heiserer Stimme: »Haben Sie das Dokument bei sich?«

»Ja, mein gnädiges Fräulein.«

»Dann bitte, zeigen Sie es uns, damit wir uns von der Wahrheit Ihrer Worte überzeugen können.«

Gert faßte unwillkürlich nach der Stelle, wo seine Brieftasche ruhte. Sie war am rechten Platz. Aber er hatte das Empfinden, als müsse er sie bergen vor dem funkelnden Blick der Geschwister.

»Verzeihen Sie mir, wenn ich diesem Ersuchen nicht Folge leiste. Dieser Trauschein meiner Eltern existiert nur dies eine Mal und ist unersetzlich. Die kleine Dorfkirche und das Gemeindehaus von Longvillage, wo meine Eltern heirateten, sind bei einem Gewitter durch einen Blitz in Flammen gesteckt und mit Kirchenbüchern und Gemeindeakten vernichtet worden. Der Pfarrer und der Gemeindevorsteher sind inzwischen verstorben, und ich könnte mir dies jetzt für mich so notwendige Dokument nicht noch einmal verschaffen. Doktor Jungmann, der Notar meines Großvaters, hat mir gesagt, daß ich ohne den Trauschein meiner Eltern meine Erbansprüche nicht geltend machen kann. Ich trage ihn deshalb immer bei mir, wie es mein Vater auch schon getan hat, und könnte Ihnen das Dokument sehr wohl sogleich vorlegen. Aber das Papier ist im Laufe der Jahre ein wenig brüchig geworden und könnte leicht zerfallen. Ich will es deshalb nicht öfter als unbedingt nötig aus meiner Brieftasche nehmen. Da ich es ohnedies bei Gericht vorlegen muß, können Sie versichert sein, daß es vorhanden ist. Ich habe es noch nicht einmal Doktor Jungmann vorgelegt, sondern ihm nur versichert, daß ich es besitze.«

Eine Weile herrschte eine schwüle, atembeklemmende Stille. Was in den Geschwistern vorging, konnte Gert Herfurt nur annähernd ahnen. Daß ihn verbrecherische Wünsche völlig einhüllten, vermochte er in seiner klaren, ehrlichen Rechtlichkeit gar nicht zu erfassen. Wie im Flug war ihm freilich vorhin der Gedanke gekommen: Wenn ich ihnen den Trauschein zeige, sind sie imstande, ihn zu zerreißen, um mich rechtlos zu machen. Aber er hatte sich dieses Gedankens fast geschämt.

Lenas aufgescheuchte Begierden hatten sie inzwischen auf verbrecherische Wege geführt, und auch Kurts Hirn suchte eine Möglichkeit, sich in den Besitz dieses Trauscheins zu setzen, ohne den Gert Herfurts Erbansprüche in nichts zerfielen. Aber er kam zu keinem Resultat. Die Schwester war geistig regsamer und scharfsichtiger, und während Kurt noch völlig im dunkeln tappte, wurden ihre verbrecherischen Wünsche schon durch ein Licht erhellt, das sie fast blendete und sie wie ein Blitz durchzuckte.

Sie dachte an die betäubenden Zigaretten, die ihr Bruder besaß, und dachte an den Trauschein, den Gert Herfurt in der Brieftasche bei sich trug. Wenn man ihn mit Hilfe einer solchen Zigarette betäubte und ihm die Brieftasche entwendete, war die Gefahr beseitigt. Man mußte es nur schlau anfangen, damit niemand Verdacht schöpfte. Dann konnte Gert Herfurt nichts beweisen, und man konnte sich den Anschein geben, ihn für einen Schwindler zu halten.

Lena schloß die Augen, so überwältigt war sie von ihrer Idee, die so leicht auszuführen und so ungefährlich war.

Was geschehen sollte, mußte schnell geschehen, noch solange Gert Herfurt in ihrer Gesellschaft war. Denn nur heute, ehe sie sich trennten, hatte sie die positive Gewißheit, daß er den Trauschein in seiner Brieftasche bei sich trug.

Immer fieberhafter erwog sie den Plan, wie sie Gert den Trauschein entwenden könne. Aber, wie sollte sie sich mit Kurt verständigen? Sie mußte ihn dazu bringen, Gert Herfurt eine solche Zigarette anzubieten, aber wie und wann? Zeit gewinnen – Zeit gewinnen, dachte sie immer wieder.

Und als Kurt jetzt etwas auf Gerts Worte erwidern wollte, sprang sie auf, legte mit einem seltsam dringlichen Blick ihre Hand auf seinen Arm und sagte mit erzwungener Ruhe:

»Laß mich reden, Kurt, du bist zu erregt.«

Und in ihrem Blick las er ein Warnungszeichen, das ihn verstummen machte.

Dann wandte sie sich mit einem Lächeln an Gert: »Sie können uns wohl nachfühlen, Herr Herfurt, daß uns Ihre

Mitteilungen sehr überraschend kommen und uns ein wenig aus dem Gleichgewicht bringen.«

Gert verneigte sich. »Allerdings, mein gnädiges Fräulein. Und es ist mir natürlich nicht sehr angenehm, daß ich Ihnen eine Enttäuschung bereiten muß. Sie haben immer damit gerechnet, daß Sie meinen Großvater wenigstens zum Teil beerben würden, da sicher auch Fräulein Alving nicht leer ausgegangen sein würde, und es muß Ihnen unerwünscht kommen, daß jetzt ein anderer Erbe auftaucht.«

Lena hatte ihrem Bruder verstohlen ein Zeichen gemacht, er möge sie ruhig gewähren lassen. Nun nickte sie Gert zu.

»Nicht wahr, das ist verständlich. Aber wenn Sie wirklich der legitime Enkel unseres Großonkels sind und das durch den Trauschein Ihrer Eltern beweisen können, dann müssen wir, zumal kein Testament besteht, zurückstehen, was uns allerdings sehr schmerzlich sein wird, da wir unsere ganze Lebensführung dem Umstand angepaßt haben, daß uns eines Tages ein reiches Erbe zufließen würde.«

»Das alles verstehe ich, mein gnädiges Fräulein, und wenn ich das Erbe antrete, werde ich Sie bitten, mir zu gestatten, daß ich diesem Umstand Rechnung trage und Ihnen, da wir doch nun einmal Verwandte sind, wenigstens eine Abfindungssumme auszahle, damit Sie sich rangieren können. Vielleicht kann ich Ihnen auch eine kleine Rente aussetzen, in der Art, wie Sie bereits bisher von meinem Großvater unterstützt wurden. Das wird sich alles finden.«

Es blitzte wie Hohn aus den Augen der Geschwister. Wieder hinabtauchen in das elende Leben, wie sie es bisher geführt hatten, dazu hatten sie beide keine Lust. Lena vermochte sich aber viel besser zu beherrschen als Kurt, weil sie bereits einen Ausweg wußte.

»Wir sind leider nicht in der Lage, dies Angebot zurückweisen zu können, und schließlich kann es uns ja auch nicht demütigen, da es, wie wir bestimmt wissen, im Sinne unseres Großonkels ist. Er hätte uns sicher nicht darben lassen, auch nicht, wenn sein Enkel aufgetaucht wäre. Sicherlich hätte er uns auch dann großmütig in seinem Testament bedacht. Jedenfalls sind wir nicht gewillt, uns Ihnen feindlich gegenüberzustellen. Wir können friedlich miteinander verhandeln. Und wenn Sie sich bei Gericht wirklich als Rochus Bernds Erbe ausweisen können, müssen wir verzichten. An unserem verwandtschaftlichen Entgegenkommen sollen Sie jedenfalls nicht zweifeln, und ich schlage vor, wir benutzen das heutige Zusammenkommen, um uns ein wenig näher kennenzulernen. Wenn es Ihnen recht ist, speisen wir heute hier im Haus zusammen und plaudern dann nach Tisch noch ein wenig miteinander. Ich werde Fräulein Alving Weisung geben, daß wir uns ein festliches Diner ausbitten, denn für gewöhnlich herrscht hier eine puritanische Einfachheit. Unser Großonkel hat eine sehr bescheidene Küche geführt. Ist es Ihnen recht, wenn wir zusammenbleiben?«

Gert verneigte sich artig. Er war sehr zufrieden, daß etwaige Feindseligkeiten vermieden wurden, und konnte nur sagen, daß Lena Bernd fabelhaft Haltung bewahrte.

»Sehr recht ist es mir, gnädiges Fräulein, es ist ganz in meinem Sinn, daß wir uns friedlich verständigen. Ihr Herr Bruder ist hoffentlich einverstanden?«

Kurt war das durchaus nicht, er war sehr erstaunt über Lenas Verhalten, sagte sich aber, daß diese ihre besonderen Gründe dafür haben müsse. Er beschloß abzuwarten, und so verneigte er sich kurz und sagte mit erzwungener Höflichkeit: »Selbstverständlich bin ich einverstanden.«

Lena nickte ihm befriedigt zu und ließ nun Fräulein Alving rufen.

Als Ruth nach einer Weile erschien, sagte Lena: »Herr Herfurt wird heute mittag mit uns hier speisen. Sorgen Sie aber für ein festliches Diner, denn wir wollen unsere verwandtschaftlichen Beziehungen feiern.«

Ruth sah Gert Herfurt fragend an.

»Wenn es Ihnen nicht zu viele Mühe macht, mein gnädiges Fräulein«, sagte er mit einer artigen Verbeugung.

Ruth war sehr erstaunt über den friedlichen Standpunkt der Geschwister dem verhaßten Erben gegenüber. Ehe sie aber auf Gerts Worte etwas erwidern konnte, sagte Lena brüsk; »Was heißt, zu viele Mühe? Fräulein Alving muß doch etwas zu tun haben, und da sie darauf beharrt, die Schlüssel nicht auszuliefern, muß sie natürlich dafür sorgen, daß wir etwas Anständiges zu essen bekommen.«

Gert wandte sich mit besonderer Ritterlichkeit an Ruth, ohne auf Lenas Worte zu achten.

»Es ist außerordentlich gütig von Ihnen, gnädiges Fräulein, daß Sie sich noch bemühen, den Ihnen anvertrauten Posten auszufüllen. Bis die Verhältnisse geregelt sind, müssen wir Sie auch noch weiter darum bitten.«

»Ich halte es für meine Pflicht, Herr Herfurt, und es bedarf keiner Bitte und keines Dankes. Ich werde sofort Bescheid in der Küche geben.«

Damit verneigte sich Ruth und ging hinaus.

Lena lachte spöttisch hinter ihr her.

»Stärken Sie nur nicht durch überflüssige Galanterie

die Prinzessinnenallüren von Fräulein Alving. Sie ist schon ohnedies reichlich anmaßend. Wenn es nach ihr gegangen wäre, hätten weder Sie noch wir etwas von dem Erbe unseres Großonkels zu sehen bekommen. Dieses hergelaufene Geschöpf hatte sich so in seine Gunst eingeschmeichelt, daß er sicher ein Testament zu ihren Gunsten gemacht hätte, wenn er dazu gekommen wäre.«

Gert sah sie ernst an. »Weshalb nennen Sie Fräulein Alving ein hergelaufenes Geschöpf? Ich denke, sie ist das Mündel meines Großvaters und hat auf mich unbedingt den Eindruck einer sehr ehrenhaften und vornehm denkenden Dame gemacht.«

Wieder lachte Lena auf. »Die Männer lassen sich doch alle Sand in die Augen streuen, wenn sie ein hübsches Lärvchen sehen. Dieses Fräulein Alving ist überhaupt keine Dame, sondern nur die Tochter von Untergebenen unseres Großonkels. Sie kamen bei einem Eisenbahnunglück ums Leben. In seiner großmütigen Weise hat Rochus Bernd für die Waise gesorgt, hat sie zu seinem Mündel gemacht und sie über ihre Verhältnisse hinaus erziehen lassen. Schließlich hat er sie ins Haus genommen und sie hat ihn solange umschmeichelt, bis er ihr eine Ausnahmestellung einräumte. Im Grunde ist sie nichts als eine Dienerin, und es ist nicht angebracht, sie anders als eine solche zu behandeln.«

Gerts Stirn rötete sich. »Mein gnädiges Fräulein, ob Fräulein Alving von Untergebenen meines Großvaters abstammt oder nicht, ist mir unwichtig. Sie selbst macht unbedingt einen damenhaften Eindruck, und ich werde ihr nie anders begegnen, als es mein Großvater getan hat, der sie, wie mir Heinrich sagte, wie eine Tochter geliebt hat und große Stücke auf sie hielt.«

»Heinrich ist ein altes Schwatzmaul und, wie mir scheint, steckt er mit der Alving unter einer Decke. Sie tun gut daran, den beiden auf die Finger zu sehen, wenn Sie überzeugt sind, daß Sie als Erbe eingesetzt werden«, fuhr es zornig und unbeherrscht über Kurts Lippen.

Gert zuckte zusammen und seine Lippen preßten sich fest aufeinander. Und dann reckte er sich hoch auf und sagte ruhig, aber mit klingender Stimme:

»Ich möchte Sie darauf aufmerksam machen, Herr Bernd, daß ich in diesem Haus nur im Sinne meines Großvaters handeln werde. Und da er bisher Fräulein Alving unter seinen Schutz genommen hat, halte ich es für meine Pflicht als sein Erbe, sie in gleicher Weise zu beschützen. Ich ersuche Sie also dringend, keinerlei verdächtigende oder herabsetzende Bemerkungen über die junge Dame zu machen. Das würde ich als einen Affront gegen mich selbst und meine Ehre auffassen und müßte danach handeln. Bitte, vergessen Sie nie, daß Fräulein Alving unter meinem Schutz steht. Und wenn Sie sich auf einen verwandtschaftlich friedlichen Fuß mit mir stellen wollen, müssen Sie das respektieren.«

Kurt sah aus, als wolle er sich am liebsten haßerfüllt auf Gert stürzen. Aber Lena preßte seinen Arm, daß er zusammenzuckte. Und mit einem schelmischen Lächeln sagte sie: »Aber meine Herren, so wichtig ist uns dieses Fräulein Alving doch nicht, daß wir uns deshalb miteinander erzürnen müssen. Sie werden vermutlich noch selbst Ihre Erfahrungen machen, Herr Herfurt, und uns vielleicht noch recht geben. Also lassen wir dies Thema; wir werden uns nach Ihren Wünschen richten. Und was tun wir nun bis heute mittag, um uns die Zeit zu vertreiben?«

Gert fühlte die heuchlerische Falschheit in ihren Worten, aber er wollte keinen ernsten Streit und lenkte ein. Daß man Ruth nicht wieder beleidigen würde, nahm er als sicher an.

»Wenn Sie gestatten, möchte ich erst einmal mit meinem Hotel telefonieren.«

Lena nickte lebhaft. Es kam ihr sehr gelegen, daß sie jetzt einige Minuten mit ihrem Bruder allein sein würde. Sie hatte schon darüber nachgedacht, wie sie das herbeiführen konnte. Nun kam ihr Gerts Wunsch sehr gelegen.

»Bitte, bitte, lassen Sie sich nicht abhalten. Ich gehe inzwischen mit meinem Bruder ein wenig in den Garten, es ist ein so schöner, warmer Sonnenschein. Wenn Sie telefoniert haben, folgen Sie uns. Wir plaudern dann draußen ein wenig.«

Gert verneigte sich. »Mit Vergnügen, mein gnädiges Fräulein.«

Er war sehr froh, daß er sich für eine Weile von den Geschwistern trennen konnte, denn ihn verlangte danach, mit Ruth einige Worte ohne Zeugen wechseln zu können. Das Telefon war nur ein Vorwand gewesen. So trennten sie sich. Die Geschwister nahmen ihre Mäntel und gingen hinaus in den verschneiten Garten, und Gert ging scheinbar zum Telefon. Als er aber Heinrich sah, fragte er ihn:

»Wo finde ich jetzt Fräulein Alving?«

Der alte Diener sah ihn mit aufstrahlenden Augen an.

»Sie ist drüben im Speisezimmer, gnädiger Herr.«

Er ging Gert voran und öffnete ihm die Tür zum Speisezimmer.

Ruth stand an der Tafel und ordnete Tannenzweige und rote Winterbeeren in einer Vase. Sie bot in dem hellen Sonnenlicht des Wintertags ein reizendes Bild. Trotz des schwarzen Kleides sah sie aus wie das liebe Leben selbst.

»Darf ich eintreten, Fräulein Alving?« fragte er, entzückt ihr Bild in sich aufnehmend.

Sie errötete und stellte die Kristallvase mitten auf die runde Tafel. Lächelnd sah sie zu ihm hinüber.

»Bitte sehr! Ich wollte nur noch einmal sehen, ob alles in Ordnung ist. Fräulein Bernd pflegt sonst nicht mit Vorwürfen und Kritiken zu sparen, die dann auf mein Haupt herniederbrasseln.«

»Das wird nicht mehr geschehen«, sagte er, zu ihr tretend. »Um Ihnen das zu sagen, habe ich Sie aufgesucht. Ich habe den Geschwistern Bernd erklärt, daß ich Sie, an Stelle meines Großvaters, unter meinen Schutz genommen habe und daß ich es als einen Affront gegen mich und meine Ehre ansehe, wenn man Sie kränkt und beleidigt.«

Ruths Augen schimmerten feucht und sie reichte Gert impulsiv die Hand.

»Es ist sehr ritterlich, daß Sie so für mich eintreten, ich danke Ihnen. Aber nun sagen Sie mir, wie verlief die erste Fehde?«

Er lächelte.

»Zuerst drohte es kritisch zu werden, aber wider Erwarten nahm Fräulein Bernd sehr bald Vernunft an. Sie schien einzusehen, daß meine Erbansprüche berechtigt sind und wollte sich anscheinend auf guten Fuß mit mir stellen. Ihr Bruder hatte entschieden feindlichere Absichten, aber sie schien ihm dann eine friedlichere Haltung suggeriert zu haben, denn auch er lenkte ein, und jetzt stehen wir auf einem abwartend höflichen Standpunkt. Das kann mir nur lieb sein. Ich möchte nicht mit ihnen in

Streitigkeiten geraten, und da ich ihnen eine Hoffnung zerstöre, fand ich ihr Benehmen immerhin aller Anerkennung wert. Ich habe ihnen auch gesagt, daß ich eventuell etwas für sie tun werde, damit sie sich rangieren können. Das wird, glaube ich, auch im Sinne meines Großvaters sein. Und – die Geschwister waren meinem Anerbieten gegenüber nicht so stolz abweisend wie Sie, mein gnädiges Fräulein.«

Es lag ein leiser Vorwurf in seinen Worten; Ruths Lippen umspielte ein feines Lächeln, das ihn so entzückte, daß er es am liebsten fortgeküßt hätte.

»Habe ich Ihnen damit weh getan?« fragte sie.

»Ganz ehrlich – ja.«

»Das wollte ich nicht.«

»Aber Sie müssen mir doch nachfühlen, daß es meine vornehmste Pflicht ist, Sie vor Not und Sorgen zu bewahren.«

Sie sah ihn dankbar an. »Ich hoffe, daß mir das selbst gelingt, Herr Herfurt. Und ich will Ihnen freiwillig versprechen, wenn ich einmal nicht aus und ein wüßte vor Not und Sorgen, dann will ich mich vertrauensvoll um Hilfe an Sie wenden, so, wie ich mich im gleichen Fall an Onkel Rochus gewandt haben würde. Sind Sie damit zufrieden?«

Sie sah so lieb und reizend aus, daß er sie am liebsten in seine Arme genommen hätte. Er stand ihr nicht gegenüber, als kenne er sie erst seit Tagen, sondern als wäre sie ihm schon seit Jahren lieb und vertraut. Ihre Hände fassend, führte er sie abwechselnd an seine Lippen.

»Ihr Versprechen ist ein kostbares Geschenk für mich, Fräulein Alving, gerade weil Sie meine Hilfe erst zurückwiesen und weil ich weiß, wie stolz Sie sind. Es zeigt mir, daß ich mir schnell Ihr Vertrauen errungen habe. Und das freut mich unsagbar. Ich habe gleich beim ersten Sehen herzliche Sympathie für Sie empfunden, und das wächst mit jeder Stunde. Was ich jetzt für Sie empfinde – ich will es noch nicht mit Namen nennen, will es auch nicht zergliedern; jedenfalls ist es etwas Starkes, Tiefes, Zwingendes. Mir ist, als kenne ich Sie schon seit Jahren, so lieb und vertraut sind Sie mir. Und wenn ich Sie so vor mir sehe in Ihrer holden Güte, mit dem goldenen Haar und den lieben, lieben Blauaugen, dann wird mir so herzensfroh zu Sinn, als hätte mir das Schicksal etwas Wunderschönes geschenkt, auf das ich mich nun alle Tage freuen darf. Und es macht mich froh und glücklich zu spüren, daß auch Sie mir sympathisch gegenüberstehen. Ich wünsche mir, daß dies Gefühl bei Ihnen noch wächst; darf ich das?«

Ihre Augen strahlten offen und klar in die seinen, wenn sich ihre Wangen auch gerötet hatten.

»Onkel Rochus war mir lieb und teuer, ich hegte eine schrankenlose Hochachtung und Verehrung für ihn. Und Sie sind ihm so ähnlich in allen Dingen, ich kann nicht anders, als Ihnen mit herzlicher Sympathie gegenüberzustehen.«

»Dank, innigen Dank! Sie ahnen nicht, wie stolz und glücklich mich Ihre Worte machen. Aber jetzt muß ich Sie verlassen, man erwartet mich im Garten, und ich möchte keine Veranlassung geben, Sie irgendwelchen Mißdeutungen auszusetzen. Bei Tisch sehen wir uns doch wohl wieder?«

Ruth schüttelte den Kopf. »Nein, ich bitte Sie, dispensieren Sie mich. Ich habe es in diesen Tagen vermieden, mit den Geschwistern Bernd zusammen zu essen, da man mich wie eine Dienerin behandelt. Ich habe die Mahlzeiten auf meinem Zimmer eingenommen und will das auch heute tun.«

Ein Schatten flog über sein Gesicht. »Ich muß gestehen, daß ich hauptsächlich deswegen zusagte hier zu speisen, weil ich hoffte, dabei auch Ihre Gesellschaft zu genießen.«

»Es tut mir leid, daß es nicht sein kann. Aber es ist besser, ich bleibe auch heute in meinem Zimmer.«

»Sehe ich Sie dann nicht mehr?«

»Vermutlich nicht, da ich gleich nach Tisch einige Besorgungen machen muß.«

»Das bedaure ich sehr. Werden Sie lange ausbleiben?«

»Genau weiß ich das nicht, ungefähr zwei Stunden, vielleicht bin ich auch früher wieder daheim. Ich benutze jetzt nie mehr das Auto, sondern fahre mit der Elektrischen, damit man mir nicht immer Prinzessinnenallüren vorwirft, die einer Verwalterstochter nicht anstehen.«

»Ihr Vater war Verwalter?«

»Ja, er verwaltete das Gut von Onkel Rochus.«

Gert dachte daran, daß Lena bei ihm den Anschein hatte erwecken wollen, als sei Ruth die Tochter von Domestiken. Aber er sprach nicht darüber, um Ruth eine Kränkung zu ersparen. Er sagte nur: »Wenn Sie Besorgungen zu machen haben, können Sie sich doch ruhig des Autos bedienen.«

Mit einem reizenden Schelmenlächeln schüttelte sie den Kopf. »Es ist sehr gut für mich, daß ich mir so vornehme Passionen abgewöhne. Onkel Rochus hat mir in seiner Güte wirklich einige Prinzessinnenallüren gestattet.«

Gert mußte denken, daß es ihn sehr glücklich machen

würde, wenn er auch in dieser Beziehung seinen Großvater nachahmen dürfte. Aber das wagte er ihr nicht zu sagen. So sagte er nur: »Vielleicht bin ich doch noch hier, wenn Sie zurückkehren. Jedenfalls werde ich mich, in der Hoffnung, Sie noch einmal wiederzusehen, gern von den Geschwistern halten lassen, falls sie mich nach Tisch noch zum Bleiben auffordern.«

Sie lächelte. »Mir scheint, Sie haben es nicht nötig, eine Einladung der Geschwister abzuwarten, wenn Sie hierbleiben wollen. Denn Sie haben doch eher ein Recht, in diesem Hause zu sein als die Geschwister Bernd.«

»Mein Recht ist aber noch nicht verbrieft und besiegelt. Und das Talent, mich ohne dies als Herrn aufzuspielen, wie es die Geschwister tun, habe ich nicht. Ich hoffe also, daß man mich zum Bleiben nötigt, damit ich später noch ein wenig mit Ihnen plaudern kann. Jedenfalls sage ich auf Wiedersehen.«

»Auf Wiedersehen, Herr Herfurt.«

Sie reichten sich die Hände, und er hielt die ihre etwas länger fest als üblich. Daß sie dabei dunkel erglühte, erfüllte ihn mit heißer Freude.

12

Lena und Kurt waren, als sie sich von Gert Herfurt getrennt hatten, in den Garten gegangen. Und kaum waren sie allein, fragte Kurt hastig: »Was fällt dir ein, Lena, weshalb kommst du diesem Schwindler so freundlich entgegen?«

Sie sah ihn mit einem seltsamen Blick an. »Er ist leider kein Schwindler, Kurt, seine Angaben sind zu positiv und seine Ähnlichkeit zu sprechend.«

»So glaubst du, daß ihm das Erbe zufällt, dessen wir schon so sicher waren?« fragte er heiser.

»Das glaube ich, wenn wir es nicht verhindern.«

»Und dabei stellst du dich auf einen so friedlichen Standpunkt? Ich mußte mich bezähmen, daß ich ihn nicht niederschlug.«

»Dabei würdest du den kürzeren ziehen, er ist kräftiger als du.«

»Du willst doch nicht sagen, daß du dir dein Erbe gutwillig fortnehmen lassen willst?«

Ihre Augen glühten erregt auf. »Nein, um keinen Preis! Weil ich das eben nicht will, habe ich ihm die Komödie vorgespielt, als wollte ich mit ihm friedlich umgehen. In Wahrheit ist er mein Feind wie der deine, ich hasse ihn und stehe ihm kampfbereit gegenüber. Aber an Blutvergießen, wie du, denke ich nicht. Das ist mir zu gefährlich. Ich denke, wir kommen auf eine für uns ungefährlichere Art zum Ziel.«

Starr sah er sie an. »Wie meinst du das?«

Sie sah sich vorsichtig um und neigte sich, seinen Arm fassend, dicht an sein Ohr.

»Hör zu, Kurt! Er sagte uns doch, daß er den Trauschein seiner Eltern bei sich trägt, und daß er ohne diesen Schein sein Erbrecht nicht geltend machen könne. Weißt du nun, was ich will?«

»Offen gestanden, nein.«

»Mein Gott, bist du schwerfällig.«

»So rede doch, was meinst du?«

»Wir müssen ihm dies Dokument abnehmen, dann

kann er uns nicht mehr gefährlich werden. Wir erklären ihn für einen Schwindler.«

Mit verhaltener Erregung sah er sie an. »Daran habe ich auch schon gedacht. Aber wie soll man ihm das Dokument abnehmen? Du hast sehr recht, er ist stärker als ich.«

Sie lachte hart auf. »Tagt es noch immer nicht, Kurt? Denkst du nicht an die Zigaretten?«

Er stutzte. »Lena!« rief er atemlos.

»Na, endlich kapierst du. Du hast doch die Zigaretten bei dir?«

»Ja!«

»Gut! Ich habe ihn gebeten, mit uns zu speisen und in unserer Gesellschaft zu bleiben, damit wir Gelegenheit haben, ihm eine deiner famosen Zigaretten anzubieten. Die Alving ist auf ihrem Zimmer und hat, wie ich zufällig hörte, gleich nach Tisch Besorgungen zu machen. Die sind wir also los. Wir werden mit ihm allein sein. Nach Tisch bietest du ihm eine Zigarette an und rauchst selbst eine zur Gesellschaft mit. Natürlich mußt du für dich eine andere bereithalten. Sobald er anfängt die Zigarette zu rauchen, erinnere ich dich plötzlich, daß wir ja eine Verabredung mit Bekannten total vergessen haben, und daß wir sofort aufbrechen müssen. Wir beeilen uns und verabschieden uns von ihm. Du bittest ihn, sich nicht stören zu lassen und ruhig bei seiner Zigarette den Mokka auszutrinken. Wir verlassen das Zimmer, fahren aber nicht gleich ab, sondern warten, bis das Narkotikum seine Wirkung tut, im Nebenzimmer. Er denkt nun, wir sind fort. Sobald er eingeschlafen ist, schleichst du zu ihm zurück, nimmst dem Betäubten die Brieftasche ab, und dann fahren wir schnell in die Stadt zurück. Er wird nach einer halben Stunde erwachen und glauben, daß er nur ein Mittagsschläfchen gehalten hat. Höchstwahrscheinlich merkt er den Verlust der Brieftasche nicht gleich, sondern erst, wenn er die Villa Bernd verlassen hat. Keinesfalls kann uns ein Verdacht treffen, da wir uns schon entfernten, als er noch wach war. Aber selbst wenn er einen Verdacht gegen uns hegte, wie will er ihn beweisen? Und wir haben ihn unschädlich gemacht. Ohne das Dokument kann er das Erbe nicht reklamieren. Wenn er uns später seinen Verlust meldet, stellen wir uns auf den Standpunkt, daß wir seine Angaben für Schwindel halten. Wir glauben ihm einfach nicht, daß er der Enkel von Rochus Bernd ist und machen von unserer Ansicht auch dem Notar Mitteilung. Da er den Trauschein nicht noch einmal beschaffen kann, ist er einfach erledigt, und wir sind die Sieger. Nun, was sagst du zu diesem Plan?«

Kurt hatte in starker Erregung zugehört. Nun drückte er Lenas Arm an sich.

»Du bist ein Genie, Lena. So geht es! So geht es famos! Gottlob, daß dir dieser Rettungsweg einfiel. Mir war schon ganz flau zumute! Ich sehe nicht ein, weshalb uns dieser hergelaufene Mensch das fette Erbe wegschnappen soll, auf das wir lange genug gewartet haben.«

»Also du bist einverstanden?«

»Selbstverständlich!«

»Sind die Zigaretten auch wirklich zuverlässig?«

»Unbedingt! Du kannst ganz ruhig sein. Für eine halbe Stunde ist er absolut unfähig, etwas zu fühlen, zu hören oder zu sehen. Es soll mir ein leichtes sein, ihm die Brieftasche abzunehmen. Eventuell kann man auch nur das Dokument herausnehmen und ihm die Brieftasche wieder zustecken.«

Lena schüttelte heftig den Kopf.

»Nein, nein, es ist besser, du nimmst die ganze Brieftasche. Die kann er eventuell verloren haben. Nehmen wir uns das Dokument, dann kann uns eher ein Verdacht treffen.«

»Richtig, du bist wirklich ein Genie, Lena. Famos hast du das alles überlegt in der kurzen Zeit.«

Sie lachte eitel. »Meine Gedanken sind auch nur so durch meinen Kopf gejagt.«

»Bist du sicher, daß die Alving aus dem Weg ist?«

»Ich sage dir ja, sie macht Besorgungen gleich nach Tisch. Ich hörte, wie sie es Heinrich sagte. Er fragte, ob sie das Auto benutze und sie verneinte – sie fahre mit der Elektrischen. Ein wenig haben wir ihr die Prinzessinnenallüren doch schon ausgetrieben. Daß sie nicht mit uns speist, ist ja sehr günstig.«

»Und Heinrich? Wie kommt der uns aus dem Weg?«

Lena machte eine verächtlich abwehrende Geste.

»Die Schlafmütze! Du weißt doch, daß er, sobald er bei Tisch aufgewartet hat, sich in einen Winkel verkriecht, um zu schlafen.«

»Na, dem Faultier werden wir Beine machen, sobald wir am Ruder sind. Aber heute kommt uns seine Faulheit sehr gelegen.«

»Ich hoffe, daß sich alles glatt abwickeln wird. Während du nochmals ins Zimmer zurückgehst und ihm die Brieftasche abnimmst, werde ich für alle Fälle Wache stehen und jede Störung fernhalten. Aber still, da sehe ich ihn aus dem Haus kommen. Du bist doch über alles im klaren, falls wir nicht noch einmal zusammen sprechen können?«

»Alles klar, Lena.«

»Schön! Nun sieh dir hier die Tannen an. Ein unverfängliches Thema. Schön gewachsen, nicht wahr? Die würden sich famos als Weihnachtsbäume eignen.«

»Allerdings! Sie sind tadellos gewachsen.«

»Herrlich! Finden Sie nicht auch, Herr Herfurt?«

Gert war eben herbeigekommen.

»Was meinen Sie, mein gnädiges Fräulein?«

»Ich meine, ob diese Tannen sich nicht herrlich zu Weihnachtsbäumen eignen?«

»Unbedingt, sie sind tadellos gewachsen.«

»Haben Sie nicht verlernt, deutsche Weihnachten zu feiern, da Sie immer in England gelebt haben?«

»Nicht immer; von meinem zehnten bis zum einundzwanzigsten Jahre lebte ich mit meinem Vater in Hannover, wo ich das Gymnasium besuchte. Erst dann sind wir wieder nach England zurückgekehrt.«

»Und auch während Ihres Aufenthalts in Deutschland haben Sie nie versucht, sich Ihrem Großvater zu nähern?« fragte Kurt.

»Ich sagte Ihnen bereits, daß mein Vater mir erst kurz vor seinem Tod erzählte, daß mein Großvater Rochus Bernd noch am Leben sei.«

»Sonderbar, höchst sonderbar! Ich will ja Ihre Worte nicht in Zweifel ziehen, aber ich verstehe Ihren Herrn Vater nicht. Wie konnte er Sie so lange von Ihrem Großvater zurückhalten?«

»Er hatte dafür besondere Gründe.«

»Und so hat Rochus Bernd wohl gar nicht erfahren, daß er einen Enkel hat?«

»Doch, gerade am Tage seines Todes hat er es erfahren.«

Und Gert erzählte, daß Ruth Alving den Brief in dem Kleid seiner Mutter gefunden und was danach geschehen war.

Die Gesichter der Geschwister verrieten, daß sie sich ihre besonderen Gedanken darüber machten, und als Gert zu Ende war, sagte Lena spöttisch: »Also Fräulein Alving hat da Vorsehung gespielt und unser Großonkel wäre vielleicht noch am Leben, wenn sie ihn mit diesem Fund nicht so sehr aufgeregt hätte. Aber man darf ja über diese Dame nichts sagen, da sie unter Ihrem Schutz steht. Jedenfalls hat sie nicht bedacht, daß Ihr Auftauchen auch ihren Erbaussichten gefährlich werden könnte, sonst hätte sie wohl die Finger von dieser Angelegenheit gelassen.«

Gerts Augen bekamen einen fast drohenden Ausdruck.

»Sie sollten gerade daraus ersehen, daß Sie Fräulein Alving bitter unrecht getan haben. Sie hat nicht daran gedacht, meinen Großvater zu ihren Gunsten zu beeinflussen. Dazu ist ihre Gesinnung viel zu vornehm. Und ich bitte auch Sie sehr dringend, mein gnädiges Fräulein, jeden Ausfall gegen die junge Dame, die unter meinem Schutz steht, zu unterlassen.«

»Nun gut, ich habe ja nichts gesagt. Behalten Sie Ihre gute Meinung über Fräulein Alving, ich behalte die meine auch. Das soll uns nicht gegenseitig erzürnen. Also haben Sie demnach doch deutsche Weihnachten kennengelernt?«

»Gewiß, wir haben sogar in England immer deutsche Weihnachten gefeiert, mein Vater und ich.«

Sie kamen nun auf ein harmloseres Thema und plauderten anscheinend ganz friedlich und angeregt miteinander. Dann gingen sie wieder ins Haus, und eine Viertelstunde später meldete Heinrich, daß die Suppe aufgetragen sei. Ruth ließ sich nicht sehen. Das Menü war auserwählt, und Kurt hatte kostbare Weine auftragen lassen, ganz, als sei er der Herr des Hauses.

Die Geschwister schienen sehr aufgeräumt und guter Dinge, und Gert mußte sich immer wieder sagen, daß ihre Haltung fabelhaft sei.

Während Heinrich servierte, bekam er freilich von Kurt und Lena allerlei Spitzfindigkeiten zu hören, aber Gert war um so freundlicher zu ihm, und so tröstete er sich. Während die Geschwister mit Gert beim Nachtisch saßen, sah Lena Ruth Alving durch den Garten gehen. Befriedigt machte sie ihren Bruder durch einen Blick darauf aufmerksam. Er quittierte mit einem zufriedenen Nicken.

Sie wußten nun beide, daß Ruth Alving aus dem Weg war und sie nicht in der Ausführung ihres Planes hindern konnte.

13

Der alte Heinrich hatte nach Tisch auf Lenas Geheiß den Mokka im gelben Salon, der an das Speisezimmer grenzte, serviert. Lena sagte ihm, er könne sich zurückziehen, man bedürfe seiner nicht mehr. Die Geschwister waren nun allein und ungestört mit Gert. Sie plauderten im gelben Salon eine Weile, und dann, als sich Kurt und Lena durch heimliche Blicke verständigt hatten, zog Kurt sein Zigarettenetui hervor, das er vorher mit den bewußten Zigaretten gefüllt hatte.

»Nun wollen wir zusammen eine Friedenspfeife rauchen, Herr Herfurt. Bitte, bedienen Sie sich. Auf ein gutes Einvernehmen in Zukunft.«

Damit hielt er Gert das Etui hin. Dieser wandte sich fragend an Lena:

»Dürfen wir rauchen, mein gnädiges Fräulein?«

Lena lachte schelmisch. »Aber bitte sehr! Ich rauche gelegentlich selbst gern eine Zigarette. Heute möchte ich verzichten. Lassen Sie sich aber bitte nicht abhalten, meinem Bruder Gesellschaft zu leisten.«

Ahnungslos nahm Gert eine von den präparierten Zigaretten, ohne zu merken, daß Kurt geschickt eine für sich selbst bereitgehaltene aus der Rocktasche nahm, während er das Etui wegsteckte. Und dann zündete Kurt die beiden Zigaretten an.

Behaglich lehnten sich die beiden Herren zurück und rauchten. Aber kaum hatten sie einige Züge getan, als Lena mit einem erschreckten Ausruf aufsprang.

»Kurt – um Gottes willen, jetzt haben wir ganz die Verabredung mit Doktor Halm und seiner Frau vergessen! Um drei Uhr sollten wir sie treffen. Wie spät ist es denn?«

Kurt schlug sich an die Stirn und zog die Uhr. »Donnerwetter, das ist unangenehm. Aber halt, noch können wir zurechtkommen, es ist noch eine halbe Stunde Zeit. Daß wir das vergessen konnten! Halms würden sehr beleidigt gewesen sein, sie sind so empfindlich. Schnell, schnell, Lena, wir müssen aufbrechen. Lieber Herr Herfurt, Sie müssen uns entschuldigen. Wir bedauern, Ihnen nicht länger Gesellschaft leisten zu können. Aber bitte, bitte, lassen Sie sich nicht stören. Trinken Sie behaglich Ihren Mokka und rauchen Sie Ihre Zigarette. Wir sehen uns ja morgen vormittag wieder hier und werden dann Doktor Jungmann herausbitten, um die Erbschaftsangelegenheit mit ihm zu regeln. Also – auf Wiedersehen!«

Und wie in höchster Eile reichte Lena Gert die Hand. Kurt drückte ihn lachend in den Sessel zurück.

»Nicht stören lassen, auf Wiedersehen morgen!«

Gert fühlte sich bereits seltsam müde und schläfrig und ließ sich nicht ungern wieder in den Sessel drücken. Er sah, daß die Geschwister in höchster Eile das Zimmer verließen und schloß müde die Augen. Er dachte daran, daß er nun bestimmt auf Ruth Alvings Rückkehr warten würde und freute sich auf ein Alleinsein mit ihr. Gegen die Müdigkeit, die ihn befiel, lehnte er sich gar nicht auf. Schon halb bewußtlos dachte er: Den schweren Wein bei Tisch hätte ich nicht trinken sollen, der hat es in sich. Und dann rauchte er mechanisch weiter und dämmerte in vollständige Betäubung hinüber.

Kurt und Lena standen inzwischen in atemloser Erregung im Speisezimmer und lauschten an der Tür. Sie ahnten nicht, daß im Erker des Speisezimmers, hinter einem Vorhang verborgen, der alte Heinrich saß. Er konnte sich schlecht gegen ein Mittagsschläfchen wehren, denn er war daran gewöhnt, weil sein Herr auch immer nach Tisch geschlafen hatte und ihn dann nicht brauchte. In seinem Alter kann man sich so ein gewohntes Nickerchen schlecht versagen, und er erlag auch heute der Versuchung. Um aber auf alle Fälle auf dem Posten zu sein, falls man ihn brauchte, wagte er nicht, sein Zimmer aufzusuchen und hatte sich deshalb das Erkereckchen im Speisezimmer zu einer Ruhepause ausgesucht. Aufgestört durch das schnelle Eintreten der Geschwister, hielt er sich doch ängstlich in seinem Versteck, fürchtend, daß Kurt ihn wieder auszanken und ihm Faulheit vorwerfen würde. Unruhig blinzelte er durch einen winzigen Spalt im Vorhang in das Zimmer und sah die Geschwister atemlos lauschend an der Tür stehen, die nach dem gelben Salon führte.

Er wußte nicht, was er davon denken sollte, wußte nur, daß er sich bei seiner verschwiegenen Siesta nicht erwischen lassen durfte.

Hoffentlich entfernten sich die Geschwister bald. Heinrich beobachtete nun erstaunt, wie die Geschwister sich abwechselnd zum Schlüsselloch herabbeugten und sich dann erregt etwas zuflüsterten, was er nicht verstand. Darüber vergingen einige Minuten. Und dann öffnete Kurt Bernd ganz leise die Tür und verschwand langsam im gelben Salon. Lena Bernd stand indessen mit allen Anzeichen einer starken Erregung an der Tür und lauschte.

Heinrich wurde die Sache immer rätselhafter. Endlich öffnete sich die Tür zum gelben Salon wieder sehr leise und Kurt Bernd erschien. Heinrich sah, daß er irgend etwas Schwarzes in seine Brusttasche steckte. Er konnte nicht erkennen, was es war, aber es erschien ihm wie eine Zigarettentasche. Und nun faßte Kurt Lenas Arm.

»Nun schnell fort!«

»Hast du?«

»Ja, ja – aber nun fort.«

Und sie eilten aus dem Zimmer. Heinrich hörte sie draußen nach dem Chauffeur rufen, der um diese Zeit immer für sie bereit sein mußte. Und wenige Minuten später fuhren die Geschwister im Auto davon.

Heinrich kratzte sich nachdenklich den Kopf.

Wenn ich nur wüßte, was das bedeuten sollte. Hatte Herr Bernd seine Zigarrentasche vergessen? Aber warum flüsterte er so heimlich mit seiner Schwester, und warum sahen sie beide durch das Schlüsselloch? Sie wollten gewiß Herrn Herfurt beobachten, denn der ist noch im gelben Salon. Da sieht man, daß es keine wirklich vornehmen Herrschaften sind. Durchs Schlüsselloch gucken, das macht nicht einmal ein anständiger Dienstbote.

So war Heinrichs Gedankengang. Aber dann überwältigte ihn die Müdigkeit, und da seine Peiniger nun fort waren, überließ er sich mit Behagen seinem Nickerchen.

14

Die Geschwister hatten aufgeatmet, als sie im Auto saßen und davonfuhren.

Und nun fragte Lena heiser:

»Hast du die Brieftasche wirklich?«

»Ja doch, ich habe sie.«

»Schlief er fest?«

»Wie ein Toter. Er hat sich nicht gerührt. Ich habe ihm sogar den Rock wieder zugeknöpft, damit ihm der Verlust möglichst spät auffällt. Es ist nicht nötig, daß er genau feststellen kann, wo ihm die Brieftasche abhanden gekommen ist, wenn man uns auch nichts beweisen kann. Aber nervös ist man doch, wenn man zum erstenmal so ein Ding dreht, wie es im Verbrecherjargon heißt. Ich bin froh, daß ich jetzt hier in Sicherheit bin, obwohl ich weiß, daß er vor einer halben Stunde nicht aufwachen kann.«

»Nachweisen kann man uns nichts. Wir sind ja von ihm gegangen, als er noch wach war. Wer will uns beweisen, daß wir noch einmal zurückkehrten? Und außerdem wird er, wenn er aufwacht, nicht ahnen, wie fest sein Schlaf war. Er wird nicht glauben, daß er im Schlaf beraubt worden ist.«

»Die Hauptsache ist, daß wir die Brieftasche haben.«

»Ja, Kurt – nun laß uns gleich nachsehen, ob der Trauschein auch wirklich darin steckt.«

Kurt Bernd zog die schwarze Brieftasche mit dem kleinen, runden roten Fleck unten in der rechten Ecke heraus. Mit zitternden Händen nahm er alle Papiere heraus, sah in alle Fächer, ob sie auch leer waren, und warf dann die Brieftasche mit einem kräftigen Schwung aus dem Fenster. Lena wollte seine Hand fassen.

»Was tust du, weshalb wirfst du sie hinaus?«

»Damit wir sie los sind. Sie ist ja leer und es ist besser, wenn man sich von solchen Schuldbeweisen befreit.«

Lena blickte hinaus, wo sie sich befanden. Sie fuhren gerade durch ein kleines Gehölz, das etwa zehn Minuten von der Villa Bernd entfernt war, wenn man zu Fuß ging.

Dann wandte sie sich dem Bruder wieder zu.

»Nun laß uns den Trauschein suchen in den Papieren.«

Sie blätterten aufgeregt die Papiere durch – und fanden natürlich den Schein nicht. Nichts als einige Geschäftsbriefe von Gert Herfurts Verlegern enthielt die Brieftasche. Und keine Ahnung kam den Geschwistern, daß sie den Trauschein mit der scheinbar leeren Brieftasche zum Wagenfenster hinausgeworfen hatten, die nun in niedrigem Gestrüpp am Weg hing.

Immer wieder blätterten sie die Papiere durch, immer aufgeregter wurden sie, und schließlich starrten sie sich in die verstörten Gesichter.

»Was soll das heißen? Es ist kein Trauschein unter den Papieren, alles nur unwichtige Briefe«, sagte Kurt heiser.

»Und er hat doch so positiv behauptet, daß das Dokument in seiner Brieftasche steckt und daß er diese Brieftasche stets bei sich trägt.«

Kurt schlug sich wütend aufs Knie. »So ein Schwindler! So ein Betrüger! Ich sagte es doch gleich, daß dieser plötzlich aufgetauchte Enkel ein Schwindler war.«

Lena nagte grübelnd an den Lippen. »Aber seine Ähnlichkeit mit dem Großonkel! Es erscheint mir zweifellos, daß er mit ihm verwandt ist.«

»Hm! Vielleicht ein illegitimer Sproß der schönen Maria Bernd!«

Lena stützte den Kopf in die Hand. »Ich glaube, das würde uns nichts helfen, denn auch dann wäre er erbberechtigt. Soviel ich weiß, beerbt ein illegitimes Kind nur seinen Vater nicht. Außerdem würde er dann Bernd heißen und nicht Herfurt.«

»Sein Vater könnte ihn ja nachträglich adoptiert haben. Aber das glaube ich auch nicht. Teufel noch mal, da werde ein anderer klug draus. Was ist jetzt an der Geschichte? Ist er ein Schwindler und Betrüger, der sich das Erbe ergaunern will? Aber er muß sich doch sagen, daß dies nicht geht, ohne die nötigen Papiere. Oder hat er uns nur angelogen, als er sagte, der Trauschein befinde sich in seiner Brieftasche? Merkwürdig überhaupt, daß sich in dieser Brieftasche nur Geschäftspapiere befinden: kein Paß, keine Legitimation, kein Geld, nichts als Briefe. Ich glaube, wir sind mit Absicht von ihm düpiert worden, so oder so.«

Lena ballte wütend die Hände. »Umbringen könnte ich ihn! Was tun wir nun? Jetzt haben wir diesen Raub umsonst in Szene gesetzt.«

Kurt lachte heiser auf. »Angenehme Lage! Wir werden schöne Tage verbringen, hangend und bangend in schwebender Pein. Ich danke! Das ist nicht zum Aushalten.«

Lena starrte vor sich hin. »Schließlich müssen wir sehen, daß wir uns mit ihm einigen. Jedenfalls müssen wir uns vorläufig mit ihm gut stellen. Ob er das Dokument besitzt und irgendwo anders verborgen hat, muß sich bald zeigen. Hat er es nicht und beruhen seine Angaben nur auf Schwindel, dann haben wir ja doch Oberwasser. Aber sonst – das Abwarten ist furchtbar schwer.«

Kurt knirschte einen Fluch zwischen den Zähnen hervor und rief dann wütend: »Wäre er doch erstickt an der Zigarette!«

Noch einmal suchten sie die Papiere durch, sahen auf dem Boden des Autos nach und durchsuchten die Polster, nichts war zu finden.

»Alles war so famos gegangen. Und nun umsonst«, jammerte Lena halb wütend und halb verzagt. »Es ging alles wie am Schnürchen. Kein Verdacht hätte uns getroffen.«

Kurt steckte die Papiere wütend zu sich und warf sich stöhnend in das Polster zurück.

Und Lena zergrübelte sich den Kopf nach einem anderen Ausweg.

Bald darauf waren sie an ihrer Wohnung angelangt. Sie stiegen aus und gingen hinauf. Die Perle glänzte durch Abwesenheit, sie hatte Ausgang, so oft es ihr paßte.

Kurt ging in die Küche und verbrannte die Papiere im Herd, damit sie ihn nicht verraten konnten. Denn immerhin, man konnte nicht wissen, was geschah. Vorsichtig stocherte er auch noch die Asche durch den Rost und dann warf er wütend den Feuerhaken hin.

Stumm und trübe vor sich hinbrütend saßen sich die Geschwister in dem kleinen, ungemütlichen Wohnzimmer gegenüber. Sie wußten nicht, was sie nun tun sollten, wußten nur, daß sie zu allem fähig gewesen wären, um sich das bedrohte Erbe zu retten. Denn sie befanden sich tatsächlich in einer ziemlich verzweifelten Lage.

15

Als Ruth Alving schneller, als sie geglaubt, wieder nach Hause kam, trat ihr der alte Heinrich entgegen, der sein Nickerchen beendet hatte.

Sie gab ihm, freundlich nickend, einige kleine Pakete und bat ihn, sie in das Wohnzimmer zu legen. Sie wollte nur schnell Hut und Mantel ablegen.

»Sind die Geschwister Bernd noch da, Heinrich?« fragte sie.

»Nein, Fräulein Ruth, die sind vor etwa einer Stunde fortgefahren«, erwiderte er und wußte nicht recht, ob er Ruth erzählen sollte, was er belauscht hatte. Aber er schämte sich ein wenig seines Nickerchens und schwieg lieber. Wichtig erschien es ihm nicht.

»Und Herr Herfurt – ist der auch fortgegangen?«

»Das weiß ich nicht, Fräulein Ruth. Ich habe nach Tisch den Mokka serviert, und dann hat mich Fräulein Bernd fortgeschickt, weil sie meiner nicht mehr bedürfe. Ich sollte nicht mehr stören. Und ich sah dann nur die Geschwister Bernd noch fortfahren. Aber es ist möglich, daß Herr Herfurt noch im gelben Zimmer ist.«

Ruth nickte ihm zu.

»Ich werde nachsehen«, sagte sie, ein wenig rot werdend.

Heinrich sah ihr unschlüssig nach.

»Ob ich ihr hätte sagen sollen, was ich beobachtet habe?« fragte er sich beklommen.

Ruth begab sich durch das Speisezimmer in den gelben Salon, und als sie einen Blick hineingeworfen hatte, blieb sie einen Moment überrascht stehen. Drüben am Kamin stand ein Tischchen mit Mokkatassen und daneben in einem Sessel saß Gert Herfurt – und schlief. Er hatte den Kopf ein wenig zur Seite geneigt und eine fast aufgerauchte Zigarette lag auf seinem Rock, als sei sie eben seinen Lippen entglitten.

Ein Schelmenlächeln huschte um Ruths Lippen. Anscheinend hatte Kurt wieder schweren Wein auf die Tafel bringen lassen und Gert Herfurt war kaum daran gewöhnt. So war er wohl schläfrig geworden und, als er allein war, eingeschlafen.

So erklärte sie sich die Situation.

Sie machte die Tür noch einmal auf, huschte hinaus und schlug die Tür ganz fest ins Schloß, um ein Geräusch zu machen, das Gert wecken sollte. Erst nach einer Weile betrat sie dann das Zimmer noch einmal.

Gert war erwacht, aber er sah um sich, als wisse er nicht, wo er sich befand.

»Nun, Herr Herfurt, Sie haben wohl aus Langeweile ein Schläfchen gemacht?« fragte Ruth scherzend.

Gert sah sie eine Weile geistesabwesend an, aber dann ermannte er sich, mit allen Kräften gegen eine ihm ganz fremde Schlaftrunkenheit ankämpfend, und sprang auf.

»Ich bitte tausendmal um Verzeihung, mein gnädiges Fräulein, aber ich weiß wirklich nicht, wie ich dazu gekommen bin, einzuschlafen. Und Sie sind schon wieder zurück? Wie lange habe ich denn dann geschlafen?«

Er faßte nach seiner Uhr und sah nach der Zeit. Er erinnerte sich, daß die Geschwister ihm um halb drei Uhr verlassen hatten. Gleich danach mußte er eingeschlafen sein. Und jetzt war es halb vier Uhr.

Er schüttelte den Kopf.

»Ich habe eine volle Stunde fest geschlafen. Das begreife ich nicht. Nie in meinem Leben habe ich um diese Zeit geschlafen, und mein Kopf schmerzt zum Zerspringen.«

»Es ist eine sehr schwüle, beklemmende Luft hier im Zimmer, mir fiel es gleich auf, als ich eintrat. Wir wollen ein Fenster öffnen.«

Und Ruth trat an das Fenster heran.

Gert Herfurt sah an sich herab, als fasse er noch immer nicht, daß er geschlafen hatte. Und da sah er die fast aufgerauchte Zigarette am Boden auf dem Teppich liegen. Schnell hob er sie auf und legte sie in den Aschenbecher. Und dabei stieg ein seltsam schwüler Duft zu ihm auf. Er nahm die Zigarette nochmals aus dem Aschenbecher und hielt sie an seine Nase.

»Ein eigentümliches Aroma«, sagte er, »die schlechte Luft im Zimmer scheint von der Zigarette herzurühren. Darin ist wohl schlechter Tabak gewesen. Herr Bernd sollte sich eine bessere Marke anschaffen.«

Ruth lächelte.

»Man hört jetzt allgemein Klagen über schlechten Tabak. Onkel Rochus und seine alten Freunde zankten oft darüber. Teuer und schlecht, wie die ganze Zeit, so ist auch der Tabak, sagte Herr Kommerzienrat Seidel einmal. Es ist besser, wir verlassen jetzt dies Zimmer, bis es ausgelüftet ist. Kommen Sie mit ins Wohnzimmer hinüber,

Herr Herfurt, dort lasse ich Ihnen eine Tasse Tee servieren, zur Aufmunterung.«

»Wenn Sie mir dabei Gesellschaft leisten, Fräulein Alving, nehme ich gern eine Tasse Tee. Ich weiß nicht, was mit mir ist. Ich fühle mich so sonderbar beschwert, mir ist, als hätte ich einen schlimmen, beängstigenden Traum gehabt. Ja richtig, jetzt fällt mir wieder ein – mir träumte, ich lag in einem Kellergewölbe und die Wände und Dekken rückten immer näher und enger um mich zusammen, als wollten sie mich ersticken.«

»Das war freilich kein angenehmer Traum. Vielleicht ist der schwere Burgunder von Onkel Rochus schuld, den Herr Bernd sicher bei Tisch wieder auftragen ließ. Onkel Rochus behauptete immer, ein Likörglas davon ist herzstärkende Medizin, aber mehr davon ist Gift für den Organismus. Ich begreife nicht, daß Herr Bernd soviel davon vertragen kann und seine Schwester auch.« Nach diesen Worten klingelte Ruth, um den Tee zu bestellen.

Gert strich sich über die Stirn.

»Die Herrschaften scheinen beide ziemlich trinkfest zu sein. Ich bin an so schwere Weine nicht gewöhnt. Aber nun wollen wir nicht mehr davon reden.«

Sie waren ins Wohnzimmer gegangen, und Ruth rückte ein Tischchen an den Kamin. Im Wohnzimmer war trotz der Zentralheizung immer noch der alte Kamin im Betrieb. Rochus Bernd liebte es, im Winter am Kamin zu sitzen und in die knisternden Flammen zu sehen. Und da der Winter sehr kalt war, hatte man auch nach seinem Tod die Gewohnheit, den Kamin zu heizen, beibehalten.

Heinrich brachte Tee, und Gert und Ruth nahmen am Kamin Platz. Ruth füllte die Tassen und bediente Gert mit Zucker. Er sah mit einem wohligen Gefühl auf ihre schönen, schlanken Hände und dachte, daß es herrlich sein müßte, dies liebe, feine Geschöpf immer um sich zu haben.

»Ich bin sehr froh, daß uns noch ein Alleinsein beschieden ist, mein gnädiges Fräulein. Ich möchte Sie gern fragen, was Sie zu tun gedenken, wenn Sie Ihres Amtes als Schlüsselbewahrerin enthoben sein werden. Haben Sie schon Zukunftspläne gemacht?«

Sie atmete tief auf.

»Offen gestanden, ich habe noch keine Zeit dazu gehabt, darüber nachzudenken. Aber früher habe ich mir das manchmal zurechtgelegt. Daß meines Bleibens in diesem Hause nicht mehr wäre, wenn mir Onkel Rochus einmal genommen sein würde, wußte ich ja, und so habe ich zuweilen an meine Zukunft gedacht. Und da bin ich zu dem Entschluß gekommen, meine Sprachkenntnisse zu verwerten!«

»Sprechen Sie mehrere Sprachen?«

»Ja, Englisch und Französisch ganz perfekt in Wort und Schrift. Ich denke auch, ich könnte den Posten einer Sekretärin in irgendeinem großen Unternehmen gut ausfüllen. Aber bis ich eine solche Stellung finden würde, müßten meine Sprachkenntnisse mich über Wasser halten.«

Er sah sie nachdenklich an. Ihre Tapferkeit rührte ihn. Und dann blitzte es in seinen Augen auf wie ein erleuchtender Gedanke. »Das ist ja famos! Sie wissen doch, Fräulein Alving, daß ich, gleich meinem Vater, Übersetzer bin. Ich habe Werke großer deutscher Schriftsteller ins Englische übersetzt und Werke englischer Geistesheroen ins Deutsche. Und ich bin mit Aufträgen so reichlich versehen, daß ich auf Jahre hinaus Arbeit habe. Wenn ich aber wirklich zum Erben meines Großvaters eingesetzt werde, dann wird ein Teil meiner Zeit nötig sein, um seinen Besitz zu verwalten. Und da könnte ich Ihnen von meinen Aufträgen abgeben. Sie könnten sich langsam, gewissermaßen unter meiner Führung einarbeiten und hätten dann einen Beruf, der Sie ausfüllte und ernährte und der sehr anregend ist.«

Dieser Gedanke war ihm ein sehr freudiger, weil er hoffte, auf diese Weise mit Ruth in Verbindung zu bleiben, und ihr, eventuell auch ohne ihr Wissen und Wollen, helfen zu können.

Sie sah ihn erfreut an.

»Das wäre sehr schön, vorausgesetzt, daß meine sonstigen Kenntnisse dazu ausreichen. Es gehört doch wohl mehr dazu, solche literarischen Kunstwerke zu übersetzen, als nur die Sprachkenntnisse.«

»Oh, mir scheint, Sie haben auch alles andere Nötige dazu. Einen guten, flüssigen Stil traue ich Ihnen ohne weiteres zu, eine ausgezeichnete literarische Bildung ebenfalls, und das ist das Notwendigste.«

Ruth atmete auf. »Es wäre ein sehr anregender Beruf, wenn ich ihn wirklich ausfüllen könnte.«

»Das bezweifle ich nicht. Gelegentlich machen wir einen Versuch. Erst muß jetzt die Erbschaftsangelegenheit geordnet werden. Und wenn ich erst gerichtlich zum Erben eingesetzt bin, dann habe ich noch eine Bitte an Sie.«

»Wenn ich sie erfüllen kann, soll es gern geschehen.«

»Ich wollte Sie bitten, dann vorläufig noch in diesem Haus zu bleiben und dem Haushalt wie bisher vorzustehen. Es ist sicher, daß ich noch einmal nach England reisen muß, um meine Übersiedlung nach hier vorzubereiten und noch verschiedene geschäftliche Dinge zu erledigen.

Das kann immerhin einige Wochen dauern. Und ich wäre dann sehr froh, wenn Sie bis nach meiner Rückkehr hier nach dem Rechten sehen wollten.«

Sie sah ihn unsicher an. »Mir scheint, Herr Herfurt, daß Sie da gewissermaßen eine Sinekure für mich schaffen wollen, um mich nicht so bald heimatlos zu machen. Aber einmal muß es doch sein. Ich danke Ihnen für Ihren guten Willen, aber es ist besser, ich füge mich gleich in neue, schlichte Verhältnisse.«

Seine Stirn hatte sich gerötet, weil er sich erkannt fühlte, aber er wehrte eifrig ab.

»Nein, nein, Sie verstehen mich falsch, ich bedarf wirklich Ihrer Hilfe. Bedenken Sie doch, als unerfahrener Junggeselle stehe ich so einem Hauswesen völlig hilflos gegenüber. Am liebsten würde ich Sie bitten, für immer zu bleiben und alles so schön wie bisher in Ordnung zu halten. Aber das geht leider nicht, da wir beide jung und noch unverheiratet sind. Wie ich mich später aus der Affäre ziehe, weiß ich noch nicht. Aber so lange, wie ich nicht hier im Haus wohne, könnten Sie mir doch aus der Verlegenheit helfen. Ich weiß, daß ich Ihnen damit eine Zumutung stelle, aber Sie haben schon so viel für mich getan, daß ich Sie auch noch um diese Gefälligkeit zu bitten wage. Wenn ich aus England zurückkomme, ist es doch noch immer Zeit genug, daß Sie sich in neue Verhältnisse eingewöhnen. Bitte, versprechen Sie mir, daß Sie so lange bleiben wollen.«

Sie sah ihn errötend an, als er ihre Hand faßte und ihr flehend in die Augen sah. Das Herz klopfte ihr bis zum Halse, und sie sagte sich, daß sie, wenn er sie so ansah, außerstande sein würde, ihm eine Bitte abzuschlagen.

»Wenn Sie meiner wirklich bedürfen, dann bleibe ich

natürlich. Und Ihr Anerbieten, mir zur Erlangung eines neuen Berufes, einer Existenzmöglichkeit behilflich zu sein, nehme ich mit herzlichem Dank an.«

Ihre Worte machten ihn sehr froh. Er wußte nun doch, daß er immer imstande sein würde, Ruths Schicksal zu lenken oder wenigstens zu beeinflussen, bis ... Er schob die Vollendung dieses Gedankens noch von sich, obwohl sein Herz schon ganz genau wußte, bis zu welchem Ziel es ihn führen wollte. Aber er wußte auch, daß Ruth Alving eine Frau war, um die sich ein Mann mühen mußte, die sich nicht leicht ergab und die man nicht im Sturm erobern konnte.

Und er wollte sich erst ihr Vertrauen erringen und verdienen.

Ganz ruhig und sachlich sprach er nun von seinem Beruf und seinen geschäftlichen Beziehungen. Und nach einer halben Stunde erhob er sich.

»Ich habe Sie schon allzulange gestört, mein gnädiges Fräulein. Vorläufig bin ich noch Gast in diesem Haus und habe mich schon ganz ungebührlich benommen, indem ich ein Mittagschläfchen hier abhielt. Das kann ich mir selbst nicht verzeihen, und es ist mir noch immer unerklärlich, daß mich am hellen Tage eine solche Müdigkeit überfiel.«

»Hoffentlich haben Sie kein Kopfweh mehr.«

»Nein, es ist völlig verschwunden. Also morgen vormittag werde ich hier mit den Geschwistern Bernd zusammentreffen. Sie waren wirklich sehr liebenswürdig, nachdem sie die Enttäuschung etwas verwunden hatten. Wir haben verabredet, daß wir morgen vormittag Doktor Jungmann herausbitten und alles Nötige mit ihm besprechen wollen. Ihm werde ich dann auch im Beisein der Geschwister den Trauschein meiner Eltern vorlegen. Sie hätten ihn gern schon heute gesehen, aber ich konnte mich nicht entschließen, ihnen denselben zu zeigen. Es ist ein so kostbares Dokument, und hier auf meiner Brust ruht es sicher und wohlgeborgen, bis ich es dem Notar übergebe.«

Dabei legte Gert seine Hand auf die Stelle, wo sonst seine Brieftasche – oder vielmehr die seines Vaters – ruhte, und fuhr dann erschrocken, mit einem jähen Griff, in die Brusttasche. Sein Gesicht verfärbte sich. Er suchte alles ab und starrte Ruth entgeistert an.

»Was ist Ihnen, Herr Herfurt?« fragte diese besorgt.

»Meine Brieftasche – meine Brieftasche mit dem Dokument – ist verschwunden«, sagte er tonlos.

Sie sprang auf und sah ihn erschrocken an.

»Verschwunden? Wie ist das möglich? Sie werden sie doch nicht verloren haben?«

Er schüttelte ganz benommen den Kopf.

»Nein, nein, wie sollte ich sie verlieren? Ich habe sie wie stets in dieser festen, tiefen Brusttasche geborgen. Und – ich hatte sie bestimmt noch, als ich den Geschwistern davon sprach, denn da faßte ich danach und fühlte sie noch am alten Platz. Auch bei Tisch meine ich sie noch gefühlt zu haben. Das kann ich freilich nicht beschwören. Und nun ist sie nicht mehr da.«

Eine Weile sahen sie sich ratlos an. Dann ermannte sich Ruth.

»Wenn Sie genau wissen, daß Sie die Tasche hier im Haus noch hatten, kann Sie Ihnen ja nur hier verlorengegangen sein. Wir müssen suchen, sie ist Ihnen doch vielleicht entfallen. Ich will gleich Heinrich rufen, er soll uns suchen helfen.«

Und sie klingelte.

Gert strich sich, noch ganz fassungslos, über die Stirn.

»Das ist doch seltsam – sehr seltsam«, sagte er vor sich hin.

Nun trat Heinrich ein. Ruth erklärte ihm, was geschehen war und bat ihn, suchen zu helfen.

»Bitte, beschreiben Sie uns die Brieftasche, Herr Herfurt«, bat sie.

Gert tat das, halb mechanisch, aber ganz genau. Eine schlichte schwarze Kalbfelltasche, fest und tadellos erhalten und unten in der rechten Ecke ein kreisrundes rotes Fleckchen in der Größe eines Kupferpfennigs.

Die drei Personen begannen nun zu suchen, im Wohnzimmer, im Vestibül, draußen im Garten und im Speisezimmer, überall, wo Gert heute gewesen war. Aber nirgends war die Brieftasche zu sehen, so gründlich man auch alles absuchte.

Schließlich kamen sie auch in den gelben Salon, wo das Fenster noch offen stand. Die Mokkatassen und der Aschenbecher standen noch auf dem Tischchen.

Gert hatte während der ganzen Zeit darüber nachgedacht, wie und wo ihm die Brieftasche abhanden gekommen sein konnte. Und jetzt schoß ihm plötzlich ein Verdacht durch den Kopf. Es war ausgeschlossen, daß ihm die Brieftasche in wachem Zustande abhanden gekommen sein konnte. Es mußte geschehen sein, während er schlief. Er stand wie erstarrt und sah Ruth mit großen Augen an, während Heinrich das Fenster schloß. Dann nahm er den Aschenbecher auf, faßte mit spitzen Fingern nach dem Zigarettenrest und roch daran. Ruth sah ihn fragend an.

»Was ist Ihnen?«

Er faßte sich an die Stirn.

»Ein Verdacht, vielleicht ein dummer, törichter Verdacht, aber ich kann ihn nicht ohne weiteres von mir weisen. Ich bilde mir plötzlich ein, daß mein unfreiwilliger Mittagsschlaf mit dem Verschwinden meiner Brieftasche zusammenhängt.«

»Aber – ist denn das möglich?«

Ruth stand jetzt dicht vor ihm, und auch Heinrich kam herbei.

»Was meinen Sie, Herr Herfurt, bitte sprechen Sie doch aus, was Sie denken. Heinrich schwatzt nicht. Und wir müssen doch ergründen, wo Ihre Brieftasche mit dem wichtigen Dokument geblieben ist, das allein Ihre Erbansprüche begründen kann.«

Er sah in ihr erblassendes, zuckendes Gesicht und wußte, daß ihre Gedanken den seinen begegneten. Tief atmete er auf.

»Fräulein Alving, ich möchte wetten, daß ich die Brieftasche noch bei mir trug, als ich mich hierher setzte und einschlief. Warum ich einschlief, ist mir nicht erklärlich, aber diese Zigarette hat einen seltsamen Geruch, was mir schon vorhin auffiel.«

Sie nickte, nachdem sie an der Zigarette gerochen hatte.

»Derselbe Geruch hing im ganzen Zimmer, als ich eintrat. Deshalb öffnete ich das Fenster.«

Gert rieb sich die Stirn.

»Diese Zigarette erhielt ich von Herrn Bernd. Und ich hatte sie kaum in Brand gesetzt, als Fräulein Bernd aufsprang und ihren Bruder an eine Verabredung erinnerte, von der sie vorher nichts erwähnt hatte. Sie verabschiedeten sich sehr eilig und liefen in großer Hast aus dem Zimmer, nachdem mich Herr Bernd noch lachend in meinen

Sessel gedrückt hatte und mir zurief, ich möge mich nicht stören lassen. Und schon da spürte ich diese mir sonst ungewohnte Schläfrigkeit. Ich bin dann schnell fest eingeschlafen, aber ich war doch die ganze Zeit allein, oder –?«

Er verstummte und sah Ruth wieder mit großen Augen an.

Heinrich hatte das alles mit angehört und sagte nun hastig, mit allen Anzeichen einer großen Erregung:

»Da muß ich etwas sagen, Herr Herfurt, was ich beobachtet habe. Mir scheint das, was ich für belanglos hielt, plötzlich sehr wichtig.«

»Was denn, Heinrich?«

Der alte Diener erzählte nun, was er von seinem Erkereckchen aus beobachtet hatte, mit präziser Genauigkeit.

Gert und Ruth hörten mit angespanntestem Interesse zu und wurden immer erregter. Als Heinrich geendet hatte, sagte Gert heiser:

»Es erscheint also zweifellos, daß ich das Opfer eines verbrecherischen Anschlags geworden bin, der auf großes Raffinement schließen läßt. Es steht fest, daß Kurt Bernd noch einmal in das Zimmer gegangen ist, während ich schlief – während ich einen sehr seltsamen Schlaf hielt. Nachdem er mit seiner Schwester wie in höchster Eile zu einer Verabredung davonlief, hatten sie noch Zeit, lange an der Tür draußen zu lauschen, durch das Schlüsselloch ihr Opfer zu beobachten und flüsternd ihre Bemerkungen darüber zu tauschen. Daß ich so fest schlief in so kurzer Zeit, daß ich Herrn Bernd nicht zurückkehren hörte, müssen sie vorausgesehen haben. Also hat er gewußt, daß ich aus diesem seltsamen Schlaf nicht erwachen würde. Heinrich hat außerdem gesehen, daß er etwas Schwarzes in die Brusttasche steckte, daß er für eine vergessene Zigarrentasche hielt. Es muß aber meine Brieftasche gewesen sein, die ja auch schwarz aussah. Er muß sie mir entwendet haben, während ich schlief. Und er muß gewußt haben, daß mein Schlaf so fest war, daß er es wagen konnte, mir die Brieftasche aus meinem Rock zu nehmen und auch noch meinen Rock wieder zuzuknöpfen. Als es geschehen war, entfernten sie sich eilig, und seine Schwester fragte ihn noch: Hast du? Sie hat sicher damit gemeint: Hast du die Brieftasche? Sie allein haben einen Vorteil von dem Verschwinden meiner Brieftasche.«

Ruth nickte erregt. »Und ich traue ihnen eine solche Tat ohne weiteres zu.«

»Ich auch«, sagte Heinrich. »Hätte ich sie doch festgehalten und Lärm geschlagen.«

Gert atmete tief und schwer.

»Das hätte Ihnen kaum etwas genützt, Heinrich. Mit Ihnen wären diese Menschen auch noch fertig geworden. Also es steht fest, daß sie mir die Brieftasche mit dem Dokument entwendet haben, das ich nicht noch einmal herbeischaffen kann. Demnach bin ich nicht imstande, mein Erbrecht geltend zu machen, und diese beiden Menschen werden sich das Erbe aneignen. Es nützt mir auch nichts, wenn ich ihnen auf den Kopf zusage, daß sie mir das Dokument geraubt haben, denn sie haben natürlich dieses Dokument sofort vernichtet und werden behaupten, ich sei ein Schwindler.«

Und er erzählte Ruth und Heinrich von dem Brand der Kirche und des Gemeindehauses von Longvillage.

Diese beiden Menschen waren noch viel bedrückter als Gert.

»Hätte ich diese Teufelsbraten doch nur nicht entwischen lassen«, jammerte Heinrich wieder. »Denn Gott gnade uns, wenn die hier an die Regierung kommen.«

Ruth strich sich über die Stirn. »Was tun wir nur? Irgend etwas muß doch geschehen. Müssen Sie unbedingt den Trauschein Ihrer Eltern erbringen?«

»Ja, unbedingt; ich sprach ja schon mit Doktor Jungmann darüber.«

»Würde nicht vielleicht der Brief Ihres Vaters an Ihre Mutter genügen, um Sie zu legitimieren?«

Er schüttelte den Kopf.

»Ganz gewiß nicht. Dieser Brief hätte vielleicht einigen Wert, wenn er von meiner Mutter geschrieben wäre. Aber so – man würde mir sagen, solch einen Brief kann jeder schreiben, um zu behaupten, er sei mit Maria Bernd verheiratet gewesen. Man braucht Ihnen auch nicht zu glauben, daß Sie diesen Brief in einem Kleid meiner Mutter gefunden haben. Die Geschwister Bernd würden kühn behaupten, daß wir beide unter einer Decke stecken, um einen Betrug zu inszenieren.«

Ruth winkte Heinrich zu, er möge hinausgehen, und als sie mit Gert allein war, sagte sie mit bebender Stimme:

»Wollen Sie die Geschwister nicht aufsuchen und ihnen auf den Kopf zusagen, was sie getan haben? Sie können ihnen ja mitteilen, daß sie belauscht worden sind, als sie vor dem Zimmer warteten und als Kurt Bernd noch einmal zu Ihnen ins Zimmer trat. Auch können Sie ihm drohen, daß Sie den Zigarettenrest von einem Chemiker untersuchen lassen werden.«

Gert sah starr vor sich hin.

»Und was würde ich damit erreichen? Im ersten Schreck nahm ich mir vor, das zu tun, aber dann sagte ich mir, daß ich damit nichts erreiche. Sicher haben sie die

Brieftasche mit Inhalt sofort vernichtet. Wenn ich es ihnen auch auf den Kopf zusagte, sie würden doch leugnen. Beweisen könnte man es ihnen nur, wenn man die Brieftasche bei ihnen finden würde. Und das ist wohl ausgeschlossen. So raffinierte Verbrecher vernichten zuerst die Beweise. Und soll ich den Namen meines Großvaters, den auch meine Mutter trug, durch den Schmutz ziehen und die Geschwister des Raubes anklagen? Nein, das tue ich auf keinen Fall. Wenn ich nur wüßte, ob sie den Trauschein auch wirklich gefunden haben.«

»Wie sollten sie nicht? Sie haben doch sicher sofort alle Papiere durchgesehen und vor allem das Dokument vernichtet.«

Er sah sie nachdenklich an.

»Das Dokument befand sich nicht mit den anderen Papieren, die gottlob für mich nicht unersetzlich sind, in der Brieftasche, sondern in einem Versteck, zwischen Futter und Oberleder eingenäht. Es wäre immerhin eine Möglichkeit, daß ihnen dies Versteck entgangen wäre. Wenn ich das ergründen könnte und wenn sie wider Erwarten die Brieftasche noch nicht vernichtet hätten, dann könnte ich sie mir vielleicht durch eine List zurückerobern. Hier darf man nicht mit edlen Waffen kämpfen, List um List, hat man es mit so unehrlichen, verbrecherischen Gegnern zu tun. Jedes Mittel der Notwehr ist erlaubt.«

»Das gewiß! Aber wie soll man das ergründen?« fragte Ruth bang, mit blassem Gesicht.

Er nahm ihre Hand.

»Wenn Sie wüßten, wie wohl mir Ihre Teilnahme tut. Es könnte mich fast mit meinem Verlust aussöhnen.«

Sie atmete verzagt. »Sind Sie nun sehr unglücklich, wenn Ihnen das Erbe verlorengehen würde?«

Er sah ihr tief in die Augen. »Unglücklich? Unglücklich würde ich sein, wenn Sie mir jetzt gleichgültig gegenüberstehen würden oder wenn ich plötzlich außerstande wäre, mein Brot selber zu verdienen. Nein, unglücklich macht es mich nicht, denn ich bin jung und gesund und kann arbeiten. Wenn ich den Verlust des Erbes trotzdem beklage, so geschieht es hauptsächlich darum, weil ich ohne Erbschaft lange nicht imstande sein werde, der Frau, die ich heimführen möchte, in dieser schweren Zeit ein sorgloses Leben zu bereiten.«

Ruth wurde sehr bleich und sah ihn unruhig forschend an.

»Sie sind verlobt?« fragte sie leise.

Ein Lächeln huschte über sein Gesicht. Daß sie so blaß wurde und so zaghaft fragte, beglückte ihn.

»Verlobt? Nein, Fräulein Ruth. Bis vor ganz kurzer Zeit habe ich nie daran gedacht, mich an eine Frau für das ganze Leben zu binden. Aber zuweilen kommen solche Gedanken über Nacht. Und ich gestehe, daß ich mich damit befaßt habe, seit an einem sonnigen Wintertage mir ein frühlingshaftes Glück mit goldenem Haar und blauen Augen über den Weg lief. Dieses Glück hätte ich gern festgehalten, hätte es gern geborgen in einem schönen, warmen, sorglosen Heim. Nun ist mir dieses Heim plötzlich aus den Fingern geglitten, und ich weiß nicht, ob ich noch imstande sein werde, es festzuhalten. Was meinen Sie dazu, Fräulein Ruth, ob sich mein blondes Glück auch von einem armen, vermögenslosen Mann wird bergen lassen, in einem sehr, sehr bescheidenen Dasein, aus dem ich nicht immer die Sorgen werde verscheuchen können?«

Sie war unter seinen Worten tief erglüht. Deutlicher als

seine Worte sprachen seine Augen, die sich in die ihren senkten. Es jubelte und jauchzte in ihrem Herzen.

»Ich glaube es bestimmt, es wäre ja sonst so töricht, wenn es sich von einem Mann wie Sie sind nicht bergen ließe, wenn es nicht freudig auch Not und Sorge mit Ihnen teilte.« Er zog ihre beiden Hände an seine Lippen und küßte sie abwechselnd.

»Ruth, liebe, teure Ruth, nun bin ich so stolz und glücklich, daß es mich gar nicht mehr aus der Ruhe bringt, ob ich mein Erbrecht noch geltend machen kann. Aber kampflos werde ich den Verbrechern ihre Beute nicht überlassen. Ich möchte die Frau meiner Liebe gar zu gern weich und sorglos betten. Und diese beiden Bösewichter sollen nicht so leicht über einen ehrlichen Mann triumphieren. Ich bin mir noch nicht klar darüber, was ich tun werde und wie ich diesen beiden Menschen begegnen soll. Ich muß vor allen Dingen zu erforschen suchen, ob sie das Dokument in seinem Versteck entdeckt haben. Und dazu bedarf ich der List und der Lüge. Wundern sie sich bitte nicht, Fräulein Ruth, wenn ich die beiden Verbrecher morgen ganz harmlos freundlich begrüße und sie anlüge, wie ein Lügner von Profession. Bitte, schweigen Sie zu allem und lassen Sie sich vor allem nicht anmerken, daß ich meine Brieftasche vermißt habe. Wir müssen auch Heinrich genau Weisung geben, daß er über alles schweigt. Ich denke, wir können uns auf ihn verlassen?«

»Unbedingt! Ich werde ihm die nötigen Anweisungen geben.«

»Bitte tun Sie das. Morgen früh werde ich, ehe ich hier mit den Geschwistern zusammentreffe, Doktor Jungmann aufsuchen und ihm ganz offen meine Lage darstellen. Vielleicht weiß er mir Rat. Zum Glück habe ich wenigstens den Brief, den Sie gefunden haben, und Ihre Zeugenschaft. Er scheint große Stücke auf sie zu halten, und Ihnen wird er glauben. Da er mich nicht kennt und ich ihm leider den Trauschein noch nicht gezeigt habe, käme ich vielleicht in Gefahr, von ihm für einen Schwindler gehalten zu werden.«

»Oh, er wird Ihnen glauben. Sie tragen den Beweis Ihrer Abstammung von Rochus Bernd im Gesicht. Diese Ähnlichkeit wird für ihn überzeugender sein als jedes Dokument.«

Gert seufzte lächelnd.

»Leider gilt dies bei Gericht nicht als Beweis. Nur was man schwarz auf weiß besitzt, kann man getrost nach Hause tragen. Aber nun will ich endlich gehen. Also bitte, Stillschweigen über alles, was jetzt hier geschehen ist, vor allem vor den Geschwistern Bernd. Vielleicht – vielleicht bringe ich sie doch dazu, sich zu verraten. Mir schießt da eben ein Gedanke durch den Kopf.«

»Was wollen Sie tun?«

»Es ist mir noch nicht ganz klar.«

»Aber – Sie begeben sich nicht in Gefahr?« fragte sie angstvoll.

»Nein, nein, fürchten Sie nichts. Ich weiß ja nun, mit wem ich es zu tun habe. Aber sollten Sie morgen merken, daß die Geschwister wieder mit mir allein sein wollen, so legen Sie ihnen bitte keine Hindernisse in den Weg. Im Gegenteil, begünstigen Sie dies Bestreben. Ich könnte vielleicht das Alleinsein mit den beiden sehr nötig brauchen.«

Sie nickte und atmete zitternd auf.

»Hüten Sie sich nur vor diesen Menschen. Mir ist so bange vor ihrer Schlechtigkeit. Immer habe ich sie schon zu allem Schlechten fähig gehalten und mich leider nicht getäuscht.«

»Es ist ein wohliges Gefühl für mich, daß Sie sich um mich bangen. Aber seien Sie unbesorgt, jetzt kenne ich ja meine Gegner und werde gewappnet sein. Mit ihren eigenen Waffen will ich sie bekämpfen.«

Innig küßte er ihre Hand und ging. Sie sah mit feuchtschimmernden Augen hinter ihm her und preßte die Hände auf das Herz.

»Ich liebe ihn, ich liebe ihn! Vater im Himmel, nimm ihn in deinen Schutz!« betete sie.

Und aufatmend ging sie dann, um Heinrich aufzusuchen. Er befand sich im Vestibül und hatte soeben Gert Hut und Mantel gebracht und ihn bis zur Tür begleitet.

Ruth rief ihn zu sich ins Wohnzimmer und sagte ihm, daß er zu allem schweigen solle.

»Schade«, sagte der alte Diener, »man müßte die Schande dieser Bösewichter in alle Welt hinausschreien. Aber natürlich werde ich schweigen, wenn es Herr Herfurt so haben will. Ach, Fräulein Ruth, nun hat man wieder seine schweren Sorgen um die paar Jahre, die man noch zu leben hat.«

16

Am nächsten Morgen suchte Gert, ehe er zu der Villa Bernd hinausfuhr, Doktor Jungmann auf. Er wurde sogleich vorgelassen. »Herr Doktor, ich komme noch einmal in der Erbschaftsangelegenheit zu Ihnen. Es tut mir jetzt sehr leid, daß ich Ihnen bei meinem ersten Besuch nicht den Trauschein meiner Eltern vorgelegt und bei Ihnen deponiert habe. Er ist mir inzwischen abhanden gekommen.«

Doktor Jungmann fuhr auf.

»Abhanden gekommen? Das wäre ja eine schöne Bescherung!«

»Ja, Herr Doktor, und Sie könnten mich nun vielleicht für einen Schwindler halten, wenn ich Ihnen diesen Brief nicht vorlegen könnte.« Er reichte dem Notar den Brief seines Vaters an seine Mutter und erzählte ihm, wie er gefunden wurde.

Der Notar hörte aufmerksam zu. Dann sagte er, Gert lächelnd betrachtend:

»Was mir Fräulein Alving bezeugt, glaube ich aufs Wort. Sie ist eine sehr positive, zuverlässige Natur. Außerdem würde ich Ihnen auch auf Ihr Gesicht hin glauben, nicht nur, weil es ein ehrliches ist, sondern auch, weil Sie Ihrem Großvater aus dem Gesicht geschnitten sind. Für mich gilt dieser Beweis, aber leider nicht für die Gerichte. Wie, um alles in der Welt, ist Ihnen denn dies Dokument abhanden gekommen, das Sie doch nicht wieder ersetzen können?«

»Das will ich Ihnen erzählen, Herr Doktor, aber bitte, betrachten Sie meine Worte als Beichtgeheimnis.«

»Das versteht sich bei meinem Beruf von selbst.«

Gert erzählte nun alles, was gestern geschehen war, sprach auch ganz offen von seinem Verdacht, der stark begründet war durch Heinrichs Aussage.

Der Notar lauschte mit großem Interesse, und als Gert zu Ende war, sagte er lebhaft:

»Alle Wetter, das wäre ja ein starkes Stück der Geschwister Bernd. Man spricht allerdings nicht sehr achtungsvoll von ihnen. Mein Klient, Herr Rochus Bernd, hat mich zuweilen beauftragt, Erkundigungen über sie einzuziehen. Er hat mir einmal sein Herz ausgeschüttet, wie schwer es ihm fallen würde, diese beiden Menschen in seinem Testament zu bedenken. Nur, weil es seine einzigen Verwandten waren, wollte er sie nicht übergehen. Seine Haupterbin aber sollte Fräulein Alving werden, das hat er mir klipp und klar erklärt. Die Geschwister sollten nur eine feste Rente bekommen, damit sie, bei ihrer leichtsinnigen Veranlagung, nicht alles in kurzer Zeit vergeuden könnten. Er sagte mir ganz offen, daß er durch die Rente die Geschwister nur davon zurückhalten wolle, den Weg des Verbrechens zu gehen, wozu sie durch Vererbung und schlechte Erziehung veranlagt seien. Er hat sie also anscheinend sehr gut gekannt. Ich kann mir schon denken, daß der alte Herr in Ihnen freudig seinen direkten Erben sah. Allerdings um Fräulein Alving tut es mir leid. Wenn Ihr Herr Großvater testiert hätte, wäre sie sicher auch dann nicht leer ausgegangen, wenn er Sie zu seinem Haupterben eingesetzt hätte.«

Gert nickte.

»Ich habe Ihnen schon bei meinem ersten Besuch gesagt, daß ich es für meine Pflicht halten würde, falls ich das Erbe antrete, für die junge Dame im Sinn meines Großvaters zu sorgen. Nur hat sie sich leider sofort gegen diese meine Absicht zur Wehr gesetzt. Aber ich hätte doch einen Weg gefunden, sie an dem Erbe partizipieren zu lassen. Nun ist mir freilich das Erbe aus den Fingern geglitten.«

»Nun, so kampflos geben wir es nicht auf. Wollen Sie nicht die Geschwister Bernd des Raubes anklagen? Die Aussage des Dieners würde schwer ins Gewicht fallen.

Und es läßt sich wohl auch feststellen, wo Kurt Bernd die betäubenden Zigaretten her hat.«

Gert schüttelte den Kopf.

»Ich will den Namen Bernd nicht durch die Gosse schleifen. Auch würde es mir wenig nützen, denn ich kann den Beweis nicht erbringen, daß sich das Dokument in der geraubten Brieftasche befand. Sie haben es sicher vernichtet, denn sie bedürfen seiner nicht, um etwas zu beweisen. Es genügt ihnen vollständig, wenn sie es verschwinden lassen. Aber ich möchte gern wenigstens feststellen, ob sie das Dokument in seinem Versteck gefunden haben und ob es wirklich vernichtet ist. Und um das in Erfahrung zu bringen, habe ich mir einen Plan ausgedacht. Wenn Sie noch ein wenig Zeit für mich haben, möchte ich Ihnen denselben enthüllen.«

»Bitte sehr, ich stehe zu Ihrer Verfügung. Die Sache interessiert mich selbst, und ohne Gegenwehr geben wir sie noch nicht verloren. Also sprechen Sie.«

Gert berichtete nun, was er sich ausgedacht hatte, und der Notar hörte voll Aufmerksamkeit zu. Dann lachte er hell auf.

»Famos! Wenn die Verbrecher Ihnen in diese Falle gehen, haben Sie wenigstens Ihr Privatvergnügen dabei. Ich bitte Sie, mich von dem Erfolg zu unterrichten. Wie gesagt, verloren geben wir die Sache noch nicht. Ich will mir das auch einmal durch den Kopf gehen lassen. Vielleicht finden wir doch einen Weg, Ihre Erbansprüche zu beweisen. Sie kommen dann morgen noch einmal zu mir.«

»Wenn ich darf, sehr gern, Herr Doktor. Um welche Zeit, bitte?«

»Am besten um dieselbe Zeit.«

»Dann will ich mich verabschieden. Nur eines noch,

falls Sie von der Villa Bernd angerufen werden, daß Sie heute hinauskommen sollen, dann sagen Sie bitte ab und melden sich erst für morgen an.«

Der Notar nickte.

»Ich weiß Bescheid und komme heute auf keinen Fall.«

Gert verabschiedete sich nun und fuhr zur Villenkolonie hinaus. Im Vestibül kam ihm Ruth entgegen.

»Sind die Geschwister schon hier?« fragte er, nachdem er Ruth begrüßt hatte.

Sie nickte.

»Vor zehn Minuten etwa sind sie gekommen.«

Seine Augen blitzten.

»Und haben Sie etwas Besonderes an ihnen bemerkt? Sind sie sehr siegessicher, anmaßend und gut gelaunt?«

»Nein, sie scheinen im Gegenteil ziemlich deprimiert zu sein und entschieden etwas unsicher im Auftreten. Sie haben es sogar unterlassen, Heinrich und mich mit den üblichen Unfreundlichkeiten zu beglücken.«

Gert sah sie nachdenklich an.

»Also scheinen sie das Dokument nicht gefunden zu haben. Das schließt aber leider nicht aus, daß sie die Brieftasche samt dem Trauschein vernichtet haben. Aber ich hoffe, bald alles, was ich wissen möchte, in Erfahrung zu bringen. Haben Sie Heinrich verständigt?«

»Ja.«

»Gut! Also wenn irgend möglich, speise ich auch heute mit den Geschwistern zusammen. Es liegt mir daran, dieselbe Szenerie wie gestern herzustellen. Bitte, Fräulein Ruth, halten Sie sich ganz zurück, wie gestern auch. Und Sie würden mich sehr verpflichten, wenn Sie sich heute nach Tisch, sobald wir das Speisezimmer verlassen haben, in dem Erkereckchen verstecken würden, wo

Heinrich gestern sein Mittagsschläfchen hielt. Ihre jungen Augen und Ohren sind schärfer als die Heinrichs. Mir liegt daran, Zeugen in der Nähe zu haben. Ich hoffe und setze voraus, daß ich heute noch einmal mit einer Zigarette in ein unfreiwilliges Mittagsschläfchen versenkt werde.«

Ruth sah ihn erschrocken an.

»Sie wollen sich doch nicht noch einmal betäuben lassen?«

Er drückte ihre Hand.

»Seien Sie außer Sorge, diesmal wird es mir bestimmt nicht schaden. Nicht wahr, Sie tun, um was ich Sie bitte?«

Sie seufzte auf. »Selbstverständlich. Droht Ihnen aber keine Gefahr?«

»Nein, nein, ich werde mir nur einen kleinen Scherz erlauben mit den Herrschaften, um von ihnen zu erfahren, was sie mit meiner Brieftasche gemacht haben. Also, Sie beziehen nach Tisch Ihren Beobachtungsposten im Erker, natürlich ohne daß es jemand merkt.«

»Das will ich tun«, sagte sie noch immer ein wenig beklommen.

Er sah sie voll Zärtlichkeit an.

»Warum sehen Sie so verzagt aus?«

»Ich bange mich – um Sie.«

Er preßte ihre Hand an seine Lippen.

»Das wird mich schützen gegen alles Ungemach. Ich danke Ihnen. Aber nun will ich die Herrschaften nicht länger warten lassen, ich glaube, sie sind sehr gespannt darauf, mich wiederzusehen.«

Und ihr zunickend, ging er schnell davon. Sie sah ihm unruhig nach. Trotz seiner kampfesfreudigen Stimmung wurde sie die Beklemmung nicht los.

Mit einem lachenden, scheinbar unbekümmerten Gesicht trat Gert in das Zimmer, wo sich die Geschwister befanden. Sie sahen ihm entschieden etwas unsicher und gespannt entgegen.

»Guten Morgen, meine verehrten Herrschaften! Ich bitte um Verzeihung, wenn ich Sie etwas warten ließ. Aber mir scheint, die deutsche Luft macht mich zum Langschläfer. Denken Sie, gestern, als Sie mich verlassen hatten, bin ich hier eingeschlafen, habe eine volle Stunde wie ein Murmeltier geschlafen, bis Fräulein Alving kam und mich weckte. Ich habe mich herzhaft geschämt, aber ich kann nichts dafür. Der Luftwechsel muß wohl schuld sein«, plauderte er.

Lena fand zuerst den unbefangenen Ton wieder. »Das kann wohl möglich sein. Aber Sie haben ja schließlich nicht viel zu versäumen. Und wir haben nur wenige Minuten gewartet.«

Gert verneigte sich. »Es ist sehr liebenswürdig, daß Sie mir meine Unpünktlichkeit nicht nachtragen.«

Ein wenig kokett sah sie zu ihm auf. »Im übrigen scheint Ihnen aber die deutsche Luft sehr gut zu bekommen. Sie sind sehr gut gelaunt.«

Gert merkte sehr wohl, daß hinter ihrem koketten Wesen etwas anderes lauerte. Auch merkte er, daß Kurt ihn unruhig forschend ansah.

»O ja, ich bin auch gut gelaunt, obwohl ich einen Verlust hatte. Aber bei allem Pech hatte ich soviel Glück, daß ich sehr froh sein kann.«

»Darf man fragen?«, sagte Lena neckend.

Er ließ sich ihr gegenüber in einen Sessel nieder, so daß er dem Licht den Rücken kehrte, während die Geschwister hell beleuchtet waren.

Gert sah die beiden Geschwister scharf und forschend an, so daß ihm kein Zug in ihren Gesichtern entging.

»Gewiß, mein gnädiges Fräulein, nur wird Sie das wenig interessieren. Also – auf unerklärliche Weise ist mir gestern eine alte Brieftasche verlorengegangen. Ich trage nämlich immer zwei Brieftaschen bei mir. Die eine enthält, wie ich Ihnen schon sagte, den Trauschein meiner Eltern und andere wichtige Papiere. In der anderen verwahre ich nur meine Geschäftsbriefe. Zum Glück habe ich nur diese unwichtige Brieftasche verloren. Vielleicht ist sie mir im Gedränge in der Hochbahn oder in der Elektrischen, die ich gestern wiederholt benutzte, gestohlen worden. Die Berliner Taschendiebe sollen ja die fabelhaftesten Sachen machen. Nun, wie gesagt, ich kann sehr froh sein, daß ich nicht den Verlust der anderen Brieftasche zu beklagen habe. Denken Sie, wie fatal das für mich gewesen wäre, wenn man mir das unersetzliche Dokument entwendet hätte. Bei allem Unglück viel Glück, nicht wahr?«

»Allerdings!« stieß Lena hervor.

»Ärgerlich ist mir der Verlust übrigens doch«, fuhr Gert fort, »denn die Brieftasche ist ein Andenken an meinen Vater. Nur deshalb ist sie mir unersetzlich. Und ich werde auf alle Fälle ein Inserat aufgeben, in dem ich dem ehrlichen – oder unehrlichen – Finder eine hohe Belohnung verspreche. Er wird sich dann vielleicht bereitfinden, mir die Brieftasche wiederzubringen, die für ihn absolut keinen Wert hat. Was meinen Sie, wie müßte man solch ein Inserat abfassen?«

Kurt und Lena hatten ihm mit angespanntem Interesse zugehört. Was in ihnen vorging bei Gerts Eröffnung, daß in einer anderen Brieftasche das wichtige Dokument verborgen war, läßt sich denken. Aber sie hatten sich vollkommen in der Gewalt und wagten es nicht einmal, einen Blick zu tauschen. Lena zwang sich zu einem Lachen.

»Nichts einfacher als das. Sie lassen über das Inserat die Belohnung drucken, die Sie aussetzen wollen, und geben sich den Anschein zu glauben, daß Sie die Tasche verloren haben. Ist der Inhalt der Brieftasche nicht wertvoller als die Belohnung, dann haben Sie vielleicht Aussicht, sie zurückzuerhalten, selbst wenn sie Ihnen ein Taschendieb entwendete. Meinst du nicht auch, Kurt?«

Bei dieser Frage sah Lena ihren Bruder mit einem starren Blick an.

»Unbedingt«, erwiderte dieser, aus seinem Hinbrüten aufschreckend.

Er war sehr deprimiert, weil er nach Gerts Worten glauben mußte, daß dieser in einer zweiten Brieftasche das Dokument bei sich trug. Und eine wilde Gier erwachte in ihm, Gert auch diese zweite Brieftasche zu entwenden. Auch Lena dachte darüber nach, und lauernd sagte sie:

»Also die richtige Brieftasche mit dem bewußten Dokument besitzen Sie noch? Da können Sie sehr froh sein, und Sie haben wirklich Veranlassung zu guter Laune.«

»Nicht wahr!« sagte Gert und drückte sehr ostentativ und auffallend auf seine Brusttasche. »Ich bin sehr froh, daß sie wohlgeborgen hier auf meinem Herzen ruht. Bedenken Sie doch, ich wäre nicht imstande, mein Erbrecht nachzuweisen, wenn mir das Dokument abhanden gekommen wäre. Ich bin auch immer doppelt vorsichtig damit und trage diese wichtige Brieftasche nicht im Rock wie die andern, sondern innen in der Weste, wo ich mir eine Tasche habe anbringen lassen. Da kann sie so leicht kein Taschendieb finden.«

»Nun, man soll nichts berufen. Über die Geschicklichkeit der Berliner Taschendiebe kursieren die seltsamsten Gerüchte.«

Gert lachte genauso forciert wie Lena und ihr Bruder. Aber er las in ihren blassen, verzerrten Gesichtern wie in einem aufgeschlagenen Buch. Er war sich schon jetzt klar darüber, daß sie keinesfalls das Dokument in seinem Versteck gefunden hatten. Und er sah die Begierde nach der zweiten Brieftasche in ihren Augen.

Ich werde sicher heute wieder eine von den famosen Zigaretten geschenkt bekommen, dachte er bei sich.

Jedenfalls war er darauf vorbereitet. Sein Plan schien tadellos zu glücken.

Er gab sich aber scheinbar ganz harmlos und sagte:

»Ein zweites Mal soll mir kein Taschendieb zu nahe kommen. Ich werde jetzt jeden Menschen scharf ins Auge fassen, der sich in der Hochbahn oder in der Elektrischen an mich herandrängelt. Aber nun nichts mehr davon. Wie ist es, meine Herrschaften, wollen wir nun Doktor Jungmann telefonisch bitten, sogleich herauszukommen? Ich möchte ihm in Ihrer Gegenwart das Dokument ausliefern und alles Nötige veranlassen.«

Er sah, wie bei seinen Worten die Geschwister einen schnellen Blick wechselten, obwohl er sich den Anschein gab, als betrachte er seine Fingernägel.

Lena sprang plötzlich auf.

»Das will ich gleich tun, ich werde den Notar selbst anrufen.«

Gert erhob sich ebenfalls und vertrat ihr den Weg.

»Sie sollen sich nicht bemühen, mein gnädiges Fräulein.«

Lachend wehrte Lena ab.

»Ich will ohnedies nach Hause telefonieren, das mache ich zugleich ab.«

Und schnell war sie hinaus. Sie ging auch draußen zum Telefon, das in der Nähe der Tür angebracht war im Vestibül. Ein anderer Apparat befand sich im Arbeitszimmer des verstorbenen Hausherrn.

Lena telefonierte draußen nun sehr laut und deutlich, so daß man es im Zimmer hören mußte. Ein Lächeln huschte um Gerts Mund. Es war doch sehr auffällig, daß die junge Dame gar so laut sprach. Ein zweites Gespräch, das sie dann am Telefon mit ihrer Perle rührte, war sehr unwichtig.

Als Lena wieder hereinkam, sagte sie:

»Schade, Doktor Jungmann kann heute nicht abkommen.«

Gert erhob sich wieder.

»Dann will ich gleich noch einmal anrufen, daß er bestimmt morgen herauskommt.«

Er sah, daß Lena ein wenig zusammenzuckte, aber sie faßte sich schnell und hielt ihn am Arm fest.

»Nicht nötig, das ist schon erledigt, er kommt morgen vormittag bestimmt.«

Wieder zuckte es um Gerts Lippen. Aber er sagte nur:

»Demnach ist unsere Zusammenkunft heute zwecklos, und wir könnten uns wieder trennen.«

Wieder tauschten die Geschwister einen raschen Blick, was dem aufmerksam beobachtenden Gert nicht entging. Lena sah Gert schelmisch bittend an.

»Das wollen wir doch nicht tun! Wenn es Ihnen recht ist, bleiben wir noch eine Weile zusammen. Ich begrüße es wenigstens mit Vergnügen, wenn uns noch ein ungestörtes Beisammensein beschieden ist, und schlage vor, daß wir unsere verwandtschaftlichen Beziehungen noch ein wenig pflegen. Gestern sind wir leider durch unsere Verabredung zu früh getrennt worden. Das wollen wir doch heute nachholen. Ich würde es sehr nett finden, wenn wir auch heute wieder zusammen speisten. Nach Tisch plaudern wir dann noch ein Weilchen bei einer Tasse Mokka, und dann können wir uns trennen. Wir müssen gegen drei Uhr wieder nach Hause. Sie aber können ja ruhig bleiben und vielleicht mit Fräulein Alving am Nachmittag schon eine kleine Inventuraufnahme machen. Es dürfte sich empfehlen, daß Sie sich langsam orientieren.«

Gert ging begeistert darauf ein. »Das ist ein guter Gedanke, mein gnädiges Fräulein.«

Lena lachte und sagte neckend: »Vielleicht halten Sie auch wieder ein Mittagsschläfchen.«

Er lachte ebenfalls. »Wenn wir heute mittag wie gestern von dem schweren Burgunder trinken, ist das bei meiner Schläfrigkeit nicht ausgeschlossen. Ich werde mich lieber gleich vorher bei Fräulein Alving entschuldigen. Es war mir zu beschämend, daß sie mich schlafend antraf.«

Ein helles, etwas scharfes Lachen kam über Lenas Lippen.

»Wir wollen ihr doch Instruktion geben, daß Sie nicht geweckt werden sollen.«

Gert mußte denken, wie verdorben dies junge Geschöpf sein mußte, daß sie lachen konnte, während sie doch anscheinend schon wieder einen verbrecherischen Plan ausdachte. Ihm war, als könne er in den Gedanken der Geschwister lesen und sie durchschauen, als seien sie von Glas. Und immer sicherer wurde er, daß sie das Dokument nicht gefunden hatten.

Was aber hatten sie mit der Brieftasche gemacht, in der also das Dokument noch verborgen lag?

Auch darüber hoffte er heute noch Klarheit zu bekommen, wenn sein Plan weiter glückte.

Lena fragte Kurt, ob er auch damit einverstanden sei, daß sie mit Gert zusammenblieben. Kurt wußte ganz genau, was seine Schwester bezweckte. Heute bedurfte es keiner besonderen Verständigung. Sie glaubten, daß Gert den Trauschein in einer zweiten Brieftasche bei sich trug. Und sie waren sich ohne Verständigung einig, was geschehen mußte, um heute das auszuführen, was ihnen gestern mißglückt war. Kurt sagte nur zustimmend:

»Selbstverständlich bin ich einverstanden. Nur müssen wir um drei Uhr nach Hause fahren, weil wir es für Bekannte so hinterlassen haben. Sie, Herr Herfurt, können natürlich ruhig länger bleiben.«

Gert nickte scheinbar harmlos.

»Das will ich tun. Im Hotel ist es ohnedies ungemütlich. Und ich kann mir später hier im Haus einige Familienbilder ansehen, von denen mir Fräulein Alving sprach. Unter anderen soll auch ein Jugendbildnis meiner Mutter vorhanden sein. Mein Vater besaß nur eine ziemlich vergilbte Photographie von meiner Mutter, die ihre Züge nicht genau erkennen läßt. Und ich habe meine Mutter doch nicht gekannt, denn ich war noch ein Säugling, als sie starb.«

»Ja, ich weiß, das Bildnis Ihrer Mutter hängt im Arbeitszimmer unseres Großonkels. Ihre Mutter war sehr schön; mein Vater hat uns erzählt, daß man sie nur die schöne Maria Bernd genannt hat und daß sie zahlreiche Verehrer hatte. Also – wir bleiben jedenfalls bis nach Tisch zusammen.«

»Wird aber Fräulein Alving darauf vorbereitet sein, schon wieder Gäste zu bewirten?« fragte Gert.

Lena lachte laut auf.

»Haben Sie eine Ahnung von der Speisekammer in der Villa Bernd! Unser Großonkel war ein guter Wirtschafter und hat reichlich Vorräte einkaufen lassen. Fräulein Alving hütet sie aber wie Fafner den Nibelungenschatz. Die Köchin ist jedoch zugänglicher, die freut sich, wenn sie etwas Gutes auf den Tisch bringen darf. Denn Onkel Rochus muß äußerst einfach und anspruchslos gelebt haben, nur wenn Gäste anwesend waren, hat es die in der Speisekammer verstauten Herrlichkeiten gegeben. Wir wollen also der Köchin die Freude machen, daß sie uns etwas Gutes auftischen darf. Oder wollen Sie geizig Ihre Erbschätze hüten?«

Bei dieser Frage flimmerte es seltsam höhnisch in Lenas Augen. Gert war ihr aber gewachsen. Er lachte harmlos auf.

»Durchaus nicht, mein gnädiges Fräulein. Wenn ich schon darüber zu verfügen hätte, würde ich für Sie das Beste auftragen lassen, was das Haus zu bieten vermag.«

»Legen Sie doch bei Fräulein Alving ein gutes Wort ein, ich glaube, das läßt sie schon gelten.«

Diese Gelegenheit, einige Worte mit Ruth sprechen zu können, ließ sich Gert nicht entgehen. Er erhob sich sofort.

»Ich will es jedenfalls versuchen und sogleich mit Fräulein Alving sprechen.«

Die Geschwister waren froh, einige Minuten allein sein zu können und hielten ihn nicht zurück.

17

Gert traf draußen auf Heinrich und fragte ihn, wo er Fräulein Alving finden würde. Dieser gab ihm Auskunft, daß sie im Arbeitszimmer des verstorbenen Hausherrn sei und die Wirtschaftsbücher in Ordnung bringe.

Gert begab sich dorthin, klopfte an und trat ein. Sie saß am Schreibtisch und hatte ein Kontobuch vor sich liegen.

»Störe ich, Fräulein Ruth?«

»Nein, nein, bitte kommen Sie nur.«

Er tat es und zog die Tür hinter sich ins Schloß. Lächelnd sah er sie an.

»Ich komme, um Ihnen wieder aufdringliche Tischgäste anzumelden, und Fräulein Bernd hat mich zudem noch mit dem Auftrag beehrt, ein gutes Wort für ein besonders gutes Menü einzulegen. Diesen Auftrag habe ich nur übernommen, weil ich einige Worte ungestört mit Ihnen sprechen kann. Sind Sie böse, daß wir Ihnen wieder Mühe machen?«

Lächelnd schüttelte sie den Kopf.

»Davon kann keine Rede sein. Und im übrigen sehe ich in Ihnen den Herrn dieses Hauses, mögen die Gerichte als Erben einsetzen, wen sie wollen.«

»Macht es Ihnen auch keine Umstände?«

»Gewiß nicht, ich war ja schon vorbereitet. Und ich habe bereits wieder ein festliches Menü bestellt, wie es die Geschwister Bernd lieben. Freilich kommt es mich hart an, daß diese Verbrecher in Ihrem Haus noch bewirtet werden, aber ich muß mich darein ergeben.«

»Ja, ich bitte Sie, es zu tun. Denn mir liegt heute, wie ich

Ihnen schon sagte, viel daran, mit den beiden zu speisen. Ich habe auch noch eine Bitte an Sie.«

»Was kann ich für Sie tun?« fragte sie in ihrer lieben Art.

»Ich möchte Sie bitten, nachher, wenn Sie sehen, daß ich mit den Geschwistern in den Garten gehe, bei Doktor Jungmann anzuklingeln und zu fragen, ob vorhin Fräulein Bernd dort angerufen und gefragt hat, ob Doktor Jungmann heute hierher kommen könnte. Ich vermute nämlich, daß Fräulein Bernd dies Gespräch nur fingiert und in den Apparat gesprochen hat, ohne eine Verbindung herzustellen. Wenn man Ihnen sagt, daß Fräulein Bernd nicht telefoniert hat, dann geben Sie mir, wenn wir aus dem Garten zurückkommen, ein Zeichen. Es genügt, wenn Sie einen Moment die Hand über die Augen legen. Sagt man ihnen aber, daß sie anrief, dann halten Sie ein Taschentuch in der Hand.«

Ruth nickte lächelnd.

»Es soll geschehen. Mir scheint, Sie entfalten Detektivtalente. Haben Sie schon etwas in Erfahrung gebracht?«

»Eins steht fest: Die Geschwister haben das Dokument in der Brieftasche nicht entdeckt. Und wenn Sie von Doktor Jungmann die Nachricht bekommen, daß Fräulein Bernd nicht angeklingelt hat, dann steht weiter für mich fest, daß mir die Geschwister in die aufgestellte Falle gehen und daß ich wieder ein Schläfchen werde machen müssen. Sie bleiben dann auf Ihrem Posten im Erkereckchen, alles beobachtend, bis ich laut Ihren Namen rufe aus dem gelben Salon. Dann kommen Sie zu mir. Am besten wird es sein, wenn zugleich Heinrich mit Ihnen das Versteck teilt und gleichfalls mit Ihnen herbeikommt, wenn ich rufe, denn ich brauche Zeugen. Um eins bitte ich Sie noch, melden Sie nachher den Geschwistern, daß Sie nach Tisch oben auf dem Speicher einige Stunden zu tun haben und daß Ihnen Heinrich helfen soll. Fragen Sie, ob man Ihrer oder Heinrichs bedarf. Man wird Ihnen sicher sagen, daß Sie beide nicht gebraucht werden. Offiziell gehen Sie dann auf den Speicher nach Tisch. In Wirklichkeit beziehen Sie Ihren Beobachtungsposten.«

Ruth atmete erregt.

»Ich werde alles tun, was Sie wünschen. Aber sind Sie auch wirklich sicher, daß Ihnen keine Gefahr bei Ihrem Plan droht? Ich traue den Geschwistern das Schlimmste zu.«

Sein Blick hing an ihren besorgten Zügen.

»Ich auch, Fräulein Ruth, und deshalb dürfen Sie beruhigt sein, daß ich vorsichtig bin. Aber nun will ich Sie nicht länger stören, Sie sind bei einer sehr wichtigen Arbeit.«

Lächelnd sah sie auf das Kontobuch.

»In meinen Wirtschaftsbüchern muß alles klipp und klar in Ordnung sein.«

Sein Blick schweifte über den Schreibtisch an der Wand empor, und da erblickte er das Bildnis von Maria Bernd. Seine Augen leuchteten auf.

»Das ist meine Mutter, nicht wahr?«

»Ja. Sie haben die Augen Ihrer Mutter geerbt, die sie mit ihrem Vater gemein hatte. Sonst sind Sie Ihrer Mutter nicht ähnlich. Alles haben Sie von Ihrem Großvater, seine Züge, seine Gestalt, seine Haltung. Als er so jung war, wie Sie jetzt sind, muß er Ihnen noch mehr geglichen haben. Ich zeige Ihnen gelegentlich eine Fotografie von ihm aus seiner Jugendzeit, da trägt er freilich einen Bart und Sie tragen keinen. Das ist aber auch der einzige Unterschied. Ihre Mutter muß eine bildschöne Frau gewesen sein. Das Kleid, das sie auf diesem Bilde anhat, befindet sich noch oben in ihren Koffern.«

Er atmete tief auf.

»Wenn ich nichts von dem Erbe bekomme, das mein Großvater hinterlassen hat, so wird man mir hoffentlich wenigstens dies Bild ausliefern. Und wenn Verstorbene noch Macht haben, ihre zurückgelassenen Lieben zu schützen, dann wird mir meine Mutter helfen, daß ich trotz allem zu meinem Recht komme.«

»Gott mag es geben, Herr Herfurt.«

Er reichte ihr die Hand. »Auf Wiedersehen also nachher. Sie telefonieren bitte sofort, wenn wir im Garten sind, und geben mir das verabredete Zeichen.«

»Es wird geschehen.«

Er drückte warm und herzlich ihre Hand, und sie hatte dabei ein Gefühl, als ströme ein starkes, freudiges Leben aus seiner Hand in die ihre. Sein Händedruck nahm ihr alles Zagen aus der Seele.

Und ihre Augen sahen, als er sie verlassen hatte, zum Bild seiner Mutter empor.

»Du und ich, wir sind eins in dem Wunsch, daß er zu seinem Recht kommt. Du läßt die andern nicht über ihn triumphieren, du beschützest ihn.«

18

Lena und ihr Bruder hatten sich, als Gert gegangen, mit einigen Worten verständigt.

»Es muß noch einmal sein, Kurt, wir haben die falsche Brieftasche erwischt. Sollen wir auf halbem Weg stehenbleiben?«

Er sah finster nach der Tür, durch die Gert verschwunden war.

»Bestimmt nicht! Verdammt! Wie konnte ich ahnen, daß er zwei Brieftaschen bei sich trägt. Jetzt wird die Sache natürlich etwas auffälliger, und er müßte sehr beschränkt sein, wenn er wieder nichts merkte. Aber was hilft es? Das Dokument müssen wir haben und vernichten.«

»Unbedingt. Du hast doch die Zigaretten bei dir?«

Er klopfte auf die Westentasche. Und dann sagte er:

»Hoffentlich kommt uns die Alving nicht dazwischen. Gestern paßte es so gut.«

»Wir müssen sehen, daß wir sie aus dem Weg bringen. Zu Tisch kommt sie ohnedies nicht. Aber nun still davon. Du weißt, was du zu tun hast. Jetzt wollen wir uns von harmlosen Dingen unterhalten.«

Dies alles hatten sie im Flüsterton miteinander gesprochen. Nun plauderten sie von belanglosen Dingen, bis Gert zurückkam.

»Also, ein festliches Menü ist mir von Fräulein Alving zugesichert worden. Und ich möchte Ihnen jetzt eine Promenade durch den Garten vorschlagen. Es ist wieder herrliches Wetter«, sagte er.

Die Geschwister waren sofort einverstanden, und

scheinbar im schönsten Einvernehmen gingen sie eine halbe Stunde plaudernd durch den verschneiten Garten.

Als sie dann wieder in das Vestibül traten, sah Gert, daß Ruth neben einer Säule stand und die Hand über die Augen legte. Er quittierte mit einem Aufblitzen seiner Augen über dies Zeichen, das ihm sagte, daß Lena tatsächlich, wie er angenommen hatte, das Telefongespräch mit Doktor Jungmann nur fingiert hatte. Er wußte nun, daß Lena nicht gewünscht hatte, daß Doktor Jungmann schon heute kam. Daß dieser auf Gerts Wunsch ohnedies abgesagt haben würde, ahnte sie natürlich nicht. Jedenfalls konnten also die Geschwister den Notar ebensowenig brauchen wie Gert selbst.

Er war fest überzeugt, daß die Geschwister heute dasselbe Manöver wie gestern wiederholen würden. Und er bereitete sich vor.

Man plauderte nun ganz harmlos, bis kurz vor Tisch Ruth eintrat. Sie wandte sich hauptsächlich an Lena, als sie sagte:

»Wenn die Herrschaften meiner nach Tisch nicht bedürfen, möchte ich auf den Speicher gehen und dort verschiedenes ordnen. Es hält mich allerdings einige Stunden auf, und ich möchte auch Heinrich zur Hilfe mit hinaufnehmen, wenn er hier nicht gebraucht wird. Natürlich erst, wenn er abserviert hat.«

Lena und ihr Bruder sahen sich zufrieden an. Das paßte herrlich in ihre Pläne.

»Wir brauchen weder Sie noch Heinrich, Fräulein Alving, lassen Sie sich nicht stören. Heinrich kann uns gleich nach Tisch eine Tasse Mokka im gelben Salon servieren, dann bedürfen wir seiner nicht mehr. Wir fahren dann bald nach Tisch nach Hause.«

»Und ich, Fräulein Alving, werde dann gern noch ein Weilchen hier bleiben. Hoffentlich blamiere ich mich nicht wieder wie gestern, indem ich einschlafe wie ein Murmeltier«, fügte Gert hinzu.

Ruth atmete tief auf und zwang sich zu einem Lächeln.

»Es ist doch keine Blamage, wenn man müde ist, Herr Herfurt. Nach dem schweren Burgunder hat Onkel Rochus auch meistens ein Schläfchen gemacht.«

Gert verneigte sich. »Sie sind sehr gütig, meinen Verstoß so milde zu beurteilen. Und eigentlich dürfte ich dann heute nicht von dem Burgunder trinken, aber er ist so köstlich.«

»Trinken Sie ruhig davon«, warf Kurt mit einem unangenehmen Lachen ein. »Da Fräulein Alving auf dem Speicher zu tun hat, werden Sie ungestört ein Schläfchen halten können, wenn wir fort sind. Wer schläft, sündigt nicht.«

Gert lachte.

»Also, wir werden es Morpheus überlassen, ob er mich wieder zur Strecke bringen will, oder nicht. Absolution ist mir sicher, nicht wahr, Fräulein Alving?«

»Ganz gewiß. Aber nun will ich mich empfehlen, die Suppe wird soeben aufgetragen. Ich wünsche wohl zu speisen.«

Damit zog sich Ruth zurück. Gert und die Geschwister gingen ins Speisezimmer und nahmen an der Tafel Platz.

Es war alles wie gestern. In scheinbar bester Stimmung nahmen die drei Menschen die Mahlzeit ein, und nur ein sehr genauer Beobachter hätte gemerkt, daß Kurt Bernd sehr nervös mit seinem Brot spielte und daß Lenas Augen unruhig flackerten. Nach der vorzüglich zubereiteten Mahlzeit begab man sich in den gelben Salon. Noch während Heinrich im Speisezimmer Ordnung schaffte, huschte Ruth hinter den Vorhang im Erker. Heinrich nickte ihr stumm zu.

Als das Speisezimmer in Ordnung gebracht war, ging Heinrich in die Küche, um den Mokka zu holen.

Als er ihn im gelben Salon auf den Tisch gestellt hatte, fragte er, ob er nun zu Fräulein Alving auf den Speicher gehen könne.

Lena lachte hart auf. »Ihre Gönnerin bringt Sie heute um Ihre Mittagsruhe, Heinrich. Sie sollen nach Tisch auf dem Speicher arbeiten. Das wird Ihnen nicht gefallen. Aber gehen Sie, wir brauchen Sie nicht mehr.«

Heinrich verbeugte sich stumm und ging. Aber er ging nicht zum Speicher, sondern zu Ruth Alving in den Erker, wo sie beide in atemloser Unruhe warteten, was geschehen würde.

Im gelben Salon plauderte Lena sehr angeregt mit den beiden Herren. Aber dann mahnte sie ihren Bruder, daß sie nun nach Hause fahren müßten.

Kurt nickte.

»Ja doch, Lena. Es ist schade, daß wir fort müssen, hier ist es so gemütlich. Laß mir wenigstens noch Zeit, eine Zigarette anzuzünden. Bitte, bedienen auch Sie sich, Herr Herfurt, und dann überlasse ich Sie neiderfüllt Ihrer Siesta.«

Er hielt Gert das Zigarettenetui hin. Dieser bediente sich, ließ jedoch, wie ungeschickt, die Zigarette fallen und während er sie aufhob, vertauschte er sie schnell mit einer andern, die er bereitgehalten hatte und ließ die von Kurt erhaltene in seiner Rocktasche verschwinden.

Sie zündeten sich nun beide ihre Zigaretten an und verabschiedeten sich voneinander. Auch Kurt hatte natürlich seine Zigarette mit einer andern vertauscht. Gert ließ sich in denselben Sessel nieder, in dem er gestern gesessen hatte und sagte schläfrig:

»Ich bin wahrhaftig schon wieder todmüde. Diesen Burgunder möchte ich nicht alle Tage trinken, da könnte ich nicht arbeiten.«

Kurt lachte heiser auf. »Das übt sich mit der Zeit. Auf Wiedersehn, Herr Herfurt!«

»Auf Wiedersehn!« rief auch Lena lachend und verließ mit ihrem Bruder das Zimmer. Drüben saß Ruth mit Heinrich auf dem Posten und sie beobachteten durch den Vorhangspalt die Geschwister mit angehaltenem Atem. Sie sahen, wie diese eine Weile abwartend stehenblieben und sich mit brennenden Blicken anstarrten. Kurt drückte seine Zigarette aus und steckte sie zu sich. Er sah fahl und gelblich aus, und seine Zähne knirschten aufeinander.

Lena zerrte nervös an ihren Handschuhen und sah immer wieder auf ihre Armbanduhr.

Dann sagte sie leise, aber so, daß es die beiden Lauscher verstehen konnten:

»Es ist soweit, du kannst hineingehen.«

Kurt schlich an die Tür heran und Lena folgte ihm. Er beugte sich zum Schlüsselloch herab und richtete sich nach einer Weile wieder hoch.

»All right, er schläft«, sagte er befriedigt, »also gib acht, daß man uns nicht stört.«

»Unbesorgt!« zischte Lena.

Kurt öffnete leise die Tür. Ruth krampfte die Hände zusammen und wagte nicht zu atmen. Sie sah, daß Lena durch einen schmalen Spalt in das Zimmer blickte und den Vorgang darinnen beobachtete. Wie gern hätte Ruth das in ihrer Herzensangst um Gert auch getan.

Kurt war leise eingetreten, hatte einen scharfen Blick auf den fest schlafenden Gert getan und ging nun dicht an ihn heran. Er beugte sich über ihn und faßte nach seinen Händen, die er über der Brust zusammengelegt hatte. Langsam legte er Gerts Hände herab und öffnete erst den Rock und dann die Weste. Er suchte im Innern der Weste nach der Tasche, von der Gert gesprochen hatte, und fand sie auch. Gert hatte sich noch am gestrigen Abend eine solche Tasche von einem Schneider in seine Weste einnähen lassen.

Vorsichtig faßte Kurt in diese Tasche hinein und zog Gerts Brieftasche, die dieser heute zu sich gesteckt hatte, heraus. Er legte sie neben sich auf das Tischchen und knüpfte nun erst wieder Rock und Weste zu. Er legte auch noch Gerts Arme wieder zusammen über der Brust, faßte dann nach der auf dem Tisch liegenden Brieftasche und wandte sich zum Gehen.

In diesem Moment sprang Gert empor, faßte nach seinem Browning, den er zu sich gesteckt hatte, und rief mit scharfer, metallisch klingender Stimme:

»Halt! Hände hoch!«

Kurt Bernd stand wie vom Schlag gerührt und sah sich mit verzerrtem Gesicht nach Gert um.

»Hände hoch, oder ich schieße!« kommandierte Gert noch einmal und legte den Browning schußbereit auf Kurt an.

Dieser streckte nun die Arme empor. In der einen Hand hielt er krampfhaft die Brieftasche.

Nun trat Gert näher zu ihm heran.

»So, mein verehrter Herr Bernd, nun können wir uns in aller Ruhe unterhalten. Sie stehen ein wenig unbequem, aber das läßt sich nicht ändern. Fräulein Bernd, bitte treten Sie vollends ein, Sie sind eingeladen zu dieser Konferenz. Bitte, bleiben Sie dort an der Tür stehen und rühren Sie sich nicht. Ich möchte nicht ungalant gegen eine Dame sein. Aber ich versichere Sie, daß ich von meiner Waffe Gebrauch mache, wenn Sie nicht ruhig stehenbleiben. Menschen Ihres Schlages gegenüber muß man vorsichtig sein. Ich glaube, Sie würden nicht davor zurückschrekken, Ihr Werk kaltblütig durch einen Mord zu krönen. In diese Versuchung will ich Sie nicht bringen. Hallo! Fräulein Alving! Heinrich!«

Laut und deutlich drang seine Stimme zu den unruhig Lauschenden im Nebenzimmer.

Ruth kam mit fliegenden Schritten herbei und atmete auf, als sie Gert heil und unversehrt vor sich sah. Heinrich folgte ihr, so schnell ihn seine alten Beine trugen.

Als Ruth an Lena vorüber ins Zimmer trat, sah sie erschrocken auf die seltsame Situation.

»Was ist hier geschehen?« stammelte sie.

»Fräulein Alving, verzeihen Sie, wenn ich Sie in eine sehr ungewöhnliche Situation verwickle. Ich bat Sie, sich mit Heinrich im Erker des Speisezimmers zu verstecken und auf meinen Ruf zu achten, weil ich Zeugen brauche. Da, sehen Sie sich Herrn Bernd an. Er hat mich heute zum zweitenmal beraubt. In seiner Hand befindet sich, wie Sie sehen, meine Brieftasche, die er mir aus meiner Westentasche entwendet hat. Er hatte mich gestern mit einer Zigarette betäubt, die ein starkes Narkotikum enthielt. Heute bot er mir wieder eine solche Zigarette an. Gestern bin ich arglos in diese Falle gegangen. Er schläferte mich auf diese Weise ein, und während seine Schwester Wache stand, entwendete er mir eine Brieftasche, weil er glaubte, sie enthalte ein Dokument, das mich zum Erben meines

Großvaters einsetzen würde. Daß ich noch eine zweite Brieftasche bei mir trug, ahnte er nicht, das erfuhr er erst heute. Da die gestern geraubte Brieftasche das Dokument nicht enthielt und ich ihm heute verriet, wo es zu finden sei, wiederholte er das Manöver mit der betäubenden Zigarette. Er ahnte nicht, daß ich ihn durchschaut hatte und daß ich statt der betäubenden Zigarette eine schnell ausgetauschte andere rauchte, eine von derselben Firma, die nicht präpariert war. Die betäubende Zigarette habe ich hier in meiner Rocktasche und werde sie dem Gerichtschemiker vorlegen. Als er glaubte, ich sei ihm heute wieder in die Falle gegangen und sei betäubt wie gestern, kehrte er, wie gestern auch, zu mir zurück, während seine Schwester Wache stand, und entwendete mir die zweite Brieftasche, die er, wie Sie sehen, noch in der Hand hält. Bitte, Fräulein Alving, bitte, Heinrich, haben Sie das alles verstanden? Und wollen Sie sich das alles gut merken, damit Sie es gegebenenfalls vor Gericht bezeugen können?«

Ruth atmete zitternd auf.

»Ich werde alles bezeugen.«

»Ich auch«, sagte Heinrich bestimmt.

»Ich danke Ihnen, Heinrich. Nehmen Sie jetzt, bitte, Herrn Bernd mein Eigentum ab, es ist ihm wohl sehr beschwerlich zu halten. Geben Sie es mir zurück. Aber bitte, treten Sie von drüben an ihn heran, daß Sie nicht zwischen ihn und meinen Browning treten.« Heinrich tat, wie ihm Gert geheißen hatte, obwohl ihn Kurt mit einem haßerfüllten Blick ansah.

Gert steckte seine Brieftasche zu sich.

»So, Herr Bernd. Und nun werden Sie mir sagen, wo Sie die andere Brieftasche, die Sie mir gestern raubten, gelassen haben mit ihrem Inhalt, sehr wichtigen geschäftlichen Briefen, die ich brauche. Wenn Sie mir das nicht wahrheitsgemäß mitteilen, müssen Sie es vor Gericht tun. Denn wenn ich mein Eigentum nicht zurückerhalte, ich sagte Ihnen schon, daß die Brieftasche mir ein teures Andenken ist, muß ich Anzeige gegen Sie erstatten.«

Kurt Bernd und seine Schwester hatten wie erstarrt dagestanden. Zu sicher hatten sie sich gefühlt, hatten zu fest daran geglaubt, daß ihnen ihr Bubenstück zum zweiten Mal gelingen würde, und die Entdeckung war zu plötzlich gekommen. So waren sie restlos überrumpelt worden. Außerdem war Kurt ein Feigling und fühlte sich der Pistolenmündung gegenüber sehr unbehaglich. Seine Knie schlotterten vor Angst.

Lena war nicht so feige wie ihr Bruder. Aber auch sie glaubte ihr Spiel verloren. Trotzdem warf sie trotzig den Kopf zurück, maß Ruth mit feindseligen Blicken und überließ es Kurt, Auskunft zu geben.

Als Gert nicht gleich Antwort erhielt, hob er den Browning wie zielend.

»Nun, Herr Bernd, erhalte ich bald Auskunft?«

Kurt verfärbte sich noch mehr. »Tun Sie den Browning weg«, keuchte er, »Sie sollen die Wahrheit hören.«

Gert senkte die Waffe, hielt sie aber schußbereit in der Hand, um Kurt einzuschüchtern.

»Nun also?«

Kurt atmete zitternd auf.

»Also ja, ich habe Ihnen gestern die Brieftasche entwendet. Ich wollte das Dokument vernichten, das meine Schwester und mich der Armut, der Not und Sorge preisgeben mußte. Wir haben jahrelang auf das Erbe gehofft, haben damit gerechnet und unsere ganze Lebensführung darauf eingestellt. Und nun sollten wir leer ausgehen. Das wollten wir nicht dulden und deshalb beschlossen wir, Ihnen den Trauschein Ihrer Eltern zu rauben, ohne den Sie das Erbe nicht zugesprochen erhalten. Wir wollten ihn vernichten. Die Zigaretten habe ich zur Betäubung von Schmerzen, die ich zuweilen erdulden muß, von einem bekannten Chemiker erhalten. Sie sind ungefährlich, aber ich weiß aus Erfahrung, daß man nach dem Genuß einer solchen Zigarette völlig bewußtlos wird. Als die Wirkung gestern bei Ihnen eingetreten war, habe ich Ihnen die Brieftasche entwendet in der Hoffnung, daß das Dokument darin enthalten sei. Noch im Wagen habe ich sie entleert und aus dem Wagenfenster geworfen, etwa zehn Minuten von hier entfernt, in dem kleinen Gehölz an der Fahrstraße. Die Papiere habe ich durchgesehen und gemerkt, daß der Trauschein nicht darunter war. Ich habe sie zu Hause verbrannt. Als Sie uns nun heute erzählten, daß wir die falsche Brieftasche gefaßt hatten, da habe ich sofort beschlossen, Ihnen die richtige abzunehmen. So, nun wissen Sie alles, nun lassen Sie uns gehen.«

Gert war leise zusammengezuckt, als Kurt davon sprach, daß er die Brieftasche aus dem Wagen geworfen hatte. Und Lena hatte dies Zusammenzucken bemerkt. Jetzt wandte sich Gert an Lena.

»Hat Ihr Bruder die Wahrheit gesagt? Ich behalte mir alles Weitere vor, wenn ich entdecke, daß er gelogen hat.«

»Er sprach die Wahrheit«, sagte sie trotzig.

Gert sah sie scharf an.

»Beschreiben Sie mir genau die Stelle, wo Ihr Bruder die Brieftasche aus dem Wagen warf.«

In Lenas Augen glühte es seltsam auf.

»Mein Bruder hat es ja schon gesagt, in dem kleinen Gehölz, durch das die Fahrstraße führt, kurz nachdem der Fußweg nach der Haltestelle der Elektrischen abzweigt. Zu Fuß geht man ungefähr zehn Minuten bis dahin.«

Gert strich sich über die Stirn, als sei ihm zu heiß.

»Es ist gut! Ich werde Ihre Angaben nachprüfen. Vorläufig können Sie sich entfernen. Sie haben bis auf weiteres hier nichts mehr zu suchen. Ich mache Sie darauf aufmerksam, daß ich mir Schritte gegen Sie vorbehalte, wenn Sie mich durch irgendeine neue Feindseligkeit dazu zwingen. Auch Feindseligkeiten gegen Fräulein Alving und gegen Heinrich betrachte ich als gegen mich gerichtet. Verhalten Sie sich so, wie ich es wünsche, werde ich davon Abstand nehmen, Sie anzuzeigen. Ich will den Namen meines Großvaters nicht an den Pranger stellen, wenn es nicht sein muß. Bitte, entfernen Sie sich.«

Kurt und Lena beeilten sich, das Weite zu suchen. Wie ein geprügelter Hund schlich Kurt davon. Lena schritt mit trotzig zurückgeworfenem Kopf neben ihm her, ihre Blicke verrieten einen unbändigen Haß auf Gert – und auf Ruth Alving.

Heute vergaßen sie sogar, nach dem Auto zu rufen. Sie gingen zu Fuß davon, um zur Elektrischen zu gehen.

Schweigend schritten sie nebeneinander her und hingen unfreundlichen Gedanken nach. Aber während Kurt völlig gebrochen war, glühte in Lena noch Kampfeslust und zähe Energie.

Als Kurt von der Fahrstraße abbiegen und auf dem Fußweg nach der Elektrischen gehen wollte, hielt ihn seine Schwester an.

»Laß uns den Fahrweg weitergehen, wir wollen sehen, ob wir die Brieftasche nicht wiederfinden, die du aus dem Wagen warfst.«

»Wozu das?« fragte er mürrisch.

Sie sah ihn mit blitzenden Augen an.

»Weil diese angeblich leere Brieftasche doch der Behälter für das Dokument sein muß. Hast du nicht gemerkt, wie er zusammenzuckte, als du sagtest, daß du sie aus dem Wagen geworfen hast? Und wie interessiert er sich erkundigte, wo wir sie hinausgeworfen haben. Es ist mir wie ein Blitz gekommen, daß er heute die ganze Sache nur inszenierte, um von uns zu erfahren, wo die Brieftasche geblieben ist. Vielleicht hat die Brieftasche ein Geheimfach, das du übersehen hast. Hättest du sie nur nicht hinausgeworfen! Jedenfalls laß uns suchen, ob wir sie nicht wiederfinden. Komm schnell, ich vermute, Herfurt wird uns bald folgen, um ebenfalls zu suchen. Wenn wir sie finden und das Dokument ist drin, dann sind wir dennoch die Sieger.«

Kurt sah sie unsicher an. »Glaubst du wirklich?«

Sie nickte energisch. »Unbedingt! Jedenfalls soll ein letzter Versuch gemacht werden. Haben wir nur das Dokument, dann können wir lachen.«

»Aber wenn er uns anzeigt?«

»Das hätte er heute schon tun können. Er denkt nicht daran, den Namen Bernd in einen unsauberen Prozeß zu verwickeln. Und selbst wenn er es tun würde: Wenn seine famosen Zeugen gegen uns aussagen, dann behaupten wir fest, wir sind mit der Waffe von ihm bedroht und zu falschen Aussagen gezwungen worden. Wir stellen das Ganze als ein Schwindelmanöver Herfurts hin, bei dem ihm die Alving und Heinrich geholfen haben. Wir wollen doch sehen, wem man dann glaubt. Nur den Trauschein müssen wir haben, alles andere ist Kinderspiel.«

»Du hast viel Mut.«

»Es ist der Mut der Verzweiflung. Was sollen wir tun, wenn wir leer ausgehen? Also schnell, laß uns suchen. Es war dumm von uns, daß wir die richtige Stelle verrieten, wo wir die Tasche hinausgeworfen haben. Aber wir waren so überrumpelt, daß wir nicht wußten, was wir tun sollten.«

Kurt folgte nun willig der Schwester und sie gingen in das Gehölz und suchten eifrig nach der Tasche, immer ängstlich den Weg zur Villa Bernd hinabspähend, ob sie nicht von den anderen entdeckt wurden. Aber so eifrig sie auch suchten, sie fanden die Brieftasche nicht.

»Sie muß bereits von einem fremden Menschen gefunden worden sein, sonst hätten wir sie entdecken müssen. Hättest du sie nur nicht fortgeworfen«, sagte Lena wütend.

»Mach mir nur keine Vorwürfe, die mache ich mir schon selbst genug«, knurrte Kurt verdrießlich.

Und dann zog Lena ihren Bruder plötzlich in das Gestrüpp des Gehölzes und eilte quer durch dasselbe davon; sie hatte von weitem die anderen auftauchen sehen.

Im übrigen war Lenas Vermutung, daß vor ihnen ein anderer Mensch die Brieftasche gefunden hatte, richtig.

Dieser glückliche Finder war der Laufbursche Max Reichert. Er hatte zu der Zeit, da gestern Kurt und Lena mit der geraubten Brieftasche davonfuhren, Waren in der Villa Bernd abgeliefert. Auf dem Rückweg war er, hinter dem Auto her, durch das Gehölz gegangen, seinen großen Korb am Arm und vergnügt vor sich hinpfeifend, obwohl er in seinem dünnen Röckchen fror.

Ruth hatte ihm die versprochenen Sachen noch nicht ausgeliefert und heute, als er kam, war sie nicht zu Hause.

Als Max Reichert nun vergnügt durch das Gehölz

schritt, blieb er plötzlich lachend stehen und schaute auf ein Gestrüpp am Weg.

»Wat für ’n Vogel wippt denn da mang die Zweige? Det is doch wahrhaftig ’ne lederne Brieftasche«, sagte er vor sich hin.

Und seinen Korb niedersetzend, holte er die Brieftasche aus dem Gestrüpp. Sie genau besichtigend, fuhr er in seinem Selbstgespräch fort:

»Hm! Is noch janz jut. Det Leder is fest und sie sieht noch janz reputierlich aus, bis uff det rote Fleckchen. Is wohl mal wat druffgetrippt. Wer die wegjeworfen hat, der muß noch jut bei Kasse jewesen sind. So ’n Ding kostet Märker, nich zu knapp. Schade, det nich so ’n paar Dollars drin stecken von ’n valutastarken Ausländer, die hätt’ ick jut brauchen können – un Mutter ooch. Na, wat so ’n echter Berliner Junge is, der muß dem lieben Jott für allens danken. Ick kann ihr sehr jut jebrauchen, meine olle Tasche is man schonst sehr altersschwach.«

Und er zog aus seinem abgetragenen Kittel seine alte fragmentarische Brieftasche und verglich sie mit der gefundenen.

»Spaß! Noch wie direktemang aus dem Laden, bis uff det rote Reckchen. Een feiner Fund is et doch.«

Und schmunzelnd steckte er vorläufig die gefundene Brieftasche mit der alten, in der er Rechnungen, die er einkassieren sollte, und das einkassierte Geld aufzubewahren pflegte, wieder ein.

Vergnügt pfeifend, und ahnungslos, welchen wichtigen Fund er gemacht hatte, ging er weiter. Max Reichert war ein mit Spreewasser getaufter Berliner Junge, pfiffig, schnoddrig und schlagfertig, dabei fleißig, gutmütig und ehrlich. Er hatte immer die Augen offen, ließ keinen Vorteil außer acht und war sehr scharf auf gute Trinkgelder. Unter seiner Kundschaft hatte er besondere Lieblinge. In der Villa Bernd hätte er am liebsten alle Tage Waren abgeliefert. Dort bekam er immer sein Trinkgeld und meist auch eine Tasse gewärmten Kaffee und eine Stulle oder auch mal einen Teller Suppe, wenn es paßte. Lief ihm aber Fräulein Alving über den Weg, die ihm all diese Vergünstigungen verschafft hatte, dann gab es wohl auch noch extra einen Apfel oder sonst einen guten Bissen. Und vorige Weihnachten hatte er von ihr einen warmen Schal und Handschuhe bekommen. Daß sie ihm nun auch noch abgelegte Anzüge und Mäntel versprochen hatte, davon träumte er des Nachts, und seine Mutter auch. Leider war nun inzwischen Herr Bernd gestorben, und da hatte man wohl in der Villa keine Zeit, an die versprochenen Sachen zu denken. Aber wenn er Fräulein Alving sah, dann würde er sie daran erinnern. Denn sie war eine zuverlässige Person. Was die versprach, das hielt sie auch. Sie war nur heute nicht dagewesen.

»Is een feiner Kerl, det Fräulein Alving, un wenn ick ihr mal wat zu Jefallen tun kann, dann mit Wonne. Is een schönet Mädchen, un so freundlich; die schönsten Äppel krieg ick von ihr. Schade, det sie heute nich da war. Na, dann 'n andermal! Jetzt werd ick 'n Schentelmann. Eene neue Brieftasche hab ick nun schonst, un wenn ick nu noch 'ne neue Kluft kriege, denn bin ick fein raus und Mutter hat 'ne Sorge weniger. Aber nun vorwärts, Maxe, mit Jefühl und Wellenschlag!«

So redete er sich zu, nahm seinen Korb wieder auf und ging weiter. Er guckte mit seinen blanken Augen so vergnügt in den hellen Wintertag hinein, als hätte ihn der liebe Gott extra zu seiner Freude geschaffen.

Und die Brieftasche, nach der nun heute die Geschwister Bernd so eifrig suchten, war bereits seit vierundzwanzig Stunden im Besitz Max Reicherts, der keine Ahnung hatte, welch wichtigen Fund er gemacht hatte.

19

Als die Geschwister Bernd die Villa verlassen hatten, standen sich Ruth, Gert und der alte Diener eine Weile stumm gegenüber. Dann atmete Gert tief auf.

»Eine vornehme Gesellschaft, diese Geschwister Bernd. Es ist ein erhebender Gedanke für mich, daß sie mit mir verwandt sind.«

Ruth strich sich über die Augen und schauerte zusammen.

»Es war eine furchtbare Situation.«

Besorgt sah Gert sie an. »Haben Sie sich aufgeregt, Fräulein Ruth? Ich muß Sie um Verzeihung bitten, daß ich Sie hineinzog. Aber Zeugen brauchte ich, um diese Menschen einzuschüchtern, und außer Ihnen und Heinrich wußte ich niemand hier im Hause, auf dessen Schweigen ich bauen konnte.«

»Sie werden die Verbrecher doch anzeigen, gnädiger Herr?« fragte Heinrich empört.

Gert schüttelte den Kopf. »Mir lag nicht soviel daran, sie zu überführen, als daran, sie einzuschüchtern und zu einem Geständnis zu bringen, was sie mit meiner Brieftasche gemacht haben. Ich weiß nun also, daß sie wenigstens nicht verbrannt ist. Eine entfernte Möglichkeit, sie wiederzuerlangen, besteht also immerhin noch. Vor allen Dingen muß ich jetzt in das beschriebene Gehölz gehen und den Fahrweg absuchen.«

Heinrich fuhr auf.

»Dann tun Sie es nur gleich, gnädiger Herr, denn wenn die Geschwister ihren Schrecken verwunden haben, suchen sie am Ende selbst nach der Tasche.«

Gert schüttelte den Kopf.

»Sie hat ja jetzt kein Interesse mehr für sie, da sie glauben, daß ich das Dokument hier in meiner Brieftasche trage. Aber trotzdem will ich gleich gehen und suchen. Es ist allerdings sehr zweifelhaft, ob ich sie noch finde. Wer mag wissen, wo sie sich jetzt befindet.«

»Durch das Gehölz gehen nicht viele Leute. Der Fußweg führt daran vorbei. Nur die Fahrstraße führt durch und die wird selten von Fußgängern benutzt und nur, wenn jemand es eilig hat und ein Stück Weg abschneiden will. Es ist immerhin Hoffnung, daß Ihre Brieftasche noch gefunden wird, Herr Herfurt«, sagte Ruth erregt.

»Ich gehe also sofort.«

»Lassen Sie uns mitgehen, Herr Herfurt. Heinrich und ich helfen gern suchen, sechs Augen sehen mehr als zwei.«

»Wollen Sie sich wirklich die Mühe machen?«

»Selbstverständlich!«

So machten sich die drei Personen auf den Weg, ahnungslos, daß vor ihnen schon die Geschwister Bernd ergebnislos gesucht hatten, die nun im Gebüsch verschwanden, als sie auftauchten.

Natürlich fanden auch sie die Brieftasche nicht, und da es nun dunkel wurde, mußten sie erfolglos zur Villa Bernd zurückkehren.

»Sie müssen unbedingt ein Inserat in die Zeitung rükken lassen, Herr Herfurt. Setzen Sie eine hohe Belohnung aus, denn das Dokument ist ein großes Vermögen wert. Vielleicht erhalten Sie doch die Brieftasche zurück«, sagte Ruth.

Gert sah nicht sehr hoffnungsfroh aus.

»Das will ich natürlich tun, ich darf keine Möglichkeit außer acht lassen. Aber ein Wunder würde es sein, wenn ich mein Eigentum wieder zurückerhielte, und zwar unbeschädigt, so daß ich das Dokument noch gebrauchen könnte.«

Ruth faßte seine Hand.

»Seien Sie nur ein wenig zuversichtlich. Der liebe Gott wird schon helfen, daß Sie zu Ihrem Recht kommen.«

Er küßte ihre Hand. »Sie liebe Trösterin! Also ich lasse morgen das Inserat einrücken und dann will ich Doktor Jungmann noch einmal aufsuchen und ihm alles berichten. Wahrscheinlich wird er mich nach England schicken, damit ich in Longvillage Nachforschungen anstellen soll. Vielleicht, daß ich doch auf irgendeine Art Beweise schaffen kann, daß meine Mutter die Tochter von Rochus Bernd war.«

»Würden Sie diese Reise bald antreten?«

»Wahrscheinlich sofort, denn wenn etwas geschehen soll, muß es gleich geschehen. Darf ich in dem Inserat bemerken, daß die Brieftasche in der Villa Bernd abgegeben werden soll? Würden Sie sie in Empfang nehmen?«

»Aber selbstverständlich. Bitte, beschreiben Sie mir die Tasche noch einmal ganz genau.«

Er tat es und sie hörte aufmerksam zu. Dann sagte sie aufatmend:

»Der rote runde Fleck wird ein sicheres Merkmal sein

und auch das Stück Naht. Ich werde mich natürlich, ehe ich die hohe Belohnung auszahle, überzeugen, daß das Dokument noch vorhanden ist.«

Wieder küßte er ihre Hand.

»Sie sind so lieb und gut und so fürsorglich. Wie froh bin ich, wie glücklich, daß ich Sie gefunden habe, Ruth.«

Als Gert sich dann verabschiedete, sagte er, ihre beiden Hände mit einem fast schmerzhaften Druck umschließend:

»Vielleicht sehe ich Sie nicht noch einmal wieder, ehe ich nach England reise. Aber ich werde mich beeilen, so sehr ich kann, um bald wiederzukommen. Nur der Gedanke, daß die Geschwister Bernd fürs erste eingeschüchtert sind, wird mich darüber beruhigen, daß ich Sie allein zurücklassen muß. Sicher werden die beiden jetzt nicht mehr hier auftauchen, denn ich habe sie durch die Komödie, die ich ihnen vorspielte, in dem Glauben gelassen, daß ich das Dokument noch besitze. Bis ich von England zurückkomme, wird man Sie also nicht behelligen. Sollte das aber doch noch einmal geschehen – die nötige Unverfrorenheit traue ich ihnen zu –, so vermeiden Sie es, mit ihnen allein zu bleiben. Lassen Sie sich auf nichts ein und benehmen Sie sich ganz so, als seien Sie von dem rechtmäßigen Erben hier als Hausverwalterin mit allen Rechten eingesetzt. Nur so sind diese Menschen in Schach zu halten, und ich will Sie sicher wissen. Alles andere wird dann geregelt, wenn ich wiederkomme.«

Ihre Augen schimmerten feucht. »Ich werde nur in Ihrem Sinn handeln und danke Ihnen, daß Sie so besorgt um mich sind.«

Er zog sie bei den Händen dicht an sich heran. »Ruth, liebe Ruth –, nicht wahr, Sie wissen, fühlen, was Sie mir sind? Denken Sie immer daran, daß Sie mein kostbarstes Gut sind. Und geben Sie mir den Trost mit auf den Weg, daß, was auch kommen mag und was uns die Zukunft auch bringt, unser Weg ein gemeinsamer sein wird.«

Sie war glühend rot geworden, sah ihn aber mit strahlenden Augen an.

»Sie wissen es, müssen es wissen, Gert Herfurt, daß mir keine Zukunft schön und lebenswert erscheinen wird, in der ich Sie nicht finde.«

Er atmete tief auf. »Gott helfe mir, daß ich Ihnen eine frohe Zukunft schaffen kann. Mehr will ich nicht sagen. Ehe nicht alles licht und klar ist um mich, darf ich Sie nicht an mich fesseln. Aber wissen sollen Sie, daß ich Sie liebe, unsagbar liebe, und daß mein Leben nur noch vollen Wert für mich hat, wenn Sie es teilen. Leben Sie wohl, Ruth, und Gott mit Ihnen.«

Ihre Augen glänzten in Tränen. »Leben Sie wohl und kommen Sie gesund wieder. Alles andere füge der Himmel.«

Er riß sich los. So gern hätte er sie in seine Arme genommen und ihre Lippen mit Küssen bedeckt. Aber er versagte sich dieses Glück. Erst mußte er imstande sein, ihr ein sorgenfreies Los zu bieten. Und für alle Fälle wollte er in England mit seinem Hauptverleger sprechen, um auch Zukunftspläne machen zu können, wenn ihm das Erbe verlorenging. Auf eine feste Existenz hin konnte er dann schon wagen, eine Frau an sich zu binden.

Ruths liebes Bild im Herzen, fuhr er in die Stadt zurück.

Am nächsten Morgen gab er zunächst ein Inserat folgenden Inhalts auf:

Fünftausend Mark Belohnung!
Brieftasche, schwarz Kalbleder, braunes Futter, roter runder Fleck in rechter unterer Ecke, verloren gegangen. Ehrlicher Finder erhält obige Belohnung in Villa Bernd, Grunewald, wenn Tasche unversehrt abgegeben wird.

Als er das Inserat aufgegeben hatte, ging er zu Doktor Jungmann und berichtete ihm, was gestern geschehen war und welches Inserat er erlassen hatte.

Der Notar hörte ihm aufmerksam zu, und als Gert zu Ende war, sagte er lebhaft:

»Solche Gauner! Es freut mich, daß sie Ihnen in die Falle gegangen sind. Sie wissen nun wenigstens, daß die Brieftasche noch nicht vernichtet ist. Wo und wie sie existiert, ist freilich ein Rätsel. Aber vielleicht hat Ihr Inserat doch Erfolg. Diese Hoffnung ist freilich schwach, und ich würde Ihnen raten, keine Zeit zu verlieren. Reisen Sie auf alle Fälle so schnell wie möglich nach Longvillage und suchen Sie zu ergründen, ob die Trauzeugen Ihrer Eltern noch existieren. Irgendwie müssen dieselben zu ermitteln sein. Kennen Sie die Namen derselben?«

»Nein – leider nicht.«

»Hm! Na – Longvillage kann ja nur ein kleines Dorf sein, wo sich Erinnerungen lange frisch erhalten. Und wenn Sie von Haus zu Haus gehen müßten, vielleicht finden Sie die Zeugen doch. Auch sonst suchen Sie in Erfahrung zu bringen, was irgend von Interesse für Sie sein kann. Sie können in etwa vierzehn Tagen wieder hier sein. So lange kann die Erbschaftsangelegenheit noch ruhen, die Behörden arbeiten ohnedies jetzt sehr langsam. Auf jeden Fall erheben wir Einspruch, wenn etwa die Geschwister Bernd als Erben in Aktion treten wollen, und ich werde Ihre Rechte bis zur letzten Möglichkeit verteidigen. Allerschlimmsten Falles versuchen wir es mit einer Einigung mit den Geschwistern, wobei wir sie in Schach halten mit der Drohung, sie der Beraubung und des Betruges anzuklagen. Immerhin haben wir noch verschiedene Chancen: Der Brief Ihres Vaters, Ihre Ähnlichkeit mit dem Erblasser und vor allen Dingen die durch Zeugen festzustellende Tatsache, daß die Geschwister Ihnen die Brieftasche geraubt haben. Verzagen Sie also noch nicht, und reisen Sie gleich nach England! Inzwischen bereite ich alles vor, und wenn sich bis dahin Ihre Brieftasche mit dem Dokument nicht gefunden hat, dann gehen wir vor. Jetzt ist es eine besondere Ehrensache für mich, Ihre Angelegenheit zu vertreten.«

Gert dankte ihm und verabschiedete sich. Er hatte noch einiges zu besorgen und traf dann im Hotel seine Reisevorbereitungen.

Zur Villa Bernd konnte er nicht noch einmal hinausfahren, das kostete ihn zuviel Zeit. Aber er schrieb einige Zeilen an Ruth, ehe er am nächsten Morgen abreiste. Sie sollte wenigstens Nachricht von ihm haben.

20

Kurt und Lena Bernd verlebten den Tag nach ihrer Entlarvung in einer sehr trüben Stimmung. Sie gingen nicht aus, saßen sich stumm gegenüber und brüteten vor sich hin. Sehr zeitig gingen sie diesen Abend zur Ruhe, und die Perle wunderte sich über das solide Leben ihrer Herrschaft. Es stiegen ihr doch einige Zweifel auf an der großen Erbschaft, denn ihren Lohn hatte sie noch immer nicht bekommen, und seit gestern knauserte ihre junge Herrin wieder sehr.

Am nächsten Morgen saßen sich die Geschwister verdrießlich am Frühstückstisch gegenüber.

Die Perle hatte das Frühstück schon wieder einige Nuancen unfreundlicher serviert. Sie sah mürrisch auf ihre Herrschaft hinab und schlürfte hörbar auf schiefgelaufenen Schuhen einher, was Lena nicht ausstehen konnte. Aber sie wagte nichts zu sagen, denn die Perle hätte todsicher erwidert: »Von was soll ich mir denn Schuhe kaufen, wenn Sie mir keinen Lohn bezahlen?«

Nach einer Weile brachte die Perle dann die Zeitung herein, die sie natürlich draußen in der Küche zuerst gelesen hatte. Bevor sie damit nicht fertig war, bekam die Herrschaft die Zeitung nicht. Sie war ein Mensch mit moderner Weltanschauung. »Erst ich, dann die anderen!« war ihre Devise.

Lena faßte nach der Zeitung, während Kurt stumpfsinnig vor sich hinstarrte. Und sie blätterte ziemlich interesselos darin herum. Aber plötzlich stutzte sie. Ein flakkerndes Feuer leuchtete aus ihren Augen.

»Du, Kurt!«

»Was denn?«

»Sieh mal hier – das Inserat.«

Sie schob ihm die Zeitung hin, den weiten Ärmel ihres Morgenkleides hinaufschiebend. Während er las, vergrub sie ihre Finger in ihrem noch ungeordneten blauschwarzen Haar, das wild den Kopf umbauschte.

Als Kurt das Inserat gelesen hatte, das Gert aufgegeben, sah er seine Schwester an.

»Nun – was ist damit?«

»Zum mindesten hast du fünftausend Mark auf die Straße geworfen, die hätten wir uns jetzt verdienen können«, höhnte sie.

Er schob seine Tasse mit einem Ruck zurück. »Laß doch das endlich!«

Sie hatte den Kopf in die Hand gestützt, den Ellenbogen auf dem Knie, und biß nervös an ihren Fingernägeln.

»Herrgott, Kurt, sei doch nicht so begriffsstutzig. Was ist damit? Verstehst du das nicht? Er hat die Brieftasche so wenig gefunden wie wir. Und er will es sich fünftausend Mark kosten lassen, diese ›leere‹ wertlose Brieftasche zurückzuerhalten. Bloß weil sie ein Andenken an seinen Vater ist? Das glaubst du doch hoffentlich nicht. Es ist ganz sicher, daß der Trauschein in dieser verwünschten Brieftasche steckt.«

»Nun ja, aber wir haben sie doch nun mal nicht!«

Sie tippte auf die Stirn. »Deine Begriffsstutzigkeit kann Balken biegen. Verstehst du nicht? Wir haben das Dokument nicht, aber er hat es auch nicht. Und das ist der Haken, an den wir uns klammem können.«

Er zuckte die Achseln.

»Ich habe überhaupt keine Lust mehr, es geht ja doch alles schief.«

»Sei keine Memme, Kurt. So ein Erbe gibt man doch nicht kampflos auf.«

»Aber was sollen wir tun?«

»Um jeden Preis verhindern, daß er wieder in den Besitz der Brieftasche kommt, ich meine natürlich in den Besitz des Dokuments.«

»Aber wie denn?«

»Das weiß ich natürlich auch noch nicht. Laß mich nachdenken.«

Lena sah starr und nachdenklich vor sich hin. Ihre schwarzen Augen bekamen ein raubtierähnliches Funkeln. So saß sie lange Zeit. Und dann sprang sie mit einem Satz auf und nahm das Telefonbuch aus einem Schreibtisch. Sie suchte nach einer Adresse.

»Was willst du tun, Lena?«

»Im Hotel anfragen, ob Herfurt dort ist.«

»Nun – und?«

»Wenn er im Hotel ist, kann er nicht in der Villa Bernd sein; ich will nur feststellen, ob er im Hotel ist. Frage nicht weiter, ich bin noch nicht fertig.«

Sie klingelte im Hotel Exzelsior an. Als sie Verbindung hatte, sagte sie:

»Hier Villa Bernd. Bitte sehen Sie nach, ob Herr Gert Herfurt auf seinem Zimmer ist.«

»Sehr wohl, sogleich«, antwortete der Boy. Gleich darauf meldete sich eine andere Stimme:

»Wer ist dort?«

»Hier Villa Bernd. Ist Herr Gert Herfurt anwesend?«

»Nein, Herr Herfurt ist soeben abgereist nach England.«

Lenas Augen weiteten sich.

»Ist das bestimmt?«

»Ganz bestimmt. Ist dort ein Fräulein Ruth Alving am Apparat?«

Lena besann sich nicht lange.

»Jawohl, hier ist Ruth Alving.«

»Herr Herfurt hat einen Brief für Sie hinterlassen, Fräulein Alving. Er ist an die Villa Bernd adressiert und ich soll ihn zur Post geben.«

»Nein, bitte nicht! Das – es dauert so lange mit der Post. Bitte, halten Sie ihn zurück, ich hole ihn mir gleich selbst ab.«

»Sehr wohl, Fräulein Alving, melden Sie sich an der Auskunftsstelle, dort wird der Brief für Sie lagern.«

Lenas Hände zitterten.

»Danke, ich komme sogleich.«

Aufatmend hing Lena den Hörer hin und sie sah ihren Bruder triumphierend an.

»Ein bißchen Glück haben wir doch noch, Kurt! Herfurt ist nach England abgereist, das heißt, daß für uns die Bahn frei ist.«

»Du hättest den Mut, hinauszugehen?«

Sie richtete sich auf.

»Warum nicht? Mit Herfurt möchte ich freilich jetzt nicht zusammentreffen, deshalb fragte ich an, ob er im Hotel ist. Aber nun ist er gar nach England. Mir scheint, das ist ein gutes Zeichen für uns und uns jedenfalls günstig. Und, das Allerbeste: man hielt mich am Telefon für die Alving und verriet mir, daß von Herfurt ein Brief für sie hinterlassen wurde. Du hörtest, daß ich bat, den Brief nicht mit der Post abzusenden, wie es Herfurt bestimmt hatte. Ich sagte, daß ich ihn selbst abholen würde, und das werde ich sofort tun.«

»Was willst du mit dem Brief?«

Sie lachte hart auf.

»Kurt, du bist wirklich nicht sehr intelligent. Bedenke doch, aus diesem Brief können wir vielleicht mancherlei erfahren, was uns nützlich sein kann. Vielleicht hören wir, weshalb Herfurt abgereist ist, wie lange er ausbleibt und was er plant. Wir können daraus auch erfahren, wie er mit der Alving steht, mir scheint, ziemlich vertraulich. Jedenfalls kann der Brief sehr interessant für uns sein, und ich werde ihn bestimmt lesen. Wenn es mir paßt, werde ich ihn einfach verschwinden lassen, anderenfalls kann ich ihn mit der Post an die Alving weiter befördern.«

Kurt richtete sich nun auch interessiert auf. »Vielleicht erfahren wir wenigstens, was er vorhat.«

Lena nickte. »Ich fahre sofort zum Hotel und komme gleich wieder zurück. Erwarte mich jedenfalls.«

Sie machte sich hastig zum Ausgehen fertig, warf ihren schwarzen Plüschmantel mit dem Skunksbesatz über und drückte ein schwarzes Hütchen fest auf das nachlässig frisierte Haar.

Eine Stunde später war sie wieder daheim und schwang triumphierend einen Brief vor ihres Bruders Augen.

»Das Telefon ist doch eine famose Erfindung, Kurt!«

Vorsichtig öffnete sie den Brief, ohne das Kuvert zu verletzen, und las ihrem Bruder das Schreiben vor. Es lautete:

Liebes, teures Fräulein Ruth!

Es ist mir leider nicht möglich gewesen, noch einmal zur Villa Bernd hinauszukommen, denn Dr. Jungmann hält es für notwendig, daß ich sogleich nach Longvillage reise, um Nachforschungen anzustellen nach etwaigen Zeugen, die meine Mutter gekannt und die bezeugen können, daß die Tochter Rochus Bernds meine Mutter war. Viel Hoffnung habe ich nicht, aber der Notar sagte mir, wir dürfen nichts unversucht lassen. Ich habe wenig Hoffnung, daß meine Brieftasche mit dem Trauschein meiner Eltern mir zurückgebracht wird, trotz der hohen Belohnung. Es ist auch fraglich, ob das zwischen Futter und Oberleder steckende Dokument noch leserlich ist. Sie braucht nur stark durchnäßt worden zu sein, diese Tasche, dann ist es schon fraglich, ob das mürbe Papier der Feuchtigkeit widerstanden hat. Immerhin gebe ich die Hoffnung nicht auf, denn die Brieftasche hat ja für niemand Wert, außer für mich und die Geschwister Bernd, die jedenfalls sehr ärgerlich sein würden, wenn sie ahnten, daß sie das richtige Dokument mit der Brieftasche aus dem Wagenfenster warfen. Sie haben freilich damit erreicht, daß ich nun meine Erbansprüche nicht klipp und klar stellen kann, und wenn sie es ahnten, würden sie sehr froh sein und alles aufbieten, um zu verhindern, daß ich das Dokument wiederbekomme. Sie sind ja sehr erfinderisch und skrupellos in Anwendung ihrer Mittel. Dr. Jungmann sagte mir, daß wir es schließlich, wenn wir kein beweisendes Material in die Hände bekommen, auf einen Prozeß ankommen lassen wollen, in dem wir dann die Geschwister Bernd des Raubes anklagen, wobei Sie und Heinrich zeugen müßten. Aber nach reiflicher Überlegung habe ich den Entschluß gefaßt, das nicht zu tun. Meines Großvaters Name soll nicht verunglimpft werden. Das einzige, wozu ich mich schlimmstenfalls herbeilassen werde, ist, daß wir die Geschwister unter Androhung einer Anzeige zu einem Vergleich zwingen werden. Unangenehm wäre mir auch dies Vorgehen schon, aber ich denke an Sie, liebste Ruth, und daran, daß ich ein Recht an das Erbe habe.

Ich bin jedenfalls froh, daß ich die Geschwister durch Drohungen, eine Anzeige zu erstatten, eingeschüchtert habe. Sie werden nicht wagen, Feindseligkeiten gegen Sie zu begehen. Und hoffentlich wirkt es wenigstens so lange nach, bis ich wieder zurückkomme, was wohl in vierzehn

Tagen geschehen mag. Trotz aller Unverfrorenheit werden die Geschwister nicht wagen, die Villa Bernd vorläufig wieder zu betreten. Tun sie es aber doch, so verhalten Sie sich reserviert und ruhig. Ich bin ja bald wieder bei Ihnen, um Sie zu schützen. Fern von Ihnen bin ich immer in Sorge um Sie. Innigen Dank nochmals für Ihre lieben, lieben Worte beim Abschied. Sie klingen in mir nach wie eine süße Verheißung für die Zukunft – an Ihrer Seite. Ich küsse Ihre lieben Hände und sage Ihnen: Auf Wiedersehen.

Ihr Gert Herfurt.

Lena schwang triumphierend den Brief und lachte häßlich auf.

»Nun also, dieser Brief ist ein kostbarer Fund für uns. Er verrät uns alles, was wir wissen müssen, um neue Pläne machen zu können. Die Alving ist doch schlau! Sie hat sich bei dem vermeintlichen Erben niedlich gemacht. Da sie ihren Vormund nicht dazu gebracht hat, beizeiten ein für sie günstiges Testament zu machen, versucht sie sich auf andere Weise schadlos zu halten. Sie erobert sich den Enkel! Von ihr kann man lernen. Aber wenn der das Dokument nicht zurückerhält, kommt sie doch nicht auf ihre Kosten. Hoffentlich liegt die Brieftasche noch irgendwo im Schnee, und wenn er wegtaut, wird das Dokument durchweicht bis zur Unkenntlichkeit. Sollte sie aber doch jemand gefunden haben, dann wird sie sicher in diesen Tagen in der Villa Bernd abgegeben. Da müssen wir zur Stelle sein, um sie abzufangen. Wir machen uns sogleich auf den Weg, Kurt. Diesen Brief hat uns ein glücklicher Zufall in die Hände gespielt. Und auch ich sage nun, das Schlimmste, was uns passieren kann, ist ein

Vergleich zwischen uns und Herfurt. Gottlob, zu fürchten hatten wir nichts von ihm, er wird uns nicht anzeigen, sondern uns nur damit schrecken. Oho, mein Herr Herfurt, so leicht lassen wir uns jetzt nicht mehr verblüffen, jetzt beginnt ein neuer Kampf.«

Kurt sah seine Schwester bewundernd an. »Du hast viel Schneid, Lena, viel mehr als ich.«

»Ich sage dir ja, es ist der Mut der Verzweiflung. Wenn uns das Glück nur ein wenig hold ist, wird die Erbschaft doch uns gehören, mindestens aber zur Hälfte. Unsere größte Sorge muß jetzt sein, zu verhindern, daß die Brieftasche, wenn sie wirklich abgegeben wird, in andere Hände als die unseren fällt. Nun mach dich schnell fertig. Ich bringe diesen Brief wieder in Ordnung und gebe ihn zur Post. Es ist besser, wenn ihn die Alving erhält. Für sie ist er ja nicht so wertvoll wie für uns.«

Und wenige Minuten später brachen die Geschwister auf. Lena warf unterwegs den Brief an Ruth in den Postkasten. Kampfesmutig legte sie den Weg zur Villa Bernd zurück. Kurt war ein wenig beklommen, aber er ließ sich durch Lena mit fortreißen.

21

Ruth Alving erschrak nicht wenig, als die Geschwister Bernd auftauchten und sich mit einer selbstverständlichen Unverfrorenheit in der Villa Bernd breit machten. Sie kamen wieder täglich, schon am frühen Morgen, hielten sich den ganzen Tag auf und waren überall im Haus und immer auf Ruths Wegen, wo sie sich auch befand. Sicher vor ihnen war sie nur in ihrem Zimmer.

Am meisten hielten sich die Geschwister im Wohnzimmer auf, das an das Vestibül anstieß, und eines von ihnen saß immer am Fenster. Den Weg vom Gartentor bis zum Portal des Hauses hatten sie unter ständiger Kontrolle. Es konnte kein Mensch ins Haus gelangen, der nicht vor ihren Augen Revue passieren mußte. Sogar die Lieferanten, die durch den Garten zur Hinterpforte der Villa gingen, wurden kontrolliert.

Ruth wußte nicht, wie sie sich das Verhalten der Geschwister erklären sollte. Sie fand keine andere Erklärung dafür, als daß die Geschwister ihr eigenes Tun und Lassen mißtrauisch beobachten wollten. Anscheinend waren sie besorgt, daß sie irgendwelche Werte auf die Seite bringen wollte.

Ein verächtliches Lächeln spielte um ihren Mund bei diesem Gedanken. Sie ließ sie ruhig gewähren und beschränkte sich darauf, ihnen eine kühle Zurückhaltung zu zeigen.

Daß die Geschwister sich täglich von morgens bis abends verpflegen ließen, fand Ruth sehr anmaßend, aber sie wußte nicht, wie sie es verhindern sollte. Bis Gert Herfurt von England zurückkam, mußte man sie gewähren lassen. So fügte sich Ruth ins Unvermeidliche, arbeitete fleißig, ordnete ihre Bücher und – wartete auf Gert.

Seinen Brief hatte sie mit der Post erhalten, ohne zu ahnen, daß Lena ihn vor ihr gelesen hatte.

Wo die Geschwister den Mut hernahmen zu ihrem Auftreten, war ihr ein Rätsel. Zuweilen kam Ruth die Sorge an, daß die Geschwister die Brieftasche mit dem Dokument doch noch besäßen und ihre Angabe, sie aus dem

Wagen geworfen zu haben, unrichtig sei. Vielleicht hatten sie jetzt erst das Dokument entdeckt. Nur so ließ sich ihre unverschämte Sicherheit erklären.

Auf das Inserat hatte sich jedenfalls bisher niemand gemeldet, und nun war kaum noch eine Hoffnung, daß irgendwer sie ablieferte. Entweder hatte die Brieftasche niemand gefunden, weil sie überhaupt nicht aus dem Wagen geworfen war, oder der Finder hatte das Inserat nicht gelesen.

So waren seit Gerts Abwesenheit acht Tage vergangen. Nach wie vor trafen die Geschwister jeden Morgen ein, ließen es sich den ganzen Tag wohl sein, jagten die Dienerschaft hin und her, kontrollierten jeden Kommenden und Gehenden und machten Ruth das Leben täglich schwerer durch ihre unverschämten Anmaßungen. Denn sie wurden immer sicherer, daß die Brieftasche nun nicht mehr abgegeben werden würde.

Ruth hatte alle Kraft nötig, um ihre stolze Ruhe zu bewahren, und wartete sehnlichst auf Gert.

Eines Vormittags befanden sich die Geschwister wieder im Wohnzimmer. Kurt hatte am Kamin Platz genommen, in dem ein helles Feuer brannte. Er fröstelte leicht, es war wieder sehr kalt draußen. Lena saß am Fenster auf Wachtposten und langweilte sich ein wenig.

Das behaglich ausgestattete Wohnzimmer schien so recht geschaffen, glückliche Menschen zu beherbergen, aber weder Kurt noch Lena waren glücklich. Sie fieberten nur beide nach dem heißersehnten Reichtum und waren bereit, das Äußerste zu wagen, um ihn zu erhalten.

Kurt stocherte mit einem Feuerhaken in die hell auflodernde Glut des Kamins. Ihm war immer noch nicht warm genug. Jetzt richtete sich Lena am Fenster auf. Sie sah, daß draußen am Gartentor jemand Einlaß begehrte. Es war der Laufbursche Max Reichert, der Waren abzuliefern hatte.

Als die Gartenpforte, wie von unsichtbaren Händen geöffnet, aufprang, trat Max Reichert ein und stampfte auf dem schneebedeckten Weg zur Hintertür der Villa. Der alte Heinrich öffnete sie ihm, aber schon war Lena hinausgeeilt und stand neben ihm.

»Was wollen Sie?« examinierte sie den Laufburschen.

Max Reichert sah sie mit seinen kecken Berliner Jungenaugen unerschrocken an.

»Wat werd ick wollen, Fräuleinchen, ick bringe Kolonialwaren. Herr Heinrich, is Fräulein Alving da? Ick bringe den Zucker, der heute erst jekommen is. Gleich zuerst an Ihnen hat der Prinzipal denken müssen, davor hab ick jesorgt. Un nun möchte ich gern Fräulein Alving mal fragen, ob sie mich die Sachen schon injepackt hat, die sie mich versprochen hat. Et is 'ne Hundekälte heute.«

»Liefern Sie die Waren in der Küche ab, Max, ich sage inzwischen Fräulein Alving Bescheid, damit Sie die versprochenen Sachen bekommen, sie liegen schon zurecht«, sagte Heinrich.

»Au, fein! Denn will ick mir tummeln. Wo soll ick nachher hinkommen?«

Hier griff Lena ein. »Was will der Junge für Sachen haben, Heinrich?«

In diesem Moment kam Ruth herbei. Sie hörte Lenas Frage.

»Es handelt sich um abgelegte Anzüge und Mäntel von Onkel Rochus, die ich dem Burschen versprochen habe.«

Lena maß Ruth mit mißtrauischen Blicken.

»Ist es nicht sehr anmaßend von Ihnen, daß Sie Kleider unseres Großonkels verschenken nach Ihrem Belieben?«

Ruth blieb ganz ruhig, während Max das »schwarze Fräulein« mit wenig liebevollen Blicken betrachtete.

»Sie irren, Fräulein Bernd, es ist keinerlei Anmaßung im Spiel. Die Sachen haben Mottenschäden und Onkel Rochus hat mir kurz vor seinem Tod erlaubt, sie Max Reichert zu schenken, weil er ein braver Bursche und seine Mutter eine arme Kriegswitwe mit noch zwei unversorgten Kindern ist. Die Sachen hängen nutzlos auf dem Speicher. Ich kam bisher nicht dazu, dem Burschen die bereits versprochenen Kleider auszuhändigen. Jetzt soll es aber geschehen, die Sachen sind schon zusammengepackt.«

Lena machte eine brüske Bewegung.

»Da können Sie sonst etwas hineingepackt haben, was so aus dem Haus gehen soll.«

Ruths Gesicht rötete sich vor Empörung, aber sie blieb ruhig.

»Jetzt muß ich Sie dringend ersuchen, alles, was ich eingepackt habe, genau durchzusehen, damit Sie sich überzeugen, daß ich tatsächlich nur beschädigte Sachen ausliefere.«

Lena warf hochmütig den Kopf zurück.

»Ich möchte allerdings feststellen, was hier aus dem Haus geht. Aber hier draußen ist es mir zu kalt. Wo ist das Paket? Bringen Sie es mir in das Wohnzimmer. Dort kann es der Bursche in Empfang nehmen, wenn ich es durchgesehen habe.«

Ruth wandte sich an den alten Diener.

»Bitte, Heinrich, tragen Sie das Paket ins Wohnzimmer, Sie wissen ja, wo es liegt.«

Und dann wandte sie sich an Max Reichert.

»Tragen Sie die Ware in die Küche, Max, ich warte hier auf Sie.«

Lena ging mit einem mißtrauischen Blick auf Ruth und den Laufburschen in das Wohnzimmer, und der letztere verschwand im Souterrain, während Heinrich davonging, um die Sachen zu holen.

Ruth stand mit zusammengebissenen Zähnen an der Treppe und wartete auf Max Reichert. Lenas beleidigendes Betragen hatte sie tief empört. Aber sie stand solchen Ausfällen jetzt machtlos gegenüber.

Als Max Reichert wieder auftauchte, fragte sie ihn freundlich:

»Haben Sie in der Küche etwas Warmes bekommen, Max?«

Er nickte strahlend.

»Eine feine Tasse Mokka und 'ne Stulle mit Marmelade, fein, fein! Sie sind so jut zu mir, Fräulein Alving. Hoffentlich hat die schwarze Dame nischt dajegen, det ick die Sachen kriege. Sie scheint 'ne Jenaue zu sind. Hat Sie hier wat zu sagen?«

Ruth mußte lachen.

»Eigentlich nicht, Max, aber sie bildet es sich ein, und man muß ihr den Willen tun. Ich werde schon dafür sorgen, daß Sie alles bekommen, was Ihnen der verstorbene Herr Bernd zugedacht hat. Nun kommen Sie mit in das Wohnzimmer, da können Sie sich mit Fräulein Bernd zusammen ansehen, was ich Ihnen eingepackt habe. Sie werden sich freuen.«

»Sie sind doch 'n Engel, Fräulein Alving, et fehlen Ihnen bloß die Flügel«, sagte Max begeistert.

Ruth führte ihn ins Wohnzimmer. Da saßen Kurt und Lena Bernd am Kamin und Heinrich stand vor ihnen und packte das große Paket auf, das er eben gebracht hatte. Er mußte nun Stück um Stück vor den Geschwistern ausbreiten und zeigte ihnen geflissentlich jedes noch so winzige Mottenloch. Max Reichert machte einen langen Hals, und seine Augen leuchteten vor Freude über die schönen, warmen Sachen, denen Ruth auch noch ein abgelegtes Kleid von sich für seine Mutter beigefügt hatte. Als die Prüfung beendet war, sagte Lena, sich erhebend:

»Nun – immerhin repräsentieren diese Sachen, trotz der kleinen Mottenschäden, heutzutage einen ganz anständigen Wert. Aber wenn unser Großoheim wirklich erlaubt hat, daß Sie die Sachen verschenken, dann wollen wir nichts gegen seinen Willen sagen. Der Bursche soll die Sachen bekommen.«

Max bekam vor Freude einen roten Kopf.

»Jotte doch! Dann danke ich auch ville Male, Fräulein. Soll ich det allens haben, Fräulein Alving, ooch det Kleed for Muttern?«

»Ja, Max, packen Sie es ordentlich fest zusammen in das alte Tuch, damit Sie es gut tragen können.«

Max jauchzte, während er zusammenpackte.

»Jotte doch, Fräulein Alving, Mutter heult 'ne Strippe, wenn ick det anbringe. Davon wird die janze Familie Reichert neu injekleidet.«

Als er fertig war, wollte er den großen Packen auf die Schultern heben. Ruth hielt ihn am Arm fest und sagte lächelnd:

»Vor lauter Freude vergessen Sie ganz, die Rechnung einzukassieren, Max, ich habe ja noch nicht bezahlt, was Sie gebracht haben.«

Max ließ das Riesenpaket fallen und schlug sich an die Stirn.

»Det hab' ick vor Freude janz verjessen. Scheenen Dank, det Sie mir erinnert haben, sonst hätte ick morjen wiederkommen müssen. Ach nee, morgen is ja Sonntag. Aber übermorgen. Also will ick Ihnen man die Rechnung präsentieren.«

Ruth lachte und sagte zu Heinrich:

»Tragen Sie das Paket inzwischen hinaus, Heinrich, damit es hier nicht herumliegt.«

Max sah besorgt zu, wie der alte Diener den Packen aufhob.

»Man sachte, Herr Heinrich, det nischt zerbricht.«

Heinrich und Ruth lachten, und selbst die Geschwister konnten nicht ernst bleiben.

Max setzte nun ein kaufmännisch ernstes Gesicht auf und holte seine neue Brieftasche aus seinem zerschlissenen Rock. Ruth und Lena standen dicht neben ihm und sahen ihm lächelnd zu. Aber plötzlich zuckten sie beide zusammen und starrten auf den runden roten Fleck auf der Brieftasche. Fast zu gleicher Zeit riefen sie Max Reichert in tiefer Erregung zu:

»Wo haben Sie die Brieftasche her?«

Max sah erstaunt auf.

»Die is fein, nich? Ick habe ihr gefunden, janz in der Nähe hier. Im Gebüsch hat sie jehangen, wie 'n Vogel, der auf- und abwippt. Ick kann ihr gut jebrauchen und nahm ihr sehr liebreich in Empfang, obwohl sie leer war.«

Ruth zitterte vor Erregung, und auch Lena mußte sich bezwingen. Kurt kam interessiert herbei.

»Max«, sagte Ruth mit vor Erregung klingender Stimme, »geben Sie mir die Brieftasche. Sie sollen einen guten Finderlohn bekommen. Haben Sie nicht in der Zeitung gelesen, daß diese Tasche gesucht wird?«

Verblüfft sah Max sie an. »Nich een Wort hab ick jelesen, Fräulein Alving, sonst hätte ich ihr doch jebracht. Hat sie jemand hier aus dem Hause verloren?«

Ruth fieberte vor Angst, daß die Geschwister die Brieftasche noch einmal in die Hände bekommen und vielleicht gar das Dokument entdecken konnten.

»Ja, Max, schnell, geben Sie mir die Brieftasche, nehmen Sie Ihre Papiere heraus.«

Sie merkte in ihrer Aufregung nicht das raubtierähnliche Leuchten in den Augen der Geschwister, denn sie ahnte ja nicht, daß diese jetzt wußten, daß der Trauschein in dieser Tasche verborgen war.

Max entleerte willig die Brieftasche. Aber in dem Augenblick, da er sie Ruth reichen wollte, faßte Lena Bernd mit einem jähen Griff danach und schleuderte sie mit einem kräftigen Schwung in die helle Glut des Kamins.

Ruth schrie auf und stürzte auf den Kamin zu. Ohne an etwas anderes zu denken, als daß sie die Brieftasche für Gert retten müsse, faßte sie mit ihren Händen in die lodernde Glut, in der sich das Leder der Tasche bereits krümmte. Sie konnte sie nicht gleich fassen, weil der Schmerz an den Händen sie jäh überfiel. Und noch ehe sie die Brieftasche erfassen konnte, riß Kurt sie zurück und schleuderte sie beiseite, während er mit dem Feuerhaken die Tasche tiefer in die Glut stieß und starr darauf hinsah. Er merkte, daß das Leder auseinanderbrach und daß ein darunter verborgenes Papier in Flammen aufging. Auch Lena hatte das bemerkt, und sie sahen sich triumphierend an.

Ruth hatte sich, halb bewußtlos vor Schmerzen, wieder aufgerichtet, als sie zur Seite getaumelt war durch Kurts Stoß, und wollte noch einmal an die Glut heran. »Sind Sie von Sinnen, Fräulein Alving, daß Sie sich die Hände verbrennen wollen wegen einer leeren, schmutzigen Brieftasche! Seien Sie froh, daß ich Sie zurückriß«, schalt Kurt scheinbar besorgt.

Ruth starrte verzweifelt in die Flammen und sah, daß nichts mehr zu retten war. Sie fiel halb ohnmächtig in einen Sessel und streckte die arg verbrannten Hände von sich. Der Schmerz überwältigte sie derart, daß sie momentan willenlos war. Heinrich, der zurückgekommen war, hatte gerade noch gesehen, wie Lena die Tasche in den Kamin schleuderte. Erschrocken beugte er sich nun über die zusammengebrochene Ruth.

»Um Gottes willen, Fräulein Ruth, Ihre armen Hände«, stieß er zitternd hervor.

Lena beugte sich ebenfalls über Ruth. »So ein Unsinn von Fräulein Alving; ich sah, daß an der alten Brieftasche eine Wanze kroch. Voll Ekel und Abscheu warf ich sie ins Feuer. Was liegt denn an dieser alten Brieftasche, wenn sie auch wirklich ein Andenken war für Herrn Herfurt. Deshalb müssen Sie sich doch nicht die Hände verbrennen. Kurt, telefoniere dem Arzt – die Hände sehen bös aus. Sie müssen gleich verbunden werden. Ist Brandlinement im Hause, Heinrich?«

Der alte Diener nickte ganz kopflos. »In der Hausapotheke.«

»Holen Sie es schnell herbei, auch Verbandstoff.«

Heinrich eilte davon und kam schnell mit dem Nötigen herbei. Lena wollte es ihm abnehmen, aber der alte Diener sagte rauh:

»Ich verbinde Fräulein Ruth selbst.«

Lena warf den Kopf zurück. »Nun gut, ich gehe inzwischen hinaus und warte mit meinem Bruder auf den Arzt.«

Als sie hinausgegangen war, richtete sich Ruth, ihren Schmerz verbeißend, auf und sah Heinrich verzweifelt an.

»Armes Fräulein Ruth – Ihre Hände!«

Sie schluchzte auf. »Das wird ja heilen! Aber die Brieftasche, Heinrich, Herrn Herfurts Brieftasche! Sie ist vernichtet, ich bin ganz verzweifelt. So schnell faßte sie zu und warf sie in die Flammen. Was wird Herr Herfurt sagen?«

»Sie haben alles getan, was Sie konnten, sogar Ihre Hände haben Sie geopfert. Mehr kann kein Mensch tun. Und die da draußen, das sind Teufel, aber keine Menschen. Der liebe Gott soll sie strafen! Es ist ja Schwindel mit der Wanze, sie wird schon wissen, warum sie die Tasche verbrannt hat, dafür verwette ich meinen Kopf.«

Ruth stöhnte, halb vor körperlichem, halb vor seelischem Schmerz.

»Gewiß war es Schwindel, es war keine Wanze an der Brieftasche.«

Jetzt hatte sich Max Reichert von seinem Schreck erholt.

»Nee, Fräulein Alving, jewiß un wahrhaftig nich. Bei uns jibt es keene Wanzen, Mutter is ville zu reinlich for so wat«, sagte er ganz konsterniert von allem, was er mit angesehen hatte.

Ruth barg verzweifelt das Gesicht in den Armen, ihre verbundenen Hände vor sich hin über die Lehne des Sessels streckend.

»Wenn ich doch die Brieftasche hätte retten können, dann wollte ich gern die Schmerzen ertragen«, jammerte sie.

Betreten sah Max sie an. »Jotte doch, armes Fräulein

Alving, ick bin janz verdattert. War denn die Brieftasche so ville wert?«

Ruth hob ihr blasses, schmerzverzogenes Gesicht zu dem Jungen auf.

»Nicht die Brieftasche, Max, aber in derselben, zwischen Futter und Oberleder, steckte ein Dokument, ein sehr wertvolles Papier – und das ist nun mit verbrannt.«

Über Max Reicherts Gesicht breitete sich ein ganz seltsamer Ausdruck. Es war, als wolle er schnell etwas sagen. Aber dann preßte er die Lippen fest zusammen, als halte er krampfhaft zurück, was er sagen wollte. Und dann richtete er sich entschlossen auf. Sein frisches Jungengesicht bekam einen nachdenklichen Ausdruck.

»Na, Fräulein Alving, helfen kann ick Ihnen jetzt doch nich, und mit die Rechnung – det kann jetzt bleiben, bis ick 'n andermal wiederkomme. Ick danke Ihnen noch ville Male for die scheenen Sachen. Un gute Besserung for Ihre Hände. Ich könnte mir die Oogen aus dem Koppe heulen, det grade Ihnen so wat passieren muß. Lieber hätte sich det schwarze Fräulein die Hände verbrennen sollen. Wie een Deibel is sie uff die Brieftasche losgefahren. Wenn ick man bloß wüßte, wat sie mit die Wanze wollte. Wir haben keene Wanzen, wahrhaftigen Jott nich, Fräulein Alving. Na, denn adjes, un gute Besserung. Ick – ick komme vielleicht morgen wieder, wenn ooch Sonntag ist, Fräulein Alving.«

Ruth nickte ihm matt zu, und Max ging hinaus.

Draußen stand er eine Weile ganz konsterniert vor seinem Sachenpaket. »Wenn Mutter man bloß nich det Makulatur vakooft hat!« sagte er vor sich hin.

Und in tiefe Gedanken verloren, hob er sein Paket auf die Schulter, nahm seinen Korb an den Arm und ging schnell davon. Kurt und Lena sahen ihn vom Fenster eines Nebenzimmers aus durch den Garten laufen.

»Dieser Bursche hat uns einen großen Dienst erwiesen, ohne es zu wissen, Kurt. Jetzt sind wir sicher, daß das Dokument vernichtet ist. Sahst du es brennen zwischen dem Leder?«

Kurt nickte aufatmend.

»Ich sah es. Endlich können wir aufatmen. Das hast du großartig gemacht, Lena. Ich zerbrach mir noch den Kopf, wie wir der Alving die Brieftasche abjagen sollten, und schon schleudertest du sie in die Flammen. Und kein Mensch kann uns einen Vorwurf machen. Das Märchen mit der Wanze hat dir ein guter Geist eingegeben. Man kann doch nicht ruhig zusehen, wie hier Wanzen in das Haus gebracht werden. Und Herfurt hat uns doch ausdrücklich gesagt, daß die Brieftasche das Dokument nicht enthielt. Also kann uns niemand einen Vorwurf machen.« Lenas Augen flammten befriedigt auf.

»Jetzt kann Herr Herfurt Erbansprüche stellen! Jetzt muß er froh sein, wenn wir uns zu einem Vergleich herbeilassen.«

»Unsinn! Von einem Vergleich kann jetzt nicht mehr die Rede sein. Jetzt haben wir Oberwasser. Und die Alving hat sich umsonst die Hände verbrannt.«

»Sie sahen bös aus! Sie wird genug Schmerzen leiden müssen. Aber wer hat sie geheißen, in die Flammen zu greifen?«

In dieser Weise unterhielten sich die Geschwister, bis der Arzt kam.

Sie gingen ihm entgegen. »Gottlob, daß Sie kommen, Herr Doktor. Fräulein Alving hat sich die Hände schwer verbrannt.«

Der Arzt legte ab. »Wie ist denn das gekommen?«

»Oh, es fiel etwas ins Kaminfeuer, und sie wollte es herausholen. Hoffentlich können Sie wenigstens die Schmerzen stillen.«

»Wir wollen sehen, ich habe alles Nötige mitgebracht. Wo ist die junge Dame?«

»Im Wohnzimmer. Bitte, kommen Sie.«

Der Hausarzt kannte sich aus in Villa Bernd und ging direkt nach dem Wohnzimmer.

Dort fand er Ruth in einem Sessel zusammengesunken. Der alte Heinrich war noch immer um sie bemüht und suchte sie zu trösten. Ruth sah mit erloschenen Augen zu dem Arzt auf und streckte ihm die Hände entgegen.

»Helfen Sie mir, ich leide arge Schmerzen.«

»Aber mein liebes Fräulein Alving, was machen Sie für Sachen? Nun zeigen Sie mir erst Ihre armen Hände, da ist ja schon ein Verband angelegt. Sind die Schmerzen sehr groß?«

Ruth biß die Zähne zusammen. »Kaum zu ertragen.«

Er entfernte die Verbände. Indessen traten die Geschwister heran. Sie suchten unbefangene Gesichter zu machen.

»Wie geht es, Fräulein Alving? Tut es sehr weh?« fragte Lena.

Ruth sah sie nur mit einem großen Blick an, ohne zu antworten.

Kurt beschränkte sich deshalb nur darauf, den Arzt zu fragen, ob er helfen könne. Aber da stand Heinrich wie eine Mauer vor ihm, um ihm den Weg zu Ruth zu sperren.

»Wenn Hilfe nötig ist, bin ich da«, sagte er schroff, und Kurt konnte den Blick des alten Dieners nicht aushalten. Er zog sich mit Lena an das Fenster zurück.

Der Arzt hatte inzwischen die Verbände entfernt.

»Das sieht ja bös aus, Fräulein Alving, aber gottlob, die Brandwunden sind nicht sehr tief. Es schmerzt deshalb nicht weniger, und es wird einige Zeit dauern, bis Sie Ihre fleißigen Hände wieder gebrauchen können, aber Narben werden Sie nicht zurückbehalten, höchstens hier am Handballen eine kleine, da ist es ein wenig tief gegangen. Sonst heilt alles ab. Es wäre ja auch schade um Ihre schönen Hände, die ich alter Mann so oft bewundert habe. So, nun wollen wir dafür sorgen, daß die Schmerzen nachlassen.«

Bei diesen Worten legte er eine heilende, schmerzstillende Salbe auf und verband die Hände.

Ruth preßte die Lippen fest zusammen, daß ihr kein Schmerzenslaut entfuhr. Und als der Arzt fertig war, sagte er: »So, nun gebe ich Ihnen ein Pülverchen, und dann legen Sie sich hin und verschlafen die ärgsten Schmerzen. Wenn Sie wieder aufwachen, ist das Schlimmste vorbei.«

Heinrich führte Ruth sorgsam hinauf.

Die Geschwister wandten sich an den Arzt. »Wird es schlimm werden, Herr Doktor?«

»Na, es ist schon arg genug, aber es hätte noch gefährlicher werden können. Was hat die junge Dame nur bewogen, so ins Feuer zu fassen, mit beiden Händen? Sie ist doch sonst ein so besonnener, verständiger Mensch.«

Lena zuckte die Achseln.

»Eine alte Brieftasche war ins Feuer gefallen, die ein teures Andenken war.«

»So so, also ein ideeller Wert war in Gefahr zu verbrennen! Ja, ja, dafür opfern die Frauen allerhand – sogar die Gesundheit. Also ich komme morgen wieder und sehe nach der Patientin.«

Damit verabschiedete sich der Arzt.

Kurt und Lena sanken nun befriedigt in zwei Sessel und sahen sich lange stumm in die Augen. Es war eine gewisse Abspannung über sie gekommen. Sie fühlten sich am Ziel. Allerdings wußten sie, daß noch mancherlei Kämpfe kommen mußten, aber das war ein Kinderspiel gegen das, was hinter ihnen lag.

22

Max Reichert war mit seinem Sachenpaket bis zu dem Geschäft gegangen, in dem er angestellt war. Unterwegs sagte er immer wieder zu sich selbst:

»Wenn Mutter man bloß det Makulatur nicht vakooft hat.«

Und es lag ein ungewohnt sorgenvoller Ausdruck auf seinem sonst so vergnügten Gesicht.

Er bat den Geschäftsinhaber, bei dem er in Stellung war, ob er nicht schnell einmal nach Hause laufen und seiner Mutter die geschenkten Sachen bringen könne.

Der Prinzipal erlaubte es ihm.

»Aber gleich wiederkommen, Max, heute ist Sonnabend, da gibt es viel auszutragen.«

»Jawoll, Herr Prinzipal, ick beeile mir nach Noten«, sagte Max, nahm sein Paket auf die Schulter und trabte heim.

Seine Mutter stand am Waschfaß. Er warf mit einem Ruck das Paket vor sie hin.

»Da, Mutter, allens feine warme Sachen, piko bello!

Aber nu sag' mir erst mal, ob du det Makulatur schon vakooft hast.«

Die Mutter wischte den Seifenschaum von den Händen und löste die Knoten, mit denen das Paket zugebunden war.

»Nee doch, Maxe, wo werd' ick denn! Et jibt doch alle Tage mehr vor det Kilo. Wir warten noch.«

Max atmete tief auf und sank auf einen Holzstuhl.

»Jottlob, Mutter, ick habe eene Angst jehabt, det du det Makulatur vakooft hast.«

»Na warum denn, Maxe?«

»Det is 'ne lange Jeschichte, Mutter. Ick habe jetzt keene Zeit, denn ick muß schleunibus wieder in't Jeschäft. Heute abend nach Feierabend, denn erzähle ick dir allens. Dann wirst Oogen machen, Mutter! Also kiek dir mal die scheenen Sachen an, allens hat mich Fräulein Alving jeschenkt.«

Die Mutter staunte und bewunderte.

Max erhob sich.

»Haste nich 'ne Stulle, Mutter?«

Die Mutter seufzte.

»Junge, wenn du eenen ankiekst, denn haste Hunger. Haste denn heute bei Bernds nich schon wie so oft 'ne Stulle jekriegt?«

»Hab' ick, Mutter, aber ick habe mir so uffgeregt wegen det Makulatur, und denn war ooch det Paket so schwer. Nun hab ick wieder Hunger.«

Die Mutter schnitt eine Stulle ab und kratzte ein wenig Margarine drauf.

»Na denn – hier haste, Maxe. Un nu mach, det du wieder an deine Arbeit kommst.«

»Jawoll, Mutter. Adjes! Un det du um Jottes willen

nischt von det Makulatur vakoofst. Det ooch keen Blättchen wegkommt, et is von höchster Wichtigkeit.«

Die Mutter lachte und strich ihm über den Schopf.

»Du Faxenfritze!«

»Nee, Mutter, nee, ick bin in mein janzet Leben noch nich so ernsthaft jewesen. Vasprich mir: Nischt kommt von weg.«

»Nee doch, ick vaspreche et dir, Maxe.«

»Na, denn is gut. Adjes Mutter!«

Max rannte nun vergnügt wieder in das Geschäft, und er war noch flinker als sonst auf seinem Posten. Er kam den ganzen Tag nicht mehr zur Ruhe. Nach Ladenschluß eilte er nach Hause. Er aß mit der Mutter und den beiden schulpflichtigen Brüdern Abendbrot, Kartoffelsuppe und ein Stück Brot. Und als er fertig war und die Brüder zu Bett gegangen waren, setzte sich Maxe zur Mutter und erzählte ihr, was er heute in der Villa Bernd erlebt hatte.

»Siehste Mutter, als nu Fräulein Alving, die noch 'n richtiggehender Engel is, von det Dokument zu mich redete, da dachte ick man bloß: Wenn Mutter man bloß det Makulatur nicht vakooft hat«, schloß er.

Die Mutter hatte gespannt zugehört. Nun sagte sie kopfschüttelnd:

»Wat haste bloß mit det olle Makulatur, Maxe? Wat hat denn det mit die Angelegenheit zu tun?«

Max tippte ziemlich unehrerbietig an die Stirn.

»Merkste nischt, Mutter?«

»Nee!«

»Na, ick habe doch die Brieftasche janz jenau untersucht. Und da fand ick denn, det sie uff die eene Seite uffjetrennt jewesen un frisch zusammenjeflickt jewesen war. Ick trenne also die Naht uff un finde zwischen Leder und Futter ’n janz vajilbtet Papier. Hm! dacht’ ick so bei mir, det klötrige Papier, det soll nu der Brieftasche Stand jeben. Ick denke natürlich, et is bloß deshalb rinjesteckt, det sich die Tasche hübsch steif uffplustert. Und da nehme ick also det Papier raus, bekieke et mir un kann nich mal lesen, wat druffsteht, et war in ’ne fremde Sprache jedruckt un jeschrieben. Na also, ick schmeiße det olle Papier mang unser Makulatur un lege so ’n hübschet neuet Papier rin, so det die Brieftasche scheen glatt un reputierlich aussah. Na – merkste nu, Mutter – det olle Papier, det war det wertvolle Dokument, nach dem Fräulein Alving so gejault und warum sie sich die Finger vabrannt hat. Ick war janz vadattert und janz still, weil ick doch nicht wußte, ob du det Makulatur vakooft hast. Wenn et weg jewesen wäre, denn hätt’ ick mich doch nich jetraut, wat zu sagen. Aber nu is et da, Mutter, ick brauche et bloß zu suchen. Und denn bringe ick et morjen Fräulein Alving, un denn freut sie sich. Det schwarze Fräulein werde ick dabei aus dem Weg jehen, die schmeißt et sonst ooch noch in det Feuer, denn det is ’n Deibel, Mutter. Ick jehe zu Fräulein Alving janz alleene un sage ihr: Nu weenen Sie man nich mehr, hier is det olle Dokument. Un am Ende krieje ick denn ooch noch ’ne Belohnung.«

Max schwieg nach der langen Rede erschöpft und schleppte nun einen Stoß Makulatur herbei.

Die Mutter half gespannt mit suchen. Blatt um Blatt wurde sorgsam auseinandergelegt, und endlich jubelte Max auf.

»Det is et, Mutter, det is et, ick kenne et jleich an die jelbe Kulör. Du, Mutter, jib mich mal aus deine Papeterie aus die Kommode 'n neuet Kuvert. Ick will det Dokument rinstecken, det es nich noch zerreißt. Een kleenet Rißchen hat et hier oben schonst.«

Die Mutter suchte in ihrer Kommode. Von den zehn Briefbogen und Kuverts hatte sie noch nicht die Hälfte verbraucht. Sie nahm ein Kuvert heraus und gab es ihrem Sohn. Er steckte das Dokument hinein.

»Wo is denn meine olle Brieftasche, Mutter?« fragte er.

»Die hat Emil in seinem Spielkasten.«

Max suchte sie heraus. Seufzend schob er, was er in der anderen Brieftasche gehabt hatte, hinein.

»Die andere war freilich scheener, Mutter, det dämliche schwarze Frauenzimmer hätte sie nich int Feuer zu schmeißen brauchen. Ick hatte ihr so gut jebrauchen können.«

Und sorglich legte er das Kuvert mit dem Dokument in seine alte Brieftasche. Dann gingen Mutter und Sohn auch zur Ruhe. Sie waren müde von ihrem schweren Tagewerk.

23

Gert Herfurt war inzwischen in Longvillage angelangt und begab sich zuerst zu dem Pastor der Gemeinde. Die kleine Kirche war längst wieder aufgebaut, und ein neuer Seelsorger war an die Stelle des verstorbenen getreten.

Gert erzählte ihm, was ihn hergeführt hatte und bat ihn um seine Unterstützung bei seinen Nachforschungen.

Der etwa fünfzigjährige Seelsorger hörte aufmerksam zu und sagte, als Gert zu Ende war:

»Der damalige Brand hat allerlei Verwirrungen angerichtet, weil die Kirchenbücher und Akten verbrannt sind. In meiner Gemeinde fehlt es zuweilen jetzt noch an nötigen Papieren, die nicht zu beschaffen sind. Aber ein so verzwickter Fall wie der Ihre ist mir noch nicht unterlaufen. Selbstverständlich helfe ich Ihnen gern, soweit es in meiner Macht liegt. Das Haus, das einst Miß Brown gehört hat und einem Stift vermacht wurde, existiert noch. Es ist von einigen alten Damen bewohnt, die Freistellen im Stift haben. Sie fühlen sich da sehr wohl und preisen die Erblasserin. Und – da fällt mir ein – in dem Hause lebt ja auch noch die alte Dienerin von Miß Brown, die in den Dreißigerjahren war, als ihre Herrin starb, und jetzt Mitte der sechzig steht. Sie erzählt noch gern von der Zeit, da die schöne junge Nichte ihrer Herrin sich mit dem jungen Herrn Herfurt, der ihr gefolgt war, heimlich trauen ließ. Gehen Sie doch zu ihr, sie heißt Betty Flead, und sie wird Ihnen über alles besser Auskunft geben können als ich, denn in ihrer Erinnerung ist noch alles frisch. Jedenfalls ist Miß Betty Flead in der Lage, Ihnen bezeugen zu können, daß Ihre Mutter sich damals mit Ihrem Vater hier trauen ließ. Vielleicht kann sie Ihnen auch sonst noch Wissenswertes berichten, jedenfalls mehr als ich, der zu jener Zeit noch nicht hier im Amt war.«

Gert dankte dem Seelsorger für diesen Rat und machte sich auf den Weg zu Miß Flead. Er sah das freundliche Cottage schon von weitem, in dem seine Eltern ein kurzes überseliges Glücksjahr verlebt hatten.

An den Fenstern sah er unter schneeweißen Gardinen einige alte Frauenköpfe, die neugierig auf ihn schauten.

Mit einem wunderlichen Gefühl schritt Gert durch den

Vorgarten auf das freundliche Haus zu und läutete an der Glocke.

Gleich darauf wurde die Tür geöffnet und eine flinke, behende Alte mit einem weißen Häubchen auf dem grauen Haar stand auf der Schwelle.

»Was beliebt, Mister?« fragte sie, Gert mit klaren, noch sehr jungen Augen ansehend.

»Ich möchte Miß Betty Flead sprechen.«

Die Alte knickste.

»Das bin ich selbst, Mister. Was beliebt?«

»Ich habe einige Fragen an Sie zu richten, Miß Flead. Der Herr Pfarrer schickt mich zu Ihnen. Aber das läßt sich hier im Freien schlecht erledigen, Sie würden frieren.«

Die Alte lachte.

»Dann kommen Sie herein in mein Stübchen, Mister, da ist es warm.«

Und sie führte Gert in ein kleines Stübchen, in dem alles vor Sauberkeit blitzte und blinkte. Sie wischte mit ihrer weißen Schürze noch über den Stuhl, den sie Gert hinschob.

»So, bitte, nehmen Sie Platz, Mister, und dann fragen Sie.«

Sie nahm ihm gegenüber in einem Ohrenstuhl am Fenster Platz.

»Ich heiße Gert Herfurt, Miß Flead, und wollte Sie fragen, ob Sie sich meiner Eltern noch erinnern?«

Die grauhaarige Alte sprang empor wie ein junges Mädchen.

»Wie? Höre ich recht? Sie sind der kleine Gert Herfurt, den ich auf meinen Armen geschaukelt habe?«

Gert lächelte. »Ich kann mich dessen nicht erinnern, Miß Flead, aber ich bin jedenfalls der, den Sie meinen.«

Betty Flead fiel wieder in ihren Sessel zurück und schlug die Hände zusammen.

»So ein großer, schöner Herr ist der kleine Gert geworden! Eigentlich kein Wunder, denn Sie hatten die schönsten Eltern weit und breit. Aber ohne Mutter haben Sie aufwachsen müssen. Wie leid hat mir das getan. Ich habe Sie und Ihren lieben Vater noch oft aufgesucht, als Sie beide im Pfarrhaus wohnten. Erinnern Sie sich nicht mehr?«

»Leider nicht, Miß Flead.«

»Nun ja, Sie waren kaum zehn Jahre, als Sie mit Ihrem Vater fortzogen, gleich nach dem großen Brandunglück. Erinnern Sie sich nicht daran, wie der Blitz in unsere Kirche schlug?«

»Ja, das habe ich nicht vergessen.«

Sie nickte. »So etwas vergißt sich nicht so leicht wie ein altes Weiblein. Aber nun erzählen Sie mir, wie geht es Ihrem Vater?«

»Er ist vor zwei Monaten gestorben.«

»Gestorben! Der schöne, stattliche Mann! Oh, Mister Gert, nach Ihrem Vater sahen sich alle Frauen um. Aber er hat keine angesehen als Ihre schöne, liebe Mutter. Sie war ein Engel, deshalb mußte sie so früh sterben. Und trotzdem hat Ihr Vater keine andere mehr angesehen. So sehr hat er sie geliebt. War das ein großes, heißes Glück, Mister Gert, als Ihre Eltern hier im Hause wohnten. Mir will immer scheinen, als sei ein Abglanz davon in den Wänden hängengeblieben, denn hier im Hause gibt es nur glückliche Menschen. Meine selige Miß Brown und ich, wir haben unsere Herzen gewärmt an diesem Glück. Es war zu groß, um von Dauer sein zu können. Ein kurzes Jahr, dann war es vorbei.«

Und Miß Flead wischte mit dem Schürzenzipfel die Augen aus, die feucht geworden waren.

»Ja, Miß Flead, mein Vater hat es mir erzählt.«

»Und es war doch so schwer erkämpft, dieses Glück. Ich weiß auch noch ganz genau, wie bang Ihrer Mutter ums Herz war, als sie damals abreiste, um ihrem hartherzigen Vater zu beichten, daß sie gegen seinen Willen geheiratet hatte.«

»So gut können Sie sich noch an jene Zeit erinnern?«

»Ganz genau; hier in unserem stillen Dorf wird man durch nichts abgelenkt. Man ist froh, wenn man etwas zu denken hat. Und ich lebe gern mit meinen Gedanken in der Vergangenheit. Ich sehe im Geist Ihre schöne junge Mutter noch so deutlich vor mir stehen wie damals, als sie im Reisekleid neben ihren fertiggepackten Koffern stand. Ich selbst hatte sie gepackt, Stück um Stück hatte ich hineingelegt. Am liebsten hätte sie alles hiergelassen bei Mann und Kind, wäre sie doch selbst am liebsten hiergeblieben. Aber sie nahm doch alles mit, damit der strenge Vater nicht gleich Verdacht schöpfen sollte. Sie hätten sie nur sehen sollen, so schön und gut, und so traurig über ihre Abreise.«

»Es ist rührend, liebe Miß Flead, daß Sie das alles so gut im Gedächtnis behalten haben.«

Die Alte nickte.

»Es war ja mein schönstes und interessantestes Erlebnis, außer meiner Reise mit Miß Brown nach Deutschland und Frankreich. Drüben in der Diele stand Ihre Mutter und zog die Handschuhe an. Und da sagte sie zu mir: Betty, hast du auch bestimmt meine schwarze Mappe mit den Papieren eingepackt, weißt du, wo ich meine Briefe und meinen Trauschein aufbewahrt habe? Den muß ich doch meinem Vater zeigen, sonst glaubt er es mir am Ende nicht, daß ich verheiratet bin.«

Jetzt sprang Gert auf. »Wie, Miß Flead, meine Mutter nahm einen Trauschein mit nach Deutschland?«

Die Alte nickte bestimmt.

»Nun ja doch. Sie hatte mich am frühen Morgen ins Pfarrhaus hinübergeschickt, ich sollte den Herrn Pfarrer bitten, er möge ihr schnell noch einen Trauschein ausfertigen, den sie für ihren Vater mitnehmen wolle. Den anderen, den Ihre Eltern gleich nach der Hochzeit vom Pfarrer bekommen hatten, den hatte Ihr Vater bei seinen Papieren, und er war nicht zugegen, sollte auch den einen Trauschein selbst behalten. Der Herr Pfarrer stellte mir auch gleich den Schein aus und bestellte noch viele Grüße an Mistreß Herfurt. Und wir legten den Trauschein in die schwarze Mappe und die Mappe packte ich in den Koffer – ich weiß noch genau – zwischen die Hemden und die Nachthemden auf den Grund des einen Koffers hatte ich sie gelegt. Aber Ihre Mutter hatte das vergessen, weil gerade in dem Moment, als ich die Mappe einpackte, Ihr Vater nach Hause kam, und da flog Ihre Mutter in seine Arme und vergaß alles andere darüber. Sie herzten und küßten sich, als wollten sie sich nicht wieder loslassen. Hätten sie es nur nicht getan, dann wäre Ihre liebe Mutter nicht so jung gestorben.«

Und wieder wischte Miß Flead die Augen. Gert aber sah starr vor sich hin. Er dachte an das, was Ruth ihm von den Koffern seiner Mutter erzählt hatte, daß darin noch ihre ganze Reiseausrüstung enthalten sei. Wie – wenn sich auch noch die schwarze Mappe darin befand und in derselben der zweite Trauschein?

Es war ihm schwer, seine Aufregung zu verbergen, aber

er bezwang sich und sagte sich, er dürfe sich keinen trügerischen Hoffnungen hingeben. Jedenfalls hatte er aber in Miß Flead einen Zeugen gefunden, der jederzeit aussagen würde, daß seine Mutter in Longvillage geheiratet hatte.

»Wissen Sie, wie meine Mutter als Mädchen hieß, Miß Flead?«

»Ganz gewiß, Mister Herfurt, sie hieß Maria Bernd und war die Tochter von Henriette Bernd, der Cousine meiner hochseligen Miß Brown. Und ihr Vater war ein reicher, stolzer Kaufherr und hieß Rochus Bernd. O ja, Mister Gert, ich habe das alles gewußt, denn man hatte Vertrauen zu mir.«

Er faßte ihre Hand.

»Das könnten Sie alles beschwören, Miß Flead, nicht wahr?«

»Warum sollte ich nicht, Mister Gert, was man so genau weiß, kann man jederzeit beschwören.«

»Und können Sie sich vielleicht auch noch besinnen, wer die Trauzeugen meiner Eltern waren?«

Miß Flead überlegte einen Augenblick.

»Aber ja, das war der Lehrer Shmit und der Kaufmann Founed.«

»Sind diese noch am Leben?«

Die Alte schüttelte den Kopf.

»Nein, Mister Gert, die sind beide schon seit Jahren tot. Sie werden überhaupt niemand mehr finden, der Ihre Eltern kannte. Hier hat sich so viel geändert in den langen Jahren.« Und Miß Flead, froh einen willigen Zuhörer gefunden zu haben, erzählte ausführlich allerlei Historien aus Longvillage. Es hatte nichts davon Interesse für Gert, aber er hielt gutmütig still. Denn er war dankbar, wenigstens einen Zeugen gefunden zu haben. Und dann ging ihm auch der Gedanke an die schwarze Mappe im Kopf herum. Konnte es nicht möglich sein, daß sie noch existierte, daß sie noch in dem Koffer lag und der Trauschein noch darin verborgen war?

Als Miß Flead nach langer Zeit eine Atempause machte, erhob sich Gert.

»Ich will nun nicht länger stören, Miß Flead.«

Sie drückte seine Hand. »Mich stören? Sie mich stören? O nein, Mister Gert, ich würde Sie gern noch ein wenig hier behalten.«

»Ich muß aber fort, Miß Flead, kann nicht länger bleiben, weil ich noch heute wieder abreisen möchte.«

»Heute schon? O wie schade! Aber ich verstehe, Sie haben gewiß eine junge Frau zu Hause, die auf Sie wartet.«

»Noch nicht, Miß Flead, bis jetzt noch nicht.«

»Aber es soll bald geschehen, nicht wahr, Sie wollen bald heiraten?«

Er lächelte.

»Ich hätte nichts dagegen, Miß Flead.«

Sie sah ihn mit ihren noch so jungen Augen freundlich an.

»Dann sollten Sie Ihre junge Frau einmal nach Longvillage bringen. Das möchte ich noch erleben.«

»Wenn es angeht, dann bringe ich sie Ihnen vielleicht auf der Hochzeitsreise. Sie wird sich sehr freuen, Sie kennenzulernen.«

»Also gibt es schon eine, die Sie fest im Auge haben, Mister Gert?«

»Ja, Miß Flead, es gibt eine, die mir sehr teuer ist, und ich hoffe, daß sie meine Frau wird.«

»Ei – dann grüßen Sie die junge Dame von Betty Flead,

die Sie schon auf den Armen hielt, als Sie gerade erst das Licht der Welt erblickten und nicht größer waren als so.«

Damit maß sie mit den Händen die Größe eines Babys ab.

»Das will ich tun, Miß Flead. Und nun auf Wiedersehen!«

»Wenn Gott will, auf Wiedersehen. Es war mir eine große Freude.«

Sie brachte ihn zur Tür und winkte ihm nach. »Good bye, Mister Gert, und glückliche Reise!«

Und sie stand eine ganze Weile in der bitteren Kälte und sah ihm mit feuchten Augen nach.

Gert ging nun nochmals zum Pfarrer und berichtete, was er erreicht hatte. Und er bat ihn, falls eine gerichtliche Vernehmung von Betty Flead nötig sein sollte, Miß Flead vorzubereiten.

Der Pfarrer versprach ihm das und lud ihn ein, mit ihm zu speisen, da der Zug erst in zwei Stunden gehe.

Gert willigte gern ein und plauderte angeregt mit dem Pfarrer. Als er nach zwei Stunden Longvillage verließ, sagte er sich, daß es ein reizendes Erdenfleckchen sei. Man könne hier sehr wohl einige Sommerwochen verleben.

Und er träumte von einem Glücksidyll an der Seite Ruth Alvings, und eine heiße Sehnsucht nach ihr erfüllte sein Herz.

Er reiste nach London, um mit seinem Verleger Rücksprache zu nehmen.

Diese geschäftliche Konferenz fiel ganz zu seiner Zufriedenheit aus. Er wurde auf Jahre hinaus vertraglich verpflichtet, da seine Übersetzungen hauptsächlich für große, wissenschaftliche Werke unübertroffen seien. Man sagte ihm auch, es sei gleichgültig, wo er seinen bleibenden Wohnsitz aufschlage, die Hauptsache sei, daß er auch ferner so mustergültige Übersetzungen liefern werde.

Mit frohem Herzen trat Gert nun die Rückreise an. Er machte Zukunftspläne aller Art. Wenn auch, schlimmstenfalls, aus der Erbschaft nichts wurde, dann wollte er sich mit Ruth ein schlichtes Heim gründen. Sie würden beide fleißig sein, er wollte doppelt soviel arbeiten wie zuvor, um ihr ein leidlich behagliches Leben schaffen zu können. Ruth konnte leichtere Unterhaltungslektüre übersetzen, und er die schwereren, wissenschaftlichen Bücher. Sie würden in Deutschland bleiben, weil sie da entschieden billiger lebten als in England. Und da er seine Honorare in englischem Geld ausgezahlt bekam, konnten sie ziemlich sorglos leben. Es würde also auch dann alles gutgehen, wenn er die Erbschaft nicht erhielt. Aber noch war auch in dieser Beziehung nicht alles verloren, noch hatte er einige Hoffnung, ans Ziel zu gelangen.

Aber auch wenn er seine Erbansprüche durchsetzte, wollte er fleißig schaffen und arbeiten. Zum Nichtstuer war er nicht geboren. Auch dann wollte er seine Verträge mit seinem Verleger halten, denn einen festen Lebenszweck muß ein Mann haben. Ohne Arbeit, ohne einen festen Beruf mochte er nicht leben.

Aber Ruth sollte dann nichts sein als seine Hausfrau, seine geliebte Frau, seine gute Kameradin. Ein schönes Leben sollte es werden, so oder so, an ihrer Seite.

Und in bester Stimmung kam er in Berlin an und begab sich wieder ins Hotel Exzelsior.

Er fragte den Portier, ob der Brief an Fräulein Alving, den er zurückgelassen habe, mit der Post befördert worden sei, wie er es bestellt habe.

Der Portier gab ihm Auskunft.

»Nein, Herr Herfurt, der Brief ist von der jungen Dame selbst abgeholt worden. Ich selbst habe ihn ihr ausgeliefert.«

Gert sah ihn erstaunt an.

»Wie? Fräulein Alving hat sich den Brief selbst hier abgeholt? Das ist doch kaum möglich, sie wußte doch nicht, daß ich einen Brief für sie hier hinterlassen habe.«

Der Portier lächelte.

»Ganz recht. Die Dame rief kurz nach Ihrer Abreise an und fragte, ob Sie anwesend seien. Ich selbst gab ihr den Bescheid, daß Sie nach England abgereist seien und daß Sie einen Brief für Fräulein Alving in Villa Bernd hinterlassen hätten. Ich sagte ihr, daß ich den Brief sofort mit der Post abschicken würde, aber das dauerte ihr zu lange. Sie sagte, sie würde ihn gleich selbst abholen, ich solle ihn nicht absenden.«

Gert schüttelte den Kopf.

»Und – sie hat ihn wirklich selbst abgeholt?«

»Jawohl, Herr Herfurt.«

»Sie haben ihr den Brief selbst übergeben?«

»Ja, gewiß.«

Gert sah nachdenklich vor sich hin. Es erschien ihm seltsam, daß Ruth ihn im Hotel angerufen haben sollte. Irgend etwas fiel ihm dabei auf.

»Wie sah die junge Dame aus? Können Sie sich erinnern?«

»Sehr gut, Herr Herfurt. Es war eine hübsche, junge Dame, etwa zweiundzwanzig Jahre alt, sehr brünett, schwarze, feurige Augen und sehr rote Lippen in einem etwas blassen Gesicht. Sie trug einen schwarzen Plüschmantel mit schwarzem Pelz besetzt und einen weichen, schwarzen Samthut mit Kreppstreifen und Schleier, einen Trauerhut.«

Gert hatte gestutzt. Diese Beschreibung paßte in keiner Weise auf Ruth – aber ganz genau auf Lena Bernd.

Was sollte das heißen? Wie kam Lena Bernd dazu, hier bei ihm anzurufen? Daß sie sich als Fräulein Alving ausgegeben hatte, wollte bei der abenteuerlichen Veranlagung der jungen Dame nicht viel heißen.

»Dahinter steckt eine neue Teufelei«, sagte sich Gert betroffen.

Jedenfalls mußte er damit rechnen, daß sein Brief an Ruth in Lena Bernds Hände gefallen war.

Was hatte er doch alles in jenem Brief geschrieben?

Er wiederholte sich den Inhalt in Gedanken, und seine Stirn zog sich immer finsterer zusammen. Hatte er mit seiner Vermutung, daß Lena den Brief abgeholt hatte, recht, wußte nun das Geschwisterpaar, daß er den Trauschein seiner Eltern nicht besaß und daß Kurt ihn mit der Brieftasche aus dem Wagenfenster geworfen hatte. Sie wußten dann auch, daß er in England war und zu welchem Zweck, wußten, daß er nicht die Absicht hatte, sie anzuzeigen, und daß er eventuell auf einen Vergleich hinarbeiten wollte.

Grimmig lachte er auf.

Wenn sie diesen Brief unterschlagen oder nur gelesen haben, dann haben sie wieder einen guten Fang gemacht. Gut, daß ich früher zurückkomme, als ich in dem Brief angegeben habe. Wer mag wissen, was sie wieder in Szene setzen. Nun, es läßt sich nicht ändern, und einmal mußten sie ja doch erfahren, daß ich das Dokument nicht mehr besitze und daß sie es mir gestohlen haben. Jetzt wollen wir sehen, wie sich die Sache weiter entwickelt. Es bleiben mir immerhin noch einige Chancen: Die Brieftasche kann auf das Inserat hin in der Villa Bernd abgegeben worden sein, in den Koffern meiner Mutter kann sich die schwarze Mappe mit dem Trauschein noch finden, und Doktor Jungmann kann mit Miß Fleads Zeugenschaft etwas in meiner Sache erreichen. Immerhin drei Möglichkeiten, wenn mir das Schicksal helfen will. Hat Lena Bernd wirklich meinen Brief hier abgeholt und sich widerrechtlich von dem Inhalt Kenntnis verschafft, dann sollte man wahrhaftig das gemeingefährliche Treiben dieser Dame unterbinden. Mit Frauen Krieg führen ist nichts für einen Mann, aber alles hat seine Grenzen.

24

Ruth hatte in der Nacht vom Sonnabend zum Sonntag sehr wenig geschlafen. Wenn auch die Hände nicht mehr so arg schmerzten, so hatte sie doch nur am Tag durch das Schlafpulver Erleichterung. In der Nacht fand sie keine Ruhe.

Der alte Heinrich und alle Dienstboten waren sehr nett und teilnahmsvoll zu ihr. Das Hausmädchen fragte am nächsten Morgen, ob sie ihr das Haar ordnen und beim Anzug helfen sollte. Ruth nahm das dankbar an, denn sie konnte die verbrannten Hände nicht gebrauchen.

Heinrich fütterte sie beim Frühstück wie eine besorgte Mutter ihr krankes Kind, und alle suchten ihr an den Augen abzulesen, was sie für sie tun konnten.

Ruth hatte sich sehr zeitig erhoben. Zu ihrer Erleichterung kamen heute am Sonntag die Geschwister Bernd nicht schon am frühen Morgen in die Villa. Sie gönnten sich ihren so sehr beliebten, lang ausgedehnten Morgenschlaf, denn sie waren ja nun darüber beruhigt, daß die Brieftasche samt dem Dokument vernichtet war.

So saß Ruth nach dem Frühstück mit traurigem Gesicht am Fenster des Wohnzimmers. Sie dachte darüber nach, wie Gert es aufnehmen würde, wenn sie ihm sagen mußte, was gestern geschehen war.

Mit einem Seufzer sah sie auf ihre verbundenen Hände, die sie in einer Tuchschlinge um den Hals ruhen ließ.

Als sie in den verschneiten Garten hinausblickte, bemerkte sie plötzlich Max Reichert, der in seinem sonntäglichen Konfirmationsanzug langsam am Gartenzaun entlang schlich und vorsichtig herüberspähte. Und als er Ruth am Fenster entdeckte, machte er ihr ein Zeichen, sie möge zu ihm herauskommen.

Ein wenig abgelenkt von ihren Gedanken, erhob sie sich und ließ sich draußen im Vestibül von Heinrich ein warmes Tuch um die Schultern legen. So ging sie hinaus.

Max Reichert machte ihr fortwährend Zeichen, die sie aber nicht verstand. Und er spähte immer wieder ängstlich zum Haus hin. Als Ruth bei ihm anlangte, fragte sie mit blassem Lächeln: »Was haben Sie nur, Max? Weshalb kommen Sie nicht herein? Sie wollen wohl das Geld für die gestrige Rechnung kassieren?«

Max atmete tief auf und trat vor Frost von einem Fuß auf den anderen.

»Det eilt nich, Fräulein Alving. Ick wollte man bloß wissen, ob det schwarze Fräulein im Haus ist.«

»Nein, Max, sie ist heute noch nicht hier, aber sie kann jederzeit kommen.«

Max sah die Straße entlang. »Na, in Sicht is sie vorläufig noch nich. Denn habe ick Zeit, mir mit Ihnen zu unterreden über 'ne wichtige Angelegenheit.«

Ruth lächelte. »Dann kommen Sie nur herein, Max. Warum haben Sie denn in der Kälte nicht einen von den warmen Mänteln angezogen, die ich Ihnen gestern gegeben habe?«

»Mutter will erst die Mottenlöcher stoppen, det sie nich weiter ausreißen können. Un ick soll Ihnen tausendmal Dank sagen von Muttern, sie war janz aus det Häuschen vor Freude un sitzt und flickt nu den janzen Sonntag, det allens in Ordnung kommt. Sie sind 'n Engel, hat Mutter gesagt, un det sag' ick ooch. Un deshalb bin ick nu janz früh am Sonntag raus, um Ihnen ooch mal 'ne Freude zu machen. Ick bringe Ihnen wat Scheenes, aber det jebe ick Ihnen erst drinnen in Nummer Sicher.«

Ahnungslos nickte ihm Ruth zu und sagte ihm, er möge an der Klingel ziehen, damit ihm aufgemacht würde. Max trat ein und verbeugte sich vor Ruth so feierlich, wie es ihm möglich war.

»Wat machen denn Ihre armen Händeken, Fräulein Alving? Haben Sie noch ville Schmerzen jehabt?«

»Es war zu ertragen, Max. Als der Arzt sie verbunden hatte, wurde es besser. Und ich weiß nun wenigstens, daß sie wieder ganz heil werden.«

»Na gottlob, Fräulein Alving, ick habe mir scheen erschrocken, als ick Ihnen so jaulen hörte. Die Schwarze hat det janze Malör angerichtet mit ihre Wanzenjeschichte. Ick habe et Muttern lieber jar nich erzählt, det wir Wanzen haben sollen, et hätte ihr krank jeärgert. Ick jloobe, die Schwarze hat die Brieftasche nur in't Feuer jeschmissen, um Ihnen zu ärgern. Sie hat so 'ne jiftige Visage jemacht. Aber – det hätt' ick bald verjessen – Mutter läßt sagen, vor die scheenen warmen Sachen will sie jern zum Waschen und Scheuern kommen, Sie sollen nur sagen, wenn et Ihnen paßt.«

»Davon kann keine Rede sein, Max, die Sachen sind geschenkt, und Ihre Mutter muß doch verdienen mit ihrer Arbeit.«

»Na ja, det schonst, aber sie möchte man jerne ihre Dankbarkeit beweisen. Oder kann ick vielleicht sonntags hier im Jarten den Järtner mithelfen? Sonntags im Jarten arbeiten, det is mein Schwarm. Järtner wäre ick zu jern jeworden.«

»Läßt sich das nicht mehr machen?« fragte Ruth freundlich und gütig wie immer.

Er schüttelte seufzend den Kopf.

»Ick muß doch vadienen. Mutter kann mir nich durch die Lehre halten. Als Loofjunge vadiene ick jleich ordentlich, schon mit die Trinkjelder. Mutter hat's zu knapp, mit die beeden andern Jören, die noch nischt vadienen.«

Und Max machte ein Gesicht wie ein sorgenvoller Familienvater. Ruth hätte ihm am liebsten tröstend über den blonden Schopf gestrichen.

Sie waren nun in das Vestibül getreten. Max kratzte auf dem Abstreicher fast die Stiefelsohlen kaputt, ehe er wagte, auf die Teppiche zu treten.

Heinrich sah erstaunt auf Max. Ruth sagte ihm lächelnd:

»Max will mir etwas Schönes sagen, Heinrich. Bitte, bestellen Sie doch in der Küche, daß ich ihn nachher hinunterschicke. Die Köchin soll ihm heute ein Sonntagsfrühstück geben.«

Heinrich nickte Max lächelnd zu. »Sie sind ja heute so fein, Max.«

Max strich an seinem Rock entlang. »Nich wahr, der reene Schentelmann, Herr Heinrich. Et is mein Konfirmandenanzug, den ick von die Vereinsdamen jekriegt habe, weil Mutter mir keenen schaffen konnte.«

Heinrich nickte ihm zu und ging nach der Küche, nachdem er die Tür zum Wohnzimmer geöffnet und hinter Ruth und Max Reichert geschlossen hatte.

»So Max, nun sagen Sie mir, was Sie auf dem Herzen haben«, sagte Ruth und setzte sich.

Max hielt seine Mütze unter den Arm geklemmt und holte seine alte, zerschlissene Brieftasche hervor.

»Fräulein Alving, Sie haben doch jestern so sehr nach eenen Dokument jejault. War det Dokument in eener fremden Sprache jehalten?«

Erstaunt sah Ruth auf. »Allerdings, Max, in englischer Sprache.«

Max nickte befriedigt. »Na, denn hat ja allens seine Richtigkeit. Sie hätten Ihre armen Händekens nich in det Feuer zu stecken brauchen, det Dokument, det war nämlich nich mehr in die Brieftasche.«

Jetzt fuhr Ruth erblassend empor. »Max – Sie wollen doch nicht sagen, daß Sie das Dokument herausgenommen haben?«

Er erschrak ein wenig vor ihrer Heftigkeit. »Seien Sie man bloß nich böse, Fräulein Alving, ick hatte ja keene Ahnung, det et een Dokument war, det olle, jelbe Papier. Ick meente ja nur, et hätte drin jestochen, damit die Brieftasche Stand kriegte. Un denn warf ick et in de Makulatur und steckte andres Papier rin.«

Ruth las jedes Wort von seinen Lippen.

»Und? Max – lieber Max, um Gottes willen, wo ist das Dokument geblieben?« fragte sie wie außer sich.

»Man mit die Ruhe, Fräulein Alving, et is da, et is allens in scheenster Ordnung. Ick hätte Ihnen det jestern schon jern jesagt, aber da wußte ick nich, ob Mutter de Makulatur nich vakooft hatte, un denn hätte ick Ihnen bloß uffjeregt.«

Und Max erzählte nun ausführlich seine Ängste und Nöte von gestern und wie er das Dokument gefunden hatte.

Ruth standen die Tränen in den Augen. »Max, sprechen Sie die Wahrheit?«

Er hatte das Kuvert aus seiner Brieftasche genommen, und sie wollte danach fassen. Aber er wehrte ab.

»Nehmen Sie man bloß Ihre Händeken in acht! Ick werde Ihnen det Dokument rausnehmen aus det Kuvert un Ihnen vor die Oogen halten, det Sie es nicht noch zerreißen, et is so klötrig.«

Und er tat, wie er gesagt hatte.

Ruth liefen die hellen Tränen über die Wangen. »Max, lieber Max, Sie sind ein Prachtmensch! Was tue ich Ihnen nur an, vor lauter Freude? Sie haben ja keine Ahnung, was dies Papier für einen Wert hat. Ich kann Ihnen das auch nicht klarmachen. Aber jetzt legen Sie schnell das Dokument wieder in das Kuvert und stecken Sie es hier in dies Buch, das auf dem Tisch liegt. So. – Und nun geben Sie mir das Buch unter den Arm, daß ich es sicher halten kann. Danke, Max! Und Sie sollen gut belohnt werden. Vor allen Dingen – warten Sie – drücken Sie bitte zweimal auf die Klingel dort.«

Max war nun auch sehr erregt und klingelte aus Leibeskräften. Heinrich kam herein.

Ruth sah ihn schluchzend an.

»Heinrich, das Dokument – es ist nicht verbrannt, Max hat es mir gebracht!« stieß sie erregt hervor und erzählte dem alten Diener alles.

Er strahlte über das ganze Gesicht.

»Ach, Fräulein Ruth, nun haben Sie sich doch nicht umsonst die Finger verbrannt. Max wäre wohl nicht auf das Dokument aufmerksam gemacht worden, wenn er der Verbrennungsszene nicht beigewohnt hätte. Es wäre dann wohl in der Makulatur unbeachtet liegen geblieben.«

»Is det olle Ding denn wirklich so ville wert?« fragte Max.

Ruth lachte und weinte durcheinander.

»Ja, ja, es hat einen großen Wert. Aber Sie dürfen keinem Menschen sagen, daß Sie es mir gebracht haben.«

»Aha, die Schwarze un ihr Herr Bruder, die möchten et wohl jern aus der Welt schaffen?«

»So ist es. Es handelt sich um eine Erbschaft. Später erzähle ich Ihnen das einmal. Jetzt habe ich keine Zeit, das schwarze Fräulein kann jeden Augenblick kommen. Und Sie sollen doch nun erst einmal Ihre Belohnung bekommen. Heinrich, holen Sie mir mal die Kassette mit dem Wirtschaftsgeld herüber.«

Heinrich verschwand und kam nach kurzer Zeit zurück.

»So, Heinrich, hier im Schlüsselkorb sind die Schlüssel zur Kassette. Bitte, schließen Sie auf. In einem Kuvert obenauf liegt eine Anzahl Scheine, die Herr Herfurt als Finderlohn für die Brieftasche ausgesetzt hat. Max hat die Brieftasche gefunden, er soll auch das Geld haben.«

Max stand wie von einem Starrkrampf befallen und

starrte Ruth und den alten Diener an. Und als Heinrich ihm die Geldscheine hinhielt, stieß er einen tiefen Atemzug aus und wischte sich über die Augen, als träume er. Ganz blaß war er geworden.

»Det ville Jeld soll ick doch nich etwa haben?« keuchte er.

Ruth lachte. »Doch, Max, dieses Geld hat der Herr, dem die Brieftasche gehörte, als Finderlohn für den ehrlichen Finder ausgesetzt.«

Max stöhnte, als wollte er verscheiden. Und Ruth mit einem jammervollen Blick ansehend, sagte er ganz gebrochen:

»Ach, Fräulein Alving, ick bin doch jar keen ehrlicher Finder! Ick habe doch die Brieftasche jar nich abliefern wollen. Ick wollte ihr behalten, weil ick doch dachte, et hätte ihr 'n reicher Mann wegjeschmissen. Un vabrannt is sie ooch noch. Wie kann ick denn da Finderlohn beanspruchen?«

Ruth und Heinrich lachten.

»Nehmen Sie nur, Max, die Hauptsache war das Dokument, und das haben Sie doch ehrlich abgeliefert. Und ich werde Herrn Herfurt, der nun durch dies Papier eine große Erbschaft macht, erzählen, was Sie für ein braver Bursche sind, und wenn er auf meine Bitte etwas gibt, dann wird er dafür sorgen, daß Sie Gärtner werden können.«

Max bekam einen roten Kopf, er wollte um keinen Preis in unmännliche Tränen ausbrechen und hätte doch am liebsten losgeheult. Mit halberstickter Stimme fragte er:

»Kann ick mal 'n bißchen raus in den Jarten jehen? Ick will mal bloß uff den Schnee 'n paar Purzelbäume schlagen, sonst stick ick, ick kriege keene Luft.«

Und er eilte hinaus, und Ruth und Heinrich sahen

lachend, wie er in toller Freude einen Purzelbaum nach dem andern schlug. Als er sich ausgetobt hatte, blieb er prustend und schnaufend stehen und klopfte den Schnee von seinem Anzug. Dann sah er ein wenig verlegen zum Fenster hin und ging langsam und gesittet wieder hinein.

»Ick bitte ville Male um Entschuldigung, Fräulein Alving, aber wenn et eenen packt, denn packt et eenen. Ick freue mir zu sehr. Wat Mutter bloß sagen wird. Darf ick wirklich die fünftausend Märker instecken?«

»Ja, Max, aber vergessen Sie nicht, daß Sie schweigen müssen. Die schwarze Dame und ihr Bruder dürfen nicht erfahren, daß das Dokument noch existiert.«

Max tippte an seine Stirn. »Na, ick bin doch nich dämlich, Fräulein Alving, ick werde ihr wat pusten. Die Wanzen, die lasse ick nich uff Muttern sitzen, die streich ick ihr noch an.«

Und mit liebevoller Sorgfalt packte Max die fünf Tausendmarkscheine in seine Brieftasche. Dabei kam ihm die noch unbezahlte Rechnung vom Vortag in die Hand.

»Und wat die Rechnung anbelangt – kann ick det Jeld mitnehmen? Sonst komme ick morgen noch mal ran.«

»Nein, Sie können das Geld gleich haben. Bitte, Heinrich, zahlen Sie aus, aber legen Sie die quittierte Rechnung in die Kassette, daß ich Belege habe.«

Als das geschehen war, sagte Heinrich:

»Nun verlieren Sie aber die Brieftasche nicht, Max.«

»I, wo werd ick denn, lieber den Kopp als die Brieftasche. Herrgott, wat bin ick heute reich!«

»Eine etwas bessere Brieftasche sollen Sie von mir haben, Max, ich suche sie heraus, ich habe eine abgelegte liegen, und bringe sie Ihnen dann in die Küche, wenn Sie frühstücken.«

Max jauchzte auf. »Heut is 'n Tag! Wenn ick man nich meschugge werde vor Jlück.«

Ruth lachte herzlich. »Stärken Sie sich nur erst in der Küche. Und dann können Sie heimgehen zu Ihrer Mutter. Aber wenn Ihnen nachher die schwarze Dame und ihr Bruder begegnen sollten und Sie fragen, was Sie in der Villa Bernd gewollt haben, was werden Sie dann sagen?«

Max lachte schlau.

»Die werde ick wat erzählen. Ick werde ihr sagen, det ick noch 'n paar Wanzen jebracht habe und nebenbei die Rechnung inkassiert habe. Von det Dokument erfährt sie nischt, dadruff können Sie Jift nehmen. Wat so 'n richtiger Berliner Junge is, der hat immer die große Klappe, bloß nich, wenn er det Maul halten soll.«

Ruth war überzeugt, daß Max nicht schwatzen würde. Sie ließ Heinrich das Buch mit dem Dokument in ihre Geldkassette legen, ließ diese abschließen und trug sie, unter ihren Arm geklemmt, hinauf in ihr Zimmer in ein sicheres Versteck. Und ihre Seele war voll Dankbarkeit gegen den Himmel.

25

Als Max Reichert nach einem reichen Frühstück in der Küche wieder hinaufkam in das Vestibül, um Heinrich zu fragen, ob er heimgehen könne, waren inzwischen die Geschwister Bernd angekommen. Sie sahen Max erstaunt an.

»Was wollen Sie denn schon wieder hier?« fragte Kurt.

Max wandte sich mit seiner Antwort an Lena.

»Det Jeld for die Rechnung hab ick mir jeholt un noch 'n paar Wanzen mitjebracht vielleicht. Det will ick Ihnen man sagen, Fräulein, die Wanzen lasse ick nich uff Muttern sitzen. Wer weiß, wat Sie jesehen haben un warum Sie die scheene Brieftasche int Feuer jeschmissen haben.«

Kurt sah wütend auf den kampfesmutigen Jungen, der die Hausfrauenehre seiner Mutter verteidigte.

»Halten Sie den Mund und machen Sie, daß Sie hinauskommen.«

Max ließ sich nicht imponieren.

»Ick bin doch nich bei Ihnen uff Besuch, ick habe hier im Hause jeschäftlich zu tun, un nu jehe ick von alleene, aber nich, weil Sie mir rausweisen.«

Jetzt kam Ruth die Treppe herab. Sie hatte den Wortwechsel gehört.

»Gehen Sie jetzt, Max, Ihr Geld haben Sie ja.«

Er dienerte artig.

»Jawoll, Fräulein Alving, wenn Sie mich det sagen, denn is det Sache. Adjes, un vielen Dank ooch un jute Besserung vor die armen Händekens. Wer dran schuld is, det Sie Ihnen vabrannt sind, den soll der liebe Jott strafen. Adjes, Fräulein Alving.«

Und Max verließ als Sieger das Haus.

Kurt wandte sich brüsk an Ruth. Sein und seiner Schwester Auftreten war seit gestern bedeutend siegessicherer geworden.

»Warum beschweren Sie sich nicht bei dem Prinzipal dieses Lümmels, daß dieser ein so freches Auftreten hat?« herrschte Kurt Ruth Alving an.

Sie blieb auf der Treppe stehen und sah ihn groß an.

»Max ist kein frecher Lümmel, sondern ein braver Bursche, und ich habe nie ein freches Auftreten an ihm wahrgenommen.«

»So? Haben Sie nicht gehört, wie er sich eben mir gegenüber benommen hat?« fragte Lena hochmütig.

»Er läßt sich nichts gefallen und verteidigt seine Mutter, die er beleidigt glaubt, weil Sie an der Brieftasche, die Sie ins Feuer warfen, eine Wanze entdeckt haben wollten.«

In diesem Augenblick erschien Gert Herfurt am Eingang des Vestibüls. Max Reichert war ihm an der Gartenpforte begegnet und hatte ihn eintreten lassen. So hatte er nicht zu klingeln brauchen und stand nun im Vestibül, ohne daß ihn jemand bemerkte. Ruth konnte auch er nicht sehen, da sie auf der Treppe stand und von einer Säule verdeckt wurde. Er hörte nur ihre Stimme. Und die Geschwister Bernd drehten ihm den Rücken zu. So hörte er noch, unbemerkt, die folgende Unterhaltung:

»Sie nehmen also den Bengel noch in Schutz«, sagte Kurt wütend. »Hier ist ja ein unglaublich schlampiger Ton eingerissen, die Dienerschaft spielt sich als Herrschaft auf. Das wird bald anders werden, verlassen Sie sich drauf. Wann gedenken Sie überhaupt endlich dies Haus zu verlassen?«

Ruth wurde sehr bleich, sah ihn aber stolz und ruhig an.

»Sobald ich Schlüssel und Wirtschaftsbücher in die Hände des rechtmäßigen Erben gelegt habe.«

»Dann liefern Sie sie uns ruhig aus, denn wir sind die rechtmäßigen Erben, wir haben keine Lust, länger hinter einem Schwindler zurückzustehen. Geben Sie die Schlüssel her.«

Ruth richtete sich hoch auf.

»Wahren Sie Ihre Zunge! Wenn Sie mit dem Schwindler Herrn Herfurt meinen sollten, dann wird er Sie zur Verantwortung ziehen, wenn er zurückkommt. Ihnen liefere ich die Schlüssel ganz bestimmt nicht aus. In meinen Augen ist nur Herr Herfurt der rechtmäßige Erbe, so, wie es sein Großvater gewollt hat.«

»Seien Sie nicht so frech!« schrie Kurt sie an.

In diesem Moment stand plötzlich Gert Herfurt wie aus der Erde gewachsen vor ihm und sagte mit metallisch klingender Stimme:

»Was erlauben Sie sich? Wie können Sie es wagen, so zu einer Dame zu sprechen, die unter meinem Schutz steht?«

Ruth war freudig zusammengezuckt bei seinem Erscheinen und lehnte, tief errötend, aber mit leuchtenden Augen, am Geländer der Treppe.

Kurt duckte sich feige vor Gerts drohendem Blick. Auch Lena verließ einen Moment ihre trotzige Unverfrorenheit. Sie stellte sich neben den Bruder.

Dieser ermannte sich. Die Gewißheit, daß das Dokument verbrannt war, machte ihm Mut.

»Mit welchem Recht treten Sie hier auf wie der Hausherr? Sie haben gar nichts hier zu sagen. Wir sind hier die einzig berechtigten Erben, und wer hier nichts zu suchen hat, kann sich entfernen. Komm, Lena!«

Kurt zog die Schwester schnell mit sich fort ins Wohnzimmer und schloß die Tür hinter sich. Er war allerdings froh, daß er Gerts Blick nicht mehr ertragen mußte.

Dieser lachte grimmig hinter den beiden Geschwistern her und wandte sich nun erst nach Ruth um. Und als er sie jetzt erblickte, die beiden Hände verbunden und in der Schlinge, schrie er auf.

»Ruth! Um Gottes willen, was ist mit Ihren Händen?«

Diesen Schrei vernahm Heinrich und kam erschrocken herbei.

Ruth atmete tief auf. »Es ist nicht schlimm, ich habe mich verbrannt.«

»Wie ist das geschehen?« fragte er mit blassem, verstörtem Gesicht.

Sie errötete. »Ich war unvorsichtig, Herr Herfurt.«

»Nein, nein, glauben Sie diesmal nicht, was Ihnen Fräulein Ruth erzählt. Lassen Sie mich das erzählen, sonst erfahren Sie diesmal nicht die Wahrheit.«

Und Heinrich erzählte ausführlich und getreu, was sich gestern im Wohnzimmer abgespielt hatte.

Gert wechselte in tiefster Erregung die Farbe. »Ruth! Ruth, wie konnten Sie mir das antun? Wie konnten Sie Ihre lieben Hände in Gefahr bringen? Mag doch das Dokument verbrannt sein – aber Ihre Hände, Ruth, Ihre Hände«, stammelte er außer sich.

Ihre Augen leuchteten zu ihm auf, und der alte Heinrich erkannte mit einem Mal, was die beiden jungen Menschen zueinander zog. Mit einer hastigen Entschuldigung, er müsse das Silber putzen, verschwand er eilig im Souterrain, die beiden Liebenden allein lassend.

Ruth hatte sich gefaßt. »Meine Hände werden wieder heil, Herr Herfurt, und – und gottlob, das Dokument ist nicht verbrannt, wie ich glaubte. Der brave Max Reichert hatte es vorher aus der Brieftasche genommen und so gerettet.«

Gert sah jetzt, daß sie allein waren, und nun konnte er sich nicht mehr beherrschen. Er nahm Ruth aufatmend in seine Arme und sagte tief erregt:

»Ruth, meine Ruth – laß jetzt das Dokument. Wenn du wüßtest, welch ein furchtbarer Gedanke es für mich ist, daß du Schmerzen leiden mußtest um meinetwillen. Sag, mein Liebling, tut es sehr weh? Ich ertrage es nicht, dich leiden zu sehen.«

Lächelnd und erglühend sah sie zu ihm auf.

»Es tut nicht mehr weh, und ich bin so glücklich, Gert, daß ich dir das Dokument ausliefern kann.«

Tief sahen sie sich in die Augen, und Gert zog die schlanke Mädchengestalt mit unbeschreiblicher Zartheit fest in seine Arme, damit er ihren wunden Händen nicht weh tat. Und ihre Lippen fanden sich im ersten heißen Kuß der Liebe.

Dann sahen sie einander selig in die leuchtenden Augen. »Meine Ruth – mein kostbarstes Gut, daß ich dich nur habe, daß du nur mein bist. Ich liebe dich so namenlos.«

»Wie ich dich, mein Gert. Aber nun höre erst, wie sich alles zum Guten gewendet hat.«

Und hastig und erregt erzählte sie ihm, wie der Trauschein vor der Vernichtung bewahrt blieb. Er hörte ihr zu, immer wieder seine Lippen auf ihre verbundenen Hände drückend. Als Ruth mit ihrem Bericht zu Ende war, sagte sie:

»Die Geschwister Bernd haben keine Ahnung, daß Max Reichert mir das Dokument gebracht hat. Irgendwie müssen sie aber die Überzeugung gewonnen haben, daß es dennoch in deiner Brieftasche verborgen war, denn sonst hätte Lena Bernd sie wohl nicht in das Feuer geworfen. Irgendeinen Grund muß sie doch dafür gehabt haben.«

Gert lachte verächtlich auf. »Das kann ich dir wahrscheinlich erklären, Ruth. Wie hast du meinen Brief bekommen?«

Sie sah ihn erstaunt an. »Mit der Post natürlich.«

»Du hast ihn also nicht im Hotel abgeholt?«

Sie schüttelte betroffen den Kopf. »Nein, wie sollte ich?«

»Du hast auch nicht im Hotel angerufen, ob ich anwesend bin?«

»Nein, ganz gewiß nicht.«

Er nickte. »Ich wußte es. Also, laß dir sagen, daß Lena Bernd unter falschen Vorspiegelungen den Brief, der für dich bestimmt war, gleich nach meiner Abreise im Hotel abholte, ihn natürlich gelesen und ihn erst danach mit der Post an dich abgeschickt hat.«

Ruth zuckte zusammen. »Mein Gott, so wußte sie also ganz genau, daß sich das Dokument in der Brieftasche befand! Ich dachte es mir doch. Nun kann ich mir auch ihr ganzes Verhalten erklären. Sie waren durch den Brief genau über alles orientiert. Deshalb besaßen Sie die Unverfrorenheit, wieder hier herauszukommen und sich als die Herren aufzuspielen. Sie kamen am frühen Morgen und gingen am späten Abend und ließen keinen Menschen ohne Kontrolle aus und ein gehen. Ich glaubte, es sei nur Mißtrauen gegen mich, aber jetzt verstehe ich. Sie warteten darauf, daß die Brieftasche hier abgegeben werden könne, und waren wahrscheinlich fest entschlossen, das Dokument um jeden Preis an sich zu bringen.«

»So wird es sein, mein Liebling.«

»Mein Gott, Gert, was sind das für hartnäckige Verbrecher. Das erklärt auch ihr unverschämtes Auftreten. Sie fühlen sich schon als die Herren, weil sie bestimmt zu wissen glauben, daß der Trauschein deiner Eltern mit der Brieftasche verbrannt ist.«

Er küßte sie zärtlich. »Ganz blaß ist mein süßes Herz

geworden vor Entsetzen über diese beiden Verbrechernaturen.«

Ruth nahm die Hände aus den Schlingen und legte die Arme um seinen Hals. »Gert – lieber Gert, wie froh bin ich, daß du wieder bei mir bist.«

Er drückte sie fest an sein Herz.

»Liebling, jetzt kann ich dich doch endlich richtig umfassen. Aus Angst, dir an den Händen weh zu tun, konnte ich dich noch gar nicht fest in meine Arme nehmen. Meine liebe, süße Ruth, nun soll uns nichts mehr trennen.«

Und wieder fanden sich ihre Lippen in einem langen, innigen Kuß. Sie vergaßen alles um sich her und wußten nur eins, daß sie sich liebten und angehörten für alle Zeit.

In ihre selige Versunkenheit hinein tönte plötzlich das Öffnen einer Tür und dann ein höhnisches Lachen. Lena Bernd stand auf der Schwelle des Wohnzimmers, und hinter ihr erschien jetzt Kurt, als sie laut und spöttisch ausrief:

»Sie dir das an, Kurt, so ehrt man das Andenken eines verstorbenen Wohltäters, indem man in dem Trauerhaus eine Liebschaft anfängt mit irgendeinem hergelaufenen Betrüger.«

Die Liebenden waren zusammengezuckt, und Ruth sah erbleichend in Gerts Gesicht, dem die Zornesröte in die Stirn trieb. Aber sanft und sorgsam löste er erst Ruths Hände von seinem Hals, ehe er sich stolz aufrichtete und dicht vor die beiden Geschwister hintrat.

»Danken Sie es dem Umstand, daß Sie eine Frau sind, daß ich Sie nicht niedergeschlagen habe. Noch ein Wort gegen meine Braut und Sie sollen mich von einer Seite kennenlernen – alle beide –, von der Sie mich noch nicht kennengelernt haben. Es ist eine große Unverfrorenheit, daß Sie es gewagt haben, in dies Haus zurückzukehren. Haben Sie vielleicht Ihren verstorbenen Wohltäter, meinen Großvater, damit geehrt, daß Sie das Verbrechen in sein Haus trugen? Daß Sie es wagen, hier zu stehen, mir in die Augen zu sehen und meine Braut und mich zu verunglimpfen, zeugt von Charaktereigenschaften, um die ich Sie nicht beneide. Sie haben mich erst betäubt und beraubt, dann haben Sie einen Brief von mir an Fräulein Alving unter betrügerischen Angaben an sich gebracht, haben ihn widerrechtlich geöffnet und gelesen, haben sich dann hier im Haus von früh bis spät festgesetzt, um die als wertlos fortgeworfene Brieftasche, falls sie ein ehrlicher Finder brächte, abzufangen, weil Sie aus meinem Brief gelesen hatten, daß sich der Trauschein meiner Eltern darinnen befand. Sie haben dann diese Brieftasche, mein Eigentum, in das Feuer geworfen unter betrügerischen Vorspiegelungen und haben Fräulein Alving gehindert, sie zu retten. Und jetzt stehen Sie mit frecher Stirn noch immer hier. Dazu gehört allerdings eine große Dosis Unverschämtheit. Ich will Ihnen gleich noch sagen, daß Ihr verbrecherischer Anschlag, das Dokument zu vernichten, zum zweitenmal mißlungen ist. Die Gerechtigkeit hat gesiegt. Der brave Laufbursche Max Reichert hat meiner Braut heute das Dokument gebracht, das er aus der Brieftasche herausgenommen und durch ein Stück Zeitungspapier ersetzt hatte. Es befindet sich gottlob wieder in meinen Händen. Und nun hinaus mit Ihnen aus dem Haus meines Großvaters, das Sie mit Ihrer Gegenwart verpesten, hinaus, wenn ich Sie nicht sofort durch die Polizei festnehmen lassen soll. In fünf Minuten befinden Sie sich außerhalb dieses Grundstücks.«

Und mit drohender Gebärde zeigte er gebieterisch zur Tür.

Kurt und Lena hatten erst versucht, seine Rede zu unterbrechen. Zuerst zeigten sie ein spöttisches, höhnisches Lächeln. Aber das verging ihnen mehr und mehr, und als Gert davon sprach, daß das Dokument wieder in seinem Besitz war, wurden sie sehr bleich, und ihre Gesichter verzerrten sich.

Inzwischen war Heinrich, von Gerts lauter Stimme angelockt, herbeigekommen und nahm nun Kurts und Lenas Überkleider vom Garderobenständer. Er hielt sie ihnen hin, als Gert geendet hatte und nun nach der Uhr sah, um die fünf Minuten abzulesen. Da ermannte sich erst Lena, riß Heinrich Mantel und Hut aus den Händen und eilte wie in wilder Flucht hinaus. Kurt folgte ihr nicht weniger eilig. Sie fürchteten, da nun alles verloren war, auch noch Bekanntschaft mit der Polizei zu machen.

Gert, Ruth und Heinrich standen reglos, bis draußen die Gartenpforte ins Schloß fiel mit einem harten Knall. Dann sagte Heinrich, die Hände gefaltet zum Himmel streckend:

»Gottlob, jetzt ist die Luft rein. Sie sind hoffentlich zum letzten Male hier gewesen.«

Gert legte seinen Arm um Ruth. »Heinrich, Sie haben treu zu uns gehalten. Ich stelle Ihnen Fräulein Ruth als meine liebe Braut vor. Sie wissen wahrscheinlich ebenso, wie es Doktor Jungmann und auch meine Braut sicher gewußt haben, daß mein Großvater, ehe er von meiner Existenz wußte, in Ruth Alving seine Haupterbin sah. Sie sehen, der Himmel fügt alles zum Guten und Rechten. Ich werde Ruth Alving als meine liebe Frau an die Stelle setzen, die ihr mein Großvater zugedacht hatte. Und Sie selbst, Heinrich, sollen ein geruhsames Alter in diesem Haus verleben, wie es Ihnen mein Großvater auch zugedacht hatte.«

Der alte Diener rang mit seiner Ergriffenheit.

»Gott lohne es Ihnen, gnädiger Herr, und er schenke Ihnen und Fräulein Ruth ein volles, reiches Glück, wie Sie beide es verdienen.«

Gert und Ruth faßten die Hände des alten Mannes und nickten ihm lächelnd zu. Innig umschlungen ging das Brautpaar nun ins Wohnzimmer. Und hier erzählte Gert von dem Erfolg seiner Reise.

Als er von der schwarzen Mappe sprach, horchte Ruth auf.

»Ja, Gert, ich entsinne mich. Zwischen der Wäsche deiner Mutter lag eine schwarze Mappe. Es fiel mir auf, daß zwischen der weißen Wäsche ein schwarzer Gegenstand lag. Geöffnet habe ich die Mappe nicht. Es ist also schon möglich, daß sich in dieser Mappe noch ein Duplikat des Trauscheins befindet. Dann hätte ich mir freilich ganz umsonst meine Hände verbrannt.«

Er küßte zärtlich die verbundenen Hände.

»Nicht umsonst, mein süßes Herz, du hast mir dadurch einen Beweis deiner großen, opfermutigen Liebe gegeben. Das werde ich nie vergessen.«

Sie sah ihn innig an. »Laß uns gleich auf den Speicher hinaufgehen, Gert, wir wollen die schwarze Mappe durchsehen.«

Sie klingelte Heinrich und bat ihn, mitzugehen. Er möge die Schlüssel holen.

Und sie begaben sich auf den Speicher. Gert öffnete die Koffer seiner Mutter mit einem seltsamen Gefühl.

Wie ein Heiligtum berührte er die Kleider, die seine Mutter getragen hatte. Und wirklich lag die schwarze Mappe zwischen der weißen Wäsche. Gert öffnete sie und fand darin nicht nur den Trauschein seiner Eltern, sondern auch alle Papiere seiner Mutter, dazu Briefe seines Vaters aus der Zeit, da seine Eltern noch nicht verheiratet waren.

Gert nahm nur die Papiere heraus, die er brauchte. Alles andere legte er wieder in die Mappe zurück und schloß sie in den Koffer. Das waren Heiligtümer, die keine fremde Hand berühren sollte. Nun besaß Gert doppelte Ausweispapiere. Die Herzen voll Freude, stiegen sie wieder hinab. Gert blieb zum Mittagessen, er behauptete lächelnd, daß er Ruth füttern müsse wie einen Vogel. Und mit zärtlicher Fürsorge steckte er ihr Bissen für Bissen in den Mund.

Nach Tisch machten sie Zukunftspläne. Gert wollte am nächsten Morgen zu Doktor Jungmann gehen und nun in aller Form seine Erbansprüche stellen. Ruth sollte ruhig bis zur Hochzeit in der Villa Bernd bleiben, und Gert wollte so lange im Hotel wohnen. Das war ein triftiger Grund für ihn, die Hochzeit möglichst zu beschleunigen.

»Wenn deine Hände heil sind, Liebste, halten wir in aller Stille Hochzeit. Ich will nicht länger warten. Wie die Verhältnisse liegen, ist es das beste für uns, die Verlobungszeit abzukürzen. Inzwischen werden meine Erbansprüche geregelt, und dann wollen wir glücklich sein, meine Ruth. Mein Großvater würde es sicher nicht anders haben wollen.«

Ruth lehnte den Kopf an seine Schulter. »Der liebe Gott hat es so gut mit mir gemeint, Gert.«

»Und mit mir erst recht, Liebste. So glücklich fühle ich mich, daß ich etwas recht Gutes tun möchte, um mir mein Glück zu verdienen.«

Sie sah ihn schelmisch an. »Soll ich dir gleich Gelegenheit dazu geben, Gert?«

Er küßte ihre lächelnden Lippen.

»Tu es, mein Herz.«

Da erzählte sie ihm von Max Reichert und seiner armen Mutter, von seinem Wunsch, Gärtner zu werden, und von seiner unverzagten Tüchtigkeit.

»Sieh, Gert, der arme Bursche könnte bei unserm Gärtner in die Lehre gehen und könnte mit seiner Mutter und seinen Brüdern die kleine Wohnung über der Garage beziehen, die ohnedies leer steht. Sie war von Onkel Rochus als Wohnung für einen verheirateten Chauffeur gedacht. Unser Chauffeur wohnt aber drüben mit dem Gärtner zusammen, weil er Junggeselle ist. Er denkt auch nicht daran, zu heiraten. Ist es nicht schade, wenn die kleine Wohnung leer steht? Die Mutter von Max Reichert, die ihren Mann durch den Krieg verloren hat, könnte hier im Haus bei der Wäsche helfen, und im Sommer kann sie der Gärtner mit anstellen. Da müssen wir ohnedies immer Leute zur Gartenarbeit haben. Die Frau ist ordentlich und tüchtig, und schließlich hat der brave Max eine Extrabelohnung verdient.«

Er hatte ihr lächelnd zugehört. Nun küßte er andächtig ihre Augen. »Die erste Bitte meiner Braut gilt dem Wohltun, der Barmherzigkeit. Das sieht dir ähnlich, mein liebes, süßes Herz. Und deine Bitte soll selbstverständlich erfüllt werden. Du kannst Max Reichert sein Glück verkünden, wenn er wiederkommt.«

»Ich danke dir, Gert. Unser Glück wird reicher und

schöner, wenn wir ein Quentchen davon an Bedürftige abgeben.«

Wieder küßte er ihre Augen. »Wie ich dich liebe, deines gütigen Herzens wegen, meine Ruth.«

Noch eine Stunde saßen sie beisammen. Sie sprachen auch davon, wie sich Gert ihre Zukunft ausgemalt hatte für den Fall, daß er nicht seine Erbansprüche hätte beweisen können. Er sagte ihr, daß er willens sei, seine Verträge zu halten und fleißig zu arbeiten.

»Laß mich dir helfen dabei«, bat sie lebhaft.

Er streichelte ihre Hände. »Wenn diese fleißigen Hände die Zügel des Hauswesens führen, werden sie auch ohnedies nicht müßig sein. Aber wenn du in deinen Mußestunden in mein Arbeitszimmer kommen und mir helfen willst, werde ich dich immer willkommen heißen. Wir wollen nach Kräften das Unsere tun.«

»Das wollen wir, Gert.«

Am nächsten Tage suchte er den Notar auf und übergab ihm alle nötigen Papiere mit der Bitte, nun unverzüglich alles Nötige in die Wege zu leiten. Gert erzählte Doktor Jungmann offen, was die Geschwister Bernd noch in seiner Abwesenheit vollbracht hatten, und der Notar sagte empört:

»Eigentlich müßte man diese Verbrechernaturen unschädlich machen, aber ich verstehe, daß Sie in ihnen den Namen Bernd schonen wollen. Das ist ihr Glück.«

26

Die nächsten Wochen vergingen den Liebenden sehr schnell. Es gab viel für sie zu tun. Ohne Schwierigkeiten wurde Gert zum Erben seines Großvaters eingesetzt. Er hatte den Geschwistern Bernd mitteilen lassen, daß er Ihnen dieselbe Summe, die sie bisher von seinem Großvater erhalten hatte, in Zukunft ebenfalls anweisen lassen würde. Diese Zuwendung werde aber sofort erlöschen, wenn sie sich noch irgendwelcher feindseliger oder verbrecherischer Vergehen schuldig machen würden.

So hatte Gert auf Anraten des Notars verfügt.

Als der Notar ihn fragte, ob er nicht auch etwas für Fräulein Alving zu tun gedenke, sagte Gert lachend:

»Mit ihr teile ich nicht nur mein ganzes Erbe, sondern auch mein ganzes Leben in Zukunft. Ruth Alving ist meine Braut.«

Da hatte ihm der Notar herzlich gratuliert.

»Das wird völlig im Sinne des Erblassers sein, Herr Herfurt. Wenn es für uns Menschen wirklich einen Rückblick gibt aus den Gefilden der Seligen, dann wird Rochus Bernd sehr zufrieden auf Sie und Ihre Braut herabblikken.«

Als der Frühling ins Land zog, führte Gert seine junge Frau heim. Es war ein großer Freudentag, so still auch die Hochzeit gefeiert wurde.

Hinter der Villa, versteckt in grünenden Büschen und Sträuchern, lag die Autogarage, und in der kleinen Wohnung darüber hatte Max Reichert mit Mutter und Brüdern bereits eine neue Heimat gerunden. Max Reichert war seit einigen Wochen Gärtnerlehrling und schaffte in den Tagen vor der Hochzeit noch fleißiger als sonst, denn die Blumenrabatte vor den Fenstern der jungen Herrin sollte ein festliches, blühendes Aussehen haben.

Als das Brautpaar aus der Kirche kam, stand Max Reichert neben dem alten Heinrich am Portal. Er hielt einen großen Strauß Frühlingsblumen in der Hand und repetierte ein Gedicht, das er aufsagen wollte. Aber das Hochdeutsch machte ihm Schwierigkeiten, und in der Aufregung vergaß er alles, was er mühsam gelernt hatte, und deshalb ließ er Gedicht Gedicht sein und stieß mit der ganzen Vehemenz seines Empfindens heraus:

»Ick wünsche von janzem Herzen, det Ihnen alle Tage det Jlück hell zum Fenster reinscheint, un alle Blumen, die ick ziehe, sollen Ihnen meine Dankbarkeit entjejenduften. Und der liebe Jott segne Ihnen alle beede, det is mein innigster Wunsch.«

Dies war, in Prosa, der Inhalt seines Gedichtes.

Gert und seine junge Frau machten ihre kurze Hochzeitsreise nach England und hielten sich einige Wochen in Longvillage auf. Ruth hatte Gert darum gebeten. Und Longvillage erlebte zum zweitenmal das heiße, volle Glück eines jungen Paares. Miß Betty Flead versicherte jedem, der es hören wollte, daß sie bis an ihr Lebensende von der Erinnerung an diese junge Glückseligkeit zehren werde.

Als das junge Paar dann von England zurückkehrte, machte es noch einen kurzen Besuch auf dem Landgut, das Rochus Bernd seinem Enkel hinterlassen hatte, und wo Ruth ihre erste Kindheit verlebte.

Dann kehrten sie in ihr schönes Heim zurück.

Wenige Tage nach ihrer Heimkehr wurde ihnen durch

Lena Bernd mitgeteilt, daß ihr Bruder Kurt einen jähen Tod durch eine Blutvergiftung erlitten habe. In Wahrheit hatte er zuviel von seinen narkotischen Zigaretten geraucht, weil seine Schmerzanfälle immer häufiger kamen. Sein durch Ausschweifungen geschwächter Körper hatte den giftigen Einwirkungen nicht widerstehen können.

Gert teilte Lena auf Ruths Bitte mit, daß er ihr auch die für ihren Bruder bestimmte Summe auszahlen werde. Lena dankte jedoch in einem ziemlich kühlen, schnippischen Ton, und zu Beginn des Sommers teilte sie dem jungen Paar mit, daß sie sich verlobt habe. Sie hatte sich endlich doch den reichen Mann erobert, den sie sich immer gewünscht hatte. Daß dieser Mann ein gewissenloser Schieber und Spekulant war, irritierte sie nicht. Sie verstand sich sehr gut mit ihm, half ihm, lukrative Pläne zu ersinnen und führte mit ihm ein Leben, das ganz auf Genuß basierte. In höhnischen Worten teilte sie Gert mit, daß sie auf den »Bettel« verzichte, den er ihr habe zukommen lassen – es war immerhin ein sehr anständiges Einkommen gewesen –, sie brauche sich nicht länger zu demütigen und auch noch für die »Lappalie« zu danken, denn ihr Mann erfülle ihr jeden Wunsch, und wenn sie wolle, könne sie täglich so viel verbrauchen, wie er ihr für den ganzen Monat angewiesen habe.

Gert und Ruth sahen sich an, als sie diesen Brief gelesen hatten, und atmeten auf. Nun waren alle Beziehungen zwischen Gert und seinen Verwandten erloschen. Er bedauerte es begreiflicherweise nicht. Sein und seiner heißgeliebten Ruth Glück war durch diese Angelegenheit nicht mehr getrübt worden. Das junge Paar lebte in inniger Glückseligkeit und Harmonie ein schönes, segensreiches Leben. Sie fanden sich in gemeinsamer Liebe, in gemeinsamer Arbeit und einem werktätigen, gütigen Menschentum und wurden von ihrer Umgebung vergöttert.

Hedwig Courths-Mahler

Das Findelkind von Paradiso

BASTEI LÜBBE

1

Hans Jürgen, der Fährmann, saß auf einer der die breite Fähre rechts und links begrenzenden Holzbänke. Die Fähre lief, wenn sie im Betrieb war, an einer eisernen Kette über den Fluß hinüber, und es konnten darauf mit einem Mal bis zu zwanzig Personen sowie auch Fuhrwerke oder Autos zum anderen Ufer übergesetzt oder von drüben herübergeholt werden.

Etwa zehn Minuten Weges flußabwärts befand sich ein Wehr, dessen Rauschen man bei günstigem Wind bis hierher hören konnte. Hans Jürgen kannte dieses ferne Rauschen und wußte, daß dort große aufgestaute Wassermengen brodelnd einige Meter tief hinabstürzten. Hatte der Fluß reichlich Wasser, wie jetzt, rauschten sie besonders stark. Und für Hans Jürgen war das wie eine Art ferner Melodie, die sein eintöniges Leben begleitete.

Momentan verlangte niemand, übergesetzt zu werden, und auch kein Fuhrwerk war hüben oder drüben zu sehen. Still und menschenleer war es ringsum, nur das ferne Wehr hörte man rauschen. Die helle, warme Frühsommersonne schien auf Felder und Wiesen, die sich an beiden Flußufern dahinzogen. Sie schien auch auf das kleine, Hans Jürgen als Wohnung dienende Fährhaus und auf die behauenen Holzstämme, die dicht aneinandergefügt die Tragfläche der Fähre bildeten. Ein schmeichelndes Lüftchen spielte mit Hans Jürgens blondem Haarschopf, aber das störte ihn bei seiner Beschäftigung nicht. Zuweilen schweifte sein Blick hinüber zum anderen Ufer, um festzustellen, ob jemand die Fähre benutzen wolle, oder er sah zur nahen Stadt, wo eine elektrische Bahn Fahrgäste bis in die nächste Nähe der Fähre brachte. Die Endstation der Bahn befand sich bei einem etwa zehn Minuten entfernten kleinen Gasthaus, in dessen Garten die Stadtbewohner zuweilen den Nachmittagskaffee oder die Kutscher und Chauffeure einen Trunk oder Imbiß einnahmen.

Die ersten Gebäude der etwa eine Wegstunde entfernten Stadt waren die großen chemischen Feda-Werke.

Dieses große chemische Werk hatte einen bedeutenden Einfluß auf die Entwicklung der Stadt. Es lockte viele Ausländer und auch deutsche Geschäftsleute herbei, und die zahlreichen Arbeiter und Beamten waren gute Kunden der ansässigen Kaufleute. So beschäftigten die Feda-Werke die Gedanken der Städter sehr, die jungen Leute wollten alle entweder als Arbeiter oder als Ingenieure und Beamte dort angestellt werden.

Auch auf Hans Jürgen, den Fährmann, übten sie einen bestimmten Einfluß aus. Irgendwie hatten sie seinen Zukunftsplänen Ziel und Richtung gegeben.

Er war eine sehr auffallende Erscheinung auf dem Posten, den er innehatte. Seine große, schlanke und doch sehr kräftige Gestalt steckte in einer dunkelblauen Leinenhose und einem ebensolchen Blusenhemd. Der Kopf war unbedeckt. Er trug Halbschuhe ohne Strümpfe. Ein Lederriemen umgürtete seine Hüften. Das blonde Haar war aus der hohen Stirn zurückgestrichen und vom Wind durcheinandergeweht. Das charakteristische, trotz seiner Jugend festgefügte Gesicht mit dem bronzefarbigen Teint hatte einen sehr ernsten Ausdruck. Um den Mund lag ein herber, fester Zug, der von Kämpfen sprach und Entschlossenheit verriet, aber die stahlblauen Augen sahen offen und mit einem guten Ausdruck in die Welt. Große Intelligenz verriet dieses junge, edel gebildete und geistig belebte Gesicht, so daß man sich bei seinem Anblick wundern mußte, daß sein Besitzer den Dienst eines Fährmanns verrichtete, statt sich als Mensch des Geistes zu betätigen.

Hans Jürgen stand erst im dreiundzwanzigsten Lebensjahr.

Er war in ein Buch vertieft. Seine Lippen bewegten sich dabei, denn er sprach halblaut nach, was er las. Es war ein in englischer Sprache abgefaßtes Buch, denn Hans Jürgen wollte sich im Gebrauch der englischen Sprache vervollkommnen, weil das zu seinen Lebensplänen gehörte.

Jeden freien Augenblick benutzte er, um sich weiterzubilden. Er hatte zu Lebzeiten seines Stiefvaters das Realgymnasium besucht, hatte sein Abitur mit höchster Auszeichnung bestanden und hatte auf einer Hochschule studieren sollen, wenn nicht der Tod seines Stiefvaters alles geändert hätte. Er hatte nach dessen Tod das Fähramt geerbt und war froh gewesen, damit seinen Lebensunterhalt verdienen zu können. Aber seinen Vorsatz, später eine Hochschule zu besuchen, hatte er deshalb nicht aufgegeben, und ebensowenig seine anderen Lebenspläne. Nur würde jetzt alles viel länger dauern, weil er sich erst das nötige Geld dazu verdienen mußte. Und darüber konnte viel Zeit vergehen. Aber inzwischen benutzte er jede freie Minute zu seiner Weiterbildung.

Ein Zug angespanntester Energie um Mund und Kinn zeigte, daß er so leicht nicht von seinem Ziel abweichen würde. Um dieses zu erreichen, mußte er vor allem perfekt englisch sprechen können, denn er wollte später nach Absolvierung seiner Studien nach Amerika gehen. Es kamen viele Amerikaner und Engländer in diese Gegend, um die Feda-Werke zu besuchen, und diese Fremden machten dann zumeist einen Ausflug nach einem ehemaligen Lustschloß des früheren Königs, wo eine berühmte Gemäldesammlung untergebracht war. Hans benutzte diese Gelegenheit immer, um mit diesen Ausländern englisch zu sprechen, denn das Lustschloß lag jenseits des Flusses im Wald.

Was Hans Jürgen von seinem Verdienst erübrigen konnte, legte er für sein späteres Studium zurück. Nur Bücher kaufte er sich oder lieh sie sich in einer Buchhandlung der nahen Stadt, wo er auch sonntags eingelassen wurde. Nur an Sonntagen konnte er zuweilen die Fähre verlassen, wenn ein Bekannter, der in der Woche keine Zeit hatte, ihn für einige Stunden ablöste. Dann kramte Hans Jürgen manchmal stundenlang bei dem alten Buchhändler herum, um zu finden, was er für seine Zwecke brauchte. Was er nicht kaufen konnte, lieh ihm der gefällige Alte. Das war ein hochgebildeter Mann, und mit ihm führte Hans Jürgen oftmals allerlei wissenschaftliche Gespräche. Ihm hatte er auch eröffnet, welches Lebensziel ihm vorschwebte. Er hatte schon als Gymnasiast bei diesem Buchhändler Bücher gekauft. Und der alte Mann fand keineswegs, daß Hans Jürgen zu hochfliegende Pläne habe. Er traute ihm vielmehr zu, daß er sie verwirklichen würde, obgleich seine ehemaligen Mitschüler etwas geringschätzig über den schlichten Fährmann hinwegsahen und am liebsten seinem Gruß auswichen.

Und so war der junge Fährmann auch heute in ein Buch vertieft und lernte, daß ihm der Kopf rauchte.

Die tiefe Stille um ihn her wurde plötzlich durch das Rattern eines Motors unterbrochen. Von der Stadt her kam ein Auto in schneller Fahrt auf die Fähre zu. Hans Jürgen sah auf, schlug mit einem Seufzer das Buch zu und steckte es in seine Leinenbluse. Dann erhob er sich und reckte seine schlanke, sehnige Gestalt. Seine stahlblauen Augen blickten die Straße entlang, auf der das Auto herankam. Dann trat er zur Seite, um die Kette zu lösen, die dazu diente, die Fähre festzuhalten. So stand er in Bereitschaft, um den Prahm sofort freizumachen, sobald das Auto hinaufgefahren sein würde. Denn der Weg führte nirgendswohin als zur Fähre.

Er sah dem Auto gelassen entgegen, aber auf einmal zuckte es in seinen Augen, denn das Auto verminderte seine Geschwindigkeit nicht, obwohl es schon ganz nahe herangekommen war. Er sah, daß der Chauffeur heftig das Steuer herumriß und daß er nun, Hans Jürgen erblikkend, diesem aufgeregt etwas zuschrie, was dieser aber nicht verstehen konnte. Doch er begriff sofort, daß anscheinend die Bremsen versagten, denn schneller, als es sich beschreiben läßt, sauste das Auto, ohne seine Geschwindigkeit zu verringern, auf die Fähre herunter, sauste darüber hinweg, sprengte durch den Aufprall die Sperrkette und stürzte über die Fähre hinweg – in den Fluß.

Hans Jürgen sah nur, als der Wagen an ihm vorüberraste, daß sich hinter dem Chauffeur eine junge Dame erhoben hatte, die in dem Augenblick des Herabsausens laut aufschrie. Aber ehe er das alles erfaßte, war die junge Dame samt Auto und Chauffeur in dem Fluß verschwunden, und das Wasser schlug gurgelnd über den Verunglückten zusammen.

Hans Jürgen war ein Mensch von großer Geistesgegenwart und Entschlossenheit. Er machte die Haltekette schnell wieder fest, streifte seine Schuhe von den Füßen und sprang kopfüber in den Fluß, um zu retten, was zu retten war. Vor allen Dingen die junge Dame, die in einiger Entfernung eben wieder auftauchte. Sie wurde von dem rasch strömenden Wasser mitgerissen, flußabwärts, dem rauschenden Wehr entgegen. Hans Jürgen wußte nur zu gut: Würde sie bis dorthin getrieben, war sie unrettbar verloren. Jetzt sah er auch den Chauffeur auftauchen, der krampfhafte Anstrengungen machte, sich am Rand der Fähre festzuhalten, um sich dadurch zu retten. Hans Jürgen mußte ihn vorläufig seinem Schicksal überlassen, die junge Dame war stärker gefährdet als er, ihr mußte er zuerst helfen.

Mit raschen, kräftigen Stößen schwamm er der Dame nach, die anscheinend schon so viel Wasser geschluckt hatte, daß sie das Bewußtsein verloren hatte, obwohl sie, wie nach einem Halt suchend, instinktiv um sich griff. Sie wurde schnell flußabwärts getrieben. Aber noch viel schneller kam Hans Jürgen vorwärts, und nach einigen schnellen Stößen war er so nahe an sie herangekommen, daß er ihre Kleider erfassen konnte.

Sie wollte sich instinktiv an ihn klammern, aber er wußte, daß sie dann beide verloren wären. So schüttelte er sie energisch von sich ab, hielt nur ihre Kleider fest und schwamm auf das Ufer zu. Das war eine schwere Arbeit, denn er mußte jetzt gegen den Strom ankämpfen, um nicht abgetrieben zu werden. Endlich aber erreichte er das Ufer, nur wenige Schritte von der Fähre entfernt. Er faßte im Gestrüpp festen Fuß und zog dann die bewußtlose junge Dame an Land.

Er nahm sie wie ein Kind auf den Arm und trug sie zur Fähre, wo er sie auf eine der Holzbänke bettete. Dann sah er sich erst einmal nach dem Chauffeur um, denn es war ringsum kein Mensch zu sehen, den er hätte zu Hilfe rufen können. Der Chauffeur hing noch immer, sich krampfhaft am Rand der Fähre festhaltend, im Wasser und mühte sich vergeblich, sich hinaufzuschwingen. Das war bei seiner schweren Kleidung und den schweren Stiefeln ohne fremde Hilfe unmöglich.

Hans Jürgen legte sich platt auf die Tragfläche der Fähre und half dem Chauffeur aus dem Wasser heraus, was keine leichte Arbeit war. Aber es gelang, und der Chauffeur taumelte kraftlos auf die andere Bank. Der Fährmann kümmerte sich jetzt nicht weiter um ihn, denn er war nun in Sicherheit und würde sich von selbst wieder erholen. Jetzt mußte er schnell Wiederbelebungsversuche bei der jungen Dame machen, denn diese lag noch vollkommen leblos da. Er taumelte auf sie zu, selbst ein wenig kraftlos von der großen Anstrengung, und knöpfte ihren Mantel auf. Es war nur ein leichter, seidener Staubmantel. Das Kleid darunter war, wie er mit Befriedigung feststellte, halsfrei und beengte ihren Körper in keiner Weise. So konnte er ungehindert ihre Arme auf und ab bewegen und alles tun, um sie ins Bewußtsein zurückzuholen.

Nachdem sie das geschluckte Wasser von sich gegeben hatte, wurde ihr Atem freier, und nach einigen Minuten kam sie zu sich und schlug die Augen auf, fassungslos erstaunt in Hans Jürgens Gesicht sehend. Und unter dem Blick ihrer schönen, samtbraunen Augen überkam diesen ein seltsames Gefühl, wie er es nie zuvor in seinem Leben gespürt hatte. Aber er vermochte der fremden jungen Dame beruhigend zuzulächeln.

»Was ist geschehen?« fragte sie nach einer Weile in englischer Sprache.

Hans Jürgen lachte und freute sich, daß er sie verstehen konnte.

»Ein kleiner Unfall, Miß. Sie haben ein bißchen zuviel Wasser geschluckt. Ist Ihnen nun wieder besser?« fragte er, ebenfalls auf englisch.

Sie richtete sich mit seiner Hilfe auf und sah verwirrt um sich. Das Wasser tropfte an ihr herab, den Hut hatte sie im Fluß verloren, der schwamm allein dem Wehr zu. Ein Schauer überlief sie. Da nahm er sie schnell wie ein Kind auf seine Arme und rief dem Chauffeur zu, ihm zu folgen.

»Sie müssen vor allem aus den nassen Kleidern heraus, Miß, auch der Chauffeur, sonst erkälten Sie sich beide. Alles weitere wird sich finden.«

So sagte er ruhig und bestimmt und trug die junge Dame hinüber zum Fährhaus. Das bestand nur aus zwei kleinen Zimmern und einer noch kleineren Küche, aber es sah blitzblank und freundlich darin aus, obwohl der Fährmann alles selbst in Ordnung halten mußte. Sorglich ließ er die junge Dame in einen Rohrsessel gleiten und sah sie nachdenklich an.

»Hm? Für Sie habe ich nur Kleider von meiner seligen Mutter. Es sind ihre Sonntagskleider, die werden Ihnen ein wenig zu weit und zu lang sein. Auch Wäsche von meiner Mutter ist noch vorhanden – sie ist wenigstens trocken und sauber, und das ist jetzt wohl die Hauptsache.«

Er kramte hervor, was er für nötig hielt, auch Strümpfe und Schuhe. Das legte er alles neben sie auf einen Stuhl.

»Fühlen Sie sich kräftig genug, um sich umzukleiden?« fragte er besorgt.

Sie nickte, schwieg aber, denn sie fror und verlangte nach trockenen Sachen. Er legte ihr auch zwei saubere, grobe Handtücher hin.

Dem Chauffeur warf er lachend blaue Arbeitskleider zu, wie er sie selber trug, und auch ein Handtuch.

»Da, gehen Sie in das Nebenzimmer, und kleiden auch Sie sich um. Ich komme gleich nach.«

Er überzeugte sich nochmals, ob für seinen jungen Gast alles Nötige vorhanden war und sagte dann ruhig:

»Ich lasse Sie jetzt allein, Miß. Sie können sich umkleiden. Wenn Sie fertig sind, klopfen Sie an diese Tür. Aber erst will ich die Eingangstür noch abschließen, damit Sie nicht von außen gestört werden.«

Er tat, wie er gesagt hatte, nahm auch für sich trockene Sachen mit und verschwand durch die Tür in das Nebengelaß, wo sich der Chauffeur bereits befand. Es war sein Schlafgemach. Die junge Dame befand sich in seinem Wohnzimmer. – Hans Jürgen schloß die Tür hinter sich ab. Der Chauffeur war schon dabei, sich umzukleiden, begann nun aber zu schimpfen über die verdammte Bremse, die nicht intakt gewesen sei.

Hans Jürgen kleidete sich ebenfalls schnell um.

»Schimpfen Sie nicht, Mann, seien Sie froh, daß Sie Ihr Leben gerettet haben. Es sah schlimm genug aus, und ich hatte Sie und das Fräulein schon aufgegeben, als Sie mit dem Wagen in den Fluß fuhren.«

»Die Bremse ist kaputt gewesen, ich kriegte die Karre nicht zum Stehen. Verfluchte Schweinerei! Nun liegt der Wagen im Wasser.«

»Gehört er Ihnen?«

»Nein.«

»Also dem Fräulein?«

»Nein, auch nicht. Ihr Vater ist ein reicher Amerikaner, der in der Stadt im Hotel wohnt. Er hat den Wagen für die Dauer seiner Anwesenheit gemietet und mich dazu. Ich bin in einem Autogeschäft angestellt, das Gebrauchtwagen verleiht. Das gibt ja eine schöne Bescherung! Unsereiner ist ja immer schuld in solchen Fällen, und ich werde meine Stellung verlieren. Es heißt dann regelmäßig, man habe geschlafen oder nicht aufgepaßt. Und ich habe doch weiß Gott alles mögliche getan, um den Wagen zum Stehen zu bringen, es ging doch ebensogut um mein Leben wie um das des Fräuleins.«

»Nun, beruhigen Sie sich nur, ich kann bezeugen, daß Sie sich nach Kräften bemühten, den Wagen zu bremsen, ich sah Sie ja kommen. Geschlafen haben Sie sicherlich nicht. Sie waren sehr aufgeregt, das merkte ich, und Sie riefen mir auch etwas zu, was ich leider nicht verstand.«

»Ja, ich rief: Die Bremse versagt!«

»Nun, auch wenn ich Sie verstanden hätte, aufhalten hätte ich das Auto nicht können. Es hat ja sogar die eiserne Sperrkette durchgerissen, als sei sie dünner Bindfaden.«

»Verdammte Schweinerei!« schimpfte der Chauffeur wieder und rieb sich wütend das nasse Haar trocken. »Alles naß, die ganze Kluft hin!«

»Das wird wieder trocken«, tröstete Hans, »wir hängen alles hinaus in die Sonne und in den Wind. Dann wird es wieder aufgebügelt, und nichts wird mehr an Ihr nasses Abenteuer erinnern. Nur der Wagen ist verloren. Schade um den schönen Wagen, er war wohl noch ziemlich neu?«

»Das nicht gerade, er war nur ein bißchen frisch aufgeputzt, damit er nach was aussah. Meine Firma hat ihn gegen einen neuen Wagen in Zahlung genommen, das kommt ja oft vor. Und solche Gebrauchtwagen verleiht sie gelegentlich. Ich glaube, versichert ist der Wagen auch, aber immerhin, mir wird die Schuld bestimmt zugeschoben.«

»Das kann ja nicht sein, beruhigen Sie sich nur. Also, das kleine Fräulein, die amerikanische Miß, ist mit seinem Vater in die Stadt gekommen?«

»Ja, und der Vater hat Geschäfte mit den Feda-Werken, wie fast alle Ausländer, die hierherkommen. Ich sollte die Miß zu dem Lustschloß fahren; sie wollte die Bilder besichtigen, auf die alle Fremden so wild sind. Mir könnten sie nicht gefallen, aber jedem für sein Geld, was ihm schmeckt. Ihr Vater hatte keine Zeit mitzukommen. War vielleicht sein Glück, vielleicht hätte er daran glauben müssen, wenn er dabeigewesen wäre. Schöne Bescherung! Und ausgerechnet ich Pechvogel muß die kleine Miß samt dem Auto ins Wasser fahren!«

»Zum Glück ist ja nichts weiter geschehen, als daß sie ein bißchen zu viel Wasser geschluckt hat. Es hätte schlimmer kommen können.«

»Ja, sie verdankt Ihnen ihr Leben; sie wäre ohne Gnade dem Wehr zugetrieben worden. Und mich haben Sie schließlich auch gerettet, denn ich hätte mich nicht mehr lange halten können. Und ich habe mich noch nicht einmal bei Ihnen bedankt; wenn man so wütend ist, denkt man nur an seinen Ärger. Aber nun will ich Ihnen schönen Dank sagen – ich bin doch froh, daß ich wenigstens mit dem Leben davongekommen bin. Meine Frau und meine beiden Kinder – lieber Gott, was hätte aus ihnen werden sollen? Wenn ich nur meine Stelle nicht verliere, heutzutage ist schwer wieder anzukommen.«

Während dieser Unterhaltung hatten sich die beiden Männer umgezogen und waren nun beide gleich gekleidet. Aber welch großer Unterschied bestand zwischen ihnen. Hans Jürgen sah neben dem derbknochigen, untersetzten Chauffeur mit den groben Zügen aus wie ein vornehmer Mensch, der sich in einer Verkleidung gefiel. Seine Bewegungen waren leicht und elastisch, und sein Gesicht zeigte einen durchgeistigten Ausdruck.

Er raffte jetzt seine und des Chauffeurs nasse Kleidung zusammen und legte sie zum Fenster hinaus auf eine Bank vor dem Haus. Dann räumte er sein Schlafzimmer schnell wieder auf, so daß es wieder sehr ordentlich aussah.

»So, das hänge ich hernach draußen auf die Leine! Jetzt will ich erst einmal für die kleine Miß und für Sie einen heißen Tee kochen. Ein Restchen Rum ist auch noch vorhanden. Dann werden Sie schnell durchwärmt und hoffentlich keinen Schnupfen bekommen.«

»So ein warmer Trank wird auch Ihnen guttun, Fährmann, Sie waren genauso im Wasser wie wir«, sagte der Chauffeur ein bißchen beschämt.

Hans Jürgen lachte.

»Ach, mir macht das nichts aus, ich muß öfter mal in den Fluß springen, wenn auf meiner Fähre etwas über Bord geht.«

»Na, jedenfalls scheinen Sie mehr an andere zu denken als an sich, und das findet man selten auf der Welt.«

In diesem Moment klopfte es an die Tür.

»Ah, die kleine Miß ist auch schon fertig«, sagte Hans Jürgen und öffnete.

Vor ihm stand die Gerettete, eine zierliche, schlanke Mädchengestalt, die das Sonntagskleid von Hans Jürgens verstorbener Mutter hatte ein gutes Stück übereinanderstecken müssen. Ihr blondes Haar, das sie tüchtig trocken gerieben hatte, kräuselte sich schon wieder zu Locken. Sie hatte sich inzwischen besonnen, daß sie ja in Deutschland war und nicht in Amerika, und bediente sich nun der deutschen Sprache, die sie nicht ganz geläufig beherrschte.

»Oh, die Kleider sein mich viel zu weit! Aber schön warm und trocken«, sagte sie lachend, zwei Reihen blendend weißer Zähne und zwei reizende Grübchen zeigend.

»Das ist die Hauptsache, Miß, und nun bringe ich Ihnen gleich heißen Tee. Das Wasser, das schon lange auf dem Feuer steht, wird schon kochen. Bitte, geben Sie mir mal Ihre nassen Kleider, damit ich sie mit hinausnehmen kann, nachher hänge ich sie draußen auf.«

Und Hans Jürgen machte nun auch in seinem Wohnzimmer schnell wieder Ordnung. Er konnte Unordnung nicht leiden, und es sah so sauber und behaglich in dem einfachen Stübchen aus, daß man das Fehlen einer Hausfrau gar nicht bemerkte.

Er nötigte die junge Dame auf das Sofa, aber diese faßte jetzt seine Hand.

»Ich muß Ihnen sagen so viel Dank. Sie haben mir gerettet aus die Fluß. Ich wäre gewesen ganz tot, wenn Sie mir nicht herausgeholt hätten. Ich habe nicht können schwimmen in die enge Kleider und in allen Schrecken über das Stürzen mit die Auto. Ganz von Sinnen ich sein gewesen. Oh, ich mussen Ihnen so viel danken, Sie haben mich gerettet mein Leben.«

Hans Jürgen sah sehr verlegen aus und faßte ganz behutsam nach der feinen, zarten Hand.

»Ist ja nicht der Rede wert, Miß.«

»Der junge Mann ist sehr bescheiden, Miß«, fiel jetzt der Chauffeur ein, »er hat auch von mir keinen Dank annehmen wollen. Aber wir wissen beide, daß wir ohne seine Hilfe ertrunken wären. Und Sie wurden von der Strömung dem Wehr zugetrieben, das ein Stück flußabwärts liegt. Da hätte es keine Rettung mehr gegeben.«

Die junge Dame schauerte zusammen und sah mit großen Augen in Hans Jürgens verlegenes Gesicht. Aber noch ehe sie ein Wort sagen konnte, war er schon in die kleine Küche gegangen, und man hörte ihn eifrig darin hantieren. Nun wandte sich die junge Dame an den Chauffeur.

»Was sein gewesen mit das Auto, Chauffeur, warum konnten Sie es nicht bringen zum Stehen vor die Fähre?«

»Sie haben doch gesehen, Miß, wie ich mich bemüht habe, den Wagen zum Stehen zu bringen, nicht wahr?«

»Yes, ich haben gesehen und haben gehört, daß Sie geschrien haben sehr ärgerlich. Und da sein ich aufgesprungen vor Schreck, denn ich haben gesehen, daß die Auto wird fahren direkt in die Fluß. Oh, was haben ich für Angst gehabt! Wie sein das nur gekommen, daß die Auto nicht hat still gestanden?«

»Die Bremse ist kaputt gewesen. Ich konnte, als ich es merkte, den Wagen nicht mehr herumreißen. Und selbst wenn es mir gelungen wäre, wäre das für uns beide wohl noch viel, viel schlimmer geworden, wir wären irgendwo dagegengefahren und sicherlich schwer verunglückt. Im Wasser sind wir wenigstens weich gefallen.

Mich trifft jedenfalls keine Schuld, Miß, das müssen Sie mir bezeugen. Man wird selbstverständlich mir die Schuld zuschieben wollen, und ich werde meine Stellung verlieren und vielleicht sogar meinen Führerschein. Und was wird dann aus meiner Frau und meinen Kindern?«

»Oh, Sie haben ein Frau und Kinder?«

»Ja, Miß.«

»Nun, Sie werden nicht verlieren Ihre Stellung und Ihr Führerschein. Ich werde sagen, daß Sie nicht sein schuldig an die Unglück. Sie haben alles getan, was Sie konnten, um die Wagen zum Stehen zu bringen. Seien Sie ruhig! Wir wollen uns freuen, daß wir nicht liegen tot in die kalte Wasser.«

»Aber der Wagen ist hinüber! Selbst wenn man ihn heben kann, ist er erledigt.«

Mitleidig sah sie ihn an.

»Was kosten die Wagen?«

»Das weiß ich nicht. Er war ja nicht mehr neu und ist wohl auch versichert. Aber einige tausend Mark war er immer noch wert. Der schöne Wagen! Nun liegt er im Wasser!«

»Sie müssen sein nicht mehr so traurig! Ich werde bitten mein Vater, daß er dafür eintritt, daß Sie nicht verlieren Ihr Stellung und Ihre Führerschein. Er wird sorgen dafür, daß Sie nicht haben Schaden.«

»Wenn Sie ein gutes Wort einlegen wollten, Miß, wäre ich Ihnen sehr dankbar.«

»Ich werde tun, keine Sorge!«

Jetzt kam Hans Jürgen wieder herein. Er trug auf einem Tablett eine Kanne Tee, einige Tassen und einen Teller mit Butterbroten. Das stellte er alles auf den Tisch vor dem Sofa, über den eine helle Wachstuchdecke gebreitet war. Aus einem Wandschränkchen nahm er eine Flasche, die noch Rum enthielt, und eine blaue Glasschale, mit Zukkerstücken gefüllt. Rasch füllte er die drei Tassen, tat in jede zwei Stück Zucker und einen tüchtigen Schuß Rum. Dann stellte er eine Tasse der jungen Dame hin, eine andere dem Chauffeur und die dritte vor seinen Platz. Dann erst öffnete er die Haustür und sah die Straße entlang und zum gegenseitigen Ufer. Befriedigt konstatierte er, daß niemand mit der Fähre überzusetzen begehrte. Er ließ aber die Tür offenstehen, so daß er die Fähre überblicken konnte. Dann ließ er sich nieder und redete der jungen Dame zu.

»Trinken Sie den Tee so heiß wie möglich, Miß, ich fülle noch mal nach. Sie müssen ordentlich warm werden, damit Sie keine Erkältung davontragen. Zum Glück ist es ja heute sehr warm, aber Vorsicht ist geboten. Trinken Sie tüchtig! Ihre Sachen habe ich schon draußen aufgehängt, unsere auch, aber eine Weile wird es schon dauern, bis sie trocken sind.«

Die junge Dame sah sich lächelnd und aufatmend im Zimmer um, während sie die große Tasse zum Mund führte und gehorsam trank. Hans Jürgen reichte ihr freundlich den Teller mit den Butterbroten.

»So ein kaltes Bad macht hungrig, Miß. Etwas anderes habe ich leider nicht anzubieten. Bitte, wollen Sie zulangen?«

Es lag etwas Vornehmes, Edles in seinen Bewegungen und in der ganzen Art seines Benehmens. Sie fühlte, daß er in herzlichster Weise Gastfreundschaft bot und daß sie ihn kränken würde, wenn sie nicht zulangte. Obwohl sie keinen Hunger hatte, nahm sie eine Scheibe Brot. Herzhaft biß sie mit ihren weißen Zähnen hinein und trank dann wieder einen tüchtigen Schluck.

»Oh, so schön warm werden mich von diese Tee, ich

müssen Ihnen immer wieder danken«, sagte sie, ihm zulächelnd.

Er mußte sie unverwandt ansehen. Es erschien ihm wie ein Wunder, daß sein schlichtes Haus eine so vornehme junge Dame beherbergte, denn daß sie vornehm war, merkte er sehr wohl. Ihr blondes Haar war schon wieder ganz lockig und umgab ihr feines Köpfchen wie ein Heiligenschein. Sie sah entzückend aus, trotz der ungeschickten, entstellenden Kleider. Und ihre feinen zarten Hände staunte er an wie kleine Wunderwerke der Schöpfung. Ein freudiges Gefühl war in ihm, wie er ein solches noch nie in seinem Leben empfunden hatte, weil sie lebte, gesund und munter schien, in seinem bescheidenen Haus so behaglich auf dem alten Sofa saß und sich seinen Tee und sein Butterbrot wohlschmecken ließ. Sie sprach ihm immer wieder ihren Dank aus, aber er wehrte immer wieder ab. Und als sie die zweite Tasse Tee geleert hatte und sich nun wieder ganz behaglich fühlte, fragte sie:

»Wie komme ich nun wieder in die Hotel zu meine Vater? Haben Sie keine Telefon hier?«

»Nein, Miß, aber in etwas mehr als zehn Minuten kann man ein kleines Gasthaus erreichen, das an der Endstation der Straßenbahn liegt. Dort ist ein Telefon. Ich kann leider nicht hingehen, denn ich muß bei der Fähre bleiben, aber der Chauffeur mag es tun, denn Sie können in diesem Aufzug nicht unter Menschen gehen.«

Sie sah an sich herab und lachte. Und dann schüttelte sie den Kopf.

»Nein, wenn telefoniert der Chauffeur an mein Vater von eine Unfall, dann wird er erschrecken viel zu sehr. Das darf nicht sein, weil ich ihn nicht gleich machen kann ganz ruhig. Nein, das nicht gehen! Aber wie kann mein Vater Nachricht bekommen?«

»Darf ich einen Vorschlag machen, Miß?« fragte Jürgen.

»Bitte!«

»Der Chauffeur ist ebenso schnell an der Straßenbahn. Wenn Sie ihrem Herrn Vater einige Zeilen schreiben würden, die ihn beruhigen und in denen Sie ihn bitten, Ihnen andere Sachen zu senden und vielleicht einen anderen Wagen. Sie müssen dann freilich hier so lange warten.«

Sie nickte lebhaft.

»Well! Das sein sehr gut. Bitte, geben Sie mich Papier und Feder oder Bleistift – ich habe gelassen mein Handtasche in die Auto im Wasser, und sie sein ertrunken. O yes, ich will schreiben meine Vater, damit er nicht erschreckt. Sie, Chauffeur, Sie fahren bitte mit die Elektrische in das Hotel und lassen abgeben durch die Portier das Brief an meine Vater. Er müssen Sie aber nicht sehen vorher, ehe er das Brief gelesen, in diese Kleidung, damit er nicht bekommt eine zu große Schreck.«

Hans Jürgen brachte Schreibzeug und Papier herbei, und die junge Dame schrieb an ihren Vater in englischer Sprache und deshalb ganz korrekt:

»Mein lieber Vater! Mit dem Auto, in dem ich fortgefahren bin, kann ich nicht zurückkommen, es kann nicht mehr fahren. Du mußt aber nicht erschrecken, ich bin ganz wohl und munter, habe nur ein kleines, unfreiwilliges Bad genommen, wobei meine Kleider sehr naß geworden sind. Ich sitze wohlgeborgen in einem kleinen, drolligen Fährhaus, und der junge Fährmann, der mich aus dem Wasser gezogen hat, gab mir von seiner Mutter trockne Kleider, in denen ich sehr komisch aussehe. Ich kann mich darin nicht in der Öffentlichkeit zeigen. Also bitte, schicke mir ein anderes Auto und andere Kleider. Ich komme dann schnell wieder ins Hotel zurück. Bitte, mache Dir ja keine Sorge, ich bin wirklich ganz gesund und munter. Viele Küsse!

Deine Mildred«

Sie kuvertierte das Schreiben und sagte:

»So, Chauffeur, nun machen Sie sich gleich auf den Weg. Sie geben den Brief dem Hotelportier und warten dann, ob mein Vater Sie will sprechen. Aber Sie müssen ihm dann sagen, daß ich bin ganz gesund. Ich glauben, daß mein Vater wird kommen und mich selbst abholen.«

Der Chauffeur sah unbehaglich auf seine bloßen Füße herab. Hans Jürgen lachte.

»Meine Schuhe werden Ihnen nicht passen. Aber warten Sie, von meinem Vater sind noch welche da, die werden vielleicht passen.«

Er brachte Schuhzeug für den Chauffeur herbei, und es paßte auch. Nun dachte Hans Jürgen erst daran, daß auch er noch barfuß herumlief. Seine Schuhe lagen noch so, wie er sie abgestreift hatte, draußen auf der Fähre. Es wollte ihm jetzt nicht mehr passend erscheinen, noch länger barfuß in der Gesellschaft der jungen Dame zu verweilen. Er ging hinaus und schlüpfte in seine Schuhe. Dann kam er zurück. Der Chauffeur machte sich nun auf den Weg, und Miß Mildred und Hans Jürgen waren allein.

Eine leichte Verlegenheit befiel beide. Mildred sah sich im Zimmer um, und Hans Jürgen sagte sich, daß es wohl an der Zeit sei, daß er sich der jungen Dame endlich vorstelle und ihren Namen erführe.

»Ich heiße Hans Jürgen, Miß, wollen Sie mir bitte auch Ihren Namen nennen?«

»Mein Name sein Mildred Warren. Wohnen Sie hier ganz allein in diese kleine Haus?«

Er lauschte eine Weile dem Klang ihres Namens und erwiderte dann hastig:

»Ja, Miß Warren, seit dem Tod meiner Eltern.«

»Oh, Ihre Vater sein auch gestorben?«

»Ja. Aber jetzt, da wir allein sind, können wir wieder englisch sprechen, ich tat es bisher nur nicht, weil der Chauffeur zugegen war.«

Sie sah ihn forschend an.

»Ah, richtig, Sie sprachen schon einige Worte englisch zu mir, als ich nach meinem unfreiwilligen Bad wieder zu Bewußtsein kam. Also sprechen wir englisch.«

»Vorausgesetzt, daß Sie mit meinem Englisch etwas Nachsicht haben wollen.«

»Oh, Sie sprechen es sehr gut.«

»Es freut mich, das von Ihnen zu hören. Ich habe so wenig Übung.«

»Haben Sie die englische Sprache in England gelernt oder in Amerika?«

Er lachte.

»Nein, Miß Warren, in keinem dieser Länder. Ich bin in meinem Leben noch nie weitergekommen als bis zur nächsten Stadt. Seit meines Vaters Tod sitze ich Tag für Tag an der Fähre und lasse mich nur zuweilen sonntags einige Stunden vertreten, wenn ich zu meinem Buchhändler gehe, um mir neue Bücher zu holen.«

Sie sah ihn erstaunt an.

»Noch nie von hier fort gewesen?«

»Nein!«

Sie erhob sich und trat an das Bücherregal, wo seine Bücher standen.

»Das sind Ihre Bücher?«

»Die meisten gehören mir, aber einige sind nur geliehen, weil sie zu teuer sind.«

Sie beugte sich herab und las die Titel.

»Darunter sind auch viele englische Bücher – und mir scheint, alles sind wissenschaftliche Werke.«

Ein Lächeln zuckte um seinen schmallippigen, ausdrucksvollen Mund.

»Sie staunen, daß ein schlichter Fährmann sich mit wissenschaftlichen Werken befaßt. Aber – mein Stiefvater hat es, von meiner fleißigen Mutter unterstützt, fertiggebracht, mich das Realgymnasium bis zum Abitur besuchen zu lassen. Ich bin ihm sehr dankbar dafür und meiner Mutter auch, die fleißig kunstvolle Stickereien angefertigt hat, um zu verdienen und ihrem Sohn eine gute Schulbildung zu gewähren. Beide haben auf manche Annehmlichkeit verzichtet, um mir diesen Bildungsgang zu ermöglichen.«

»Nun, es ist Pflicht eines Vaters, seinem Sohn eine so gute Schulbildung geben zu lassen, wie in seinen Kräften steht«, sagte Mildred Warren.

Seine Stirn rötete sich jäh und zog sich wie im Schmerz zusammen.

Die junge Dame stutzte plötzlich und sah ihn nachdenklich an. Er erinnerte sie mit dieser zusammengezogenen Stirn und mit den vor unterdrückter Erregung dunkel erscheinenden Augen an jemand, ohne daß ihr einfiel, an wen.

»Er tat viel mehr als seine Pflicht, Miß Warren, denn ich war nicht wirklich sein Sohn, er war nur mein Stiefvater. Meine Mutter brachte mich mit in die Ehe – sie – aber nein, das ist nichts für Sie. Genug, war er auch nur mein Stiefvater, hat er doch wie ein richtiger Vater an mir gehandelt und viele Opfer für mich gebracht, denn meine Mutter allein hätte es trotz ihres Fleißes nicht ermöglichen können, mich das Realgymnasium besuchen zu lassen. Sie wollten beide weitere Opfer bringen und mich studieren lassen, weil ich mich so sehr danach sehnte. Und sie hätten es auch geschafft, wenn sie am Leben geblieben wären. Aber kurz bevor ich das Abitur machte, starb meine Mutter und gleich nachdem ich das Examen bestanden hatte, auch mein Stiefvater. Sie erlagen beide einer Lungenentzündung während einer Grippeepidemie. Ich erbte dies Fähramt, es war in der Familie meines Stiefvaters erblich. Das bescheidene Vermögen, das noch auf der Sparkasse lag, reichte gerade hin, meine Eltern beerdigen zu lassen. Ich war froh, daß die Fähre mir wenigstens meinen Lebensunterhalt gewährte, sogar etwas mehr als das, denn ich kann noch kleine Ersparnisse machen. So mußte ich zufrieden sein mit dieser Existenz.«

Mildred Warren hatte aufmerksam zugehört und sah ihn immer wieder nachdenklich und forschend an, um über jene Ähnlichkeit nachzugrübeln. Je länger sie ihn ansah, desto besser gefiel er ihr. Der freien Amerikanerin war es gar nicht so erstaunlich, daß ein schlichter Fährmann sich so gebildet ausdrückte und das Gymnasium besucht hatte.

»Und – wollen Sie nun immer Fährmann bleiben?«

Er richtete sich auf und warf den Kopf zurück.

»Nein! Sobald ich mir Geld genug gespart habe, um leidlich durchzukommen, werde ich doch noch studieren. Es hat sich schon mancher vor mir durchs Studium gehungert, und ich werde nicht der letzte sein. Jeden Pfennig, den ich bei meinem bescheidenen Leben erübrigen kann, spare ich. Einmal muß es doch werden.«

Sie wollte schnell etwas erwidern, hielt es aber zurück. Und wieder sah sie ihn nachdenklich an.

Er erzählte noch mehr von seinem stillen Leben im Fährhaus und freute sich, daß er so fließend englisch sprechen konnte. Von seinen Wünschen und Plänen sprach er, und sie hörte sehr aufmerksam zu. Es war ihm eine Wohltat, einmal von alledem sprechen zu dürfen, und die kleine blonde Miß, die ihn mit ihren wunderschönen sammetbraunen Augen so verständnisvoll ansah, nahm ihm die Scheu, die er sonst vor fremden Menschen empfand. Sie erschien ihm nicht wie eine Fremde, ihm war, als habe er ihr Dasein längst schon geahnt und empfunden. Vielleicht kam auch noch dazu, daß sie ihm in den Kleidern seiner Mutter gegenübersaß, oder, weil er sie doch unstreitig vom Tod errettet hatte – er wußte nicht recht warum, aber ihm war, als kenne er sie schon lange. Der warme Blick ihrer Augen tat ihm überaus wohl, irgendwie lösten diese Augen alle Hemmungen seiner Seele. Es wurde ihm so warm ums Herz, als habe er, der Einsame, einen lieben, guten Freund gefunden, dem er sich rückhaltlos anvertrauen konnte. Aber es fiel ihm dann doch auf, daß sie ihn so seltsam forschend und nachdenklich ansah, und schließlich fragte er:

»Warum sehen Sie mich so nachdenklich an, Miß Warren?«

Sie lachte ein wenig.

»Wenn ich das nur selber wüßte. Sie erinnern mich an jemand, und ich weiß nicht, an wen. Wenn Sie Ihre Stirn zusammenziehen, wenn Ihre Augen so dunkel werden, als seien sie schwarz, und wenn Sie den Kopf zurückwerfen, dann weiß ich, daß ich jemand kenne, dem Sie ähnlich sind. Aber ich komme nicht darauf, immer ist es wieder fort.«

»Manchmal quält einen eine solche Ähnlichkeit geradezu«, sagte er lächelnd, »und wenn wir sie dann endlich gefunden haben, ist diese Ähnlichkeit gar nicht so groß, wie wir dachten.«

Sie nickte.

»So wird es auch mir ergehen.«

Aber jetzt mußte Hans Jürgen hinaus, ein Fuhrwerk und einige Passanten näherten sich. Er sah sie unruhig an.

»Ich muß hinüber an das andere Ufer. Wenn inzwischen Ihr Herr Vater kommen sollte, um Sie zu holen –, ich möchte Ihnen doch lieber gleich jetzt Lebewohl sagen. Hoffentlich haben Sie sich bei dem nassen Bad nicht erkältet. Ich wünsche Ihnen, daß Sie nie wieder in eine solche Gefahr kommen und – daß es Ihnen immer gutgehe.«

Sie sah ihn vorwurfsvoll an.

»Sie glauben doch nicht von mir, daß ich davonfahre, ehe Sie zurückkommen. Und wenn mein Vater mich wirklich selbst hier abholt, wie ich bestimmt glaube, so wird auch er sicherlich nicht fortgehen, ohne Ihnen seinen Dank zu bezeugen dafür, daß Sie ihm das Leben seines einzigen Kindes gerettet haben. Er hat mich sehr lieb, mein guter alter Vater.«

»Es freut mich, wenn ich Sie bei meiner Rückkehr noch antreffe, aber nicht des Dankes wegen, dessen bedarf es nicht«, sagte er und eilte pflichteifrig zu seinem Amt.

Sie blieb allein zurück in dem stillen Fährhaus und trat

an das Fenster. Da draußen hingen ihre nassen Sachen neben denen des Fährmanns und des Chauffeurs. Sie flatterten lustig im Wind, und die Sonne schien so hell darauf, als habe sie es eilig, sie zu trocknen.

Jetzt erst, als Mildred Warren ganz allein in dem kleinen Wohnzimmer des Fährmanns stand, kam es ihr so recht zum Bewußtsein, welch großer Gefahr sie entronnen war. Und sie drückte die Hände aufs Herz und atmete tief. Sie eilte zur Tür und sah der Fähre nach. Da stand ihr Lebensretter in seiner blauen Leinenbluse, das blonde Haar verweht. Ihr Herz klopfte unruhig. Sie sah, daß er sich über die Fähre hinausbog und scheinbar sehr vorsichtig über die Stelle fuhr, wo das versunkene Auto liegen mußte. Aber die Fähre stieß nicht an, sie glitt ungehindert darüber hinweg. Und nun richtete er seine schlanke Gestalt empor, und sie sah deren elastischen Bewegungen mit Behagen zu. Er sah so gar nicht aus wie ein schlichter Arbeiter. Sein blonder Kopf saß stolz und frei auf dem Nacken.

Langsam kehrte sie ins Zimmer zurück und sah sich gedankenvoll um. Hier hatte Hans Jürgen, ihr Lebensretter, sein ganzes Leben verbracht, war nie weiter gekommen als bis zur nächsten Stadt. Und er machte keineswegs den Eindruck eines Menschen, der in der Enge lebte. Wenn sie ihm doch helfen könnte. Sie mußte mit ihrem Vater sprechen. Und an wen erinnerte er sie nur? Es quälte sie geradezu, daß sie es nicht ergründen konnte.

Dort über dem einfachen alten Sofa hingen zwei Fotografien, die eines Mannes und die einer Frau. Die Frau hatte ein sehr hübsches, sympathisches Gesicht mit feinen Zügen und – leidvollen Augen. Das war sicherlich Hans Jürgens Mutter. Und der Mann mit den guten Augen und den schlichten Zügen war zweifelsohne sein Stiefvater. Sie hatte das Gefühl, als sei Hans Jürgen jetzt schon weit über seine Sphäre hinausgewachsen. Sie sah sich weiter um, nicht neugierig, sondern teilnahmsvoll. Drüben an der andern Wand, neben dem Kleiderschrank, stand eine Kommode, auf der eine kunstvoll gestickte Decke lag, gewiß eine Arbeit der fleißigen Hände seiner Mutter. Auf dieser Kommode stand eine kleine Uhr, darüber hing ein Spiegel, und vor der Uhr lag ein Buch. Mildred nahm es in die Hand und schlug es auf. Es war ein Gebetbuch. Auf der ersten Seite stand in einer steilen, aber schon festen Knabenhandschrift: Meiner lieben Mutter, Maria Haller, geborene Jürgen, von ihrem dankbaren Sohn Hans.

Mit großen Augen sah Mildred auf diesen Namen. Geborene Jürgen? Und der Sohn dieser Frau hieß Jürgen, während der Stiefvater Haller geheißen hatte.

Eine helle Röte stieg in ihr Gesicht. Schnell, wie bei einem Unrecht ertappt, legte sie das Buch wieder hin und schlug es zu. Jetzt wußte sie, weshalb Hans Jürgen so knapp in seinen Antworten gewesen war, als sie ihn nach seinen Familienverhältnissen gefragt hatte.

Scheu flog ihr Auge wieder zu dem Frauenbild über dem Sofa. Und dann atmete sie auf. Nein, das war nicht das Gesicht einer Leichtfertigen, sondern das einer Unglücklichen. Welch tiefes Leid mochte diese Frau erduldet haben?

Diesem jungen, stets sorgsam behüteten Menschenkind war plötzlich ein leises Ahnen gekommen von dem Mysterium des Lebens. Und tiefes Mitleid überkam sie mit dem Mann, der ihr das Leben neu geschenkt hatte. Armer Hans Jürgen, er trug den Namen seiner Mutter, nicht den seines Vaters.

Aber er gefiel ihr trotzdem; oh, sehr gut gefiel er ihr! Und sie wollte ihm irgendwie ihre Dankbarkeit beweisen, trotz seiner jähen, stolzen Abwehr. Und ihr Vater würde das auch tun wollen, wenn er erfuhr, daß dieser junge Fährmann, der das Abitur gemacht hatte, ihr Lebensretter gewesen war.

Sie trat wieder an die offene Tür und sah der Fähre nach, die nun schon am gegenüberliegenden Ufer angekommen war. Der Fährmann legte an und löste den starken Strick, den er statt der zerrissenen Kette angebracht hatte. Die Passanten verließen die Fähre, und das Fuhrwerk ebenfalls. Nun war die Fähre leer, nur Hans Jürgen stand noch darauf und wartete auf ein Auto, das sich drüben näherte. Auch einige Passanten kamen, um überzusetzen.

Die Fähre nahm alle auf und glitt nun wieder langsam herüber. Mildred sah ihr gespannt entgegen. Nach einigen Minuten legte sie wieder an der alten Stelle an. Das Auto fuhr zuerst an Land, dann folgten die Passanten. In dem Auto saßen ein Herr und eine Dame hinter dem Chauffeur. Sie sahen verwundert auf Mildred, die in der offenen Tür stand und in ihrem geliehenen Anzug einen etwas seltsamen Anblick bot. Sie zog sich schnell wieder in das Zimmer zurück und setzte sich am Tisch nieder. Sie wollte erst die Passanten vorüberlassen. Als sie sich eben wieder erheben wollte, um nach dem Fährmann Ausschau zu halten, betrat er schon in atemloser Hast das Zimmer. Seine Augen leuchteten bei ihrem Anblick auf, und ein tiefer Atemzug hob seine Brust.

»Ich glaubte, Sie wären schon fortgegangen«, stieß er hervor.

Lächelnd schüttelte sie den Kopf und wurde ein wenig

rot unter seinem aufleuchtenden Blick. Es war ihr plötzlich unbehaglich, daß sie in den geborgten Kleidern sehr unvorteilhaft aussehen könne. Aber zugleich sagte sie sich, daß seine stahlblauen Augen sehr schön waren, so klug und so gut – ganz warm wurde einem ums Herz, wenn er einen ansah.

»Ich habe Ihnen doch gesagt, daß ich warten würde, bis Sie zurückkämen. Müssen Sie jetzt bald wieder hinüberfahren?«

Sie sprachen wieder englisch zusammen.

»Nur wenn jemand übersetzen will, und vorläufig ist weit und breit niemand zu sehen. Aber ich wollte Sie eben auffordern, mit mir hinaus auf die Fähre zu kommen, da ist Sonnenschein, und in der Sonne ist es warm. Ich bin immer noch ein wenig in Sorge, daß Sie sich erkältet haben könnten. Die Sonne wird Ihnen auf alle Fälle guttun. Sie können ja immer schnell wieder ins Haus schlüpfen, wenn jemand kommt und Sie sich in diesem Anzug nicht sehen lassen wollen.«

Sie reckte sich, um einen Blick in den ziemlich hoch hängenden Spiegel zu werfen, in dem sie nicht viel mehr als ihren Kopf sehen konnte.

»Ich sehe wohl sehr komisch aus?« fragte sie kläglich.

Mit einem ernsten Blick sah er sie an.

»Mir erscheinen Sie gar nicht komisch, Miß Warren, sondern sehr rührend. Es sind ja die Kleider meiner Mutter, die Sie tragen. Und wenn sie Ihnen auch etwas zu weit und zu lang sind, mich stört es gewiß nicht. Sie – jedoch ...«

Er sprach nicht weiter. Er hatte sagen wollen: Sie sehen schön und lieblich auch in diesen Kleidern aus. Aber das brachte er nicht über seine Lippen, die nicht gewöhnt waren, Frauen schmeichelhafte Dinge zu sagen. Sie fragte auch nicht, was er noch hatte sagen wollen, vielleicht weil sie es in seinen Augen las. Und so fragte sie nur:

»Sie haben Ihre Mutter wohl sehr liebgehabt?«

Er deutete auf das Bild seiner Mutter über dem Sofa.

»Man mußte sie lieben. Sie war sehr gut, zu gut vielleicht – und so still und bescheiden. Und sie hat so viel gearbeitet für mich. Aber kommen Sie bitte hinaus in die Sonne, damit Sie sich gut durchwärmen«, fuhr er fort, sie besorgt betrachtend.

Da schritt sie neben ihm hinaus zur Fähre. Sie ließen sich auf der einen Holzbank nieder, er in respektvoller Entfernung von ihr, aber ohne seine Augen von ihr zu lassen, als wolle er sich ihr Bild für alle Ewigkeit einprägen.

»Erzählen Sie mir noch ein wenig von Ihrem bisherigen Ergehen«, bat Mildred Warren. »Sie haben mir das Leben gerettet, und ich möchte von meinem Lebensretter recht viel wissen.«

»Oh, Miß Warren, von mir ist nichts Interessantes zu berichten.«

»Mich interessiert alles«, sagte sie ernst.

Da erzählte er ihr von seiner Kindheit, die er hier auf dem Fährgehöft verbracht, und wie er immer hinüber zu den Feda-Werken gesehen hatte mit dem Wunsch, eines Tages auch in einem solchen Werke arbeiten zu dürfen. Er hatte schon früh der Mutter in den Ohren gelegen, er möchte einmal Ingenieur werden wie die vielen jungen Herren, die sonntags von den Werken herüberkamen und sich übersetzen ließen. Da habe die Mutter zu ihm gesagt: Warte, bis du groß bist, dann sollst du Ingenieur werden. Sie habe es dem Stiefvater beigebracht, der habe ihn mit seinen guten Augen angesehen und gesagt: Es wird sich schon ermöglichen lassen. Und Vater und Mutter hätten damals schon angefangen zu sparen, die Mutter habe fleißig gearbeitet, von früh bis spät, und habe Groschen um Groschen zurückgelegt. Und so habe er das Gymnasium besuchen können. In seinen Freistunden aber habe er den Stiefvater an der Fähre vertreten, so daß er schon als halbwüchsiger Junge genau damit Bescheid gewußt habe. Und so sei es dann von selbst gekommen, daß er die Fähre nach des Stiefvaters Tod übernommen habe.

»Und wie lange sind Sie nun schon Fährmann?« fragte Mildred interessiert.

»Ostern waren es drei Jahre, und es wird mindestens noch einmal so lange dauern, bis ich mir die Summe erübrigt habe, deren ich bedarf. Es geht sehr langsam mit dem Sparen, sehr viel wirft die Fähre nicht ab. Aber einmal werde ich mein Ziel doch erreichen«, sagte er, und seine Zähne bissen fest aufeinander, so daß die Muskeln seines Gesichts spielten. Eine eiserne Entschlossenheit lag auf seinen Zügen, und sie mußte ihn bewundernd ansehen.

»Sie werden es auch erreichen«, sagte sie überzeugt.

Er warf den Kopf zurück, und sie mußte wieder nach der Ähnlichkeit suchen. Aber er sagte jetzt ablenkend: »Nun wollen wir aber nicht mehr von mir sprechen, es gibt nichts Interessantes in meinem Leben.«

»O doch, alles ist sehr interessant, was Sie mir erzählen.«

»Aber ich möchte nun gern ein wenig von Ihnen hören, Miß Warren. Wenn Sie auch nur flüchtig meinen Weg gekreuzt haben und ich Sie wahrscheinlich nie wiedersehen werde, sobald Sie die Fähre verlassen haben, so möchte ich doch wissen, woher Sie kommen und wohin Sie gehen.«

»Ich bin mit meinem Vater von New York herübergekommen. Weil meine Mutter, die ich früh verloren habe, eine Deutsche war, wollte ich ihre deutsche Heimat kennenlernen. Und mein Vater hat hier in Deutschland Geschäfte zu erledigen, auch hier bei den Feda-Werken. Er hat heute im Hotel eine Konferenz mit den Leitern der Feda-Werke. Ich verstehe sehr wenig von Geschäften und weiß nicht, worum es sich dabei handelt. Da ich Langeweile hatte, wollte ich mir das Lustschloß des ehemaligen Königs ansehen, in dem berühmte Gemälde hängen sollen. Dazu wird es nun wohl nicht mehr kommen. Vater hat für solche Dinge kein großes Interesse. So war ich allein losgefahren – und mein Vater wird sehr erschrecken, wenn er hört, was mir widerfahren ist – ich bin sein einziges Kind, und er liebt mich sehr.«

»Gottlob ist ja alles gutgegangen, Miß Warren. Darf ich fragen, wie alt Sie sind?«

»Raten Sie!« sagte sie lächelnd.

»Sechzehn Jahre?«

»Und einige Monate«, sagte sie.

»Und wie lange werden Sie noch in Deutschland bleiben?«

»Einige Wochen, wir wollen uns noch etwas mehr von Europa ansehen.«

»Und wie lange bleiben Sie noch in unserer Stadt?«

»Ich glaube, nur noch morgen«, sagte Mildred mit einem kleinen Seufzer.

»Wo wohnen Sie in Amerika? In New York?«

»Unsere Villa liegt unweit von New York am Meeresstrand. Meines Vaters Etablissement befindet sich in Brooklyn, er fährt täglich mit dem Auto dorthin. Es ist ein großes Unternehmen, er beschäftigt etwa zweitausend Arbeiter und selbstverständlich auch Beamte und Ingenieure. Aber – was wollen Sie studieren?«

»Chemie, ich will die Hochschule besuchen.«

Sie sah ihn nachdenklich an.

»Mein Vater beschäftigt auch einige Herren, die Chemiker sind.«

Und sie erzählte ihm allerlei von der Firma Warren in Brooklyn, was Hans Jürgen brennend interessierte. Er hätte gerne noch mehr gefragt, aber es kamen wieder Passanten zur Fähre und Fuhrwerke auf beiden Seiten. Mildred Warren ging schnell ins Fährhaus zurück, und Hans Jürgen beförderte Menschen und Fuhrwerke hinüber und herüber. Als es dann wieder still war, kam Mildred wieder auf die Fähre und setzte sich auf die Holzbank. Aber Hans Jürgen löste einen langen Bootshaken.

»Was wollen Sie damit tun?« fragte sie ihn.

Er lachte.

»Das Wasser hat sich jetzt wieder geklärt, und ich habe das Auto ganz deutlich gesehen, so deutlich, daß ich meine, Ihre Handtasche auf dem Sitz erblickt zu haben. Ich will sehen, ob ich sie herausfischen kann.«

Er legte sich am vorderen Rand der Fähre auf die Tragfläche nieder und fischte mit dem Bootshaken nach der Handtasche. Sie sah ihm lächelnd zu. Nach einer Weile sprang er auf und zog den Bootshaken aus dem Wasser. Mildreds Handtasche hing daran. Lachend hielt er sie ihr hin.

»Ist etwas von Wert darinnen, Miß Warren?«

Sie schüttelte den Kopf.

»Einige Kleinigkeiten und meine Geldtasche mit etwas Papiergeld und Silbermünzen. Meinen Paß hatte ich zum Glück meinem Vater in Verwahrung gegeben.«

Mit spitzen Fingern öffnete sie die durchnäßte Ledertasche und entnahm ihr die feste, lederne Geldtasche. Sie hatte das Geld so fest und sicher umschlossen, daß es nur wenig angefeuchtet war, und das Silbergeld war selbstverständlich vollkommen intakt. Mildred wollte das Papiergeld auf der Holzbank zum Trocknen ausbreiten, aber er hinderte sie lachend daran.

»Da fliegen die Scheine fort, Miß Warren, wir wollen sie lieber drinnen auf dem Tisch zum Trocknen ausbreiten.«

Sie gingen ins Haus hinein, und Mildred breitete die Geldscheine auf dem Wachstuch des Tisches aus. Sie plauderten dabei wie alte Bekannte. Mit Staunen sah Hans Jürgen, daß die junge Dame einige hundert Mark auf den Tisch legte.

»Es wäre schade gewesen um das viele schöne Geld, wenn es im Fluß geblieben wäre«, sagte er.

Erstaunt sah sie ihn an.

»Ist das viel Geld?« fragte sie naiv.

Er lachte.

»Ihnen scheint es nicht viel zu sein. Aber ich müßte mehrere Jahre sparen, um so viel zusammenzubekommen.«

Sie machte eine schnelle Bewegung, als wolle sie ihm das Geld zuschieben mit der Bitte: Behalten Sie es. Aber sie erschrak vor dem zornigen Aufblitzen seiner Augen und hielt sich zurück. Nein, sie durfte ihm kein Geld anbieten, *ihm* nicht.

Er hatte ihre impulsive Bewegung bemerkt, und Schamröte war ihm jäh in die Stirn gestiegen, und in seinen Augen hatte es zornig aufgeblitzt. Wenn sie ihm jetzt Geld anböte, würde das wie eine Beschimpfung auf ihn wirken. Er atmete wie erlöst auf, als sie ihre Hände sinken ließ und das unterließ, was sie impulsiv hatte tun wollen. Sie war sehr blaß geworden und sah unsicher zu ihm auf, aber der zornige Ausdruck war wieder aus seinen Augen verschwunden, und er lächelte ihr zu und sagte freundlich:

»Wir wollen wieder hinaus in die Sonne gehen, das Geld kann ruhig liegenbleiben, es wird schnell trocknen.«

Sie nickte ihm zu, aber als sie aus dem Hause traten, sahen sie ein Auto herankommen. Mildred sah ihm entgegen und rief dann erfreut:

»Es ist mein Vater! Oh, ich wußte, daß er selbst kommen würde.«

2

Sie lief dem Auto entgegen, so schnell, wie die zu langen Kleider es zuließen. Das Auto hielt an. Ein Herr, der vielleicht fünfzig Jahre zählen mochte, sprang heraus und fing Mildred in seinen Armen auf.

Scheinbar ruhig sah Hans Jürgen dieser Begrüßung zu. Mister Warren war eine sehr sympathische Erscheinung, groß und breitschultrig, aber schlank und wohltrainiert. Man sah ihm auf der Stelle den Amerikaner an. Er drückte seine Tochter immer wieder mit großer Zärtlichkeit an sich, tastete mit bebenden Händen über ihr noch immer feuchtes Haar, als müsse er sich überzeugen, daß er sie heil und unversehrt in seinen Armen hielt.

Dieser Mann liebte seine Tochter zärtlich, das merkte man an seinem Verhalten.

Und nun kam er, den Arm um Mildred geschlungen, auf das Fährhaus zu, vor dessen Tür Hans Jürgen noch immer stand. Er reichte ihm die Hand.

»Sie haben mich gerettet mein einziges Kind, ich weiß alles. Wie soll ich dafür danken?« stieß er erregt hervor.

»Du kannst ruhig englisch mit Mister Jürgen sprechen, Vater, er spricht sehr gut«, sagte Mildred lächelnd.

»Oh, ist das so?« fragte Mister Warren in englischer Sprache und schüttelte Hans Jürgen tiefbewegt die Hand.

»Ja, Mister Warren, Sie können englisch mit mir reden.«

»So lassen Sie mich Ihnen in englischer Sprache von ganzem Herzen danken, daß Sie meinem einzigen Kind das Leben gerettet haben. Ich habe schon alles von dem Chauffeur erfahren und weiß, daß meine Tochter ohne Ihre Hilfe sicher einen furchtbaren Tod gefunden hätte. Sie müssen sich meinen Dank gefallen lassen. Was kann ich für Sie tun, um meine Dankbarkeit zu beweisen?«

»Nichts, Mister Warren, ich habe nur meiner Pflicht genügt, und ich freue mich, daß ich ein Menschenleben retten konnte. Das ist mir Lohn und Dank genug.«

Der Chauffeur des verunglückten Autos, der mit zurückgekommen war und neben seinem Kollegen gesessen hatte, machte Hans Jürgen verstohlen ein Zeichen und tippte mit dem Finger an die Stirn. Er konnte nicht verstehen, daß der Fährmann sich eine Gelegenheit entgehen ließ, eine anständige Belohnung zu erhalten.

»Zwei Menschenleben haben Sie gerettet, Fährmann, auch das meine. Ohne Ihre Hilfe wäre ich schließlich auch elendiglich umgekommen«, sagte er hastig und machte ihm allerhand Zeichen hinter dem Rücken des Amerikaners. Aber Hans Jürgen wehrte fast zornig ab.

»Es ist schon viel zuviel davon gesprochen worden«, sagte er unwillig. Und zu Mister Warren gewandt fuhr er fort:

»Haben Sie andere Kleider für Miß Warren mitgebracht?«

Der Amerikaner holte aus dem Auto einen kleinen Koffer.

»Ich hoffe, daß ich alles eingepackt habe, was du brauchst, Mildred.«

Hans Jürgen nahm ihm den Koffer ab und trug ihn in sein Wohnzimmer.

»So, Miß Warren, nun können Sie sich umkleiden«, sagte er beim Hinausgehen.

Sie nickte ihm zu und gab ihrem Vater einen Kuß.

»In zehn Minuten bin ich fertig, lieber Vater. Bitte halte dich einstweilen auf der Fähre auf.«

Sie verschwand im Fährhaus, und Mister Warren ging mit Hans Jürgen auf die Fähre. Dieser lud ihn mit einer Handbewegung ein, auf der Holzbank Platz zu nehmen, und blieb vor ihm stehen. Mister Warren sah wohlgefällig zu ihm auf und staunte über die ruhige, sichere Art des jungen Mannes.

»Bitte wollen Sie mir noch einmal ausführlich berichten, wie das Unglück geschah. Ich bin nicht ganz klug geworden aus der Erzählung des Chauffeurs und habe im ersten Schrecken auch nicht so genau darauf geachtet.«

In seiner ruhigen, bestimmten Art erzählte Hans Jürgen ohne Ausschmückung rein sachlich, was sich zugetragen hatte. Mister Warren sah ihn aufmerksam dabei an, und als Hans Jürgen nun etwas lebhafter wurde, den Kopf zurückwarf und die Stirn in Falten zog, stutzte auch Mister Warren und bekam einen nachdenklichen Ausdruck. Aber er sagte vorläufig nicht, daß auch ihm eine unbestimmte Ähnlichkeit auffiel. Er wunderte sich aber über die ungezwungene Haltung des jungen Mannes, über dessen gebildete Ausdrucksweise, und sein Blick wurde dabei immer wohlgefälliger. Als Hans Jürgen mit seinem Bericht am Ende war, erschien Mildred Warren, jetzt wieder als elegante junge Dame. Und Hans Jürgen schlug das Herz seltsam laut und hart in der Brust, als er sie so vor sich sah. Jetzt erst entdeckte er, welch einem entzückenden Geschöpfchen er das Leben gerettet hatte, aber zugleich erschien sie ihm in ihrer eleganten Kleidung viel fremder als vorher. Und er war fast froh, als sich jetzt neue Passanten für die Fähre einfanden, die er übersetzen mußte.

So bekam er Zeit, sich zu fassen.

Aber mit einem unruhig fragenden Blick sah er zu ihr zurück, als er die Fähre flottmachte.

»Wir warten, bis Sie zurückkommen!« rief sie ihm zu. »Ich darf doch meinen Vater in Ihr Haus führen?«

Stumm nickte er ihr zu, und seine Augen leuchteten so intensiv, daß Mildred ein wenig Herzklopfen bekam.

Während die Fähre wieder über den Fluß glitt, ging Mildred mit ihrem Vater in das Fährhaus. Neben diesem stand der Chauffeur vor der Leine und packte seine halbnassen Sachen zusammen.

»Soll ich Ihre Sachen auch zusammenpacken, Miß?« fragte er.

Mildred schüttelte lächelnd den Kopf.

»Sie sind für mich nicht mehr zu gebrauchen.«

Der Chauffeur sah die Kleider an.

»Wenn ich sie dann mitnehmen dürfte, Miß – meine Frau würde sie sich schon wieder zurechtmachen und könnte sie gut gebrauchen. Der schöne Mantel! Sie würde sich sehr freuen.«

Sie nickte ihm zu.

»Nehmen Sie!«

Beglückt packte er alles sorgfältig zusammen. Mildred trat mit dem Vater in das Wohnzimmer des Fährhauses. Mister Warren sah sich darin um und erblickte auf dem Tisch die nasse Handtasche und das ausgebreitete Geld. Er zog seine Tochter hastig in seine Arme, als müsse er sie jetzt noch vor der Gefahr beschützen, der sie entronnen war.

»Mildred, wie hätte ich es ertragen, wenn du mir genommen worden wärest, du, das einzige, was mir geblieben ist?«

Sie umarmte ihn lachend und weinend.

»Ich kann auch nicht daran denken, lieber Vater. So richtig ist mir noch immer nicht klargeworden, was alles ich diesem jungen Fährmann zu danken habe. Nicht nur mein Leben, sondern auch deine Herzensruhe. Vater, wie können wir meinem Lebensretter nur unsere Dankbarkeit beweisen? Er wehrt ja jeden Dank heftig ab, wenn man davon spricht. Ich sage dir, lieber Vater, dieser schlichte Fährmann ist der echteste Gentleman, den ich je kennengelernt habe. Als ich hier das Geld zum Trocknen ausbreitete – er hat mir auch die Handtasche aus dem Fluß gefischt – sagte er, um eine solche Summe zu sparen, hätte er Jahre gebraucht. Es wäre schade gewesen, wenn das Geld im Fluß geblieben wäre. Unwillkürlich wollte ich es ihm zuschieben, nicht, weil ich damit meine Dankesschuld abtragen wollte, es war nur so ein flüchtiger

Impuls. Da hättest du sehen sollen, wie zornig seine Augen aufblitzten, obwohl er bis dahin sehr freundlich zu mir gewesen war. Ich schämte mich dieses Impulses. Bitte, nimm das Geld an dich, Vater, er soll es nicht mehr liegen sehen und nicht mehr daran erinnert werden, was ich damit vorhatte. Aber wir müssen etwas für ihn tun, wir dürfen nicht in seiner Schuld bleiben, soweit sich eine solche Dankesschuld überhaupt abtragen läßt. Höre mich an, Vater, ich will dir erzählen, was er mir von seinem Schicksal berichtete.«

Mister Warren schob das Geld zusammen und steckte es ein. Mildred zog ihn neben sich auf das Sofa und berichtete alles, was sie über Hans Jürgen wußte. Nur davon sprach sie nicht, was ihr die Inschrift in dem Gebetbuch verraten hatte. Das war nur ihr Geheimnis, und sie wollte nicht, daß der Vater vielleicht geringer über ihn denken könne, weil er nur den Namen seiner Mutter trug.

»Siehst du, Vater, er möchte gerne studieren, und er würde es wohl auch soweit bringen, aber wieviel Zeit würde er unnötig warten müssen? Es dauert jahrelang, bis er das Nötigste zusammengespart hat. Er will Ingenieur werden oder Chemie studieren, immer hat er sehnsüchtig nach den Feda-Werken hinübergesehen, in der Hoffnung, auch einmal in einem solchen Werk eine führende Stellung einnehmen zu dürfen. Und nach Amerika möchte er gehen, wenn er mit seinem Studium fertig ist, weil er hofft, dort schneller vorwärtszukommen.«

So schloß sie ihren Bericht und sah den Vater flehend an.

Dieser überlegte und nickte ihr dann zu.

»Ich weiß nun schon, wohin du zielst, Mildred, und das ist ja auch ein guter Gedanke. Und ich will es ihm leichtmachen, meine Hilfe anzunehmen. Ich werde ihm einfach sagen, daß ich ihm das Geld zu seinem Studium lediglich leihen werde. Dann kann er sich nicht verletzt fühlen. Er gefällt mir, dieser junge Mann – und seltsam, ich grüble schon eine ganze Weile darüber nach, an wen er mich erinnert.«

Mildred fuhr auf.

»Ah, auch du hast eine Ähnlichkeit entdeckt? Denke dir, mir geht es ebenso. Er erinnert mich an irgend jemand, den ich kenne, zumal, wenn er die Stirn zusammenzieht und wenn sich seine Augen in der Erregung dunkel färben. Dann ist mir, als müsse ich gleich darauf kommen – aber husch – ist es wieder weg.«

»Hm! Das ist ja seltsam, daß das uns beiden auffiel. Aber man denkt zuweilen über so eine Ähnlichkeit sehr lange nach, ohne sie zu finden. Aber das ist ja auch nicht wichtig. Wichtig ist nur, daß wir alles tun müssen, was in unseren Kräften steht, um ihm unsere Dankbarkeit zu beweisen.«

»Aber sei sehr vorsichtig, lieber Vater, daß du ihn nicht verletzt. Er ist ganz gewiß ein echter Gentleman, wenn er auch nur das Amt eines Fährmanns ausübt.«

»Sei ohne Sorge, ich werde die rechten Worte schon finden.«

Mildred zeigte dem Vater nun auch die Bilder der Eltern Hans Jürgens, aber auch jetzt sprach sie nicht darüber, daß dieser den Namen seiner Mutter führte. Sie wußte, daß ihr Vater sehr strenge Grundsätze hatte, und sie wollte um keinen Preis, daß er weniger gut über ihren Lebensretter denken sollte, der jedenfalls nichts dafür konnte, daß er nicht den Namen seines Vaters trug.

Ihr junges Herz schlug Hans Jürgen mit immer größerer Wärme entgegen. Sie meinte, das sei nur das Gefühl der Dankbarkeit. Daß diese Wärme noch auf einem anderen Empfinden basieren könne, kam ihr nicht in den Sinn. Aber dieser junge Fährmann war für sie ein Wesen, das mit dem Zauber der Romantik umkleidet war. Der Unterschied zwischen seinem Amt, seinen schlichten Arbeitskleidern und seiner ruhigen, sicheren Vornehmheit, seinen durchgeistigten intelligenten Zügen, bot Widersprüche, die ihre Phantasie beschäftigten. Sie hatte von ihrer deutschen Mutter die Vorliebe für Romantik geerbt und ebenso eine Veranlagung zur Schwärmerei. Dieses Erbe regte sich jetzt vielleicht zum ersten Mal in ihrem jungen Leben. Sie war aber immerhin noch zu jung, um sich bewußt zu werden, daß das Schicksal an diesem Tag ihrem Leben eine Wendung gegeben hatte, die ihr ganzes zukünftiges Dasein beeinflussen sollte. Eines aber empfand sie mit voller Deutlichkeit, daß dieser junge Mann ihr nicht gleichgültig sein konnte und daß sie nicht ohne weiteres von ihm fortzugehen vermochte mit einem bloßen Gruß und Händedruck.

Auch Mister Warren war nicht der Mann, der imstande war, das Leben seiner Tochter aus den Händen eines Fremden entgegenzunehmen, ohne nicht das tiefgehende Bedürfnis zu empfinden, seine Dankesschuld zum mindesten zu mildern, wenn er sie auch nie ganz abzutragen vermochte. Obwohl er ein amerikanischer Geschäftsmann war, dem Busineß das Wichtigste zu sein schien – die Liebe zu seinem Kind stand doch über allem anderen.

Aufmerksam betrachtete er die Bilder von Hans Jürgens Eltern und verweilte am längsten beim Anblick seiner Mutter. Von dieser hatte er wohl die auffallend vornehme

Art geerbt, denn der Vater schien ein sehr einfacher Mann gewesen zu sein, wenn auch ihm die Ehrlichkeit und Anständigkeit aus den guten Augen sah.

Er nickte Mildred freundlich zu.

»Sei ganz ruhig, ich werde alles auf eine Weise zu regeln versuchen, daß der junge Mann nicht beschämt werden soll.«

Mildred umfaßte seinen Hals und sah ihn dankbar an. Und dann legte sie auch gleich ein gutes Wort für den Chauffeur ein und bezeugte, daß dieser an dem Unfall schuldlos sei.

Er streichelte ihr Haar.

»Das weiche Herz meiner Mildred kann es schlecht ertragen, daß jemand leiden soll. Sie hat das weiche, gute Herz ihrer Mutter geerbt.«

»Oh, mein lieber Vater hat auch kein hartes Herz, wenn er sich auch zuweilen den Anschein gibt«, neckte sie.

»Im übrigen glaube ich nicht, daß die Autofirma ihrem Chauffeur eine Schuld geben kann. Sie hätte sich überzeugen müssen, daß sich solche Schäden nicht an einem Wagen herausstellen, den sie vermietet. Das werde ich den Herren klarmachen, und dann sollen sie sich noch erdreisten, die Schuld dem Chauffeur zuzuschieben, dann werde ich ein Wörtchen mit ihnen reden.«

Mildred war zufrieden, sie wußte, was ihr Vater in die Hand nahm, war so gut wie erledigt.

Jetzt kam die Fähre zurück, und als sie sich geleert hatte, begab sich Mildred mit ihrem Vater wieder zur Anlegestelle. Mister Warren wandte sich an Hans Jürgen:

»Ich möchte etwas mit Ihnen besprechen, Mister Jürgen.«

Dieser verbeugte sich.

»Wenn es hier geschehen kann, Mister Warren, dann nehmen Sie bitte Platz, auch Sie, Miß Warren.«

»Well, wir können hier verhandeln. Setzen Sie sich zu uns, Mister Jürgen. Meine Tochter hat mir erzählt, daß Sie Chemie studieren oder Ingenieur werden möchten. Ich kann drüben in meiner Firma immer junge tüchtige Männer gebrauchen, vor allem Ingenieure und Chemiker. Sie scheinen ein sehr tüchtiger, entschlossener junger Mann zu sein. Solche Leute lassen wir Amerikaner nicht gerne aus den Augen. Ich will Ihnen daher die Mittel zu Ihrem Studium geben.«

Hans Jürgen fuhr auf, seine Stirn rötete sich, und seine Augen blitzten wieder sehr zornig.

»Mister Warren, das sieht verteufelt nach einer Belohnung aus. Deshalb muß ich Ihr Anerbieten zurückweisen. Bitte kein Wort mehr davon«, stieß er hervor.

Mister Warren sah ihn aber nur um so wohlgefälliger an, während Mildred ihn ängstlich und flehend anblickte, was Hans Jürgen seltsam ans Herz rührte.

»Nur nicht so zornig und nicht so stürmisch, Mister Jürgen«, begütigte Mister Warren. »Glauben Sie mir, wenige große Männer hätten ihr Ziel erreicht, wenn sie so trotzig wie Sie jede Hilfe zurückgewiesen hätten. Man muß zugreifen zur rechten Zeit, wenn der Zufall uns zu Hilfe kommt. Reden wir doch nicht von Belohnung – belohnen kann ich Sie überhaupt nicht nach Ihrem Verdienst, dazu ist das, was Sie mir gerettet haben, viel zu kostbar für mich. Aber davon ganz abgesehen, Sie gefallen mir, Sie haben mein Interesse erweckt. Ich sehe in Ihnen einen Menschen, der es wert ist, daß man ihm hilft, sein Ziel zu erreichen, oder vielmehr, es schneller zu erreichen, denn erreichen würden Sie es ja doch. Nein, brausen Sie nicht schon wieder auf, hören Sie mir erst einmal ruhig zu. Ich will Ihnen kein Geld schenken, will Ihnen überhaupt nichts schenken, um Ihr sehr subtiles Ehrgefühl nicht zu verletzen. Sie sollen mir alles auf Heller und Pfennig zurückzahlen, wenn Sie eines Tages dazu in der Lage sein werden. Seien Sie doch vernünftig. Ist es nicht töricht, wenn Sie noch kostbare Jahre hier auf der Fähre sitzen und warten, bis Sie das Nötigste zusammenhaben? Das wäre Unsinn und Kraftvergeudung am falschen Platz. Das Fähramt kann ein Mann von geringerer Intelligenz als Sie verwalten, für Menschen Ihrer Art gibt es höhere Aufgaben. Sie versündigen sich an sich selbst, vielleicht auch an der Menschheit, denn wer weiß, was für Kräfte jetzt noch in Ihnen brachliegen und was Ihnen zu leisten vorbehalten ist. Ganz ehrlich, Männer Ihrer Art tun uns not, es liegt ebensoviel Egoismus wie Dankbarkeit in meinem Anerbieten. Ich will Sie an mich fesseln. Wenn Sie Ihr Studium beendet haben, sollen Sie in meine Firma eintreten. Wenn ich Ihnen also ein Darlehn anbiete, so geschieht das auch in meinem eigenen Interesse.«

In Hans Jürgens Gesicht war die Farbe gekommen und gegangen. Er sah unsicher in Mildreds Gesicht, und es lockte ihn, lockte ihn mit tausend süßen Stimmen, dies Angebot anzunehmen, das ihn eines Tages wieder in ihre Nähe führen konnte. Und die ernsten Worte Mister Warrens blieben auch nicht ohne Eindruck auf ihn. Aber er wehrte sich trotzdem noch in seinem Stolz.

»Wie aber, wenn ich Sie enttäusche, wenn ich nie imstande sein würde, Ihnen das Darlehn zurückzuzahlen, das Sie mir geben wollen?«

Mister Warren maß ihn mit einem festen Blick und machte eine abwehrende Bewegung.

»Ich besitze genug Menschenkenntnis, um diesen Fall ausschließen zu können.«

»Aber bedenken Sie doch, es kann mir etwas zustoßen, noch ehe ich Ihnen Ihr Darlehn zurückzahlen kann.«

»Junger Mann, mit solchen Bedenken soll man sich nicht von einem Ziel abschrecken lassen. Sehen Sie das so an: Ich mache zuweilen auch einmal ein Geschäft, das nicht den Nutzen abwirft, den ich erwartet habe. Dann buche ich es unter der Rubrik: Verluste. Dafür, daß ich das Risiko auch hier eingehe, bieten Sie mir große Chancen, daß ich gewinne. Ich bin sogar fest davon überzeugt, daß ich mein Geld sehr gewinnbringend anlege. Zögern Sie nicht länger, weitere Bedenken würden kleinlich sein und zu Ihrer großzügigen Art nicht passen. Nehmen Sie mein Anerbieten an, ich weiß, es ist kein Risiko für mich, und für Sie soll es bestimmt auch keines werden.«

Hans Jürgen strich sich mit einer jähen Bewegung durch das Haar, seine Augen wurden dunkel, und die Stirn zog sich zusammen. Vater und Tochter grübelten wieder über die Ähnlichkeit, die ihnen an ihm immer wieder auffiel.

»Sie sind sehr großherzig, Mister Warren, aber ich kann das doch nicht annehmen«, stieß er heiser hervor.

Mildred sah ihn flehend an.

»Doch, Sie können es – und Sie müssen es, wenn Sie mich nicht sehr betrüben wollen«, sagte sie rasch.

Er sah sie an, und sein trotziges Gesicht bekam einen Zug von Weichheit. Seine Augen hingen mit seltsamem Ausdruck an ihr, mit einem Ausdruck, den sie nie wieder vergessen zu können glaubte. Und als sie nun gar noch die Hände flehend zu ihm emporhob, war es mit seinem Widerstand vorbei.

»Nun, Mister Warren, ich nehme Ihr Anerbieten an, und Gott mag mir helfen, daß ich Ihnen nichts schuldig bleiben brauche.«

Der Amerikaner streckte ihm die Hand entgegen.

»Well, wo wollen Sie studieren?«

»Auf der Hochschule in Charlottenburg.«

»Gut! Ich werde Ihnen sofort ein Konto bei der Deutschen Bank in Berlin eröffnen. Ich hinterlege für Sie eine Summe, die jedenfalls hoch genug sein wird, Ihre Bedürfnisse während der Studienzeit zu decken. Sie können davon abheben, was Sie brauchen. Aber Sie sollen sich nicht etwa durch Ihr Studium durchhungern, wie Sie meiner Tochter gesagt haben, das wäre unvernünftig und eine nutzlose Vergeudung Ihrer Kräfte. Wenn Sie fleißig sein wollen, müssen Sie auch bei Kräften bleiben. Verschwenden werden Sie nichts, das weiß ich, aber Sie sollen anständig leben, wie es sich gehört. Auch vor Überarbeitung hüten Sie sich. Man muß nicht Raubbau mit seiner Lebenskraft treiben. Sie werden Ihre Sache schon machen. Und ab und zu bekomme ich Nachricht von Ihnen, wie es um Ihre Fortschritte bestellt ist. Und wenn Sie fertig sind, Ihren Doktor gemacht und Ihre Examina bestanden haben, dann melden Sie sich bei mir. Ich werde Sie in Brooklyn in meiner Firma anstellen. Alles Weitere findet sich. Hier meine Karte! Und nun Good bye, ich habe keine Zeit mehr.«

Hans Jürgen hielt die Karte in der Hand und sah wie im Traum darauf nieder. Und dann fühlte er, wie sich eine kleine, weiche Hand in die seine schob.

»Good bye, Hans Jürgen, mein Lebensretter! Auf Wiedersehn in New York und vielen, vielen Dank«, sagte Mildred Warren bewegt, ihn dankbar und herzlich anblickend.

Mit brennenden Augen sah er sie an.

»Miß Warren, Sie haben mir Glück gebracht, *ich* muß Ihnen danken. Gott lohne es Ihnen.«

»Ich habe sehr wenig für Sie tun können, aber ich werde Ihnen immer dankbar sein und Sie nie vergessen.«

»Ich Sie auch nicht, nie«, sagte er leise, mit versagender Stimme.

»Good bye!«

»Good bye, Miß Warren, Good bye, Mister Warren!«

»Auf Wiedersehn!« rief Mildred ihm in deutscher Sprache zu und winkte mit der Hand zurück.

»Auf Wiedersehn!« wiederholte er bewegt und sah hinter Vater und Tochter her.

Wie Traumgestalten erschienen sie ihm. Seine brennenden Augen folgten ihnen, als sie in das Auto stiegen und davonfuhren. Sie winkten noch einmal zurück, und er verbeugte sich.

Langsam ging er dann auf sein Haus zu und betrat das Wohnzimmer, in dem Mildred sich umgekleidet hatte. Ein feiner Duft umwehte ihn. Er atmete ihn ein. Und da sah er die Kleider seiner Mutter liegen, die sie abgelegt hatte. Sie lagen fein säuberlich zusammengefaltet auf einem Stuhl. Er nahm sie auf, preßte sein Gesicht hinein und spürte wieder den feinen Duft, der Mildreds Gestalt anhaftete. Er legte die Sachen sorgsam an ihren Platz, und sie erschienen ihm wie ein kostbarer Schatz, nicht nur, weil seine Mutter sie getragen hatte. Jetzt hatten sie doppelten Wert für ihn.

Dann sank er auf einen Stuhl nieder und starrte vor sich hin, in tiefes Sinnen versunken.

Aus diesem Sinnen fuhr er erst erschrocken empor, als jemand in das Zimmer trat. Er sah auf und erblickte den Chauffeur des verunglückten Autos, der noch immer den geliehenen blauen Arbeitsanzug trug.

»Fährmann, meine nassen Sachen habe ich zusammengepackt und auch die von der Miß, sie hat sie mir für meine Frau geschenkt. Die wird lachen, eine so feine Kluft hat sie noch nie gehabt. Wenn die Sachen aufgebügelt werden, sind sie wie neu. Aber Ihren Anzug kann ich Ihnen erst morgen wiederbringen, meine Kleider sind noch zu feucht, um sie jetzt schon anziehen zu können.«

Hans Jürgen nickte.

»Schon recht, Chauffeur, es hat keine Eile. Wie ist es Ihnen denn ergangen? Hat man Ihnen Ihre Stellung gekündigt?«

»Noch nicht, ich war ja noch gar nicht bei meiner Firma, ich habe mich ja gar nicht hingetraut. Aber Mister Warren will ja gleich hinfahren und ein gutes Wort für mich einlegen. Ohne Rüffel wird es freilich trotzdem nicht abgehen. Sie haben es gut, Fährmann, Ihnen hat keiner was zu sagen. Sie haben Ihr sicheres Einkommen, Ihr hübsches Haus mit dem Garten, können schön im Freien leben und brauchen sich um keinen Menschen zu kümmern.«

Hans Jürgen sah ihn mit einem Lächeln an. Ihm war, als müsse er jetzt auch einem Menschen etwas Gutes tun, weil er so glücklich gemacht worden war.

»Möchten Sie mit mir tauschen, Chauffeur?«

»Na allemal! Das tät' ich auf der Stelle, das können Sie mir glauben. Aber wissen Sie, Fährmann, schön dumm sind Sie gewesen. Der Amerikaner hätte Ihnen sicherlich ein gutes Stück Geld geboten für die Rettung seiner Tochter. Warum haben Sie denn abgewinkt?«

Hans Jürgen ging nicht weiter darauf ein, er konnte diesem einfachen Mann doch nicht erklären, was in ihm vorgegangen war. Er fragte nochmals:

»Also, sagen Sie, wollen Sie mit mir tauschen?«

»Machen Sie nicht solche Witze, da läuft einem bloß das Wasser im Mund zusammen. Lieber Gott, so ein hübsches Häuschen mitten im Freien und der Garten dazu, ganz abgesehen von der guten, sicheren Einnahme.«

»Wäre denn das Häuschen nicht zu klein für Sie und Ihre ganze Familie, Chauffeur?«

Dieser lachte bitter auf.

»Sie haben eine Ahnung! In der Stadt wohnen wir im Hinterhaus, da gelangt kaum ein Sonnenstrahl hin. Und wir haben auch nur zwei Stübchen, kleiner noch als Ihre. Und die Küche ist auch winziger. Und kein bißchen Grün, wo wir doch vom Land sind, meine Frau und ich. Da hat man manchmal einen wahren Lufthunger. Und die Kinder kriegen keine Farbe, sind blaß wie weißer Käse. Na ja, so gut wie Sie können es eben nicht alle Menschen haben, Fährmann!«

Hans Jürgen sprang auf. Seine Augen leuchteten vor Verlangen, Glück verschenken zu können.

»Wenn Sie wollen, Sie können es so gut haben wie ich bisher. Ich gebe mein Amt als Fährmann demnächst auf. Und ich habe einen Stellvertreter zu stellen; wenn ich mein Amt niederlege, kann ich ihn bestimmen. Das Haus überlasse ich Ihnen billig samt der Einrichtung und dem Garten. Das können Sie mir abbezahlen, wie es Ihnen paßt.«

Der Chauffeur starrte ihn an, als zweifle er an seinem Verstand.

»Das ist doch nicht Ihr Ernst. Was soll denn aus Ihnen werden, wenn Sie das gute, sichere Brot aufgeben?«

Hans Jürgen lachte.

»Ich will studieren, Chauffeur. Mister Warren hat mir ein Darlehn versprochen, damit ich studieren kann, wie ich es schon lange vorhabe. Wenn Sie also wollen, dann springen Sie für mich ein. Sie werden alles Nötige bald gelernt haben, ich bringe Ihnen das schnell bei in den nächsten Wochen, ehe ich nach Berlin gehe.«

Der Chauffeur ließ sich in einen Stuhl fallen.

»Fährmann, das geht einem ja in die Beine, heute ist ein bißchen viel auf einmal los! Ist das wirklich Ihr Ernst?«

Lachend nickte Hans Jürgen.

»Freilich ist es mein Ernst!«

Und da hatte Hans Jürgen wirklich einen Menschen so recht von Herzen glücklich gemacht. Der Chauffeur rüttelte ihn an den Schultern und wußte nicht, wie er seiner Freude Luft machen sollte.

Schnell wurde alles Weitere besprochen. Hans Jürgen machte dem Chauffeur alles so leicht wie möglich. Aber dieser wollte an sein Glück noch nicht glauben.

Endlich aber war alles klipp und klar verabredet, und der Chauffeur sagte lachend:

»Was bloß Mutter zu alledem sagen wird! Da hab' ich nun gedacht, ich habe Pech gehabt mit der Unglücksfuhre, und derweil bin ich mitten ins Glück gefahren. Jetzt muß ich aber schnell nach Hause, Mutter muß das wissen, und die Gören auch. Das wird ein Jubel werden – ein Häuschen und ein Garten – und ein sicheres Brot! Fährmann, das soll Ihnen der liebe Gott lohnen. Und wenn ich mit Muttern gesprochen habe, dann gehe ich zu meiner Firma, und da mag es dann so heiß hergehen, wie es will, ich bin in Sicherheit! Vielen Dank, Fährmann, ich schulde Ihnen nun nicht nur mein Leben, sondern auch ein Heim und eine Existenz.«

Hans Jürgen nickte ihm lächelnd zu.

»Schon gut, es braucht keinen Dank.«

»Davon wollen Sie nun mal nichts hören, das weiß ich schon. Aber dankbar bin ich Ihnen doch.«

Und der Chauffeur lief davon, zur Straßenbahn hinüber, um seiner Frau und seinen Kindern die Freudenbotschaft zu bringen.

Es sei hier gleich im voraus bemerkt, daß Mister Warrens Fürsprache das Schlimmste von dem Chauffeur abgewandt hatte. Er bekam ohne Umstände und ohne Härten auf seinen Wunsch hin seine Entlassung. Da das Auto tatsächlich versichert war, hatte schließlich nur die Versicherungsgesellschaft einen Schaden durch diesen Unfall.

Am nächsten Nachmittag, als Hans Jürgen wieder in ein Buch vertieft auf der Fähre saß, kam ein Hotelboy zu ihm und überreichte ihm ein großes Kuvert, das sich sehr hart anfühlte. Der Boy sagte dabei: »Eine Empfehlung von Mister und Miß Warren, und ich soll dem Fährmann Hans Jürgen dies Kuvert abgeben.«

Hans Jürgen zuckte zusammen, er hatte fast ohne Unterlaß an Miß Warren denken müssen, von der er nichts mehr gehört und gesehen hatte, seit sie gestern mit ihrem Vater davongefahren war. Und nun kam der Brief. In unterdrückter Erregung faßte er danach und sah den Boten fragend an.

»Sind die Herrschaften noch nicht abgereist?« fragte er.

»Sie reisen heute ab«, entgegnete der Boy.

»Sollen Sie auf Antwort warten?«

»Nein, bis ich zurückkomme, sind sie schon fort.«

Hans Jürgen drückte dem Boy ein Trinkgeld in die Hand.

»Es ist gut, Sie können gehen!«

Verdutzt sah der Boy in das Gesicht des Fährmanns, der genau so mit ihm sprach, wie er es von den Herrschaften im Hotel gewohnt war. Und sogar ein Trinkgeld hatte er ihm gegeben. Und war doch nur ein Fährmann!

Aber er steckte das Trinkgeld vergnügt ein, hatte er doch schon eines von dem Amerikaner für diesen Botengang bekommen. Mit einem unsicheren Blick sah er in des Fährmanns Gesicht und zauderte noch zu gehen.

Da sah ihn Hans Jürgen scharf an.

»Nun, was noch?«

»Nichts!«

»Dann Gott befohlen!«

Der Boy trollte sich, höchst erstaunt über die herrenmäßige Art dieses Fährmanns.

Hans Jürgen war nun allein. Weit und breit war kein Passant für die Fähre zu sehen. Mit einem tiefen Seufzer öffnete er den Brief und dachte: Vielleicht ist Mister Warren sein Versprechen leid geworden, und er nimmt es zurück.

Aber dann kam ein unterdrückter Ausruf über seine Lippen – er zog aus dem Kuvert zuerst eine Kabinettfotografie – ein Bild von Miß Mildred Warren, ein wohlgetroffenes Bild. Hans Jürgen bekam vor Aufregung und Freude einen roten Kopf und sah mit heißen Augen auf das reizende Mädchengesicht, das ihn so lebendig anstrahlte. Seine das Bild haltende Hand zitterte leise. Lange sah er darauf nieder, alles um sich her vergessend, und ihm war, als stiege der feine Duft, der Mildreds Körper umgab, auch von diesem Bild zu ihm empor.

Mit einem tiefen Atemzug steckte er es endlich wieder in das Kuvert zurück und barg es in seiner blauen Arbeitsbluse. Dann las er den Brief. Er war in englischer Sprache abgefaßt und lautete:

»Lieber Mister Jürgen! Heute reisen wir ab. Mein lieber Vater und ich können es nicht tun, ohne Ihnen noch einmal von ganzem Herzen Dank zu sagen und Ihnen einen Abschiedsgruß zu senden. Auch mein Bild will ich Ihnen schicken – es ist erst in Deutschland aufgenommen worden –, damit Sie immer daran denken, daß Sie mich vom sicheren Tod errettet haben. Je mehr ich darüber nachdenke, wieviel Sie für mich getan haben, desto größer wird meine Dankbarkeit. Ich freue mich unbeschreiblich, daß nun Ihr Wunsch in Erfüllung geht und Sie studieren können. Lassen Sie mich Ihnen alles Gute wünschen und viel Erfolg. Eines Tages werden wir uns wiedersehen – darauf freue ich mich schon jetzt. Viele herzliche Grüße und nochmals innigen Dank.

Ihre Mildred Warren«

Unter diese Worte hatte Mister Warren geschrieben:

»Die Deutsche Bank in Berlin wird Ihnen, lieber Mister Jürgen, dieser Tage melden, daß ich für Sie ein Konto eröffnet habe. Bitte betrachten Sie das aber nicht als eine Belohnung und als eine Erledigung meiner Dankesschuld. Die bleibt bestehen, solange ich lebe. Good bye! Und auf Wiedersehen in New York.

Ihr ergebener Georg Warren«

Hans Jürgen atmete auf. Jetzt erst konnte er ganz fest daran glauben, daß in seinem Leben plötzlich eine überraschende Wendung eingetreten war. Es waren ihm schon Bedenken gekommen, ob er nicht vorschnell sein Fähramt abgegeben habe. Aber mehr als alles andere freute ihn Mildred Warrens Bild. Er zog es wieder hervor und vertiefte sich in die feinen Züge dieses reizenden Gesichts. Wie jammerschade wäre es um dieses entzückende junge Geschöpf gewesen. Er fühlte nun doch etwas wie Stolz und Genugtuung, daß er es gewesen war, der sie dem Tod abgejagt hatte. Er drehte das Bild um und entdeckte eine Inschrift:

»Ihrem Lebensretter in Dankbarkeit zur Erinnerung an seine Tat

Mildred Warren«

Das war in deutscher Sprache geschrieben, und sie hatte sich wohl viel Mühe gegeben, ohne Fehler zu schreiben. Impulsiv drückte er das Bild an seine Brust, aber dann steckte er es schnell wieder in das Kuvert, als schäme er sich seiner Aufwallung. Sie sah ja aus wie eine Prinzessin aus dem Feenland, und es war daher kein Wunder, wenn man ihr gegenüber die Fassung verlor. Wie ein Märchen war sie in sein Leben getreten und hatte ihm die Erfüllung seines größten Lebenswunsches gebracht. Er durfte studieren, und wenn er fleißig und tüchtig war und vorankam, winkte obendrein ein Wiedersehen mit ihr und – vielleicht ein Leben in ihrer Nähe. Oh, er wollte alles daransetzen, das von Mister Warren in ihn gesetzte Vertrauen zu rechtfertigen.

Er machte Pläne, die bereits ganz konkrete Gestalt annahmen, und überlegte, was nun alles zu erledigen sei. Sobald wie möglich wollte er nach Charlottenburg, um sich vorzubereiten.

Am Abend dieses Tages, als er in seinem Häuschen weilte – in den späteren Tagesstunden wurde die Fähre selten in Anspruch genommen – vertiefte er sich in allerlei Experimente, die er immer in seinen Mußestunden vornahm. Solange er sich schon mit dem Gedanken trug, Chemiker zu werden, grübelte er einem neuen Farbherstellungsverfahren nach. Er war darauf gekommen, als er einmal darüber nachgedacht hatte, wie es kam, daß die Blumen auch im hellsten und brennendsten Sonnenlicht ihre Farbe behielten und nicht verloren. Er wußte, daß man in den Feda-Werken dauernd Versuche machte, lichtechte Farben herzustellen. Und er beschäftigte sich immer wieder mit derartigen Experimenten. Aber es waren immer nur laienhafte Versuche – und leider nichts anderes.

Als er an diesem Abend zu Bett gegangen war, irrten seine Gedanken zwischen zwei Dingen ruhelos hin und her – zwischen Mildred Warrens süßem Gesicht und einem neuen Farbherstellungsverfahren, das er erfinden wollte.

Am nächsten Morgen wurde er durch ein lautes Klopfen an sein Fenster geweckt, zum ersten Mal hatte er verschlafen. Draußen stand ein Auto, das übergesetzt werden wollte. Schnell sprang er von dem Lager, schlüpfte in seinen Arbeitsanzug und setzte das Auto über. Dann erst bereitete er sich sein Frühstück und räumte seine Zimmer auf. Zwischendurch öffnete er den Kleiderschrank und atmete den feinen Duft ein, der den Kleidern seiner Mutter entströmte, seit Mildred Warren sie getragen hatte. Und dann betrachtete er ihr Bild, was während des Tages noch sehr oft geschah.

Im Laufe des Vormittags kam der Chauffeur und meldete ihm, daß er seine Entlassung erhalten habe und schon am nächsten Morgen kommen wolle, um sich von Hans Jürgen in sein neues Amt einführen zu lassen. Er erzählte mit strahlendem Gesicht von der Freude seiner Frau und seiner Kinder. Seine Frau wolle eine Hühnerzucht betreiben und eine Ziege halten. Und im Garten wollten sie Gemüse ziehen, und vielleicht könne man später noch ein Stück Kartoffelfeld dazu pachten, wenn erst alles an Hans Jürgen bezahlt wäre. Der sagte lächelnd, erst möge er sich ruhig ein Kartoffelfeld pachten, es eile nicht so sehr mit der Bezahlung.

Es wurde noch alles andere besprochen. Das Hausinventar übernahm der Chauffeur, er konnte dafür einige Möbel zurückgeben, die er auf Abzahlung gekauft hatte. Zum Glück hatte er erst einen kleinen Teil abgezahlt. Hans Jürgen berichtete ihm nun, wie hoch sich sein Einkommen durchschnittlich beliefe, und der Chauffeur staunte und meinte, das sei mehr als das Doppelte seines bisherigen Verdienstes. Da wollte er bald mit dem Abzahlen fertig sein. Hans Jürgen hatte ihm das Haus mit dem Inventar wirklich sehr billig überlassen. Das konstatierte der Chauffeur sehr dankbar. Aber Hans Jürgen meinte, er sei froh, daß er noch ein paar hundert Mark daraus löse und daß er vor allem gleich einen Vertreter gefunden habe.

Von nun an kam der Chauffeur jeden Morgen heraus und blieb den ganzen Tag, um sich von Hans Jürgen in sein neues Amt einführen zu lassen.

Im Laufe der nächsten Woche erhielt Hans Jürgen von der Deutschen Bank die Bestätigung, daß eine Summe von fünftausend Dollar für ihn bereitliege. Er erschrak über die Höhe dieser Summe, das waren mehr als zwanzigtausend Mark. Wie konnte Mister Warren denken, daß er so viel Geld verbrauchen könne während seines Studiums, das nicht länger als vier Jahre dauern sollte.

Er ahnte nicht, daß eine solche Summe für Mister Warren nur eine Bagatelle war und daß er sie absichtlich nicht sehr hoch bemessen hatte, um Hans Jürgen nicht zu beschämen. Dieser nahm sich vor, recht sparsam zu sein, damit er später nicht einen gar zu hohen Betrag zurückzuzahlen habe. Denn daß dies geschehen müsse, stand fest bei ihm. Er rechnete und rechnete, bis ihm der Kopf brummte, zog seinen Sparpfennig mit in Betracht und das Geld, das er von dem Chauffeur zu erwarten hatte. Und als er mit dem Rechnen fertig war, hoffte er, er würde nur die Hälfte der für ihn deponierten Summe abzuheben brauchen. Im ersten Jahre würde er nichts davon angreifen müssen, dafür langte sein Gespartes reichlich, vielleicht sogar noch für das zweite Jahr.

Und nun vergingen ihm über allen Vorbereitungen die Tage sehr schnell. Es gab doch allerlei zu ordnen, auch mit der Behörde, die aber froh war, daß Hans Jürgen gleich einen Ersatzmann stellte. Aber er wurde doch zeitig genug fertig, daß er mehrere Wochen vor Beginn des Herbstsemesters in Charlottenburg eintreffen konnte, um sich in Ruhe eine Wohnung zu suchen, sich in Berlin umzusehen und Vorbereitungen für sein Studium zu treffen.

3

Südwestlich der Hawaii-Inseln, in der Nähe der Marshall-Inseln und vielleicht noch zu diesen gehörig, lag eine kleine Insel, die völlig unbewohnt und unkultiviert war, als ein Deutscher, Klaus Hohwart, in jungen Jahren durch einen Schiffbruch dahin verschlagen wurde. Er war Matrose auf einem Frachtschiff gewesen. Als es unterging, hatte er, auf einem Balken schwimmend, die kleine Insel erreicht und war einige Monate dort festgehalten worden, weil hier niemals ein Schiff anlegte. Diese kleine Insel war bis dahin ganz unbekannt gewesen. Klaus Hohwart hatte entdeckt, daß sie sehr fruchtbar war, daß sie reines klares Quellwasser in genügender Menge hatte und daß weder giftige Schlangen noch sonstige gefährliche Tiere darauf lebten. Alles, was er zu seinem Unterhalt brauchte, war vorhanden, und hätte ihn die Einsamkeit nicht so arg geplagt, wäre er sehr zufrieden und glücklich gewesen.

Einen Namen hatte diese unbekannte Insel noch nicht, und da sie ihm wie ein Paradies erschien, hatte er sie für sich Paradiso getauft.

Klaus Hohwart war ein kluger, tatendurstiger und unternehmender Mensch, der seinem Vater davongelaufen war, weil dieser ihn in seinen kleinen Kramladen hatte sperren wollen, wo er sein Nachfolger hätte werden sollen. Der Drang ins Weite, die Sehnsucht nach einem Leben, wo es galt, alle Kräfte zu regen, hatte ihn aus der Enge der Heimat hinausgetrieben. Als er so einsam auf Paradiso gesessen hatte, war ihm der Gedanke gekommen, es müsse sich hier herrlich leben lassen, wenn man eben nicht allein zu sein brauchte. Er malte sich aus, wie schön es wäre, könnte er diese Insel bevölkern – und – wenn er sie mit einem Mädchen, das er liebte und das in der Heimat auf ihn wartete, hätte teilen können.

Als er eines Tages ein Segelschiff am Horizont auftauchen sah, machte er sich mit einem aus einem dicken Baumstamm gefertigten kleinen Boot auf den Weg und ruderte sich an das Segelschiff heran. Er wurde als Schiffbrüchiger aufgenommen, verriet aber klugerweise nichts von seiner paradiesischen Insel. Das Segelschiff war mit Malayen bemannt und stand unter der Führung eines niederländischen Kapitäns. Klaus Hohwart konnte sich leidlich mit diesem verständigen und wurde bis zum nächsten Hafen mitgenommen. Als Seemann fiel es Klaus Hohwart nicht schwer, sich die Lage seiner Insel einzuprägen – er hatte den festen Entschluß gefaßt, eines Tages wieder dorthin zurückzukehren, die Insel mit Einwanderern zu bevölkern und sie zu bebauen. Er wollte sie von der Regierung pachten. Dazu brauchte er aber Geld – und das mußte er sich erst irgendwie verschaffen.

Er sollte schneller dazu kommen, als er gehofft hatte. Inzwischen war sein Vater gestorben, seine Schwester hatte, das Einverständnis ihres Bruders voraussetzend, das vom Vater hinterlassene Haus und Ladengeschäft verkauft, weil auch sie keine seßhafte Natur war und eine Stelle als Erzieherin in einer vornehmen Familie in England annehmen wollte. So kam Klaus Hohwart gerade recht, um, nach erfolgter Klärung mit seiner Schwester, sein Erbe anzutreten. Diese hatte ihren Bruder nur zu gut begreifen können, sie verstand ihn auch, als er ihr auseinandersetzte, was für Zukunftspläne er habe.

Und noch jemand hatte volles Verständnis für seine

Pläne, das Mädchen seiner Liebe. Sie versprach, ihm nach Paradiso zu folgen, sobald er sie rufen würde. Er wollte erst aus dem Gröbsten heraussein, ehe er eine Frau dorthin verpflanzte. Und so wurde Klaus Hohwart, kaum ein Jahr nachdem er sie verlassen hatte, Pächter der Insel Paradiso. Die Regierung war gleich auf seinen Vorschlag eingegangen. Man brauchte Leute wie Klaus Hohwart sehr nötig, um diese kleinen, unbewohnten Inseln zu kultivieren. Auf dreißig Jahre wurde der Pachtvertrag geschlossen. Während dieser Zeit sollten Klaus Hohwart sämtliche Erträge der Insel gehören. Man ahnte nicht, wie lukrativ sich die Bebauung der Insel für den Pächter gestalten sollte, nahm aber gleichwohl an, daß sie bei fleißiger Bewirtschaftung nach dreißig Jahren auf alle Fälle einen bedeutenderen Mehrwert haben würde. Man machte das mit vielen der kleinen Inseln so. Hatten tüchtige Pächter dann die Inseln urbar gemacht und heraufgewirtschaftet, so kündigte man ihnen einfach den Pachtvertrag – oder verlangte ein Vielfaches der Pachtsumme, je nach dem Profit, den man sich davon versprach. Manche Pächter zogen es dann vor, eine neue Insel zu kultivieren oder in die Heimat zurückzukehren. Allerdings erwarben sich manche großen Reichtum dabei – und zu diesen gehörte auch Klaus Hohwart. Was für Schätze er aber auf dieser Insel gefunden hatte, ahnte niemand außer seinen nächsten Angehörigen.

Es war Klaus Hohwart gelungen, eine ganze Anzahl Eingeborener von anderen Inseln nach Paradiso zu verpflanzen. Sie waren nun seine Arbeiter und Untergebenen. Er hatte zunächst für sich und seine Leute Hütten errichten lassen, aber schon nach Jahresfrist hatte er auf dem höchsten Berg der Insel ein hübsches Wohnhaus erstellt, in das er seine junge Frau führte, als sie nach Paradiso nachkam. Er war ihr bis zum nächsten Inselhafen entgegengefahren, hatte sich gleich dort mit ihr trauen lassen und hatte sie dann glückstrahlend in die neue Heimat geführt, wo sie es schon ganz behaglich fand. Sie lebte sich schnell ein. Er begann dann seine Insel nach allen Regeln der Kunst zu bebauen, und von Jahr zu Jahr wurde alles schöner und kultivierter auf Paradiso. Jetzt lebte Klaus Hohwart schon fünfundzwanzig Jahre auf seiner Insel. Oben auf dem Berg stand längst ein viel größeres und stattlicheres Wohnhaus, das sehr behaglich ausgestattet war. Seine Leute wohnten in festen Hütten, aber nicht auf dem Berg. Für sie war das Klima unten im Tal durchaus nicht unerträglich. Aber für Klaus Hohwart und seine Familie war es besser, oben zu wohnen, wo das Klima ihnen mehr zusagte. Alle befanden sich sehr wohl auf dieser luftigen Höhe, von der sie einen freien Ausblick über das weite Meer und das ganze Eiland hatten.

Klaus Hohwart hatte wirklich Staunens- und Bewundernswertes geschaffen, und die Regierung sah mit etwas neidischen und begehrlichen Blicken auf sein Werk, denn seit dem Weltkrieg war auch Paradiso in andere Hände übergegangen. Allein der Pachtvertrag konnte nicht ohne direkte Ungerechtigkeit umgestoßen werden, und vor Ungerechtigkeiten mußten sich die neuen Herren hüten, wollten es wohl auch klugerweise tun.

Viele Arbeiter schafften jetzt unter Hohwarts Leitung und in seinem Sold. Er sorgte für ihre Bedürfnisse, hielt sie gut und gewährte ihnen kleine Freuden und Vergünstigungen. Er hatte gewissermaßen einen eigenen Staat gebildet, und Paradiso war in seiner Art ein kleines Königreich. Seine Gattin stand ihm tapfer zur Seite und sorgte im Haus für sein Behagen. Sie führten bei aller Arbeit ein friedliches und beschauliches Leben, und ihr Reichtum nahm mehr und mehr zu.

Im zweiten Jahr ihrer Ehe hatte Anna Hohwart ihrem Gatten einen Sohn geschenkt, der von einem Missionar auf den Namen Werner getauft wurde. Er zählte jetzt fast dreiundzwanzig Jahre und war sehr groß und stattlich. Seine schlanke Gestalt zeigte hervorragende körperliche Gewandtheit. Seine Eltern hatten ihm die beste Erziehung zuteil werden lassen. So war er ein geistig und körperlich hervorragender junger Mann von vornehmer und anständiger Gesinnung. Sein Vater, der jetzt zwei große Segelschiffe besaß, die die Erzeugnisse der Insel zu größeren Hafenplätzen brachten, hatte einen Hauslehrer für ihn engagiert, einen Deutschen, Doktor Berger mit Namen. Dieser hatte seinem Zögling die typisch deutsche Gymnasialbildung beigebracht, die ihn befähigte, jederzeit eine deutsche Universität zu besuchen. Doktor Berger hatte niemals Verlangen gehabt, wieder in kultivierte Gegenden zurückzukehren, und hatte nur den einen Wunsch, sein Leben auf Paradiso beschließen zu dürfen. Dieser hochgebildete Mann hatte schwere Erlebnisse in der fernen Heimat gehabt und war froh gewesen, ein Engagement auf Paradiso bekommen zu haben. Er gehörte gewissermaßen zur Familie und machte sich nützlich, wo und wie er konnte. Seit Werner seine Zeit nicht mehr vollständig in Anspruch nahm, diente er Klaus Hohwart als Sekretär.

Die Eingeborenen der Insel waren ein guter Menschentyp, nur allesamt durch ihren mongolenhaften Einschlag in ihrer Schönheit beeinträchtigt. Sie glichen in ihrem Aussehen und auch in ihrer sanften, gutmütigen Art den

Samoanern. Es waren moralisch hochstehende und leicht zu lenkende Menschen, die sich auf der Siedlung sehr glücklich fühlten. Sie verehrten ihren weißen Herrn und seine Familie aufrichtig und betrachteten sie als Wesen höherer Art.

Als Werner Hohwart dreizehn Jahre alt gewesen war, hatte er eines Tages, nachdem sich das Meer nach einer furchtbaren Sturmnacht wieder beruhigt hatte, in der hübschen Segeljacht seines Vaters mit einigen Dienern eine Ausfahrt unternommen. Dabei fand er draußen auf dem Meer auf einer dahertreibenden hölzernen Wand, die wohl Teil eines zerstörten Schiffes war, eine tote junge Frau und neben ihr ein Kind, das noch Lebenszeichen von sich gab. Die Frau war nur mit einem Nachthemd bekleidet, und auch das Kind trug nur ein weißes Kittelchen. Werner Hohwart, gewohnt, auch ungewöhnlichen Dingen mit Entschlossenheit zu begegnen, hatte den Dienern Befehl gegeben, auf die anscheinend Schiffbrüchigen zuzuhalten. Das Meer war hier weit und breit durch seine Korallenriffe berüchtigt, und es geschah nicht selten, daß ein Schiff auf diesen scheiterte, sobald es vom rechten Weg abgekommen war. Gewiß war in der vergangenen Sturmnacht wieder ein Schiff in der Nähe untergegangen, und Werner sagte sich sogleich, daß er hier Schiffbrüchige vor sich habe.

Es war keine leichte Arbeit gewesen, die tote Frau und das noch atmende Kind an Bord der Segeljacht zu bringen. Werner Hohwart kletterte selbst auf die treibende Holzwand und trug das kleine Mädchen auf seinen Armen an Bord der Jacht, nachdem seine Leute die tote Frau geborgen hatten.

Sofort gab er Befehl umzukehren und legte seiner Mutter das bewußtlose kleine Mädchen in die Arme. Diese tat alles, um das Kind wieder ins Leben zurückzurufen, und es gelang ihr auch. Aber die Kleine war wochenlang schwerkrank. Inzwischen hatte man die tote Frau, die, nach der großen Ähnlichkeit zu schließen, die Mutter des Kindes war, unter einer Palme beerdigt. Ein zufällig auf der Insel weilender Missionar hatte die Erde, in der sie ruhte, geweiht. Die Tote hatte eine schlimme Wunde am Hinterkopf gehabt, wahrscheinlich war sie durch einen schweren Gegenstand verletzt worden. An dieser Wunde war sie wohl auch gestorben. Wie es geschehen war, daß sich Mutter und Kind auf die hölzerne, wahrscheinlich zu den Schiffstrümmern gehörende Wand hatten retten können, vermochte niemand zu erklären. Das Nachthemd der Toten deutete darauf hin, daß die Passagiere des Schiffes von der Katastrophe im Schlaf überrascht worden waren. Dieses Hemd war aus feinem Seidenstoff und mit kostbaren Stickereien verziert, und ebenso gut gearbeitet war das Nachtkleidchen des Kindes. Das sprach dafür, daß Mutter und Kind aus guten Verhältnissen stammten. Ferner trug die Frau an einer Goldkette einen wertvollen Anhänger. Dieser war gewissermaßen das einzige Erbteil des Kindes. Klaus Hohwart nahm ihn an sich und verwahrte ihn sorgfältig.

Vermutlich waren Mutter und Kind Passagiere eines großen Dampfers gewesen, der in der Sturmnacht untergegangen war. Wo dieser beheimatet gewesen war, ließ sich nicht feststellen. Um so weniger, als man später nicht bloß einen Schiffbruch, sondern sogar von zweien in jener kritischen Zeit Kunde erhielt. So blieb in tiefstes Dunkel gehüllt, wo die Heimat von Mutter und Kind eventuell zu suchen sei. Man setzte der unbekannten Toten einen Gedenkstein auf ihr Grab, den man mit der Aufschrift versah: »Friede ihrer Asche.«

Das kleine Mädchen hatte, als es unter der sorgsamen Pflege Frau Anna Hohwarts endlich wieder zu sich gekommen war, zur Überraschung seiner Pfleger in deutscher Sprache gesagt:

»Marielies will noch Milch haben.«

Infolgedessen nahm man an, die Gerettete müsse das Kind deutscher Eltern sein. Man befragte sie über alles mögliche, allein sie vermochte nur anzugeben, daß sie in einer großen Stadt gelebt habe bei Vati und Mutti, und in einem schönen Haus mitten in einem großen Garten. Marielies erzählte, sie habe mit Mutti zu Großpapa fahren wollen, weil er so krank gewesen sei. Dann sprach sie von einem großen Schiff, auf dem sie sich mit Mami befunden habe, und von einem großen Donner und Krach. Die Menschen hätten alle laut geschrien, und Mutti auch. Und dann sei Mutti mit ihr in ein kleines Schiff geklettert, das furchtbar hin und her geschaukelt habe und schließlich ins Wasser gefallen sei. Mutti habe sie aber festgehalten und sie dann auf ein großes Brett geworfen. Dann sei Mutti auch auf das Brett geklettert, das so toll geschaukelt habe. Dann habe sie großen Hunger und Durst gehabt, aber Mutti habe ihr nichts zu essen und zu trinken gegeben. Mutti habe ganz still gelegen und die Augen zugemacht und nicht geantwortet. Es sei ein großes Stück Holz an Muttis Kopf geflogen, und dann sei auf Muttis Nachthemd Blut gewesen. »Dann ist Marielies eingeschlafen vor lauter Hunger und Durst.«

Mehr war aus dem Kind nicht herauszubringen. Man mußte sich den Sinn der Worte mühsam zusammenreimen. Auf die Frage, ob Vati mit auf dem Dampfer gewesen sei, sagte Marielies:

»Viele Vatis waren da und haben alle so geschrien.«

So wußte man nicht, ob Marielies' Vater mit an Bord gewesen war, und konnte nur annehmen, daß er vielleicht, als die Frauen und Kinder in die Rettungsboote geschafft worden waren, an Bord des Dampfers hatte zurückbleiben müssen. Wahrscheinlich war er dann mit dem Dampfer untergegangen, hatte vielleicht noch mit ansehen müssen, daß das Rettungsboot mit Frau und Kind gekentert war.

Klaus Hohwart hatte in eine Anzahl deutscher Zeitungen ein Inserat setzen lassen mit näheren Angaben über die Rettung des Kindes. Aber niemand hatte sich gemeldet und Rechte an dem Kind geltend gemacht. So mußte man annehmen, daß Marielies keine weiteren Angehörigen besaß. Auch über den Großpapa des Kindes vermochte man keine Erkundigungen einzuziehen, da man nicht einmal ahnte, wo er zu suchen sei.

So blieb Marielies auf Paradiso als allseitig zärtlich geliebter Schützling, und Klaus Hohwart und seine Frau hielten sie wie ihr eigenes Kind, und Werner Hohwart sah in ihr bald nichts anderes als ein geliebtes Schwesterchen.

Anna Hohwart war selig, ein so reizendes kleines Mädchen betreuen zu dürfen, denn ihr einziger Sohn Werner war damals gerade in den Jahren gewesen, wo er für mütterliche Zärtlichkeiten keine Verwendung hatte. Nun konnte sie alle überschüssige Mutterzärtlichkeit auf Marielies übertragen, die auf Paradiso wirklich wie im Paradies lebte. Sie wurde nicht nur von ihren Pflegeeltern zärtlich geliebt, auch die Eingeborenen vergötterten das kleine Mädchen, das »der Meergott geschickt hatte«.

Am meisten aber liebte Werner Hohwart seine kleine Pflegeschwester. Er war stolz und glücklich, daß er sie dem Meere abgerungen und auf seinen Armen gerettet hatte. Gewissermaßen betrachtete er sie als sein Geschöpf, und sie hing mit inniger Zärtlichkeit an ihm. Beide waren sozusagen unzertrennlich. Klaus Hohwart hatte später bei den Behörden darum nachgesucht, dem Kind seinen eigenen Namen geben zu dürfen, bis sich eventuell Genaueres über dessen Herkunft ermitteln ließ. So hieß die Kleine denn Marielies Hohwart.

Sie zählte jetzt etwa 15 Jahre, da man annahm, sie sei zur Zeit ihrer Errettung drei Jahre alt gewesen. Der Tag ihrer Auffindung im Meer galt als ihr Geburtstag. So verfügte sie denn in rechtlicher Beziehung über gewisse Personalien.

Von einer Adoption hatte Klaus Hohwart abgesehen, weil er noch immer damit rechnete, daß sich vielleicht doch einmal die Familie der Kleinen feststellen ließe. Zudem hatte Frau Anna gewarnt. »Wer weiß«, hatte sie gesagt, »ob aus der innigen Zuneigung, die Werner und Marielies füreinander hegen, sich nicht einmal ein anderes Gefühl entwickelt. Und sollte das geschehen, ist es besser, wenn keine direkte Adoption stattgefunden hat.«

Klaus Hohwart hatte seine Frau ein wenig ausgelacht – aber immerhin, man konnte nicht wissen, was die Zukunft brachte.

Kinder vergessen schnell, und Marielies wußte heute kaum noch, daß sie je eine andere Mutter als Anna gehabt hatte, und einen anderen Vater als Klaus Hohwart. Das reizende Kind, das immer weiße, mit farbigen Schärpen unterhalb der Taille zusammengehaltene Kleider trug, wuchs in dem gesunden Klima von Paradiso herrlich heran. Sie spielte in dem großen Garten, der das Wohnhaus oben auf dem Bege umgab und wo zahlreiche Blumen und Früchte wuchsen. Das war ihr kleines Reich, in dem sie glücklich war.

Es gab, wie schon gesagt, auf Paradiso keine Schlangen und gefährlichen Tiere. Nur kleine Affen turnten in den Zweigen der Bäume umher, und farbenprächtige Vögel nisteten darin. Klaus Hohwart hatte eine große Schweinezucht angelegt, und es gab Hühner, Rinder und eine Ziegenart. Einen Teil seines Reichtums verdankte Klaus Hohwart der Ausfuhr von Kopra, den Schnitzeln der Kokosnuß, die zur Ölbereitung nach Europa geschafft wurden. Er verfrachtete sie nur an Händler im nächsten Hafen. Aber auch noch andere Erzeugnisse der Insel wurden exportiert.

Was aber niemand wußte außer Klaus Hohwart, seiner Frau und seinem Sohn, war, daß auf Paradiso kostbare Edelsteine gefunden wurden. An einem steilen Abhang des anderen Berges auf Paradiso – zwei Berge befanden sich nur auf der Insel – hatte Klaus Hohwart eines Tages unter einem vom Unwetter abgesplitterten Felsstück seltsame grüne Steine gefunden. Er hatte untersuchen wollen, ob das Felsstück abstürzen und Schaden anrichten könnte; das war vorläufig nicht zu befürchten. Bei dieser Untersuchung hatte er den überraschenden Fund gemacht. Laut Pachtvertrag besaß er das verbriefte Vorrecht, alles, was die Insel an Erzeugnissen hervorbrachte, auf volle dreißig Jahre ausnutzen zu dürfen. Selbstverständlich hatte niemand daran gedacht, daß er so wertvolle Funde machen könnte. Aber das Recht auf sie vermochte ihm niemand streitig zu machen. Da er aber annehmen mußte, daß man ihm doch allerlei Schwierigkeiten machen könne, behielt er das Geheimnis für sich und teilte es nach einiger Zeit nur seiner Frau und seinem Sohne mit. Werner mußte er einweihen, weil er allein den gefährlichen Aufstieg zu dem steilen Felsen nicht so oft unternehmen konnte, wie es nötig war, um die Bruchstellen des Felsens weiterhin nach Edelsteinen abzusuchen. Daß es sich um solche handelte, hatte er bald erkannt. Er wußte nur noch nicht, ob sie sehr wertvoll waren oder nicht.

Er wartete geduldig auf eine Gelegenheit, sich darüber zu informieren, um was für Steine es sich handelte und welchen Wert sie besaßen. Eines Tages fuhr er mit einem seiner Segelschiffe zum Hafen und nahm einige der kleinsten grünen Steine mit. Dort weilte von Zeit zu Zeit ein jüdischer Händler, der nebenbei mit Edelsteinen handelte. Diplomatisch horchte Klaus Hohwart den Händler aus, welcher Art die von ihm vorgezeigten Steine seien. Dieser antwortete ihm, es seien grüne Korunde, oder wie sie im Handel hießen: orientalische Smaragde. Klaus Hohwart sagte darauf, er habe die Steine von einem Kunden annehmen müssen, der kein Geld gehabt habe. Ob der Jude ihm die Steine abkaufen wolle.

Dieser war dazu bereit, allerdings erst nach einigen Winkelzügen, die den Wert der Steine herabdrücken sollten, was Klaus Hohwart wohl erkannte. Der Jude bot einen Preis dafür, der Klaus Hohwart überraschte, weil er die Steine nicht für so wertvoll gehalten hatte. Aber er kannte die Art dieser Händler und sagte sich, daß die Steine mindestens das Doppelte wert sein müßten, und so steckte er sie ruhig wieder ein und sagte lachend:

»Ich habe fast das Dreifache dafür zahlen müssen – geben Sie das Dreifache, sonst verkaufe ich sie nicht.«

Der Händler schrie und zeterte, das sei unmöglich, er sei ein geschlagener Mann, wenn er so viel dafür anlege, und begann den Wert der Steine immer mehr zu verkleinern. Klaus Hohwart gab sich den Anschein zu gehen, da hielt ihn der Jude fest und begann zu feilschen. Er bot immer mehr, und Klaus erfuhr dadurch, daß selbst das Dreifache ein sehr niedriger Preis war. Aber er gab die Steine schließlich her, weil der Jude ihm immerhin deren ungefähren Wert verraten hatte. Er wußte, daß er sie noch zu billig abgegeben hatte – aber – zu Hause lag wohlverwahrt eine große Anzahl weiterer Steine; sie mußten ein Vermögen repräsentieren, denn der Jude belehrte ihn, je größer die Steine seien, desto höher sei der Preis dafür.

Der Händler wollte nun noch den Namen und die Adresse des Kunden wissen, der Klaus Hohwart die Steine in Zahlung gegeben habe. Aber Hohwart sagte, der Mann sei nach Europa zurückgekehrt und habe nur diese Smaragde gehabt.

»Schade, ich hätte gekauft noch mehr von die Steincher, ich hätte sie gerade gebrauchen können sehr gut«, hatte der Jude gesagt.

So wußte der Verkäufer, daß seine Steinsammlung sehr gefragt sein würde, wenn er sie eines Tages an den Mann bringen wollte.

Seither hatte Hohwart den Händler nicht wiedergesehen.

Streng hütete er sein Geheimnis, grub aber mit seinem Sohn an der Fundstelle fleißig weiter und erbeutete immer mehr Steine. Sorglich verwahrte er alles, wohl wissend, daß diese Funde wertvoller waren als alles, was er bisher auf Paradiso gewonnen hatte.

Der sorgsam gehütete Schatz trug freilich keine Zinsen,

aber Klaus Hohwart sagte sich, es werde sich schon eine Gelegenheit finden, ihn zu Geld zu machen.

Er fragte sich zuweilen, ob bei einer richtigen Ausbeutung vielleicht enorme Schätze zutage gefördert werden könnten. Es war anzunehmen. Aber er sagte sich, Glück und Frieden würde vernichtet sein, würde er ein Aufgebot von fremden Menschen nach Paradiso bringen, die nach den wertvollen Steinen graben sollten. Das durfte nicht sein. Klaus Hohwart gierte nicht nach unermeßlichen Schätzen, war er doch ohnedies schon ein schwerreicher Mann. Wozu also noch nach größeren Reichtümern trachten? Was er in Ruhe mit seinem Sohn an Edelsteinen erbeutete, war mehr, als er verlangen konnte. Wenn ihm wirklich nach Ablauf der dreißigjährigen Frist der Pachtvertrag gekündigt wurde und er mit seiner Familie die Insel verlassen mußte, war er reich genug, sich irgendwo ein Leben mit allen Annehmlichkeiten zu schaffen.

Er hatte bisher weder mit seiner Frau und seinem Sohn noch mit Doktor Berger die Möglichkeit besprochen, daß Paradiso eines Tages aufhören könne, ihnen allen eine Heimat zu sein. Er wußte, sie alle hingen an dieser friedlichen Insel und würden sich ungern von ihr trennen. So wollte er ihnen nicht frühzeitig das Herz schwermachen. Aber er ahnte längst, daß die neue Regierung nur darauf wartete, sich seiner zu entledigen. Vertraglich war ausgemacht worden, daß eine Kündigung fünf Jahre vor Ablauf des Vertrags zu geschehen habe, und so mußte diese Kündigung im laufenden Jahr erfolgen.

Daß sie nicht ausbleiben würde, erschien ihm ziemlich sicher. Selbst wenn die Regierung nichts von den Steinfunden ahnte, war Paradiso inzwischen durch intensive Kultivierung ein viel höheres Wertobjekt geworden.

Manchmal träumte Klaus Hohwart bereits davon, daß er eines Tages in die deutsche Heimat oder wenigstens in ein zivilisiertes Land zurückkehren würde.

Daß sein Sohn eines Tages aus der Enge von Paradiso hinaus in die Welt wollte, glaubte er zu wissen. Werner war von seiner Art, der mußte seine Schwingen regen zu selbständigem Flug ins Weite. Und vor allen Dingen hatte der Vater geplant, den Sohn in Deutschland studieren zu lassen. Das sollte jetzt bald geschehen. Werner sollte sich dabei in den zivilisierten Ländern umsehen und dann selbst entscheiden, wo er dauernd vor Anker gehen wollte. Er beabsichtigte nicht, ihm irgendwelchen Zwang aufzuerlegen, denn er wußte aus eigener Erfahrung, daß das nur schlimme Folgen haben konnte. Es war ja nicht nötig, daß sich die Eltern von ihrem Sohn trennten; sie konnten dann irgendwo in seiner Nähe leben. Infolge seines Reichtums stand die Welt ihnen allen offen.

Gerade in diesen Tagen hatte Klaus Hohwart häufig daran gedacht, daß Werner nun bald mit seinem Studium beginnen müsse. Er hatte es nur so lange wie möglich hinausgeschoben, weil er sich selbst vor der Trennung fürchtete, und noch mehr davor, seiner Frau und Marielies weh tun zu müssen. Beide hingen mit ihrem ganzen Herzen an Werner. Vorläufig hatte er auch mit ihm noch nicht darüber gesprochen, weil er nicht vorzeitig die Sehnsucht nach einem Leben unter einem andern Himmel in ihm wecken wollte. Aber nun mußte es geschehen. Werner stand im dreiundzwanzigsten Lebensjahr, und es war an der Zeit, Zukunftspläne mit ihm zu besprechen.

4

Wieder hatte Klaus Hohwart mit seinem Sohn einen Ausflug zum Fundort der Edelsteine gemacht, und auch heute hatten sie reichen Lohn für ihre Mühen geerntet. Es waren ihnen besonders große Stücke in die Hände gefallen, und Werner hatte zu seinem Vater gesagt: »Wenn dieses unterwühlte Felsstück vollends vom Felsen getrennt werden könnte, dürften wir einer noch größeren Ausbeute sicher sein, denn je weiter wir in der Spalte vordringen, desto größer und schöner werden die Steine.«

Klaus Hohwart hatte genickt.

»Davon bin auch ich überzeugt, aber um dieses Felsstück zum Weichen zu bringen, bedarf es viel größerer Kräfte, als wir beide aufbringen können, und wir müßten unser Geheimnis preisgeben. Das soll auf keinen Fall geschehen, lieber verzichte ich auf weiteren Gewinn. Was wir erbeutet haben, ist ohnedies ein beträchtliches Vermögen. Wir werden uns mit dem bescheiden, was wir gelegentlich noch finden.«

Sie hatten dann den Heimweg angetreten, und als sie oben vor dem Wohnhaus ankamen, sprang ihnen Marielies entgegen. Sie umhalste Vater und Bruder zugleich. Klaus Hohwart streichelte ihr zärtlich die Wange, und Werner küßte sie.

Sie plauderte von allerlei täglichen Geschehnissen, die für sie wichtig waren, denn sie war noch ein vollkommenes Kind, obgleich sie rank und schlank gewachsen war. Vertraulich hängte sie sich bei Vater und Bruder ein – anders nannte sie die beiden nicht –, und so schritten sie auf das Haus zu.

Es war ein niedriges Gebäude von großer Ausdehnung. Auf einem festen Steinfundament, das etwa mannshoch war, baute es sich in schlichter Holzarchitektur auf. Auf allen Seiten war es mit einer breiten überdeckten Veranda umgeben, um vor Sonne und Wetter Schutz zu bieten. Bei jeder Witterung wurde diese Veranda von den Hausbewohnern benutzt. Jetzt erhob sich Frau Anna Hohwart aus einem Sessel und begrüßte die Ankommenden in ihrer liebevoll herzlichen Weise. Sie war noch immer eine sehr hübsche Frau trotz ihrer fünfzig Jahre, sie hatte graumeliertes Haar und eine stattliche Figur. Ihre blauen Augen leuchteten zärtlich auf, als sie die drei ihr so lieben und teuren Menschen in inniger Eintracht herankommen sah.

Neben ihr hatten einige Dienerinnen gesessen, die mit Näharbeiten beschäftigt waren; hübsche, schlanke Gestalten mit sanften dunklen Augen und bronzefarbener Haut. Frau Hohwart sagte ihnen einige Worte, ehe sie ihren Angehörigen entgegenging, worauf die Dienerinnen sich erhoben, ihre Näharbeit mitnahmen und im Haus verschwanden. Ihre Kleidung bestand nur aus großen bunten Baumwolltüchern, die sie unter den Armen so übereinanderschlugen, daß sie den ganzen Körper bedeckten und nur Arme, Schultern und die Füße bis zu den Knöcheln freiließen. Aber sie bewegten sich in dieser schlichten Kleidung wie junge Fürstinnen.

Frau Anna Hohwart umarmte ihren Gatten und Sohn und fragte lächelnd:

»Jetzt habt ihr wohl großen Hunger und Durst?«

»Daran fehlt es nicht, Mutter«, antwortete Werner lachend.

»Ich habe schon den Tee bestellt, und einen kräftigen

Imbiß außerdem. Während ihr ein Bad nehmt, wird alles gerichtet.«

Die beiden Männer begaben sich in das Haus, um sich im Baderaum durch Übergießen mit kaltem Wasser zu erfrischen. Klaus Hohwart verwahrte zuvor sorgsam die neuen Steine in seiner Sammlung. Nach dem Bad legten die Herren weiße Leinenanzüge an. Dann gingen sie wieder hinaus auf die Veranda, wo inzwischen der Teetisch gedeckt worden war. Die Familie nahm daran Platz. Zwei Dienerinnen bedienten, bis Frau Anna sie entließ. Klaus Hohwart und Werner sprachen aber auch in Marielies' Gegenwart nicht davon, wo sie gewesen waren und was sie heimgebracht hatten. Man wollte ihr junges Gemüt nicht mit Heimlichkeiten belasten.

»Wo ist denn der Doktor?« fragte Klaus Hohwart.

»Er ist unten bei dem Missionar, der mit der ›Anna‹ gekommen ist.«

Die »Anna« war eines der großen Segelschiffe Klaus Hohwarts, das andere hieß »Marielies«.

Behaglich plaudernd ließen sich die Herren die kleinen Leckerbissen schmecken, die die Herrin des Hauses hatte auftragen lassen. Auf Paradiso gab es allerlei europäische Delikatessen in Konserven. Die brachten die beiden Kapitäne der Segelschiffe aus der Hafenstadt mit. Sie bekamen immer einen langen Besorgungszettel von Frau Anna, den sie gewissenhaft erledigten.

Marielies bevorzugte die kleinen Kuchen, die im Hause gebacken wurden. Süßigkeiten und Früchte, daran hielt sich das kleine Naschkätzchen am liebsten. Auf der Insel wuchs ja alles in üppiger Fülle, und Frau Anna hatte herrliche Rezepte erfunden zu Kuchen und Konfekt. So fehlte es nie an guten Sachen. Werner und Marielies scherzten miteinander, und das lebhafte Kind sprang zuweilen auf und umhalste ihre Lieben. Sie hatte ein weiches, liebebedürftiges Herz und war ihren Pflegeeltern von Herzen zugetan. Für ihren Pflegebruder Werner aber wäre sie durchs Feuer gegangen.

»Wirst du nachher noch ein Stündchen mit mir ausreiten, Werner?« fragte sie ihn.

»Ich muß noch zur ›Anna‹ hinunter, Marielies, um Order für die Ausfuhr zu geben. Man wird mit der Ladung fertig sein. Wenn du mich begleiten willst?«

Marielies jauchzte auf.

»Freilich will ich! Wirst du ebenfalls mitkommen, Vater?«

Klaus Hohwart schüttelte den Kopf.

»Nein, Marielies, ich habe noch anderes zu tun, es genügt, wenn Werner mit dem Kapitän spricht. Und – sollen wir Mutter schon wieder allein lassen?«

Marielies sah lächelnd zur Mutter hinüber.

»Ich war doch vorhin bei Mutter. Aber selbstverständlich soll sie nicht allein bleiben, also ist es schon besser, du bleibst oben, Vater.«

»Das werde ich tun.«

Eine halbe Stunde später ritten Marielies und Werner den Berg hinunter. Die Pferde, die Klaus Hohwart nach Paradiso eingeführt hatte, waren eine kleine, aber sehr ausdauernde Rasse, die auch die Bergpfade mit großer Leichtigkeit nahmen. Autos gab es nicht auf der Insel. Größere Strecken legte man zu Pferd oder auf zierlichen, sehr lustigen, aber gegen die Sonne geschützten Planwagen zurück. Diese benutzte aber zumeist nur Frau Hohwart, die andern ritten lieber. Höchstens Doktor Berger, Werners Hauslehrer, der nun auch Marielies in allen Fächern der Schulweisheit unterrichtete, bediente sich manchmal dieser Fuhrwerke.

Vergnügt zusammen plaudernd, ritten Werner und Marielies zum Strand hinunter. Unterwegs sahen sie überall Leute bei der Arbeit. Sie nickten ihnen zu und riefen ihnen gelegentlich ein Scherzwort zu, was die Leute regelmäßig veranlaßte, eine kleine Ruhepause einzulegen. Man gönnte ihnen das auch gerne, denn sie holten hernach alles wieder ein. Nach einem etwa einstündigen Ritt waren die Geschwister bei dem kleinen natürlichen Hafen angelangt, wo die beiden Segelschiffe und Werners kleine Segeljacht gerade bequem Platz hatten. Zumeist lag nur das eine Segelschiff vor Anker, während das andere unterwegs war. Es kam selten vor, daß alle beide im Hafen lagen. Bei sehr stürmischer See konnten die Segelschiffe den Hafen freilich nur schwer erreichen, weil der Insel zahlreiche Korallenriffe vorgelagert waren. Ein fremdes Schiff fand überhaupt nicht durch; man mußte ganz genau die Lage der Riffe kennen, und außer den beiden Kapitänen wußten nur Klaus Hohwart und Werner den genauen Weg, wo die Schiffe ungefährdet passieren konnten. Die kleine Segeljacht verstand Werner sehr geschickt rings um die Insel zu lenken, sie hatte keinen besonders großen Tiefgang und glitt über die meisten Riffe ungefährdet hinweg.

An Bord war alles bei der Arbeit. Es wurde nach erfolgter Ladung rein Schiff gemacht. Morgen früh sollte die »Anna« in See gehen. Werner hatte von der Mutter wiederum einen langen Besorgungszettel für den Kapitän mitbekommen.

Nachdem sie ihre Pferde angebunden hatten, ruderten Werner und Marielies in einem Boot zur »Anna« hinüber, und während Werner den Kapitän in seiner Kajüte aufsuchte, turnte Marielies vergnügt in der Takelage herum und scherzte mit den Eingeborenen, deren Sprache sie längst schon beherrschte. Mit lachenden Gesichtern sahen die Leute zu der »kleinen Herrin« hinüber, die wie ein großer weißer Schmetterling herumschaukelte. Später kam der Kapitän mit Werner an Deck und begrüßte Marielies lachend.

»Kapitän, jetzt ist die ›Anna‹ aber blitzblank, und Sie werden morgen gut Wetter haben«, sagte Marielies, dem alten Seebären tapfer die Hand schüttelnd.

»Das wollen wir hoffen, Meisje, blank Schiff muß sein, sonst geht die Reise nicht gut aus«, antwortete er mit breitem Lachen. Der Kapitän war ein Holländer, ebenso der Kapitän der »Marielies«.

»Oh, Sie sind abergläubisch wie alle Seeleute, Kapitän!«

»Kleines Meisje, wenn du jahrelang auf dem Wasser herumfährst, wirst du auch abergläubisch, darauf kannst du dich verlassen. Soll ich dir etwas mitbringen von unterwegs?«

Marielies nickte lachend.

»Wenn Sie mich fragen, sage ich nicht nein.«

»Was soll es denn sein?«

»Große Muscheln von der Perleninsel, Kapitän.«

»Magst sie wohl so gern, weil deine Augen wie Perlmutter glänzen«, neckte der Kapitän.

Marielies hatte wundervolle graue Augen, die wirklich wie Perlmutter aus ihrem Gesicht herausleuchteten. Sie versprach eine große Schönheit zu werden. Mit ihren blitzenden Augen kontrastierten die dunklen, feingezeichneten Brauen und Wimpern sehr wirkungsvoll, und das kurzgelockte Haar hatte die Farbe reifer Kastanien.

Sie lachte unbefangen. Was Eitelkeit war, wußte Marielies nicht.

»Weshalb ich sie gern mag, weiß ich nicht, aber ich mag sie gern.«

»Gut, du sollst Muscheln haben, so schön und groß, wie ich sie finde.«

Werner legte den Arm um Marielies' Schultern.

»Jetzt müssen wir aber aufbrechen, Marielies, damit wir bei Tageslicht heimkommen, du weißt, daß Mutter es nicht gerne hat, wenn du im Dunkeln noch unterwegs bist.«

Sie nickte und reichte dem Kapitän ihr leicht gebräuntes Händchen.

»Gute Fahrt, Kapitän, und glückliche Wiederkehr!«

»Das soll ein guter Geleitspruch sein, Meisje, auf frohes Wiedersehn!«

Auch Werner verabschiedete sich freundlich. Sie riefen auch den Leuten einen Gruß zu und ruderten wieder an Land.

Als sie ihre Pferde bestiegen hatten, winkten sie noch einmal zum Schiff hinüber und ritten davon.

Inzwischen hatte Klaus Hohwart seiner Gattin erzählt, daß er zusammen mit Werner wieder sehr schöne Steine gefunden habe. Sie nickte ihm lächelnd zu.

»Der Schatz mehrt sich, Klaus.«

»Ja, Anna, und ich freue mich darüber, obwohl uns dieser Schatz nicht glücklicher machen kann, als wir es ohnedies sind.«

»Nein, aber es ist doch ein angenehmes Gefühl, zu wissen, daß er vorhanden ist. Ich meine der Kinder wegen, Klaus. Da kannst du doch auch an Marielies denken, ohne Werner zu benachteiligen.«

Er nickte ihr zu. Sie machten wenig Unterschied zwischen Werner und Marielies, und sie sorgten sich um Marielies' Zukunft, als sei sie ihr leibliches Kind.

»Ja, Anna, man weiß ja nicht, was kommt. Und da wir gerade allein sind und die Sache nun immer brennender wird, möchte ich etwas mit dir besprechen.«

Sie sah ihn mit ihren klaren, frohen Augen fragend an.

»Sprich, Klaus!«

Er faßte ihre Hand und lächelte ihr ein wenig unsicher zu.

»Ich werde dir ein bißchen weh tun müssen, meine Anna.«

Sie ließ ihren Blick nicht von ihm.

»Was von dir kommt, kann mir nicht weh tun, Klaus«, sagte sie zuversichtlich.

»Doch, diesmal wird es weh tun. Also – ohne Umschweife, Anna – der Junge muß fort.«

Sie wurde blaß.

»Werner?«

»Ja, Anna, es ist soweit. Ich habe mit dem Doktor gesprochen, er meint auch, daß es hohe Zeit ist, wenn Werner studieren soll.«

»Das also ist es. Werner soll nach Deutschland?« fragte sie mit bebender Stimme.

»Ja, meine liebe Anna. Ich habe dir das schon früher angedeutet, habe nur immer wieder nicht den Mut gefunden, dir diese Trennung aufzuerlegen, aber nun muß es sein. Werner soll mehr lernen, als sein Vater lernen konnte. Ich wünsche, daß er an der Hochschule in Charlottenburg studiert. Doktor Berger hat ihn gewissenhaft dafür vorbereitet, und nun hat es keinen Sinn mehr, länger zu zögern.«

»Ach, Klaus, du hast auch nicht studiert und bist doch ein kluger Mann geworden.«

Er lachte.

»Meine gute Anna, hier für Paradiso langt es, aber Werner soll ins Leben hinaus. Du weißt, mein Pachtvertrag läuft in fünf Jahren ab, es kann sein, daß ich bald die Kündigung bekomme. Und Werner wird an eine andere Existenz denken müssen. Es ist auch wahrscheinlich, daß er auf die Dauer hier in den engen Verhältnissen nicht glücklich wäre. Er soll sich draußen umsehen und alles lernen, was er braucht, um in zivilisierten Ländern leben zu können. Ich will gleich hinzufügen, daß später auch Marielies – wenigstens für einige Zeit – nach Deutschland gehen soll. Freilich erst, wenn sie erwachsen ist. Dann gehen wir vielleicht selber mit ihr dorthin. Wir wissen von ihr ja nur, daß sie eine Deutsche ist, weil sie eben in deutscher Sprache mit uns redete, als Werner sie uns vom Meer heimbrachte. Und nach ihren feinen Gesichtszügen, nach der kostbaren Wäsche, die sie und ihre Mutter trugen, und nach dem wertvollen Schmuckstück, das ihrer Mutter um den Hals hing – und das wir für sie verwahrt haben –, müssen wir schließen, daß Marielies aus sehr guten Kreisen stammt. So soll sie auch wie eine feine Dame erzogen werden. Unser guter Doktor hat ihr ja das nötige Schulwissen beigebracht und sie auch wie Werner in der englischen und französischen Sprache unterrichtet. Aber vornehme Umgangsformen können wir ihr hier nicht beibringen, so muß sie das anderswo lernen. Ich halte das für meine Pflicht dem Kinde gegenüber. Aber das hat ja noch Zeit. Jetzt soll erst einmal Werner ins Leben hinaus.«

Frau Anna ließ den Kopf hängen und erwiderte nichts. Er streichelte ihre Hand.

»Nun habe ich dir doch weh tun müssen, Anna. Das alles leuchtet dir wohl nicht ein?«

Sie seufzte.

»Ach, Klaus, du weißt ja, daß ich davon träume, aus Werner und Marielies möge einmal ein Paar werden – und – da könnten sie doch beide in Ruhe und Frieden weiter hier leben wie bisher.«

»Das ist mein Wunsch, wie es der deine ist. Aber, meine liebe Anna, er ist ein wenig egoistisch. Sollte sich aus den geschwisterlichen Gefühlen der beiden etwas anderes entwickeln, so wird das ohne unser Dazutun geschehen, und meiner Ansicht nach könnte das eine Trennung nur begünstigen. Werner muß ins Leben hinaus – muß ein Mann werden.«

»Kann er das nicht unter deiner Leitung am besten werden?«

»Nein, Anna, das ist ein Irrtum. Ein Mann muß selbständig werden, muß sich den Wind um die Nase wehen lassen und darf nicht ewig seinen Eltern am Rockzipfel hängen. Es wird ein bißchen weh tun, mir auch, das glaube mir, und Werner und Marielies auch, aber der Junge muß Welt und Menschen kennenlernen. Sonst kommt der Tag, da die Sehnsucht nach der Ferne in seinem Herzen wächst, nach dem Leben, das er nicht kennt – und dann quälen wir ihn nur. Er ist in allen Dingen mein Sohn, und deshalb lese ich in seinem Herzen. Ich sehe jetzt schon zuweilen in seinen Augen den fliegenden Schein, der das Weite sucht. Ich hielt es ja auch nicht daheim in der Enge aus und was mir der Kramladen in der Kleinstadt war, das ist für Werner Paradiso. Er kennt es zu genau, es bietet ihm nichts Neues mehr. Du weißt, ich lief meinem Vater davon, und nicht einmal du konntest mich halten, obwohl ich dich, weiß Gott, herzlich geliebt habe. Ich mußte fort, ich konnte mich nicht hinter dem Ladentisch in der Kleinstadt festnageln lassen, und eines Tages wird Paradiso für Werner der Ladentisch in der Kleinstadt sein. Wir Hohwarts haben unruhiges Blut in den Adern. Du weißt, auch meine Schwester Johanna hielt es nicht daheim aus, als sie ihr Lehrerinnenexamen gemacht hatte, sondern ging nach England als Erzieherin zu einer vornehmen Familie, wo sie ein neues Leben kennenlernte.«

»Und jetzt sitzt sie trotzdem still zu Hause. Sie wollte nicht zu uns nach Paradiso kommen.«

Er lachte.

»Ja ja, seit sie verheiratet ist, ist sie seßhaft geworden, aber nur, weil sie eben in Berlin lebt, mitten im flutenden Großstadtgetriebe, wogegen unser Paradiso eben eine ganz kleine Welt ist, die sie nicht reizt. Sie hat große geistige Interessen – und außerdem liebt sie die Selbständigkeit. Nachdem sie jahrelang in einer vornehmen englischen Familie gelebt hatte, nachdem sie mit ihrem Gatten in Berlin mitten im regen Leben gestanden war, mochte sie nicht in unsere engbegrenzte Wildnis kommen. Die Reise hätte sie wohl gereizt, und vielleicht hätte sie es hier auch ausgehalten, solange ihr das Leben neu war und Aufgaben bot. Aber für immer, das wußte ich, hätte es ihr hier nicht behagt, und deshalb habe ich ihr auch nicht zugeredet, so gerne ich sie nach ihres Mannes Tode bei mir gehabt hätte. Und sie ist in Berlin glücklich, hat ihren Wissensdurst stillen können. Ich bin nie dazu gekommen, weil ich hier andere Aufgaben fand, die mich ausfüllten. Aber den Wissensdurst und das Schweifen in die Weite hat Werner von mir geerbt, und deshalb dürfen wir ihn nicht halten, Mutter, wenn wir ihn nicht verlieren oder zu einem unzufriedenen Menschen machen wollen, das glaube mir.«

»Er ist aber immer froh und zufrieden gewesen.«

»Ja, Mutter, gewesen! Vielleicht bleibt er es auch noch eine Weile. Aber einmal ändert sich das, wenn er sich bewußt wird, was in ihm gärt und treibt. Ich kenne mein Fleisch und Blut. Wir dürfen ihm die Flügel nicht binden. Du willst doch auch, daß er ein zufriedener Mensch bleibt!«

»O ja, das ist mein sehnlicher Wunsch.«

»Dann mußt du das Opfer bringen, Anna«, sagte er ernst.

Sie seufzte, aber dann sagte sie, seine Hand fassend:

»Wie du mir das alles so erklärt hast, Klaus – so muß ich mich deiner besseren Einsicht fügen. Ich will meinen Jungen gewiß nicht unzufrieden sehen. Und Marielies willst du dann auch fortschicken?«

»Wenn wir selber nicht mit ihr gehen können, ja. Ich würde sie dann zu meiner Schwester schicken; die kann ihr alles Nötige beibringen.«

»Und dann werden weder Marielies noch Werner sich hier wieder zurechtfinden, es wird Ihnen hier nicht mehr gefallen.«

»Schließlich, Mutter, sind ja auch wir nicht auf Paradiso festgewachsen. Mit dem Vermögen, das ich mir hier erworben habe, können wir überall sorglos und behaglich leben. Wird mir der Pachtvertrag nicht gekündigt, so kann ich ihn kündigen – ich brauche das nicht fünf Jahre vorher zu tun. Dann würden wir mit den Kindern wieder in die alte deutsche Heimat gehen oder sonstwohin, wo es schön ist und wo wir in der Nähe der Kinder leben können. Würde dich das nicht reizen können, meine Anna?«

»Meine Heimat ist dort, wo ihr seid.«

Er erhob sich und küßte sie.

»Meine Anna geht auch heute noch tapfer mit mir durch dick und dünn wie vor fünfundzwanzig Jahren, das weiß ich.«

»Alles soll mir leicht werden, Klaus, nur eine Trennung von Werner – und von Marielies wird mir schwer werden. Aber das Leben hat mir bisher alles so leichtgemacht, darum muß ich denn auch das Schwere schlucken. Und – recht hast du wohl, Klaus, ich habe auch schon den fliegenden Schein in Werners Augen bemerkt, hab' ihn nur nicht sehen wollen. Er hat manchmal so blanke Sehnsuchtsaugen, wenn er von der Welt draußen hört. Wir müssen ihn wohl fliegen lassen. Wenn er nur den Gefahren gewachsen ist, die ihn draußen bedrohen.«

»An Gefahren wächst die Kraft des Mannes, meine Anna. Das ist es ja, was ihm fehlt. Hier geht alles zu zahm und ruhig zu. Werner ist eine Kampfnatur wie ich, er will erleben, Kämpfe bestehen, Hindernisse beseitigen, will mitten hinein in des Lebens Flut. Hier auf Paradiso hat ihm sein Vater alles schon vorweggenommen, was ihn reizen könnte. Wie gesagt, wir müssen ihn fliegen lassen. Und nun weiß ich mich mit dir einig, das macht mich froh, ich habe mich zu lange vor dieser Ansprache gefürchtet.«

Sie reichte ihm die Hand.

»Du hast immer das Beste für uns getan, Klaus. Ich füge mich.«

»Gut, Anna. Sobald Werner nach Hause kommt, werde ich mit ihm reden, es soll nun nicht mehr auf die lange Bank geschoben werden.«

Sie besprachen noch allerlei, was damit zusammenhing,

und dann zog sich Klaus Hohwart in sein Arbeitszimmer zurück.

Frau Anna sah vor sich hin. Sie kämpfte die Angst vor der Trennung von ihrem Sohn tapfer in sich nieder. Was Klaus für richtig hielt, war immer ein Evangelium für sie gewesen. Und sie war eine Natur, die das, was sein mußte, ohne Klagen auf sich nahm.

Als Werner und Marielies zurückkamen, rief die Mutter Marielies zu sich und schickte Werner zum Vater.

Werner trat in dessen Arbeitszimmer. Es war ein heller, lichter Raum. Ruhig erstattete Werner Bericht über das, was er mit dem Kapitän der »Anna« besprochen hatte. Der Vater hörte aufmerksam zu, sah den Sohn mit großen, ernsten Augen an und sagte, als er zu Ende war:

»Setz dich zu mir, Werner, ich habe etwas mit dir zu besprechen.«

Werner ließ sich nieder und sah den Vater fragend an.

»Was hast du mir zu sagen, lieber Vater?«

»Ich will dich fragen, mein Junge, wie du dir dein ferneres Leben denkst.«

Da schoß jähe Röte in Werners Gesicht, seine dunkelblauen Augen weiteten sich, und der schmallippige, ausdrucksvolle Mund preßte sich zusammen. Er mußte seine Erregung erst hinunterschlucken und wandte seinen Blick ab, ließ ihn zum Fenster hinaus ins Weite schweifen. Endlich fragte er heiser:

»Wie meinst du das, Vater?«

Dieser lächelte ein wenig.

»Ich merke dir schon an, du hast mich verstanden, mein Junge. Aber du willst nicht heraus mit der Sprache, weil du glaubst, uns weh zu tun. Du sollst dich aber ruhig und offen mir gegenüber aussprechen, wie zu deinem besten Vertrauten, Werner. Das will ich dir sein. Also sage mir, was hast du für Pläne bezüglich deiner Zukunft?«

»Vater, darüber hast du zu bestimmen.«

»Ich lege die Bestimmung aber in deine Hand, mein Sohn. Du stehst jetzt im dreiundzwangzigsten Lebensjahr und mußt wissen, was dir erstrebenswert erscheint.«

Wieder schwieg Werner eine Weile, dann aber brach es aus ihm heraus:

»Wenn ich dir das sage, tue ich dir wahrscheinlich weh, ganz gewiß aber der Mutter – und Marielies.«

»Selbst wenn es so wäre, Werner, ich verlange von dir absolute Offenheit.«

Werner preßte die Hände wie im Krampf zusammen.

»Und wenn ich dir nun sage, daß ich große Sehnsucht habe, in die Welt hinauszugehen, sie und die Menschen draußen kennenzulernen, zu studieren, alles zu sehen und zu erleben, was ich nur aus Büchern kenne und aus deinen und Doktor Bergers Beschreibungen, werde ich dann dir und der Mutter nicht furchtbar weh tun?«

Der Vater schüttelte den Kopf. Er erkannte, daß es hohe Zeit war, den Falken fliegen zu lassen.

»Nein, Werner, du wirst uns nicht weh tun, wir kennen und verstehen dich.«

»Aber es ist doch undankbar von mir, Vater, daß ich mich fortsehne.«

»Als ich in deinem Alter war, habe ich mich auch von Vater und Mutter und allem, was mir lieb war, fortgesehnt, und da mich mein Vater nicht fortlassen wollte, bin ich eines Tages auf und davon gegangen.«

Werner starrte ihn an.

»Das hast du getan?«

»Ja, ich habe mit dir nur deshalb noch nie davon gesprochen, weil ich dich dadurch nicht beeinflussen wollte. Aber ich habe es kommen sehen, daß du hinaus verlangen würdest. Paradiso ist ein zu enges Feld für dich, im Verhältnis ebenso eng, wie für mich damals der kleine Laden meines Vaters, in dem er mich festhalten wollte. Ich will nicht den Fehler meines Vaters begehen. Weil du Blut von meinem Blute bist, fühle ich, daß du hinaus möchtest, und will es nicht darauf ankommen lassen, daß du mir eines Tages davonläufst.«

»Das würde ich nicht tun, Vater. So eng ist mir Paradiso nicht, daß ich es hier absolut nicht länger aushalten würde. Und ich komme auch gerne wieder, Vater. Nur für eine Weile möchte ich hinaus, nach Deutschland vor allem. Es zieht mich in zivilisierte Länder, ich möchte lernen – viel lernen.«

»Das sollst du, Werner, du sollst nach Deutschland gehen.«

»Vater!«

Der junge Mann preßte die Hand seines Vaters krampfhaft in der seinen, und seine Augen leuchteten auf. Der Vater lächelte ihm zu.

»So heiß ist die Sehnsucht nach der lockenden Ferne schon, mein Sohn?«

»Verzeih mir, Vater«, sagte Werner beschämt.

»Ich habe nichts zu verzeihen, ich verstehe dich.«

»Aber Mutter? Mutter werde ich sehr weh tun, das weiß ich.«

»Keine Sorge, Mutter versteht dich auch. Wir sprachen vorhin darüber. Und wenn sie sich auch vor der Trennung fürchtet, eine gute Mutter bringt jedes Opfer für ihr Kind. Sie billigt es, daß du nach Deutschland gehst.«

Werner sprang wieder auf und trat an das Fenster, er mußte um Fassung ringen. Endlich wandte er sich wieder um und sagte leise:

»Wenn ich euch nur nicht kränke, dich, Mutter und Marielies.«

»Marielies weiß noch nichts davon. Aber auch sie wird sich fügen, wenn sie hört, daß es sein muß. Und nun setze dich wieder zu mir, jetzt will ich die Sache weiter mit dir besprechen.«

Nachdem Werner Platz genommen hatte, fuhr der Vater fort:

»Also, bei der nächsten passenden Gelegenheit reist du ab, es ist Unsinn, wenn wir uns jetzt erst noch lange vor der Trennung fürchten. Wir müssen uns nur erkundigen, mit welchem Dampfer du fahren kannst. Die Kriegs- und Inflationsunruhen in Europa sind jetzt überwunden, und es herrschen wieder geordnete Zustände, außer in Rußland, wohin du ja nicht zu gehen brauchst. Es kann allerdings noch einige Zeit vergehen, ehe du reisefertig bist. Ich setze mein vollstes Vertrauen in dich und weiß, daß du deinen Eltern nur Ehre machen wirst.«

»Darauf kannst du dich verlassen, Vater.«

»Das tue ich auch – ich kenne dich. Nur binden darf man dich nicht, das würde dich vielleicht veranlassen, über die Stränge zu schlagen. Du sollst ganz frei sein, sollst dein Leben nach deinen Wünschen einrichten. Sammle neue Eindrücke, Wissen – es sind Schätze, die unvergänglich sind, und die dir keiner rauben kann. Aber raten darf ich dir, nicht wahr?«

»Oh, lieber Vater, wie rührt mich deine großherzige Art, mir alles so leichtzumachen«, sagte Werner tiefbewegt und drückte wieder des Vaters Hand.

»Nun, so höre, welche Pläne ich für dich geschmiedet habe. Zuerst will ich dir ein Zeichen meines großen Vertrauens geben: Du sollst die Edelsteinsammlung, die ich all die Jahre verwahrt habe, mit nach Europa nehmen und zu Geld machen. Es ist Unsinn, wenn dieser Schatz länger zinslos daliegt. Ich habe nur auf eine passende Gelegenheit gewartet und habe mich informiert, wie du die Steine am besten verkaufen kannst. Du sollst nach Amsterdam gehen, wo es große Edelsteinschleifereien gibt und solide Edelsteinhändler. Ich habe mir auch einige Adressen von solchen Leuten verschafft. Du sollst persönlich mit ihnen verhandeln. Auch in Paris gibt es zahlreiche Händler, aber es ist besser, wenn du die Steine in Holland zu Geld machst. Du wirst klug und diplomatisch sein und die Steine nicht zu billig verkaufen. Ich werde dir sagen, was du dafür fordern kannst, und wie weit du heruntergehen darfst, wenn man dir diesen Preis nicht bewilligt. Den Erlös für die Steine läßt du auf die Amsterdamer Bank überweisen, wo ich ein Konto besitze. Das ist das erste, was du in Europa zu erledigen hast. Du fährst mit einem deutschen Dampfer und wirst in Bremerhaven ankommen. Von dort fährst du direkt nach Amsterdam. Dann gehst du für einige Monate nach England. Sieh dich dort um, von den Engländern kannst du viel lernen. Die englische Sprache beherrschst du, aber in England kannst du sie vollends zur Perfektion bringen. Dann kehrst du nach Deutschland zurück. Du wirst zeitig genug dort ankommen, um mit dem Herbstsemester dein Studium zu beginnen. Du sollst die Hochschule in Charlottenburg besuchen, die einen guten Ruf hat. Ich überlasse dir, welches Fach du für dein Studium wählen willst.«

»Schiffsbaukunst möchte ich studieren, Vater, ich möchte Schiffsbauingenieur werden«, stieß Werner hastig hervor.

Der Vater lächelte. Er wußte schon längst, daß dies der Wunsch seines Sohnes war. Diesen Wunsch hatte er ihm abgelauscht, als Werner sich mit Doktor Berger unterhalten hatte, und deshalb hatte er die Charlottenburger Hochschule vorgeschlagen.

»Gut, das vereinfacht die Sache, wenn du schon gewählt hast«, sagte er ruhig. »Also Schiffe willst du bauen lernen?«

»Ja, Vater, das interessiert mich am meisten.«

»Nun, ob du später Schiffe bauen oder deine Kräfte anderweitig betätigen wirst, jedenfalls sollst du Wissensschätze sammeln und auch lernen, dich in jeder Gesellschaftsschicht der zivilisierten Welt richtig zu benehmen. Viel lernen, mein Junge, das ist die Hauptsache und der Grundstein zu allem andern im Leben.«

»Das ist ja, was ich mir so brennend wünsche, lieber Vater.«

»Nun gut, du studierst auf der Hochschule in Charlottenburg, machst deinen Doktor, und erst wenn sie dich dort nichts mehr lehren können, kommst du wieder heim nach Paradiso, und dann wollen wir weitersehen. Deine Ferien sollst du immer benutzen, um Reisen zu machen und dir auch andere Länder anzusehen. Ich werde dir genügend Geld zu Verfügung stellen, du brauchst nicht ängstlich zu sparen, denn du weißt, daß dein Vater ein reicher Mann ist. Verschwenden, nutzlos verschwenden, wirst du nichts, dazu bist du zu vernünftig erzogen, und Verschwender sind nur haltlose, charakterlose Menschen.«

»Das brauchst du nicht zu fürchten, Vater.«

»Nein, ich fürchte es auch nicht. Und nun noch eines. Du weißt, ich habe eine Schwester, die in Berlin lebt. Sie ist eine gescheite und in allen gesellschaftlichen Formen wohlunterrichtete Frau. Die sollst du aufsuchen und ihr unsere Grüße bringen.

Ich denke, du wirst manches von ihr lernen, was dir nützen kann. Sie wird sich freuen, den Sohn ihres Bruders kennenzulernen. Vielleicht findest du sogar Aufnahme in ihrem Hause.«

Vater und Sohn besprachen noch allerlei. Dann gingen sie hinüber zur Mutter und zu Marielies.

Frau Anna Hohwart saß in ihrem schönen, geräumigen Wohnzimmer am Tisch und war mit einer Handarbeit beschäftigt. Marielies saß neben ihr und schrieb ein englisches Diktat, daß ihr Doktor Berger, der langsam im Zimmer auf und ab ging, ansagte. Als die beiden Herren eintraten, hob Frau Anna den Kopf und sah ihnen entgegen. Werner eilte auf sie zu und umfaßte sie erregt und zärtlich.

»Meine Mutter! Du zürnst mir nicht, daß ich hinaus in die Welt will?«

Ihre Augen wurden feucht. Sie spürte, daß in seinem Herzen seine unruhigen Wünsche mit der Liebe zu seinen Angehörigen kämpften. Leise streichelte sie über sein blondes Haar.

»Nein, Werner, ich zürne dir gewiß nicht. Wenn ich mich auch ein wenig vor der Trennung fürchte, so werde ich dir den Abschied doch nicht schwermachen. Vater hat mir alles erklärt, und ich weiß nun, daß wir dich ziehen lassen müssen. Ich bin auch schon ganz ruhig und gefaßt.«

Er küßte sie herzlich.

»Ich danke dir, liebe – liebe Mutter.«

Marielies blickte von ihrem Schulheft auf, und auch Doktor Berger sah gespannt zu Vater und Sohn hinüber. Dieser war ein schlanker Mann in der Mitte der Vierzigerjahre. Sein Gesicht hatte durchgeistigte Züge. Er machte den Eindruck eines Menschen, der nicht sehr gesund und kräftig ist und schwere Erlebnisse hinter sich hat.

»Was ist mit Werner, Mutti?« fragte Marielies unruhig.

»Ist Marielies bald mit dem Diktat fertig, Doktor?« fragte Frau Anna.

»Wir können sofort aufhören, Frau Hohwart, ich kann den Schlußsatz diktieren.«

»Bitte tun Sie das. Also erst deine Arbeit fertigmachen, Marielies.«

Doktor Berger diktierte den letzten Satz, und Marielies schrieb ihn nieder. Dann sprang sie auf, umarmte Mutter und Bruder zugleich und sah sie unruhig forschend an.

»Was ist nur mit euch?«

»Das sollst du jetzt hören, Marielies«, sagte der Vater.

Doktor Berger wollte hinausgehen, aber der Hausherr hielt ihn zurück.

»Hiergeblieben, Doktor. Was wir Marielies zu sagen haben, geht auch Sie an. Setzen Sie sich zu uns.«

Doktor Berger nahm mit einer Verbeugung Platz, und Klaus Hohwart wollte berichten. Da bat seine Frau:

»Laß mich Marielies sagen, was sie wissen muß.«

»Gut, du hast das Wort, Mutter.«

Frau Anna nahm Marielies in ihre Arme.

»Marielies, wir beide müssen jetzt ganz tapfer sein. Werner wird auf Reisen gehen, nach Deutschland.«

Marielies wurde sehr blaß und warf sich mit einem dumpfen Angstschrei in Werners Arme.

»Nein – du gehst nicht fort von uns!« rief sie mit ganz fremder, weher Stimme.

Er zog sie an sich, und plötzlich war ihm alle Freude auf den Ausflug in die Welt vergangen. Ihm war, als wiege sie das Trennungsweh nicht auf, das nun auch ihn befiel.

»Marielies, liebe Marielies – ich – ich muß doch noch viel, sehr viel lernen draußen in der Welt. Und ich komme ja wieder!« sagte er heiser vor unterdrückter Erregung.

Sie zitterte in seinen Armen, und das leise Beben des sich angstvoll an ihn schmiegenden schlanken Körpers löste ein seltsames Empfinden in ihm aus.

»Wie kann das nur sein?« klagte sie. »Wie kannst du nur fortgehen wollen? Ich kann das unmöglich ertragen – eine Trennung von dir.«

Ihre Stimme klang ganz gebrochen.

Klaus Hohwart und seine Frau sahen sich mit ernsten, verstehenden Augen an. Frau Anna löste Marielies' Arme von Werners Hals, sie sah, daß auch er sehr blaß geworden war, und sie zog das Kind an sich.

»Marielies, wir müssen tapfer sein und dürfen Werner den Abschied nicht noch schwerer machen, als er ohnedies schon sein wird. Es geht nicht anders, er muß reisen. Sieh, ich bin ganz still und gefaßt, und so mußt du es auch sein.«

Mit einem wehen Blick sah Marielies sich um. Verstand denn keiner, wie weh ihr getan wurde?

»O Mutti, Mutti, wir weinen uns tot, wenn er fortgeht!« rief sie mit einem erschütternden Ausdruck.

Frau Anna vermochte mit einem beruhigenden Blick in ihres Sohnes verstörte Augen zu sehen.

»Ei, das werden wir hübsch bleiben lassen, Marielies«, suchte sie zu scherzen. »Was soll Werner von uns denken, wenn wir so töricht sein wollen. Sieh mal, ganz blaß ist er vor Schreck geworden, weil du so dummes Zeug redest.«

Und an Marielies' Ohr gebeugt, flüsterte Frau Anna beschwörend:

»Wer Werner liebhat, muß sich zusammennehmen und darf nicht weinen.«

Das wirkte wie ein Zauberspruch auf Marielies.

Wer Werner liebhat! Ach, wie lieb hatte sie ihn, so lieb, daß ihr das Herz davon weh tat, so lieb, daß sie wirklich glaubte, sich totweinen zu müssen, wenn er fortginge. Aber die Mutter hatte gesagt, wer Werner liebhat, muß tapfer sein. Sie schluckte krampfhaft und sah zu ihm hinüber und gewahrte dabei, wie erschüttert auch er aussah. Da zwang sie heldenhaft ein mattes Lächeln um ihre Lippen.

»Ja, ich bin ganz tapfer, Werner soll nicht so blaß aussehen«, sagte sie leise.

Er trat wieder auf sie zu und zog sie liebevoll in seine Arme.

»Marielies!« sagte er leise, indem er über ihr Haar strich. Und ihm war, als müsse er sagen: Ich bleibe bei dir, ich kann ja gar nicht fort von dir.

Aber da rettete Doktor Berger die Situation mit den Worten:

»Es wird höchste Zeit für Werner, wenn er an der Hochschule studieren will. Und es ist gewiß gut für ihn, wenn er für einige Zeit von Paradiso fortgeht.«

»Wie lange wirst du fortbleiben, Werner?« fragte Marielies mit zitternder Stimme, so ruhig, wie es ihr möglich war.

Der Vater machte ihm hinter Marielies' Rücken ein

Zeichen und legte den Finger auf den Mund. Da sagte Werner rauh:

»Es ist noch nicht genau bestimmt, Marielies. Aber wir werden uns fleißig Briefe schreiben, und dann wird die Zeit sehr schnell vergehen. Ehe du dich versiehst, bin ich wieder da. Und – wenn du groß bist, wirst du auch nach Deutschland reisen.«

»Mit dir?« fragte sie hastig.

»Vielleicht!«

»Oh, ich reise nur mit dir und den Eltern«, erklärte sie erregt.

»Das wird sich alles finden«, sagte nun Klaus Hohwart und streichelte über Marielies' Haar, das in dichten, natürlichen Locken ihr feines Köpfchen umgab und im Lampenlicht wie flüssiges Kupfer leuchtete.

Man besprach nun Werners Reisepläne, aber niemand erwähnte, daß er auf Jahre hinaus fortgehen würde. Marielies sollte sich an den Gedanken gewöhnen und Näheres erst erfahren, sobald er abgereist war und sie das Schlimmste überstanden hatte.

Aber keiner von den Erwachsenen ahnte, welches Heldentum für die kleine Marielies dazu gehörte, sich äußerlich ruhig zu zeigen. Ihr junges Herz zuckte in wildem Weh, und ihr war zumute, als müsse sie sich still hinlegen und sterben vor Angst. Sie saß neben Werner und umklammerte seine Hand, als müsse sie sich Kraft holen aus dieser Berührung. Nur daß sie ihn noch hielt, ermöglichte es ihr, Haltung zu bewahren.

Während die andern über Werners Reise sprachen und glaubten, Marielies habe das Ärgste schon überstanden, sprach sie kein Wort. Aber immer wieder rann es wie ein Fieberschauer durch ihren Körper.

Werner fühlte das und sah besorgt in ihr Gesicht. Aber wenn es auch seltsam blaß und gereift erschien, so schien es doch ruhig, und sie vermochte ihm zuweilen sogar zuzulächeln.

Marielies war ein Kind mit reichem Innenleben. Alles, was sie bewegte, machte sie still. Sie konnte sich weder laut freuen wie andere Kinder noch laut weinen und jammern, wenn sie schmerzlich bewegt war. Die Eröffnung von Werners bevorstehender Abreise hatte ihre Fassung mehr erschüttert als je zuvor etwas in ihrem Leben. Und wenn auch alle wußten, daß sie Werner sehr liebte, so hatten sie doch keine Ahnung, mit welcher Innigkeit diese Liebe in ihrem Wesen verankert war. Am besten verstand sich Werner auf ihr Seelenleben. Aber auch er ahnte nicht, wie tief die Wunde war, die man diesem Kind geschlagen hatte. Und niemand ahnte, daß Marielies durch diesen Schmerz um Jahre reifte. Man suchte sie aufzuheitern, und sie zwang auch wieder und wieder ein Lächeln um ihre blassen Lippen. So glaubte man, daß sie sich schon etwas beruhigt habe.

Sie blieb auch tapfer, wollte damit beweisen, daß sie Werner liebhatte. Aber beim Abendessen nahm sie kaum einen Bissen zu sich, zwang sich mühsam dazu und konnte es doch nicht. Gleich nach dem Essen verabschiedete sie sich, um zur Ruhe zu gehen, während die andern noch plaudernd zusammensaßen. Man ließ sie gehen, in dem Gedanken, der Schlaf würde ihr der beste Tröster sein. Sie ging überhaupt immer etwas früher schlafen als die andern. Sie verabschiedete sich scheinbar so wie immer, vermied es aber, Werner anzusehen, weil sie fürchtete, sich dann nicht beherrschen zu können.

Als sie in ihrem Bett lag und niemand sie mehr beobachten konnte, brach sich der zurückgehaltene Jammer mit wildem Ungestüm Bahn. Sie barg das Gesicht in die Kissen und weinte herzzerbrechend und verzweifelt, wie nur ein Mensch weinen kann, dem ein großes Unglück widerfahren ist.

Werner hatte ihr unruhig nachgesehen. Er hatte das leise Beben ihrer Hand gespürt, als sie ihm gute Nacht sagte. In seine Reisefreude war ein bitterer Wermutstropfen gefallen, fühlte er doch deutlicher als die andern, wie weh Marielies ums Herz war. Am liebsten wäre es ihm gewesen, hätte er sie mitnehmen dürfen.

Sobald er sich unbemerkt entfernen konnte, schlich er sich an die Tür von Marielies' Schlafzimmer. Er lauschte und vernahm ihr unterdrücktes Schluchzen. Da mußte er die Zähne zusammenbeißen. Er lehnte den Kopf an die Tür, und ihm war so weh ums Herz wie nie zuvor in seinem Leben. Aber dann raffte er sich auf und betrat leise das Zimmer, um sie zu trösten. Aber sie hatte sein Eintreten gehört und unterdrückte das Schluchzen mit dem Aufgebot all ihrer Kraft.

Er trat an ihr Bett heran und strich leise über ihr Haar. Erschrocken fühlte er, daß ihr Kissen ganz naß geweint war. Daß sie jetzt so heldenhaft still war und sich nicht regte, rührte ihn, und er gab sich den Anschein, zu glauben, daß sie schlafe.

»Wie gut, daß meine kleine Marielies schläft. Nun wird sie allen Kummer verschlafen. Das Herz tut mir weh, wenn mein kleiner Liebling Kummer hat. Morgen früh ist dann alles nicht mehr so schlimm. Gute Nacht, meine kleine Marielies, du bist mein tapferes kleines Schwesterchen.« So sagte er leise, aber doch laut genug, daß sie ihn hören konnte.

Und nochmals sanft über ihr Haar streichelnd, ging er wieder hinaus. Draußen blieb er stehen und lauschte, aber er hörte nichts mehr.

Tapfere Marielies, dachte er, und ein weiches Lächeln flog über sein Gesicht.

Marielies hatte, während sie reglos und mit geschlossenen Augen dalag, jedes seiner Worte gehört. Sie zwang sich, auch ruhig zu bleiben, als er wieder hinausgegangen war. Schließlich schlief sie dann doch ein trotz allen Trennungswehs. Sie war eben noch ein Kind.

Am andern Morgen war sie etwas ruhiger, aber eine Veränderung war seit diesem Tag doch mit ihr vorgegangen. Sie war viel stiller und ernster als zuvor, saß mehr als sonst still neben der Mutter, mit einer Handarbeit beschäftigt, machte fleißig ihre Schularbeiten, die ihr Doktor Berger aufgab, und lernte eifrig alles, was sie über Deutschland in Erfahrung bringen konnte. Aber sobald sie Werner kommen sah, lief ein Zittern über ihren Körper. Sie sprang ihm nicht mehr jubelnd entgegen, lächelte ihm aber immer freundlich zu und plauderte auch wie sonst mit ihm. Aber Werner fühlte sehr wohl, daß sie noch schwer unter der Angst vor der Trennung litt. Doch tröstete er sich damit, dies würde besser werden, sobald er abgereist wäre.

Werner war bereits ganz früh am Morgen unten an Bord der »Anna« gewesen und hatte dem Kapitän Auftrag gegeben, sich nach einem Dampfer zu erkundigen, mit dem er nach Deutschland fahren könne. Am Abend vorher hatte er noch mit dem Vater und Doktor Berger besprochen, daß es besser sei, sich zuerst nach Hongkong zu begeben und von dort aus einen deutschen Dampfer zu benutzen.

Der Kapitän hatte ihm versprochen, alles zu erledigen, und Werner ritt wieder hinauf. Er kam gerade zurecht, um an dem allgemeinen Frühstück teilzunehmen.

So verging die Zeit bis zu Werners Abreise sehr schnell. Es war ein Platz für ihn auf dem deutschen Dampfer reserviert, und eines Morgens fuhr er auf dem Segelschiff »Marielies« von Paradiso ab. Seine Lieben hatten ihm allesamt das Geleit gegeben. Auch die Dienerschaft stand am Ufer und winkte ihm Abschiedsgrüße zu. Der Vater war mit auf der »Marielies«, er wollte Werner bis zum nächsten Hafen begleiten, da er dort ohnedies Geschäfte zu erledigen hatte. Werner sah mit brennenden Augen zum Ufer zurück. Der Abschied von der Mutter war hart und schwer gewesen, aber die Mutter hatte sich beherrscht und ihm das Herz nicht schwerer gemacht, als es ohnedies schon war.

Marielies wollte der Mutter nacheifern. Sie vergoß keine Träne, aber sie sah leichenblaß aus und krampfte die Hände zusammen. Ihre Augen ließen nicht von Werner, als müsse sie sich sein Bild für lange Zeit einprägen. So blieb sie ihm in Erinnerung. Er wußte, sie litt viel mehr, als es den Anschein hatte, und ihm war das Herz sehr schwer, am meisten wegen Marielies – ja – er spürte, er hatte sie am liebsten von allen Menschen, lieber noch als Vater und Mutter. Es war ihm erst in den letzten Wochen ganz klar geworden, wie teuer sie ihm war. Und als sich nun das Schiff in Bewegung setzte, war ihm, als müsse er herunterspringen und wieder zurückkehren zu seiner lieben kleinen Marielies.

Aber er riß sich zusammen, er war doch ein Mann, der solche Gefühle beherrschen mußte. So biß er die Zähne zusammen und winkte zurück. Das letzte, was er sah, war, daß sich Marielies in die Arme seiner Mutter warf und diese sie innig umschlang. Da löste sich der Krampf in seinem Innern – er wußte, seiner Mutter würde es gelingen, Marielies zu beruhigen.

Werner Hohwart war wohlbehalten in Bremerhaven angekommen. Er reiste von hier sofort nach Amsterdam weiter, während er sein großes Gepäck direkt nach England verfrachten ließ. In Amsterdam erledigte er den vom Vater erteilten Auftrag schneller, als er gehofft hatte. Er verhielt sich sehr diplomatisch und erzielte einen Betrag für die Edelsteine, der die ihm als Höchstgrenze gesetzte Summe noch bedeutend übertraf. Er erkannte unschwer, daß der Käufer der ersten Steine den Vater arg übervorteilt hatte. Mehr als dreimal hunderttausend Gulden vermochte Werner dem väterlichen Konto zuzuführen. Erfreut meldete er das Ergebnis des Edelsteinverkaufes nach Paradiso, seinem Schreiben herzliche Grüße beifügend und zugleich einen ausführlichen Bericht über den bisherigen Verlauf seiner Reise.

An Bord des großen von ihm benutzten Dampfers hatte Werner vielfach Gelegenheit gehabt, das gesellschaftliche Leben und Treiben der vornehmen Passagiere der ersten Klasse zu beobachten. Manches hatte ihm gefallen, anderes hatte ihn abgeschreckt. Er war sehr zurückhaltend, aber seine markante, kraftvolle Erscheinung fiel doch auf. Und vor allem interessierten sich die Damen für den jungen Mann mit dem tiefgebräunten Gesicht, gegen das die blonden Haare noch heller wirkten, als sie wirklich waren.

Zum ersten Mal lernte der junge Insulaner kennen, was Koketterie war. Die jungen Damen sparten nicht mit mehr oder minder feurigen Blicken, mit all den kleinen Manövern der Gefallsucht, die ihn reizen und fesseln sollten. Aber dieser Sohn der Wildnis verstand zunächst gar nicht, was sie wollten, bis sie allzu deutlich wurden. Und da stießen sie ihn instinktiv ab, obgleich ihm die eine oder andere anfangs sehr gut gefallen hatte.

Es gab selbstverständlich auch interessierte Väter, Brüder oder Vettern, die seine Bekanntschaft suchten, ihn ausforschten und ihn dann mit ihren Töchtern, Schwestern oder Basen bekanntmachten, als sie merkten, daß dieser Junge Mann sehr vermögend sein mußte, da ihm Geld und Geldeswert scheinbar sehr nebensächlich zu sein schienen. Werner stand den Damen höflich Rede und Antwort, war aber zumeist froh, wenn er sich wieder zurückziehen konnte. Er verfügte nicht über die nichtssagenden Gesellschaftsphrasen, die zum sogenannten guten Ton gehörten, und nachdem man sich redlich Mühe gegeben hatte, ihn zu bezaubern, ließ man von ihm ab. Er war ein hoffnungsloser Fall für die flirtlustigen Damen, weil er eben keine Ahnung hatte, was Flirt war. Mit den Herren, soweit sie nicht in Damengesellschaft reisten, kam Werner viel besser aus. Ein junger Mann, der in Indien eine Forschungsreise gemacht hatte und in einem indischen Hafen an Bord kam, freundete sich direkt mit ihm an und ließ sich viel von Paradiso berichten. Er revanchierte sich dafür mit Berichten über seine Indienreise und erwies sich als guter Reisekamerad, der Werner gelegentlich auch vor einigen unlauteren Elementen an Bord warnen konnte. Werner sagte ihm offen, daß diese Menschen ihm ohnedies unsympathisch seien, und da meinte der Indienreisende:

»Das beweist, daß Sie instinktiv über eine gewisse Menschenkenntnis verfügen. Der scharfe Instinkt des Naturmenschen ist oft das beste Schutzmittel gegen derartige Elemente«.

Mehr als diese Gesellschaft an Bord interessierten Werner der Bau des Dampfers, die Maschinen und alles, was mit der Schiffahrt zusammenhing. Er sah sich alles sehr genau an, befreundete sich auch mit dem Kapitän und den Offizieren und ließ sich willig über alles belehren, was er nicht verstand. Sein Wissensdurst war nicht leicht zu stillen.

So war Werner gut über die Seereise hinweggekommen, hatte den Edelsteinhandel zu seines Vaters Zufriedenheit abgeschlossen und konnte nun beruhigt nach England reisen, wo es wieder viel Neues zu sehen und zu lernen gab. England machte großen Eindruck auf ihn. Er hielt die Augen offen und übte sich vor allem im Gebrauch der englischen Sprache. Als er einige Monate in England verlebt hatte, trieb es ihn aber nach Deutschland, nach Berlin, seinem eigentlichen Reiseziel.

5

Hans Jürgen, der Fährmann, hatte seine Schiffe hinter sich verbrannt. Im Fährhaus saß jetzt der Chauffeur mit seiner Familie. Außer seinen Büchern, den Bildern seiner Eltern und einigen anderen Andenken, von denen er sich nicht trennen wollte, hatte Hans Jürgen weiter nichts mitgenommen als Mildred Warrens Fotografie, die jetzt in einer Ledertasche auf seinem Herzen ruhte.

Als er das Fährhaus verließ, um seine Reise nach Berlin anzutreten, hatte er seinen einzigen guten Anzug angelegt. Dieser war weder neu noch elegant, und doch sah er in diesem Anzug aus wie ein »Gentleman«, wie ihn Mildred Warren genannt hatte. Einen seiner blauleinenen Arbeitsanzüge hatte er übrigens auch mit eingepackt, er glaubte ihn gut gebrauchen zu können, wenn er chemische Experimente machte und seine besseren Anzüge nicht verderben wollte. Die andern hatte er dem neuen Fährmann überlassen. Hans Jürgen hatte seinen Nachfolger gründlich angelernt, und diesem war ohne Schwierigkeiten das Amt überlassen worden.

Hans Jürgen genoß zunächst einmal mit großem Behagen seine erste längere Eisenbahnfahrt. Für ihn war sie wie eine Art Weltreise. In Berlin angekommen, sah er sich zunächst ein wenig um und sagte sich, es sei nötig, sich noch einen besseren Anzug anzuschaffen, ferner Schuhe, einen Hut und einige Wäsche. Seine Habseligkeiten hatte er in einer Holzkiste verpackt und sie auf dem Bahnhof in der Gepäckaufbewahrungsstelle stehenlassen. Er erwarb noch einen Koffer, worin er die Neueinkäufe unterbringen konnte, und schaffte auch diesen auf den Bahnhof zu seiner Holzkiste. Es war inzwischen nachmittags zwei Uhr geworden. Er hatte gleich auf dem Bahnhof einen Imbiß genommen. Nun überlegte er sich, daß es das klügste sei, sich gleich nach einer Wohnung umzusehen, dann konnte er vielleicht das teure Hotel sparen. Denn sparen wollte er, soweit es ging.

Der Buchhändler, von dem er seine Bücher bezogen, hatte ihm geraten, den Kastellan der Hochschule um

Wohnungsadressen zu bitten, der werde ihn schon zu anständigen Leuten weisen, die Zimmer an Studierende zu vergeben hätten. Er müsse ja auch in der Nähe der Hochschule wohnen. Diesen Rat befolgte Hans Jürgen. Er fragte einen Schutzmann, welche Elektrische er benutzen müsse, um nach Charlottenburg zu gelangen. Dieser zeigte auf einen gerade heranrollenden Wagen, und Hans Jürgen stieg auf. Eine heiße Freude war in ihm, daß er nun schon in Berlin war und zur Hochschule fuhr. Mit großen Augen sah er auf das Leben und Treiben in den Straßen. Ein bißchen schwirrte ihm schon der Kopf von all den neuen Eindrücken, und als er dann vor der Hochschule stand, mußte er vor sich hin lachen. Es erschien ihm wie ein Märchen, daß er jetzt vor dem Ziel seiner Sehnsucht stand. Wie oft hatte er sich ausgemalt, wie das Gebäude der Hochschule aussehen würde. Nun stand er dicht davor, und ihm wurde ganz feierlich zumute. Mit großen Augen starrte er an der Fassade empor. Dann ging er langsam die breite Steintreppe vor dem Portal hinauf. Er sah junge Leute, zumeist mit Aktenmappen unter dem Arm, herauskommen und hineingehen, und alle machten den Eindruck, als hätten sie es sehr eilig. Es war bereits Ferienanfang, aber noch herrschte in diesen Tagen reger Verkehr. Es gab noch dies und das zu besorgen für die Studierenden, ehe sie ihre Ferienreisen antraten.

Als Hans Jürgen ein wenig unsicher die Treppe hinauf schritt, erblickte er neben sich einen anderen jungen Mann, der eben mit einem Auto angekommen war und genauso unsicher die Treppe hinaufstieg. Sie gingen nebeneinander, und am Portal stießen sie fast zusammen und sahen sich mit großen Augen an. Beide hatten stahlblaue Augen und blondes Haar, beide waren groß, schlank und dabei kraftvoll von Gestalt. Aber der andere junge Mann – es war Werner Hohwart – trug elegantere Kleider als Hans Jürgen. Aber er hatte ebenfalls eine sonnengebräunte Haut. Unwillkürlich lachten sich beide an, als sie zu gleicher Zeit durch das Portal eintreten wollten, und einer wollte dem andern den Vortritt lassen. Schließlich trat Werner Hohwart zuerst in die große Halle, nachdem sie beide mit stummem Gruß den Hut voreinander gezogen hatten. Und beide hatten das Gefühl, einem sympathischen Menschen begegnet zu sein. Hans Jürgen war zumute, als sei ihm durch den Gruß des Unbekannten ein Willkommen entboten worden. Er sah Werner Hohwart mit frohem Ausdruck nach, und dieser wandte sich noch einmal nach Hans Jürgen um und lachte, als dieser ihn anlachte. Werner Hohwart sah sich in der großen Halle der Hochschule um und interessierte sich für das lebhafte Kommen und Gehen. Auch er war erst heute vormittag von England nach Berlin gekommen, hatte vorläufig im Hotel Adlon Wohnung genommen und wollte nur die Hochschule besichtigen.

Hans Jürgen besann sich nun wieder darauf, was ihn heute hierhergeführt hatte, und trat auf den am Eingang stehenden Kastellan zu. Bescheiden fragte er ihn, ob er ihm Adressen geben könne, er suche ein in der Nähe der Hochschule gelegenes und nicht zu teures Zimmer.

»Sie wollen die Hochschule besuchen?« fragte der Kastellan.

»Ja, vom nächsten Semester an.«

»Nun, jetzt sind genug Zimmer frei, es sind schon viele Herren in die Ferien gereist, und die andern gehen auch dieser Tage. Ich kann Ihnen eine Liste von Adressen geben und übernehme die Garantie, daß Sie zu anständigen Leuten kommen.«

Hans Jürgen war intelligent genug, um zu ahnen, daß hier ein Trinkgeld von ihm erwartet wurde. Er gab ein solches und zog mit einem Zettel ab, auf dem verschiedene Adressen standen.

Hans Jürgen beschloß, gleich mit der ersten anzufangen, und stand bald darauf in der Knesebeckstraße, wo in einem Gartenhaus ein Zimmer zu vermieten war. Von diesem »Gartenhaus« hatte er sich eine angenehme Vorstellung gemacht. Aber es wurde ihm sehr beklommen zumute, als er in einem langen, engen Hofe stand, in dessen Mitte sich ein handtuchbreiter Grasflecken hinzog, der allein die engen Hof Wohnungen zu »Gartenhauswohnungen« umlog. Dennoch schritt er mutig die enge Treppe hinauf, zog die Klingel und erfuhr, daß das bewußte Zimmer erst in einigen Tagen leer würde. Er atmete auf und entfernte sich, als einen Glücksfall betrachtend, daß er hier kein Quartier gefunden hatte. Noch an zwei weiteren Türen klopfte er vergeblich an. Das eine Zimmer war schon weitervermietet, das andere sollte erst neu tapeziert werden. Man zeigte es ihm trotzdem; es war ein schmaler, nicht sehr freundlicher Raum, zur Straße hin, und – sollte achtzig Mark im Monat kosten, mit Frühstück allerdings.

Hans Jürgen erschrak. Ein so kleines Gelaß und so teuer?

Er ging weiter und sah sich ein anderes Zimmer an. Da schaute aber schon der enge Korridor sehr unsauber und liederlich aus, und die Wirtin ebenfalls. Das Zimmer war etwas größer, lag auch nach der Straße hin, sollte aber gar neunzig Mark im Monat kosten. Und dazu die Unsauberkeit! Ziemlich enttäuscht in seinen Erwartungen, entfernte er sich mit dem Bemerken, die Forderung sei ihm zu hoch, was ihm einen empörten Wortschwall der Vermieterin einbrachte.

Er überlegte schon, ob er das Suchen für heute aufgeben und doch erst ein Hotel aufsuchen sollte, und entschied sich dann, einen letzten Versuch zu machen. Er begab sich also zur nächsten Adresse und fand mit großer Freude ein hübsches altes Haus inmitten eines Gartens. Oh, dachte er begehrlich, wenn man hier wohnen könnte. Aber hier sah es – nach seinen bisherigen Erfahrungen – sehr teuer aus. Trotzdem durchschritt er den Garten. Ansehen kostet nichts, dachte er. Hier in diesem Haus sollte eine Frau Johanna Trautmann einige Zimmer abzugeben haben, und der Kastellan hatte, wie Hans jetzt entdeckte, dahintergeschrieben: sehr zu empfehlen.

Hans Jürgen klingelte an der verschlossenen Haustür und erfuhr von dem Portier, Frau Trautmann wohne im ersten Stock. Hans Jürgen stieg die breite, mit Teppichen belegte Treppe hinauf und dachte bei sich: Hier ist es gewiß viel zu teuer für dich. Aber es wäre schade, hier ist es sehr schön, aber viel zu vornehm, als daß es erschwinglich für dich sein könnte.

Ziemlich zaghaft zog er im ersten Stock die Klingel. Es lagen zwei Korridortüren nebeneinander, aber nur an der einen war ein Namensschild angebracht, auf dem der Name »Trautmann« stand.

Ein hübsches Dienstmädchen in schwarzem Kleid mit weißer Schürze und weißem Häubchen öffnete die Tür und fragte nach seinem Begehr. Er brachte höflich und artig sein Anliegen vor, und das Mädchen sagte, ihn forschend ansehend:

»Ich will die gnädige Frau fragen, ob sie jetzt zu sprechen ist. Bitte warten Sie einen Augenblick.«

Sie verschwand und kam nach kurzer Zeit zurück.

»Bitte treten Sie ein.«

Hans Jürgen ahnte nicht, daß Frau Johanna Trautmann ihn vom Fenster ihres Wohnzimmers aus beobachtet hatte, als er auf das Haus zuging, und daß er ihr einen vertrauenerweckenden Eindruck gemacht hatte.

Das Mädchen öffnete eine Tür, und Hans Jürgen stand in einem so elegant und behaglich eingerichteten Zimmer, wie er es noch nie gesehen hatte.

In diesem Zimmer saß in einem Sessel am Fenster eine Dame, die Hans Jürgen auf etwa vierzig Jahre taxierte, die aber in Wahrheit schon den Fünfzigern nahe war. Sie hatte noch kein graues Haar und frische Farben, was sie jünger erscheinen ließ. Sie war einfach, aber elegant gekleidet, trug die Röcke, ihrem Alter entsprechend, nicht so kurz, wie es die Mode vorschrieb, so daß nur die Füße und Knöchel frei waren, und hatte eine schlanke, ebenmäßige Figur. Sie erhob sich beim Eintritt des Besuchers und wandte ihm ihr kluges, sympathisches Gesicht zu. Ihre ganze Art hatte etwas absolut Damenhaftes und Vornehmes.

»Sie sind vom Pförtner der Hochschule hierhergeschickt worden, mein Herr?« fragte sie mit einer angenehmen Stimme.

Hans Jürgen verneigte sich, ein wenig benommen.

»Ja, meine Dame, ich suche ein Zimmer in der Nähe der Hochschule, die ich vom nächsten Semester an besuchen will. Aber – nach allem, was ich bis jetzt gesehen habe –

verzeihen Sie, ich glaube, ich habe Sie umsonst bemüht –, ich fürchte, daß ich bei Ihnen wohl zu teuer wohnen würde. Ich muß mich nämlich sparsam einrichten.«

Ein Lächeln flog über das Gesicht der Dame. Sie merkte sofort, daß der junge Mann nicht allzu sicher in seinem Benehmen war, wenn er auch sehr artig und bescheiden auftrat, aber er gefiel ihr außerordentlich. Sein offenes, kluges Gesicht war ihr sympathisch, und seine Augen blickten ehrlich und klar aus dem gebräunten Gesicht.

»Nun, Sie können sich das Zimmer immerhin ansehen. Ich habe mehrere zu vergeben, ein kleines und ein großes mit anstoßendem Schlafzimmer. Beide habe ich von meiner Wohnung abtrennen lassen, weil sie mir nach dem Tod meines Mannes zu groß wurde. Vielleicht genügt Ihnen das kleine Zimmer. Sehen Sie es sich an, mein Mädchen wird Sie hinüberführen. Über den Preis werden wir schon einig werden.«

Sie klingelte und gab dem Mädchen Weisung:

»Martha, zeigen Sie dem Herrn das kleine Zimmer drüben, und wenn er es mieten will, führen Sie ihn wieder zu mir.«

Das Mädchen führte Hans Jürgen hinaus auf den Treppenflur und schloß die nebenanliegende Korridortür ohne Namensschild auf. Sie betraten einen kleineren Korridor. Hier war eine Wand eingezogen worden, um diesen Teil der Wohnung abzugrenzen. Das Mädchen öffnete die erste Tür rechts und ließ Hans Jürgen in ein mittelgroßes, freundliches Zimmer eintreten. Er atmete tief auf. Das Zimmer war, zumal nach seinen bisherigen Erfahrungen, sehr verlockend. Es hatte ein dreiteiliges, mit weißen Mullgardinen dekoriertes Fenster. Alles war blitzsauber. Die breite Messingbettstelle funkelte wie neu, und die

Betten darin waren sauber bezogen und mit einer bunten Steppdecke zur Hälfte zugedeckt. Alle andern Möbel waren alt, aber sehr gut erhalten und blank poliert. Der Waschtisch war in die Wand eingelassen und hatte über einem vertieften Becken zwei Hähne, mit »warm« und »kalt« beschriftet. Ein bequemes Sofa, ein breiter Schrank, der zur Hälfte für Wäsche, zur andern Hälfte für Kleider bestimmt war und dessen eine Tür eine Spiegelscheibe hatte, ein großes Bücherregal, ein bequemer Lehnsessel am Fenster, einige Stühle, ein Schränkchen für Schuhzeug und andere Kleinigkeiten, und vor dem Sofa ein großer runder Tisch, über dem eine Hängelampe mit elektrischen Birnen hing – das war die Möbelausstattung des hübschen Raumes, wo sich auch ein anspruchsvollerer Mensch als Hans Jürgen behaglich fühlen konnte. Auf dem blankgebohnerten Fußboden lag ein hübscher Teppich, und vor dem Waschtisch eine Linoleumvorlage. An den Wänden hingen ein paar Kupferstiche in schwarzen Rahmen, und über dem Waschtisch war ein Spiegel angebracht.

Das breite Fenster gab die Aussicht in den Vorgarten frei, und über diesen hinweg sah man jenseits der Straße eine vornehme Villa, die von einem großen Garten umgeben war – also ein erfreulicher Blick ins Grüne.

Hans Jürgen seufzte begehrlich auf. Wer doch hier wohnen durfte! Die Straße schien ganz ruhig, abseits vom Großstadtlärm. Aber wahrscheinlich war das Zimmer sehr, sehr teuer, mindestens hundertfünfzig Mark im Monat, wenn er es mit den andern verglich. Und so viel durfte er auf keinen Fall ausgeben, so verschwenderisch durfte er nicht sein, wenn es ihn auch noch so lockte, hier zu wohnen.

Aber er wollte das der freundlichen Dame selbst sagen.

»Ich danke Ihnen, Fräulein, das Zimmer ist reizend. Bitte, wollen Sie mich noch einmal zu Ihrer Herrin führen, sie heißt wohl Frau Trautmann, nicht wahr?« sagte er zu dem Mädchen.

»Ja, mein Herr. Bitte folgen Sie mir.«

Gleich darauf stand Hans Jürgen wieder vor Frau Johanna Trautmann, die ihm lächelnd entgegensah.

»Nun, mein Herr, gefällt Ihnen das Zimmer?«

Er atmete tief auf.

»Es ist wunderschön, meine Dame, aber ich fürchte, es wird zu teuer für mich sein. Ich will Ihnen gleich ganz offen sagen, daß ich nicht mehr als achtzig Mark im Monat für Zimmer und Frühstück ausgeben darf, und Ihr schönes Zimmer kostet doch mindestens doppelt soviel.«

Es zuckte leise um den Mund der Dame. Sie war nicht darauf angewiesen, Kapital aus der Vermietung ihrer Zimmer zu schlagen. Sie gab diese nur ab, weil sie es für egoistisch hielt, in einer Zeit allgemeiner Wohnungsnot die für sie entbehrlichen Räume leer stehen zu lassen. Deshalb hatte sie diesen Teil der Wohnung abgrenzen lassen und vermietete ihn schon seit Jahren an Studenten der Hochschule. Momentan war alles leer, da ihre bisherigen Mieter, die einige Jahre bei ihr gewohnt hatten, mit ihrem Studium fertig geworden waren und Berlin verlassen hatten.

Sie merkte gleich, daß der junge Mann nicht mit Glücksgütern gesegnet war. Er stammte anscheinend aus kleinen Verhältnissen, aber er gefiel ihr trotzdem außerordentlich, und sie wollte ihn gern als Mieter aufnehmen und es ihm leichtmachen. Deshalb sagte sie ruhig:

»Sie irren, das Zimmer kostet mit Frühstück nur siebzig Mark im Monat.« Seine Augen strahlten ungläubig auf.

»Oh – ist das wahr?«

»Ja gewiß!«

Er schluckte die Erregung hinunter, sagte aber ehrlich:

»Dann vermieten Sie Ihr Zimmer aber sehr billig, meine Dame. Was ich bis jetzt gesehen habe, war viel primitiver und trotzdem teurer.«

Frau Trautmann lachte herzlich. Seine Ehrlichkeit sprach sehr für ihn.

»Nun, die meisten Leute, die Zimmer vermieten, müssen davon leben. Bei mir ist das anders, ich will mich nicht an den jungen Studenten bereichern. Mir genügt dieser Preis. Wenn Ihnen das Zimmer gefällt und der Preis Ihnen zusagt, so können Sie es haben.«

»Ach, das ist sehr freundlich von Ihnen, es macht mich glücklich, weil alles so freundlich und sauber bei Ihnen ist – nur viel zu vornehm für mich. Ich danke Ihnen sehr, daß Sie mich aufnehmen wollen, sehr geehrte Frau Trautmann. So darf ich Sie doch wohl nennen?«

Sie nickte ihm zu.

»Nennen Sie mich ruhig bei meinem Namen«, sagte sie und beschloß bei sich, daß sie diesem jungen Mann gratis einigen Unterricht geben würde, wie er sich in der Welt, die er anscheinend nicht kannte, zu benehmen habe. Er war wohl sehr artig und bescheiden, aber man merkte ihm an, daß er keine sicheren Umgangsformen besaß.

Frau Trautmann war kinderlos. Sie lebte seit dem Tode ihres Gatten ganz allein. Ihr Mann war Kaufmann gewesen und hatte zusammen mit seinem Bruder von seinem Vater eine große Papierhandlung geerbt. Es war testamentarisch vom Vater bestimmt worden, daß beim Ableben des einen Bruders der andere die Firma allein weiterführen solle, daß aber die Frau des Verstorbenen ihren Anteil am Reingewinn des Geschäftes erhalte, und zwar mindestens tausend Mark im Monat. Meistens erhielt Frau Trautmann noch mehr, und so konnte sie behaglich und sorgenlos leben. Da sie außerdem auch noch ein kleines, von ihrem Vater ererbtes Vermögen besaß, war sie wirklich nicht darauf angewiesen, an den vermieteten Zimmern zu verdienen, sie hatte sie vielmehr stets unter Wert abgegeben.

Johanna Trautmann war die Schwester Klaus Hohwarts, des Pächters der Insel Paradiso. Da sie in ihrer Jugend Erzieherin in einer vornehmen englischen Familie war, lag ihr Erziehung noch immer ein wenig im Blut. Sie freute sich gewissermaßen darauf, ihren jungen Mieter ein wenig zu dressieren.

»Also darf ich mich als Ihren Mieter betrachten?« fragte Hans Jürgen, der noch gar nicht an sein Glück zu glauben wagte.

Frau Trautmann nickte.

»Gewiß, es ist abgemacht. Wann wollen Sie einziehen?«

»Am liebsten noch heute! Wenn es einzurichten geht. Ich – ich möchte die Ausgabe für ein teures Hotelzimmer sparen«, sagte er offenherzig.

»Ah, Sie wollen auch während der Hochschulferien in Berlin bleiben?«

»Ja, ich möchte die Zeit benutzen, mich in Berlin einzuleben und mich für mein Studium vorzubereiten.«

»Sie haben wohl keine Eltern mehr?«

»Nein, Frau Trautmann, ich stehe ganz allein im Leben. Und ehe Sie mich in ihr Haus aufnehmen, will ich Ihnen gleich sagen, mit wem Sie es zu tun haben.«

Er berichtete ihr offenherzig, unter welch schwierigen Verhältnissen er sein Abitur gemacht hatte, daß sein Stiefvater und seine Mutter ihm das nur mit Aufbietung allen Fleißes ermöglicht hatten und wie er dann hatte Fährmann werden müssen, weil er die Mittel zum Studium nicht gehabt habe. Alles erzählte er ihr und fuhr dann fort: »Ich hätte auch jetzt noch nicht studieren können, wenn mir nicht ein besonderer Glücksfall zu Hilfe gekommen wäre. Aber ich weiß nicht, ob ich Sie nicht langweile und Ihre Zeit nicht zu sehr in Anspruch nehme, wenn ich Ihnen auch davon erzähle.«

Frau Johanna hatte ihm aufmerksam und ein bißchen gerührt zugehört. Die schlichte, ehrliche Art dieses jungen Menschen gefiel ihr immer mehr, und sie hatte nun noch viel mehr Interesse an seinem Leben.

»Bitte nehmen Sie vor allen Dingen erst einmal Platz«, sagte sie, auf einen Sessel deutend und sich gleichfalls niederlassend.

»Wollen Sie wirklich einen ehemaligen schlichten Fährmann in Ihr Haus aufnehmen, Frau Trautmann?« fragte Hans Jürgen.

»Ich wüßte nicht, warum ich das nicht tun sollte. Sie machen mir den Eindruck eines sehr anständigen jungen Mannes, und Ihr Schicksal erweckt meine Teilnahme. Ich habe eine Vorliebe für alle Menschen, die sich entschlossen über ihr Schicksal stellen und emporstreben. Also, wenn Sie mir Ihr Vertrauen schenken und mir mitteilen wollen, welch ein Glücksfall Sie früher zu Ihrem Ziel brachte, werde ich Ihnen sehr gern zuhören.«

Da schilderte Hans Jürgen in schlichten Worten, wie Mildred Warren mit dem Auto in den Fluß gestürzt war, wie er sie und den Chauffeur an Land gebracht und in welcher Weise ihm Georg Warren seinen Dank bezeugt hatte.

Er zog auch die Fotografie von Mildred Warren aus seiner Brusttasche und zeigte sie ihr, samt der Widmung auf der Rückseite.

Immer sympathischer wurde er Frau Johanna, und sie sah mit heimlicher Rührung, wie sorgfältig er Mildred Warrens Bild wieder in der Ledertasche barg und zu sich steckte. Er zog dann eine ziemlich abgegriffene Brieftasche hervor und zeigte ihr die Mitteilung der Deutschen Bank.

»Damit Sie keine Angst haben, daß ich Ihnen die Miete schuldig bleiben könnte. Ich will auch gleich den ersten Monat im voraus bezahlen«, sagte er.

Sie lächelte.

»Ich habe gar keine Angst, daß Sie mir etwas schuldig bleiben könnten, Herr Jürgen. Also, Sie können gleich heute einziehen, mein Mädchen wird Ihr Zimmer schnell fertigmachen. Wo haben Sie Ihr Gepäck?«

Er erzählte ihr treuherzig, wie er sich ausstaffiert habe und daß er die Kiste und den neuen Koffer auf dem Bahnhof zurückgelassen habe.

»Nun gut, holen Sie Ihr Gepäck, inzwischen wird Ihr Zimmer fertig gemacht. Drüben in dem abgegrenzten Teil der Wohnung befindet sich auch ein kleines Badezimmer, das Sie mit benutzen können. Das andere große Zimmer und dazugehörige Schlafzimmer drüben will ich vorläufig noch nicht vermieten. Ich erwarte meinen Neffen, der von weither kommt. Auch er will auf der Hochschule studieren, und vielleicht entschließt er sich dazu, bei seiner Tante zu wohnen. Dann können Sie drüben mit ihm zusammen hausen und hoffentlich gute Kameradschaft halten.«

»Wenn ich dem jungen Herrn nicht zu gering bin.«

»Nun, wenn er der richtige Sohn seines Vaters ist, wird er kein arroganter Mensch sein. Sie werden jedenfalls friedlich nebeneinanderwohnen. Ungestört sind Sie hier, unsere Straße ist eine Oase im Trubel der Großstadt, wie man sie nur selten findet. Zieht mein Neffe wider Erwarten nicht zu mir, dann werden Sie wahrscheinlich erst zu Beginn des neuen Semesters einen Wohnungsnachbarn bekommen. Und nun will ich Sie nicht weiter aufhalten.«

Schnell erhob sich Hans Jürgen.

»Sie sind anscheinend eine sehr gütige Dame, Frau Trautmann, und ich schätze mich sehr glücklich, daß ich zu Ihnen gekommen bin. Sie müssen wissen, ich bin ein Leben in freier Luft gewöhnt, und die andern Zimmer, die ich vorher ansah – davor hat mir gegraut. Ich bin ungemein froh, daß Sie sich nicht daran stoßen, daß ich nur ein einfacher Fährmann war.«

»Wenn Sie mich erst besser kennen, werden Sie verstehen, daß ich mich ganz gewiß nicht an solchen Äußerlichkeiten stoße. Mir gilt der Mensch und seine Wesensart, nicht das Milieu, in das er zufällig geboren wurde.«

»Sie brauchen auch nicht zu fürchten, daß ich Ihnen viel Mühe mache. Ich habe mein kleines Fährhaus selbst in Ordnung gehalten und kann auch hier mein Zimmer aufräumen. Und auf die Möbel werde ich sehr achtgeben, damit nichts beschädigt wird.«

Freundlich nickte sie ihm zu.

»Das Zimmer wird von meiner Bedienung in Ordnung gehalten, damit brauchen Sie Ihre Zeit nicht zu vergeuden. Sie werden fleißig arbeiten müssen, wenn das Studium beginnt.«

»Ganz wie Sie wollen, Frau Trautmann. Und nun möchte ich mich empfehlen. Nochmals vielen Dank.«

Sie reichte ihm die Hand, die er mit etwas zu festem Druck ergriff, während er eine artige Verbeugung machte und sich dann entfernte. Die Dienerin öffnete ihm draußen die Tür, und er strahlte sie mit frohen Augen an. Als er hernach die Straße entlangging und in den schöngepflegten Garten der gegenüberliegenden Villa hinübersah, hob sich seine Brust in tiefen Atemzügen. Er kam sich wie ein Glückspilz vor, daß er gerade diese herrliche Wohnung gefunden hatte, und obendrein im Hause einer so gütigen und vornehmen Frau.

Mit strahlendem Blick sah er nach dem Haus zurück und dachte bei sich: Wenn ich weiter so viel Glück habe, wird das auf Jahre meine neue Heimat sein.

Sein Herz war voller Dankbarkeit. Er fuhr mit der Elektrischen zum Bahnhof. Für den Rückweg aber nahm er ein Auto, damit er sein Gepäck gleich mitbringen konnte.

Frau Trautmann gab ihrem Mädchen Weisung, sie solle das Zimmer zurechtmachen. Wie viele einsame Frauen stand sie mit ihrer Dienerin auf vertrautem Fuß.

»Wie gefällt Ihnen unser neuer Mieter, Martha?« fragte sie.

»Sehr gut, gnädige Frau, er ist ein sehr hübscher Mensch, und so freundlich und artig.«

»Nun, er ist noch ein wenig unbeholfen, aber das wird sich bald geben. Er wird Ihnen nicht gar zu viel Mühe machen. Richten Sie ihm nur alles recht behaglich, Martha. Wenn erst die beiden andern Zimmer wieder vermietet sind, lassen wir wieder die Frau Säuberlich jede Woche zweimal zum Hausputz kommen, damit Sie nicht zu viel zu tun haben.«

»Gewiß, gnädige Frau, das wird sich schon alles einrichten.«

Martha ging, um den Befehl ihrer Herrin auszuführen, und Frau Johanna setzte sich wieder in ihren Sessel am Fenster und sah nachdenklich hinaus. Ihr kluges, sympathisches Gesicht hatte einen frohen Ausdruck. Sie freute sich schon darauf, ihrem neuen jungen Mieter all die gesellschaftlichen Formen beibringen zu können, die ihm später, nach Beendigung seines Studiums, sicherlich sehr zugute kämen. Und dann dachte sie an ihren Neffen. Der würde auch ein wenig unbeholfen sein, ihr Bruder hatte ihr geschrieben:

»Meine liebe Schwester!

Es ist nun beschlossene Sache: Unser Werner kommt nach Deutschland und soll in Charlottenburg die Hochschule besuchen. Er will Schiffsbauingenieur werden – die Hohwarts müssen ja mindestens mit Dingen beschäftigt sein, die ins Weite schweifen, wenn sie es nicht selber tun. Nur nicht an einen bestimmten Raum gebunden sein, denn das liegt uns nicht. Du freilich bist durch Deine Heirat schließlich doch seßhaft geworden, und ich bin es im gewissen Sinne auch, aber das kommt immer erst mit zunehmendem Alter. Vorläufig geht Werner erst auf einige Monate nach England, um vollends in der englischen Sprache firm zu werden, aber dann kommt er nach Charlottenburg. Und da Du daselbst wohnst, schicke ich Dir meinen Jungen selbstverständlich auf den Hals. Ich weiß, Du hast eine Leidenschaft für die Veredlung der Menschen durch Erziehung, und wenn Du dich damit befassen willst, unserem Werner die nötige gesellschaftliche Politur zu geben, so sei Dir schon im voraus gedankt. Ich kenne Dich als eine sehr kluge Frau, und Du wirst Werner nicht engherzig Zügel anlegen wollen, die gegen seine Natur sind, aber mit Liebe und Güte kannst Du ihn um den Finger wickeln und zur Befolgung all Deiner Ratschläge bringen.

Später sende ich Dir vielleicht auch unsere kleine Marielies. Es wäre vielleicht ganz gut gewesen, wenn ich sie gleich mit Werner nach Deutschland geschickt hätte, aber ich kann meiner Frau nicht beide Kinder auf einmal fortnehmen, und ich selbst will auch nicht ohne sie beide auskommen. Das mit Marielies hat ja noch Zeit, sie ist erst dreizehn Jahre alt.

Mitte August wird Werner wohl von England nach Deutschland kommen. Ich schreibe Dir vorher nicht noch einmal, denn jetzt, da Werner fort ist, habe ich doppelt zu tun. Eines Tages wird er vor Dir stehen, und hoffentlich wirst Du Deine Freude an ihm haben.

Alles Weitere wird sich finden.

Meine Frau läßt Dich herzlich grüßen, sie bedauert immer noch, daß Du Dich nicht hast entschließen können, zu uns nach Paradiso zu kommen. Erst kürzlich sprachen wir wieder davon. Aber ich kann mir schon denken, daß es Dich nicht gelüstet, auf die Gesellschaft unserer Eingeborenen angewiesen zu sein, abgesehen von uns ziemlich unzivilisierten Halbwilden. Du hättest hier freilich ein weites Feld gehabt, erzieherisch zu wirken, und vielleicht hättest Du Dich mit der Zeit so gut hier eingelebt wie unser Hauslehrer Doktor Berger, der nie mehr von Paradiso fort will und sich hier so wohl fühlt, wie es nirgends auf der Welt möglich wäre. Aber immerhin – zwischen Dir und unserm guten Doktor mag mancher Unterschied bestehen. Er suchte als ein vom Schicksal gebeutelter Mensch ein Friedensasyl, das er auch gefunden hat. Dir ist es, wie ich Dich kenne, weniger um Frieden zu tun als um das volle, brausende Leben. Unser Doktor hat unsern Werner und auch Marielies aus dem Born seiner Weisheit getränkt, und auch wir beiden Alten haben uns zuweilen von ihm ein wenig in die Schule nehmen lassen. Also wie gesagt – wenn wir Dich auch gern hiergehabt hätten, hast Du doch für Dich wohl den besseren Teil erwählt.

Aber Sehnsucht haben wir oft genug nach Dir, und – wer weiß, vielleicht sehen wir uns doch einmal wieder. Es ist Dir ja bekannt, daß ich Paradiso auf dreißig Jahre gepachtet habe. Bald sind fünfundzwanzig davon verstrichen, und wenn die restlichen fünf auch herum sind, werden wir vielleicht von der neuen Regierung vertrieben. Dann kommen wir nach Deutschland, meine gute Johanna. Es steht in Gottes Hand. Vorläufig schicken wir Dir unsern Sohn. Gib ihm ein wenig Heimatgefühl in dem lauten Berlin, und nimm ihn in Deine Schule, dann wird er schon recht werden. Er wird noch viel lernen müssen, gerade was den äußeren Schliff anbelangt. Diamanten bekommen ja auch erst den vollen Wert, wenn sie geschliffen werden, und ich bin ein so eitler Vater, meinen Jungen mit einem Edelstein zu vergleichen.

Und damit genug für heute, meine liebe Johanna, alles andere wirst Du von Werner erfahren. Sei herzlich und innig gegrüßt von Deinem

treuen Bruder Klaus«

Lange sah Johanna Trautmann zum Fenster hinaus, über

den Brief ihres Bruders nachdenkend. Manchmal hatte sie es, nach dem Tode ihres Mannes, dazu getrieben, nach Paradiso zu gehen, weil dort der einzige Mensch lebte, der noch zu ihr gehörte, ihr Bruder Klaus. Es lockte sie auch, die Wunder der kleinen Insel kennenzulernen, aber sie fühlte sich doch nicht mehr elastisch genug, sich in ganz neue Verhältnisse zu finden. Und nur besuchsweise nach Paradiso zu gehen, war zu beschwerlich, es lag gar zu weit fort. – Sie wußte zudem, sie brauchte das geistige Leben der Großstadt. So war sie in Berlin geblieben. Aber nun freute sie sich sehr auf das Kommen ihres Neffen. Sie wußte, daß der Sohn ihres Bruders Blut war von ihrem Blut, wußte, daß er ihr lieb sein würde, denn auch seine Mutter besaß nur Eigenschaften, die ihr sympathisch waren. Mochte er also kommen, bald kommen! Es würde sie freuen, wollte er in ihrem Haus wohnen. Vielleicht begnügte er sich mit den beiden Zimmern. Dann hatte sie wieder zwei junge Menschen bei sich. Ihr Gefühl sagte ihr, daß sich Werner Hohwart mit diesem Hans Jürgen gut stellen würde, und einer wie der andere würde ihrer Hilfe bedürfen. Sie war immer glücklich, wenn sie etwas geben durfte, wenn sie das unbefriedigte Mütterliche ihres Wesens betätigen durfte.

Sich aus ihrem Sinnen aufrichtend, wollte sie gerade nach einem Buch greifen, um darin zu lesen, als sie unten ein Auto vorfahren hörte. Sie sah ein wenig neugierig hinab. Ihr neuer Mieter konnte doch noch nicht zurück sein? Nein, es stieg ein anderer junger Herr aus dem Wagen. Er lohnte den Chauffeur ab und schritt durch den Vorgarten auf das Haus zu, während das Auto wieder davonfuhr.

Alsbald ertönte aufs neue die Flurklingel an ihrer Wohnung. Sie zuckte zusammen und hob lauschend den

Kopf, ließ das Buch liegen und sah erwartungsvoll nach der Zimmertür. Und als dann ihre Dienerin eintrat, sagte sie hastig:

»Wer ist da, Martha?«

»Gnädige Frau, ein junger Herr ist da und fragt nach Frau Trautmann. Er hat keine Karte abgegeben, aber er sagt, er sei von seinem Vater angemeldet worden.«

Frau Trautmann sprang auf.

»Schnell, führen Sie ihn herein!«

Martha entfernte sich und ließ gleich darauf einen schlanken, blonden Herrn eintreten. Es war Werner Hohwart, der, nachdem er die Hochschule gründlich besichtigt hatte, seiner Tante den ersten Besuch abstatten wollte. Eine Weile sahen sich die beiden Menschen mit großen Augen an, dann streckte Johanna Trautmann beide Hände aus.

»Ja, du bist Werner Hohwart, ich sehe es an deiner Ähnlichkeit mit deinem Vater«, sagte sie mit bebender Stimme.

Mit warmem Druck ergriff er ihre Hände.

»Ja, Tante Johanna, und ich bringe dir herzliche Grüße von daheim.«

Sie zog seinen Kopf zu sich herab und küßte ihn auf die Stirn.

»Mein lieber Werner, du siehst mich etwas außer Fassung, aber es ist erschütternd für mich, wie sehr du deinem Vater gleichst. Er war ja nicht viel älter, als du jetzt bist, als wir uns das letztemal sahen. Mir ist, als hätte die Zeit stillgestanden seither und dein Vater selbst stehe wieder vor mir wie damals.«

Werner lächelte.

»Alle, die uns kennen, Vater und mich, sprechen von

dieser Ähnlichkeit zwischen uns. Dir muß das um so mehr auffallen, da du Vater nur vor deinen geistigen Augen hast, wie er in seiner Jugend aussah. Jetzt hat er sich zwar sehr verändert, aber die Ähnlichkeit ist selbstverständlich geblieben. Aber wenn ich dich ansehe, muß ich sagen, soweit eine Frau einem Manne ähnlich sehen kann, siehst du meinem Vater ähnlich. Vor allem hast du seine Augen – und das macht mich froh. Ich kann dir gut sein, Tante Johanna«, sagte er impulsiv.

Sie küßte seine Wangen, und dabei rannen Tränen aus ihren Augen, und es kam ihr mit einem Male zum Bewußtsein, wie einsam sie doch seit dem Tod ihres Mannes gewesen war.

»Danke dir, Werner! Das hat gutgetan. Ich kann dir gottlob auch gut sein. Nun setze dich wieder. Nachdem wir uns diese Liebeserklärung gemacht haben, wirst du dich hoffentlich schon ein wenig bei mir zu Hause fühlen.«

Er nahm ihr gegenüber Platz und sah sich in dem behaglichen Zimmer um.

»Bei dir ist es so schön und so ruhig, Tante Johanna, ich bin noch nicht so recht an den Großstadtlärm gewöhnt, obwohl ich schon einige Monate in England war, und London ist mindestens so geräuschvoll wie Berlin.«

»Und seit wann bist du in Berlin?«

»Heute vormittag bin ich angekommen. Ich war in der Hochschule, und nun war mein erster Gang zu dir.«

»Ich kann mir schon denken, daß du auf den Großstadtlärm noch nicht eingestellt bist. Auf Paradiso ist es wahrscheinlich viel ruhiger?«

»Zu ruhig, Tante Johanna. Dies pulsierende Treiben in den großen europäischen Städten hat etwas Berauschendes für mich. Aber immerhin, manchmal sehnt man sich doch nach ein wenig Stille. Du wohnst anscheinend sehr ruhig hier.«

Sie nickte ihm lächelnd zu.

»Ja, für Berlin ist das eine Seltenheit. Wo hast du Wohnung genommen?«

»Im Hotel Adlon vorläufig.«

»Also, du willst nicht für immer dort wohnen bleiben?«

»Um Himmels willen nicht, wie sollte ich da Muße zur Arbeit finden? Ich möchte am liebsten in der Nähe der Hochschule wohnen.«

»Würdest du dich sehr gefesselt fühlen, wenn ich dir den Vorschlag mache, bei mir zu wohnen? Nicht hier in meiner Wohnung, aber ich habe nebenan einige Zimmer abgetrennt. Sie haben einen separaten Eingang. Du könntest also ganz für dich sein, wenn du ungestört sein willst, wärest aber in meiner Nähe, wenn mich nach deiner Gesellschaft gelüstet. Du mußt mir aber ganz offen sagen, ob es dir wirklich angenehm ist. Ich erkläre gleich, daß ich es dir nicht übelnehme, wenn du nein sagst. Ich mache dir dies Angebot nur, weil deine Eltern vielleicht beruhigter wären, wüßten sie, daß du bei mir wohnst.«

Er schaute sie eine Weile forschend an, sah in ihre klugen, verständnisvollen Augen hinein und merkte schon an der Art ihres Angebotes, daß sie ihn nicht kleinlich fesseln wollte. Er lachte sie an.

»Ich glaube, ich werde nicht nein sagen, sofern ich dich in keiner Weise belästige.«

»Ganz gewiß nicht. Ich habe übrigens von den Zimmern, die ich vermiete, das kleinere heute bereits an einen jungen Mann abgetreten, der vom nächsten Semester an ebenfalls die Hochschule besuchen wird. Es würde für dich ein sehr großes Wohnzimmer und ein geräumiges Schlafzimmer bleiben. Wenn dir das genügt? Wie gesagt, du wirst ganz frei und ungehindert sein und hast doch Anschluß an mich, sooft es dir gefällt. Ich würde mich sehr freuen, dürfte ich dich als Hausgenossen haben.«

Er faßte ihre Hand und drückte sie herzhaft.

»Ich nehme um so lieber an, da es die Eltern sicherlich sehr beruhigen wird, wenn ich bei dir wohne und mich gewissermaßen unter deine Fittiche begebe. Zumal Mutter wird das dankbar begrüßen. Sie hat mich mit angstvollem Herzen ziehen lassen. Aber auch mir kann nichts Besseres geschehen, als bei dir Aufnahme zu finden, zumal es so schön ruhig hier in der Straße ist. Man hört wohl ein leises, fernes Rauschen in der Luft, das einem verrät, daß man in der Großstadt weilt, aber es stört nicht, im Gegenteil, es hat etwas Verheißungsvolles, dies leise Rauschen.«

Sie nickte ihm lachend und verständnisvoll zu.

»Ja, ja, du weißt, es ist nahe, das pulsierende Leben der Großstadt, und wenn du willst, kannst du in wenigen Minuten mitten drinstehen. Aber wenn du Ruhe zur Arbeit brauchst, kannst du dich davon absondern.«

Er lachte mit.

»Du scheinst eine wunderbar verständnisvolle Frau zu sein, Tante Johanna.«

Sie erhob sich lächelnd.

»Komm, ich werde dir die beiden Zimmer zeigen, damit du dich entscheiden kannst. Nachher trinkst du den Tee mit mir und erzählst mir ein wenig von Paradiso, von den Eltern und der kleinen Marielies, eurem Findelkind.«

Sie hängte sich in Werners Arm und führte ihn hinüber

in die andere Wohnung. Die beiden für ihn bestimmten Zimmer waren bedeutend eleganter ausgestattet als das von Hans Jürgen. Sie waren auch größer und gefielen Werner sehr gut. Er kam schnell mit der Tante überein, schon morgen zu ihr überzusiedeln. Die Zimmer genügten ihm vollkommen. Auch er freute sich, daß er von seinem Wohnzimmer ins Grüne sehen konnte. Auch von seinen Fenstern aus war der kleine Garten vor der gegenüberliegenden Villa zu sehen, denn sein Wohnzimmer stieß direkt an das Zimmer von Hans Jürgen. Sein Schlafzimmer lag nach der Rückseite des Hauses.

Sie begaben sich nun wieder in Frau Johannas Wohnzimmer, wo Martha inzwischen den Teetisch zurechtgemacht hatte. Tante und Neffe plauderten angeregt über alle sie interessierenden Fragen. Unter anderm berichtete Frau Johanna, was sie von ihrem neuen Mieter Hans Jürgen erfahren hatte, und als sie damit zu Ende war, sagte sie lächelnd:

»Ich weiß nicht, ob du eine Veranlagung zu Stolz und Hochmut hast, aber ich glaube es nicht. Soweit ich es beurteilen kann, würdest du in diesem jungen Mann einen bestimmt nicht wertlosen Kameraden finden. Da ihr beide an der Hochschule studiert, werdet ihr sowieso allerlei Berührungspunkte finden. Er stammt freilich aus kleinen Verhältnissen, und er wird noch manches lernen müssen, was zum guten Ton gehört, obwohl er entschieden taktvoll, artig und bescheiden ist.«

Werner lachte freimütig.

»Dann werden wir gleich auf gleich stehen, Tante Johanna, denn auch ich bin von Kultur noch wenig beleckt. Ich meine, hochmütige Leute sind dumm, und dumm möchte ich so wenig sein wie hochmütig. Ich will dir gleich im voraus sagen, daß die Eltern stark darauf rechnen, daß du mich ein wenig in die Schule nimmst. Wenn wir auch an den Eltern immer gute Vorbilder hatten und unser Doktor Berger auch das seine gegeben hat, um uns neben aller Schulweisheit auch sonst noch allerlei beizubringen, so haben wir doch auf Paradiso wenig Gelegenheit gehabt, uns gesellschaftlichen Schliff anzueignen. Und in dieser Beziehung fehlt es mir noch viel, das habe ich bald gemerkt, seit ich von daheim fort bin.«

Mit einem warmen, frohen Ausdruck sah sie ihm in seine ehrlichen, offenen Augen.

»Du wirst bald alles Notwendige gelernt haben, Werner. Wer lernen will und sich eingesteht, daß er zu lernen hat, schafft es bald. Ich freue mich, dir wenigstens in diesem Punkt nützlich sein zu können. Und – wir werden auch zugleich diesen Hans Jürgen, der ebenso blond und blauäugig, ebenso groß und schlank ist wie du, mit in diese Schule nehmen. Ihr sollt bald zwei mustergültig erzogene junge Herren sein, die sich in jeder Gesellschaft bewegen können.«

Werner nickte ihr lachend zu.

»Ich weiß nun schon, Tante Johanna, bei dir zu lernen wird ein Vergnügen sein.«

Werner mußte dann wieder von Paradiso erzählen. Seit fünfundzwanzig Jahren hatte Johanna Trautmann ihren Bruder nicht mehr gesehen, und wenn sie auch ständig in Briefwechsel geblieben waren, vieles ließ sich brieflich doch nicht berichten.

Werner gab bereitwillig Auskunft über alles, was die Tante interessieren konnte. Nur von einem sprach er auch zu ihr nicht – von den Edelsteinfunden. Er wußte, daß diese Sache geheimgehalten werden mußte.

Während Tante und Neffe angeregt miteinander plauderten, hielt Hans Jürgen ganz still seinen Einzug in die neue Wohnung. Martha ließ ihn ein, ohne ihre Herrin zu stören.

Endlich verabschiedete sich Werner, um ins Hotel zurückzukehren. Er hatte für den Abend ein Theaterbillett für das Lessingtheater gekauft. Der Theaterbesuch war ein ihm bisher unbekannter Genuß und war für ihn die schönste aller Vergnügungen geworden, der er sich hingab, sooft er konnte. Er hatte die meisten Abende in England im Theater oder im Kino verbracht. Das sagte er auch der Tante, und diese nickte ihm lächelnd zu.

»Das sind auch die belehrendsten und edelsten Vergnügungen, mein lieber Werner. Auch ich gehöre zu den eifrigsten Theaterbesucherinnen.«

»Ich hoffe, wir können manchmal zusammen das Theater besuchen, Tante Johanna.«

Humorvoll sah sie ihn an.

»Wenn dir an der Gesellschaft einer alten Tante etwas liegt?«

»Oh, meine alte Tante hat, scheint mir, noch ein sehr junges Herz, und wenn ich nicht wüßte, wie viele Jahre sie zählte, würde ich sie noch für eine sehr junge Tante halten.«

»Sieh, sieh, man hat anscheinend selbst auf Paradiso gelernt, Komplimente zu machen.«

Werner schüttelte den Kopf.

»Wenn du unter Komplimenten schmeichlerische Unwahrheiten verstehst – wie ich bisher auf meinem Ausflug in die Welt den Begriff von Komplimenten auffassen gelernt habe –, dann ist mir allerdings auf unserer Insel derartiges unbekannt geblieben. Ich hoffe, du glaubst mir, wenn ich dir sage, daß mir meine Worte aus dem Herzen kamen.«

Sie seufzte ein wenig.

»Mein guter Junge, der gesellschaftliche Schliff hat auch seine Tücken, leider muß die Ehrlichkeit und Wahrhaftigkeit oft darunter leiden. Man würde oft für ungezogen gehalten werden, wollte man immer die Wahrheit sagen.«

»Aber man kann doch schweigen, wenn man nicht die Wahrheit sagen darf.«

»Ja, aber manchmal ist das Schweigen schon eine Ungezogenheit. Aber wir werden schon den rechten Weg finden, der uns erlaubt, ehrlich zu bleiben, auch wenn wir höflich sind.«

Herzlich und gegenseitig sehr sympathisch voneinander berührt, verabschiedeten sich Tante und Neffe voneinander. Obwohl sie sich heute erst kennengelernt hatten, waren sie einander schon sehr zugetan.

Hans Jürgen hatte sich in seinem hübschen Zimmer schon ganz wohnlich eingerichtet. Sorglich und ordentlich, wie er es von jeher gewöhnt war, hatte er seine Habseligkeiten in den Schränken und Schubladen untergebracht. Und in der ersten Nacht schlief er prachtvoll in seinem neuen Heim, obgleich ihm das beruhigende Rauschen des Flusses fehlte, das ihn sonst in den Schlaf gewiegt hatte.

Er war schon völlig angekleidet und hatte das Zimmer bereits aufgeräumt, als Martha gegen halb acht Uhr mit dem Frühstück erschien. Es war so gut und appetitlich zurechtgemacht, wie er es schwerlich in einer andern Berliner Garçonwohnung bekommen hätte.

Von Martha erfuhr er, daß der Neffe von Frau Trautmann heute die beiden andern Zimmer beziehen werde, und tatsächlich hörte Hans später, daß nebenan geräumt und gesprochen wurde. Aber er bekam seinen Wohnungsgenossen vorläufig nicht zu Gesicht. Seine Mittagsmahlzeit nahm Hans in einem kleinen Restaurant in der Nähe ein. Es war billig – und dementsprechend mäßig. Aber er war nicht verwöhnt und vollkommen damit zufrieden.

Nach Tisch machte er Streifzüge durch Berlin. Das gedachte er jetzt immer so zu halten, denn er wollte die Stadt möglichst gut kennenlernen, noch ehe er mit seinem Studium begann. Und da ihm daran lag, sich auch genügend Bewegung zu verschaffen, ging er zu Fuß. Zwei Stunden gönnte er sich für solche täglichen Ausflüge. Dann kehrte er nach Hause zurück, um sich in seine Bücher zu vertiefen.

Frau Trautmann hatte er noch nicht wieder gesehen, sie hatte ihm durch Martha einen Hausschlüssel und einen Korridorschlüssel übergeben und ihn bitten lassen, sich bei der Polizei anzumelden. Das war nun bereits geschehen.

Als er am nächsten Tag von seinem mittäglichen Ausflug nach Hause kam und sich eben über seine Bücher gesetzt hatte, klopfte es an seine Tür, und Martha trat ein.

»Die gnädige Frau lassen anfragen, ob Herr Jürgen heute nachmittag den Tee bei ihr trinken möchte. Die gnädige Frau möchte Sie mit ihrem Herrn Neffen bekanntmachen.«

Hans Jürgens Stirn rötete sich. Er fühlte sehr wohl, daß Frau Trautmann eine vornehme Dame war und sie sich durch diese Einladung herabließ. Aber er meinte, es geschehe nur, um ihn eben mit seinem Wohnungsnachbar bekanntzumachen.

»Bitte sagen Sie Frau Trautmann, daß ich mir erlauben werde, ihrer freundlichen Einladung Folge zu leisten«, erwiderte er.

»Dann also in einer Viertelstunde, Herr Jürgen. Sie klingeln bitte drüben an der Korridortür.«

»Es ist gut, Fräulein Martha, ich werde pünktlich sein.«

Hans Jürgen erhob sich sogleich, legte seine blaue Leinenbluse ab, die er als Hausrock trug, und überlegte, was er zu dieser »festlichen Gelegenheit« anziehen solle. Endlich entschloß er sich, Frau Trautmann zu Ehren, seinen neuen Anzug zu tragen. Es war ein dunkelblauer Sakkoanzug, der seine schlanke Gestalt zur vollen Geltung brachte. Er legte auch eines der neuen Hemden an, nahm einen neuen Stehkragen und eine neue Krawatte, die ihm beim Knoten einige Schwierigkeiten bereitete. Dann machte er sich mit Hilfe von Kamm und Bürste eine Scheitelfrisur, wie er solche schon bei andern Herren gesehen hatte, und wusch sich sorgfältig die Hände. Die Fingernägel bearbeitete er einfach mit seinem Taschenmesser. Daß es eine Nagelpflege gab, auf die man täglich einige Zeit verwenden mußte, ahnte er nicht. Seine von der Fährmannsarbeit harten, wenn auch schlanken und edelgeformten Hände hatten kurze, abgestumpfte Nägel, da sie ihm beim Hantieren mit den eisernen Ketten oft abgebrochen waren. Seine Mutter hatte ihn wohl darauf aufmerksam gemacht, daß man seine Hände und Fingernägel sauberhalten müsse, aber große Wichtigkeit hatte man im Fährhaus dieser Art von Körperpflege nicht beigelegt.

Doch war Hans Jürgen ohnedies schon in allen Dingen

ein Feind von Unsauberkeit, und so sahen seine Hände so gut aus, wie es bei seiner bisherigen harten Arbeit möglich war.

Nachdem er sich hergerichtet hatte, betrachtete er sich kritisch in der Spiegelscheibe des Schrankes. Auch das war ein Luxus für ihn, den er bisher noch nicht gekannt hatte. Denn im Fährhaus hing ja nur ein kleiner Spiegel über der Kommode, den er nur beim Rasieren benutzt hatte. Der Spiegel zeigte das Bild eines gutaussehenden jungen Mannes, der ohne Scheu in der besten Gesellschaft hätte auftreten können. Die Viertelstunde war vorüber, und Hans Jürgen klingelte drüben.

Frau Johanna befand sich mit ihrem Neffen in ihrem Wohnzimmer und hatte zu ihm gesagt:

»Lieber Werner, ich habe deinen jungen Wohnungsgenossen zum Tee herüberbitten lassen, um ihn mit dir bekannt zu machen. Wie ich dir schon sagte, möchte ich mich des jungen Mannes nach Möglichkeit annehmen, er steht allein in der Welt. Er dürfte später durch sein Studium in andere Kreise kommen als die, in denen er bisher gelebt hat, und ich möchte es ihm leicht machen, sich in jeder Sphäre zurechtzufinden. Und da ja auch du mancherlei lernen willst, was dir auf Paradiso unbekannt blieb, so werde ich erst einmal meine Ermahnungen an dich richten, wenn es nötig ist, auch dann, wenn sie hauptsächlich für Herrn Jürgen bestimmt sind. Denn siehst du, deine gesellschaftliche Erziehung zu übernehmen bin ich durch deinen Vater und durch dich selbst ermächtigt worden, und als deine Tante habe ich auch ein gewisses Recht dazu. Diesem jungen Mann gegenüber habe ich aber keine Berechtigung, wenn ich es auch herzlich gut mit ihm meine, solange er mir diese Berechtigung nicht selber gibt. Ich möchte ihn nicht beschämen. Sollte ich also, wenn ich erzieherisch auf ihn einwirken soll, zuweilen diplomatisch meine Ermahnungen, auch wenn sie nur für ihn bestimmt sind, an dich richten, so sage dir immer, daß ich ihn dadurch aufmerksam machen will, wenn er etwas falsch macht. Du wirst mich verstehen, Werner, nicht wahr?«

So nahm die kluge Tante Johanna zugleich auch ihren Ermahnungen ihrem Neffen gegenüber alle Schärfen.

Werner nickte beistimmend.

»Aber selbstverständlich, Tante Johanna. Ich finde es sehr edel von dir, daß du dem jungen Mann auf diese Weise helfen willst. Und auch ich kann ja nur dabei profitieren, denn ich fürchte, ich werde dir mindestens ebensoviel Gelegenheit zu erzieherischem Eingreifen geben wie Herr Jürgen. Ich bin im Grunde sehr froh, wenn du an ihm noch allerlei zu korrigieren hast. Wäre er in dieser Beziehung fehlerlos, würde ich manchmal beschämt dastehen.«

Sie nickte ihm lächelnd zu.

»Das finde ich sehr anerkennenswert, Werner, daß du offen zugestehst, daß du noch zu lernen hast. Dann wird es mir sehr leichtfallen, dir alles Nötige beizubringen. Und Herr Jürgen wird auch gern eine Lehre annehmen, wenn er erst merkt, wie gut ich es mit ihm meine. Es soll mich freuen, wenn er dir gut gefällt. Ich verfüge über einige Menschenkenntnis und habe die feste Überzeugung, daß dieser schlichte junge Mensch dir ein sehr guter Kamerad sein wird, ein besserer als mancher andere, der im Luxus aufgewachsen ist. Sein Gesicht und sein ganzes Wesen verraten einen Adel der Gesinnung, den man bisweilen bei dem einfachsten Arbeiter finden und bei hochgeborenen Menschen vermissen kann. Nur fragt es sich eben, ob ihr miteinander sympathisieren könnt, aber das werden wir bald herausfinden.«

Bald nach dieser Unterredung ließ Martha Hans Jürgen ins Wohnzimmer treten. Er machte eine kurze, hastige Verbeugung, und man merkte ihm einige Verlegenheit an. Mit großen Augen sah er von Frau Trautmann zu ihrem Neffen hinüber und – da glänzten seine Augen auf wie vor verhaltener Freude. Und auch Werner Hohwarts Augen strahlten freudig überrascht in die seinen. Sie erkannten einander sofort wieder von ihrer ersten Begegnung in der Hochschule.

Frau Johanna reichte Hans Jürgen freundlich die Hand.

»Ich möchte Sie mit meinem Neffen, Werner Hohwart, bekannt machen, Herr Jürgen, der ebenfalls vom nächsten Semester an die Hochschule besuchen wird.«

Die beiden jungen Männer streckten sich impulsiv die Hände entgegen.

»Wir kennen uns wohl schon vom Sehen, Herr Jürgen. Wir trafen uns doch kürzlich vor der Hochschule.«

»Ja, Herr Hohwart, es war mein erster Gang in die Hochschule.«

»Auch ich betrat sie das erstemal. Es freut mich sehr, daß ich gerade Sie als Wohnungsgenossen bekommen habe, denn – Sie sahen mich so freundlich an, daß Sie mir gleich sympathisch waren.«

»Dann ist es Ihnen genauso ergangen wie mir.«

Frau Johanna sah die beiden jungen Leute lächelnd an.

»Das ist ja nett, daß Sie schon eine freundliche Begegnung miteinander hatten und aneinander Gefallen gefunden haben. Aber nun wollen wir gleich am Teetisch Platz nehmen, es ist schon alles bereit.«

Sie führte die beiden jungen Leute in das schöne, vornehm eingerichtete Speisezimmer hinüber, wo am Fenster ein runder Teetisch reizend und einladend gedeckt war. Neben ihm stand ein Teewagen mit allem Zubehör zu einem Fünfuhrtee.

Für Werner war das kein ungewohnter Anblick, denn der Haushalt seiner Eltern war mustergültig von seiner Mutter geführt worden, und der Reichtum seines Vaters gestattete allen Luxus und allen Komfort, den man sich auf Paradiso überhaupt schaffen konnte. Aber Hans Jürgen sah wie verzaubert auf die zarte Spitzendecke, auf das blitzende Silber- und Kristallgerät, auf die kostbaren Porzellantassen und all die andern eleganten Kleinigkeiten. Er atmete tief auf und stieß impulsiv hervor:

»Oh, so etwas Schönes habe ich noch nie gesehen!«

Die Hausfrau sah ihn fragend an.

»Was meinen Sie?«

Er deutete auf den Tisch.

»Dieser Tisch! Es sieht alles so reizend aus.«

Frau Johanna und Werner tauschten einen gerührten Blick.

»Gefällt es Ihnen?« fragte die Hausfrau lächelnd.

»Sehr! Ich bin nicht gewöhnt, an so einem reizend gedeckten Tisch zu sitzen.«

Und Hans Jürgen dachte daran, daß er Mildred Warren damals im Fährhaus den Tee auf der Wachstuchdecke seines Tisches serviert hatte, er sah im Geist die einfachen weißen Tassen vor sich, die Rumflasche und den Teller mit ungeschickt zurechtgemachten Butterbroten. Und sie war sicherlich auch einen so reizend gedeckten Teetisch gewöhnt. Was sie wohl gedacht haben mochte, als er ihr den Tee auf so primitive Art servierte?

Frau Johanna füllte die Tassen, und er sah ihr ganz andächtig zu.

»Sie werden sich schnell daran gewöhnen. Hat Ihnen zu Hause niemand den Teetisch gedeckt?«

Er atmete gepreßt.

»Als Mutter noch lebte, gab es wenigstens weiße Tischtücher und immer einen Blumenstrauß, und im Winter etwas Tannengrün. Aber dann – ich mußte mich mit einem Wachstuch als Tischdecke begnügen, weil es sich gut sauberhalten ließ. Ich hatte ja niemanden, der mir Tischdecken gewaschen hätte, und selber hatte ich keine Zeit dazu.«

Interessiert hörten die beiden anderen zu, und als er jetzt etwas verlegen schwieg, fragte Frau Johanna:

»Wer bereitete Ihnen denn die Mahlzeiten?«

Er lachte ein wenig.

»Ich selbst, wenn ich Zeit hatte, wenn gerade niemand überzusetzen war. Ich habe mir auch meine Wäsche selbst gewaschen und gebügelt und meine Zimmer in Ordnung gehalten. Und sauber sah es immer bei mir aus, ich hasse Unsauberkeit.«

Und es war ihm wie ein Trost, daß Mildred Warren wenigstens gefunden haben mußte, daß es sauber bei ihm im Fährhaus war.

Mit einem mitleidigen Blick sahen ihn die beiden anderen an, und Werner sagte aufatmend:

»Da habe ich es viel besser gehabt, obgleich ich aus der Wildnis komme.«

Hans sah ihn fragend an.

»Aus der Wildnis? Wie meinen Sie das?«

Werner lachte.

»Ich komme wirklich aus der Wildnis.«

Und er erzählte in kurzen Worten, wie sein Vater vor vielen Jahren die Insel Paradiso entdeckt hatte, und berichtete von dem Leben darauf.

Mit glänzenden Augen hörte Hans Jürgen zu und rief, als Werner zu Ende war, aus:

»Oh, wie schön, was für ein herrliches Stück Welt haben Sie bereits gesehen, und ein welch interessantes Leben haben Sie geführt!«

»Ja, die Reise war herrlich. Aber das Leben auf Paradiso war schließlich doch nur ein Leben in der Enge, so schön es dort auch ist. Stellen Sie sich vor, daß Sie vom Mittelpunkt der Insel, wo der Berg liegt, auf dem unser Wohnhaus steht, ringsum nur auf Wasser und Himmel blicken. Und in wenigen Stunden laufen Sie von einem Ende der Insel bis zum anderen. Und außer Ihren Angehörigen nur braune Menschen, die zwar gutmütig, aber doch vollkommen unwissend sind. Da treibt es einen fort, selbst von den liebsten Menschen, obwohl man ihnen von ganzem Herzen gut ist.«

Und Werner erzählte von Vater und Mutter, von Doktor Berger und den Kapitänen der beiden Segelschiffe. Und schließlich sprach er auch von Marielies, und da leuchteten seine Augen wie in heißer Sehnsucht auf, und seine Stimme wurde schwankend. Er mußte abbrechen.

Tante Johanna und Hans Jürgen hatten aufmerksam zugehört, und der letztere sagte aufseufzend:

»Wie beneidenswert glücklich sind Sie, daß Sie alle Ihre Lieben noch haben! Wenn man ganz einsam und verlassen in der Welt steht, weiß man erst, was man verloren hat.«

Und er erzählte von seiner engelguten Mutter, die so fleißig für ihn gearbeitet hatte, von seinem aufopferungsfähigen Stiefvater, der ein ganz schlichter Mensch gewesen war und doch ein so edles, gutes Herz gehabt hatte. Und dann kam er auf das bedeutsamste Erlebnis seines Lebens, auf das Autounglück an der Fähre und dessen Folgen. Und mit verschämtem, glücklichem Stolz zeigte er auch Werner das Bild von Mildred Warren. Es wurde bewundert und die Widmung gelesen. Hans Jürgen rühmte dann die Großmut Georg Warrens.

»Nun, da er Ihnen das Leben seines einzigen Kindes zu danken hatte, kann ich schon verstehen, daß er Ihnen dafür etwas Gutes tun wollte. Es war eigentlich selbstverständlich, daß er Ihnen das Geld zu Ihrem Studium schenkte«, sagte Frau Johanna.

Da bekam Hans Jürgen einen roten Kopf.

»O nein, bitte glauben Sie nicht, daß ich das Geld geschenkt nahm. Ich habe mich erst lange gewehrt gegen alles, erst als er mir sagte, er wolle mir das Geld nur leihen, habe ich eingewilligt.«

Und er wiederholte aus dem Gedächtnis jedes Wort, das Georg Warren zu ihm gesprochen hatte, um ihn zu bewegen, sich ihm zu fügen. Und dann fuhr er fort:

»Sie werden nun verstehen, weshalb ich so sparsam leben muß. Ich darf meine Schuld nicht zu hoch anwachsen lassen.«

Frau Johanna und ihr Neffe sahen ihn gerührt an. Sein Stolz gefiel ihnen sehr.

»Nun, Sie werden Ihr Studium beenden und dann in der Firma Mister Warrens eine Anstellung finden. Und dann werden Sie bald Ihre Schuld abgetragen haben. Ich kann Ihnen nachfühlen, daß Sie sich für Ihr Rettungswerk nicht bezahlen lassen wollten. Ich hätte an Ihrer Stelle nicht anders gehandelt. Aber – das ist doch seltsam und wieder ein neuer Berührungspunkt für uns beide – Sie haben ein junges Mädchen vom Tod des Ertrinkens gerettet, und ich – ich habe meine Pflegeschwester Marielies aus dem Meer aufgefischt«, sagte Werner lächelnd.

»Wie bin ich stolz, zwei so tüchtige junge Männer bei mir zu beherbergen«, sagte Frau Johanna voller Genugtuung.

Die beiden jungen Leute sahen sich an und lachten. Frau Johanna füllte die Tassen wieder und legte vor. Hans und Werner ließen sich alles gut schmecken. Ersterer meinte, es sei eine wundervolle Sache, so schöne Dinge vorgesetzt zu bekommen. Ein guter Engel müsse ihn in das Haus Frau Johanna Trautmanns geführt haben.

Das rührte diese, und sie fragte ihn:

»Wo essen Sie denn zu Mittag?«

Er berichtete, und sie sah sinnend eine Weile vor sich hin. Dann sagte sie:

»Mein Neffe hat mich gebeten, seine Mittagsmahlzeiten mit mir zusammen einnehmen zu dürfen. Es macht mir auch viel Freude, zu kochen, wenn ich Gäste habe. Wollen Sie in Zukunft mit meinem Neffen zusammen bei mir zu Mittag speisen?«

Ganz erschrocken sah Hans Jürgen in ihre gütigen Augen.

»O nein, Frau Trautmann, das würde ja sündhaft teuer sein. So verlockend das auch für mich wäre – aber Sie wissen, ich muß sparsam sein.«

Frau Johanna warf ihrem Neffen einen verstohlenen Seitenblick zu.

»Nun, was zahlen Sie denn jetzt für Ihren Mittagstisch?«

»Eine Mark und zwanzig Pfennig.«

»Nun also, mehr kostet es bei mir auch nicht. Ich will ja nichts daran verdienen, und wenn ich für mehrere Personen koche, verbilligt sich alles. Wenn Sie also wollen, können Sie auch bei mir für diesen Preis speisen.«

Hans Jürgen sah Werner unsicher fragend an.

»Das kann ich doch nicht annehmen?«

Werner wußte sehr wohl, daß seine Tante dem jungen Mann eine Wohltat erweisen wollte, ohne ihn zu beschämen. Er sagte daher ruhig:

»Warum denn nicht? Wenn Tante es Ihnen anbietet.«

»Ich fürchte nur, ich benehme mich vielleicht nicht so, wie es in einem so feinen Haushalt Sitte ist.«

Nun hatte Tante Johanna Oberwasser, hatte ihren Schützling da, wo sie ihn haben wollte.

»Dann lernen Sie eben, was Sitte ist. Sehen Sie, mein Neffe, der bisher in der Wildnis gelebt hat, muß auch noch viel lernen. Zu diesem Zweck hat ihn sein Vater zu mir geschickt. Sie brauchen mir nur zu gestatten, daß ich Sie auf alle kleinen Fehler aufmerksam mache, wie das auch bei meinem Neffen der Fall sein wird. Dann werden Sie bald keine Fehler mehr machen, im Gegenteil, im Handumdrehen alles Nötige gelernt haben und sich in jeder Gesellschaft richtig zu benehmen wissen.«

Hans Jürgen dachte an Mildred Warren. Er atmete schnell und hastig.

»Wenn Sie sich wirklich diese Mühe mit mir machen wollten – wie glücklich würde ich sein und wie dankbar zu gleicher Zeit. Ich muß jedenfalls noch sehr viel lernen, um mich richtig benehmen zu können, das weiß ich nun schon.«

»Ich auch«, rief Werner lachend, »und wenn wir zusammen in die Schule kommen, wird es uns leichter werden, und Tante dürfte es ebenfalls leichter haben, weil wir uns dann gegenseitig auf unsere Fehler aufmerksam machen können.«

»Kann ich das wirklich alles annehmen, Frau Trautmann?« fragte Hans Jürgen halb glücklich, halb beklommen.

»Gut, gut, ist alles schon abgemacht! Ich habe jetzt gleich zwei Pflegesöhne bekommen. Und – um gleich den Anfang zu machen, wenn Sie in Gesellschaft mit Damen sprechen, müssen Sie sie mit ›gnädige Frau‹ oder ›gnädiges Fräulein‹ anreden. Das kannst du dir auch merken, mein lieber Werner.«

»Ich danke Ihnen sehr – gnädige Frau.«

»Sie dürfen es mir aber niemals übelnehmen, wenn ich Ihnen so etwas sage, es geschieht nur zu Ihrem Besten.«

»Ich werde Ihnen immer von Herzen dankbar sein, gnädige Frau.«

»Schön – dann lassen Sie z. B. Ihren Löffel nach Gebrauch nicht in der Tasse stecken, sondern legen Sie ihn auf die Untertasse.«

»Auch das werde ich beherzigen – ich fürchte, Sie werden viel Mühe haben.«

»Aber auch große Freude, wenn mein Werk gelungen ist. Ich werde dann sehr stolz auf meine Zöglinge sein.«

So gab es noch mancherlei kleine Winke und Ermahnungen für die beiden jungen Leute; sie lachten und strahlten Frau Johanna dankbar an.

In Zukunft entbrannte ein edler Wettstreit zwischen den beiden jungen Männern, wer am besten aufpaßte und sich am richtigsten benahm. Es ging alles in vergnügtester

Stimmung vor sich, denn Frau Johanna hatte eine so zarte und doch zwingende Art, ihren Lehren Geltung zu verschaffen, daß sie niemals verletzte. Sie war wirklich die geborene Erzieherin.

So stand auch eines Tages ein vollständiges Nagelnecessaire auf Hans Jürgens Waschtisch, und als er es mit Staunen betrachtete, wurde er zu Frau Johanna gerufen, die ihm nun ihr eigenes Nagelnecessaire vorführte und ihm die Anwendung der Instrumente und Pasten zeigte.

»Ich habe das Necessaire meines verstorbenen Mannes in ihr Zimmer stellen lassen. Sie können es ruhig benutzen, es ist antiseptisch gereinigt, und es gehört zum guten Ton, sich die Hände zu pflegen. Da Sie bei Ihrem Studium zuweilen mit Säuren und andern die Hände besonders angreifenden Stoffen zu tun haben werden, müssen Sie sehr vorsichtig sein, schon aus gesundheitlichen Gründen. Besonders müssen Sie darauf achten, daß die Haut nicht spröde wird und daß die Nägel immer in bestem Zustand sind.«

Und sie zeigte ihm ihre gutgepflegte Hand, die er bewunderte. Und so viel hatte er nun schon gelernt, daß er diese Hand in die seine nahm und sich dankbar zum Kusse über sie neigte.

Sie nickte ihm lächelnd zu.

So ging es weiter. Es herrschte überhaupt ein reizendes Verhältnis zwischen Tante Johanna und ihren Zöglingen. Sie wurde für ihre Mühe mit herzlicher Verehrung belohnt.

Zuweilen ging sie auch des Abends mit ihnen aus, in ein Kino oder in ein Theater. Aber Hans konnte sich nur selten an diesen Vergnügungen beteiligen, weil er nicht viel Geld dafür ausgeben konnte. Aber dann berieten Frau Johanna und ihr Neffe wie ein paar Verschwörer, wie sie ihm öfter dies Vergnügen machen könnten, ohne sein Konto zu belasten. Werner wollte gern die Einlaßkarten für ihn bezahlen, aber das hätte Hans Jürgen nicht angenommen. Er war bei aller Armut sehr stolz und in solchen Dingen leicht verletzt. Aber da kam Frau Johanna auf einen guten Gedanken. Sie erzählte jetzt immer wieder, daß sie von einem Bekannten Einlaßkarten gratis bekommen hätte. Sie stellte das als etwas ganz Selbstverständliches hin. Und Hans Jürgen war viel zu harmlos, um dieses kleine Manöver zu durchschauen. Es fiel ihm nicht einmal auf, daß Frau Johanna immer drei Karten bekam. Sie sagte dann ganz unbefangen, sie brauche ihrem Bekannten nur zu sagen, wie viele Karten sie haben wolle. Und da Frau Johanna und auch der vermögende Werner unbefangen diese »geschenkten« Karten benutzten, mußte sich Hans Jürgen nicht beschämt fühlen und schloß sich beglückt an.

Da Werner bei solchen Theaterbesuchen ein Auto für Tante Johanna kommen ließ, war es selbstverständlich, daß es Werner und Hans mit benutzten.

So wurde noch manch frommer Betrug von Tante und Neffe ausgeübt, um Hans Jürgen eine Freude zu machen.

Nur eine größere Ausgabe konnten sie Hans nicht ersparen, er mußte sich einen Abendanzug anschaffen. Ohne Smoking war eben manches nicht zu machen, und Hans sah ein, daß er einen solchen brauchte. Das geschah denn auch, als der Fährmann, Hans Jürgens Nachfolger, die erste Abzahlungsrate auf das Häuschen sandte. Da glaubte Hans, sich eine solche Ausgabe leisten zu können, und ein Paar Lackschuhe wurden ebenfalls angeschafft.

Mit der Zeit wurden Hans und Werner immer bessere

Freunde. Längst hatten sie mit ihrem Studium begonnen und führten ein Leben der Arbeit und voll intensiven Fleißes. Da jeder ein anderes Fach studierte, kam es während der Vorlesungen und Experimente wenig zu Kontakten zwischen ihnen. Selbstverständlich kamen sie auch mit andern Studiengenossen zusammen, aber sie schlossen sich an keinen besonders an. Und sie freuten sich schon immer darauf, wenn sie wieder zusammensein und gegenseitig ihre Gedanken austauschen konnten.

Frühmorgens nahmen sie das Frühstück zusammen in Werners Wohnzimmer ein. Mittags speisten sie gemeinsam mit Frau Trautmann und nahmen auch zuweilen den Tee bei ihr. Abends besorgte ihnen Martha Tee oder Bier, und dazu gab es kalte Küche, ebenfalls in Werners Zimmer.

Die beiden jungen Leute genossen mit Inbrunst ihre Freundschaft, hatte doch keiner von ihnen bisher einen Freund gehabt. Nach dem Abendessen saßen sie, wenn sie nicht ausgingen, noch über ihren Arbeiten und vertieften sich mit Feuereifer darein. Wenn es die Art ihrer Arbeit erlaubte, saßen sie auch dann in Werners Zimmer. Während der folgenden Zeit kamen sie seltener ins Theater. Sie waren beide viel zu eifrig, ihr Ziel zu erreichen, als daß sie sich hätten ablenken lassen. Beide waren von dem Ehrgeiz beseelt, ihr Studium möglichst schnell und möglichst glänzend zu absolvieren.

Werner schrieb fleißig nach Hause und bekam ebenso häufig Nachrichten von seinen Lieben. Hauptsächlich führte Marielies die Korrespondenz mit ihm. Sie schrieb fast jede Woche und berichtete immer, was auf Paradiso geschah, damit er auf dem laufenden blieb.

Der Vater hatte Werner eines Tages mitgeteilt, daß er

sehr zufrieden sei mit dem in Amsterdam erzielten Abschluß, und weiter hieß es in dem Brief:

»Wenn – wie ich erwarte – die Regierung mir den Pachtvertrag kündigt, werden wir Paradiso in spätestens fünf Jahren verlassen müssen. Gut, daß wir schon darauf vorbereitet sind, so trifft es uns nicht mehr so hart. Und gottlob, daß meine Vermögensverhältnisse mir gestatten, überall, wo es mir und den Meinen gefällt, leben zu können. Ich werde selbstverständlich die Fundstelle der Edelsteine noch intensiver durchsuchen, denn ich will auch für Marielies' Zukunft sorgen, ohne daß es dir fühlbar wird.«

Dieser Brief hatte Werner sehr nachdenklich gestimmt. »Für Marielies' Zukunft« hatte der Vater geschrieben, als sei seine Zukunft und die von Marielies etwas Getrenntes, was nicht zusammengehörte, und das beschäftigte ihn sehr.

Daß Paradiso in absehbarer Zeit nicht mehr von seinem Vater bewirtschaftet werden würde, fiel ihm schwerer aufs Herz, als er gedacht hatte. Nun, da er fern von der Insel weilte, empfand er seine Verbundenheit mit ihr stärker als zuvor.

Die Mutter hatte an Tante Johanna geschrieben und ihr von Herzen gedankt, daß sie Werner unter ihre Fittiche genommen habe. Sie sandte auch Werner liebe, gute Worte, verschwieg ihm aber im Interesse seiner Ruhe, wie sehr sie sich nach ihm sehne. Auch Marielies schrieb nichts von Sehnsucht, aber Werner spürte sie zwischen den Zeilen.

6

Mildred Warren hatte mit ihrem Vater von Deutschland aus noch eine Reise durch verschiedene europäische Länder gemacht, und erst nach Monaten trafen beide wieder in New York ein. Aber soviel sie auch Neues und Schönes gesehen, soviel Interessantes sie auch erlebt hatte, niemals vergaß sie, an ihren Lebensretter Hans Jürgen zu denken. Der Gedanke an ihn wurde im Gegenteil immer lebendiger, je länger sie von ihm getrennt war.

Sie wußte, er hatte ihrem Vater versprochen, von Zeit zu Zeit Nachricht über den Verlauf seines Studiums zu geben, und so hoffte sie, ab und zu von ihm zu hören. Ja, sie *hoffte* es.

Mehr und mehr wuchs Hans Jürgen in ihren Mädchenträumen zu einer Idealgestalt heran, und wenn sie sich mit jungen Herren aus ihren Gesellschaftskreisen unterhielt und ihre mehr oder minder faden Komplimente anhörte, mußte sie daran denken, wie sie mit Hans Jürgen auf der Fähre gesessen und seinen Worten gelauscht hatte. Ein so tiefer Lebensernst hatte daraus geklungen, wie er sie nie zuvor berührt hatte. Er hatte sie zum Nachdenken veranlaßt. Und im Geiste sah sie dann sein markantes Gesicht vor sich, seine stahlblauen Augen mit dem warmen, guten Ausdruck und hörte seine Stimme, die sich ihr gleich ins Herz geschmeichelt hatte. Dann verglich sie, und bei ihren Vergleichen schnitten die jungen Herren zumeist sehr schlecht ab.

Nach ihrer Rückkehr von der Europareise lebte sie mit ihrem Vater nach wie vor in der am Meeresstrand gelegenen Villa Warren. Eine deutsche Hausdame stand seit dem Tod ihrer Mutter dem gesamten Hauswesen vor, und alles darin ging wie am Schnürchen. Der Vater war wieder von früh bis spät von seinen Geschäften in Anspruch genommen, begleitete aber seine Tochter abends häufig in Konzerte, Theater und Gesellschaften. Denn Mildred war nun gesellschaftsfähig geworden und erhielt viele Einladungen. Tagsüber kam Mildred mit ihren Freundinnen zusammen, denen sie viel von ihrer Reise erzählte. Selbstverständlich berichtete sie ihnen auch von Hans Jürgen, der sie dem sicheren Tod entrissen hatte. Sie führte das Leben der Tochter eines reichen Amerikaners, aber sie fühlte sich dadurch nicht so recht ausgefüllt und verlangte in ihrem Innern nach einem besseren Lebensinhalt.

Eines Abends sagte der Vater zu ihr:

»Heute abend bringe ich einen Gast mit, den du immer gern siehst, Mildred, nämlich meinen Freund Rudolf Nordau.«

»Ah, ist er von Florida zurück?« fragte Mildred erfreut.

»Ja, gestern ist er angekommen.«

»Und hat er seinen Katarrh in Florida auskuriert?«

»Er ist vollständig wiederhergestellt.«

Rudolf Nordau war Deutschamerikaner und Chef einer Firma, die mit der Firma Warren in vielseitiger Verbindung stand. Er lebte seit langen Jahren in New York, war ebenfalls ein sehr reicher Mann, und das Haus Nordau stand nicht hinter dem Hause Warren zurück.

»Wünschen Sie ein besonderes Menü, Mister Warren?« fragte die Hausdame, die bei diesem Gespräch zugegen war.

»Nein, Miß Lind, keine Umstände, Sie wissen, das liebt Mister Nordau nicht«, erwiderte Warren und fuhr, zu seiner Tochter gewandt, fort:

»Du hast doch nichts vor heute abend, Mildred? Es wäre mir lieb, wenn du mit uns speistest, denn Mister Nordau hat dich sehr gern.«

»Ich ihn auch, Vater, und ich freue mich, endlich einmal wieder seine Gesellschaft zu genießen. Seit unserer Europareise habe ich ihn noch nicht wiedergesehen, denn als wir zurückkehrten, war er schon nach Florida abgereist.«

»Nun, du wirst ihn jetzt wieder sehr oft zu Gesicht bekommen, du weißt ja, er meidet sonst alle Gesellschaften, nur zu uns kommt er gern. Er ist ein sehr einsamer Mensch.«

»Ja, Vater, ich hörte erst dieser Tage, man sähe ihn in keiner Gesellschaft. Aber alle Welt spricht von dem großen Fest, das er im Februar jeden Jahres gibt.«

»Nun ja, das ist so eine Art Massenabfütterung. Damit revanchiert er sich für alle Einladungen des Jahres, die er konstant ablehnt. Damit ist dann aber auch für ihn jeder weitere Gesellschaftszwang erledigt.«

»Oh, dieses Jahr werde auch ich endlich das große Fest in seinem Haus besuchen dürfen, da ich nun endlich in die Gesellschaft eingeführt bin. Ich freue mich sehr darauf, denn bei ihm soll es immer märchenhaft schön sein.«

»Ja, ja, er läßt es sich etwas kosten, aber trotzdem ist es für ihn nur eine lästige gesellschaftliche Pflicht, der er aus Prestigegründen obliegt und womit er sich Absolution dafür erkauft, daß er sich sonst von allem Verkehr zurückhält. Man würde ihm sonst seine Einsamkeitsgelüste schwer übelnehmen.«

»Warum ist er nur so einsamkeitsbedürftig?«

»Das ist eine traurige Geschichte, Mildred. Er hat vor Jahren seine heißgeliebte Frau und sein kleines Töchterchen durch einen Unglücksfall verloren. Mehr will ich dir davon gar nicht erzählen, denn du darfst um keinen Preis mit ihm darüber sprechen. Er verträgt es heute noch nicht, daß man diese Wunde berührt. Also wirst du vorsichtig sein.«

»Selbstverständlich, lieber Vater. Aber er tut mir ungemein leid. Nun weiß ich doch, weshalb er immer so ernst und still ist und nicht in Gesellschaft geht. Es ist nur gut, daß er wenigstens mit dir freundschaftlich verkehrt.«

»Eine so alte, treue Freundschaft wie die unsere muß auch solche Schicksalsschläge überdauern.«

»Ihr kennt euch schon sehr lange?«

»Über zwanzig Jahre. Ich habe darüber noch nicht mit dir gesprochen. Rudolf Nordau hat mir einmal das Leben gerettet.«

Mildred machte große Augen.

»Wie ist das geschehen, Vater?«

»Ich wurde eines Abends in einer abgelegenen Gegend von zwei Strolchen überfallen, die es auf meine Börse und meine Wertsachen abgesehen hatten. Ich konnte mich ihrer nicht erwehren, denn es waren zwei starke Männer. Ich hatte schon alle Hoffnung aufgegeben, da sie mich zu Boden geworfen hatten. Aber da stand plötzlich Rudolf Nordau, dem es damals nicht gerade glänzend ging, wie aus dem Boden gewachsen neben mir, warf sich mit seiner ganzen Kraft auf die beiden Kerle und befreite mich, so daß ich ihm beistehen konnte, die Strolche festzunehmen. So war ich gerettet.«

»Oh, Vater, lieber Vater, wie dankbar bin ich Mister Nordau dafür.«

»Sprich ihm nur nicht davon, er mag nichts von Dank hören. Ich konnte ihm wenigstens einen Dienst erweisen, um mich ihm gegenüber abzufinden. Ich verhalf ihm zu einer Anstellung in der Firma meines Vaters; da er Chemiker war und Ingenieur zugleich, ging das sehr leicht. Ich habe ihn dadurch aus einer sehr bedrückten Lage retten können. Er sagt, ich habe ihm Glück gebracht, denn von jenem Tage an begann sein Aufstieg. Er behauptet, wenn er mir nicht an jenem Abend hätte beistehen können, wäre er nie aus der Misere herausgekommen, in der er sich damals befand. Wir wurden gute Freunde und sind es bis heute geblieben. Und deine liebe Mutter hat es ihm immer gedankt, daß er mich an jenem Abend gerettet hat. Da er ein Landsmann von ihr war, nahm sie ihn gern in ihrem Hause auf, und das Verhältnis zwischen uns wurde noch intimer, als er nach Jahren eine deutsche Frau heimführte. Wir hielten alle vier gute Freundschaft. Als Mister Nordau dann seine Frau verlor, zog er sich mit seinem Schmerz zurück, und wir kamen nur noch selten zusammen. Erst als auch deine liebe Mutter von uns ging, fanden wir uns erneut in unserm gemeinsamen Schmerz, und seither sucht einer immer wieder des andern Nähe, auch außerhalb des Geschäftes, das uns ja sowieso häufig zusammenführt.«

»Von nun an soll er mir noch viel lieber sein, Vater, da ich das alles weiß«, sagte Mildred und umarmte den Vater.

Am Abend dieses Tages kam Georg Warren zusammen mit seinem Freund Nordau nach Hause. Mildred begrüßte Mister Nordau sehr herzlich. Man ging gleich zu Tisch, und während der Mahlzeit war auch Miß Lind, die Hausdame, anwesend. Sie verschwand erst, als sie nach Tisch den Mokka hatte servieren lassen.

Mildred versuchte den Gast ihres Vaters aufzuheitern, aber als er sie so in ihrer ganzen Jugendfrische vor sich sah, überwältigte ihn die Erinnerung an sein verlorenes

Töchterchen, das jetzt vielleicht nur wenige Jahre jünger sein würde als Mildred, wenn sie ihm nicht auf so furchtbare Weise im zarten Kindesalter genommen worden wäre. Seine Stirn zog sich zusammen, und seine stahlblauen Augen wurden ganz dunkel. Er warf den Kopf zurück, als müsse er eine schwere Last von sich werfen. Mildred hatte ihn angesehen, und plötzlich sprang sie auf und sah ihn mit großen Augen an.

»Oh, Vater, jetzt hab' ich's!« rief sie erregt.

Der Vater sah sie erstaunt an.

»Was denn, Mildred?«

»Aber Vater, sieh dir doch Mister Nordau an, gerade jetzt mit der zusammengezogenen Stirn und den dunkelgewordenen Augen. Erinnerst du dich nicht, daß wir nach einer Ähnlichkeit suchten, als wir meinen Lebensretter immer wieder ansahen?«

Mister Warren sah den Freund forschend an und nickte plötzlich lebhaft.

»Richtig! Jetzt endlich haben wir es gefunden, Mildred. Ja, an meinen Freund Nordau erinnerte uns der junge Mann. Jetzt ist mir wahrlich ein Stein vom Herzen gefallen, da ich es weiß; immer wieder habe ich darüber nachgrübeln müssen.«

Mister Nordau sah Vater und Tochter fragend an.

»Von welchem Lebensretter ist denn die Rede?«

»Mein lieber Rudolf, ich bin noch gar nicht dazu gekommen, dir davon zu erzählen. Aber das soll wahrlich nicht heißen, daß ich meine Dankbarkeit für den Lebensretter meiner Tochter vergessen hätte. Laß dir erzählen.«

Und er berichtete von Mildreds Unfall und ihrer Rettung durch den jungen Fährmann. Mildred fügte hinzu, daß der Vater dem jungen Mann, der das Realgymnasium besucht habe, das Studium ermöglicht habe. Zum Schluß sagte Georg Warren aufatmend:

»Ja, mein lieber Rudolf, es hätte nicht viel gefehlt, und ich hätte auf dieser Reise mein einziges Kind verloren. Du kannst dir denken, daß ich den Mann, der sie rettete, gern fürstlich belohnt hätte, aber er war zu stolz, sich eine Belohnung gefallen zu lassen. Mit Mühe und Not konnte ich ihn überreden, das Geld zu seinem Studium wenigstens als Darlehen anzunehmen. Ihr Deutschen seid sonderbare Menschen – genauso töricht hast du dich damals benommen, als du mir das Leben gerettet hattest.«

»Davon wollen wir nicht mehr reden, Georg. Du hast das alles reichlich wettgemacht.«

»Aber ich habe erst heute davon erfahren, Mister Nordau, und da es einmal zur Sprache kam, müssen Sie mir schon erlauben, daß ich Ihnen von Herzen danke, daß Sie meinem Vater damals so tapfer beigestanden haben.«

Mister Nordau wehrte hastig ab, und Mildred sagte erstaunt:

»Sieh nur, Vater, genauso ein abwehrendes Gesicht hat mein Lebensretter gemacht, als wir zu ihm von Dank sprachen. Es ist wirklich erstaunlich, daß sich zwei Menschen, die so weit voneinander entfernt leben, so ähnlich sein können.«

Georg Warren nickte.

»Es ist wirklich erstaunlich.«

»Und der junge Mann wird nun studieren?« fragte Mister Nordau ablenkend.

»Ja, an der Hochschule in Charlottenburg, er will sonderbarerweise auch Chemie studieren. Und du kannst dir denken, daß ich beabsichtige, ihn später bei mir anzustellen, sobald er mit seinem Studium fertig ist. Ich muß mich ihm doch dankbar erweisen. Du kannst dir denken, daß mich alles dazu treibt.«

Ein tiefer Seufzer hob Rudolf Nordaus Brust.

»Ob ich mir das denken kann! Mein Gott, wenn ich mich in deine Lage versetze, wenn mir jemand mein Kind – aber nein, nicht davon reden. Also – in Deutschland ist das geschehen?«

»Ja, wir hielten uns gerade in Wehrburg auf, ich hatte dort bei den Feda-Werken zu tun, wie du ja weißt, und während ich eine Konferenz mit den Direktoren hatte, fuhr meine Tochter allein in jenem unglückseligen Auto davon, um das Lustschloß eines ehemaligen Königs anzusehen. Ich habe überhaupt kein Interesse für solche Dinge, und es war vielleicht gut, daß ich nicht mitfuhr, denn noch einen Menschen hätte unser wackerer Fährmann sicherlich nicht aus dem Wasser holen können.«

Rudolf Nordau richtete sich plötzlich mit einem Ruck empor.

»In Wehrburg ist das geschehen, auf dem Weg zum Lustschloß mit der berühmten Gemäldesammlung?«

Vater und Tochter blickten ihn erstaunt an.

»Du sprichst ja davon, als sei dir diese Gegend bekannt?« fragte Mister Warren.

Rudolf Nordau strich sich über die Stirn.

»Hast du vergessen, daß ich bei den Feda-Werken angestellt war, ehe ich nach Amerika kam?«

»Ah, richtig, daran hatte ich nicht gedacht. Das ist aber schon sehr lange her.«

Rudolf Nordau sah sinnend vor sich hin.

»Laß mich mal nachrechnen – ja – etwa vierundzwanzig Jahre wird es her sein, daß ich Wehrburg und auch Deutschland verließ. Du weißt, ich hatte schwerwiegende

Differenzen mit meinem Vorgesetzten, der mir das Leben sauer machte. Und ich bekam selbstverständlich kein Recht und damit meine Entlassung. Da bin ich ins Ausland gegangen, wie ich es mir schon immer vorgenommen hatte. Erst ging es mir, wie du weißt, schauderhaft schlecht – bis du dich meiner annahmst, mein guter Georg. Also – die alte Fähre besteht immer noch? Mein Gott, wie oft habe ich mich damit übersetzen lassen.«

»Ja, sie besteht noch, und eben der junge Fährmann, der sie herüber und hinüber fuhr, rettete meiner Mildred das Leben. Er erinnerte uns an jemand, den wir kennen, aber wir kamen nicht darauf, daß du dieser Jemand warst. Je mehr ich dich betrachte, desto deutlicher tritt diese Ähnlichkeit hervor. Dieser junge Mann war auch blond, nur ein wenig heller als du, er hatte dieselben Augen, die auch in der Erregung dunkler erschienen, und zog die Stirn genauso in Falten, wie du es tust. Merkwürdig ist eine solche Ähnlichkeit. Hast du vielleicht Verwandte in Wehrburg zurückgelassen?«

Rudolf Nordau starrte mit einem seltsam grübelnden Ausdruck vor sich hin.

»Nein! Ich selber stamme nicht aus Wehrburg, ich war dort nur in Stellung. Wie – wie hieß denn der junge Mann?«

»Hans Jürgen!« rief Mildreds helle klare Stimme.

Rudolf Nordau lauschte diesem Namen nach, und es zuckte leise etwas in seinem Herzen auf. Aber wie abwehrend warf er den Kopf zurück.

»Nein, nein! Hans Jürgen? Nein, ich kenne keinen Hans Jürgen«, sagte er sehr bestimmt. Allein, seine Stimme klang nicht so frei wie sonst.

Aber wider Willen forschte er doch noch weiter, ließ

sich noch einmal ausführlich von dem Autounglück erzählen und von allem, was damit zusammenhing. Mildred berichtete lebhaft, sie beschrieb das Fährhaus, die Kleider von Hans Jürgens Mutter, und in ihrem Eifer verriet sie sogar in dieser Stunde das Geheimnis, das ihr das Gebetbuch von Hans Jürgens Mutter verraten hatte.

»Er trug nicht den Namen seines Vaters, nur den seiner Mutter, und sie war eine geborene Maria Jürgen.«

Rudolf Nordau zuckte leise zusammen und schloß die Augen. Er war sehr blaß geworden. Aber weder Vater noch Tochter achteten auf ihn, denn Georg Warren hatte sich erstaunt aufgerichtet und sah seine Tochter fragend an.

»Das hast du mir ja noch gar nicht erzählt, Mildred.«

Sie erschrak ein wenig, faßte sich aber schnell und sagte:

»Nun ist es mir doch herausgefahren. Ich wollte es dir auch nicht sagen, weil ich weiß, wie streng du denkst. Ich fürchtete, du würdest Hans Jürgen weniger hochachten, würdest ihm am Ende nicht helfen wollen, wenn du wüßtest, daß er nur den Namen seiner Mutter führt.«

Mister Warren schüttelte den Kopf.

»Das war eine unnötige Besorgnis, Mildred. Was kann der junge Mann dafür, daß er keinen rechtlichen Vater hat. Das beeinträchtigt meine Dankbarkeit gewiß nicht.«

Inzwischen hatte sich Rudolf Nordau gefaßt und brachte das Gespräch auf ein anderes Thema – als wolle er sich selbst ablenken von einem plötzlich in ihm auftauchenden Gedanken. Aber das gelang ihm schlecht. Während er über gleichgültige Dinge sprach, irrten seine Gedanken immer wieder ab. Ein unruhiges Grübeln befiel ihn, und er blieb nun nicht mehr lange, sondern verabschiedete sich, um nach Hause zu fahren. Sein Auto stand bereit. Und während der Fahrt vertiefte er sich wieder in seine Grübeleien, die ihn nicht mehr losließen. Nichts vermochte ihn mehr davon abzulenken, und ihm wurde heiß und kalt bei dem, was er im Geiste erwog.

Rudolf Nordau bewohnte ebenfalls eine Villa am Meeresstrand, unweit der Villa Warren. Es war ein schönes, vornehmes, inmitten eines großen Gartens liegendes Gebäude. Auch er hatte nach dem Tod seiner Gattin eine Hausdame engagiert, und auch in seinem Hause funktionierte alles tadellos. Nur daß es immer sehr einsam darinnen war. Der Hausherr empfing für gewöhnlich keine Gäste. Nur das eine große Fest im Februar, von dem Georg Warren mit seiner Tochter gesprochen hatte, gab er jedes Jahr, und dieses war eines der hervorragendsten gesellschaftlichen Ereignisse New Yorks. Auch Rudolf Nordau war ein Dollarmillionär, und er sparte bei solcher Gelegenheit nicht. Man sprach immer wochenlang von diesem Fest. Und jedesmal, wenn seine Hausdame ihm hinterher die Kostenrechnung vorlegte, überwies er genau dieselbe Summe einem Waisenhaus, damit die armen Kinder dafür verschiedene Male im Jahr festlich bewirtet würden. Das geschah aber in aller Stille, niemand erfuhr davon.

Als Rudolf Nordau heute nach Hause kam, warf er sich in seinem Wohnzimmer in einen Sessel, stützte den Kopf in die Hand und starrte bedrückt vor sich hin. Das über den jungen Fährmann Hans Jürgen Vernommene ließ ihn nicht mehr los. Seine Gedanken schweiften zurück in die Vergangenheit, in jene Zeit, da er bei den Feda-Werken als junger Ingenieur angestellt gewesen war. Damals hatte er ein junges Mädchen kennengelernt, das ganz allein im Leben stand. Sie hatten sich beide geliebt. Von ihrer Seite aus war es wohl die ganz große Liebe gewesen, er aber liebte sie eben nur, wie ein junger Mann sich in ein hübsches junges Mädchen verliebt. Sie stammte aus einfachen Verhältnissen und verdiente ihren Unterhalt durch kunstvolle Stickereien. Und sie hieß – Maria Jürgen. So schön und reizend sie war, so anständig und tugendhaft war sie gewesen. Nie hatte sie andere Geschenke von ihm angenommen als ein paar Blumen oder einmal ein Buch oder einige Näschereien. Und wie lieb sie ihn immer zu trösten wußte, wenn er unter den Intrigen seines Vorgesetzten zu leiden hatte! Dann war der Tag gekommen, der ihn aus seiner Stellung trieb. Am Abend dieses Tages hatte er Maria Jürgen gesagt, daß er nach Amerika gehen würde. Er war so verbittert und verdüstert gewesen über das ihm angetane Unrecht, daß sie nicht gewußt hatte, wie sie ihn trösten sollte. Und – an jenem Abend hatte sie sich ihm zu eigen gegeben, aus ihrer erbarmenden Liebe heraus, nur, um ihn wieder froh und ruhig zu machen. Großmütig hatte sie ihm dies königliche Geschenk gemacht, obgleich sie wußte, daß er am nächsten Tag abreisen würde.

Lange war das Bild des blassen, liebevollen Mädchens mit ihm gegangen. Er hatte ihr nicht die Ehe versprochen, sie hatten überhaupt niemals die Ehefrage erörtert, waren doch ihre beiderseitigen Verhältnisse nicht dazu angetan, einen Hausstand gründen zu können.

In Amerika waren dann bald die schlimmsten Sorgen über ihn hergefallen, er fand nicht gleich, wie er gehofft hatte, eine passende Stellung. Seine kleinen Ersparnisse waren bald draufgegangen und er in bittere Not geraten. Schließlich nahm er jede Arbeit an, die sich ihm gerade bot, und fristete auf diese Weise kümmerlich sein Leben. In dieser verbitterten, elenden Stimmung hatte er Maria Jürgen bald vergessen. Wohl hatte er zuweilen Briefe von ihr bekommen, sie lagerten manchmal lange auf der Post, bis er sie mit andern abholte, denn er stand noch mit einem Freund in brieflicher Verbindung. Aber Maria Jürgens Briefe hatte er gar nicht gelesen, nicht einmal geöffnet. Was sollten sie ihm in seiner bitteren Not? Er warf sie ungeöffnet irgendwohin zwischen seine immer geringer werdenden Habseligkeiten. Er wollte nicht an sie erinnert werden, nicht an die glücklichen Stunden, die er mit ihr verlebt hatte, vor allem nicht an den letzten Abend, da sie ihm ihre ganze große Liebe geschenkt hatte. Was konnte er ihr noch sein, er konnte ja nicht einmal für sich selber sorgen.

Er antwortete ihr auch nicht. Sie brauchte nicht zu wissen, wie erbärmlich schlecht es ihm ging, das würde sie nur betrüben, ohne daß sie ihm helfen konnte. Und es war besser, sie vergaß ihn so bald wie möglich.

Endlich kamen keine Briefe mehr von ihr – und er vergaß sie vollends.

Bald danach trat eine Änderung in seinem Leben ein. Er kam eines Abends dazu, wie zwei Strolche Georg Warren überfallen hatten. Er warf sich blindlings auf diese Strauchritter, um dem Überfallenen zu Hilfe zu kommen. Instinktiv hatte er das getan, es hatte ihn für einige Minuten aus seiner sorgenvollen Verzweiflung gerissen. Und dann hatte Georg Warren ihm gedankt.

»Ich schulde Ihnen mein Leben«, hatte er gesagt.

Rudolf Nordau hatte abgewehrt und hatte dann davongehen wollen. Da hatte ihn Georg Warren zurückgehalten, hatte ihn mit sich in ein Auto gezogen, sich nach seinen Verhältnissen erkundigt und ihn gefragt: »Was kann ich für Sie tun?« Er hatte abgewehrt. Nichts! Er habe nur seine Pflicht getan, habe einem Menschen geholfen, der in Not gewesen.

»Gut«, hatte Georg Warren geantwortet, »ich tue jetzt ebenfalls meine Pflicht, denn mir scheint, Sie sind nicht weniger in Not, als ich es vor einer Stunde war.« Und er hatte ihm eine Stellung in der Firma seines Vaters angeboten. So war Rudolf Nordau als Ingenieur in die Firma Warren gekommen, und weder er noch seine Chefs hatten es zu bedauern gehabt. Von dieser Zeit an ging es schnell aufwärts mit ihm. Endlich hatte er zeigen können, was er leisten konnte. Er hatte jetzt das richtige Arbeitsfeld gefunden, machte einige wertvolle Erfindungen und verdiente viel Geld. Er konnte sich nach einigen Jahren selbständig machen, gründete selbst eine Firma und arbeitete sich immer höher hinauf.

Auf einer Geschäftsreise nach Australien lernte er die Tochter eines neuen Geschäftsfreundes kennen und lieben. Dieser war gleichfalls ein Deutscher, und seine Tochter war in ihrem ganzen Wesen echt deutsch geblieben, obwohl sie von Kind auf mit ihrem Vater in Australien gelebt hatte. Maria Jürgen war längst vergessen, und nun trat auch in sein Leben die große, echte Liebe. Was er für Maria Jürgen empfunden hatte, war nur ein schwaches Gefühl gewesen gegen das, was Elisa ihm einflößte. Ein halbes Jahr später war Elisa Jung seine Gattin geworden und begleitete ihn nach New York, nach einem allerdings sehr schmerzlichen Abschied von ihrem Vater. Fast fünf Jahre hatte er eine unbeschreiblich glückliche Ehe mit Elisa geführt, die ihm ein reizendes Töchterchen geschenkt hatte, das ihr beiderseitiges Glück vervollständigte. Mit unbeschreiblicher Zärtlichkeit hing Rudolf Nordau an Weib und Kind, und deshalb war es ihm sehr schmerzlich, daß er sich eines Tages für längere Zeit von ihnen trennen sollte. Elisas Vater war schwer erkrankt und wünschte seine Tochter wiederzusehen und seine Enkelin kennenzulernen. Rudolf konnte gerade zu jener Zeit nicht geschäftlich abkommen, denn es stand viel für ihn auf dem Spiel. So mußte Elisa Nordau mit ihrem Töchterchen allein nach Australien reisen. Ihr Gatte wollte sie aber später abholen.

Rudolf Nordau wußte noch ganz genau, wie schwer ihm ums Herz gewesen war beim Abschied von Frau und Tochter. Vielleicht war es eine Vorahnung kommenden Unheils, was ihn bedrückt hatte. Jedenfalls hatte er sie in jener Stunde zum letzten Mal gesehen, denn einige Wochen später erhielt er die Nachricht, daß der Dampfer, den die Seinen benutzt hatten, untergegangen und niemand gerettet worden sei.

An all das dachte der einsame Mann, als er jetzt grübelnd in seinem Wohnzimmer saß. Aber heute fragte er sich nicht wie so oft schon, wenn ihn die Verzweiflung über seinen Verlust geschüttelt hatte: »Warum strafte mich der Himmel so hart, ich habe doch niemals Böses begangen, habe keinem Menschen ein Leid zugefügt?« Nein, heute sagte er sich erschauernd: Vielleicht war es die Strafe dafür, daß ich Maria Jürgen verlassen und mich nie mehr um sie gekümmert habe. Sie hatte mir doch ihr Bestes geschenkt, hatte mir vertraut, wahrscheinlich auf mich gehofft. Ich aber habe sie vergessen, erst in meiner Not, dann in meinem Glück.

Wie, wenn dieser junge Fährmann Hans Jürgen, der mir so ähnlich sein soll, der Sohn jener Maria Jürgen wäre –

ihr Sohn und der meine? Kann das nicht sein? Hat sie mir das vielleicht in jenen Briefen geschrieben, die ich nie gelesen habe? Hat sie vielleicht in Angst und Not auf eine Nachricht von mir gewartet, auf ein Zeichen, daß ich sie nicht verließe, wenn sie die Mutter meines Kindes würde? Ist es eine Schicksalsfügung, daß Mildred Warren von diesem jungen Mann gerettet wurde, damit ich endlich Kunde erhielte davon, daß mir ein Sohn lebt?

Er wollte diesen Gedanken von sich fortscheuchen, wollte sich verlachen und einen Phantasten schelten, aber er kam nicht los davon. Schließlich sprang er auf und lief unruhig hin und her. Er bedauerte jetzt tief, daß er jene Briefe nicht gelesen hatte. Wo waren sie nur geblieben? Er hatte sie doch nicht vernichtet, irgendein Gefühl hatte ihn davon zurückgehalten, sie einfach zu verbrennen oder sonstwie dem Untergang zu weihen. Er hatte sie irgendwo aufbewahrt – ja irgendwo. Aber wo? So intensiv er auch darüber grübelte, es fiel ihm nicht ein.

Sehr spät ging er an diesem Abend zu Bett, und als er dann im Dunkeln lag und vor sich hinstarrte, sagte er sich: Ich habe möglicherweise einen Sohn und weiß es nicht. Und ich, der ich so verlassen und einsam dahinlebe, könnte vielleicht einen Menschen finden, der durch Bande des Blutes zu mir gehört, durch das heiligste Recht, das zwei Menschen aneinanderkettet. Und wenn jener Hans Jürgen mein Sohn wäre, könnte ich stolz auf ihn sein, da er edle und gute Eigenschaften besitzt.

Aber wieder wehrte er diesen Gedanken von sich ab, schalt sich töricht und überspannt, glaubte, er verrenne sich in eine unhaltbare Idee, mit der er sich nur lächerlich machen würde. Unsinn! Das ist doch alles Unsinn! Jene Maria Jürgen ist nicht die Mutter eines Sohnes geworden, dessen Vater ich bin. So etwas hätte man doch spüren müssen, daß ein Wesen lebt, das einem das Leben verdankt. Unsinn! Eine zufällige Ähnlichkeit – der Name Jürgen ist auch keine Seltenheit, und es wird viele Maria Jürgen geben. Auch in Wehrburg war sie kaum die einzige dieses Namens. Also fort mit diesen törichten Gedanken.

Aber diese ließen sich nicht mehr bannen. Nur wenn er angestrengt arbeitete, fand er Ruhe vor ihnen. Als er das nächste Mal nach Villa Warren kam, brachte er wie zufällig das Gespräch wiederum auf Mildreds Lebensretter. Er ließ sich von Mildred, die ganz harmlos blieb, noch einmal alles erzählen, was sie mit Hans Jürgen besprochen hatte. Sie berichtete ihm von den beiden Bildern über dem Sofa im Fährhaus und von den sanften, leidvollen Augen von Hans Jürgens Mutter. Und dann sagte sie:

»Seine Mutter hat fleißig feine Stickereien gearbeitet, um dazu beizutragen, daß ihr Sohn das Gymnasium besuchen konnte.«

Da schloß Rudolf Nordau wieder die Augen, als blende ihn ein greller Blitz. Kunstvolle Stickereien – die Maria Jürgen, die sich ihm an jenem Abschiedsabend zu eigen gegeben, hatte ebenfalls ihr Brot durch Anfertigung von feinen Stickereien verdient.

Nein, er kam nicht mehr davon los, daß jener Hans Jürgen sein Sohn sein müsse, und er zergrübelte sich den Kopf, wo er Maria Jürgens Briefe gelassen haben mochte. Fast zwei Jahre hindurch hatte sie ihm noch zuweilen geschrieben. Wenn also seine Ahnung stimmen sollte, müßte sie ihm in diesen Briefen etwas davon mitgeteilt haben, sie würde einem Kinde das Leben geben oder habe es ihm gegeben. Wo befanden sich diese Briefe?

Bisher waren seine Gedanken, soweit sie nicht von geschäftlichen Dingen in Anspruch genommen waren, ausgefüllt gewesen von seinem Unglück, von seinem Schmerz über den Verlust seiner Frau und seines Kindes. Jetzt gesellte sich dazu die quälende Frage: Habe ich einen Sohn oder nicht?

Trotz seines Reichtums war Rudolf Nordau ein unglücklicher Mensch. Was nützte es ihm, daß er so viel Geld verdiente und auch noch ein reiches Erbe angetreten hatte, denn sein Schwiegervater war, wie sich später herausstellte, schon gestorben, als seine Tochter sich zu ihm auf den Weg gemacht hatte. Sie hätte ihren Vater also nicht mehr lebend angetroffen, wäre es ihr vergönnt gewesen, ihre Reise zu beenden. So hatte Rudolf Nordau auch noch das Vermögen seines Schwiegervaters geerbt und dessen Fabrik in Sidney, die jetzt unter der Leitung eines bewährten Direktors stand. Was also nützte ihm all der Reichtum? Er konnte ihm nicht eine einzige glückliche Stunde schaffen.

In dieser Zeit traf die Hausdame Rudolf Nordaus mit dem Dienstpersonal die Vorbereitungen zu dem großen Fest in seinem Haus. Ihr Herr hatte ihr wie immer vollständig freie Hand gegeben. Er kümmerte sich um nichts und verlangte nur, daß alles so originell und glänzend wie möglich werden sollte. Noch weniger als in früheren Jahren befaßte er sich damit und wünschte nur sehnlichst, daß alles schon vorüber sein möge, damit er seine Ruhe wieder hätte. Denn momentan ging es in seinem Hause zu wie in einem Taubenschlag.

Er kam jetzt noch öfters als zuvor in die Villa Warren, weil es dort ruhig war und weil Mildred ihn nach Kräften mit ihrem frohen Geplauder aufheiterte. Sie freute sich auf das Fest, das sie zum ersten Mal besuchen sollte, und hatte sich eine entzückende Garderobe bestellt. Alle ihre Freundinnen würden auch dabeisein, und die Freude auf den großen Tag ließ sie ein wenig vergessen, was sie sonst beschäftigte. Hans Jürgen kam in dieser Zeit in ihren Gedanken entschieden ein wenig zu kurz, und als habe er das geahnt, brachte er sich gerade jetzt in Erinnerung. Es traf ein Brief von ihm an Georg Warren ein, und dieser lautete:

»Hochverehrter Mister Warren! Es ist jetzt ein reichliches halbes Jahr vergangen, seit ich die Hochschule in Charlottenburg besuche, und ich halte es für meine Pflicht, Sie über meinen Werdegang auf dem laufenden zu halten. Wenn ich auch noch nicht genötigt war, das Kapital anzugreifen, das Sie so gütig auf der Deutschen Bank für mich deponiert haben, und auch noch eine ganze Weile mit meinen eigenen Ersparnissen auskommen werde, ehe ich mich dazu genötigt sehe, so betrachte ich mich doch schon heute als Ihren Schuldner und möchte Ihnen meine Dankbarkeit vorläufig wenigstens durch einen gewissenhaften Bericht beweisen.

Zu oft möchte ich Ihnen nicht mit meinen Briefen lästig fallen, aber wenn Sie gestatten, werde ich Ihnen jedes halbe Jahr einen Bericht senden. Ich hoffe, Sie werden damit einverstanden sein.

Ich bin sehr glücklich, daß ich nun endlich studieren darf, und ich bin, wie Sie sich denken können, sehr fleißig. Denn ich will so schnell wie möglich mein Ziel erreichen.

Das Glück hat mich auch noch weiter begünstigt. Ich fand Wohnung und freundliche Aufnahme im Hause einer Dame, mit deren Neffen ich zusammen die Hochschule besuche und der auch im Hause seiner Tante lebt. Er hat mir seine Freundschaft geschenkt, obwohl er der Sohn eines reichen Mannes ist, und seine Tante, deren gütiges Wohlwollen ich mir erworben habe, gibt sich viele Mühe, mir alles beizubringen, was man von einem Mann an guter Erziehung verlangt. Ich bin Frau Trautmann, so heißt meine Gönnerin, dafür sehr dankbar. Sie hat mir nicht nur ein sehr hübsches Zimmer für billiges Geld überlassen, sondern ich darf auch mit ihrem Neffen zusammen an den Mahlzeiten in ihrem Hause teilnehmen. So verbrauche ich wirklich nicht viel Geld, nur im Laboratorium habe ich allerlei Ausgaben für meine Experimente. Aber ich hoffe doch, daß ich bis zur Beendigung meines Studiums nicht gar zu tief in Ihre Schuld geraten werde.

Wenn ich Ihnen bisher noch nicht geschrieben habe, so halten Sie das bitte nicht für Undankbarkeit, ich hätte es sehr gern schon viel früher getan, allein, ich wollte Ihnen nicht lästig fallen. Und so wage ich es auch jetzt erst, meinen ergebensten Dank abzustatten für den liebenswürdigen Brief, den mir Miß Warren vor ihrer Abreise von Wehrburg schickte und dem Sie selber einige gütige Zeilen beifügten, und für das Bild, womit sie mir eine Ehre und Auszeichnung erwies und mir zugleich eine große Freude bereitete. Bitte, wollen Sie gütigst Ihrem verehrten Fräulein Tochter meinen ergebenen Dank übermitteln.

Ich denke sehr häufig an jene Stunde zurück, die mir Ihr verehrtes Fräulein Tochter über den Weg führte und die in so wunderbarer Weise über mein Schicksal entschied. Bitte seien Sie überzeugt, daß es mein sehnlicher Wunsch ist, mich der Auszeichnung, die Sie beide mir zuteil werden ließen, allezeit würdig zu zeigen. Ich werde alle meine Kräfte daransetzen, mein Studium mit Ehren abzuschließen, um Ihnen dann baldmöglichst meine Schuld abtragen zu können.

Wenn ich Sie darum ersuchen darf, empfehlen Sie mich bitte Ihrem Fräulein Tochter, die sich hoffentlich gleich Ihnen des besten Wohlseins erfreut, und nehmen Sie meine dankbaren Grüße entgegen.

Ihr Ihnen sehr ergebener Hans Jürgen«

Er hatte seine Adresse beigefügt. Daß der Brief zur Begutachtung Frau Johanna Trautmann vorgelegen hatte, damit er keinen Formfehler enthalte, wußten selbstverständlich weder Georg Warren noch seine Tochter. Aber sie freuten sich beide, Gutes von ihm zu hören, und vor allen Dingen freute sich Mildred darüber, die den Brief ebenfalls hatte lesen dürfen. Und sie bat ihren Vater:

»Laß mich bitte einige Zeilen auf diesen Brief antworten, lieber Vater. Er steht so allein im Leben, daß man sich seiner ein wenig annehmen muß. Wir dürfen uns nicht von der gütigen Dame beschämen lassen, die ihn so freundlich betreut. Und auch du solltest ihm ein paar freundliche Zeilen senden.«

Ihr Vater willigte lächelnd ein und schrieb einige sehr herzliche Worte an Hans Jürgen. Mildred legte ein Billett bei, das folgenden Inhalt hatte:

»Sehr geehrter Mister Jürgen! Wir haben uns sehr gefreut, zu hören, daß es Ihnen gutgeht und daß Sie es so gut mit Ihrer Wohnung getroffen haben. Seien Sie versichert, daß wir oft an Sie denken, jeden Tag sogar, und daß wir viel von Ihnen sprechen. Es freut uns sehr, werden wir zuweilen von Ihnen hören; lästig fallen uns Ihre Briefe ganz gewiß nicht, im Gegenteil, wir freuen uns darüber. Wenn es Ihre Zeit erlaubt, können Sie gerne öfter von sich hören lassen. Ich werde Ihnen jedesmal eine Antwort senden, und mein Vater auch. Immer denke ich daran, daß Sie mich vor einem schrecklichen Tod bewahrt haben. Nie vergesse ich das.

Wir sind nun schon lange wieder daheim. Und morgen besuche ich ein wunderschönes Fest. Das könnte ich doch nicht, wenn Sie mich nicht gerettet hätten. Immer, wenn mir jetzt etwas Gutes und Schönes begegnet, denke ich daran, daß ich es nur Ihnen verdanke, wenn ich mich noch daran freuen kann. Ich wünsche Ihnen alles Gute und grüße Sie herzlich.

Ihre dankbare Mildred Warren«

Als Rudolf Nordau am Abend dieses Tages nach Villa Warren kam, weil er wieder einmal vor dem Durcheinander in seinem Hause geflohen war, zeigte ihm Mildred Hans Jürgens Brief. Mit einem seltsamen Gefühl sah er auf die feste, charakteristische Handschrift und fragte sich abermals: Wie kann ich nur in Erfahrung bringen, ob dieser Hans Jürgen mein Sohn ist? Der Gedanke daran ließ sich nicht mehr bannen. Es war ja doch möglich, ebenso möglich wie das Gegenteil.

Mit unsicheren Fingern gab er Mildred das Schreiben zurück und sagte leise:

»Es freut mich, daß der junge Mann eine so gute Aufnahme in Charlottenburg gefunden hat.«

Sie sah ihn mit ihren samtbraunen Augen strahlend an.

»Oh, das ist gar kein Wunder, Mister Nordau, kennten Sie ihn, würden Sie es für selbstverständlich halten, daß man ihn überall gut aufnimmt. Er ist ein ganz hervorragender Mensch, wenn er auch nur ein armer Fährmann war und jetzt nur ein armer Student ist.«

Sie sagte das ganz schwärmerisch, und Rudolf Nordau und Georg Warren sahen sich lächelnd an.

Villa Nordau strahlte in hellem Glanz. Die große elektrische Bogenlampe vor dem Portal warf ihr Licht bis zum Meer hinaus. Eine lange Wagenreihe zog sich vom Portal aus durch den Garten und noch auf die Straße. Was zur guten Gesellschaft von New York gehörte, war geladen.

Vor dem Portal war ein riesiges, rotes Velarium ausgespannt als Schutzdach für die aussteigenden Herrschaften. Das große Vestibül war schon mit Gästen gefüllt, die sich langsam in die Festräume begaben.

In dem ersten großen Empfangssalon stand der Hausherr, eine gebietende und interessante Erscheinung, im Frack, und neben ihm seine Hausdame, Mistreß Lipping, in sehr eleganter Garderobe, um die Eintretenden zu empfangen. Die Augen des Hausherrn blickten aber nicht sehr froh, er schien nicht in Feststimmung zu sein, wenn er auch jedesmal ein konventionelles Lächeln in sein Gesicht zwang, sobald er einen neuen Ankömmling begrüßte.

Eine glänzende Gästeschar füllte nach und nach die eleganten Räume, die kunstgeübte Dekorateure zu einem wahren Feenreich umgeschaffen hatten. Wunderbar nahmen sich darin die kostbaren Kleider der Damen aus, deren reicher Schmuck dem farbenprächtigen Bild gewissermaßen Lichter aufsetzte. Die schwarzen Fracks der Herren wirkten beruhigend in dieser Farbenpracht, hoben sie aber gerade darum ganz besonders hervor.

Die Diener in ihren grauen, tressenbesetzten Röcken über schwarzseidenen, kurzen Beinkleidern, weißen Strümpfen und Schnallenschuhen wirkten fast nicht minder vornehm als die Gäste. Sie reichten auf großen Tabletts die ersten Erfrischungen herum, die sehr harmlos aussahen, wie es in dem trockengelegten Amerika Vorschrift ist, aber durchaus nicht so harmlos waren.

Es herrschte bald eine sehr animierte Stimmung.

Mildred Warren hatte sich mit ihrem Vater unter den ersten Gästen befunden. Sie wollte das Fest von Anfang bis zum Ende genießen. In einem Kleid aus zartrosa Velourcrêpe, der mit kleinen rosa Perlen reich bestickt war, sah sie entzückend aus, und selbst Rudolf Nordaus Augen hellten sich bei ihrem Anblick auf. Sie war schnell von jungen Herren und Damen umringt, und einer dieser Herren führte sie auch zu Tisch.

Aber Mildred mußte abermals Vergleiche ziehen zwischen diesem sie mit landläufigen Phrasen traktierenden Millionärssohn und ihrem Lebensretter, Hans Jürgen, der leider weit von ihr entfernt war. Dafür saß ihr aber Rudolf Nordau schräg gegenüber, der ihr noch nie so interessant und bedeutend erschienen war wie heute abend. Und sie mußte daran denken, daß Hans Jürgen, hätte er einmal Rudolf Nordaus Alter erreicht, eine nicht minder gebietende Erscheinung sein würde wie dieser. Es erschien ihr ganz selbstverständlich, daß Hans Jürgen zu großen Dingen berufen war. Keiner der heute anwesenden jungen Leute, alles Söhne reicher Eltern, würde ihm das Wasser reichen könne, war er erst zum Manne herangereift. Und mitten in der so lange ersehnten Festfreude beschlich Mildred eine heimliche Sehnsucht, die ihr Herz klopfen machte. Noch einmal mit Hans Jürgen zusammen allein in dem kleinen Fährhaus sitzen dürfen wie damals, noch einmal das Aufstrahlen seiner stahlblauen Augen, sein gutes Lächeln sehen und noch einmal seine warme dunkle Stimme hören dürfen, die so beruhigend zu ihr sprach – wie schön müßte das sein. Oder draußen mit ihm im Sonnenschein auf der Bank der Fähre sitzen und sich von ihm von seinem Leben erzählen lassen! Wie schlicht und wahr hatte das geklungen, wie bezaubernd echt und ehrlich – ach, das ganze Fest würde sie freudig hingeben für eine Stunde, die sie mit ihm verplaudern könnte.

Sie mußte sich gewaltsam von diesem verlockenden Bild abwenden. Rudolf Nordau sah gerade jetzt zu ihr herüber, hob sein Glas und trank ihr mit einer Verneigung zu. Sie dankte mit einem Lächeln. Er gefiel ihr außerordentlich! Er hatte etwas so Vornehmes in seinem Wesen, und daß er Hans Jürgen ähnlich war, wirkte bei ihr sehr zu seinen Gunsten mit.

Eine endlose Reihe von Gängen wurde serviert, und jedesmal, wenn man einen neuen auftrug, wurde den Gästen Mister Nordaus eine besondere Unterhaltung geboten. Und wie die Speisenfolge das Auserlesenste des Auserlesenen darbot, so auch die Vorträge, die dazwischen gehalten wurden. Eine leise, lockende Musik, von einem unsichtbaren Orchester gespielt, füllte die Pausen. Zuerst sang eine berühmte Sängerin einige Lieder. Daran schloß sich ein Feenreigen, getanzt von gutgeschulten Ballerinen, die lautlos verschwanden, als sie mit ihrem Tanz zu Ende waren.

Danach erschienen Ballettelevinnen, in drollige weiße Küchenkleider gekleidet und einen Korb mit elegant ausgestatteten, mit Blumen dekorierten Bonbonnieren tragend, die an alle Damen ausgeteilt wurden.

Dann leitete eine neue musikalische Piece eine allegorische Szene ein, die von bekannten Schauspielern und Schauspielerinnen dargestellt wurde.

Zum Schluß der Tafel wurden die Vorhänge von den Fenstern zurückgezogen, und draußen sprühte ein farbenprächtiger Funkenregen herab. Die große Gartenfontäne wurde in Gang gesetzt und von elektrischen Scheinwerfern in allen Farben beleuchtet. Das gab ein wundervolles Bild. Die Tropfen und Strahlen des Wassers wirbelten wie unzählige farbige Edelsteine durcheinander, wechselten die Farben, verschmolzen ineinander und lösten sich wieder auf in die herrlichsten Beleuchtungseffekte.

Alle Gäste waren an die breiten Fenster herangetreten, um dies Schauspiel genießen zu können. Währenddessen wurde hinter ihrem Rücken geräuschlos wie durch Zauberhände die Tafel hinaustransportiert. Und als draußen die letzten Feuergarben der Fontäne zusammensanken, ertönte wiederum leise Musik, die zum Tanz aufforderte. Die Vorhänge an den Fenstern schlossen sich wieder, und nun begann in dem geleerten Saale der Tanz, eingeleitet durch ein berühmtes Tänzerpaar. Dieses war kaum verschwunden, als sich die Gäste Rudolf Nordaus ebenfalls dem Vergnügen des Tanzes hingaben.

Auch Mildred Warren wechselte aus einem Arm in den andern. Sie tanzte mit der Hingebung der noch nicht vom Vergnügen übersättigten jungen Dame. Es war ihr aber gleichgültig, wer sie zum Tanz führte, wenn ihr Partner nur gut tanzte. Sie tanzte nur des Tanzes wegen.

Aber auch jetzt dachte sie noch an Hans Jürgen und malte sich aus, wieviel schöner alles sein würde, dürfte er mit dabeisein. Und noch jemand dachte in diesem festlichen Treiben an den armen Hochschulstudenten Hans Jürgen – das war der Gastgeber, der dieses wundervolle Fest gab und doch so gar nicht in festlicher Stimmung war. Auch er dachte wie Mildred Warren an ihn, aber sie wußten es beide nicht voneinander.

Wie hätte Rudolf Nordau darauf kommen können, daß die aus einem Arm in den andern fliegende Mildred Warren Zeit hatte, an den armen Studenten zu denken, und wie hätte Mildred Warren es sich jemals einfallen lassen, daß der stolze Hausherr sich um den ehemaligen Fährmann kümmern könne, der sich das Geld zu seinem Studium hatte leihen müssen?

Das Fest nahm wie jedes Jahr einen glänzenden Verlauf, und die Gäste Rudolf Nordaus unterhielten sich so gut und fanden das Fest so herrlich, daß es sehr spät wurde, bis sie daran dachten, nach Hause zu fahren. Alle Komplimente, die ihm gemacht wurden, dirigierte der Gastgeber mit ruhigem Lächeln an seine Hausdame, die blaß und abgespannt, aber mit unermüdlicher Liebenswürdigkeit die Honneurs des Hauses machte und unablässig darüber wachte, daß alles programmgemäß verlief.

Aber sie atmete nicht minder erlöst auf als der Hausherr, als endlich der letzte Gast das Haus verlassen hatte.

Rudolf Nordau sah sich nach seiner Hausdame um.

»Nun haben wir es wieder für ein Jahr überstanden, Mistreß Lipping, Sie haben sich heute geradezu selbst übertroffen. Ich danke Ihnen für alle Mühe, die Sie sich gemacht haben.«

Mistreß Lipping hatte noch die Kraft zu einem Lächeln.

»Wenn Sie nur zufrieden sind, Mister Nordau.«

Es zuckte um seinen Mund.

»Meine Gäste waren zufrieden, das ist die Hauptsache. Aber nun wollen wir zur Ruhe gehen, Sie werden sehr müde sein.«

»Ich will nur noch einige Anweisungen geben, damit Sie morgen früh einigermaßen Ihre Ordnung haben. Wenn Sie dann aus dem Geschäft nach Hause kommen, wird Sie nichts mehr an das Fest erinnern, und Sie werden endlich Ihren Frieden wiederhaben.«

»Auf einen Tag kommt es gewiß nicht an, aber ich weiß schon, Sie haben nicht eher Ruhe, als bis Sie ihre Pflicht bis zum letzten erfüllt haben.«

»So ist es, Mister Nordau. Aber da fällt mir noch ein – ich fand heute beim Kontrollieren der die Beleuchtungskörper anbringenden Arbeiter oben auf dem Speicher eine kleine braune Reisetasche. Sie stand in einem Winkel, wo man sie bisher nicht beachtet hatte. Es ist eine billige unmodische Tasche, wahrscheinlich schon sehr alt. Als ich sie näher betrachten wollte, ob sie noch zu gebrauchen sei, merkte ich, daß sie verschlossen war. Aber das Leder am Bügel riß dabei ab, und da sah ich, daß die Tasche allerlei Zeichnungen und vergilbte Briefe enthielt, die postlagernd an Sie adressiert, aber ungeöffnet geblieben sind. Ich habe all diese Papiere in Ihr Arbeitszimmer auf den Schreibtisch gelegt. Die alte Tasche ist kein sicherer Behälter dafür. Sie bringen die Papiere vielleicht anderweitig unter.«

Rudolf Nordau sah Mistreß Lipping an, als rede sie in einer fremden Sprache zu ihm, aber in seinem Kopf überstürzten sich die Gedanken.

Die kleine braune Lederreisetasche? Ja – ja – jetzt fiel es ihm endlich wieder ein, in diese Tasche hatte er einige alte Zeichnungen gesteckt, und zu diesen hatte er die Briefe von Maria Jürgen getan. Mit einem Mal stand alles ganz klar vor seiner Seele. Und daß diese Briefe nun endlich wieder auftauchten, daß er sie nun würde lesen können, jetzt, nach langen Jahren, das berührte ihn wie ein Wunder.

Er raffte sich endlich zusammen.

»Ich danke Ihnen, Mistreß Lipping!« rief er und ging mit großen Schritten davon, stürmte die Treppe hinauf wie ein ganz Junger und eilte in sein Arbeitszimmer. Mistreß Lipping sah ihm einigermaßen verdutzt nach, war aber viel zu müde und abgespannt, als daß sie sich lange mit dem sonderbaren Verhalten des Hausherrn beschäftigt hätte. Sie gab der Dienerschaft die nötigen Befehle und zog sich zurück.

7

Mit einem unbeschreiblichen Gefühl trat Rudolf Nordau an seinen Schreibtisch heran. Da lagen säuberlich übereinandergeschichtet neben den alten wertlosen Zeichnungen die Briefe Maria Jürgens, schlichte weiße Kuverts, mit ihrer klaren, fast kindhaften Handschrift an ihn adressiert. Sie waren alle noch ungeöffnet.

Er fiel schwer in den Sessel vor dem Schreibtisch und starrte lange diese Zeugen vergangener Zeit an, wagte aber nicht, sie zu berühren, und hätte doch am liebsten durch die Umschläge hindurch entziffert, was sie enthielten. Was würden ihm diese alten Briefe enthüllen? Ihm war, als habe er nicht die Kraft, sie jetzt noch zu öffnen.

Aber endlich richtete er sich mit einem Ruck empor und biß die Zähne zusammen.

»Ich werde endlich Gewißheit haben«, sagte er vor sich hin.

Und dann las er die Briefe durch, einen nach dem andern. Aber nur einige davon hatten Wichtigkeit für ihn. Der erste davon lautete:

»Mein lieber Rudolf!

Obwohl Du mir auf meinen ersten Brief nicht geantwortet hast, muß ich Dir doch heute noch einmal schreiben. Ich hoffe, daß es Dir inzwischen gelungen ist, eine gute Stellung drüben zu erhalten, bin ich doch mit all meinen guten Wünschen bei Dir. Wahrscheinlich hattest Du keine Zeit, mir zu schreiben. Ich will Dir auch keinen Vorwurf daraus machen, nur – mir ist so furchtbar bange zumute, Rudolf, und ich kann doch zu niemand davon sprechen als zu Dir. Ich muß es Dir gestehen, Rudolf, ich – werde Mutter sein. Zuerst war ich furchtbar erschrocken und wußte vor Angst nicht, was ich tun sollte. Aber nun bin ich schon etwas ruhiger, wenn Du auch auf meinen ersten Brief geschwiegen hast! – Auf diesen wirst Du mir schnell antworten, das weiß ich. Ich will Dir auch gar nicht mit meinen Ängsten und Kümmernissen lästig fallen, Du wirst ja selbst genug Sorgen haben. Nur das will ich Dir sagen, daß ich ganz sicher weiß, daß Du mich nun bald zu Dir rufen wirst, früh genug wenigstens, daß unser Kind ehelich geboren wird. Bis dahin will ich geduldig warten. Nur schreibe mir ein Wort, damit ich ruhig sein kann. Ich habe einen schönen, großen Auftrag bekommen, habe Altarstickereien anzufertigen, die mir gut bezahlt werden. Dann kann ich mir schon das Reisegeld sparen, damit Du nicht auch noch dafür aufkommen mußt. Ich werde auch drüben arbeiten, fleißig und unermüdlich, will Dir mit gar nichts lästig fallen. Nur das Kind – es soll doch einen Vater haben. Ich hoffe und harre nun in schmerzlicher Ungeduld auf eine Zeile von Dir. Du wirst mir nun schnell antworten, das weiß ich. Ich schreibe heute weiter nichts, ich muß ja ruhig bleiben – um des Kindes willen. Zürne mir nicht, daß ich nun neue Sorgen in Dein Leben bringe – ich bitte nur für das Kind, Rudolf. Gott mit Dir auf allen Wegen.

Deine Maria«

Rudolf Nordau warf die Arme über den Schreibtisch und barg sein Gesicht darinnen. Diese schlichten Worte, aus denen bei aller Gehaltenheit eine so tiefe Angst zitterte und aus denen trotzdem der feste Wille sprach, ihn nicht mehr als nötig zu beunruhigen, erschütterten ihn ebensosehr wie die Gewißheit, daß Maria Jürgen einem Kinde das Leben gegeben hatte.

Vater im Himmel, das habe ich nicht gewußt – ich habe mich versündigt an dieser Frau, die mir nur Liebes und Gutes tat. Treulos, gedankenlos habe ich sie vergessen, erst in Sorge und Not, dann im Glück. Ich ließ sie allein in ihrer Not – und deshalb wurde ich gestraft am Liebsten, was ich hatte.

So ging es durch seine Gedanken, während er wie vernichtet zusammengesunken dasaß. Bis ins Innerste fühlte er sich getroffen. Ein qualvolles trockenes Schluchzen erschütterte ihn. Lange saß er so, eine Beute seiner Reue, seiner Selbstanklagen und eines namenlosen Mitleids mit der Frau, die er vergessen, die er allein gelassen hatte in ihrer Not und Sorge, und deren Briefe er nicht einmal geöffnet hatte während sie angstvoll auf seine Antwort wartete!

Er wäre damals freilich nicht imstande gewesen, ihr zu helfen, aber das war jetzt keine Entschuldigung für ihn, wenigstens trösten hätte er sie müssen. Auch das war nicht geschehen.

Er raffte sich endlich auf und griff nach einem andern Brief.

Der sagte ihm nichts Neues, auch ein dritter nicht. Aber dann öffnete er einen vierten und las:

»Lieber Rudolf!

Du hast auf alle meine Briefe nicht geantwortet. Ich hatte nur die einzige Erklärung, daß meine Briefe nicht in Deine Hände gelangt sein könnten. Aber ich weiß, Du hast die Briefe Deines Freundes Siebold erhalten, die gleich adressiert waren. Ich habe es heute von ihm gehört, und er hat mir gesagt, es gehe Dir immer noch nicht gut. Ganz vorsichtig und diplomatisch habe ich ihn ausgefragt, ohne Dich irgendwie bloßzustellen. Und nun weiß ich – Du willst nichts von mir und dem Kind wissen, weiß aber wenigstens, daß Du Dich nur im Unglück von uns lossagst und nicht, weil Du uns im Glück vergessen hättest. Du kannst mir nicht helfen, weil Du selbst kaum das Nötigste für Dich hast. Und das erklärt mir alles. Du bist ja nicht schlecht und herzlos, ich kenne Dich zu gut. Der Jammer drückt Dich nieder, daß Du mir nicht helfen kannst, das weiß ich nun. Es tut mir unendlich leid um Dich – aber – ein einziges armes Wort hättest Du mir doch gönnen sollen.

Ich will mich Dir nicht weiter aufdrängen, Rudolf, ich weiß ja, Du hast nie daran gedacht, mich zu heiraten, und ich selbst – nein – ich habe nie darauf gehofft – bis ich wußte, daß ich Mutter sein würde. Da sagte ich mir: Jetzt läßt er mich nicht allein. Aber nun weiß ich, daß ich allein bleiben muß. Und heute wollte ich Dir nur sagen – daß ich Mutter eines kleinen Sohnes geworden bin, er hat in der Taufe den Namen Hans erhalten – Hans Jürgen – er hat ja keinen Vater – mein armes Kind. Und so traurig ich immer war, daß ich ganz allein im Leben stehe, jetzt bin ich froh darüber. Nun braucht doch niemand die Schande mit mir zu tragen, brauche ich doch niemandem damit weh zu tun – als mir und meinem Kind. Ich will nichts mehr von Dir, Rudolf, und Du sollst Dir auch keine Sorgen um mich machen, ich komme schon durch. Aber – wenn Du mir nur ein einziges Wort schreiben würdest, daß es Dich ein bißchen freut, daß wir ein Kind haben! Ich bin trotz allem so glücklich über das Kind. Es hat Dein blondes Haar und Deine blauen Augen, und Gott wird uns schon weiterhelfen. Nur auf ein einziges gutes Wort hofft noch immer

Deine Maria«

Rudolf Nordau stöhnte tief auf. Seine Augen wurden feucht. Wieviel geduldig getragenes Weh und Leid lag in diesen Worten.

Arme Maria! Wie schlecht hast du von mir denken müssen, dachte er ergriffen.

Und er dachte daran, daß Mildred Warren gesagt hatte, Hans Jürgens Mutter habe leidvolle Augen gehabt.

Bis ins Innerste war er aufgewühlt. Er hatte einen Sohn, ohne daß er eine Ahnung davon gehabt hatte. Maria Jürgen, die sanfte, großherzige Maria hatte ihm einen Sohn geschenkt, während er sich hart und verbittert in seine

Sorgen vergraben und ihre Briefe ungelesen beiseite geworfen hatte. Er hatte damals den Gedanken an sie abgewehrt, wenn dieser ihn auch zuweilen warm umschmeicheln wollte. Nie war es ihm in den Sinn gekommen, sie hineinzureißen in sein ungewisses Schicksal. Aber er wußte, auch wenn es ihm damals besser ergangen wäre, hätte er sie auch zu vergessen versucht, denn seine Empfindungen für sie waren weit entfernt von denen einer großen Liebe gewesen. Nur gern hatte er das stille sanfte Mädchen gehabt.

Aufseufzend griff er nach dem letzten Brief, der, wie er wußte, sehr viel später in seine Hände gelangt war. Er lautete:

»Lieber Rudolf!

Unser Kind ist nun schon über ein Jahr alt, und Du hast mir auch den Wunsch nach einem einzigen guten Wort versagt. Ich weiß, daß ich auch in Zukunft nie wieder etwas von Dir hören werde. Du willst nichts von uns wissen und glaubst wohl, es sei besser für mich, vergäße ich Dich. Aber ich vergesse Dich nie, niemals, weil ich Dich noch immer liebe und Dich lieben werde bis an mein Ende. Aber ich will Dich nun auch noch von etwaigen Gewissensqualen erlösen, denn das weiß ich doch, daß Du nicht gleichgültig über das alles denkst. Du kannst eben nicht helfen, und selbst, wenn es Dir eines Tages besser gehen würde und Du eine Position fändest, die Dich aufwärtsbringt – dann gehöre ich erst recht nicht zu Dir. Du mußt frei sein von mir und ganz erlöst von allen Vorwürfen, die Du Dir gewiß im stillen machst. Ich will Dir zuliebe auch das Letzte noch tun – will einen andern Mann heiraten, damit mein Kind einen Vater bekommt.

Da ist ein Mann, ein schlichter, herzensguter Mensch, der mich haben will, obwohl ich ein Kind habe, und der meinem Kinde ein treuer, liebevoller Vater sein will. Ich wohne hier mit meinem Kind in einem engen Hofzimmer, das kein Licht und keine Sonne hat.

Der Mann, der mich heiraten will, ist der Fährmann Haller, Du weißt, der die Fähre über den Fluß hin- und herbringt, mit der wir beide so oft gefahren sind. Ich kann dann mit Hans in dem hübschen Fährhaus wohnen, er wird frische Luft und Sonne haben, und es wird besser für ihn gesorgt sein. Und Du bist aller Sorge um uns ledig. An mich denke ich dabei nicht, ich habe Haller gesagt, daß ich den Vater meines Kindes noch immer liebe und ihn nie vergessen werde, daß ich ihm aber eine treue Frau sein will. Wenn Du diesen Brief erhältst, bin ich schon seine Frau geworden. Ich sage Dir hiermit Lebewohl für immer. Es tut mir nur leid, daß Du Dein Kind nicht ein einziges Mal gesehen hast, es ist ein so lieber, kräftiger kleiner Kerl und mein ganzes Glück. Ich schreibe Dir nun niemals wieder, Rudolf, deshalb will ich Dir heute zum Abschied sagen, daß ich Dir alles verzeihe und Dir trotz allem nur Gutes wünsche auf Deinem weiteren Lebensweg. Lebe wohl, Rudolf – Gott mit Dir. Zum letzten Mal –

Deine Maria«

Das also waren ihre letzten Worte für ihn gewesen, Worte des Verzeihens, Worte der Güte, die aus diesem Frauenherzen aufquoll wie ein nie versiegender Quell. Gute, liebe Seele, tapferer unverzagter Mensch! Wie schlecht hatte er ihre Liebe gelohnt. Ganz schlicht und einfach war diese Frau gewesen – und doch, welcher Adel der Gesinnung war ihr zu eigen gewesen. Jetzt war sie wohl längst tot, vielleicht viel zu früh dahingesiecht unter der Bürde des Leides, das er auf ihre Schultern gelegt hatte. Was sollte er beginnen, was konnte er tun, um gutzumachen?

Schuldig war er geworden an ihr, aber er war schwer gestraft worden an seinen liebsten Menschen. Nun blieb ihm nur noch eines, gutzumachen – an seinem Sohn.

Herrgott! Er hatte einen Sohn? Er, der einsame, verbitterte Mensch würde einen Sohn haben? Ein solches Geschenk machte ihm Maria Jürgen noch aus dem Grabe heraus? So, wie sie sich großmütig ihm selbst geschenkt hatte, um ihm Trost zu spenden in seinem Kummer, so schenkte sie ihm nun einen Sohn, der seine Einsamkeit beleben, der ihm ein Trost, eine Freude sein konnte – wenn er es wollte. Würde er so großherzig sein wie seine Mutter, würde er ihm verzeihen, daß er sich nie um ihn gekümmert hatte? Würde er es als Entschuldigung gelten lassen, daß er von seiner Geburt nichts gewußt hatte?

Hilf mir, Maria – hilf, daß ich gutmachen kann, hilf, daß sich mein Sohn nicht von mir wendet, wenn ich erst jetzt zu ihm finde!

So sprach er im Geiste mit Maria Jürgen, erdrückt von dem Bewußtsein einer Schuld, die er unwissentlich auf sich geladen hatte.

Mit bebenden Händen legte er die Briefe zusammen, auch die Kuverts, denn diese vergilbten Umschläge mit den frischen Rißstellen sollten seinem Sohn beweisen, daß sie bis jetzt ungeöffnet geblieben waren. Mistreß Lipping mußte ihm zur Not bezeugen, daß er diese Briefe erst heute ungeöffnet auf seinem Schreibtisch gefunden hatte.

Dann finde ich vielleicht die Verzeihung meines Sohnes, dachte er.

»Meines Sohnes!«

Hans Jürgen war sein Sohn.

Er suchte diese Nacht nicht mehr sein Lager auf, legte nur den Frack ab und zog seinen Hausrock an. Sein Diener hatte auf ihn gewartet, er entließ ihn und schickte ihn zur Ruhe. Er selbst lief ruhelos im Zimmer auf und ab, blieb zuweilen stehen und sah auf das Meer hinaus, das ihn von seinem Sohn trennte. Die Wellen rauschten in einem fort gegen den Strand. Ach, drüben weilte sein Sohn – und er war ein fleißiger, tüchtiger Mensch, war stolz und gut geartet. Alles, was Georg und Mildred Warren ihm über ihn erzählt hatten, rief Rudolf Nordau sich ins Gedächtnis zurück. Wie wunderbar waren die Wege des Schicksals. Sein Sohn hatte Mildred das Leben gerettet – und sie schwärmte für ihren Retter.

Aber er war in Verhältnissen aufgewachsen, die ihm nicht einmal gestatteten zu studieren. Der Stiefvater hatte, von seiner Mutter unterstützt, gedarbt, um dem Sohn des fremden Mannes den Besuch des Gymnasiums zu ermöglichen – hätte ihn vielleicht auch studieren lassen unter denselben Entbehrungen. Wieviel mehr hatte dieser Stiefvater für Hans Jürgen getan als sein eigener Vater! Und wie gering mußte Maria von ihm gedacht haben, weil er keinen ihrer Briefe beantwortete? Und sie hatte ihm doch verziehen, hatte ihn dennoch geliebt?

Groschen um Groschen hatte Hans Jürgen dann gespart, um doch noch sein Ziel erreichen zu können. Mit geliehenem Geld hatte er studieren wollen – und hatte einen Vater, der nicht wußte, was er mit seinem Reichtum anfangen sollte, der ihn fast widerwillig anhäufte, weil er keinen Erben dafür hatte.

Aber nun würde er einen haben. Unverdiente Gnade! Einen Erben, der Blut von seinem Blut, der ein tüchtiger, fleißiger Mensch von vornehmer Gesinnung war wie seine Mutter, der Menschenleben gerettet und jede Belohnung dafür ausgeschlagen hatte.

Rudolf Nordau kam über das alles nicht zur Ruhe. Die tiefsten Tiefen seines Seins waren aufgewühlt. Was ihm diese alten Briefe verrieten, war ja nur eine Bestätigung dessen, was schon seit Wochen ahnungsvoll sein Gemüt beunruhigt hatte. Wie gut, wie gnadenvoll, daß diese Blätter nun doch noch in seine Hände gelangt waren.

Hans Jürgen, sein Sohn, war ihm ähnlich?

Das überwältigte ihn immer wieder. Er warf im Übermaß des Empfindens seine Arme gegen das Fensterkreuz und barg sein Gesicht darinnen.

So stand er lange, während der Morgen langsam heraufdämmerte.

Dann wurde es unten im Hause lebendig. Die Dienerschaft war schon wieder am Werk, die Spuren des Festes zu beseitigen. Ach, er hatte glänzende Feste gegeben, und sein Sohn hatte unterdessen gedarbt.

Sobald er sein Frühstück eingenommen hatte und angekleidet war, ließ er sein Auto vorfahren und begab sich, wie an jedem andern Tag, nach Brooklyn hinüber. Er war äußerlich nun wieder ganz ruhig. Der feste Vorsatz, gutzumachen, was gutzumachen war, gab ihm seine Haltung wieder.

Er gebot seinem Chauffeur, ihn zuerst zur Firma Warren zu fahren. Dort fragte er, ob Georg Warren schon in seinem Kontor sei. Mister Warren sei soeben angekommen, wurde ihm geantwortet.

Er begab sich direkt in das ihm bekannte Privatkontor des Freundes.

Dieser begrüßte ihn erstaunt, aber erfreut.

»Hallo, Rudolf, so früh am Morgen kommst du schon zu mir – nach der langen Nacht auf deinem Fest. Dann führt dich etwas Wichtiges hierher.«

Rudolf Nordau drückte krampfhaft seine Hand.

»Ja, Georg, etwas für mich sehr Wichtiges. Es ist nichts Geschäftliches, aber ich möchte sogleich mit dir darüber sprechen. Hast du eine Stunde Zeit für mich?«

Georg Warren sah dem Freunde forschend in das etwas blasse, übernächtigte Gesicht.

»Selbstverständlich, für dich habe ich immer Zeit. Setze dich. Willst du rauchen?«

»Nur eine Zigarette, wenn du erlaubst, meine eigene.«

»Ganz wie du willst.«

Die Herren nahmen einander gegenüber Platz und zündeten sich eine Zigarette an. Dann sagte Rudolf Nordau mit erzwungener Ruhe:

»Ich habe dir etwas mitzuteilen, was dich sehr überraschen wird. Und ich will gar keine Umschweife machen, sondern gleich mit der Tür ins Haus fallen. Der ehemalige Fährmann Hans Jürgen – ist mein Sohn.«

Georg Warren sprang auf und sah ihn besorgt an.

»Rudolf, mir scheint, du mußt etwas für deine Nerven tun«, sagte er fassungslos.

Mit einem schwachen Lächeln schüttelte Rudolf Nordau den Kopf.

»Nein, nein, Georg, ich bin ganz klar bei Sinnen. Aber ich kann mir schon denken, daß du an meinem Verstand zweifelst. War ich doch selbst fassungslos, als ich diese Nacht die Gewißheit darüber erhielt, was mir schon seit einer Woche ahnungsvoll das Herz bedrückte. Schon seit du und deine Tochter mir von der Ähnlichkeit spracht, die ihr bei mir und dem Jungen Fährmann entdeckt hattet und mir seinen Namen nanntet.«

Georg Warren setzte sich wieder.

»Wenn das wahr ist, dann begreife ich, in welcher Verfassung du bist. Aber, wie bist du gerade in dieser Nacht dahintergekommen, daß deine Ahnung richtig ist?«

Rudolf Nordau nahm die Briefe Maria Jürgens aus seiner Brusttasche.

»Das sollst du jetzt erfahren, Georg.«

Und er erzählte nun von seinem Verhältnis zu Maria Jürgen, von dem Abschied und von den ungeöffnet beiseite gelegten Briefen. Dann zeigte er ihm der Reihe nach die wichtigsten Briefe.

»Bitte lies alles, wie ich es der Reihe nach hierhergelegt habe.«

Er fügte schnell noch hinzu, welcher Zufall heute nacht diese Briefe ihm in die Hände gespielt hatte.

Georg Warren las die Briefe, einen nach dem andern. Und in seinem Gesicht zuckte es einige Male wie vor tiefer Erregung.

»Ich kann mir denken, wie der Inhalt dieser Zeilen auf dich gewirkt haben mag«, sagte er endlich aufblickend, »das muß ja den stärksten Mann umwerfen. Nach alledem besteht wohl kaum noch ein Zweifel, daß dieser Prachtkerl von Fährmann dein Sohn ist. Aber wie stellst du dich nun zu dieser Tatsache?«

»Du weißt, daß ich allein in der Welt stehe, und wirst begreifen, wie glücklich ich mich preise, einen Sohn mein eigen zu nennen. Ist er auch nur mein natürlicher Sohn, so ist er doch mein Fleisch und Blut, und seine Mutter war trotz allem eine edle, treue Seele. Das wirst du aus ihren schlichten Briefen herausgelesen haben.«

»Allerdings! Jede Frau in ihrer Lage hätte sich nicht so benommen. Du willst also deinen Sohn anerkennen?«

Rudolf Nordau lachte heiser.

»Unbedingt, aber – ob er mich als Vater anerkennen will, das ist die brennende Frage für mich. Meinst du, daß er mir verzeihen wird, daß ich mich nie um ihn und seine Mutter gekümmert habe?«

Georg Warren dachte nach.

»Ich hoffe es, Rudolf – wenn auch – nun ja – dieser junge Mann ist ein eigenartig stolzer Mensch – und unbestechlich. Trotz seiner Armut wird es bei ihm nicht für dich sprechen, was einen andern sofort gewinnen würde, daß du ein vermögender Mann bist und ihm ein reiches Erbe zu bieten hast. Versetz dich nur selber in seine Lage. Ich glaube, er dürfte dir auch im Charakter sehr ähnlich sein.«

Rudolf Nordau nickte.

»Eben deshalb bin ich in Sorge, daß er von seinem Vater nichts wird wissen wollen.«

»Vergiß aber nicht, daß er auch seiner Mutter Sohn ist. Und wenn er erst alles weiß und sich ein Urteil bilden kann, daß es nicht böser Wille von dir war, daß du dich nicht um ihn gekümmert hast, dann wird es schon einen Weg zur Verständigung geben für dich und für ihn. Wie willst du es ihn wissen lassen?«

»Nur durch meinen Mund darf er es erfahren. Ich werde, sobald ich hier abkommen kann, nach Deutschland reisen.«

»Das halte auch ich für das richtigste. Brieflich ist so etwas nicht zu machen.«

»Nein, auf keinen Fall. Auge in Auge muß ich ihm gegenüberstehen.«

»Und – wirst du ihn offiziell als deinen Sohn anerkennen?«

»Es hängt von ihm ab, ob ich davon sprechen soll, daß er mein natürlicher Sohn ist. Aber auf jeden Fall werde ich ihn adoptieren.«

»Das ist gut und richtig. Wenn ich dir raten darf – du weißt, wir sind hierzulande etwas prüde –, begnüge dich damit, ihn als deinen Adoptivsohn auszugeben.«

»Du vergißt, daß er mir sehr ähnlich sein soll. Man wird daraus schließen, daß er mein natürlicher Sohn ist.«

»Ach, mag man ahnen, was man will, aber offiziell zugeben, daß ihr eines Blutes seid, schafft dem jungen Mann vielleicht von Anfang an Probleme. Gib offiziell einfach an, daß er mit dir verwandt ist. Dann sagst du nicht die Unwahrheit, und jeder wird sich damit zufriedengeben und den jungen Mann freundlich aufnehmen.«

»Du hast vielleicht recht.«

»Nicht bloß vielleicht, sondern bestimmt.«

»Also gut! Aber ich sage es nochmals, mein Sohn soll bestimmen.«

»Nun, er wird vernünftig sein und nicht verlangen, daß man ihn seiner Mutter wegen schief ansieht.«

»Was aber sagen wir deiner Tochter?«

Georg Warren lächelte.

»Oh, sie wird sicherlich sehr erfreut sein, wenn sie hört, daß ihr Lebensretter nun doch einen Vater hat. Unter uns, sie schwärmt ein wenig für ihn, seit er sie aus dem Wasser holte. Das ist auch verständlich – er ist ein Prachtmensch. Wahrhaftig, Rudolf, du bist zu beneiden um solch einen Sohn.«

»Ich überlasse es dir, was du Mildred sagen willst. Sie wird nicht vor der Zeit schwatzen.«

»Sie wird überhaupt nicht schwatzen, wenn ich ihr zu bedenken gebe, daß dies ihrem Lebensretter schaden könnte. Du hast ja gemerkt, wie sorgfältig sie mir verschwiegen hatte, daß er vaterlos sei, solange sie fürchtete, es könne ihm in meinen Augen schaden.«

»Nun gut, so soll sie es wissen. Ich habe Mildred schon immer gern gemocht, weil sie ein wertvolles Menschenkind ist. Nun soll sie mir noch mehr ans Herz wachsen, weil sie so viel für meinen Sohn übrig hat und – weil sie mir die erste Kunde von ihm brachte. Sie spricht reizend über ihn.«

»Kein Wunder! Sieh dir deinen Sohn an, und sieh dir hier unsere jungen Herren an. Offen heraus, ich hatte mich schon langsam darauf vorbereitet, daß meine Mildred mir eines Tages erklären würde, ihr Lebensretter soll mein Schwiegersohn werden. Du weißt, sie ist sehr anhänglich und beständig; wenn sie ihr Herz an jemand hängt, hält es fest. Sie ist ja auch die Tochter einer deutschen Mutter.«

Rudolf Nordaus Augen leuchteten auf.

»Jetzt, da du weißt, daß Hans Jürgen mein Sohn ist, wie stellst du dich heute dazu, wenn er eines Tages dein Schwiegersohn würde?«

Georg Warren lachte und legte die Hand auf die Schulter des Freundes.

»Es wäre mir noch lieber als früher, das kannst du dir wohl denken. Ganz abgesehen davon, daß der junge Mann mir sowieso sympathisch ist. Aber darüber wollen wir uns den Kopf nicht vorzeitig zerbrechen. Das ist in erster Linie die Sache der beiden jungen Leute.«

»Ich weiß auch schon genug, Georg. Damit hast du mir bewiesen, wie du meinen Sohn aufnehmen wirst. Ich danke dir!«

»Keine Ursache, er hat doch meiner Tochter das Leben neu geschenkt. Übrigens ist das eine seltsame Duplizität der Ereignisse: Du hast mir das Leben gerettet, und dein Sohn das meiner Tochter. Nun ziehe nur nicht die Stirne kraus, was dein Sohn übrigens genauso heraus hat wie du, wenn man ein ihm unliebsames Thema aufgreift. Ich bin nur neugierig, ob die Ähnlichkeit noch so stark hervortritt, wenn man euch beide zusammen sieht. Also, wann gedenkst du nach Deutschland zu reisen?«

»Ich hoffe bald. Ostern werde ich jedenfalls in Deutschland feiern. Das Auferstehungsfest.«

»*Well!* Und mir scheint, ich werde nun vorläufig nicht dazu kommen, meine Dankesschuld an deinen Sohn abzutragen.«

»Wie meinst du das?«

Georg Warren lachte.

»Nun, wie ich dich kenne, wirst du es mir nicht gönnen, das Studium deines Sohnes weiterhin zu finanzieren. Und bisher hat er von seinem selbst ersparten Geld gelebt. Wenn du nun auf den Plan trittst, wird er mein Darlehen nicht mehr brauchen.«

»Du wirst schon noch Gelegenheit finden, diese Dankesschuld abzugelten. Kommt es so, wie wir hoffen, dann schenkt ihm Mildred eines Tages ihr von ihm gerettetes Leben mitsamt ihrer ganzen Persönlichkeit. Schön wäre das, Georg, dann bekäme ich zu einem Sohn auch noch eine Tochter, die mir lieb ist.«

»Und ich bekomme zu meiner Tochter noch einen Sohn. Wir könnten beide dabei nur gewinnen. Aber, wie gesagt, da wollen wir uns lieber nicht einmischen, das laß Sorge der beiden jungen Leute sein. Mir eilt es nicht, meine Mildred loszuwerden.«

Die beiden Herren beleuchteten das Thema noch von allen Seiten. Und dann kam Rudolf Nordau auch auf den Verlust seiner Frau und seiner Tochter zu sprechen.

»Siehst du, Georg, ich habe mich immer beklagt, daß Gott mir so schweres Leid auferlegte, ohne daß ich etwas Böses getan hätte. Nun weiß ich – durch meine Schuld habe ich Frau und Tochter verloren. Ich wurde dafür gestraft, daß ich Maria Jürgen treulos verlassen habe.«

Der Freund sah ihn kopfschüttelnd an.

»Mein lieber Rudolf, steigere dich jetzt nicht noch in ein solches Schuldbewußtsein hinein. Der liebe Gott wird von uns Menschen zu einem recht kleinlichen Geist herabgewürdigt, gerade durch solche törichten Gedanken. Kannst du dir denken, daß dieser allgütige Gott unsere Sünden und Fehler an Unschuldigen straft? Von diesem törichten Gedanken mußt du dich befreien. Der Tod deiner Frau und deines Kindes hat bestimmt nichts mit dieser Maria Jürgen zu tun. Und außerdem kann ich nicht finden, daß du wegen dieser ganzen Sache eine große Schuld auf dich geladen hast. Du hättest Maria Jürgen und dein Kind bestimmt nicht verleugnet, wenn du die Briefe rechtzeitig gelesen hättest.«

»Nein, wahrhaftig nicht.«

»Nun also! Dafür, daß du diese Briefe ungeöffnet beiseite legtest, um dir in deiner damaligen Notlage nicht das Herz zusätzlich zu beschweren, hast du keine so entsetzliche Strafe verdient.«

»Ich danke dir für diesen Trost. Jedenfalls kann ich sagen, daß ich schwer gelitten und dadurch auch Schwereres gebüßt habe, als ich verschuldete. Du weißt, ich spreche sonst nicht gern über dieses Bittere in meinem Leben, es ist heute seit langer Zeit das erstemal. Aber glaube mir, es hat mich zuweilen dem Wahnsinn nahe gebracht, denken zu müssen, daß meine Frau und meine kleine Tochter nicht einmal ein Grab in geweihter Erde gefunden haben. Das weite Meer hat sie verschlungen und – nein, ich kann nicht aussprechen, welche furchtbaren Gedanken mich zuweilen gequält haben und mich jetzt noch quälen.«

Georg Warren sah mitleidig in das verzweifelte Gesicht des Freundes, er legte die Hand auf seine Schulter.

»Quäle dich damit nicht, Rudolf! Ist es schließlich nicht einerlei, ob unsere sterblichen Reste unter der Erde verschwinden oder unter der Oberfläche des Wassers? Was die Erde bedeckt, ist es nicht unter Umständen ebenso grauenvoll wie das, was unter dem Wasserspiegel liegt?«

»Aber kein priesterlicher Segen begleitete meine Lieben auf ihrem letzten Weg.«

»Du hast ihnen sicherlich heißere Gebete nachgeschickt, als ein Geistlicher das vermocht hätte. Meinst du nicht, daß sie mindestens ebenso eindringlich waren wie die Rede eines ihnen fernstehenden Priesters? Mache dich frei von solchen qualvollen Vorstellungen.«

Rudolf Nordau drückte ihm die Hand.

»Ich danke dir und will in deinen Worten einen leisen Trost suchen.«

Die beiden Herren verabschiedeten sich nun voneinander. Rudolf Nordau fuhr zu seiner Fabrik, die nicht weit von der Warrens entfernt lag.

8

Auf Paradiso war das Leben seit Werner Hohwarts Abreise im alten Geleis weitergegangen, und doch war alles anders geworden. Werner war mit Marielies zusammen das belebende Element auf der Insel gewesen. Nun, da er fort war, wurde auch Marielies sehr still. Sie konnte stundenlang versonnen mit großen sehnsüchtigen Augen aufs Meer hinausschauen, dahin, wo Werner damals auf der »Marielies« entschwunden war.

Die Mutter kämpfte ihr Herzweh tapfer nieder, und auch der Vater ließ es sich nicht anmerken, wie sehr ihm der Sohn fehlte. Selbst Doktor Berger bedrückte der Gedanke, Werner in der Ferne zu wissen. Aber am meisten litt doch Marielies unter der Trennung. Sie wurde beängstigend blaß und schmal, und die Eltern sorgten sich um sie und taten alles, was sie konnten, um sie aufzuheitern und abzulenken. Vielleicht fehlte ihr auch der einzige jugendliche Genosse, denn sie lebte fortan nur mit älteren Leuten zusammen. Aber Marielies' Schwermut hatte noch einen anderen Grund. Sie hatte schon immer mit einer schwärmerischen Liebe an Werner gehangen, und jetzt, da er ihr entrissen war, blutete ihr junges Herz aus schmerzvollen Wunden. Dazu kam, daß sie gerade in den Entwicklungsjahren war, in denen ein junger Mensch alles Erleben mit doppelter Stärke empfindet. Jedenfalls betrachtete sie Werners Entfernung als ein schweres Unglück, über das sie nicht hinwegkommen konnte.

Sie trieb einen wahren Kult mit einer Fotografie von ihm, die Doktor Berger mit seinem Apparat aufgenommen hatte. Er hatte damit häufig Aufnahmen von Paradiso und dessen Bewohnern gemacht und selbstverständlich auch Werner und Marielies oft fotografiert, manchmal ohne daß sie es wußten. Das waren die besten Bilder geworden. Eine der letzten Aufnahmen von Werner zeigte ihn, wie er mit einem selbstgefertigten Bogen einen Pfeil abschoß. Er stand am Strand, mit dem Rücken dem Meer zugewandt, und seine schlanke, biegsame Gestalt zeichnete sich in scharfen Konturen vom Hintergrund ab, denn es hatte ein helles Leuchten über dem Meere gelegen. Es war ein sehr hübsches Bild, und Doktor Berger hatte es Marielies gebracht, als sie sich über Werners Abreise gar nicht zu trösten vermochte.

Bei seinem Anblick waren ihr die hellen Tränen über das Gesicht gelaufen, und sie hatte es ans Herz gedrückt und nicht mehr von sich gelassen. Immer stand es in einem aus Gräsern von ihr selbst gefertigten Rahmen vor ihr, und nachts auf ihrem Nachttisch neben ihrem Bett. Jeden Morgen galt ihm der erste Blick und jeden Abend der letzte. Und oftmals herzte und küßte sie das Bild und ahnte nicht, daß sich dabei langsam aus ihrem schwesterlichen Empfinden ein anderes Gefühl für Werner entwikkelte. Sie war viel zu unschuldig und unerfahren, um über die tiefe Innigkeit ihres Gefühls zu erschrecken. Willig öffnete sie ihr junges Herz dieser aufkeimenden Liebe, die nicht mehr dem Bruder galt, ohne daß ihr das vorläufig zum Bewußtsein gekommen wäre.

Ihre Pflegemutter beobachtete sie mit sorgenden Augen, und es entging ihr nicht, daß Marielies' Gefühl für Werner nach und nach ein ganz anderes wurde als bisher, aber sie war eine kluge, bedachtsame Frau und rührte nicht an so zarte Dinge.

So konnte sich Marielies' Empfinden frei entwickeln und immer mehr von ihr Besitz ergreifen. Und in ihren Briefen an Werner machte sie ebensowenig Hehl aus diesem Empfinden und ahnte nicht, daß sie dadurch auch Werners Gefühle beeinflußte.

Traf ein Brief von Werner ein, befiel Marielies eine zitternde Unruhe, bis sie endlich darankam, diesen Brief zu lesen. Denn nur die an sie selbst adressierten Briefe durfte sie zuerst lesen. Die aber waren ihr von allen die liebsten. Wenn Werner so innig und liebevoll an sie schrieb, wie sie es sich nur wünschen konnte, ging es wie ein Strahlen von ihr aus, und sie las seine Zeilen immer wieder und konnte sich nicht genug damit tun. Im Geiste begleitete sie ihn auf allen Wegen, sie lebte sein Leben mit ihm, und ihre Phantasie flog über alle Fernen hinweg – zu ihm.

Zuerst hatte sie ein beinahe eifersüchtiges Gefühl erfaßt, als sie Werner so viel von Hans Jürgen in seinen Briefen sprechen hörte, es schmerzte sie, daß dieser Hans Jürgen dauernd um Werner sein durfte. Aber dann schrieb ihr Werner eines Tages:

»Mit Hans Jürgen kann ich wenigstens immer von Dir sprechen, Marielies, er weiß aus meinen Erzählungen gut Bescheid über Paradiso und selbstverständlich über Dich am meisten. Ich habe ihm auch Deine Fotografie gezeigt, die mir Doktor Berger beim Abschied gegeben hat, also Deine jüngste Aufnahme. Wie froh bin ich über dieses Bild und ebenso über die der Eltern. Manchmal bin ich vor Sehnsucht ganz närrisch, und dann schwatze ich mit Deinem Bild, Marielies, das auf meinem Schreibtisch steht und mich immer so lieb ansieht. Und Hans Jürgen lacht mich nicht etwa aus, wenn er das merkt. Er hat nämlich auch ein Bild, mit dem er schwatzt, wenn ihm das Herz voll ist. Denke Dir, er hat eine junge, in Deutschland weilende Amerikanerin vom Tod des Ertrinkens gerettet, und sie hat ihm ihr Bild geschenkt. Dies Bild ist sein größter Schatz, das habe ich nun schon lange heraus, so wie Dein Bild mein größter Schatz ist. O Marielies, wie sehr sehne ich mich nach Dir! Dich habe ich doch auch aus dem Wasser gerettet, auf meinen Armen habe ich Dich von der schwimmenden Holzwand in meine Jacht getragen. Du vergißt das doch nicht und denkst immer daran, daß Du mir gehörst, mir ganz allein. Keiner darf Dir so nahestehen wie ich, hörst Du, nicht einmal die Eltern. Und das muß immer so bleiben, Marielies, immer! Ich könnte den Gedanken nicht ertragen, daß Du einen anderen Menschen lieber hättest als mich, denn auch ich habe Dich lieber als alle anderen Menschen. Vergiß das nie, Marielies!«

Diese Worte hatten einen wunderbar beruhigenden Einfluß auf Marielies ausgeübt, und nun war sie gar nicht mehr eifersüchtig auf Hans Jürgen. Sie war viel zu unerfahren, um aus Werners Worten zu lesen, daß auch sie ihm viel mehr geworden war als eine liebe, kleine Schwester. Die Eltern aber, die diesen Brief Werners ebenfalls lesen durften, hatten aus den Worten ihres Sohnes erkannt, daß auch er mit mehr als geschwisterlicher Zärtlichkeit an Marielies hing. Sie hatten sich verständnisinnig angesehen, hatten aber kein Wort darüber verloren.

Marielies war jedenfalls glückselig über diesen Brief Werners und las ihn noch viel öfter als die anderen. Und sie hatte unbefangen darauf mit der ganzen Innigkeit ihres Empfindens geantwortet, was Werner hoch beglückte, ohne daß auch er eine kritische Sonde an sein Gefühl für Marielies gelegt hätte.

Jedenfalls war der Briefwechsel mit Werner das einzige für Marielies, was ihr die Trennung von ihm erträglich machte.

Einige Monate nach Werners Fortgang von Paradiso lief die »Anna« wiederum in den kleinen Inselhafen ein. Auch heute brachte der Kapitän mancherlei Postsachen mit. Briefe von Werner und andere.

Unter den Eingängen befand sich auch ein amtlich aussehendes Schreiben, das Klaus Hohwart, der in Begleitung von Marielies an der Landungsstelle stand, mit seltsamem Gesichtsausdruck in Empfang nahm. Nach einem kurzen Blick auf die Aufschrift steckte er es mit der anderen Geschäftspost vorsichtig beiseite. Dann gab er Marielies einen zärtlichen Klaps auf die Wange und reichte ihr einen an sie adressierten Brief von Werner.

»Reite hinauf zu Mutti, Marielies, sie wartet schon auf Nachricht von unserem Jungen. Bringe ihr meinen Brief, sie soll ihn zuerst lesen, ich komme jetzt nicht dazu; ich muß erst mit dem Kapitän abrechnen. Ich lese ihn dann, wenn ich hinaufkomme.«

Marielies ritt mit strahlenden Augen davon. Ihr Brief von Werner ruhte vorläufig noch ungeöffnet auf ihrem Herzen. Sie mußte erst ganz für sich allein sein, ehe sie ihn las. Schon die Freude darauf war ein Fest für sie.

Klaus Hohwart aber nahm die anderen Postsachen wieder hervor und drehte das amtliche Schreiben mißvergnügt in den Händen herum.

»Mir scheint, Kapitän, daß Sie mir keine sehr angenehme Post gebracht haben. Mit amtlichen Schreiben habe ich keine gute Erfahrung.«

»Das tragen Sie mir ja nicht nach, Herr Hohwart, ich kann ja schließlich die unangenehme Post für Sie nicht unterschlagen. Würde mir verdammt schlecht bekommen, auch wenn ich es gut meinte. Unangenehme Nachrichten finden einen zuletzt doch, wenn man ihnen auch entgehen will. Aber hoffentlich ist es keine wirklich schlimme Botschaft, sonst werfen Sie das Ding lieber gleich über Bord.«

Klaus Hohwart lachte.

»Das wollen wir lieber bleiben lassen, Kapitän. Sie sagen sehr richtig: Unangenehme Nachrichten finden einen zuletzt doch. Aber ich ahne schon, was mir die Regierung zu sagen hat, und vorläufig stecke ich das Ding ungelesen wieder weg, bis ich auch zu der anderen Post komme. Und nun erst zu unseren Geschäften. Ist alles glattgegangen, Kapitän?«

»Glatt und gut, Herr Hohwart. Ich bringe reichlichen Erlös für die Waren. Alles, was ich geladen hatte, war im Handumdrehen verkauft. Die Waren von Paradiso sind sehr gefragt, aber diesmal haben sie sich rein darum gerissen. Und auch die ›Marielies‹ wird guten Absatz haben, ich bin ihr begegnet. Aber jedesmal schnüffeln jetzt die Regierungsbeamten um die Schiffe von Paradiso herum, mich dünkt, sie zählen jede Kokosnuß nach, um herauszubekommen, was Paradiso abwirft.«

Klaus Hohwart nickte.

»Ja, ja, Paradiso steckt ihnen längst in der Nase. Na, also weiter, Kapitän, wir wollen unsere Geschäfte erledigen.«

Die Herren rechneten ab wie immer, und dann sagte Klaus Hohwart:

»Wir erwarten Sie heute abend oben bei uns, Kapitän, meine Frau hat schon Ihre Leibspeise auf dem Feuer.«

Das Gesicht des Kapitäns glänzte.

»Ah, ich komme selbstverständlich! Und ich esse vorher keinen Bissen mehr, bis ich an Frau Hohwarts Tafel sitze. Das ist eine Frau! Die kann kochen! Das Wasser läuft mir im Mund zusammen. Ist ja immer ein Fest für mich, wenn ich mal anderes als Schiffskost bekomme.«

»Nun, einige Tage bleiben Sie ja hier vor Anker. Da soll Sie meine Frau gut verpflegen, Kapitän. Also auf Wiedersehen, ich schicke Ihnen einen Wagen herunter, denn ihr Wasserratten klettert nicht gern den Berg hinauf.«

»Soll wohl sein! Dazu werden uns die Knochen zu steif.«

Klaus Hohwart ritt nun auch hinauf zu seinem Wohnhaus. Er mußte wieder an das amtliche Schreiben denken, bezwang aber seine Ungeduld.

Oben angekommen, kam ihm Marielies entgegen und berichtete strahlend, was Werner geschrieben hatte. Nur Gutes und Liebes habe er berichtet. Er streichelte ihr das kastanienbraune Haar.

»Nun bist du mal wieder glücklich, Marielies.«

»Ja, Vater – oh, so sehr«, sagte sie inbrünstig, aber befangen.

Und sie hängte sich in seinen Arm und führte ihn ins Haus.

Hier kam ihnen Frau Anna entgegen.

»Alles gutgegangen mit der ›Anna‹, Klaus?«

Er nickte ihr zu.

»Alles! Hat einen guten Absatz gehabt. Und der Kapitän freut sich auf deine Küche, Anna.«

»Wird schon alles bereitet, was ihm Vergnügen macht, Klaus.«

»Das Wasser läuft ihm schon im Mund zusammen. Und nun den Brief vom Jungen her, Anna.«

Sie betraten das Wohnzimmer, und Klaus Hohwart las den Brief seines Sohnes mit glänzenden Augen. Aufatmend legte er ihn endlich zusammen. Dann brachte ihm Marielies auch ihren Brief von Werner. Aber sie blieb dicht dabei stehen, um sich nicht zu weit davon zu trennen. Als der Vater damit fertig war, fragte er humorvoll:

»Na, du hast ja den Brief schon gelesen, da kann er wohl zerrissen werden?«

Sie schrie auf.

»Um Gottes willen nicht, Vater!«

»Na, du hast ihn doch schon gelesen.«

»Erst dreimal.«

»Dann kannst du ihn doch bald auswendig.«

»Und wenn auch! Ich verwahre mir doch alle seine Briefe. Und wenn ein neuer dazukommt, lese ich die alten immer wieder durch, damit ich vergleichen kann, ob Werner mich noch ebenso liebhat wie zuvor.«

»So, so? Nun ja, dann brauchst du den Brief noch, und wir wollen ihn lieber nicht zerreißen. Aber wenn du denkst, daß Werner dich einmal nicht mehr so liebhaben könnte, dann kennst du ihn nicht. Der hält fest, was er einmal im Herzen hat.«

Eine helle Röte stieg in Marielies' Gesicht.

»Ich Werner nicht kennen? Ah – ich kenne ihn doch am besten.«

»Nun gut! Also trolle dich jetzt mit deinem Brief, und

lies ihn zum vierten- und fünftenmal, ich habe mit Mutti Geschäftliches zu besprechen.«

Marielies küßte ihn, umarmte die Mutter und ging in ihr Zimmer, um Werners sämtliche Briefe wieder einmal durchzulesen.

Als Klaus Hohwart mit seiner Frau allein war, zog er das amtliche Schreiben hervor.

»Sieh dir das an, Anna, was glaubst du wohl, was in diesem Schreiben von der hohen Regierung enthalten sein wird?«

Sie blickte beklommen darauf.

»Klaus!« rief sie ängstlich.

Er nickte.

»Ja, Anna, ich ahne, daß ich hier die Kündigung in Händen halte. Pünktlich auf die Minute trifft sie ein, man hat wohl lange schon auf diesen Termin gewartet. Morgen ist es genau fünfundzwanzig Jahre her, daß ich den Pachtvertrag über Paradiso unterzeichnet habe. Und hätte es sich unter meiner Bewirtschaftung nicht so lukrativ gestaltet, würden sie sich Zeit gelassen haben. So aber können sie nicht abwarten, bis sie mich vertreiben dürfen. Es gehört kein Hellsehen dazu, wenn ich annehme, daß dieser Brief die Kündigung des Pachtvertrags enthält.«

Anna fiel kraftlos in einen Sessel.

»Mein Gott, Klaus!«

»Na, na, Mutter! Willst doch nicht schlapp werden? Wir haben doch längst damit gerechnet.«

Sie sah ihn forschend an.

»Aber man hofft doch immer, daß man umsonst gefürchtet hat.«

»Nur nicht vom Fürchten reden, Anna, es wird sich ertragen lassen.«

»Wenn du nur wirklich so ruhig wärst, wie du scheinen willst. Es geht doch um dein Lebenswerk, Klaus, und ich weiß, wie du daran hängst.«

Er atmete tief auf.

»Nun ja, Anna, woran man fünfundzwanzig seiner besten Jahre gibt, wofür man seine besten Kräfte einsetzt, das läßt man nicht gern aus der Hand. Aber – noch liegen fünf Jahre vor uns, fünf Jahre gehört uns Paradiso noch. Und was es noch hergeben will, das soll es mir noch geben«, sagte er mit blitzenden Augen und richtete sich auf. »Du sollst dich nicht sorgen um mich, Anna, ich habe mich schon längst damit abgefunden. Wir haben doch auch schon geplant, daß wir in die zivilisierte Welt zurückwollen, nach Deutschland oder sonstwohin, wo unser Werner vor Anker gehen will, wenn er seßhaft wird. Du weißt, daß ich Werner deshalb auf die Hochschule geschickt habe, damit er sich eine eigene Zukunft aufbauen kann. Daß Paradiso für ihn verloren ist, ahnte ich längst. Und er ist gottlob nicht so fest mit ihm verwachsen, daß er nicht an andrer Stelle Wurzeln schlagen könnte, sobald er ausgeschäumt hat. Vorläufig ist Deutschland Neuland für ihn, Neuland, das seine Kräfte fordert. Dann werden wir weitersehen, wohin es ihn treibt. Wir zwei finden auf unsere alten Tage bestimmt irgendwo ein beschauliches Leben, wo die Kinder bleiben wollen. Ich muß mich dann damit begnügen, daß ich hier Pionierarbeit geleistet habe, von dir wacker unterstützt. Und das hat ja schließlich mein Leben ausgefüllt.«

Sie atmete auf.

»Wenn du so denkst, Klaus, dann ist alles gut, und ich bin ruhig.«

»Kannst du auch sein. Wir haben hier, gottlob, ein großes Vermögen zusammengebracht, teils durch schwere Arbeit, teils auch vom Glück begünstigt. Wir sind sehr reiche Leute, Mutter, der Herr hat alles gesegnet, was wir anfaßten. Wir haben hier so einfach und anspruchslos gelebt, wie es uns gefiel. Draußen können wir uns dann alle Annehmlichkeiten, jeden Luxus gönnen. Mal sehen, wie uns das gefällt. Jedenfalls sind uns keine Fesseln angelegt. Außerdem – so steht es im Vertrag – wird mir alles von der Regierung ersetzt, was an Bauten und wertvollem Inventar zurückbleibt. Daran werde ich mich halten, auch wenn sie diesen Punkt umgehen wollen. Seitens dieser neuen Regierung erwarte ich allerhand Schikanen. Sie ärgert sich, daß ich hier Erfolg gehabt habe. Reichtum wollen sie in Zukunft lieber selber scheffeln, es ist jetzt ja alles kultiviert, und sie denken sich das wahrscheinlich noch leichter, als es in Wirklichkeit ist. Wenn sie erst ahnten, aus welcher heimlichen Quelle ein großer Teil meines Reichtums geflossen ist! Alles, was ich in diesen dreißig Jahren auf Paradiso ernte und aus dem Boden herausschaffe, gehört laut Pachtvertrag ungeteilt mir. Nun gut, ich werde die letzten fünf Jahre noch fleißig benutzen, um meine Steinsammlung zu vergrößern. Soweit ich unter das unterwühlte Felsstück vordringen kann, werde ich es tun. Die Regierung kann ja dann den Felsen sprengen und weitersuchen, mir soll es recht sein. Aber jedenfalls werde ich den Fundort der Steine erst angeben, wenn ich Paradiso längst verlassen habe, damit man mir nicht doch noch Querspäne macht. Paradiso ist heute durch meine Kultivierung auch ohne die Steine das Vierfache wert wie damals, als ich die Insel in Pacht nahm. Damit und mit dem, was von den Steinen für sie übrigbleibt, können sie zufrieden sein, denn sie haben wenig Mühe damit.«

»Willst du nicht erst einmal nachsehen, Klaus, ob es wirklich die Kündigung ist.«

Er öffnete rasch das Schreiben, las es durch und nickte.

»Es ist schon, wie ich gedacht habe, in fünf Jahren müssen wir Paradiso verlassen.«

Anna schluchzte unwillkürlich auf.

»Eigentlich ist das doch grausam, Klaus!«

Er lachte hart.

»Hat sich je eine Regierung darum gekümmert, ob ihre Maßnahmen grausam sind? Danach hätte unsere alte Regierung auch nicht gefragt, und die neue hätte uns während des Krieges wahrscheinlich schon vertrieben, wäre sie damals schon so scharf auf Paradiso gewesen. Aber damals war die Insel noch nicht so auf der Höhe wie jetzt, und man dachte sich, der dumme Deutsche könne ruhig noch einige schwere Arbeitsjahre daransetzen. Die Gelegenheit haben sie damals verpaßt, zu unserem Glück. Und nun müssen sie hübsch warten, bis der Pachtvertrag abgelaufen ist. Hätten wir unsere alte Regierung noch, würde ich anders handeln, so aber nicht. Was ich noch erbeuten kann, nehme ich mit. Wird es für uns zu viel, dann können wir in der alten Heimat Gutes damit tun. Jetzt haben wir noch fünf Jahre, um uns an den Gedanken zu gewöhnen. Und wenn wir hier noch fünf Jahre weitergearbeitet haben, sehnen wir uns vielleicht mehr nach Ruhe als jetzt. Dann ist es ganz gut, wenn wir in zivilisierte Verhältnisse kommen. Dann haben wir, will's Gott, einen schönen, friedlichen Lebensabend. Komm her, Mutter, gib mir deine Hand, wir zwei halten hier wie dort in Treue zusammen. Der liebe Gott mag nur geben, daß nicht einer von uns zu früh vom andern weg muß.«

Sie fiel ihm um den Hals.

»Wenn es sein könnte, daß wir beide zu gleicher Zeit, Klaus, das wäre das Schönste.«

Er klopfte ihr auf den Rücken.

»Soll mir recht sein, Mutter, aber es eilt noch nicht. Abbauen lassen wir uns nicht und auch nicht brachlegen, denn das ist für jeden tatkräftigen und arbeitsamen Menschen ein großes Ungemach.«

Und Klaus Hohwart dachte sich auch in fünf Jahren noch nicht brachlegen zu lassen.

Beide hielten sich eine Weile fest in den Armen, und dann sagte Klaus Hohwart:

»Weißt du, Mutter, wen es noch viel härter treffen muß als uns, daß wir Paradiso verlassen müssen?«

Sie sah ihn an.

»Den Doktor!« sagte sie.

Er nickte.

»Ja, Anna, der wird sich in der Welt draußen nicht mehr zurechtfinden. Er hat es schon in jungen Jahren nicht gekonnt, nun wird er es noch weniger vermögen. Den dürfen wir nicht verlassen!«

»Nein, Klaus, der würde verdorren wie ein entwurzelter Baum. Aber er bleibt bei uns und wird bei uns wohl auch ferner seinen Wirkungskreis finden.«

»Ganz gewiß, Anna!«

Sie besprachen das noch, als der Doktor draußen vorüberging. Klaus Hohwart klopfte an das Fenster und rief ihn an.

»Doktor! Kommen Sie mal herein!«

Doktor Berger trat in das Zimmer.

»Haben Sie einen Auftrag für mich, Herr Hohwart?«

»Nein, keinen Auftrag, ich will Ihnen nur etwas sagen.

Aber setzen Sie sich, Doktor, es wird Ihnen ein bißchen in die Knochen fahren.«

Doktor Berger fiel wie kraftlos in einen Sessel und sah das Ehepaar erschrocken an.

»Es ist doch nichts mit Werner geschehen?«

»Nein, gottlob nicht! Der Junge schreibt, daß er gesund und munter ist und läßt Sie grüßen. Aber hier, sehen Sie, dieses verteufelte amtliche Schreiben! Raten Sie, was es enthält, Doktor?«

Dieser wurde blaß.

»Sicher nichts Gutes, Herr Hohwart.«

»Es ist die Kündigung meines Pachtvertrags. In fünf Jahren müssen wir Paradiso verlassen.«

Der Doktor sank wie haltlos in sich zusammen.

»Allmächtiger Gott!«

»Na, na, Doktor, nur den Kopf nicht hängen lassen. Wenn etwas unabänderlich ist, dann ist es doch auch schon mit der Furcht vorbei. Wir kehren eben in fünf Jahren zur Kultur zurück, Doktor. Und das will ich Ihnen gleich sagen, damit Sie gar nicht erst Zeit haben, sich Sorge zu machen – Sie gehen mit uns und bleiben bei uns. Wir trennen uns nicht, lieber alter Doktor.«

Und Klaus Hohwart schlug dem Fassungslosen ermunternd auf die Schulter. Doktor Berger schluckte krampfhaft.

»Herr Hohwart, Sie sind großmütig und gütig wie immer. Ich gestehe ganz offen, ich getraue mich nicht, ein neues Leben anzufangen. Sie wissen, ich war nie ein Tatenmensch. Ich bin zu früh geknechtet und tyrannisiert worden, da fehlt einem dann der Wille. Meine größte Tat war, daß ich mich damals entschloß, das Engagement hier auf Paradiso anzunehmen – Sie glauben nicht, was für mich dazu gehörte, diese Reise zu machen. Wenn ich nicht um jeden Preis fortgewollt hätte von den Menschen, die mich quälten und bedrückten, obwohl sie mir doch so nahestanden, dann hätte ich mich nicht dazu aufraffen können. Und gottlob, daß ich die Kraft dazu aufgebracht habe – wie glücklich bin ich hier bei Ihnen geworden. Meine Unterdrücker sind ja inzwischen gestorben, ich brauchte sie nicht mehr zu fürchten, aber wie sollte ich mich jetzt allein im Leben zurechtfinden? Ich will ja gerne arbeiten, was meine Kräfte hergeben – wenn Sie mich nur nicht von sich stoßen. Ich bin zu sehr mit Ihnen allen verwachsen. Ohne Paradiso kann ich vielleicht leben, wenn mir auch vor dem Fortgehen graust, aber – ohne das Zusammengehörigkeitsgefühl mit Ihnen nicht«, sagte er heiser.

»Sollen Sie auch gar nicht, wir können Sie ja gar nicht entbehren, Doktor.«

»Das sagen Sie in Ihrer großen Güte. Was bin ich schon?«

»Ein Mensch, der uns so treu ergeben ist, daß wir ihn allezeit hochhalten werden. Also das wollte ich Ihnen sagen, Doktor, damit Sie sich keine Sorgen machen.«

Der Doktor ergriff seine Hand mit schmerzhaftem Druck.

»Ich danke Ihnen von Herzen, Herr Hohwart, auch Ihnen, Frau Hohwart. Ich bin ein ganz armseliger Mensch ohne Ihre Güte.«

»Nun, nun, Doktor«, begütigte Frau Anna, »Sie haben Werner so weit gebracht, daß er die Hochschule besuchen kann, Sie haben Marielies alles gelehrt, was sie an Schulweisheit braucht, und wir, mein Mann und ich, haben viel von Ihnen gelernt. Jetzt sind Sie meines Mannes treuer Sekretär, ohne den er gar nicht mehr durchfinden würde.«

»Und diesen Posten sollen Sie auch in Zukunft behalten, Doktor; wie gesagt, wir trennen uns nicht. Und nun nehmen Sie dies verteufelte Schriftstück, und beantworten Sie es mit allen Finessen, die nötig sind. So etwas haben Sie ja fein heraus. Ich habe auch noch einige Geschäftsbriefe, die Sie beantworten müssen. Aber alles das hat Zeit, die ›Anna‹ liegt ja noch ein paar Tage vor Anker. Und heute abend wollen wir trotz allem recht vergnügt sein, der Kapitän kommt herauf, er soll uns aufmuntern mit seinen Schnurren und Faxen.«

»Und ich muß in die Küche, damit alles recht wird für den Kapitän, ich darf ihn doch nicht enttäuschen. Und nicht grämen, Doktor, wir nehmen unser Paradiso im Herzen mit, auch wenn wir es verlassen müssen.«

Damit drückte Frau Anna dem Doktor die Hand und ging hinaus.

Gleich darauf kam Marielies herein.

»Vater, die Mutter sagt, du hättest mir etwas mitzuteilen?«

Der Vater schloß sie in seine Arme.

»Marielies, in fünf Jahren verlassen wir Paradiso für immer. Dann bist du schon eine erwachsene junge Dame. Du brauchst dann nicht allein nach Deutschland zu Tante Johanna gehen, wir alle kommen mit dir.«

»Und Werner?« fragte sie rasch und atemlos, als sei dies das einzige, was bei dieser Eröffnung wichtig sei.

»Nun, Werner wird, wenn er mit seinem Studium fertig ist, noch einmal hierher zurückkehren, freilich nur für kurze Zeit. Und dann reisen wir alle zusammen fort. Werner selbstverständlich auch. Und – wo er dann bleibt, da bleiben wir auch.«

Da warf sie sich wie erlöst in seine Arme.

»O Vater, ich hatte nur Angst, daß wir dann ohne Werner sein müßten.«

»Nein, Marielies, wir bleiben dann zusammen.«

»Oh, dann ist alles gut, lieber Vater. Dann will ich auch nicht mehr traurig sein und mich nur alle Tage darauf freuen, daß wir alle zusammensein werden.«

So nahm Marielies den drohenden Abschied von Paradiso nicht gar zu tragisch. Wo sie bei Werner sein konnte, da war ihre Heimat.

Als der Kapitän abends eintraf, brachte er ein großes Postpaket mit.

»Das habe ich heute nachmittag ganz vergessen. Jetzt wird mir das Meisje am Ende die Augen auskratzen wollen! Das Paket ist nämlich aus Charlottenburg. Es kommt vom Herrn Werner. Und ich mußte es verzollen«, sagte er launisch.

Marielies sah ihn erwartungsvoll an. Er legte das Paket im Wohnzimmer auf den Tisch, und der Hausherr packte es aus. Alle standen neugierig um den Tisch herum. Werner hatte schon von England aus ein Paket an seine Lieben gesandt mit allerlei Sachen, die es auf Paradiso nicht gab. Und nun hatte er in Berlin allerlei Schönes und Elegantes gekauft und geschickt. Für Marielies kam zuerst eine reizende rote Lederhandtasche zum Vorschein, mit all den entzückenden Kleinigkeiten angefüllt, die zu diesen eleganten Handtaschen für Damen gehören. Ein Spiegel, ein Notizbuch, eine Bonbonniere, eine Geldtasche, Puderdose und Lippenstift.

Die letzten beiden Dinge waren freilich für Marielies

ganz unbrauchbar, und sie wußte gar nicht, was sie damit anfangen sollte. Aber sie gehörten nun einmal dazu, waren reizend und erfreuten sie wie all das andere Zubehör.

Dann kam für die Mutter ein weicher gestickter Seidenschal, für den Vater ein schönes, vornehmes Zigarettenetui und eine Brieftasche, für Doktor Berger ebenfalls eine Brieftasche und für die beiden Kapitäne je eine hübsche Tabakspfeife. Aber damit war das Paket noch nicht leer, es kam noch ein reizender seidener Sonnenschirm aus weißer Seide, der mit Blumen überstreut war, zum Vorschein, dann noch ein Paar elegante weiße Lederschuhe, mit rotem Lederstreifen eingefaßt und mit roten Spangen, Absätzen und Knöpfen; all das für Marielies.

Diese war fassungslos vor Entzücken und lachte und weinte durcheinander. Noch größer war ihr Jubel, als sie in einer inneren Seitentasche der roten Handtasche ein Briefchen von Werner entdeckte. Es lautete:

»Meine herzliche Marielis!

Nimm diese kleinen Geschenke von mir als ein Zeichen, daß ich immer an Dich denke. Ich weiß, daß Du in nächster Zeit durch den Missionar Bode, den Ihr auf Paradiso erwartet, konfirmiert werden sollst. Du sollst die weißen Schuhe zu dem weißen Einsegnungskleid tragen, und in diesen Schuhen sollst du dann aus der Kinderzeit in die Jungmädchenzeit hinüberspringen. Wie gerne wäre ich dabei. Ich habe gestaunt, als Du mir schriebst, daß Du eingesegnet werden sollst und nun ein großes Fräulein werden wirst. Behalte mich nur lieb, Marielies, sonst bin ich sehr traurig. Für Vater und Mutter lege ich gleichfalls kleine Gaben bei, die ihnen Freude machen sollen, auch für den Doktor und die beiden Kapitäne. Grüße alle sehr herzlich, ich habe manchmal tolles Heimweh nach Paradiso. Vergeßt mich nicht! Wenn ich doch wenigstens mal wieder fünf Minuten bei Euch sein könnte. Gott mit Euch, meine Lieben, und viele herzliche Grüße. Marielies, Du wirst nicht vergessen, daß Du mir gehörst!

Dein treuer Werner«

Marielies wurde rot und blaß, als sie diesen kurzen Brief las. In den letzten Worten klang etwas von seiner herrischen Art, die er ihr gegenüber zuweilen gehabt hatte, aber das war immer nur gewesen, wenn sein Gefühl mit ihm durchgegangen war, und sie hatte immer gespürt, daß er sie dann am liebsten hatte. Sie erkannte auch jetzt, daß diese Worte von einem starken Empfinden diktiert worden waren, wenn sie auch nicht wußte, daß seine Gefühle für sie jetzt auch eine Art Revolution durchmachten. Aber jedenfalls war sie sehr glücklich über seinen Brief, fast mehr noch als über die Geschenke. Sie trennte sich nur ungern so lange davon, bis ihn Vater und Mutter gelesen hatten.

Man ging zu Tisch. Dem Kapitän wurde schon ganz flau vor Hunger, weil er in Erwartung von Frau Hohwarts guter Küche zu lange gefastet hatte. Man saß in sehr froher Stimmung beisammen. Der Hausherr hatte einen guten Tropfen auftragen lassen, einen feurigen Burgunder, den nicht bloß der Kapitän, sondern auch der Hausherr liebte. Das war der einzige Genuß, dem sich Klaus Hohwart in etwas unvernünftiger Weise hingab. Aber er ahnte nicht, daß er damit seiner Gesundheit zuviel zumutete, denn er vertrug eine ganze Menge davon und verlor dadurch den Maßstab dafür, was für ihn gut war oder nicht.

Es wurde ziemlich spät an diesem Abend. Als die Erwachsenen zur Ruhe gingen, lag Marielies längst in ihrem Bett und hatte Werners Geschenke neben sich aufgebaut, damit sie sie gleich sähe, wenn sie erwachte.

Etwa zwei Wochen später kam mit der »Marielies« der Missionar Bode, der sich immer auf der Rundfahrt zwischen den Inseln befand und schon vor Jahren den Segen über das Grab von Marielies' Mutter gesprochen hatte. Er hatte auch Werner konfirmiert und sollte nun Marielies in die Gemeinschaft der erwachsenen Christen aufnehmen. Marielies erhielt zum ersten Mal das heilige Abendmahl und trug zu dieser Feier ein schlichtes weißes Kleid, das ein wenig länger zugeschnitten war als ihre früheren. Dazu trug sie die weißen Schuhe, die Werner ihr geschickt hatte, und es muß gesagt werden, daß diese ihre Aufmerksamkeit immer wieder von der heiligen Handlung ablenkten.

Als diese vorüber und der Missionar bereits wieder abgefahren war, weil er anderwärts erwartet wurde, war Marielies mit den Eltern allein. Und da brachte ihr die Mutter das sorgfältig aufbewahrte Schmuckstück, das man seinerzeit bei Marielies' Mutter gefunden hatte. Es war ein ovales, mit kostbaren Steinen reichbesetztes Medaillon, das an einer feinen Goldkette hing. Anna legte es Marielies mit einem Segensspruch um den Hals und erzählte ihr, daß ihre tote Mutter es getragen und daß man es für sie verwahrt habe, damit sie ein Andenken an ihre Mutter haben solle.

Marielies wurde ganz blaß und machte große Augen. Dann warf sie sich aufschluchzend in die Arme ihrer Mutter.

»Ich bin dein Kind, liebe, liebe Mutter, dein und Vaters Kind. Ich kann mich gar nicht mehr an meine tote Mutter erinnern, ich weiß nur, daß sie unter Palmen begraben liegt. Werner und ich haben ihr immer wieder Blumen aufs Grab gelegt, Werner wollte das so haben. Mir war jedesmal so feierlich dabei zumute, als flögen Engel um mich herum. Aber meine Mutter bist doch du. Ich bin doch sonst niemandes Kind als eures und – ich gehöre doch Werner, der mich aus dem Meer geholt hat?«

Frau Anna zog sie fest in ihre Arme.

»Wir haben dich immer wie unser Kind gehalten, und daß Werner dich vom Tode errettet hat, ist sicher. So hat er auch ein Anrecht auf dich. Aber nie darfst du deine tote Mutter vergessen.«

»Nein, Mutter, ich denke an sie, aber immer wie an einen schönen lichten Engel, der mich behütet und immer bei mir ist, wenn ich schlafe. So hat es mir Werner gesagt. Aber wenn ich wach bin, dann bin ich euer Kind und gehöre Werner.«

»Nun gut, meine liebe Marielies, so denke weiter an deine Mutter wie an einen Engel, der dich beschützt und behütet.«

»Das will ich tun. Aber bitte, erzähle mir doch noch einmal ausführlich, wie es kam, daß ich mit meiner toten Mutter nach Paradiso kam.«

Die Mutter erzählte, und Marielies hörte mit großen Augen zu. Und als die Mutter zu Ende war, sagte Marielies:

»Und nie hat ein Mensch nach mir gefragt?«

»Nein, wir haben in verschiedenen deutschen Zeitungen nach Angehörigen geforscht, aber niemand hat sich gemeldet. Und so haben wir uns gedacht, daß damals auch dein Vater mit jenem Dampfer untergegangen ist.«

»Also alles, was von meinen Angehörigen übriggeblieben ist, ist dies Medaillon. Es ist sehr schön und wohl auch sehr kostbar. Kann man es öffnen?«

»Ja, warte, ich zeige dir, wie es zu öffnen ist. Ein Bild ist darinnen verwahrt, das Bild eines Mannes; und da deine Mutter das Medaillon trug, war es wohl das Bild deines Vaters. Aber es ist durch das eingedrungene Seewasser ganz unkenntlich geworden.«

Frau Anna öffnete das Medaillon, und Marielies sah seufzend auf das unkenntliche Bild, das fest in dem Medaillon saß und sich nicht lösen ließ. Sie sagte dann leise:

»Ich will für die Seelenruhe meiner armen Eltern beten. Das alles ist so schrecklich traurig, und es war bei alledem noch ein großes Glück für mich, daß gerade Werner mich fand und mich zu euch brachte. Ich hätte ja auch auf eine andere Insel verschlagen werden können, wo vielleicht keine Menschen leben. Ich wage das gar nicht auszudenken. Wie gut hat es der liebe Gott mit mir gemeint. Es ist doch überhaupt wie ein Wunder, daß ich noch lebe, während meine arme Mutter tot ist.«

»Sie hatte eine Wunde am Hinterkopf, die wohl ihren Tod verursacht hat. Sonst wäre auch deine Mutter noch zu retten gewesen, und dann hätten wir erfahren, wer du bist und wer sie war. Sie hätte uns sagen können, ob du noch Angehörige hast.«

»Wenn ich auch noch Angehörige hätte, Mutter, nie möchte ich von euch fort. Ihr müßt mich immer behalten.«

»Das tun wir gerne, du bist unser liebes Kind, bist uns vom Himmel geschickt worden. Wir würden dich nicht mehr hergeben. Es ist wohl ausgeschlossen, daß du je erfährst, ob du noch Anverwandte besitzt.«

Marielies umarmte und küßte die Mutter. Diese strich ihr liebevoll das kurze Gelock aus dem Gesicht, und dabei wurde an der linken Schläfe, dicht am Haaransatz, ein kleines braunes Mal sichtbar, es hatte die Form einer langgezogenen Linse. Die Mutter küßte das kleine Mal, wie sie es oft getan hatte, und ließ das Haar wieder darüberfallen. Marielies wurde nun auch vom Vater in die Arme genommen und geküßt, und sie fühlte sich sicher und geborgen in der Liebe dieser beiden Menschen, die ihr allezeit so treue Eltern gewesen waren. Und mitten in diese elterlichen Zärtlichkeiten hinein sagte Marielies plötzlich:

»Wenn ich nicht euer richtiges Kind bin, dann ist doch Werner auch nicht mein richtiger Bruder?«

»Nein, Marielies, Werner ist nur dein Pflegebruder, wie wir nur deine Pflegeeltern sind.«

Da sah Marielies mit großen Augen gedankenverloren vor sich hin, und sie wußte nicht, ob sie sehr traurig sein sollte, daß Werner nicht ihr Bruder war.

»Aber ich gehöre ihm, weil er mich aus dem Meer geholt hat«, sagte sie aus diesen Gedanken heraus.

Ihre Pflegeeltern sahen sich verstohlen an und nickten sich heimlich zu, als verstünden sie sich ohne Worte.

Aber dann kam Doktor Berger, und es wurde von andern Dingen gesprochen.

Am Abend dieses Tages schrieb Marielies an Werner und berichtete ihm von ihrer Konfirmation und von dem Gespräch mit den Eltern. Und in diesem Brief hieß es unter anderem:

»Wenn ich auch nicht Deine Schwester bin, Werner, so

gehöre ich Dir doch, immer und immer, das kann doch gar nicht anders sein.«

Am andern Vormittag machte Doktor Berger eine Aufnahme von Marielies. Sie stand auf der Veranda, trug ihr weißes Einsegnungskleid und die weißen Schuhe. Es war, als wolle sie gerade die Treppe hinabgehen. An ihrem Arm hing die rote Handtasche, und über ihre Schulter hielt sie den aufgespannten Sonnenschirm. Dies Bildchen sollte Marielies' Brief begleiten, wenn es fertig war. Und es stellte sich heraus, daß es sehr gut geworden war.

9

Georg Warren war an dem Tag, da ihn Rudolf Nordau morgens im Kontor aufgesucht hatte, um ihm zu sagen, daß Hans Jürgen sein Sohn sei, sehr nachdenklich nach Hause gekommen. Mildred kam dem Vater auf der Terrasse entgegen, die sich zum Meer hin vor dem Haus ausbreitete. Sie hatte eben einen Strandspaziergang gemacht, um sich etwas aufzufrischen, da ihr das gestrige Fest etwas Kopfweh verursacht hatte. Nun war sie wieder wohl und munter und küßte ihren Vater herzlich.

»Fast hätte ich mich verspätet, Vater. Hast du schon lange auf mich gewartet?«

»Nur einige Minuten.«

»Du bist aber heute zeitiger heimgekommen als sonst. Mistreß Lind wird dich noch gar nicht erwartet haben.«

»Ja, ich bin einige Minuten zu früh gekommen. Aber

Mistreß Lind ist schon fertig. Du mußt dich etwas beeilen, Mildred.«

»Ich bin in fünf Minuten wieder hier, Vater!«

Mildred eilte auf ihr Zimmer, ließ sich schnell von ihrer Zofe ein anderes Kleid überstreifen, das Haar bürsten und wechselte Schuhe und Strümpfe. Dann war sie fertig, sprang die breite Marmortreppe hinunter, durcheilte das Vestibül und betrat das Speisezimmer, wo sie bereits ihren Vater und Mistreß Lind fand.

Vater und Tochter nahmen mit der Hausdame an der kleinen runden Tafel Platz, die benutzt wurde, wenn keine Gäste anwesend waren, und sogleich begannen die Diener das Mahl zu servieren.

Nach Tisch zogen sich Vater und Tochter in das Nebenzimmer zurück, wo Mistreß Lind den Mokka servieren ließ und sich dann zurückzog. Vater und Tochter waren nun allein.

»Wie ist dir das Fest bekommen, Mildred?«

»Bis auf ein wenig Kopfweh sehr gut. Das habe ich mir weggelaufen, und nun bin ich wieder in Form. Leider habe ich heute morgen verschlafen, und du warst schon fort, als ich zum Frühstück erschien.«

»Ja, ich hatte bestimmt, daß man dich nicht wecken sollte. Hat denn das Fest gehalten, was du dir davon versprochen hattest?«

»Oh, es war so schön, wie ein Fest nur sein kann, lieber Vater, und ich habe mich herrlich amüsiert. Aber weißt du, unsere jungen Herren sind doch bedauerlich langweilig.«

»So, so? Sie gefallen dir nicht?«

»Absolut nicht. Nicht einer fällt mal aus dem Rahmen.«

Er sah sie humorvoll an.

»Sie haben wohl alle den Vergleich mit deinem Lebensretter nicht ausgehalten?«

»Ich hoffe, du meinst das nicht spöttisch, sie haben ihn wirklich nicht ausgehalten. Ich kann dir sagen, ich habe mir manchmal gewünscht, daß der schlichte, natürliche und gescheite Hans Jürgen neben mir sitzen möge, das wäre erst das richtige Fest gewesen.«

»So, so? Nun, ich habe wirklich nicht spöttisch gefragt. Aber nun höre mir mal zu. Ich bekam heute in aller Frühe im Kontor Besuch von Rudolf Nordau.«

»Oh, war der auch schon so früh auf dem Weg? Ich glaube, er hat sich auf seinem Fest am wenigsten amüsiert. Immer sah ich sein Gesicht ernst und ruhig, und ich hatte das Gefühl, daß er froh war, als alles zu Ende war und er wieder einmal seine gesellschaftliche Verpflichtung erledigt hatte. Dabei war er, außer dir, der einzige interessante Mensch unter allen Anwesenden. Weißt du, gestern abend hat er mich wieder sehr an Hans Jürgen erinnert. Du kannst mir glauben, wenn dieser einmal in dem Alter von Mister Nordau ist, dann ist er eine ebenso imponierende Erscheinung wie jener. Wie schade, daß er so weit entfernt lebt. Ich gäbe sehr viel darum, wenn ich ab und zu ein Stündchen mit ihm plaudern könnte.«

»Er scheint ja einen großen Eindruck auf dich gemacht zu haben, Mildred.«

»Hat er auch, Vater. Wundert dich das? Hätte einer von all den jungen Herren unserer Gesellschaft das für mich getan, was er getan hat? Er hat sein Leben für mich in die Schanze geschlagen, denn wenn seine Kräfte erlahmt wären, wäre auch er dem Wehr zugetrieben. Aber ganz abgesehen davon, was ist er für ein kluger, energischer

Mensch. Wenn er auch ein armer Fährmann war und jetzt ein armer Student ist, keiner von allen unseren Bekannten kann ihm das Wasser reichen.«

Georg Warren unterdrückte ein Lächeln über ihre flammende Rede. Und er sagte ruhig:

»Denke dir, Mister Nordau hat mich heute morgen aufgesucht, um mit mir über Hans Jürgen zu sprechen.«

Erstaunt sah Mildred auf.

»Doch nicht nur deshalb? Er scheint sich freilich sehr für ihn zu interessieren und bringt immer wieder die Rede auf ihn, aber er kennt ihn doch gar nicht.«

»Nein, er kennt ihn nicht, aber – er wird ihn kennenlernen.«

»Wie das?«

»Kannst du schweigen, Mildred, ganz unverbrüchlich schweigen, wenn es sich um ein Geheimnis handelt, das deinen Lebensretter angeht und dessen Aufdeckung ihm vielleicht schaden würde?«

Sie machte große Augen und wurde sehr ernst.

»Ja, Vater, ich kann schweigen, zumal wenn es sich um Hans Jürgens Wohl und Wehe handelt. Aber du machst mich furchtbar neugierig, du bist so geheimnisvoll.«

»So ist es, Mildred. Also höre zu, Hans Jürgen hat dir doch gesagt, daß er den Namen seiner Mutter trage, weil er keinen Vater habe. Nun denke dir, Hans Jürgen käme eines Tages nach New York und es gelänge ihm, hier in die New Yorker Gesellschaft zu kommen – dann darf doch keiner wissen, daß er – nun ja, daß er den Namen seiner Mutter trägt.«

»Ausgeschlossen, Vater, du weißt doch, wie prüde man bei uns ist. Du bist doch selbst so streng in solchen Dingen, daß ich es sogar dir zuerst verschwieg. Unter keinen

Umständen darf jemand etwas davon erfahren. Aber wenn man das Gesicht von Hans Jürgens Mutter gesehen hat, dann weiß man doch ganz genau, daß sie nicht leichtfertig war, sondern nur Unglück hatte.«

Georg Warren strich sich über die Stirn, als sei ihm zu heiß.

»Ihr jungen Menschen von heute habt eine Art, über derartiges zu sprechen, die zu meiner Zeit – ich meine, als ich jung war – einfach unmöglich gewesen wäre.«

»Ja, Vater, die Zeiten haben sich eben geändert, und du bist ja auch schon viel toleranter geworden. Ich weiß nicht, warum ein junges Mädchen nicht auch über so etwas vernünftig und ruhig sprechen soll, wenn es nötig ist. Deshalb denke ich ganz gewiß nicht leichtfertig über solche Dinge.«

»Nun ja, vielleicht habt ihr recht, die naserümpfende Prüderie, die in meiner Jugend herrschte und bei den bejahrten Herrschaften noch immer herrscht, war manchmal auch nicht schön. Aber jedenfalls siehst du ein, daß Hans Jürgen hier bei vielen Leuten Anstoß erregen würde, wüßte man, daß er nur den Namen seiner Mutter führt, und daß du deshalb nicht darüber schwatzen darfst.«

»Oh, lieber Vater, das werde ich bestimmt nicht tun. Zu Mister Nordau habe ich nur davon gesprochen, weil ich weiß, daß er nicht so rückständig ist. Aber warum ist diese Angelegenheit plötzlich so wichtig für dich? Vorläufig ist doch noch lange nicht daran zu denken, daß Hans Jürgen nach New York kommt – leider!«

»Weil diese Angelegenheit plötzlich in ein ganz anderes Licht gerückt ist und weil ich dir klarmachen wollte, daß du streng geheimhalten mußt, was ich dir jetzt sagen werde. Also höre: Der Vater von Hans Jürgen hat sich plötzlich gefunden, und – kurz und gut – es ist Mister Nordau!«

Mildred sprang mit einem Satz aus ihrem Sessel empor und starrte ihren Vater an.

»Vater, mit dergleichen treibt man doch keinen Scherz!«

»Gewiß nicht! Es ist die Wahrheit, Mildred. Rudolf Nordau ist Hans Jürgens Vater. Aber bitte, setze dich hin, du bringst mich sonst ganz aus dem Konzept. Ich will dir alles erklären.«

Mildred sank in ihren Sessel zurück.

»Ich bin ganz konsterniert, Vater, ist das wirklich wahr? Wie kann das sein?«

Georg Warren erzählte nun seiner Tochter, was er heute morgen von Rudolf Nordau gehört hatte, soweit ein Vater mit seiner Tochter über so etwas sprechen kann. Mildred bekam vor Aufregung einen roten Kopf, und als der Vater geendet hatte, sagte sie aufatmend:

»Das ist ja der reinste Roman. Etwas so himmlisch Romantisches habe ich in meinem ganzen Leben noch nicht gehört.«

»Das Leben ist oft viel romantischer als das, was die Schriftsteller sich ausdenken.«

»Wie gut, daß sich die Briefe von Hans Jürgens Mutter noch gefunden haben und daß Mister Nordau sie noch lesen konnte.«

»Er hätte es vielleicht auch jetzt nicht getan, selbst wenn Mistreß Lipping sie ihm vorgelegt hätte, wenn er nicht schon durch unsere Berichte über Hans Jürgen beunruhigt gewesen wäre. Sonst hätte er wahrscheinlich diese alten Briefe endgültig vernichtet, ohne sie gelesen zu haben.«

»Es ist nicht auszudenken, wie schade das gewesen wäre. Dann hätte Mister Nordau nie erfahren, daß er einen Sohn hat. Und wie stolz kann er auf einen solchen Sohn sein. Aber – wie stellt sich denn Mister Nordau nun dazu, wird er seinen Sohn anerkennen?«

»Er will ihn adoptieren, aber ich habe ihm geraten, nicht darüber zu sprechen, daß es sein natürlicher Sohn ist. Er soll einfach angeben, es sei ein Verwandter von ihm, den er adoptieren will, weil er keinen Erben besitzt.«

»Das ist sicherlich das Vernünftigste.«

»Mister Nordau will aber darüber nicht entscheiden, das soll sein Sohn tun.«

»Nun, man muß Hans Jürgen das alles hinreichend erklären, dann wird er das auch am richtigsten finden. Aber das ist ja gar nicht das Wichtigste. Die Hauptsache ist, daß Hans Jürgen jetzt einen Vater hat und daß er dessen Erbe wird. Wie freue ich mich, wie wunderschön ist das! Da wird er nun wohl bald nach New York kommen.«

»Vielleicht für kurze Zeit, wenn er sich mit seinem Vater ausgesprochen hat und sich zu ihm bekennen will.«

»Hältst du das für zweifelhaft?«

»Du weißt, er ist ein sehr stolzer Mensch trotz seiner Armut. Man weiß nicht, ob er seinem Vater verzeihen wird, daß dieser sich nicht um ihn und seine Mutter gekümmert hat.«

Mildred drückte die Hand aufs Herz.

»Er wird doch vernünftig sein«, sagte sie besorgt, »gar so schuldig ist sein Vater doch nicht. Damals hätte er ja nichts für Maria Jürgen tun können, und außerdem wußte er doch nicht, daß er einen Sohn hatte.«

»Ich hoffe, daß er das bedenken wird, und das wird das einzige sein, was zugunsten seines Vaters spricht. Denn daß er ein reicher Mann ist, fällt bei Hans Jürgen kaum in die Waagschale.«

Mildred nickte zustimmend.

»Selbstverständlich nicht. Aber die Stimme des Blutes wird in beiden sprechen, und sie werden sich schon zusammenfinden und aussöhnen. Und dann wird Hans Jürgen bestimmt mit seinem Vater nach New York kommen.«

»Für immer keinesfalls, Mildred.«

»Warum nicht? Was meinst du?«

»Ich glaube, dieser junge Mensch wird sich nicht von seinem Ziel abbringen lassen. Wenn ich mich nicht sehr in ihm täusche, wird er sein Studium jedenfalls erst vollenden.«

Sie sah etwas enttäuscht aus.

»Meinst du?«

»Ja, das meine ich.«

»Wie lange kann denn das Studium noch dauern?«

»Er wollte es in vier Jahren schaffen.«

Mildred seufzte.

»Das ist eine entsetzlich lange Zeit. Aber, er wird doch zuweilen in den Ferien herüberkommen? Bob Harley kommt doch auch jedesmal in den großen Sommerferien herüber, und der studiert auch in Deutschland.«

»Es kann ja sein. Nun, wir werden ja sehen, wie das alles abläuft. Jedenfalls habe ich dich mit Mister Nordaus Einwilligung in alles eingeweiht, und du versprichst mir, kein Wort darüber andern Menschen gegenüber zu verlieren.«

»Ehrenwort, Vater! Ich bin doch keine Plaudertasche.«

»Nein, ich weiß, daß man dir ein Geheimnis anvertrauen kann.«

Sie sprang wieder auf und umhalste den Vater.

»Ich freue mich, freue mich so sehr, Vater! Und ein wenig habe ich doch auch dazu beigetragen, daß Mister Nordau das alles entdeckt hat. Wenn mir die Ähnlichkeit nicht gleich aufgefallen wäre, als ich ihn wiedersah, dann wäre er gar nicht aufmerksam geworden.«

»Unstreitig ist es zum großen Teil dein Verdienst, Mildred, und das erkennt Mister Nordau auch dankbar an. Hoffentlich macht ihm sein Sohn keine Schwierigkeiten.«

»Oh, Mister Nordau wird schon die rechten Worte finden, und Hans Jürgen hat doch ein warmes Herz.«

»Du trittst immer sehr entschieden für ihn ein.«

Mildred errötete jäh, sagte aber tapfer:

»Ich müßte mich doch schämen, täte ich das nicht. Ach Vater, wie herrlich ist es doch, daß der arme Hans Jürgen nun einen Vater hat.«

»Ja, und nun braucht er unsere Hilfe gar nicht mehr, und wir sitzen fest mit unserer Dankesschuld. Wie sollen wir die nun abtragen?« fragte Georg Warren humorvoll.

Sie sah ihn etwas betreten an.

»Daran habe ich noch gar nicht gedacht.«

»Wir müssen uns eben etwas Neues ausdenken. Vielleicht fällt dir etwas ein.«

Mildred mußte sehr angestrengt nachdenken, und dann kam eine helle Röte in ihr reizendes Gesicht.

»Es wird sich schon etwas finden, Vater – wenn er nur erst hier ist für immer.«

10

Frau Johanna Trautmann hatte mit ihren beiden Zöglingen einen Frühlingsspaziergang durch den Tiergarten gemacht. Obwohl erst April war und dieser Monat als sehr launisch verschrien ist, brannte die Sonne mit solcher Ausdauer und Intensität herab, daß alle Blattknospen sich verpflichtet fühlten, ihre Panzer zu sprengen.

Es war ein Sonntagvormittag, und es war zur Gewohnheit geworden, daß Werner Hohwart und Hans Jürgen an solchen Tagen bei günstigem Wetter weite Spaziergänge mit ihrer hochverehrten Erzieherin machten. Frau Johanna schritt dann sehr stolz zwischen ihren beiden Zöglingen einher, die sie beide um Haupteslänge überragten, obgleich sie nicht zu den kleinsten Frauen gehörte.

Mit den beiden Jungen Leuten war eine große Veränderung vorgegangen. Sie hatten sich unter dem Einfluß Frau Johannas fabelhaft entwickelt. Beide gaben sich jetzt ganz frei und ungezwungen, und alles an ihrem Äußeren verriet, daß sie die Sorgfalt gebildeter Menschen darauf verwandten, ohne daß sie im geringsten stutzerhaft gewirkt hätten. Auch Hans Jürgen hatte jetzt tadellos gepflegte Hände. Sein Anzug war, wenn auch einfach, doch geschmackvoll, und niemand hätte ihm angesehen, daß er noch vor Jahresfrist ein Amt als einfacher Fährmann versehen hatte.

Zwischen Werner und Hans hatte sich ein echtes herzliches Freundschaftsverhältnis herausgebildet. Sie kamen allerdings noch mit vielen andern Hochschulstudenten zusammen, und dieser und jener trat ihnen auch etwas näher, aber nicht so nahe, wie sie sich standen. Sie harmonierten sehr gut miteinander und fühlten sich im Hause Johanna Trautmanns dauernd wohl und zufrieden, so daß ihnen oberflächliche Vergnügungen nicht zusagten. Noch immer besuchten sie beide gerne das Theater und zuweilen auch das Kino, und manchmal begleitete sie auch jetzt noch ihre Pflegemama, wie sie Frau Johanna im Scherz nannten. Aber die Hauptsache war ihnen ihre Arbeit, und Werner wußte, daß Hans seine wenigen Mußestunden immer wieder dazu benutzte, an seiner Erfindung zu arbeiten. Nur Werner wußte um diese Erfindung.

Als sie heute nach Hause kamen, hatte Martha das Mittagessen schon fertig, und der Tisch war wie immer mit großer Sorgfalt gedeckt.

Werner hatte heute morgen den Brief von Marielies bekommen, in dem sie ihm von ihrer Konfirmation berichtete und dem ihr von Doktor Berger angefertigtes Bild beigefügt war, das sie im Einsegnungskleid mit den weißen Schuhen und dem Sonnenschirm zeigte.

Stolz hatte Werner das Bild der Tante und dem Freund überreicht, und beide hatten es ehrlich bewundert.

Aber Werner mußte immerfort an die Worte denken, die Marielies in diesem Brief geschrieben hatte:

»Bin ich auch nicht Deine Schwester, Werner, so gehöre ich Dir doch, immer und immer, das kann gar nicht anders sein.«

Nein, das konnte auch nicht anders sein, das wußte er. Je länger er von ihr entfernt war, und je mehr er andere junge Damen beobachtete, desto klarer wurde es ihm, Marielies würde ihm immer näherstehen als sonst ein Mensch. Wenn er sich auch noch nicht ganz klar über seine Gefühle war und es auch vermied, darüber nachzudenken, so wußte er doch, daß sie für alle Zeiten mit festen Banden aneinandergebunden waren.

Jetzt, bei Tisch, sprach er mit dem Freund und der Tante über den Inhalt des gleichzeitig von seinem Vater erhaltenen Briefes. Werner erzählte, daß der Pachtvertrag seitens der Regierung gekündigt worden sei.

»Wie stellt sich dein Vater dazu, Werner?« fragte Tante Johanna.

»Er schreibt sehr ruhig und gefaßt, aber ich weiß doch, daß es ihm nahegeht. Paradiso, so wie es jetzt ist, ist sein Werk, er hat seine ganze Kraft dafür eingesetzt.«

»Meinst du, daß er große pekuniäre Verluste dabei erleiden wird?«

»Diese Sorge ist hinfällig, Tante Johanna. Vater kann ruhig mit ansehen, wenn er jetzt keinen Nutzen mehr aus Paradiso ziehen kann. Er ist ein sehr reicher Mann geworden. Vor meiner Abreise hat er mich in seine Vermögensverhältnisse eingeweiht. Er meinte, es sei für alle Fälle gut und richtig, wenn ich Bescheid wisse. Er hat ein so enormes Vermögen erworben, daß der pekuniäre Punkt wirklich nicht wichtig für ihn ist. Es handelt sich hier nur um die ideelle Frage. Und da wird es nicht ohne Schmerz für meinen Vater abgehen.«

»Und wie nehmen deine Mutter und deine Pflegeschwester diese Angelegenheit auf?«

»Oh, Mutter ist immer mit allem einverstanden und zufrieden, was uns glücklich und zufrieden macht. Sie ist dermaßen aufopferungsfreudig, daß sie fast niemals an sich denkt, sondern immer nur an uns. Vater wird es sich nicht anmerken lassen, wenn es ihn hart ankommt, um Mutter nicht zu betrüben, und so wird sie ganz zufrieden mit allem sein und alles leicht tragen. Marielies aber –«

Er bekam plötzlich eine rote Stirn, weil er wieder an ihre Worte in dem heutigen Brief dachte, die ihm zum ersten Male deutlich gezeigt hatten, daß sie nicht seine Schwester war. Und er fuhr mit einem Lächeln fort:

»Für Marielies ist nur eines wichtig, daß sie sich nicht von uns zu trennen braucht. Sie leidet unter der Trennung von mir sehr stark, und ich muß ja auch sagen, daß ich oft eine unsinnige Sehnsucht nach – nach Hause habe, obwohl es so schön und behaglich bei dir ist, Tante Johanna, und ich Hans habe und meine Arbeit, die mich nicht wenig ausfüllt.«

»Das ist begreiflich, Werner.«

»Ich glaube, am meisten leidet unser Hauslehrer unter der Notwendigkeit, Paradiso verlassen zu müssen. Die größte Sorge haben ihm freilich meine Eltern abgenommen. Sie haben ihm gesagt, daß er mit uns zusammenbleiben soll, wo immer wir später festen Fuß fassen werden.«

»Wirst du erst noch einmal nach Paradiso zurückkehren?« fragte Hans den Freund.

Sie hatten sich längst das vertrauliche Du angeboten.

Werner nickte.

»Gerade bei dem Aufgeben seiner Tätigkeit auf Paradiso wird Vater mich nötig brauchen, und ich will auch dabeisein, wenn die Eltern und Marielies Paradiso verlassen, denn das wird nicht ganz ohne Herzweh abgehen. Auch ich möchte bewußt für immer von unserer Insel Abschied nehmen, und so werde ich nach Abschluß meiner Studien gerade noch zurechtkommen, um die letzten Monate mit meinen Lieben in der alten Heimat zu verleben.«

»Eigentlich ist es doch schade, daß du sie aufgeben mußt, Werner.«

»Trotzdem möchte ich nie mehr dauernd dort leben, Hans, das würdest du verstehen, wenn du die stagnierende Stille alles Lebens daselbst kennen würdest.«

»Aber du hast doch so oft Sehnsucht nach eurer Insel!«

»Die gilt in der Hauptsache Marielies und den Eltern. Sind sie nicht mehr dort, werde ich mich nicht mehr dorthin zurücksehnen, glaube es mir. Ich könnte es dort nicht mehr auf die Dauer aushalten, die Stille und Enge würde mich erdrücken. Und deshalb bin ich für meinen Teil sehr froh, wenn die Meinen nicht mehr dort bleiben. Es wird mir schon während meiner Studienzeit schwer genug, von meinen Lieben getrennt zu sein. Erst wenn ich sie in dem kräftig pulsierenden Leben der Kultur bei mir habe, gleichviel, wo es sein mag, erst dann werde ich ganz zufrieden sein. Vater schreibt und hat es mir auch schon vor meiner Abreise gesagt, sie wollen sich dann nach mir richten. Wo ich Wurzeln schlagen werde, wollen sie in meiner Nähe leben. Wir hängen so innig aneinander. Jedenfalls will ich die Jahre meines Studiums, die wir nun einmal getrennt sein müssen, gut anwenden und will mich in den Ferien auch umsehen, wo ich einmal vor Anker gehen möchte. So will ich zum Beispiel Ostern nach Italien gehen. Das Auferstehungsfest in Rom wurde mir als etwas Herrliches geschildert. Ich will Italien überhaupt kennenlernen, nachdem ich mich in England und Deutschland umgesehen habe.«

Hans nickte ihm mit strahlenden Augen neidlos zu.

»Du wirst uns dann später, deiner Frau Tante und mir, viel erzählen müssen von allem, was du gesehen hast.«

»Oh, Tante Johanna kennt Italien schon.«

»Ja, ich war mit meinem Mann dort. Schildert Werner mir später seine Eindrücke, so wird das auch meine Erinnerungen auffrischen. Aber wir werden Werner sehr vermissen.«

»Ich werde ja nur einige Wochen fort sein. Und in den Pfingstferien mache ich dann mit Hans eine Fußwanderung durch Thüringen und den Harz. Das wird billig, Hans, ich richte mich dann ganz nach dir. Wir werden ein richtiges Touristenleben führen. Du mußt dich auch ein wenig in der Welt umsehen.«

Hans Jürgen lachte.

»Wenn du mit so billigen Herbergen zufrieden sein willst, wie ich sie mir werde leisten können.«

»Das ist mir ganz einerlei, Hans, wenn wir nur zusammen sind. Gerne nähme ich dich als meinen Gast nach Italien mit, aber du machst ja gleich zornige Augen, wenn man so etwas zur Sprache bringt.«

»Nicht zornige Augen, Werner – es freut mich, daß du an mich denkst, aber du begreifst, daß ich das nicht annehmen kann. Ich werde die Zeit für meine Arbeiten ausnutzen.«

»Nun gut. Und du, Tante Johanna, willst du nicht auch ein bißchen reisen und dich von deinem schweren Erzieherinnenamt erholen?«

Sie lachte.

»Ich fühle mich gar nicht erholungsbedürftig. Ich werde erst in den großen Sommerferien verreisen. Wohin wirst du dann gehen, Werner?«

»Darüber habe ich noch keine Pläne gemacht. Einmal in den großen Ferien werde ich aber bestimmt nach New York reisen und ein bißchen in Amerika Umschau halten. Von hier aus ist New York ja sehr leicht zu erreichen.«

»Und Sie, Herr Jürgen, was werden Sie in den großen Ferien anfangen?«

»Wenn Sie gestatten, bleibe ich hier. Wenn Sie verreist sind und Fräulein Martha auch fortgeht, räume ich mein Zimmer selbst auf und esse in einem Restaurant. Ich möchte so schnell wie möglich mit meinem Studium fertig werden.«

»Ich selbstverständlich auch, aber mein Vater hat es mir zur Pflicht gemacht, mich in den Ferien in der Welt umzusehen, und ich tue es nur zu gern.«

»Das verstehe ich sehr gut, Werner. Ich an deiner Stelle würde es auch so halten. Und ich freue mich, durch deine Reiseberichte davon zu profitieren.«

Nach Tisch zogen sich die beiden Freunde in ihre Wohnung zurück, um noch zu arbeiten. Frau Trautmann hielt eine kurze Siesta. Aber zum Tee ließ sie die beiden wieder herüberbitten. Das geschah sonntags immer.

Anfang der Osterwoche bekam nun Hans Jürgen zu seiner freudigen Überraschung einen Brief von Mildred Warren. Sein Herz schlug stark und laut, als er ihre Handschrift erkannte. Mit unsicheren Händen öffnete er das Kuvert und zog den Brief hervor. Mit großen Augen sah er auf die Worte, die sie geschrieben hatte:

»Sehr geehrter Mister Jürgen! In diesen Tagen wird ein Freund meines Vaters in Berlin sein und bei Ihnen vorsprechen, er will Ihnen unsere Grüße überbringen. Er hat Ihnen auch sonst noch allerlei zu berichten, und ich bitte Sie, wenn Sie mit ihm sprechen, daran zu denken, daß Sie mir eine große Freude machen werden, *wenn Sie ihn recht gut aufnehmen*. Ich sende Ihnen, zugleich im Namen meines Vaters, herzliche Grüße.

Ihre Mildred Warren«

Hans Jürgen atmete tief auf. Werner sah ihn groß und fragend an.

Die beiden Freunde saßen beim Frühstück in Werners Wohnzimmer, und Martha hatte mit dem Frühstück die Post gebracht.

»Nun Hans, hast du gute Nachrichten bekommen?«

Wie aus einem Traum erwachend, sah Hans zu ihm hinüber.

»Ein Brief von Mildred Warren.«

»Ah, deshalb machst du so verträumte Augen«, neckte Werner.

Hans strich sich über die Stirn und lächelte ein wenig.

»Es ist nur eine kurze Benachrichtigung, daß mich ein Freund ihres Vaters aufsuchen wird. Da, du kannst den Brief ruhig lesen.«

Er reichte dem Freund den Brief hinüber. Dieser las und sagte dann scherzend:

»Das klingt fast, als seist du eine einflußreiche Persönlichkeit, bei der man ein gutes Wort einlegen muß, wenn sie einen Unbekannten gut aufnehmen soll.«

Hans lachte mit.

»Ich weiß auch nicht, was es heißen soll, daß Miß Warren darum bittet, ich solle den Freund ihres Vaters gut aufnehmen. Ich freue mich auf jeden Fall sehr auf sein Kommen, da er mir Grüße von ihr und ihrem Vater überbringen wird. Es hätte einer Fürsprache wahrlich nicht bedurft.«

»Ich glaube, Miß Warren hat nur die Gelegenheit benutzen wollen, dir wieder einmal schreiben zu können. Sie scheint entschieden sehr viel für dich übrig zu haben.«

Hans Jürgens Stirn rötete sich.

»Du darfst nicht vergessen, Werner, daß sie in mir ihren

Lebensretter sieht und daß sie mir durch ihr Verhalten nur immer wieder ihre Dankbarkeit beweisen will.«

»Nun, ich kann es verstehen, wenn sie sich auch sonst für dich interessiert.«

Heftig abwehrend, schüttelte Hans den Kopf.

»Was heißt das? Die Tochter eines reichen Amerikaners wird sich nicht besonders für einen armen Studenten interessieren, dem ihr Vater gar noch das Geld für sein Studium als Darlehen geben muß«, wehrte Hans ab. Und in seinen Augen lag dabei ein schmerzlicher Ausdruck.

»Nun, vorläufig hast du ja das Darlehen noch gar nicht in Anspruch genommen; es liegt noch unangetastet auf der Bank. Und wenn du jetzt auch ein armer Student bist, so wirst du es nicht immer sein. Leute von deiner Begabung, deiner Energie und deinem Fleiß – und die die Natur auch sonst nicht vernachlässigt hat – können auch der Tochter eines sehr reichen Amerikaners begehrenswert erscheinen. Das ist meine Ansicht.«

Hans Jürgen seufzte und sah mit großen Augen vor sich hin.

»Mein lieber Werner, nach Sternen trägt man kein Verlangen, man darf sie sich nur aus respektvoller Entfernung betrachten, auch wenn sie einem noch so verlockend erscheinen.«

»Jedenfalls gestehst du zu, daß dir dieser Stern sehr verlockend erscheint?«

»Wenn du wüßtest, wie reizend sie ist, wie lieb und natürlich, du würdest mich verstehen.«

»Nun, ich kenne doch ihr Bild.«

»Das gibt nur schwach den Zauber ihrer Persönlichkeit wieder.«

»Jedenfalls genügend, um dich verstehen zu können. Aber jetzt müssen wir aufbrechen, Hans, sonst kommen wir zu spät ins Kolleg. Hoffentlich bekomme ich den Freund von Mister Warren auch zu sehen, ehe ich nach Italien abreise.«

»Du fährst ja schon übermorgen.«

»Nun ja, ich will die Ferientage ausnützen. Schade, daß du nicht mit mir reisen kannst, es würde mir viel mehr Freude machen. Du könntest wirklich mitkommen, Hans, ich kann dir doch das Reisegeld vorschießen, bis du es mir eines Tages zurückgeben kannst.«

Hans drückte Werner die Hand.

»Ich danke dir, Werner, du bist sehr freundlich und großherzig, denn du weißt ja gar nicht, ob ich eines Tages in der Lage sein würde, meine Schuld an dich abzutragen. Aber wenn ich es auch bestimmt könnte, niemals würde ich ein Darlehen annehmen, um mir ein Vergnügen zu verschaffen. Es kam mich schon hart genug an, das Darlehen für mein Studium anzunehmen.«

»Es handelt sich doch nicht um ein Vergnügen, sondern um eine Studienreise. Tante Johanna sagt, nichts bildet so sehr wie Reisen.«

»Laß es gut sein, Werner, und Dank für deinen guten Willen. Du wirst schon verstehen, daß ich besser zu Hause bleibe und tüchtig arbeite. Ich kann dann in Ruhe wichtige, meine Erfindung betreffende Experimente machen, wozu ich viel Zeit brauche.«

»Nun, ich weiß schon, ich kann dich nicht umstimmen. Also komm!«

Sie verließen das Haus und gingen zur Hochschule, die sie in weniger als fünf Minuten erreicht hatten. Als sie am Portal ankamen, bemerkten sie einen hochgewachsenen

Herrn, der alle Ankommenden mit forschenden Augen betrachtete. Er sah auch Werner Hohwart und Hans Jürgen scharf an, und als er in des letzteren Gesicht blickte, ging ein leises Zucken über seine Züge. Hans Jürgen beachtete ihn nicht weiter, aber Werner fiel der Fremde auf. Seine Augen weiteten sich staunend, und als er schon durch das Portal eingetreten war, sah er sich noch einmal nach dem Fremden um.

»Du, Hans, hast du den älteren Herrn am Portal stehen sehen, er sah etwas amerikanisch aus und hatte ein sehr markantes Gesicht.«

»Ich habe nicht besonders auf ihn geachtet.«

»Ist dir nicht aufgefallen, daß er dir fabelhaft ähnlich sah?«

»Mir?«

»Ja!«

Hans Jürgen schüttelte lachend den Kopf.

»Ich muß ein rechtes Dutzendgesicht haben. Ich habe schon des öfteren gehört, daß ich irgend jemand ähnlich sehen soll. Mister Warren und seine Tochter fanden es auch.«

»Nun, jedenfalls sah dir der Fremde auffallend ähnlich, und ein Dutzendgesicht hast du bestimmt nicht.«

Die beiden jungen Leute trennten sich nun mit Handschlag, da jeder ein anderes Kolleg besuchte. Es waren heute die letzten Kollegs vor den Osterferien.

Es war Rudolf Nordau, der draußen vor dem Portal stand, und der nun mit blassem, erregtem Gesicht die Treppe hinunterschritt. Er hatte jedenfalls seinen Sohn erkannt. Gestern war er in Berlin angekommen und gleich heute morgen, von Unruhe getrieben, zur Hochschule gefahren. Das Auto, das ihn gebracht hatte, stand noch wartend auf der andern Straßenseite.

Vor vielen Jahren hatte er selbst an dieser Hochschule studiert, und er hatte dies Gebäude einmal wiedersehen wollen. Vor allen Dingen aber hoffte er, unter all den der Hochschule zustrebenden jungen Leuten seinen Sohn herauszufinden. Und es war ihm gelungen, schneller, als er gehofft hatte. Nicht der geringste Zweifel war in seiner Seele, daß er soeben seinen Sohn zum erstenmal gesehen hatte, und er war tief erschüttert. Ein nie gekanntes Gefühl durchströmte sein Herz. Sein *Sohn*! Er mußte die Zähne fest zusammenbeißen, um die Fassung nicht zu verlieren. Ja, er hatte seinen Sohn gesehen.

Sein junger Begleiter, der ihn so forschend angesehen hatte, war wohl der in Hans' Briefen oftmals erwähnte Freund, bei dessen Tante er wohnte. Es war gut, daß ihm sein Anblick jetzt schon zuteil geworden war. So hatte er Muße, sich zu sammeln und zu beruhigen. Er wäre in seiner Erregung sonst vielleicht ein sehr schlechter Anwalt seiner selbst gewesen.

Daß Mildred Warren ihn bei seinem Sohn angemeldet hatte, allerdings ohne seinen Namen und den Zweck seines Besuchs zu nennen, wußte er. Er hatte sie selbst darum gebeten, um sicherzugehen, daß ihm Hans Jürgen eine Unterredung gewähren würde. Dieser sonst so selbstsichere und selbstbewußte Mann war zaghaft und beklommen seinem Sohn gegenüber. Seinen Namen hatte er Mildred nicht nennen lassen, weil er nicht wußte, ob Maria Jürgen ihrem Sohn den Namen seines Vaters genannt hatte.

Lange stand er noch vor der Hochschule und sah an den Fensterreihen entlang. Seine Augen brannten in heißer Sehnsucht. Seit er Hans Jürgen gesehen hatte, wußte er, daß er ihn sehr liebhaben würde.

Kleinmütig und verzagt war der stolze Mann, weil er nicht wußte, ob sein Sohn ihn anerkennen würde. Wußte er etwas von ihm, konnte das ja leider nichts Gutes sein, dann konnte er ihm nur als der gelten, der seine Mutter treulos in ihrer Not verlassen und der sich nicht im mindesten um sein Kind gekümmert hatte. Er ahnte ja keinesfalls, daß sein Vater erst seit wenigen Wochen um seine Existenz wußte.

Langsam ging er zu dem auf ihn wartenden Auto hinüber und ließ sich vor die Wohnung seines Sohnes fahren. Er wollte wenigstens das Haus sehen, das ihn beherbergte. Und plötzlich fiel ihm ein, daß sein Sohn bei einer sehr gütigen und verständnisvollen Frau wohnte. Wie, wenn er erst mit der von Hans so außerordentlich verehrten Dame sprach?

Ja, ihm war, als würde es gut sein, wenn er sich ihre Hilfe sicherte. Aber jetzt war es noch zu früh, ihr einen Besuch zu machen. Er ließ den Chauffeur halten, gab ihm Order, hier auf ihn zu warten, selbst wenn es Stunden dauern würde. Er hatte das Auto für die ganze Zeit seiner Anwesenheit in Berlin gemietet. So stieg er unweit der Wohnung von Frau Trautmann aus und ging langsam zu Fuß weiter, frischte alte Erinnerungen auf und betrat dann ein Restaurant, um einen Imbiß zu nehmen. Dadurch verging die Zeit, und es war elf Uhr, als er bezahlte und ging. Langsam kehrte er zu Frau Trautmanns Wohnung zurück. Sein Auto stand noch am alten Platz.

»Warten!« rief er dem Chauffeur zu und betrat dann den Vorgarten des Hauses. Er stieg die Treppe empor und zog die Klingel. Als Martha öffnete, sagte er, sie möge ihre

Herrin fragen, ob sie für ihn zu sprechen sei, er habe Grüße für Herrn Jürgen aus New York zu überbringen.

Wenige Minuten später stand er vor Frau Trautmann, die sogleich einen sehr sympathischen, vertrauenerweckenden Eindruck auf ihn machte.

»Verzeihen Sie, gnädige Frau, wenn ein Fremder Sie stört, ich komme im Auftrag von Mister Warren aus New York und hätte gern Herrn Hans Jürgen gesprochen.«

Frau Johanna begrüßte ihn in der ihr eigenen vornehm-gütigen Art.

»Leider ist Herr Jürgen momentan nicht zu Hause, er ist im Kolleg und kommt erst um ein Uhr zurück. Hoffentlich können Sie Ihren Besuch wiederholen. Es würde ihn jedenfalls sehr schmerzen, könnte er Sie nicht sehen und sprechen. Ich weiß, daß er Mister Warren und seine Tochter sehr verehrt, weil er ihnen zu großem Dank verpflichtet ist.«

»Nun, mir scheint, daß Mister Warren und seine Tochter viel mehr Herrn Jürgen verpflichtet sind.«

Frau Johanna lächelte, während sie ihn mit einer Handbewegung bat, Platz zu nehmen.

»Kennten Sie Herrn Jürgen, würden Sie wissen, daß er sehr bescheiden über seine Verdienste denkt und eine sehr große Meinung von jeder Freundlichkeit hat, die ihm erwiesen wird.«

»Aus Ihren Worten klingt eine große Wertschätzung des jungen Mannes, gnädige Frau.«

»Oh, die verdient er auch«, sagte sie, nicht ohne einen gewissen Stolz.

»Herr Jürgen hat an Mister Warren und seine Tochter geschrieben, Sie hätten sich seiner sehr freundlich angenommen. In warmen Worten hat er seiner Dankbarkeit

Ausdruck gegeben, daß Sie ihm ein behagliches Heim geboten und sich seiner in jeder Beziehung angenommen haben.«

»Das hat mir Freude gemacht. Dieser tüchtige und bescheidene junge Mann, der ein Freund meines Neffen geworden ist, ist wert, daß man sich seiner annimmt. Ich habe gleich herausgefühlt, daß mir da sehr wertvolles Menschenleben in die Hände gegeben wurde, und ich, eine kinderlose und verwitwete Frau, mache mich gern noch ein wenig nützlich, um die Leere meines Daseins auszufüllen.«

»Sie haben sich jedenfalls eine sehr verdienstvolle Aufgabe gestellt, gnädige Frau. Man muß Menschenfreundlichkeit und Güte in Ihrem Verhalten sehn. Und – ich bin Ihnen zu großem Dank verpflichtet, daß Sie Hans Jürgen so gütig aufgenommen haben.«

Frau Johanna hatte grübelnd in das Gesicht ihres Besuchers gesehen, wo ihr irgend etwas auffiel, ohne daß sie jedoch daraufgekommen wäre, daß er Hans Jürgen ähnlich war.

»Sie mir zu Dank verpflichtet?« fragte sie erstaunt.

»Ja, gnädige Frau! So kurz auch unsere Bekanntschaft ist, höre ich doch aus Ihren Worten heraus, daß man Ihnen vertrauen darf. Ich möchte Sie um Ihre Hilfe in einer sehr heiklen Angelegenheit bitten. Darf ich Ihnen sagen, was der eigentliche Grund ist, weshalb ich Hans Jürgen aufsuche?«

Sie sah forschend in sein vor verhaltener Erregung zukkendes Gesicht, und ihre Menschenkenntnis verriet ihr, daß dieser Mann etwas auf dem Herzen hatte, was ihn quälte und beunruhigte. Und immer hilfsbereit, wo es etwas zu helfen gab, sagte sie ruhig:

»Ich hoffe, mich Ihres Vertrauens würdig zu zeigen, und wenn ich Ihnen helfen kann, soll es gerne geschehen.«

Er verneigte sich.

»Gestatten Sie mir zunächst, mich Ihnen vorstellen zu dürfen, allein ich bitte Sie, Hans Jürgen diesen Namen nicht zu nennen. Sie werden diese Bitte verstehen, wenn ich Ihnen alles gesagt habe. Ich heiße Nordau.«

Sie nickte ihm zu und sah ihn erwartungsvoll an. »Ich verspreche es Ihnen.«

Er atmete tief auf.

»Also zuerst das Wichtigste unter dem Siegel der Verschwiegenheit: Ich bin Hans Jürgens Vater – sein natürlicher Vater.«

Sie zuckte leise zusammen und sah ihn groß an.

»Das kann doch nicht sein, er ist doch der Sohn eines schlichten Fährmannes – aber jetzt weiß ich erst – Sie sehen ihm ähnlich.«

»Der Fährmann war nur sein Stiefvater, gnädige Frau. Gestatten Sie mir, Ihnen alles zu erklären.«

Und er berichtete in kurzen Worten alles, was sie wissen mußte, um die Situation verstehen zu können. Aufmerksam hörte sie ihm zu, und in ihren Augen glomm warme Teilnahme auf. Über den Verlust seiner Frau und seiner Tochter berichtete er nur flüchtig, da es nicht zur Sache gehörte. Er wollte ihr dadurch nur begreiflich machen, daß er ganz allein im Leben stehe.

»Sie werden verstehen, gnädige Frau«, schloß er seine Ausführungen, »daß ich meinem Sohne etwas schuldbewußt gegenüberstehe. Ich weiß nicht, wie weit er von seiner Mutter eingeweiht wurde. Aber so milde sie auch mein Vergehen hingestellt haben mag, so blieb doch immer genug, um in meinem Sohn das Gefühl zu erwecken, daß ich seine Mutter in ihrer Not treulos verlassen habe und daß ich sein Dasein herzlos ignorierte. Er kann ja nicht wissen, daß ich erst kürzlich von seiner Existenz erfuhr. Mir ist die Eröffnung, daß ich einen Sohn habe, wie ein helles, wärmendes Licht in die Seele gefallen, und alles, was ich über ihn durch Mister Warren und seine Tochter gehört habe und jetzt durch Sie, macht mich stolz auf ihn. Sie werden verstehen, daß ich glücklich wäre, könnte durch ihn die Einsamkeit meines Herzens behoben werden. Ich sehe in ihm meinen Erben, ich will ihn adoptieren und ihm dadurch nachträglich alle Sohnesrechte zuteil werden lassen. Aber Sie verstehen, daß ich mich trotzdem sehr bedrückt fühle und der Auseinandersetzung mit ihm voll Unruhe entgegensehe. Das kann nicht mit wenigen Worten geschehen, es wird vielleicht nicht alles so glatt ablaufen, wie ich es mir wünsche. Deshalb muß ich ihn ganz ungestört sprechen können, und ich wußte nicht, ob das in Ihrem Haus möglich sein würde. Deshalb sagte ich mir, es sei vielleicht das beste, offenbarte ich mich zuerst Ihnen und bäte Sie um Ihre Mitwirkung. Haben Sie die Güte, mir Gelegenheit zu verschaffen, mich mit meinem Sohn ungestört aussprechen zu können und mir zu sagen, welche Zeit die günstigste dazu sein wird. Sie sind eine verständnisvolle Frau, und vielleicht werde ich Ihre Fürsprache nötig haben. Darf ich auf Ihre Hilfe zählen, nachdem ich Ihnen nun alles gesagt habe?«

Sie reichte ihm mit feuchtschimmernden Augen die Hand. Die Bedrücktheit und Verzagtheit dieses stolzen Mannes rührte sie.

»Seien Sie versichert, Mister Nordau, daß ich gern alles

tun werde, was in meinen Kräften steht, Ihnen behilflich zu sein. Ich werde Ihrem Sohn, wenn er heute mittag nach Hause kommt, sagen, daß ein Freund Mister Warrens nach ihm gefragt hat und daß Sie Ihren Besuch wiederholen werden. Meinen Neffen werde ich dann zurückzuhalten wissen, und wenn Sie gestatten, werde ich ihn einweihen, während Sie mit Ihrem Sohn sprechen.«

»Darum bitte ich sehr, ich werde dann vielleicht auch Ihren Neffen auf meiner Seite haben.«

»Das glaube ich Ihnen versprechen zu können, die beiden Freunde sind einander herzlich zugetan. Wenn Sie also, sagen wir um zwei Uhr, hier sein könnten, dann haben wir gespeist, und bei Tisch kann ich von Ihrem Besuch sprechen. Heute nachmittag ist kein Kolleg, die letzten vor den Ferien haben heute vormittag stattgefunden. Ich bürge Ihnen dafür, daß Sie ganz ungestört mit Ihrem Sohn sprechen können. Und falls Sie meiner bedürfen, brauchen Sie mich nur rufen zu lassen. Ich hoffe aber in Ihrem Interesse, daß Sie keine Vermittlung zwischen sich und Ihrem Sohn brauchen werden.«

Er beugte sich über ihre Hand und küßte sie.

»Ich danke Ihnen von Herzen, gnädige Frau, und nun will ich Sie nicht länger stören. Verzeihen Sie, daß ich Sie so lange mit meiner Angelegenheit aufhielt.«

»Dafür braucht es keine Verzeihung. Ich wünsche Ihnen von Herzen, alles möge sich nach Ihren Wünschen regeln lassen.«

»Ich danke Ihnen, das würde mich so glücklich machen, wie ich es überhaupt noch zu sein vermag. Und ich hoffe Sie noch einmal wiederzusehen, wenn sich alles entschieden hat.«

»Das hoffe ich auch!«

Rudolf Nordau verließ nun die Wohnung Johanna Trautmanns, aber viel ruhiger war er nicht geworden. Er fuhr zu seinem Hotel zurück und blieb daselbst, bis die verabredete Zeit herangekommen war. Er ließ sich einen Imbiß auf sein Zimmer kommen, hatte dabei aber keinen rechten Appetit.

Frau Johanna begrüßte ihre beiden Zöglinge wie immer mit ruhiger Güte und Freundlichkeit, als sie kurz nach ein Uhr zu ihr in das Speisezimmer traten. Sie hatte Martha bereits instruiert, daß sie den Herrn, der sie vormittags besucht hatte, ohne weiteres zu Herrn Jürgen führen solle, wenn er nach Tisch wiederkäme.

Als sie mit ihren beiden Pfleglingen am Tisch Platz genommen hatte, sagte sie lächelnd:

»Lieber Herr Jürgen, heute vormittag war ein Herr hier, der Sie zu sprechen wünschte, er wollte Ihnen Grüße von Mister Warren und seiner Tochter bringen.«

Hans sah schnell auf.

»Schon heute?«

Sie sah ihn fragend an.

»Das klingt ja, als hätten Sie ihn erwartet?«

»Ja, gnädige Frau, ich erhielt heute morgen ein Billett von Miß Warren, in dem sie mir diesen Besuch ankündigt. Es tut mir sehr leid, daß ich den Herrn verfehlt habe.«

»Er wird noch einmal wiederkommen.«

»Oh, das freut mich sehr; hat er angegeben, wann er seinen Besuch wiederholen wird?«

»Ich habe ihm gesagt, er würde Sie gleich nach Tisch am sichersten antreffen, und er wird um zwei Uhr wiederkommen. Martha wird Ihnen den Besuch gleich zuführen. Ich hätte Ihnen gerne eines meiner Zimmer zur

Verfügung gestellt, um diesen Besuch zu empfangen, aber Sie werden in Ihrem Zimmer am ungestörtesten sein.«

»Ich möchte Ihnen auch um keinen Preis Unbequemlichkeiten verursachen, und der Herr weiß ja, daß er zu einem armen Studenten kommt.«

»Oh, er machte mir durchaus nicht den Eindruck, als würde er Wert auf solche Äußerlichkeiten legen, obgleich er ein sehr vornehmer Mann ist. Sicherlich ist er ein reicher Amerikaner – aber entschieden Deutschamerikaner, denn er spricht ein ganz fehlerloses Deutsch.«

»War es ein alter oder ein junger Mann?«

»Weder alt noch jung, so in den besten Jahren und eine sehr imponierende Erscheinung.«

»Finden Sie es nicht außerordentlich liebenswürdig von Mister Warren, daß er seinen Freund bemüht, mir Grüße zu überbringen?«

Ein Lächeln huschte um Frau Johannas Mund.

»Allerdings! Und es ist ein Zeichen, daß man sich Ihrer gern erinnert und Ihnen sehr dankbar ist.«

»Ach bitte, sprechen Sie nicht von dieser sogenannten Dankbarkeit, es beschämt mich, und ich kann es schon nicht mehr hören.«

Sie nickte ihm lächelnd zu und reichte ihm die Fleischschüssel noch einmal hin.

»Ja, ja, ich weiß, daß Sie das nicht gerne hören mögen, aber Sie werden sich doch wohl gefallen lassen müssen, daß man mit Ihnen noch manchmal davon spricht.«

Werner neckte den Freund ein wenig wegen seiner Scheu, und Hans mußte schließlich mitlachen.

Als die Mahlzeit zu Ende war, erhoben sich die beiden jungen Herren, küßten Frau Johanna artig die Hand und wollten sich wie immer verabschieden. Frau Johanna hielt aber ihren Neffen zurück.

»Bitte, bleibe du noch, Werner, ich habe etwas mit dir zu besprechen.«

Hans nickte dem Freund zu.

»Also ich komme zu dir, Werner, sobald der Amerikaner sich wieder entfernt hat. Wir haben ja noch allerlei vor deiner Abreise zu erledigen.«

»Gut, Hans, ich erwarte dich!«

Die Tür fiel hinter Hans Jürgen ins Schloß, und Frau Johanna zog ihren Neffen neben sich auf den Diwan.

Sie berichtete ihm, was sie von Rudolf Nordau erfahren hatte, und er hörte sehr erregt zu.

»Ich glaube, Tante Johanna, ich habe Hans Jürgens Vater schon gesehen.«

Und er beschrieb den Herrn, dem er heute morgen vor der Hochschule begegnet war, ganz genau. Sie nickte.

»Ganz recht, Werner, das dürfte er gewesen sein.«

»Wie seltsam das alles ist! Hans Jürgens Schicksal wird nun wohl eine große Änderung erfahren.«

»Das ist anzunehmen, und es freut mich für ihn, wenn ich auch fürchten muß, daß wir ihn dadurch verlieren werden.«

Er sah sie ganz bestürzt an.

»Glaubst du?«

»Nun ja, Mister Nordau wird seinen Sohn wohl mit nach New York nehmen wollen. Aber horch, da wird die Klingel gezogen, das wird Mister Nordau sein. Er ist pünktlich!«

Und es war der Erwartete. Martha öffnete ihm die Tür und ließ ihn in den Korridor nebenan eintreten. Dann klopfte sie an Hans Jürgens Zimmertür und öffnete auch diese, um den Besucher einzulassen. Hans Jürgen war aufgesprungen und begrüßte den Fremden. Dieser verneigte sich, seine Erregung bekämpfend, und sah Hans mit großen, ernsten Augen an. Unter diesem Blick wurde dem jungen Mann etwas beklommen zumute. Irgend etwas beunruhigte ihn, er wußte nur nicht, was es war. Und nun erkannte auch er die Ähnlichkeit zwischen sich und diesem Fremden.

»Sie kommen von Mister Warren, mein Herr? Frau Trautmann hat mir erzählt, daß Sie schon heute vormittag hier waren. Es tut mir leid, daß Sie mich verfehlt haben und Sie sich noch einmal bemühen mußten. Ich meine – ich hätte Sie bereits heute morgen vor dem Portal der Hochschule gesehen. Bitte nehmen Sie Platz.«

Er schob Mister Nordau einen Sessel zurecht.

»Ja, ich war an der Hochschule – ich habe sie vor vielen Jahren selber besucht und wollte sie einmal wiedersehen. Sie haben recht, ich komme mit Grüßen von Mister und Miß Warren, die Ihnen so großen Dank schuldig sind.«

Hans machte eine abwehrende Bewegung.

»Ich habe davon schon so viel hören müssen – es war eine ganz selbstverständliche Sache. Und ich weiß nur, daß im Gegenteil ich Mister und Miß Warren Dank schulde.«

»Nun, darüber wollen wir nicht streiten«, sagte Nordau, sich in den Sessel niederlassend, weil ihm vor Erregung die Knie ein wenig zitterten. »Ich komme auch erst in zweiter Linie im Auftrag von Mister Warren und seiner Tochter. In erster Linie komme ich in eigener Angelegenheit.«

Hans Jürgen sah noch immer ein wenig unsicher und forschend in Rudolf Nordaus Gesicht.

»Womit kann ich Ihnen dienen?« fragte er, nun ebenfalls Platz nehmend.

»Ich will Ihnen zuerst meinen Namen sagen. Ich – ich heiße Rudolf Nordau.«

Hans sprang plötzlich empor. Sein Gesicht wurde sehr blaß, und seine stahlblauen Augen sahen fast schwarz aus. Nun wußte er plötzlich, weshalb er diesem Mann ähnlich sah. Er warf mit einer stolz abwehrenden Bewegung den Kopf zurück, und nie hatte er seinem Vater so ähnlich gesehen wie in diesem Augenblick.

»Rudolf Nordau?« fragte er heiser, und seine Augen sahen fast drohend zu seinem Vater hinüber.

Dieser sank mit einem Seufzer in sich zusammen.

»Ja, so ist mein Name und – ich merke, daß ich dir nicht erst noch zu sagen brauche, daß ich dein Vater bin.«

Hans Jürgens Zähne bissen sich so fest aufeinander, daß die Muskeln seines Gesichts zuckten. Er richtete sich stolz empor und sagte hart und schroff:

»Es ist Ihnen etwas spät eingefallen, sich zu erinnern, daß Sie einen Sohn haben – einen Sohn, den Sie allerdings nicht anzuerkennen brauchen.«

Rudolf Nordau hob das blasse Gesicht zu ihm empor.

»Hat deine Mutter mich so hart bei dir verklagt, daß du in einem solchen Ton zu mir sprichst?«

Es zuckte in Hans Jürgens Gesicht in wilder Erregung.

»Sie werden wahrscheinlich nur zu gut wissen, daß meine arme Mutter nie imstande war, jemanden hart zu verklagen. Nein, sie hat Sie nicht angeklagt, hat Sie im Gegenteil in ihrer selbstlosen Güte noch verteidigt, als sie mir eines Tages eröffnete, daß mein Vater sie in höchster Not allein gelassen und meine Existenz vollständig ignoriert habe. Aber es bedurfte keiner Anklage ihrerseits. Ich selbst habe Sie in meinem Herzen angeklagt, weil das leidvolle Schicksal meiner Mutter mein Herz rührte. Sie hat dieses Schicksal kalt gelassen, Sie ließen meine Mutter allein, ohne Trost, ohne ein Wort der Teilnahme, als sie Ihnen von meiner Existenz schrieb. Mir macht es nichts aus, daß Sie sich bisher nicht um mich gekümmert haben, ich wünsche nur, daß Sie es auch ferner nicht tun. Aber was Sie meiner Mutter angetan haben, verzeihe ich Ihnen nie. Sie mußten doch wissen, daß sie nicht die erste beste war, die ein solches Verhalten Ihrerseits berechtigt erscheinen ließ. Ich kannte meine Mutter wenigstens gut genug, um zu wissen, daß sie nur aus übergroßer Liebe gefehlt hatte, wenn hier überhaupt von einer Verfehlung gesprochen werden darf. Ich habe meine Mutter trotzdem hochgeachtet und verehrt, habe sie von Herzen geliebt. Meinem Vater kann ich weder Liebe noch Hochachtung entgegenbringen – das haben Sie wohl auch nicht erwartet.«

Rudolf Nordau ließ mit gesenktem Kopf diese flammenden Worte über sich hinbrausen. Nun sah er wieder auf mit einem so jammervollen Ausdruck, daß Hans Jürgen wider Willen davon ergriffen wurde.

»Nein!« sagte er, verstört und vernichtet, »ich habe es nicht anders erwartet.«

Da lief ein leises Zittern über Hans Jürgen, etwas in seinem Innern wollte für diesen Mann sprechen, der so elend und vernichtet vor ihm saß. Aber er wehrte sich mit aller Kraft gegen diese Regung und dachte an das Leid seiner Mutter.

»Ich glaube, wir haben uns nichts weiter zu sagen, ich begreife überhaupt nicht, warum Sie mich aufgesucht haben. Mein Stiefvater war ein einfacher Mann, aber in seiner schlichten Größe hat er mir allezeit den Vater ersetzt. Nur ihn betrachte ich als meinen Vater.«

»So schnell und so gründlich bist du mit mir fertig? Du fragst nicht einmal, ob ich nicht einiges zu meiner Rechtfertigung vorzubringen habe?« erwiderte Rudolf Nordau traurig und fühlte dabei doch, daß er diesen Sohn lieben mußte, vielleicht gerade wegen seiner stolzen Härte.

Wieder mußte sich Hans Jürgen gegen eine mitleidige Regung wehren. Aber er sagte schroff:

»Sie sehen aus wie ein Mann, der mit Glücksgütern gesegnet ist. Und Sie sind ein Freund Mister Warrens, der sich seine Freunde wahrscheinlich nur unter gutsituierten Leuten aussucht. Meine Mutter hat immer zu Ihrer Entschuldigung angenommen, daß Ihre Verhältnisse es nicht erlaubten, sich ihrer anzunehmen. Wären Sie als armer, vom Schicksal verfolgter Mensch zu mir gekommen, hätte ich vielleicht eine Entschuldigung für Sie gefunden. Aber Ihnen ist es scheinbar pekuniär sehr gut gegangen. Sie haben nicht gedarbt wie meine Mutter, die sich die Hände wundstickte, um mir ein leidlich lebenswertes Dasein zu verschaffen. In Ihrem Wohlleben haben Sie nicht einmal nach der Frau gefragt, die Ihnen so viel geopfert hatte, nicht nach Ihrem Kind, das Ihnen das Leben verdankte. Ja, das Leben verdanke ich Ihnen – mehr nicht. Und mehr will ich Ihnen auch nicht zu danken haben. Was wollen Sie nun noch? Ich denke, wir sind fertig miteinander für alle Zeit.«

Rudolf Nordau richtete sich auf.

»Nein, mein Sohn, das sind wir nicht! Ich habe alles ruhig angehört, was du mir sagtest, habe deine harten Worte hingenommen als Buße dafür, daß ich deine Mutter vergessen hatte. Aber an dir bin ich nicht schuldig geworden

– ich gebe dir mein Wort, daß ich erst seit wenigen Wochen weiß, daß ich einen Sohn habe. Und seit dieser Stunde habe ich nur einen Gedanken, zu dir zu eilen und dich anzuerkennen.«

Hans Jürgen sah ihn mit großen Augen an. Was er sagte, trug so unbedingt den Stempel der Wahrheit, daß er nicht zweifeln konnte.

»Wie soll ich das verstehen? Meine Mutter hat Ihnen doch mehrere Briefe geschrieben, in denen sie von meiner Existenz gesprochen hat?«

»Ja, aber diese Briefe habe ich erst vor einigen Wochen geöffnet. Ich hatte es nicht gewagt, als ich sie bekam, weil es mir so miserabel ging, daß es ein Verbrechen gewesen wäre, eine Frau an mich zu ketten. Ich glaubte, diese Briefe enthielten nur liebevolle Klagen und Bitten, und ich wollte nicht weich werden, wollte die Frau, der ich zum mindesten herzlich gut war, nicht mit in mein elendes Dasein hineinreißen. Ich wollte, daß sie mich vergäße, und *wollte* sie selber vergessen. Deshalb warf ich ihre Briefe ungelesen beiseite und antwortete nicht. So hoffte ich, würde sie mich am schnellsten vergessen. Nie ist mir eine Ahnung gekommen, daß ich ein Kind haben könnte. Ich gestehe, daß ich für deine Mutter nicht die große, alles bezwingende Liebe gefühlt habe, die sie mir entgegengebracht hat. Aber hätte ich gewußt, welches Unglück sie betroffen hatte, hätte ich sie bei Gott nicht im Stich gelassen. Lange ging es mir schlecht, und da keine Briefe mehr von deiner Mutter kamen, nahm ich an, sie habe mich endlich vergessen und ein anderes Glück gefunden. Erst dann ging es mir endlich besser, ich konnte wieder festen Fuß fassen, nachdem ich jahrelang ein elendes Dasein geführt hatte und oft nahe daran war, zu verhungern.«

Hans Jürgen wurde seltsam zumute. Alles, was sein Vater sagte, klang so überzeugend wahr, daß er nicht zweifeln konnte. Und ein heißes Mitleid wallte in ihm auf, als er den schmerzgebeugten Mann vor sich sah. Aber er konnte kein Wort vorbringen, die Kehle war ihm wie zugeschnürt.

Rudolf Nordau erzählte nun, etwas ruhiger geworden, der Wahrheit getreu alles, was geschehen war. Erzählte, wie Georg Warren ihm eine Stelle als Ingenieur in der Firma seines Vaters verschafft hatte aus Dankbarkeit dafür, daß er ihn aus den Händen von Strolchen errettet hatte. Wie er sich dann zunächst langsam und dann immer schneller emporgearbeitet hatte, und berichtete endlich, wie er seine Frau kennengelernt hatte, und wie ihm diese nach Jahren des Glückes mit seiner einzigen Tochter durch ein schweres Unglück entrissen worden war. Er schilderte, wie er weiter und weiter aufgestiegen und immer reicher geworden und doch – trotz aller äußeren Erfolge – einsam und unglücklich geblieben sei. Und dann erzählte er, wie er nach jenem Fest, nachdem ihm Mildred Warrens Erzählung von dem Fährmann Hans Jürgen und seiner Ähnlichkeit mit ihm schon in ahnungsvolle Unruhe versetzt hatte, die verschlossenen Briefe Maria Jürgens auf seinem Schreibtisch gefunden habe.

Er holte diese Briefe hervor und legte sie vor seinen Sohn hin.

»Sieh dir diese vergilbten Briefe an, sieh die frischen Ränder, die beim Öffnen entstanden sind. Meine Hausdame wird dir bezeugen, daß die Briefe an jenem Abend nach dem Fest noch verschlossen waren. Ich bitte dich, traue mir nicht zu, daß ich deine Mutter verlassen hätte, hätte ich geahnt, wie es um sie stand. Wenn ich ihr auch damals keine sorglose Zukunft hätte verbürgen können, allein gelassen hätte ich sie nicht in ihrer Not, und meinem Kind hätte ich wenigstens einen ehrlichen Namen gegeben. Das kannst, das mußt du mir glauben. Ich will mich nicht reinwaschen von jeder Schuld, aber wahrhaftig, auch der strengste Richter müßte mir Milderungsgründe zubilligen. Wird mein Sohn härter sein? Wird er wirklich jede Gemeinschaft mit mir ablehnen, nur weil ein Zufall mir verschwieg, daß ich ihn besaß?«

Mit brennenden Augen sah Rudolf Nordau in das vor Erregung zuckende Gesicht seines Sohnes.

Und da fiel Hans Jürgen plötzlich in seinen Sessel zurück, warf die Arme über den Tisch und vergrub sein Gesicht darinnen. So lag er lange, und sein Vater sah, wie er die Hände zusammenkrampfte in tiefer Erregung und wie sein Körper zuckte unter der Erschütterung seiner Seele. Eine Weile blieb es still, aber endlich erhob Rudolf Nordau sich, beugte sich zu seinem Sohn herab und legte die Hand auf seine Schulter.

»Hans, wenn du an deine sanfte, liebevolle Mutter denkst, meinst du nicht, daß sie jetzt ein gutes Wort für mich bei dir einlegen würde? Lies ihre Briefe – sie hat mir verziehen, ohne gewußt zu haben, daß ich nicht so schuldig war, wie es den Anschein hatte. Kannst du mir nicht auch verzeihen? Ich habe keine andere Schuld auf mich geladen, als daß ich deine Mutter schließlich vergessen hatte, daß ich Ihre Briefe nicht las und nicht beantwortete. Ist das so unverzeihlich, daß sich mein Sohn nun bewußt von mir lossagen muß? Sieh, ich stehe ganz allein im Leben, keinen Menschen habe ich, der zu mir gehört. All mein Reichtum ist wertlos für mich, wenn ich damit nicht an meinem Sohn gutmachen kann, was ich versäumt habe. Hans – sei großmütig, wie deine Mutter es war.«

Da tastete Hans Jürgen, ohne sich aufzurichten, nach der Hand des Vaters, zog sie an sich und drückte seine Lippen darauf.

»Mutter hat dir verziehen – und auf ihrem Sterbelager hat sie gesagt: ›Wenn jemals dein Vater zu dir kommt, sei nicht hart zu ihm, nicht im Übermut hat er uns vergessen. Ich habe ihm verziehen.‹ Ich hatte vergessen, daß es ihr letzter Wunsch war. Um der Mutter willen vergiß, was ich dir Hartes gesagt habe. Ich – ich habe dir nichts zu verzeihen, da du nicht wußtest, daß es mich gibt.«

Heiser und gepreßt kam es aus seiner Brust, und sein Vater umfaßte ihn mit beiden Armen und richtete ihn auf.

»Mein Junge – mein lieber Junge, wie glücklich machst du mich, daß du zu mir finden willst. Sieh mich doch an, Hans, sieh mich an!«

Da erhob sich Hans. Sein Vater sah, daß er blaß und verstört aussah, als sei er bis in sein tiefstes Sein aufgewühlt. Aber in seinen Augen war nicht mehr der harte, kalte Schein. Sie sahen weicher und freundlicher aus. Und als Rudolf Nordau nun flehend die Arme nach ihm ausstreckte, warf sich Hans bezwungen an seine Brust.

»Vater, ich fühle es ja, trotz allem – ich kann dir nicht zürnen – ich – ich habe dich lieb – ich fühle es, daß ich Blut bin von deinem Blut«, stieß er erregt hervor.

Der Vater drückte ihn an sein Herz und strich ihm über das blonde, zerwühlte Haar.

»Mein lieber Junge, wie glücklich macht mich das. Wie stolz bin ich auf dich – deine Mutter hat dir ihr redliches Gemüt vererbt, ihre Großherzigkeit, ihr edles Empfinden. Gerade als du hart zu mir warst, fühlte ich am meisten, daß du mein Sohn bist. Möge deine Mutter dir auch ihre Liebe zu mir vererbt haben. Laß mich gutmachen, mein Junge, es soll hinfort mein Lebensinhalt sein.«

Sie hielten sich umschlungen und sahen sich tief in die Augen. Einer suchte und forschte in denen des anderen, und ihre Herzen fanden sich. Die Sprache des Blutes wurde mächtig in ihnen. Und dann saßen sie beisammen und berichteten sich gegenseitig, was noch gesagt werden mußte. Als alles geklärt war, fragte der Vater:

»Du kommst nun doch mit mir nach New York, Hans, damit ich dich in alle deine Rechte einsetzen kann?«

Hans schüttelte den Kopf.

»Nein, Vater, erst beende ich mein Studium. Ich will nicht auf halbem Weg stehenbleiben, will mich nicht tatenlos hinter deinen Reichtum flüchten. Das wirst du selbst nicht wollen. Schon als Junge schwebte mir als Ideal vor, Chemiker zu werden, wie mein Vater es gewesen war. Und ich hätte das Ziel auch erreicht, selbst wenn mir nicht ein Zufall schneller vorangeholfen hätte.«

Rudolf Nordau seufzte, nickte aber dann doch mit stolz aufleuchtenden Augen.

»Ja, ich sehe ein, darin muß ich dir nachgeben – und – es ist auch gut so. Es freut mich, daß du gerade Chemie studierst. Wenn du einst Chef der Firma Nordau werden willst, kommt dir dein Studium bestens zustatten. Ich muß dich also gewähren lassen.«

Er erzählte nun von seinem Unternehmen und von der Art des Geschäftsbetriebes, und Hans hörte mit leuchtenden Augen zu. Das interessierte ihn alles sehr. Er überlegte, ob er dem Vater von der Erfindung Mitteilung machen sollte, an der er arbeitete, allein, es widerstrebte ihm, von einer halbfertigen Sache zu sprechen.

Dazu war Zeit, wenn sie vollends ausgebaut war. Darüber konnten noch Jahre vergehen, denn er konnte nur neben seinem Studium daran arbeiten. Aber eines Tages würde er es schaffen, und dann wollte er den Vater damit überraschen.

»Also gut, beende dein Studium, mein Sohn«, sagte Nordau endlich, »aber du kommst in den großen Ferien nach New York, jedes Jahr, solange du noch studierst. Nicht nur ich werde dich drüben sehnsuchtsvoll erwarten, auch Mildred Warren freut sich auf dein Kommen.«

Hans bekam eine rote Stirn, und seine Augen sahen den Vater unsicher an. Erst jetzt fiel ihm Mildreds Brief ein – jetzt verstand er, warum sie um gute Aufnahme für den angekündigten Besucher gebeten hatte. Auf einmal wurde es ihm auch klar, daß jetzt mit einem Schlag alle Hindernisse zwischen ihm und Mildred beseitigt waren. Als Rudolf Nordaus Sohn durfte er schon eher an die Tochter des reichen Mister Warren denken.

»Vater, glaubst du wirklich, daß ihr etwas daran liegen könnte, daß ich hinüberkomme.«

Rudolf Nordau war froh, seinem Sohn etwas Gutes sagen zu können, denn er hatte die Röte in seine Stirn schießen sehen und auch Mildreds Bild auf dem Arbeitstisch seines Sohnes bemerkt. Das bewies ihm, daß er ihr ebensowenig gleichgültig gegenüberstand wie sie ihm.

»Ich weiß es bestimmt, daß ihr sehr viel daran liegt. Sie ist sehr glücklich, daß ich dein Vater bin, und hofft, dich nun recht bald wiederzusehen. Wirst auch du dich freuen, wieder in ihrer Nähe zu sein?«

Hans sah ihn offen an.

»Ja, Vater, ich habe sie nicht vergessen können. Sieh,

hier steht ihr Bild. Ich sehe es sehr oft an – mit sehnsuchtsvollen Gedanken. Sie war so lieb, so reizend; nie zuvor habe ich Ähnliches empfunden wie das, was sie in meinem Herzen auslöste. Aber ich war mir dessen bewußt, eine wie tiefe Kluft zwischen uns lag. Wir haben uns nur einen Tag gesehen. Sie trug Mutters Kleider, weil die ihren naß geworden waren. Wir waren stundenlang zusammen und sprachen miteinander, als kennten wir uns schon Jahre. Sie ist so natürlich, so gar nicht hochmütig und – sie hat so liebe, gute Augen. Ich habe seither viel an sie denken müssen, wenn ich mir auch sagte, daß es hoffnungslos sei.«

»Nun, mir scheint, sie hat nicht weniger oft an dich gedacht. Die jungen Herren in New York gefallen ihr gar nicht mehr, seit sie sie mit einem gewissen jungen Fährmann vergleicht. Ich bin jedenfalls sehr froh, daß dich noch etwas anderes nach New York ziehen wird als dein Vater«, sagte Rudolf Nordau mit einem Lächeln, das sich nun wieder hervorwagte.

Hans Jürgen berichtete nun davon, daß Mildred ihn um gute Aufnahme für den Freund ihres Vaters gebeten habe. Nordau nickte.

»Sie hatte es mir versprochen, ein gutes Wort für mich bei dir einzulegen, wenn sie dir auch nicht verraten dürfte, wer ich sei.«

Sie sprachen noch eine ganze Weile von Mildred und deren Vater und noch von vielem anderem, was beider Herzen bewegte.

Aber dann dachte Rudolf Nordau an Frau Trautmann und teilte Hans mit, daß er ihr bereits alles gesagt und sie nicht umsonst um ihre Hilfe gebeten habe.

Hans lächelte.

»Oh, das sieht ihr ähnlich, wenn sie nur jemand helfen kann. Sie ist eine wundervolle Frau, Vater, und ich bin ihr großen Dank schuldig. Wenn du dich meiner nicht zu schämen brauchst in bezug auf gesellschaftliche Erziehung, dann dankst du es ihr. Daheim in unserm schlichten Fährhaus hatte ich keine Gelegenheit, mir gute Umgangsformen anzueignen. Wenn ich auch an meiner Mutter und meinem Stiefvater ein Vorbild für unendlich vieles hatte, so kamen wir doch kaum mit andern Menschen zusammen als mit den Passanten der Fähre. Ich entbehrte jeglicher gesellschaftlichen Bildung. Aber Frau Trautmann hat gleich gemerkt, wo es mir fehlte, und mich mit ihrem Neffen, meinem Freund Werner, in eine gute Schule genommen. Sie versteht es prachtvoll, einem klarzumachen, wie man sich in allen Lebenslagen zu benehmen hat.«

Und er erzählte dem Vater, woran es gelegen hatte, daß auch Werner Hohwart bildungsbedürftig gewesen war.

Aufmerksam hörte der Vater zu.

»Du hast also treue Freundschaft mit dem jungen Insulaner geschlossen?«

»Ja, Vater, obwohl Werner der Sohn eines sehr reichen Mannes ist, war ich ihm nicht zu gering.«

»Das spricht für ihn und für dich, mein Sohn. Ich freue mich, auch deinen Freund kennenzulernen. Gesehen habe ich ihn heute morgen schon, als du mit ihm zur Hochschule kamst.«

»Ja, Vater, und denke dir, du bist ihm aufgefallen, da du mir so ähnlich siehst, es ging ihm genauso wie Mister Warren und seiner Tochter.«

»Nun ja, auch ich erkannte dich gleich, eine große Ähnlichkeit zwischen uns ist nicht zu leugnen.«

»Aber nun wollen wir zu Frau Trautmann hinübergehen.«

»Einen Augenblick, mein Junge. Nur eines möchte ich noch mit dir besprechen. Wie ich dir sagte, habe ich die Absicht, dich zu adoptieren. Du sollst meinen Namen führen und mein Erbe sein. Du sollst aber darüber bestimmen, ob ich dich in der New Yorker Gesellschaft als meinen natürlichen Sohn einführen soll oder nicht. Man ist drüben ein wenig prüde, und – ich möchte nicht, daß man deine Mutter geringschätzig abtut. Ich besprach das mit Mister Warren und mit der kleinen Mildred, und sie rieten mir, ich solle dich der Ähnlichkeit halber als meinen Verwandten ausgeben und dich dann einfach als meinen Adoptivsohn vorstellen. Ich habe aber gesagt, die Entscheidung darüber solle von dir getroffen werden. Wie denkst du darüber?«

Hans sah ihn ruhig an.

»Das überlasse ich dir, Vater. Entscheide du ganz nach deinem Gutdünken. Die Meinung der Leute über meine Mutter kann mir ihren Wert nicht mindern. Aber vielleicht ist es wirklich am besten so, wie dir deine Freunde geraten haben.«

»So ist denn alles klar zwischen uns, mein Sohn?«

»Ja, Vater.«

Sie reichten sich die Hände, und Rudolf Nordau zog seinen Sohn noch einmal in die Arme.

»Mein lieber Junge, ich habe nicht geglaubt, daß das Leben noch ein so großes Glück für mich bereithalten könnte. Ich will mir deine Liebe schon erwerben.«

»Das brauchst du nicht erst, Vater, ich habe dich lieb, und ich weiß, könnte Mutter auf uns herabsehen, so würde sie eine große Freude haben. Sie hat ja nie daran glauben wollen, daß du aus Herzlosigkeit nichts hattest von dir hören lassen. Nun hat sie doch recht gehabt.«

Sie gingen nun hinüber zu Frau Trautmann.

Diese saß noch mit Werner in ihrem Wohnzimmer, und erwartungsvoll sahen beide Vater und Sohn entgegen, denen man noch die überstandene Erregung anmerkte. Hans faßte Werners Hand.

»Werner, du weißt wohl schon von deiner Tante, daß ich einen Vater gefunden habe?«

»Ja, Hans, und ich wünsche dir von Herzen Glück dazu.«

Frau Johanna reichte Rudolf Nordau lächelnd die Hand.

»Es ist also alles gut gegangen, Mister Nordau?«

Eine tiefe Erregung zitterte noch in dessen Gesicht nach.

»Es begann anfangs sehr schlecht, gnädige Frau, weil mein Sohn mich schuldiger glaubte, als ich war. Aber nachher hat er alles wiedergutgemacht. Ich bin sehr glücklich und sehr stolz auf meinen Sohn.«

»Das können Sie auch sein.«

Hans stellte dem Vater jetzt seinen Freund Werner vor, und dieser begrüßte ihn herzlich.

Frau Johanna aber sagte, nachdem sie Hans Jürgen mit einem Glückwunsch die Hand gedrückt hatte:

»Jetzt lasse ich Sie aber nicht fort, Mister Nordau, Sie müssen den Tee mit uns einnehmen und uns erzählen, was für Pläne Sie nunmehr mit Ihrem Sohn haben.«

»Ich wollte ihn gleich mit nach New York nehmen, aber er will erst sein Studium beenden.«

Es wurde eine sehr angeregte Unterhaltung. Plötzlich sagte Werner, Hans Jürgens Hand fassend:

»Hans, da du jetzt einen Vater hast, der für dich sorgt und es sogar gerne tut, könntest du eigentlich über Ostern mit nach Italien kommen.«

Hans schüttelte den Kopf.

»Nein, Werner, solange mein Vater in Deutschland bleibt, möchte ich mich, wie du dir denken kannst, nicht von ihm trennen.«

Rudolf Nordau sah Werner fragend an.

»Sie wollen nach Italien reisen?«

»Ja, Mister Nordau, mein Vater hat es mir zur Pflicht gemacht, mich während der Ferien gründlich in der Welt umzusehen, damit ich später weiß, wo ich einmal mein bleibendes Domizil nehme.«

»Das ist sehr klug von Ihrem Vater. Man soll jungen Menschen nicht die Flügel binden. Ich möchte aber die Gesellschaft meines Sohnes nicht gerne entbehren, solange er jetzt Ferien hat. Bis zu deren Ende möchte ich dauernd mit ihm zusammen sein.«

»Das kann ich sehr wohl verstehen, ich hatte mir das nur nicht überlegt, allein, ich wäre an sich sehr gern in Hans' Gesellschaft gereist. Aber sein Vater geht unter allen Umständen vor.«

»Vielleicht könnte ich einen Vorschlag machen, Herr Hohwart. Wenn es Sie nicht stört, daß ein so alter Knabe wie ich mit von der Partie ist, möchte ich Ihnen anbieten, Sie und meinen Sohn nach Italien zu begleiten. Ich kenne dieses Land ebenfalls noch nicht.«

Die beiden jungen Männer sahen sich strahlend an.

»Das wäre großartig, Mister Nordau, in Gesellschaft reist es sich stets am besten.«

»Gut! Abgemacht! Wann soll die Reise losgehen?«

»Übermorgen früh.«

»Wirst du bis dahin soweit sein, Hans?« fragte der Vater.

Hans atmete auf und fuhr sich mit der Hand über die Stirn.

»Mir wirbelt der Kopf! Mit einem Mal bieten sich mir so viele Möglichkeiten des Glücks. Soll ich wirklich diese Reise mit dir machen?«

»Ja, mein Junge, wenn es dir Freude macht.«

»Gewiß, sehr große! Und langer Vorbereitungen bedarf es nicht.«

Es wurden eifrig Reisepläne gemacht. Werner hatte seine Route schon ausgearbeitet, sie wurde ohne weiteres von Vater und Sohn akzeptiert. Und dann sagte Mister Nordau:

»Aber in den großen Sommerferien kommst du bestimmt nach New York, Hans.«

»Ja, Vater, wenn du es wünschst.«

»Sehr dringend wünsche ich das. Und – wie ist es, Herr Hohwart – Ihr Vater hat Ihnen doch zur Pflicht gemacht, sich während ihrer Ferien in der Welt umzusehen. Würden Sie nicht gleichfalls Lust haben, sich New York anzusehen?«

Werner lachte.

»Warum nicht? Ich habe mit Hans schon darüber gesprochen, daß ich einmal die großen Sommerferien dazu benutzen wollte, über den großen Teich hinüberzufahren. Wie ist es, Hans, soll ich dich zur gegebenen Zeit nach New York begleiten?«

Dieser faßte mit leuchtenden Augen die Hand des Freundes.

»Herrlich wäre das, Werner!«

»Gut – abgemacht!«

»Sie werden selbstverständlich mein Gast sein, Herr

Hohwart. Dann kann ich mich doch ein wenig dafür revanchieren, daß Ihre Frau Tante meinem Sohn so viel Gutes getan hat.«

»Oh, Tante Johanna, da ernte ich, was du gesät hast«, sagte Werner lachend.

Sie nickte ihm zu.

»Ich gönne es dir, Werner. Dein Vater hat schon recht mit seinem Verlangen, daß du dich in der Welt umtun sollst. Die Hohwarts müssen sich erst gründlich ausflattern, ehe sie im eigenen Nest seßhaft werden.«

»Bei dieser Gelegenheit, meine verehrte gnädige Frau, muß ich über eine materielle Frage mit Ihnen sprechen. Ich weiß, was mein Sohn hier bei Ihnen für Wohnung und Verpflegung zahlt, und ich weiß selbstverständlich auch, daß Sie dabei Ihr gutes Herz viel mehr zu Wort kommen ließen als Ihren Geldbeutel. Hans ist jetzt kein armer Student mehr, und ich kann es auf gar keinen Fall mehr annehmen, daß Sie ihn so billig beherbergen. Wenn er weiter bei Ihnen bleiben will und darf, müssen wir über die Geldfrage einig werden.«

Frau Johanna lachte.

»Ich will doch kein Geschäft aus der Aufnahme Ihres Sohnes machen. Aber ich kann mir schon denken, daß Ihr Stolz darunter leiden würde, und so werden wir über diese Frage schon einig werden. Das besprechen wir noch, ehe Sie wieder abreisen.«

»Darum möchte ich bitten. Ich kann Ihnen freilich nie vergelten, daß Sie meinem Sohn eine so liebevolle Erzieherin waren, dafür werde ich ewig Ihr Schuldner bleiben müssen.«

»Es hat mir so viel Freude gemacht, daß ich weit mehr der empfangende Teil war als der gebende.«

»Nun, ich werde schon eine Gelegenheit finden, meinen Dank abzustatten.«

Humorvoll sah Frau Johanna zu Hans hinüber.

»Ich fange jetzt an zu verstehen, daß Sie nichts mehr von Dankbarkeit hören mögen, Herr Jürgen.«

»Nicht wahr, es ist ein schauderhaftes Gefühl, gnädige Frau.«

Sie mußten alle lachen.

Rudolf Nordau blieb bis zum Abend, und dann bat er, daß Tante Johanna und die beiden jungen Leute mit ihm zu seinem Hotel fahren sollten, um dort seine Gäste zu sein. Das wurde allseits dankend akzeptiert.

Hans war von allem, was heute auf ihn eingestürmt war, ein wenig benommen, und immer wieder fragte er sich, ob er das alles nicht nur träume. Aber er saß dann doch mit einem großen Glücksgefühl neben seinem Vater an der Tafel des Hotels. Und je öfter seine Augen das leidgezeichnete und jetzt von einem stillen Glück verklärte Gesicht seines Vaters ansahen, um so mehr vertiefte sich seine Zuneigung zu ihm. Und plötzlich stahl sich seine Hand ganz heimlich und zaghaft in die des Vaters, aber gerade das wirkte auf Rudolf Nordau wie eine Liebeserklärung seines Sohnes. Mit festem, beinahe krampfhaftem Druck umschloß er dessen Rechte und hielt sie eine Weile fest. Und seine Augen sahen in väterlicher Liebe auf den Sohn.

Während man auf das Servieren des Nachtisches wartete, zog Rudolf Nordau sein Notizbuch hervor und setzte den Text eines Telegramms an Georg Warren auf. Er reichte das Blatt alsdann Hans, und dieser las:

»Glücklicher Vater – Hans studiert zu Ende – kommt Sommerferien New York – Grüße für Dich und Mildred – Vater und Sohn«

Hans' Augen leuchteten auf, und wieder ergriff er des Vaters Hand. Dieser schickte das Telegramm hinaus zum Portier, der es sofort aufgeben sollte.

Sie blieben sehr lange zusammen, und dann ließ Rudolf Nordau das von ihm gemietete Auto vorfahren und begleitete seine Gäste hinaus.

Vater und Sohn sahen sich noch einmal tief in die Augen.

»Wann bist du morgen für mich frei, Hans?«

»Wann du willst, Vater, ich habe kein Kolleg mehr, von heute an sind Ferien.«

»Die gehören mir, mein Junge?«

»Ja, Vater! Ich wollte eigentlich in den nächsten Wochen fleißig arbeiten, aber ich sehe ein, es ist wichtiger, daß wir beide uns gut kennenlernen.«

»Das denke ich auch. Willst du mich also um zehn Uhr hier vom Hotel abholen?«

»Gern, Vater!«

»Gut! Und Sie, meine verehrte gnädige Frau, und Ihr Herr Neffe machen mir morgen mittag wiederum das Vergnügen, mir bei meiner Mahlzeit Gesellschaft zu leisten. Ich möchte auch von Ihnen gerne recht viel haben, solange ich noch in Berlin bin.«

»Wir nehmen Ihre freundliche Einladung mit herzlichem Dank an, Mister Nordau. Um welche Zeit?«

»Ist Ihnen zwei Uhr recht?«

»Gewiß.«

»Ich werde Sie mit meinem Wagen abholen lassen.«

Damit verabschiedete sich Rudolf Nordau. Das Auto fuhr davon. Er sah mit frohen Augen zu seinem Sohn zurück.

»Mein Sohn!« sagte er leise vor sich hin.

Dann suchte er seine Zimmer auf. Aber er war noch viel zu erregt, um schlafen zu können. So setzte er sich nieder, um an seinen Freund Warren einen ausführlichen Brief zu schreiben. Er wußte, dieser und Mildred nahmen innigen Anteil an seinem Schicksal.

11

Rudolf Nordau reiste am übernächsten Morgen mit den beiden Freunden nach Italien. Er hatte am Tag vorher mit seinem Sohn eine Fahrt durch Berlin gemacht, um das Visum für Hans zu besorgen und ihn für die Reise vollständig neu auszustatten. Auch während des Reiseverlaufs verwöhnte er ihn so sehr, daß Hans immer wieder bremsen mußte. Der glückliche Vater konnte sich nicht genug tun. Was er seinem Sohne an den Augen ablesen konnte, tat er ihm zuliebe.

Das rührte Hans sehr. Es war ein ganz wunderliches Gefühl für ihn, daß jemand sich unablässig um ihn sorgte und ihn mit soviel Liebe umgab. Wie sehr hätte er gewünscht, daß seine Mutter das noch erlebt hätte; es würde alles vergangene Leid in ihr ausgelöscht haben. Und er, der bisher gewohnt war, mit jedem Pfennig zu rechnen und ihn zweimal umzudrehen, ehe er ihn rollen ließ, erschrak oft, welche Summen sein Vater jetzt für ihn ausgab.

Er konnte nicht anders als ihn lieben, und täglich nahm diese Liebe zu, je mehr er den Vater kennenlernte. Alle Bitterkeit war aus seinem Herzen verschwunden.

Die drei Reisenden lernten die Wunder Italiens kennen. Es kam wie ein Rausch über die beiden jungen Leute, und Rudolf Nordau wurde mit ihnen wieder jung und schwärmte mit ihnen um die Wette. Die beiden Freunde hatten soviel unverbrauchtes Empfinden, sie waren so aufnahmefähig und so aufnahmefreudig, daß ihnen alles Neue zu tiefstem Erleben wurde. Und auch Rudolf Nordau lebte auf und genoß alles Neue doppelt, weil sein Sohn sich mit ihm daran erfreuen durfte.

Sie sahen Genua, Florenz, Rom und Neapel und fuhren dann nach Venedig und über Verona nach Mailand. Dann machten sie noch einen kurzen Abstecher in die Schweiz und kehrten zum Ferienende nach Berlin zurück.

Rudolf Nordau mußte wieder nach New York zurück. Der Abschied von seinem Sohn wurde ihm sehr schwer, und auch Hans hätte den Vater am liebsten nicht wieder fortgelassen. Aber er blieb doch fest bei dem Vorsatz, zuvörderst seine Studien zu beenden, ehe er ganz zu seinem Vater nach New York übersiedelte.

Rudolf Nordau hatte mit Hans besprochen, daß er alles zur Adoption vorbereiten wolle. Diese sollte perfekt werden, wenn Hans in den großen Ferien hinüberkam. Hans bat seinen Vater, Mister Warren herzlich zu bitten, das für ihn auf der Bank deponierte Geld zurücknehmen zu wollen. Sein Vater hatte für ihn eine weit höhere Summe auf der Bank hinterlegt, aber Hans erklärte, das sei viel zuviel, und er werde nicht mehr davon verbrauchen, als unbedingt nötig sei.

Sein Vater hatte aber mit Frau Trautmann gesprochen, hatte die Zahlungen geregelt, die Hans in Zukunft zu leisten habe, und hatte sie gebeten, darauf zu achten, daß sein Sohn sich nicht überarbeite und sich keinen vernünftigen Genuß versage. Sie hatte ihm lächelnd versprochen, schon nach und nach dafür zu sorgen, daß Hans begreifen lerne, daß Reichtum auch verpflichte.

Vertrauensvoll gab er ihr in allen Dingen freie Hand.

Nach herzlichem Abschied von Johanna Trautmann und ihrem Neffen fuhr Rudolf Nordau mit seinem Sohn zum Bahnhof. Er sollte bis zur letzten Minute bei ihm bleiben. Und als er noch eine Weile am Kupeefenster stand, reichte er Hans die Hand hinaus. Mit bewegter Stimme fragte er:

»Sind nun alle Schatten zwischen uns gewichen, Hans, wirst du mir deine Liebe nicht wieder entziehen, wenn ich nicht mehr bei dir bin und nicht mehr täglich darum werben kann?«

Hans faßte seine Hand mit krampfhaftem Druck.

»Ich habe dich lieb, Vater – das wird nun nie mehr anders sein. Und laß dir noch einmal danken für alles Schöne und Gute, das du mir gewährt hast.«

»Es war mir ein Bedürfnis, mein Junge, und es hat mich selber unbeschreiblich froh gemacht. Du weißt ja nicht, was du mir geworden bist nach all den einsamen, freudlosen Jahren. Ich bin wieder ein Mensch geworden. Jetzt weiß ich doch, für wen ich arbeite und schaffe. Bleibe gesund, mein Junge, plage dich nicht zu viel, du schaffst es schon ohne Überarbeitung.«

»Ich will daran denken, Vater! Und bitte – grüße Mildred Warren, ihren Vater selbstverständlich auch. Ich freue mich sehr auf ein Wiedersehen mit beiden.«

Noch ein letzter Händedruck, ein umflorter Blick, ein Winken hin und her, und Rudolf Nordau fuhr davon, einem von neuen Hoffnungen erfüllten Dasein entgegen.

Hans kehrte nach Hause zurück, und in seinem Herzen war eine Leere, seit der Vater seinen Blicken entschwunden war.

Der Freund und Frau Johanna erwarteten ihn beim Mittagessen.

Am nächsten Tag begann nun wieder das arbeitsreiche Leben für die beiden Studenten. Scheinbar hatte sich nichts geändert, und doch war für Hans Jürgen alles ganz anders geworden. Er mußte erst lernen, daß er nicht mehr ängstlich zu sparen brauchte, aber er vermied es dennoch, mehr Geld auszugeben, als gut und richtig war. Aber Frau Johanna wußte ihn klug zu beeinflussen, daß er dieses und jenes tun müsse, um seinen Vater nicht zu kränken. Nunmehr begleitete er den Freund ohne Gewissensbisse auf die »sündhaft teuren« Plätze im Theater, denn der gefällige Bekannte von Frau Johanna war jetzt »nicht mehr in der Lage«, Freikarten abzugeben. Auch sorgte Frau Johanna dafür, daß die Freunde zuweilen an einer geselligen Unterhaltung teilnahmen, damit sie das von ihr Erlernte anzuwenden vermöchten.

Rudolf Nordau hatte die Freundschaft der beiden jungen Leute nach Kräften begünstigt, denn er hatte Werner Hohwart schätzen gelernt und freute sich, daß sein Sohn einen solchen Freund gefunden hatte.

Nach wie vor standen beide noch unter Tante Johannas klugem, erzieherischem Einfluß, den sie aber so taktvoll und fast unmerklich ausübte, daß er nicht als Zwang empfunden wurde.

Selbstverständlich hatte Werner das Erlebnis Hans Jürgens seinen Angehörigen im Brief genau geschildert, wie alles, was ihm bedeutsam erschien. Er hatte auch von ihrer gemeinsamen Reise erzählt und dem Vater mitgeteilt, daß er in den großen Ferien nach New York ginge und dort in das Haus Mister Nordaus eingeladen sei.

So war man auf Paradiso von allem genau unterrichtet, was die Freunde betraf. Durch regen Briefwechsel blieb Werner mit seinen Angehörigen ebenso eng verbunden wie Hans Jürgen mit seinem Vater.

Pfingsten machten die Freunde, ihrem Vorhaben gemäß, eine Wandertour durch Thüringen und den Harz und lebten dabei sehr einfach, wie es Touristenart ist. Dadurch unterschied sich diese Reise wesentlich von der italienischen, auf der man allen Luxus genossen hatte. Aber auch mit dieser einfachen Art zu reisen waren beide vollkommen zufrieden und erholten sich dabei prächtig von den Anstrengungen der hinter ihnen liegenden arbeitsreichen Zeit.

Dann wurde wieder fleißig »geschuftet«, und so kam der August heran und die großen Ferien begannen.

Ein volles Studienjahr lag nun hinter ihnen, und sie trafen ihre Vorbereitungen für ihre Reise nach New York.

Diese Seereise war abermals ein starkes Erlebnis für Hans Jürgen. War er doch noch nie auf einem großen Dampfer über das Meer gefahren. Er genoß diese Überfahrt mit der ganzen Intensität seines aufnahmefähigen Wesens. Staunend beobachtete er das elegante Leben und Treiben auf dem Luxusdampfer, den sein Vater für ihn ausgesucht hatte. Da die Freunde die erste Klasse benutzten, konnten sie unterwegs allen Komfort genießen.

Werner kannte das Leben und Treiben an Bord eines großen Luxusdampfers schon von seiner Reise von Paradiso her, allein diese Fahrt bot ihm unendlich viel mehr als die frühere, da er inzwischen gelernt hatte, manches zu verstehen und zu begreifen, was ihm damals fremd gewesen war.

Und außerdem teilte er sie mit dem Freund. Es waren herrliche Tage, die beide an Bord verlebten, und die frische Seeluft bräunte ihre Haut von neuem. Sie waren beide viel zu sehr an ein Leben im Freien gewöhnt, als daß sie das viele Stillsitzen in geschlossenen Räumen nicht oft als Plage empfunden hätten. Nun konnten sie sich wieder gründlich erholen, trieben fleißig Sport, nahmen Schwimmbäder und machten täglich gymnastische Übungen. Die beiden schlanken, kraftvollen Gestalten mit den blonden Haaren und den stahlblauen Augen fielen allgemein auf, viele wohlgefällige Blicke folgten ihnen, hauptsächlich die der jungen Damen. Aber beide kümmerten sich nicht viel darum. Hans dachte mit erwartungsvoller Unruhe an das Wiedersehn mit Mildred Warren, und Werner gefiel keine der jungen Schönen besonders, es war, als sei er gegen jeden Zauber der Weiblichkeit gefeit. Aber es kam ihm gar nicht zum Bewußtsein, daß es der Gedanke an Marielies war, der ihn davor bewahrte, sich in irgendeinen Flirt zu verstricken. Dennoch waren die Freunde sehr vergnügt und oft sogar in recht übermütiger Stimmung. Lag doch die Welt vor ihnen da, als wolle sie nur von ihnen erobert werden, und das Leben und die Jugend waren so schön. Keinerlei Sorgen und Kümmernisse trübten ihren Frohsinn, und erwartungsvoll sahen sie ihrem Reiseziel entgegen.

12

Als sie in New York ankamen, wurden sie von Rudolf Nordau empfangen. Es gab ein sehr herzliches Wiedersehn zwischen Vater und Sohn, und auch Werner wurde sehr freundlich von Rudolf Nordau begrüßt. Dieser führte sie zu seinem wartenden Auto, und sie fuhren hinaus zu seiner Villa.

Hans staunte dieses vornehme Gebäude an, und erst in dieser fürstlichen Behausung kam es ihm so recht zum Bewußtsein, ein wie reicher Mann sein Vater sein mußte. Er wurde etwas beklommen bei dieser Erkenntnis, und das sprach er auch offen aus:

»Ich habe das Gefühl, Vater, als gehörte ich nicht hierher.«

Der Vater drückte seinen Arm an sich:

»Du wirst dich schnell daran gewöhnen. Alles hier macht mir erst wieder Freude, seit ich weiß, daß ich einen Sohn habe. Es war so lange dunkel, öde und leer in meinem Hause. Du sollst es mit Licht und Leben füllen. Ich habe mich unbeschreiblich darauf gefreut, dich wenigstens für einige Wochen bei mir zu haben.«

Er hatte für Hans eine Reihe schöner Zimmer richten lassen und führte ihn dorthin. Für Werner waren einige danebengelegene Räume gerichtet. Werner sah sich mit bewundernden Augen in diesem Haus um und sagte lachend:

»Wenn das meine Eltern sehen könnten. Bei uns zu Hause ist alles viel bescheidener eingerichtet, obwohl auch wir ein großes Haus bewohnen.«

»Nun, auf Paradiso würde es wohl auch schwerhalten, sich derartigen Luxus zu schaffen«, sagte der Hausherr.

Werner nickte.

»Was es auf Paradiso gibt, muß mit Vaters beiden Segelschiffen herbeigeschafft werden. Mutter schreibt immer einen langen Besorgungszettel und übergibt ihn den Kapitänen der beiden Segelschiffe. Wenn nicht alles ganz genau beschrieben ist, entscheidet der Geschmack der beiden alten Seebären. Sie müssen die Wahl treffen, sogar bei den Kleiderstoffen für Mutter und Schwester. Und weil sie wissen, daß sie da auf fürchterliche Überraschungen stoßen können, wählen sie ein für allemal glatte weiße oder graue Stoffe. So kann nicht viel verdorben werden. Eine Mode gibt es bei uns nicht. Mutter und Schwester tragen gewissermaßen zeitlose Gewänder, die zum Glück in ihrer Schlichtheit sehr kleidsam sind. Sonst muß man sich, wie gesagt, in allem auf die Kapitäne verlassen. Sie tun aber das Möglichste, und so ist man bei uns immerhin noch viel besser daran als auf den andern Inseln. Dort muß man warten, bis die sogenannten Warenboote ankommen, die von spekulierenden Kaufleuten als kleine schwimmende Warenhäuser eingerichtet sind und auf denen man alles Nötige erstehen kann. Sie fahren von Insel zu Insel, und es wird, wie man sich denken kann, nicht gerade das Neueste und Beste feilgeboten. Meine Mutter ist immerhin froh, daß unsere Kapitäne alles mitbringen – sogar europäische Delikatessen.«

»Wenn aber die Hausfrau etwas auf ihrem Besorgungszettel vergißt, kann es wohl kritisch werden?« scherzte Rudolf Nordau.

»O ja, vor allen Dingen müssen immer die nötigen Medikamente vorrätig sein, und an Salz und Brillengläsern darf es nicht fehlen. Unser Hauslehrer konnte einmal wochenlang keine Zeile lesen, weil seine beiden Brillen zufällig entzweigegangen waren.«

»Davon haben wir hier freilich keine Ahnung, da alles stets sofort zu haben ist.«

Zeugin dieser Unterhaltung wurde auch Mistreß Lipping, die den Freunden in dem großen, vornehmen Vestibül entgegenkam und sie liebenswürdig begrüßte. Lächelnd hatte sie zugehört. Rudolf Nordau hatte ihr die Freunde vorgestellt:

»Mein Sohn Hans und sein Freund Werner Hohwart – Mistreß Lipping, mein freundlicher Hausgeist, der um mein Behagen treulich besorgt ist.«

Hans sah seinen Vater etwas unsicher an, als er ihn einfach als seinen Sohn vorstellte. Als sie später allein waren, sagte er:

»Du hast mich Mistreß Lipping als deinen Sohn vorgestellt, Vater, was weiß sie von mir?«

Rudolf Nordau sah lächelnd in das Gesicht seines Sohnes.

»Ja, Hans, es ist schon in ganz New York herum, daß ich Ostern in Deutschland war, um einen Verwandten zu adoptieren, und alle Welt spricht mich schon auf meinen neuen Sohn hin an. So hat sich alles ganz von selbst gemacht, du bist als mein Sohn anerkannt, und an der Adoption fehlen nur noch einige kleine Förmlichkeiten, die dieser Tage erledigt werden. Auch Mistreß Lipping habe ich keine andere Erklärung gegeben, du wirst von ihr wie von allen andern als mein Sohn respektiert, und damit gut. Nur mein Freund Warren und seine Tochter wissen es anders, aber bei ihnen ist unser Geheimnis gut aufgehoben. Aber nun wollen wir den Lunch einnehmen. Ich lasse dich allein, damit du dich etwas erfrischen kannst.

Wir speisen jetzt allein mit deinem Freund. Aber heute abend haben wir Gäste.«

Hans sah den Vater unruhig fragend an. Dieser nickte lächelnd.

»Nur Mister Warren und seine Tochter werden anwesend sein. Sie entbinden euch von einem Antrittsbesuch, denn Mildred ist heute allein zu Hause, da ihr Vater wichtige Geschäfte zu erledigen hat. Aber am Abend sind sie beide hier. Sie brennen darauf, dich wiederzusehen – ich glaube, am meisten Mildred.«

Hans bekam eine rote Stirn, und der Vater ließ ihn allein.

Kurze Zeit darauf saßen die drei Herren mit Mistreß Lipping beim Lunch, und die Freunde staunten über die vornehme Art, wie dieser Haushalt geführt wurde. In Gegenwart von Mistreß Lipping sprachen sie allerdings nicht darüber. Dank der Erziehung durch Frau Johanna wußten sie sich ganz so zu benehmen, als seien sie das gar nicht anders gewöhnt.

Gleich nach dem Lunch fuhr Rudolf Nordau mit den beiden Freunden nach Brooklyn hinüber, wo sie die Fabrik der Firma Nordau besichtigen wollten. Und auch hier wurde Hans den obersten Beamten von seinem Vater als »mein Sohn« vorgestellt. Auch hier wußte man bereits, daß Mister Nordau einen Adoptivsohn hatte, den man schon als künftigen Chef respektierte und dementsprechend aufnahm.

Die Freunde besichtigten die Fabrik, und der großartige Betrieb imponierte ihnen ungemein. Für Hans hatte all das ganz besonderes Interesse, da er infolge seiner Studien alles weit besser übersehen und beurteilen konnte als Werner. Dieser war direkt elektrisiert von New York. Das war ein Betrieb, der dem in stagnierender Stille aufgewachsenen Inselsohn behagte.

Aufatmend sagte er:

»Hier möchte ich leben, möchte hier vor Anker gehen. Das ist ein Tempo, wie es mir gefällt, da gibt es kein Stagnieren. Ich glaubte, Berlin könne in dieser Beziehung nicht übertroffen werden, aber hier geht alles entschieden noch mehr im Galopp.«

»Aber dieses Tempo ist zuweilen etwas atemberaubend, mein lieber Herr Hohwart«, meinte Rudolf Nordau lächelnd, »doch wenn man es einmal gewohnt ist, kommt man nie mehr davon los.«

»Das ist gerade recht. Und will man ausruhen, muß man zweifelsohne eine solche Zuflucht besitzen wie Ihre Villa am Meer. Dann kann man ja zuweilen verschnaufen. Ich finde es großartig hier, und ich glaube, mein Zukunftsideal wird jetzt sein: mitten hinein in das stark pulsierende Leben von New York und zum Ausruhen ein hübsches Haus am Strand.«

»Und wie gefällt dir das New Yorker Tempo, Hans?«

»Ebenfalls großartig, Vater!«

»Vielleicht kannst du dann darauf hoffen, den Freund in der Nähe zu behalten, wenn dein Studium beendet ist.«

»Das ist leicht möglich«, sagte Werner aufatmend. »Erst müssen sich aber meine Angehörigen drüben von allem loslösen, und gleich nach beendetem Studium muß ich noch einmal nach Paradiso zurück, aber nur für kurze Zeit. Und dann ist es wohl möglich, daß ich in New York vor Anker gehe.«

»Nun, Sie werden ja New York genügend kennenlernen, um sich darüber schlüssig zu werden. Ich hoffe, Sie sind nicht das letztemal mit meinem Sohn herübergekommen. Ich lade Sie ein für allemal herzlich ein, ihn zu begleiten.«

»Ich danke Ihnen, Mister Nordau. Vielleicht nehme ich Ihre freundliche Einladung an. Ich werde auch mit meinem Vater darüber korrespondieren.«

»Tun Sie das. Es sollte mich herzlich freuen, wenn auch Sie später hier festen Fuß fassen. Als Schiffsbauingenieur stehen Ihnen hier zahlreiche Wege zur Betätigung offen, zumal Sie ja selber vermögend sind. Vielleicht beteiligen Sie sich später mit Kapital an einer Schiffswerft.«

Hans faßte Werners Hand.

»Wäre das schön, Werner, ließe sich all das verwirklichen.«

Werner lachte, und seine Augen blitzten unternehmungslustig.

»Wir wollen es einmal wohlwollend in Erwägung ziehen, Hans.«

Sie setzten die Besichtigung der Fabrik fort, besuchten das Laboratorium und die Lagerspeicher. Und Hans bewunderte seinen Vater, der stolz und imponierend wirkte als Herr dieses Unternehmens. Wie fest und bestimmt trat er auf, wie schnell faßte er seine Entschlüsse, und wie ruhig übersah er den ganzen Betrieb! Zu der Liebe gesellte sich Bewunderung und Verehrung, und ganz still bei sich mußte er denken, daß seine schlichte, bescheidene Mutter an der Seite dieses Mannes nie am richtigen Platz gewesen wäre. Er konnte jetzt verstehen, daß seine Mutter im Leben seines Vaters nur eine Episode gewesen und daß es verzeihlich war, daß Rudolf Nordau sie vergessen hatte. Noch viel mehr konnte er aber verstehen, daß seine Mutter diesen Mann schwärmerisch geliebt und bewundert hatte.

Als Rudolf Nordau mit den beiden Freunden wieder in seiner Villa eintraf, wurde der Tee serviert, und Hans konnte nun konstatieren, daß Frau Trautmanns von ihm so sehr bewunderter Teetisch von dem in seines Vaters Haus noch bedeutend übertroffen wurde an Eleganz sowohl als auch an Schönheit.

Man saß nun plaudernd beieinander, eine Weile leistete Mistreß Lipping den Herren Gesellschaft, dann zog sie sich zurück. Rudolf Nordau sah froh und beglückt in seines Sohnes Gesicht. Er fühlte, daß seine neu entdeckte Vaterschaft wie ein Jungbrunnen auf ihn wirkte.

Aber trotzdem wurde er im Herzen seiner Frau und seiner Tochter nicht untreu. Noch immer dachte er mit Schmerzen an beider Verlust. Aber er sprach darüber nicht mit Hans, lenkte auch immer wieder schnell ab, wenn dieser darauf zu sprechen kam. Auch von ihm ertrug er nicht die Berührung dieser Wunde. Sie war zwar einigermaßen vernarbt, seit er seinen Sohn gefunden hatte, aber auch solche Narben bleiben schmerzhaft.

Die Herren hatten sich auf ihre Zimmer zurückgezogen, um für die Abendtafel Toilette zu machen. Hans und Werner sahen im Smoking vorzüglich aus, ihre elastischen Gestalten kamen in diesem Abendanzug besonders gut zur Geltung. Auch Rudolf Nordau war eine sehr elegante Erscheinung. Noch immer hatte er eine schlanke, gut trainierte Figur, und wenn sich auch jetzt in sein dunkler gewordenes Blondhaar an den Schläfen weiße Fäden zogen, hätte ihn doch niemand für den Vater eines erwachsenen Sohnes gehalten.

Bald trafen Georg Warren und seine Tochter ein. Mildred blieb einen Moment betroffen stehen, als sie Hans

Jürgen gegenübertrat. Ihre Augen weiteten sich vor Staunen, und eine dunkle Röte lief über ihr Gesicht.

»Oh, Mister Jürgen – wie sehr haben Sie sich verändert! Ich sein ganz erstaunt. Wo ist das blaue Bluse und die zerzauste Schopf? Oh, Sie sein eine vornehme Gentleman geworden«, sagte sie verwirrt und sah dabei so entzükkend in ihrem lichtblauen Kleid aus, daß Hans nicht weniger verwirrt war als sie.

»Ich freue mich sehr, Sie wiederzusehen, Miß Warren«, sagte er unsicher.

»Oh, ich freuen mir auch – so sehr!«

Rudolf Nordau stellte ihr nun Werner Hohwart vor, den er inzwischen mit Georg Warren bekannt gemacht hatte. Das gab ihr die Fassung zurück, und sie lachte ihn an.

»Sie sein die gute Freund von meine Lebensretter, ich weiß, und ich freuen mich auch sehr, daß ich Sie kennenlerne.«

»Miß Mildred, Sie brauchen sich nicht mit der deutschen Sprache zu quälen, Mister Hohwart und mein Sohn sprechen sehr gut englisch«, sagte der Hausherr.

Mildred sah schelmisch zu den Herren hinüber.

»Es ist mich aber sehr von Nutzen, daß ich endlich wieder einmal kann sprechen die deutsche Sprache, ich haben so viel vergessen. Seit meine liebe Mutter ist von mich gegangen, haben ich keinen Menschen, mit dem ich kann sprechen deutsch. Ich will mir üben mit Mister Jürgen und Mister Hohwart – ja?«

»Gut, so können wir uns ja heute abend in deutscher Sprache unterhalten«, schlug der Hausherr vor.

»Ich muß dann aber bitten um Entschuldigung, wenn ich machen viel mehr Fehler als meine Tochter«, sagte Georg Warren, der Hans herzlich begrüßt hatte.

»Das sein dir sehr gut, liebe Vater, du sollst dir auch üben in die deutsche Sprache«, meinte Mildred lachend.

Er sah sie, mit den Augen zwinkernd, an.

»Well, meine Fehler kommen auf dein Konto.«

Sie lachten alle, und man wurde ungezwungener. Mister Warren, der wußte, daß Werner Hohwart in alles eingeweiht war, legte seine Hand auf Hans Jürgens Schulter.

»Mein lieber Jürgen, Sie haben mir genommen die Möglichkeit, abzutragen mein Dankesschuld, ich weiß nun nicht mehr, wie ich soll machen wett, was ich Ihnen schuldig bin.«

»Oh, Mister Warren, bitte sprechen Sie mit meinem Freund nicht von Dankbarkeit, das kann er schlecht vertragen, und er bekommt üble Laune davon«, sagte Werner lachend.

Wohl rötete sich Hans Jürgens Stirn, aber er lachte mit. Und Mildred reichte ihm freimütig die Hand.

»Mich müssen Sie lassen sprechen davon, ich sein so froh, daß Sie mir geholt haben aus die schlimme Wasser, wovon ich habe geschlucken so viel. Wenn Sie nicht geholt hätten arme Mildred aus die Wasser – daran mag ich nicht denken. Ich muß Ihnen danken, immer wieder, solange ich lebe, und ich muß Ihnen zeigen meine Dankbarkeit.«

»Zeigen Sie sie mir, wenn Sie mir unbedingt danken wollen, dadurch, daß Sie nicht mehr davon reden. Es beschämt mich«, bat Hans.

»Wie kann Sie beschämen, daß Sie getan haben eine so gute Werk? Aber wenn Sie wollen als Beweis für meine Dankbarkeit, daß ich nicht mehr reden soll davon, dann will ich nicht mehr davon sprechen, nur immerzu daran denken.«

Mister Warren und Rudolf Nordau sahen sich verständnisinnig an, während Mildred und Hans zusammen sprachen. Als sie dann allein in einer Ecke standen, sagte Mister Warren leise:

»Mein lieber Rudolf, wenn ich deinen Sohn ansehe, kann ich es Mildred nicht verdenken, daß sie die jungen Herren hier nicht mag. In seinen schlichten Arbeitskleidern auf der Fähre ist es mir gar nicht so aufgefallen, eine wie prachtvolle Erscheinung er ist. Du kannst wirklich stolz sein auf deinen Sohn.«

»Das bin ich auch, Georg!«

Sie gingen zu den jungen Leuten hinüber, die sich am Kamin niedergelassen hatten, um den eine Gruppe von Sesseln herumstand. Sie setzten sich zu ihnen und beteiligten sich an dem angeregten Gespräch.

Werner Hohwart sah mit freundlichem Wohlgefallen auf Mildred Warren. Er mußte zugeben, daß sie reizend war und daß ihr Bild bei weitem nicht den Zauber ihrer Persönlichkeit wiederzugeben vermochte. Er verstand auch, daß Hans sein Herz an dieses entzückende Geschöpf verloren hatte. Als er aber das glückliche Leuchten in beider Augen sah, überkam ihn plötzlich so heftige Sehnsucht nach Marielies, daß er eine Weile stumm vor sich hinsah.

Warum hatte das glückliche Leuchten in den Augen der beiden jungen Menschen diese Sehnsucht in ihm geweckt? Er wußte es nicht, legte sich diese Frage auch gar nicht vor und grübelte nicht weiter darüber nach. Die Sehnsucht war eben da, wie so oft, und zuckte schmerzhaft in seinem Herzen auf. Es blieb ihm jetzt auch nicht viel Zeit, dieser Sehnsucht nachzuhängen, er suchte sich nur vorzustellen, wie Marielies in einem so entzückenden, modischen Kleid aussehen würde, wie es Mildred Warren trug. Dann erschien Mistreß Lipping, begrüßte die Gäste und bat zu Tisch.

Mister Warren staunte, mit welcher Sicherheit sich der ehemalige Fährmann bei Tisch benahm. Das fiel auch Mildred auf, aber es wunderte sie nicht weiter, sie hatte gleich gewußt, daß Hans Jürgen ein Gentleman sei. Er war ihr Nachbar bei Tisch, und sie erinnerte ihn lächelnd daran, wie er ihr im Fährhaus den Tee kredenzt hatte, mit so viel Rum, wie sie nie zuvor getrunken habe.

»Sie hätten sich sonst erkältet, Miß Warren, ich mußte Sie schon dazu nötigen. Aber sicherlich hat Ihnen der Tee damals nicht gemundet?«

»Oh, ich haben eine Erinnerung, als sei er gewesen sehr gut, er haben mir köstlich geschmeckt und mir gut warm gemacht. Und das Butterbrot, das Sie mir gereicht, es hat mich so gut geschmeckt wie nichts zuvor. Ich haben Ihnen aber gemacht so viel Umstand und muß gesehen haben sehr komisch aus in die Kleider von Ihrer Mutter. Sie waren mich viel zu weit.«

»Nein, komisch haben Sie gewiß nicht darin ausgesehen, aber sehr rührend. Ich – ich besitze diese Kleider noch – als Andenken an meine Mutter und – an Sie.«

Sie wurde rot, sah ihn aber tapfer an.

»Haben Sie manchmal gedacht an mich?«

»Sehr oft! Ich hatte ja Ihr Bild – es hat mich ungemein stolz und glücklich gemacht, daß Sie es mir schenkten. Aber damals glaubte ich nicht, Sie so bald wiedersehen zu dürfen. Ich hoffte erst darauf, wenn ich mit meinem Studium fertig sein würde.«

Sie nickte lebhaft.

»Das habe ich auch gedacht! Aber ich freuen mir, daß ich habe nicht so lange warten müssen.«

»Ich auch, Miß Warren, und ich bin überglücklich, daß ich Ihnen in diesem Hause begegnen darf, in meines Vaters Haus. Der arme Student hätte ja kaum darauf hoffen dürfen, mit Ihnen zusammen an einer Tafel zu sitzen.«

»Warum nicht? Ich sein auch sehr froh, daß Sie gefunden haben Ihre Vater und daß wir uns sehen dürfen so viel früher, als wir gedacht. Aber ich hätte auch ohnedies gesessen mit das arme Student an eine Tisch, wenn er gekommen wäre erst nach Jahren. Es sein eine Freude für mir, zu sitzen neben meine Lebensretter und mit ihm zu plaudern. O ja, eine große Freude.«

»Sie sind sehr gütig, Miß Warren, ich glaube wirklich, Sie wären so großmütig gewesen.«

»Großmütig? Sein das großmütig, wenn man tut, was einem macht so viel Freude?« fragte sie schelmisch.

Hans Jürgen war es, als wolle ihm etwas die Brust zersprengen. Er vermochte kein Wort weiter zu sagen, nur seine Augen konnte er nicht von seiner reizenden Tischnachbarin lassen.

Die übrigen waren so taktvoll, sich nicht um das junge Paar zu kümmern. Werner Hohwart mußte von Paradiso berichten und tat es nur zu gern. War ihm doch, als seien ihm seine Lieben näher, wenn er von ihnen sprach. Und er sah Marielies' Bild so lebendig vor sich, als könne er sie mit den Händen fassen.

Mildred und Hans waren wieder ins Plaudern gekommen.

»Wie lange werden Sie bleiben in New York?« fragte die junge Dame.

»Bis zur letzten Septemberwoche.«

»Oh, dann wollen wir in diese Zeit viel zusammensein.«

»Ich wünsche mir nichts sehnlicher.«

»Wir werden zusammen segeln mit meine hübsche kleine Jacht. Und Tennis spielen werden wir auch, wir haben eine gute Platz im Garten hinter das Haus. Ihr Freund, Mister Hohwart, wird sein dabei. Und Sie müssen uns bald besuchen in Villa Warren, es braucht nur fünf Minuten mit die Auto von hier bis dort.«

»Wenn Sie gestatten, werden wir sehr gern kommen. Aber wird es Ihrem Herrn Vater recht sein?«

Sie lachte und rief ihrem Vater zu:

»Lieber Vater, du mußt einladen ganz förmlich Mister Jürgen und Mister Hohwart, daß sie kommen sollen recht oft, uns zu besuchen. Mister Jürgen sein in Zweifel, ob dir angenehm seine Besuch.«

Mister Warren sah Hans lächelnd an.

»Ich hoffe, daß ich nicht zu sein brauche so förmlich. Zwischen das Haus Ihres Vaters und das meine gibt es keine Förmlichkeit. Sie sollen mit Ihre Freund sein ganz zu Hause bei uns.«

Hans und sein Freund verneigten sich, und Hans sagte:

»Ich danke Ihnen sehr für diese liebenswürdige Einladung.«

Mister Warren machte eine abwehrende Bewegung.

»Da ich darf nicht sprechen von Dank, Sie das müssen auch lassen!« scherzte er.

Nach Tisch saß man noch einige Stunden plaudernd zusammen, und als Vater und Tochter sich verabschiedeten, verabredeten die jungen Herrschaften, daß die Freunde morgen vormittag mit Mildred Warren eine Segelpartie machen und hinterdrein alle drei Herren den Lunch in Villa Warren einnehmen sollten.

Punkt zehn Uhr trafen, der Verabredung gemäß, die Freunde in Villa Warren ein, um Mildred zur Segelfahrt abzuholen. Die schmucke Jacht lag bereit, und Werner freute sich sehr, wieder einmal segeln zu können. Er übernahm die Führung des Bootes, und Mildred staunte, wie gewandt er die Segel regierte. Hans konnte sich Mildred ungestört widmen, und es wurde für alle drei Teilnehmer eine herrliche Fahrt. Sie kamen sehr befriedigt wieder zurück, und es wurde ausgemacht, daß man diese Segelpartie bei günstigem Wetter recht oft wiederholen wolle. Es waren wundervolle Tage, die die Freunde in New York verlebten.

Schon in der nächsten Zeit wurde Hans Jürgens Adoption perfekt. Er hieß nun Hans Nordau; er trug nun doch den Namen seines Vaters. Und Rudolf Nordau bat zur Feier dieses Ereignisses seine Bekannten, ganz gegen seine sonstige Zurückhaltung, zu einem großen Sommerfest. Er wollte der Gesellschaft von New York seinen Sohn offiziell vorstellen.

Und es ging alles glatt. Niemand fragte nach näheren Umständen. Man wußte, daß Hans ein Verwandter von Rudolf Nordau war, ein junger Deutscher und nun durch Adoption sein Sohn. Man fand es ganz verständlich, daß Nordau sich einen Erben gesichert hatte. Und Hans Nordaus Persönlichkeit erwarb sich schnell die Sympathien aller.

Selbstverständlich wurden sowohl Hans als auch sein Freund Hohwart von den jungen Amerikanerinnen mit sehr wohlgefälligen Augen angesehen. Da man aber bald merkte, daß Hans nur Augen für Mildred Warren hatte, konzentrierte sich das Wohlgefallen in verstärktem Maße auf Werner Hohwart. Er achtete aber wenig darauf, unterhielt sich ganz nett mit den jungen Damen, lachte, scherzte und tanzte auch mit ihnen, aber damit war sein Interesse für sie erschöpft.

Auch Hans nahm fleißig am Tanze teil. Die Freunde hatten freilich nie richtigen Tanzunterricht gehabt, aber Frau Trautmann hatte auch hier erzieherisch eingegriffen und ihnen die nötigen »Pas« beigebracht. Und während der Dampferfahrt und auch in den Hotels während ihrer Reisen hatten sie sich zuweilen am Tanze beteiligt. Da sie ihre Körper gut in der Gewalt hatten, konnten sie auch auf dem Parkett ihren Mann stellen.

Als Hans zum erstenmal seinen Arm um Mildred legte, um sie zum Tanz davonzuführen, durchzuckte es ihn wie ein elektrischer Schlag. Er verlor einen Moment die Fassung, und sein Herz klopfte sehr heftig. Aber er bezwang sich schnell, und so merkte sie nichts von seiner mühsam beherrschten Erregung. Wie ein Wunder erschien es ihm, wie ein herrlicher Traum, daß er Mildred in seinen Armen hielt. Der feine, ihre Person umgebende Duft, den er noch heute in den Kleidern seiner Mutter spürte, verwirrte ihm die Sinne. Konnte es denn Wirklichkeit sein, daß er mit Mildred gleichberechtigt dahinschwebte? Ein heißes Glücksgefühl überkam ihn, und er war seinem Vater in tiefstem Herzen dankbar, daß er eine unüberwindliche Scheidewand zwischen ihm und Mildred beiseite geräumt hatte, dadurch daß er ihn anerkannte.

Als er aber ruhiger wurde, fragte er sich unwillkürlich: Ist diese Wand auch wirklich gefallen, so vollkommen beseitigt, daß Mildred Warren nicht mehr für mich zu den Sternen gehört, die man nicht begehren darf?

Gerade in diesem Moment, als er sich mit solchen Zweifeln quälte, fragte Mildred ihn:

»Freuen Sie sich sehr, Mister Nordau, daß Sie nun tragen den Namen Ihres Vaters und daß er gefunden hat seine Sohn?«

»Ja, Miß Warren, ich freue mich sehr darüber, und vor allem, daß mein Vater mich nicht verleugnete, sondern nur nichts von meiner Existenz wußte. Aber am meisten freut mich dabei doch – daß ich Sie so bald wiedersehen durfte.«

Sie sah errötend, aber tapfer zu ihm auf.

»Ja? Freut Sie das wirklich?«

»Sehr, Miß Warren, ich hoffe. Sie zweifeln nicht daran.«

»Nein, ich nicht zweifeln, ich – ich freue mir doch auch sehr«, sagte sie leise.

»Das macht mich sehr glücklich«, stieß er hervor.

Sie antwortete nicht, hielt den Kopf gesenkt und hörte plötzlich auf zu tanzen. Da sah er sie beklommen an.

»Jetzt sind Sie mir böse«, sagte er, bestürzt auf sie herabblickend.

Sie hob die Augen, und er sah, daß sie feucht schimmerten.

»O nein, warum soll ich sein böse auf Sie?«

»Weil ich zu kühn war, weil ich vergessen hatte, daß ich Ihnen doch nicht gleichberechtigt gegenüberstehe. Der Umstand, daß mein Vater mich nachträglich an sein Herz zog, schafft ja nicht aus der Welt, was vorher war.«

Fast zornig sah sie ihn an.

»Jetzt muß ich sein sehr böse auf Sie, nein, Sie stehen nicht gleichberechtigt neben mich –«

Er wurde blaß.

»Sehen Sie wohl.«

»Bitte lassen Sie mich reden zu Ende – Sie stehen mich nicht gleichberechtigt gegenüber, weil Sie stehen sehr hoch über mich, nicht nur, weil Sie sind meine Lebensretter, sondern auch, weil Sie genommen das Kampf mit dem Leben so mutig auf. Was sein ich? Eine kleine nutzlose Person, was nichts kann, als von seine Vater für sich sorgen lassen und nie etwas Großes und Gutes getan hat. So klein bin ich neben die große Hans Nordau, wie ich gewesen bin ganz klein neben die große Fährmann Hans Jürgen, der mich gerufen hat zurück in die schöne Leben. Nie wieder dürfen Sie sagen in diesem Sinne, daß Sie sein nicht gleichberechtigt zu mich, sonst sein ich sehr traurig und sehr unzufrieden mit die neue Hans Nordau. Ich will das nie wieder hören!«

Er stand vor ihr und ließ diesen heftigen Protest über sich ergehen. Am liebsten hätte er laut aufgejubelt und sie in seine jungen, starken Arme gerissen, weil sie ihm den Kopf so wundervoll energisch gewaschen hatte.

»Miß Warren, nun bin ich ja noch viel glückseliger als zuvor. Ich danke Ihnen von Herzen für Ihre lieben guten Worte. Aber Sie werden immer hoch über mir stehen, und wenn Sie nicht wieder hören wollen, was ich gesagt habe, so will ich auch nicht wieder hören, daß Sie sagen, Sie seien klein neben mir.«

Da hob sie mit einem schelmischen Lächeln, das ihn überaus entzückte, die Hand waagerecht über ihren Kopf und fuhr darüber hinweg bis zu seiner Schulter.

»Ich sein aber wirklich viel kleiner als das große Hans Nordau. Eine ganze Kopf größer ist Hans Nordau als kleine Mildred Warren.«

Da fing er ihre Hand ein und preßte seine Lippen darauf.

Aber leider wurden sie jetzt gestört. Ein junger Amerikaner holte Mildred zum Tanz, und Hans sah mit allen Qualen der Eifersucht, daß dieser seinen Arm um Mildred legte. Und nach ihm noch mancher andere. Es dauerte sehr lange, bis er wieder einmal an die Reihe kam, denn Mildred wurde von jungen Herren geradezu umlagert.

Er mußte als Sohn des Hauses auch manche andere junge Dame zum Tanz führen, aber sie waren ihm alle sehr gleichgültig, obwohl sie ihm schöne Augen machten. Seine Blicke suchten immer wieder Mildred Warren. Endlich konnte er wieder einen Tanz von ihr erbitten, und als er sie umfaßte, fragte er leise:

»Sind Sie mir nun nicht mehr böse?«

Sie schüttelte den Kopf.

»Nein, ich sein viel zu froh, um böse zu sein. Diese Fest ist wundervoll, Ihr Vater versteht so gut, Feste zu geben. Im Februar war auch eine ganz große Fest in seinem Hause, und als er dann war ganz allein nach jene Fest, das ihn gemacht hat gar nicht froh, da hat er gefunden auf seine Schreibtisch die Briefe – von Ihre Mutter. Oh, ich weiß alles, wie es gekommen, daß er seine Sohn bekommen. Er sein eine wundervolle alte Herr, eine sehr junge alte Herr, den man muß bewundern.«

»Es freut mich sehr, daß Sie so von meinem Vater sprechen, ich habe ihn auch sehr liebgewonnen und bewundere ihn gleichfalls sehr.«

Mildred beschloß, sich diese Worte genau einzuprägen und sie später Rudolf Nordau getreu zu wiederholen. Sie wußte, daß sie ihm Freude machen würden. Jetzt sagte sie nur:

»Er wird sein sehr betrübt, wenn Sie so bald wieder abreisen nach das dumme Hochschule.«

Er lachte glücklich.

»Oh, die Hochschule ist nicht dumm, die ist schrecklich klug.«

»Sie sein aber schon ohne das Hochschule schrecklich klug. Warum bleiben Sie nicht bei Ihr Vater, der Sie so sehr liebt?«

»Weil ich mein Ziel erreichen will, Miß Warren, weil ein Mann nie von seinem Ziel abweichen soll. Ich will mich nicht hinter dem Reichtum meines Vaters verschanzen, ich will selber etwas leisten.«

Sie sah bewundernd in sein erregtes Gesicht, das einen so festen Willenszug trug.

»Ich kann verstehen! Und dann, wenn Sie erreicht diese Ziel, wenn Sie fertig mit die Studium?«

»Dann werde ich für immer herüberkommen und hoffe, daß ich dann viel Arbeit bei meinem Vater finde. Und ich hoffe – daß Sie mich bis dahin nicht vergessen haben!«

»Nein, ich vergesse nicht! Aber Sie werden vielleicht vergessen das kleine, dumme Mildred Warren«, sagte sie leise.

Seine Augen brannten in die ihren.

»Niemals!« sagte er mit verhaltener Stimme.

Einen Moment sahen sie sich in die Augen und ihre Herzen klopften voller Unruhe. Sie atmete schnell und erregt. Dann sagte Mildred rasch:

»Aber Sie werden kommen jedes Jahr zu die großen Ferien herüber nach New York?«

»Ja, Miß Warren, mein Vater will es so, und – ich will es auch, damit Sie immer wieder an mich erinnert werden.«

»Und Sie an mich.«

Stumm tanzten sie weiter, die jungen Herzen voller Seligkeit. Aber als der Tanz zu Ende war, stand Werner Hohwart vor ihnen.

»Den nächsten Tanz erbitte ich mir von Ihnen, Miß Warren, es ist mir während des ganzen Festes noch nicht einmal gelungen, einen Tanz von Ihnen zu erhalten.«

Sie lachte ihn an.

»*Well*, ich werde tanzen mit Ihnen. Tanzen Sie auch so gut wie Ihre Freund Hans?«

Die beiden jungen Herren lachten sich fröhlich an.

»Wir haben immer miteinander geübt, weil wir keine Partnerinnen hatten. Meine Tante spielte Klavier dazu und gab uns Anleitungen. Also, was Hans gelernt hat, das habe auch ich gelernt. Doch mir scheint, mit den jungen Herren Ihrer Gesellschaft können wir es nicht aufnehmen, die führen alle kunstvollen Pas mit einer sinnverwirrenden Genauigkeit aus. Man wird ganz klein und häßlich, wenn man zusieht, und Hören und Sehen kann einem dabei vergehen«, sagte Werner launig.

»Oh, aber Mister Nordau führt sehr gut und sicher«, sagte Mildred.

Werner sah sie erstaunt an.

»Mister Nordau? Ich denke, der tanzt überhaupt nicht mehr?«

Lachend zeigte Mildred auf Hans.

»Diese Mister Nordau meine ich. Haben Sie vergessen, daß Ihr Freund jetzt heißt Mister Nordau?«

Werner lachte.

»Das hatte ich allerdings vergessen und werde es noch manchmal vergessen. Aber wenn Sie ihn meinen, mit ihm nehme ich es schon noch auf.«

Und lachend tanzte er mit Mildred davon, und Hans

sah ihnen lachend nach. Auf den Freund war er nicht eifersüchtig. Und jetzt war er es auch auf die andern Herren nicht mehr.

Auch er tanzte nun wieder mit andern jungen Damen.

Mildred aber huschte nach dem Tanz mit Werner zu Rudolf Nordau hinüber und legte ihre Hand auf seinen Arm.

»Ich muß Ihnen schnell etwas sagen, Mister Nordau«, sagte sie auf englisch.

Er beugte sich lächelnd zu ihr herab.

»Etwas Gutes hoffentlich, Miß Mildred?«

»Sie werden sich freuen. Ihr Sohn hat vorhin zu mir gesagt, als wir von Ihnen sprachen: ›Ich habe ihn sehr liebgewonnen, und ich bewundere ihn sehr.‹ – Ist das etwas Gutes?«

Seine Augen leuchteten auf.

»Das Beste, was Sie mir sagen können, Miß Mildred. Ich danke Ihnen sehr, daß Sie es mir verraten haben.«

»Ich dachte mir, daß es Ihnen Freude machen würde.«

»Und Sie wollten mir eine Freude machen?«

»Ja, Sie haben mir doch auch eine große Freude gemacht.«

Er stellte sich erstaunt.

»Ich Ihnen? Womit?«

»Damit, daß Sie Ihren Sohn herüberkommen ließen und daß sie ihn überhaupt anerkannt haben.«

»So, das hat Ihnen Freude gemacht?« fragte er scheinbar erstaunt.

Sie wurde ein wenig rot, hielt aber seinen Blick aus.

»Er ist doch mein Lebensretter.«

Seine Rührung verbergend, nickte er.

»Nun ja – und dafür müssen Sie ihn schon ein wenig liebhaben.«

Sie wurde noch verlegener, sagte aber lachend:

»Das ist doch Ehrensache, Mister Nordau. Wir sind sehr gute Freunde, Hans Nordau und ich.«

Er dachte bei sich, daß er seinem Sohn ebenfalls sagen müsse, was er jetzt mit Mildred gesprochen habe.

Mildred nickte ihm zu und ging schnell davon, sie suchte mit den Blicken Hans Nordau und fand ihn auch bald. Er sah ihr schon sehnsüchtig entgegen.

Rudolf Nordau hatte ihr sinnend nachgeblickt, und als gleich darauf sein Freund Warren zu ihm trat, sagte er lächelnd:

»Mein lieber Georg, mir scheint, unsere Kinder finden immer mehr Gefallen aneinander. Meinem Sohn kann ich es nicht verdenken, Mildred ist reizend und bezaubernd.«

»Und ich kann es Mildred nicht verdenken, dein Sohn ist ein Prachtmensch.«

Und sie drückten sich die Hände.

13

Die schönsten und angenehmsten Tage vergehen am schnellsten. Das mußten auch die beiden Freunde erfahren. Sie wußten nicht, wo die Zeit geblieben war, als sie schon wieder zur Abreise rüsten mußten.

Werner Hohwart hatte sich trotz aller Vergnügungen gründlich in New York umgesehen. Er war auf den großen Werften umhergestreift, zu denen er auf Mister Nordaus Verwendung Zutritt gefunden hatte. Während sich Hans Nordau immer wieder in der Fabrik seines

Vaters umgesehen hatte, um sein Wissen zu bereichern, informierte sich Werner nach und nach über alles, was mit der Schiffsbaukunst zusammenhing. Auch sonst sahen sie sich fleißig in New York um, und Werner machte sich immer mehr mit dem Gedanken vertraut, eines Tages hier festen Fuß zu fassen. Er wollte nur erst versuchen, seine Eltern dazu zu bestimmen, sich in der Nähe von New York anzusiedeln. Sie mußten ja nicht mitten in der überlauten Stadt leben. Es gab in ihrer Umgebung sehr hübsche, ruhige Plätze, wo es ihnen wohl gefallen konnte. Und sein Vater würde sich doch auch noch nicht zur Ruhe setzen, sondern sich auch noch in das Getriebe von New York stürzen. Die Mutter aber fühlte sich überall wohl, wo sie nur ihre Lieben um sich haben konnte. Und Marielies? Seine Augen strahlten zuversichtlich – Marielies würde freudig dort sein, wo er weilte, darüber gab es bei ihm keinen Zweifel. Aber auch daran zweifelte er nicht mehr, daß er in eine neue Trennung von ihr nie mehr einwilligen würde. Er hatte nicht geglaubt, daß er unter der Trennung von ihr so viel leiden würde.

Die letzten Tage vor der Abreise der Freunde wollte Rudolf Nordau die beiden für sich allein haben; alle Einladungen wurden abgelehnt. Nur Georg Warren und seine Tochter durften an diesen letzten Tagen teilhaben. Und so waren sie eigentlich die schönsten während des ganzen Aufenthaltes.

Diese fünf aufeinander abgestimmten Menschen verband eine seltene Harmonie. Rudolf Nordau hatte seinen Bekannten bereits mitgeteilt, daß er in Zukunft keine Feste im Februar mehr veranstalten würde, dafür aber stets, wenn sein Sohn zu den Ferien herüberkäme, seinen geselligen Verpflichtungen nachkäme. Das konnten alle begreifen und verstehen.

In diesen letzten Tagen seines New Yorker Aufenthaltes hatte Hans, sobald Mister Warren und seine Tochter abends fortgefahren waren oder wenn sie aus der Villa Warren nach Hause kamen, lange Unterredungen mit seinem Vater, die sich bis tief in die Nacht hineinzogen. Werner hatte dann längst sein Zimmer aufgesucht, um Vater und Sohn sich selbst zu überlassen. Die beiden Herren saßen dann in Rudolf Nordaus Arbeitszimmer und öffneten voreinander die geheimsten Kammern ihrer Seelen. In einer dieser Stunden sagte Hans zu seinem Vater:

»Jetzt, da ich dich und dein Leben kenne, ist es mir immer klarer geworden, daß meine arme, liebe Mutter nie den Platz an deiner Seite hätte ausfüllen können. So lieb und gut sie war und so vornehm ihr Empfinden, zu der geistigen Höhe, die eine dir ebenbürtige Lebensgenossin erklimmen müßte, hätte sie sich nie aufschwingen können. Sie würde das sehr wohl gefühlt haben und wäre an deiner Seite vielleicht unglücklich geworden. Sie hätte empfunden, daß sie dir eine Last geworden wäre, und das hätte sie noch weniger ertragen, als dich zu verlieren. Feinfühlig wie sie war, hätte sie erkannt, daß sie dir nicht genügen konnte.«

Der Vater faßte seine Hand.

»Es ist mir eine Wohltat, Hans, daß du das zu verstehen vermagst. Es zeigt mir, daß du mir ganz und voll gerecht geworden bist. Du hast recht: Deine Mutter hätte, im Falle einer Heirat, kein Glück an meiner Seite gefunden, wie sie mir auch keines hätte schenken können. Und das letztere wäre für sie viel bitterer gewesen als alles, was ich ihr habe antun müssen. Über all das hätte mich nur eine große Liebe hinwegheben können – und die habe ich nicht für deine Mutter gefühlt. Ich war ihr gut, weil sie mich mit der ganzen Warmherzigkeit ihres Naturells liebte. Das band mich an sie, solange ich in ihrer Nähe war. Fern von ihr verblaßte dies Gefühl, und erst als ich meine Frau kennenlernte, wußte ich, was Liebe ist. Sie war die einzige große Liebe meines Lebens, war ein hochgeistiges Geschöpf, das mich verstand bis in die feinsten Fasern meines Seins und erst die höchsten Lebenswerte in mir weckte. Nun, da ich dir das gesagt habe, wirst du verstehen, wie hart mich ihr Verlust getroffen hat. Nur fünf Jahre war sie mein eigen, aber in diese fünf Jahre ist das ganze Glück meines Lebens hineingedrängt worden. Nie hätte ich für sie eine Nachfolgerin finden können. Als sie mir genommen wurde, habe ich das Leben nur noch als Qual empfunden – bis ich dich fand.«

Tiefbewegt hatte Hans zugehört, und er sagte nun beklommen:

»Kann ich dir denn etwas sein, Vater, ich, der Sohn einer ungeliebten Frau?«

Er liebte seinen Vater nun schon so sehr, daß er es für ein Unglück erachtete, nicht auch von ihm geliebt zu werden.

Der Vater faßte seine beiden Hände und sah ihn mit großen Augen an.

»Mein lieber Hans, du bist Blut von meinem Blut und – das stärkste Gefühl ist in jedem Menschen wohl, trotz aller Beschönigungen, die Eigenliebe. Ich habe in dir mein Geschöpf erkannt, mein eigenes Fleisch und Blut, mir so ähnlich, wie sich Vater und Sohn nur ähnlich sein können. Nicht nur im Äußeren, bis in deine Gedanken und Empfindungen hinein bist du mein Ebenbild, bist so sehr Art von meiner Art, daß das vielleicht die stärkste Bindung zwischen uns ist. Ich glaube nicht, daß ich dich stärker hätte lieben können, wenn du der Sohn meiner Elisa gewesen wärest. Auch die schenkte mir ein Kind, ein süßes kleines Mädchen, das ich unsagbar liebte. So vollkommen du mir als Sohn erscheinst, so vollkommen erschien sie mir als Tochter. Sie wäre gewiß das Ebenbild ihrer Mutter geworden, und in ihr hätte ich ihre Mutter geliebt. In dir liebe ich mich selbst, meine Jugend. Ich denke, mit der Stärke meines Gefühls für dich kannst du zufrieden sein.«

»Das macht mich sehr glücklich, Vater – ich möchte deine Liebe nicht mehr missen. Ich wäre dir aber gewiß nicht soviel geworden, wenn du deine Tochter noch besitzen könntest.«

Der Vater schüttelte den Kopf.

»Vielleicht hätte ich dann nie erfahren, daß ich einen Sohn habe; aber wäre es geschehen, glaube mir, ich wäre zu dir gekommen und hätte dich geholt. Und auch meine Elisa hätte dich als Sohn willkommen geheißen. Sie war eine großherzige Frau. Ich habe ihr nicht verschwiegen, daß ich drüben in Deutschland einem Mädchen gut war, das viel für mich getan hatte, und habe ihr erzählt, daß mich vielleicht nur die Not und Sorge jener Zeit davon abgehalten, sie zu meiner Frau zu machen. Aber von den ungeöffneten Briefen deiner Mutter sprach ich nie zu ihr – weil ich sie einfach vergessen hatte. Sie hätte sonst vielleicht gesucht und hätte mich sicherlich veranlaßt, sie zu lesen. Aber es hat wohl alles so kommen sollen, wie es kam. Und nun habe ich dich und halte dich mit der ganzen Kraft meiner Liebe. Mein einsames Leben hat wieder Zweck, Ziel und Inhalt bekommen. Ich werde wieder jung in dir und freue mich an dir wie an meiner eigenen Jugend. Und nun, da ich mich so rückhaltlos ausgesprochen habe, willst du mir nicht auch den letzten Blick in dein Inneres freigeben wie deinem besten Freund, der ich doch bin?«

Hans strich sich über die Stirn.

»Ja, Vater – ich liebe Mildred Warren, liebe sie mit der ganzen Kraft meiner Seele. Als ich sie aus dem Wasser holte, als sie ohnmächtig vor mir lag und ich sie ins Leben zurückrief, da sah sie mich mit ihren schönen samtbraunen Augen an, und da fühlte ich, daß etwas Großes mit mir geschehen war. Und dann die Stunden, die ich mit ihr im Fährhaus und auf der Fähre draußen saß – sie hatte die ungeschickten Kleider meiner Mutter angelegt und sah darin aus wie eine Märchenfee, die sich verkleidet dem armen Fährmann zeigt –, da erschien sie mir so verführerisch, so bezaubernd und liebenswert, daß ich am liebsten vor ihr niedergekniet wäre. Er sah so unbeschreiblich lieb aus, wie sich das feuchte Blondhaar wieder zu kräuseln begann, und der klare, frohe Ausdruck ihrer Augen drang mir bis ins Herz. Ich fühlte schon damals, daß ich sie nie vergessen würde, und empfand eine wahrhaft innige Freude darüber, daß es mir gelungen war, sie dem Leben wiederzugeben. – Aber ich fürchtete, sie nie wiederzusehen, oder, falls es geschehen würde, durch eine so große Kluft von ihr getrennt zu sein, daß mich trotz meiner erwachenden Liebe auch zugleich das Gefühl einer bitteren Resignation überkam. Ich hätte Wunder vollbringen müssen, um diese Kluft zu überbrücken. Und als sie mir dann ihr Bild sandte, träumte ich davon, dieses Wunder wirklich vollbringen zu können. Ach, Vater, was geht in unseren Herzen vor, wenn wir lieben? Und nun – nun ist die Kluft überbrückt, nicht durch meine eigene Kraft, sondern abermals durch ein Wunder, das du vollbracht hast, indem du mich als deinen Sohn anerkanntest. Und – nun ist es vorbei mit meiner Resignation, jetzt sind meine Wünsche hellwach, und all mein Wollen und mein Streben gipfelt in dem einen Gedanken, daß Mildred Warren mein eigen werden muß. Geht, wie ich hoffe, dieser Wunsch in Erfüllung, dann, Vater, dann danke ich dir außer meinem Leben noch etwas Größeres: die Möglichkeit, dieses Leben mit einem unbeschreiblichen Glück ausfüllen zu dürfen. Hoffentlich wartet Mildred Warren auf mich, bis ich mein Studium vollendet habe. Würde sie es nicht tun, würde sie mich nicht lieben, aber daran mag ich nicht denken – ihre Augen verraten mir allzuviel Liebes und Schönes. Jetzt habe ich keine Kraft mehr zu resignieren.«

Das alles brauste wie ein Feuerstrom aus Hans Nordaus Brust hervor.

Rudolf Nordau streichelte über die Stirn seines Sohnes.

»Du wirst das nicht nötig haben, Hans. Mildred Warren ist kein wankelmütiges Geschöpf. Was ihr Herz umschließt, hält sie fest mit der ganzen Intensität ihres Empfindens. Sie hatte eine deutsche Mutter. Du kannst in Ruhe dein Studium beenden, sie ist ja noch so jung, kaum den Kinderschuhen entwachsen. Ihr Vater würde sie auch noch nicht hergeben, solange sie nicht gereift ist zur Ehe. Aber ich bin schon jetzt davon überzeugt, daß sie eines Tages meine Schwiegertochter sein wird. Ich will sie dir hüten, wenn du fern bist. Und nun wollen wir zur Ruhe gehen, es ist spät geworden. Wir haben uns ausgesprochen. Ich will dir jetzt nur noch die Bilder meiner Frau und meiner kleinen Tochter zeigen.«

Er schloß ein Fach seines Schreibtisches auf und entnahm ihm zwei Fotografien. Zuerst zeigte er Hans das Bild seiner Frau. Hans bewunderte das reine, beseelte Gesicht mit den großen, klugen und doch so liebevollen Augen. Wehmütig dachte er an seine schlichte, anspruchslose Mutter. Nein, sie hätte es mit dieser Frau nicht aufnehmen können. Er sprach kein Wort, sondern drückte dem Vater nur stumm die Hand.

Dieser reichte ihm nun das zweite Bild, nachdem er das erste mit bebender Hand zurückgenommen hatte.

»Das ist deine Schwester, Maria Elisabeth, Hans«, sagte er mit zitternder Stimme.

Tiefbewegt sah Hans auf das reizende Kindergesicht, das mit großen, lachenden Augen aus dem Bild herausschaute.

»Was für ein süßes, entzückendes Kind, Vater! Sie gleicht ihrer schönen Mutter. Schade, daß dieses holde kleine Geschöpf nicht mehr am Leben ist. Was gäbe ich darum, könnte ich sie zum Leben erwecken.«

»Es wäre zuviel des Glückes, Hans, zwei Kinder, einen Sohn und eine Tochter – ja, es wäre zuviel!« stammelte Rudolf Nordau. Dann schloß er die Bilder schnell wieder fort.

»Ich ertrage es noch immer nicht, an mein Unglück erinnert zu werden«, sagte er heiser.

»Wie lange ist es her, daß du sie beide verloren hast?« fragte Hans teilnahmsvoll.

»Dieses ist das dreizehnte Jahr, deine Schwester wäre jetzt über fünfzehn Jahre alt. Doch laß uns nicht mehr davon sprechen.«

Die beiden Herren verabschiedeten sich, um zur Ruhe zu gehen.

Zwei Tage danach reiste Hans mit seinem Freund Werner von New York ab. Sein Vater begleitete ihn zum Dampfer. Dort wurden sie bereits von Mister Warren und seiner Tochter erwartet, die den Freunden ein letztes Lebewohl sagen wollten.

Und während Werner sich von Mister Warren und Mister Nordau verabschiedete, hielt Hans Mildreds Hand in der seinen.

»Ich sage Ihnen nicht Lebewohl, Miß Warren, ich sage: Auf Wiedersehen.«

»Auf frohes, sehr frohes Wiedersehen!« sagte sie mit schwankender Stimme.

Er sah sie mit brennenden Augen an und, von seinem Gefühl überwältigt, stieß er hervor:

»Werden Sie auf mich warten, Mildred Warren?«

Mit umflorten Augen lächelte sie zu ihm empor.

»Ich warte, Hans Nordau!« sagte sie leise und ganz feierlich.

Da glänzten seine Augen, und er preßte seine Lippen auf ihre Hand.

»Das macht mich sehr glücklich und hilft mir die Trennung ertragen. Darf ich Ihnen zuweilen schreiben?«

Sie nickte ihm zu, sprechen konnte sie nicht. Ihr junges Herz zuckte vor Abschiedsweh. Und nun mußten sie sich trennen. Werner Hohwart sah Mildreds umflorte Augen, und schnell half er ihr mit einem Scherz über die trübe Stimmung hinweg, damit sie wieder lachen konnte. Und lachend winkten sie einander zu.

»Good bye!«

»Auf Wiedersehen, herzlichen Dank für alles!«

»Auf Wiedersehen, Vater! Bleibe gesund!«

»Du auch, mein Junge, und behalte mich lieb! Auf Wiedersehen, Mister Hohwart!«

»Auf Wiedersehen, Mister Nordau!«

»*Good bye,* Miß Warren, *good bye,* Mister Warren!«

So flogen die Worte hinüber und herüber. Hans und Mildred sahen sich nur noch stumm in die Augen.

So kam die Trennung.

Die Freunde wurden von Frau Johanna Trautmann schon sehnsüchtig erwartet. Sie war gleich nach ihrer Abreise einige Wochen zur Erholung an die Ostsee gefahren, war aber nun schon längst zurückgekehrt. Es gab viel zu erzählen. Die Pflegemama mußte alles erfahren, was die Freunde in New York und während der Reise erlebt hatten. Das füllte viele Abende aus.

Für Werner Hohwart waren inzwischen einige Briefe von daheim eingegangen. Er hatte sie sich nicht nachschicken lassen, damit sie nicht verlorengingen. Von New York aus hatte er so fleißig wie immer an seine Angehörigen geschrieben. Nun konnte er gleich mehrere Briefe von daheim lesen. Alle berichteten nur Gutes, und darüber war Werner von Herzen froh.

Die Freunde gingen nun mit frischen Kräften an die Arbeit und gönnten sich nicht viel Ablenkungen.

Kurz vor Weihnachten erhielt Werner einen Brief von seinem Vater, der folgenden Inhalt hatte:

»Mein lieber Werner!

Wir haben mit Vergnügen davon Kenntnis genommen, daß Du nun auch New York kennengelernt hast, und es freut uns sehr, daß Du dort so gute Aufnahme gefunden hast. Das Schicksal Deines Freundes Hans, der jetzt

Nordau heißt, hat uns sehr interessiert. Mutter und Marielies sagen, es klinge wie ein Roman, und damit haben sie recht. Aber das Leben schafft eben viel aufregendere Romane, als man in den Büchern lesen kann.

Und nun will ich auch Stellung nehmen zu Deinem Wunsch, Dir nach Beendigung Deines Studiums in New York ein Betätigungsfeld zu schaffen. Ich kann verstehen, daß die dortigen Verhältnisse auf Dich einen großartigen Eindruck gemacht haben und das dortige schnell und kräftig pulsierende Leben Dich reizt, mitzutun und Deine Kräfte zu regen. Ich begreife auch, daß Du nach Deiner in abgelegener Stille verbrachten Jugend Dich nach einem solchen Leben sehnst, und ich bin durchaus damit einverstanden, daß Du dort vor Anker gehst, zumal Du dann auch Deinem Freund nahe sein kannst.

Wir alle, Mutter, Marielies, Doktor Berger und ich, sind ganz damit einverstanden, uns dann in der Nähe von New York anzusiedeln. Es gibt sicherlich auch dort einen ruhigen Fleck, wo wir uns wohlfühlen werden. Ein Umlernen bleibt uns ja nirgends erspart, sobald wir Paradiso verlassen haben. Also mache Deine Zukunftspläne von nichts anderem abhängig als davon, daß sie Dir ein gut ausgefülltes Leben garantieren, so daß Du mit Lust und Liebe seßhaft wirst, damit Dich nichts unruhig ins Weite treiben kann.

Wir wollen aber alle vorher die deutsche Heimat wiedersehen und werden also von Paradiso aus über Deutschland nach New York reisen. Ich möchte in jedem Fall meine Schwester Johanna wiedersehen. Seit Du uns so viel Liebes und Gutes von ihr schreibst, ist meine Sehnsucht nach ihr wieder sehr groß geworden. Wer weiß, vielleicht folgt sie uns nach New York, es geht ja dann nicht zur weltabgelegenen Stille unserer Insel. Und die englische Sprache beherrscht sie zum mindesten so gut wie wir.

Aber das wird sich alles finden. Also wie gesagt, wir sind allesamt mit Deinen Plänen einverstanden. Du wirst ja zum Glück auch in pekuniärer Beziehung ungehindert disponieren können. Denn ich kann Dir melden, daß meine Steinsammlung beträchtlich zugenommen hat, und ich werde meine Kräfte jetzt in der Hauptsache der Ausbeutung der Fundstelle widmen. Denn große wirtschaftliche Neuerungen auf Paradiso einzuführen habe ich nicht mehr im Sinn. Ich habe das Interesse an der Insel verloren, seit ich weiß, daß ich sie hergeben und verlassen muß. Was ich jetzt noch verbessern und schaffen würde, geschähe ja nur für meine Nachfolger.

Unsere beiden Kapitäne wollen sich, wenn es soweit ist, ebenfalls zur Ruhe setzen. Unter einem andern Herrn möchten sie nicht mehr fahren. Sie sind mittlerweile auch zu alt geworden, als daß sie sich an ein neues Abhängigkeitsverhältnis gewöhnen könnten.

Über die Steinfunde habe ich Dir noch eine besondere Mitteilung zu machen. Bei der letzten Regenperiode hatten wir viel Sturm, und der Regen hat den unterwühlten Felsen noch weiter unterspült, so daß er schließlich in einer Sturmnacht herabgestürzt ist. Das gab ein donnerähnliches Getöse, und wir wußten nicht, was geschehen war, bis ich schließlich bei meinem nächsten Besuch an der Fundstelle die Bescherung entdeckt habe. Die große Bruchstelle liegt jetzt ganz frei, und unterhalb dieser habe ich sehr bedeutende Funde gemacht. Es sind weit größere Stücke darunter, als wir bisher gefunden hatten, sie werden einen besonders hohen Wert haben. Ich komme leider nicht allein direkt an die Bruchstelle heran, weil der Anstieg jetzt zu steil geworden ist. Aber wenn Du wieder hier bist, werden wir zusammen hinaufsteigen und sicherlich noch reiche Ausbeute machen. Also Dein Ziel, Dich in New York an einer Schiffswerft zu beteiligen und dann zum Ausruhen eine schöne Villa am Meere zu erwerben, wird sich ohne große Schwierigkeiten verwirklichen lassen. Für mich wird sich dann auch irgendeine Beschäftigung finden, damit ich nicht schon einroste. Wenn ich auch so langsam die sechsundzwanzigjährige Arbeit in den Tropen in meinen Gliedern spüre, so habe ich doch noch lange nicht im Sinn, ein Nichtstuerleben zu führen.

Es ist mir sehr lieb, daß ich Dich im letzten Jahr meines Hierseins noch zur Seite habe, denn selbstverständlich nimmt der Abbruch unseres jetzigen Domizils noch einmal alle Kräfte in Anspruch. Du bist nun schon anderthalb Jahre von uns fort, und in zweiundeinemhalben Jahr wirst Du wieder zur Heimkehr rüsten. Diese Zeit wird uns schneller vergehen, als wir es jetzt denken.

So, mein Sohn, nun habe ich Dir in diesem langen Brief alles Nötige klargelegt, alles Weitere wirst Du von Mutter und Marielies hören, die Dir ebenfalls etwas berichten wollen. Sie haben mehr Zeit und Lust zu Kleinmalereien. Nur das will ich noch hinzufügen, unser lieber alter Doktor gefällt mir nicht so recht. Seitdem er weiß, daß wir von hier fort müssen, hat seine ohnedies nie sehr große Energie bedeutend nachgelassen. Er ist um viele Jahre gealtert, und es ist gewiß, daß er am meisten von uns allen darunter leidet, daß wir Paradiso verlassen müssen. Er hatte sich ja gewünscht, sein Leben hier beschließen zu dürfen. Und nun trifft es ihn hart, daß er noch einmal in neuem Boden

Wurzeln schlagen soll. Hoffentlich rappelt er sich bald wieder heraus.

Aber nun Schluß für heute und viele herzliche Grüße!

Dein treuer Vater Klaus Hohwart«

Alles hatte Werner sehr interessiert, und er berichtete der Tante und Hans über alles, mit Ausnahme der auf die Steinfunde bezüglichen Mitteilungen. Denn daß er darüber gegen jedermann zu schweigen hatte, wußte er.

Das Weihnachtsfest feierten die Freunde mit Tante Johanna sehr stimmungsvoll, und diese sagte ganz elegisch:

»Wenn ich daran denke, daß ich eines Tages ganz allein sein werde, sobald ihr beide wieder in die Welt hinausgeflattert seid, wird mir ganz melancholisch zumute.«

»Dann kommst du mit uns, Tante Johanna, warum willst du allein bleiben? Wir können dich ja gar nicht entbehren. Wer soll denn all unsere Dummheiten korrigieren?« fragte Werner.

Sie sah ihn lachend an.

»Ihr macht jetzt betrüblich wenig Dummheiten. Und ich glaube, sehr zureden lasse ich mir nicht. Zumal mir ja dann eine neue Aufgabe winkt.«

»Welche Aufgabe meinst du?«

»Nun, ich muß mich doch deiner Schwester Marielies annehmen, sie ist ja doch eine kleine Wilde.«

Werner sah versonnen vor sich hin, dann sagte er aufatmend:

»An ihr wirst du nicht so viel zu erziehen haben wie an mir. Marielies hat ein sehr feines Empfinden für alles, und sie wird im Handumdrehen den zivilisierten Menschen alles abgeguckt haben, was sie wissen muß. Aber trotzdem, bereite dich nur schon darauf vor, daß wir dich verschleppen, ich glaube nicht, daß wir dich loslassen, Hans nicht und ich nicht. Und meine Leute werden dich auch gleich ins Herz schließen, ganz abgesehen von Vater, der große Sehnsucht nach dir hat.«

»Wir wollen uns all das in Ruhe überlegen, Werner, es muß ja nicht gleich ein Entschluß gefaßt werden.«

Zwischen Weihnachten und Neujahr fuhren die Freunde auf einige Tage zum Wintersport in den Harz. Dann ging es wieder an die Arbeit. Ostern begaben sie sich nach Wien und Pfingsten nach Kopenhagen, von wo sie einen Abstecher nach Schweden machten. Und ehe sie sich versahen, waren die großen Ferien wieder da, und Hans ließ nicht locker, Werner mußte ihn wieder nach New York begleiten.

So ging es auch das nächste Jahr. Er hatte noch viele Ausflüge in Hans Nordaus Gesellschaft gemacht, aber New York blieb doch sein Zukunftsplan.

Als die Freunde das drittemal von »drüben« zurückkamen, fand Werner die Nachricht vor, daß sein alter Lehrer Doktor Berger gestorben sei. Nach kurzem Leiden war er sanft eingeschlafen. Sein Wunsch war in Erfüllung gegangen, er brauchte Paradiso nicht zu verlassen und wurde neben Marielies' Mutter unter Palmen begraben.

Der Briefwechsel zwischen Werner und Marielies war in all den Jahren ein sehr reger gewesen, und nun zitterte schon die Freude auf das Wiedersehen durch ihre Briefe.

Das letzte Studienjahr war von allen das aufregendste und Hans und Werner wollten unbedingt ihr Ziel erreichen. So waren sie jetzt doppelt fleißig und blieben in diesem Jahr an Ostern und Pfingsten daheim, um zu arbeiten.

Und so gelang es Hans Nordau schließlich gerade in der Pfingstwoche, die letzte Hand an seine Erfindung zu legen und ein ihn selbst überraschendes Resultat zu erzielen. Er freute sich darauf, seinem Vater nicht mit leeren Händen gegenüberstehen zu müssen. Er wußte, daß seine Erfindung für die Firma Nordau sehr wertvoll sein würde.

Er war in all der Zeit mit seinem Vater wie auch mit Mildred Warren in Briefwechsel geblieben. Zwischen Hans und Mildred fehlte nur noch das letzte, entscheidende Wort, sie waren sich immer nähergekommen. Sie wußten längst voneinander, daß sie sich liebten und sich eines Tages gehören würden. Daß die beiden Väter einverstanden wären, brauchten sie ebenfalls nicht zu bezweifeln. Aber daß so gar keine Hindernisse zwischen ihnen bestanden, erhöhte die Sehnsucht natürlich noch viel mehr.

Es galt nun noch ein letztes Anspannen aller Kräfte für die beiden Freunde und – sie erreichten beide ihr Ziel und bestanden ihre Examina mit großer Auszeichnung. Sie waren nun beide Doktor-Ingenieure.

Tante Johanna war sehr stolz auf ihre Zöglinge. Sie fürchtete sich sehr vor der Trennung, denn sie waren ihr beide lieb und teuer geworden. Auch Hans nannte sie längst nur noch Tante Johanna, während sie ihn »du« und beim Vornamen nannte.

Gleich nach bestandenem Examen kam die Trennung. Hans Nordau wollte nach New York in das Haus seines Vaters übersiedeln, und Werner zog es nach Paradiso. Er tröstete die betrübte Tante mit den Worten:

»Nicht länger als höchstens ein Jahr sollst du allein bleiben, Tante Johanna, vielleicht kommen wir auch schon früher nach Deutschland, denn schließlich ist ja Vater nicht verpflichtet, bis zum Ablauf der Kündigungsfrist zu bleiben. Und ob du dann willst oder nicht, wir nehmen dich mit nach New York.«

»Ach, Werner, wenn ich nur nicht schon zu alt bin, um noch einmal von neuem Wurzeln zu fassen.«

Die Freunde lachten sie aus.

»Du und alt! Du nimmst es noch mit den Jüngsten auf. Darauf reagieren wir gar nicht, du wirst einfach nicht gefragt.«

»Jawohl, und wenn du renitent wirst, Tante Johanna, dann sprechen wir ein Machtwort«, fügte Hans hinzu.

Sie funkelte die Freunde lachend mit ihren noch so jungen Augen an.

»Was habe ich mir da herangezogen? Mir scheint, ich habe mich arg in eurer Erziehung vergriffen. So geht man doch nicht mit alten Tanten um.«

»Nein, aber mit jungen Tanten gehen wir einfach nicht anders um, nicht, Hans? Findest du nicht auch, daß Tante Johanna sträfliche Anlagen zum Kokettieren entwickelt? Sie kokettiert mit ihrem Alter«, sagte Werner und küßte die Tante herzhaft ab.

»Und ich entdecke einen sträflich starken Bartwuchs bei dir, mein Junge. Seit wann hast du dich nicht rasiert?«

»Seit gestern abend, ehe wir zur Festvorstellung für neugebackene Doktoren ins Theater gingen.«

»Es ist aber höchste Zeit, daß du es wieder tust. Jungens, Jungens, ihr seid mit einem Mal richtige Männer geworden, seid mir bedenklich über den Kopf gewachsen. Wie alt bist du nun eigentlich, Werner?«

»Bis ich nach Paradiso komme, bin ich volle siebenundzwanzig.«

»Wirklich? Und du, Hans?«

»Ich bin schon etwas über siebenundzwanzig, Werner ist noch ein Knabe gegen mich.«

Werner nahm Kampfstellung gegen den Freund ein, aber sie lachten alle drei dabei.

»Nun gut«, scherzte Tante Johanna, »so kann ich euch getrost aus meiner Obhut entlassen, und im ganzen bin ich recht zufrieden mit euch.«

»Wir werden dir auch immer Ehre machen, Tante Johanna.«

»Das will ich hoffen, Herr Doktor Hohwart!«

»Mich hast du noch nicht ein einziges Mal Herr Doktor genannt, Tante Johanna«, beschwerte sich Hans.

Sie lachte.

»Nicht? Ei, da muß ich es schnell tun, Herr Doktor Nordau, denn so ein neuer Titel klingt lieblich in den Ohren. Wahrhaftig, beide seid ihr Männer, beide stolze Doktoren, und mir ist doch, als sei es erst Wochen her, seit ich euch in meine Schule nahm. Und was soll ich nun beginnen, da ihr mich verlassen wollt? Ich werde selbstverständlich wieder neue Studenten in eure Zimmer aufnehmen, da die Wohnungsnot noch immer nicht behoben ist. Aber um ihre Erziehung werde ich mich nicht mehr kümmern. Ich werde ein einsames Leben führen, bis du, mein lieber Werner, mit deinen Eltern und Marielies nach Deutschland kommst. Dann müßt ihr mich schon ins Schlepptau nehmen.«

»Also, du gehst mit nach New York?«

»Nun ja, ich mag nicht mehr allein bleiben.«

»Famos! Also, lieber Hans, du kannst dich schon drüben ein wenig umsehen nach einem Tuskulum für uns alle.«

»Du weißt, Werner, daß mein Vater euch alle so lange in seinem Hause aufnehmen wird, bis ihr etwas Passendes gefunden habt. Das haben wir doch schon bei unserem letzten Aufenthalt drüben besprochen.«

»Es ist sehr liebenswürdig von deinem Vater, Hans, aber immerhin kannst du schon langsam in unserm Interesse deine Fühler ausstrecken.«

»Das will ich gerne tun, und auch meinen Vater und Mister Warren werde ich darum bitten.« –

Die letzten Tage vergingen unter allerhand Reisevorbereitungen sehr schnell.

Nach einem herzlichen Abschied von Tante Johanna fuhren die Freunde davon. Werner konnte gerade noch Hans bis nach Hamburg begleiten, dann mußte er schnell nach Bremerhaven fahren, um auch seinen Dampfer zu erreichen.

So schieden die Freunde, die vier Jahre lang keinen Tag voneinander getrennt gewesen waren. Immerhin würde ein Jahr vergehen bis zum Wiedersehen, und so empfanden sie den Abschied recht schmerzlich.

14

Werner Hohwart hatte die Seereise bei bestem Wohlsein zurückgelegt, und je näher er Paradiso kam, desto sehnsuchtsvoller flogen seine Gedanken voraus. Er wußte, daß ihn der Kapitän der »Anna« im letzten Hafen erwarten würde, um ihn zur Insel zurückzubringen. Er hatte dieselbe Reiseroute gewählt wie vor Jahren. In

Hongkong verließ er den großen Luxusdampfer und schiffte sich auf einen kleineren ein, der ihn zum Hafen bringen sollte, in dem ihn die »Anna« erwarten würde.

Bei der Einfahrt blickten seine Augen ungeduldig nach dem alten Segler aus, der für ihn schon ein Stück Heimat bedeutete. Wirklich, da lag er mitten unter den andern Segelschiffen. Ein tiefer Atemzug hob Werners Brust! – Wäre die »Anna« nicht schon bereit gewesen, ihn vollends heimzubringen, hätte er das nur schwer ertragen. So nahe seinen Lieben, konnte er nicht erwarten, bis er sie wieder in seine Arme schließen konnte.

Und da sah er auch schon den alten Kapitän der »Anna« am Ufer stehen, die Mütze weit aus der Stirn geschoben und die Hände über den Leib gelegt, so, wie er ihn in der Erinnerung hatte. Er jauchzte auf und winkte ihm zu. Breitbeinig stand der alte Seebär da und lachte über das ganze Gesicht.

Werner beeilte sich, den Dampfer zu verlassen, zunächst den Kapitän zu begrüßen und ihn zu fragen, ob daheim alles wohl sei. Er achtete dabei nicht auf Hindernisse und hätte fast eine junge Dame umgerannt, die in einem weißen Kleid, einen blumigen Sonnenschirm über die Schulter haltend, wartend dastand. Er wandte sich um; eine Entschuldigung stammelnd, blickte ihr ins Gesicht – und blieb plötzlich mit einem Ruck stehen.

»Marielies!« schrie er auf.

Er hatte sie fast nicht erkannt. Suchte er doch seine kleine Marielies, und hier stand eine erwachsene, ranke und schlanke junge Dame vor ihm. Und die sah so entzückend aus und strahlte ihn mit den grauen Perlmutteraugen aus dem blassen, erregten Gesicht dermaßen an, daß ihm das Herz bis zum Hals hinaufschlug.

»Marielies – o Marielies – bist du es wirklich?«

»Ich – ich habe dich auch nicht gleich erkannt, Werner«, sagte sie mit zaghafter Stimme.

Da riß er sie, von seiner Empfindung überwältigt, in die Arme, preßte seine Lippen auf die ihren, und die ganze Welt um ihn herum versank.

Sie lag willenlos, halb bewußtlos an seinem Herzen. Und der Kuß, den sie sich gaben, brannte so seltsam, traf beide bis in ihr tiefstes Sein und ließ sie erbeben. Als sie sich endlich voneinander lösten, standen sie sich ganz fassungslos gegenüber und sahen sich mit heißen, brennenden Augen an.

»Marielies – ach Marielies, wie habe ich mich nach dir gesehnt!« stieß er halb jauchzend, halb betroffen von der Leidenschaftlichkeit seines Empfindens hervor, das so gar nichts Brüderliches hatte.

»Daß du nur da bist, Werner – ach, endlich da«, flüsterte sie mit versagender Stimme und war bis in die Lippen erblaßt. Der Sturm der Empfindungen, der auch über sie dahinbrauste, erschütterte sie, und sie sah beklommen auf den hochgewachsenen Mann mit den gereiften Zügen. Sie wußte nicht, was mit ihr geschehen war, seit er sie in seinen Armen gehalten und geküßt hatte. Was jahrelang unklar in ihr geschlummert hatte und sich nur in dem heißen Sehnen nach ihm bemerkbar gemacht hatte, überflutete sie nach diesem Kuß wie eine heiße Welle. So standen sie da und sahen sich an mit selbstvergessenen Blicken. Werner wußte wohl, was geschehen war, er war sich nach diesem Kuß über sein Empfinden klargeworden, aber die unerfahrene Marielies fühlte nur, daß sie bis ins Innerste erschüttert war.

Werner faßte sich zuerst. Er atmete tief auf, schob seine

Hand unter ihren Arm, wie er früher immer mit ihr gegangen war, und führte sie fort, zum Kapitän hinüber.

»Wie bin ich glücklich, Marielies, daß du mir entgegengekommen bist«, sagte er leise.

»Ich konnte nicht mehr warten, Werner. Das Warten war so quälend.«

Er hätte laut aufjubeln mögen und drückte ihren Arm an sich.

»Wie geht es Vater und Mutter?«

»Sie sind wohlauf und erwarten dich mit Sehnsucht.«

Er strahlte vor Glück.

»Schön ist so ein Heimkommen, Marielies, dafür lohnt es sich schon, das Trennungsweh zu ertragen.«

»Nie mehr möchte ich es!« sagte sie aufseufzend.

»Du wirst es nie mehr spüren, wir bleiben jetzt für immer zusammen.«

»Das macht mich froh, Werner.«

Er sah sie von der Seite an.

»Ich muß dich immer anschauen – wie groß bist du geworden – und wie schön, Marielies, wie wunderschön.«

Sie erglühte unter seinen Worten und sah scheu und unsicher zu ihm auf. Aber ihre Augen verrieten ihm doch, daß auch sie sich an ihm freute und sie sehr damit einverstanden war, ihn so männlich entwickelt zu sehen.

»Du bist ein Mann geworden, Werner«, sagte sie leise.

Er drückte wieder ihren Arm an sich.

»Ja, Marielies, und ich habe es nie so deutlich gefühlt wie jetzt, da ich dich wiedersehe«, stieß er, noch immer tief erregt, hervor.

Er merkte, daß sie sehr scheu und unsicher geworden war. Das freute ihn jedoch, weil es ihm bewies, daß ähnliche Gefühle wie die seinen in ihrem Herzen erwacht waren. Aber er wußte nun auch, daß er sie mit seinem Ungestüm nicht erschrecken durfte, und so begann er, sich zusammenreißend, von allerlei nebensächlichen Dingen zu reden. Er hätte immerfort lachen und jauchzen mögen, weil Marielies an seiner Seite ging und weil sie so hold und schön geworden war und ihn mit ihren grauen Sternenaugen so liebevoll ansah.

Marielies wußte nichts von koketter Verstellung, sie gab sich, wie es ihr ums Herz war, und ahnte nicht, daß sie sich ihm ganz verriet. Sie meinte freilich, er merke nichts von dem, was auf sie hereingestürmt, und war nun über alle Maßen glücklich in dem Bewußtsein seiner Nähe. Nie wieder würde sie sich von ihm trennen müssen.

Sie waren nun zu dem Kapitän herangekommen, der Werner herzlich und ein bißchen lärmend begrüßte und seiner Verwunderung darüber Ausdruck gab, daß Werner ein so stattlicher Mann geworden war. Die »Anna« lag zur Abfahrt bereit, und der Kapitän ließ Werner und Marielies im Beiboot hinüberbringen. Er wollte nur warten, bis Werners Gepäck herbeigeschafft und verladen worden war.

Werner und Marielies saßen an Deck der »Anna« auf der breiten Holzbank, wo sie früher so oft nebeneinandergesessen hatten. Sie sahen sich immer wieder an, wie trunken vor Glück. Aber wenn Werner bemerkte, daß Marielies unter seinen Blicken unruhig wurde und ihr die Röte ins Gesicht schoß, nahm er sich zusammen und schwatzte alles durcheinander, damit sie sich wieder fassen sollte.

Ab und zu warf er auch einen Blick auf das ihm so gut bekannte und vertraute Leben des kleinen Hafens. Es lagen hier nur kleine und mittlere Schiffe vor Anker, zumeist Segelschiffe, die mit allerlei Waren beladen wurden oder schon geleert waren. Es hatte sich hier anscheinend gar nichts verändert. Die farbigen Eingeborenen kletterten behende wie die Katzen über die Schiffe hinweg oder in den Takelagen empor. Oder sie ruderten in kleinen Booten hin und her. An Land boten farbige und weiße Händler ihre Waren feil, dort zankten sich einige Eingeborene in ihren rauhen Kehllauten. Irgendwo sang die Mannschaft, während sie »rein Schiff« machte, und bespritzte sich übermütig mit Wasser. An einem ziemlich großen Segler hing auf einem Brett an der Außenwand ein Arbeiter, um den Anstrich zu erneuern. Frauen erblickte man wenig. Weiße Frauen waren außer Marielies überhaupt nicht sichtbar.

Weiße Frauen? Werner hing diesem Worte nach und sah Marielies mit brennenden Augen an. Ja, sie war kein Kind mehr – sie war eine weiße Frau, wenn sie auch noch ein Mädchen war. Jeder hier würde sie eine weiße Frau nennen.

Und sein Empfinden flutete wieder leidenschaftlich über ihm zusammen. Er fühlte, nach diesem Tag hatte er sich unbewußt längst gesehnt, nach diesem Tag, da ihm Marielies als erwachsene junge Dame gegenübertreten würde. Aber so wunderherrlich hatte er sich dieses Wiedersehen doch nicht ausmalen können, das mußte erlebt, empfunden werden.

»Marielies!«

»Was willst du, Werner?«

»Nichts, nichts, nur deinen Namen will ich nennen, will wissen, daß du es hörst, wenn ich ihn nenne.«

Und er nahm plötzlich ihre Hand und preßte seine

Lippen darauf. Erschrocken fuhr sie zusammen – das war der erste Handkuß, den sie in ihrem Leben bekommen hatte.

»O Werner!« rief sie erschrocken.

Mit heißen Augen sah er sie an.

»Was ist, Marielies, habe ich dir weh getan?«

»Dein Bart stachelt so auf meiner Hand«, sagte sie verwirrt.

Er lachte.

»Ja, ich habe mir nicht die Zeit genommen, mich heute morgen zu rasieren. Ich ahnte ja nicht, daß ich in Damengesellschaft auf der ›Anna‹ reisen würde. Und ich mußte doch immer Ausschau halten, sobald es hell wurde – irgendein Wunder erwartete ich, je näher ich meinem Reiseziel kam. Nur das schönste Wunder erwartete ich nicht – dich!«

Und als er sah, daß sie verwirrt von ihm wegschaute, riß er sich wieder zusammen. Er durfte sie um keinen Preis erschrecken. Sie wußte gewiß nicht, welches neue Gefühl in ihr aufgewacht war.

Dann kamen seine Koffer an Bord, und gleich danach auch der Kapitän, der ihnen behaglich lachend zunickte. Und danach setzte sich die »Anna« langsam in Bewegung. Stolz glitt sie aus dem Hafen hinaus in die freie See. Es wehte eine frische Brise.

»Wir werden gute Fahrt haben, Herr Hohwart!« rief der Kapitän herüber.

Werner nickte ihm zu. O ja, er würde gute Fahrt haben – denn Marielies war bei ihm, und er hatte sie während der ganzen Zeit für sich allein.

Der Kapitän hatte zu tun, er würde sie nicht oft stören. Und über zwei Tage dauerte die Fahrt bis Paradiso, das wußte er, zwei herrliche, wundervolle Tage, in denen er ungestört in Marielies' Augen sehen konnte. Sie hatte herrliche Augen, die so hell aus ihrem reizenden Gesicht herausleuchteten wie das Innere der Perlenmuscheln, mit denen sie als Kind gespielt hatte. Und die langen, aufwärts gebogenen dunklen Wimpern umsäumten diese Augen überaus reizvoll, und darüber wölbten sich feingezeichnete, dunkle Brauen. Wie schön war die reine, klare Stirn, das liebliche Oval des Gesichts. Und wie bezaubernd der Mund, dieser holde, blaßrote Mund, der unter seinem Kuß so erschrocken gezuckt hatte und so lockend und verheißend beim Lachen die weißen, regelmäßigen Zähne sehen ließ. Ach – Werner Hohwart hatte alle Kraft nötig, um nicht wieder und wieder diesen süßen Mund mit Küssen zu bedecken.

Marielies sprang, durch seine Blicke immer aufs neue beunruhigt, oftmals auf und machte sich hier und da auf Deck zu schaffen, und er sah bewundernd auf ihre jugendschöne, schlanke Gestalt, auf ihre anmutig-kraftvollen Bewegungen, die Gesundheit und Elastizität verrieten. Welch ein herrliches Menschenwunder war in der Stille von Paradiso aufgewachsen zu seiner Wonne! Was waren gegen sie all die jungen Damen New Yorks und Berlins, die ihn so verlockend mit ihren begehrlichen Augen angestrahlt hatten! Keine konnte den Vergleich mit Marielies aushalten, keine war so rein und unschuldsvoll gewesen, und keine hatte das süße, selige Gefühl in ihm auslösen können, das sie in ihm auslöste.

Aber ruhig und beherrscht mußte er sein, das sagte er sich immer wieder. Er durfte sie nicht erschrecken, durfte sie nicht rücksichtslos aus ihrer Unbefangenheit herausreißen. Langsam mußte er die köstliche Frucht reifen lassen und mußte Geduld haben, konnte sie auch haben, da er wußte und fühlte, daß sie sein war mit allen Fasern ihres Seins, daß sie nur ihm gehören würde und keinem andern.

»Süße Marielies, holde Marielies, wie schön bist du, und wie glücklich bin ich, daß ich dich wiedersehen darf in deinem ganzen Jugendzauber! Vom Meer habe ich dich geholt, du gehörst mir.«

So sprach er zu sich selber, und dabei wurde er langsam wieder ruhiger, hatte sich bald wieder ganz in der Gewalt.

Es waren zwei wunderselige Tage, die die beiden jungen Menschen an Bord der »Anna« verlebten. In der Nacht blieben sie auf Deck, sie mochten nicht hinunter in die engen Kabinen, wo sie getrennt gewesen wären. Werner bereitete Marielies auf einem Liegestuhl ein bequemes Lager und zog für sich einen andern Liegestuhl an ihre Seite. So versuchten sie zu schlafen, und stundenweise ging das auch. Wenn sie erwachten, suchten sie einander mit den Blicken in der schwachen Deckbeleuchtung und atmeten auf, wenn sie sich erblickten, als hätten sie gefürchtet, nur geträumt zu haben. Sobald es dann hell wurde, sprangen sie auf und turnten in der Takelage herum, wie sie es früher oft getan, um sich wieder gelenkig zu machen. Dabei scherzten und lachten sie, und es schien dann alles zu sein wie früher.

Danach wurde mit dem Kapitän zusammen gefrühstückt. Das gab wieder Anlaß zu allerlei Neckereien. Wieder verging ein Tag unter dem wolkenlos blauen Himmel. Werner spannte mit einem der Leute ein Sonnenzelt auf, wie er es früher auf seinen Fahrten auf den Segelschiffen auch getan hatte. Unter diesem Zelt mußte Marielies Platz nehmen. Er ließ einen seiner Koffer herbeischaffen, in dem er allerlei Geschenke für sie und die Eltern verstaut hatte.

Alle für sie bestimmten Herrlichkeiten nahm er aus dem Koffer und baute sie vor ihr auf. Sie staunte, jauchzte auf, lachte und weinte in ihrer Freude durcheinander. Aber sie fiel ihm nicht, wie sie es früher getan hatte, um den Hals, um ihn zu küssen. Das wagte sie nicht. Der erste Kuß, den sie nach dem Wiedersehen getauscht hatten, brannte noch immer auf ihren Lippen.

Werner war sogar damit zufrieden, daß sie es nicht tat. Falls sie ihn unbefangen wie früher geherzt und geküßt hätte, wäre ihm das ein Beweis gewesen, daß sich in ihrem Empfinden ihm gegenüber nichts geändert hatte. Aber er wünschte doch, alles solle sich geändert haben, und deshalb freute es ihn, daß sie ihn nicht küßte, obwohl er sehnsüchtig auf den roten Mund sah und die Augen schloß, um in der Erinnerung wieder zu spüren, wie ihre Lippen unter seinem Kuß gezuckt hatten.

Sie freute sich so sehr über die zahlreichen reizenden Geschenke, daß er mit ihrer Freude zufrieden war. Und sie hätte nicht ein junges Mädchen sein müssen, um nicht entzückt zu sein von den schönen Sachen, die er ihr mitgebracht hatte.

Es war selbstverständlich wieder eine neue Handtasche darunter; sie war ganz modern, hatte eine vordere Platte aus Schildpatt und war viel kostbarer und eleganter als die aus rotem Leder gefertigte, die er ihr zur Konfirmation geschenkt hatte und die sie noch immer treu verwahrte. Auch die neue Tasche enthielt all die üblichen kleinen Spielereien, aber auch drei kostbare, hauchfeine Spitzentaschentücher hatte er hineingesteckt. Dann kam ein großer Straußenfederfächer zum Vorschein, danach eine reizende, mit Brillantsplittern besetzte Armbanduhr und – ein Ring mit einem großen orientalischen Smaragd, wie sie auf Paradiso gefunden wurden, wovon Marielies aber noch immer nichts wußte. Der Smaragd war von kleinen Brillanten umgeben. Er steckte ihr den Ring an den Finger und freute sich dabei über ihre schöngepflegten Hände. Er hatte ihr schon vor Jahren ein gut sortiertes Nagelnecessaire geschickt, und sie hatte davon fleißig Gebrauch gemacht. Heute brachte er ihr ein anderes elegantes Reisenecessaire mit, das sie auf der großen Reise benutzen sollte, wenn sie Paradiso verließen. Sie bestaunte und bewunderte die feingeschliffenen Flakons, die Bürsten und Spiegel in Silberfassung. Alle Gegenstände trugen ihr Monogramm. Und so ging es weiter, bis wirklich eine ganze Bescherung vor ihr lag.

Die Armbanduhr legte Werner um ihr Handgelenk. Dabei wurden ihm die Hände etwas unsicher, weil er ihren runden, weichen Arm spürte. Aber er hielt die Hand dann mit kritischen Blicken von sich ab, als wolle er feststellen, daß Ring und Uhr an ihrem Platze gut wirkten. Er hätte alle Schätze der Welt vor ihr ausbreiten mögen und dachte daran, was er ihr alles noch schenken wollte, wenn er erst selber Geld verdienen würde, wenn sie erst – wenn ... Nein, weiter durfte er jetzt nicht denken, wollte sich nicht ausmalen, was alles sein würde, wäre sie erst nicht mehr seine Schwester, sondern – seine Frau. Ja–ja – ja – seine Frau! Sie mußte seine Frau werden.

Dieser Gedanke machte ihn so heiß, daß er emporsprang und an die Reling trat. Erst als er sich wieder ganz in der Gewalt hatte, kam er zu ihr zurück und erzählte, um sein Gleichgewicht zu behalten, von seinem Freund, von Mildred Warren, von Tante Johanna und – von seinem Examen. Und da lachte er.

»Du, Marielies, jetzt heiße ich Doktor Werner Hohwart, ist das nicht lustig?«

Sie lachte mit.

»Bist du nun so ein Doktor wie unser lieber alter Doktor Berger?«

»So ähnlich, aber nicht so alt – gottlob, ich bin noch jung – und du ...«

Er verschluckte, was er hatte sagen wollen. Er hatte hinzufügen wollen: und du bist gottlob nicht meine Schwester.

Aber er konnte es zum Glück noch zurückhalten, sie sollte nicht erschreckt werden.

Er fragte sie nun, wie Doktor Berger gestorben sei. Sie erzählte ihm, er sei schon lange hinfällig gewesen und habe den Anschein erweckt, als wolle er gar keine Kraft mehr zum Leben haben. So sei er langsam dahingewelkt.

»Mutter sagt, er hat nicht von Paradiso fortgewollt«, fügte sie hinzu.

»Es mag schon sein. Aber du, Marielies – du fürchtest dich doch nicht davor, von Paradiso fortzugehen?«

»Nein, du gehst ja mit mir, und die Eltern ebenfalls«, sagte sie schlicht.

»Es ist ja auch so schön draußen in der Welt, Marielies. Wie wirst du staunen!«

Und er erzählte ihr von den Wundern der Welt, die er gesehen hatte, am meisten von New York. Sie hörte andächtig zu, und er faßte plötzlich ihre Hand.

»Nicht wahr, Marielies, dir wird es auch in New York

gefallen, wenn es dir anfänglich auch ein wenig turbulent erscheinen wird?«

»Du wirst ja bei mir sein, Werner«, antwortete sie leise.

Da sprang er wieder auf und lief ein Weilchen hin und her. Sie lachte harmlos darüber.

»Du bist noch viel unruhiger geworden als früher, Werner!«

Er setzte sich wieder zu ihr.

»Ja, Marielies, aber eines Tages werde ich seßhaft werden, das kannst du mir glauben.«

So ging es weiter. Jede Stunde dieser gemeinsamen Reise war mit süßen Wundern für diese beiden jungen Menschen erfüllt, für Werner bewußt und für Marielies unbewußt. Wenn sie auch ganz deutlich fühlte, daß unter seinem Kuß etwas rätselhaft Berunruhigendes in ihr aufgewacht war, so war diese Empfindung doch nicht quälend, sondern seltsam süß und berauschend. Willig gab sie sich diesem neuen Gefühl hin, das doch wiederum nicht neu war, das nur in ihrem Innern geschlafen hatte und nun wach werden wollte. Sie grübelte nicht darüber nach, sie war nur ein wenig befangen und unsicher und wagte Werner nicht mehr zu küssen, nicht einmal zu berühren, weil sie fühlte, daß dann die bisher ungekannten Empfindungen wieder über sie dahinstürmen würden. Sein Kuß hatte sich so tief in ihre junge Seele gebrannt, daß sie dabei fast überwältigt worden war.

Ach, an diesen Kuß durfte sie nicht mehr denken, ohne daß ihr das Herz bis zum Halse schlug. Für beide viel zu schnell tauchte Paradiso auf. Sie hätten so weiterfahren mögen bis in die Unendlichkeit, und sie wußten beide, diese Reise würden sie nie vergessen.

Immer näher kamen sie dem heimischen Strand, und

nun standen sie nebeneinander und hielten Ausschau. Werners Herz schlug sehnsuchtsvoll den geliebten Eltern entgegen. Sie entdeckten diese auch bald am Ufer. Sie winkten ihnen zu, und Werner sah, wie sich die Mutter in der Wiedersehensfreude dem Vater in die Arme warf und wie der Vater ihr beruhigend auf die Schulter klopfte. Das ergriff ihn sehr, und er begriff erst jetzt ganz, wie sehr die Eltern unter der Trennung von ihm gelitten hatten.

Nun sahen sie einander und konnten sich doch nicht umarmen. Aber Werner jauchzte laut über das Wasser hinweg und konnte die Zeit nicht erwarten, bis die »Anna« sich durch die Korallenriffe hindurch zum kleinen Hafen geschlängelt haben würde.

Wie froh war Werner, daß er Marielies schon zwei Tage für sich gehabt hatte, nun konnte er sich erst einmal ganz den Eltern widmen.

Schon ehe die »Anna« im Hafen verankert war, stieß das Boot mit Vater und Mutter vom Ufer ab, und gleich darauf waren sie an Bord. Werner umfing beide zugleich mit weitgeöffneten Armen, küßte die Mutter und preßte dem Vater die Hand mit seiner ganzen jungen Kraft. Und nachdem die erste Wiedersehensfreude sich gelegt hatte, sah er bekümmert, wie sehr sich Vater und Mutter verändert hatten. Sie waren während seines Fernseins um die doppelte Zahl der Jahre gealtert. Das preßte ihm das Herz zusammen, aber er sagte nichts darüber.

Die Eltern aber staunten überglücklich ihren Sohn an, der ein Mann geworden war. Wie stolz und kraftvoll war seine Erscheinung, wie klug und gereift sein Gesicht, in das sich neue, charakteristische Linien eingegraben hatten.

Es gab eine sehr bewegte Szene, und Marielies stand lächelnd und neidlos dabei. Auch sie dachte bei sich, wie gut es gewesen sei, daß sie Werner bis zum Hafen entgegengefahren war.

Heute rechnete Klaus Hohwart nicht gleich mit dem Kapitän ab.

»Sie kommen hinauf, Kapitän, sobald Sie abkömmlich sind. Wir erledigen alles Geschäftliche oben. Jetzt muß ich mich erst über meinen Sohn freuen.«

Der Kapitän nickte lachend.

»Was not tut, muß sein, Herr Hohwart, der junge Herr ist ein Staatskerl, und wenn ich sein Vater wäre, würde mir das Herz noch mehr im Leibe lachen, als es ohnedies der Fall ist.«

Die Eltern verließen nun mit ihren Kindern die »Anna« und fuhren an Land zurück. Drüben schob der Vater seinen Arm in den des Sohnes, und Marielies hängte sich in den der Mutter ein. So gingen sie bis zu den wartenden Pferden. Die Mutter wurde in den Wagen gehoben, sie ritt schon längst nicht mehr, weil es ihr Beschwerden machte. Marielies setzte sich zur Mutter in den Fond, und die Herren bestiegen die Pferde. Sie ritten neben dem Wagen her.

So ging es hinauf zum Wohnhaus.

15

Wochenlang war Werner nun schon wieder daheim auf Paradiso, und doch war es noch nicht zu einer ausführlichen Aussprache mit dem Vater gekommen.

Zuerst mußte dieser mit dem Kapitän »Anna« abrechnen. Dann mußte diese neu befrachtet werden, um wieder in den Hafen zu fahren. Kaum war das geschehen und das Schiff wieder unterwegs, da lief die »Marielies« ein, und die Sache wiederholte sich. Der Vater mußte seit Doktor Bergers Tod alle Schreibereien selbst besorgen. Eine neue Hilfe hatte er sich nicht mehr engagieren wollen.

Werner unterstützte ihn bei all diesen Geschäften nach Kräften, und so hatten sie beide reichlich zu tun gehabt, denn die Abende gehörten der Familie.

Endlich aber waren ruhigere Tage gekommen, und Vater und Sohn saßen nun zusammen im Arbeitszimmer.

Werner berichtete von seinen Studien und seinen Plänen. Der Vater hörte bedächtig zu und freute sich darüber, wie zielbewußt und besonnen sein Sohn war.

Er besprach nun mit Werner alles Erforderliche und berichtete dann ausführlich von der Lage auf Paradiso.

Die Ausfuhr war in den letzten Jahren etwas zurückgegangen. Klaus Hohwart hatte sich nicht mehr soviel Mühe gegeben, es war ihm nicht mehr wichtig, die Wirtschaft auf der Höhe zu halten.

»Die neue Regierung kann selber zusehen, wie sie fertig wird. Einen guten Gewinn wird sie immer noch erzielen, dank meiner Kultivierung. Aber den hauptsächlichsten wird sie doch aus den Steinfunden ziehen – wenn sie Steine finden wird.«

»Willst du den Fundort nicht angeben, Vater? Es wäre doch schade, wenn sie nutzlos im Gestein lagern würden.«

Klaus Hohwart nickte.

»Ja, ja, ich werde ihn schon angeben – aber erst, wenn ich von hier fort bin. Ich habe dir geschrieben, daß ich wieder reiche Ausbeute gemacht habe, und wir werden die uns noch verbleibende Zeit gehörig ausnutzen. Ich habe nur auf deine Hilfe gewartet. Wenn ich aber vorzeitig den Fundort bekanntgebe, wird man wissen, daß ich wahrscheinlich einen beträchtlichen Schatz mitnehme. Man weiß nicht, welche Teufelei sie dann aushecken! Die neuen Herren warten schließlich nur darauf, sich an mir zu bereichern. Damit müssen sie aber wenigstens warten, bis ich nicht mehr hier bin. Ich sage mir nur wie du, die Steine müssen der Menschheit dienstbar gemacht werden. Und deshalb werde ich den Fundort erst verraten, wenn ich mit meinem Schatz in Sicherheit bin. Es ist möglich, daß bei regelrechter Ausbeute noch enorme im Felsen verborgene Schätze zutage kommen. Und deshalb habe ich folgendes vorgesehen: Du fertigst mir einen genauen Plan der Fundstelle an. Diesen bieten wir der neuen Regierung an, sobald sie eingewilligt hat, daß sie, sagen wir zwanzig Prozent des gesamten künftig zu erzielenden Gewinnes für wohltätige Zwecke abführt. Erst wenn sie sich dazu vertraglich verpflichtet hat, übergeben wir den Plan und machen genauere Angaben. Was meinst du dazu?«

Werner sah den Vater lächelnd an.

»Daß du ein eminent kluger Mann bist, Vater. Was du tun willst, ist ganz in meinem Sinn.«

»Gut, ich dachte mir, daß du zustimmen würdest.

Selbstverständlich treten wir nicht eher in Unterhandlungen ein, als bis wir unsere gesamten Steinfunde in Amsterdam und Paris an die großen Edelsteinhändler verkauft und den Betrag in Händen haben. Es kann mir ja vom rechtlichen Standpunkt aus niemand die Ausbeute von Paradiso, welcher Art sie auch ist, streitig machen, aber ich traue dieser neuen Regierung nicht, und weit vom Schuß ist am sichersten.«

»Du hast recht, Vater. Glaubst du, daß die Ausbeute noch so groß sein wird, daß es sich lohnt, die Regierung darauf aufmerksam zu machen?«

»Ja, unbedingt. Seit der Fels abgestürzt ist, sind sehr bedeutende Schätze zutage getreten. Wenn wir die Bruchstelle noch absuchen, soweit unsere Kräfte dazu reichen, ohne daß wir jemand ins Vertrauen zu ziehen brauchen, so glaube ich, daß wir in wenigen Wochen unser gesamtes Vermögen verdoppeln können, oder ich müßte mich sehr täuschen.«

Werner sah den Vater mit großen Augen an.

»Auf eine derartige Ausbeute rechnest du noch, Vater?«

»Ja, du wirst selber sehen. Ich werde dir jetzt zeigen, was ich bisher gesammelt habe, und du wirst staunen.«

Klaus Hohwart holte einen Leinenbeutel aus seinem Tresor. Er breitete ein Tuch auf den Tisch und schüttete die Steine darauf. Werner sah überrascht darauf. Es waren große Stücke dabei, die einen enormen Wert repräsentierten. Er ließ die Steine durch seine Hände gleiten, wog und schätzte sie ab, so wie er es damals in Amsterdam bei dem Edelsteinhändler gesehen hatte, und notierte verschiedene Zahlen.

»Wenn ich grob schätze, Vater, so sind diese Steine

mehr als das Doppelte wert wie die, die ich nach Amsterdam gebracht habe.«

»Das habe ich mir gedacht – und sicherlich finden wir noch einmal soviel an der Bruchstelle. Das würde also einen Erlös von zusammen zirka zwei Millionen Gulden ausmachen, wenn nicht mehr. Über eine Million Gulden beträgt außerdem mein erspartes Vermögen, das ich mir in den dreißig Jahren hier durch den Export erworben habe. Dazu kommt zirka eine halbe Million Gulden, die mir die Regierung für die Segelschiffe und die Bauten, die ich zurücklasse, sowie für alles Inventar bezahlen wird. Das ist wenig gerechnet, aber was die Regierung bezahlen soll, muß so gerechnet werden. Sie werden drücken und drücken. Es kommt auch sonst noch mancherlei dazu. Also, wenn wir nur noch so viele Steine finden, wie ich hier schon habe, wird sich unser Vermögen alles in allem auf vier bis fünf Millionen holländische Gulden belaufen. Du kannst dich dann mit mindestens zwei Millionen Gulden an einer Schiffswerft beteiligen. Eine halbe Million Gulden habe ich in meinem Testament Marielies vermacht, alles andere gehört dir. Mutter wollte in meinem Testament nicht extra bedacht sein, sie will nicht daran denken, was werden soll, wenn ich nicht mehr bin. Aber du wirst ja auf alle Fälle für Mutter einstehen, davon bin ich überzeugt. So, mein Sohn, ich denke, nun siehst du klar. Ich will nicht zu den Vätern gehören, die ihre Kinder über ihr einstiges Erbe im dunkeln lassen. Wenn man einen so vernünftigen Sohn hat wie ich, hat das keinen Zweck. Man soll seinen Kindern nicht den leisesten Vorwand geben, daß sie auf unsern Tod Hoffnungen setzen.«

»Vater!«

»Mein guter Junge, dich trifft das nicht, das weiß ich, ich sprach nur so im allgemeinen. Ich bin ja auch ein vernünftiger Vater, nicht wahr?«

»Ein vernünftiger, ein großherziger und ein guter Vater! Und du sollst es nie bereuen.«

»Das weiß ich, mein Junge, das weiß ich. Also, wir sind uns nun über alles klar?«

»Ja, Vater. Und noch eines – zu welchem Termin wollen wir hier unsere Zelte abbrechen?«

»Das will ich dir sagen. Sobald wir in den nächsten Tagen zur Bruchstelle an dem Felsen hinaufgeklettert sind – es wird für dich eine schwere Kletterpartie, aber du schaffst es schon –, werden wir abschätzen können, wie lange wir brauchen, um die bloßgelegten Smaragdlager abzubauen. Und dann setze ich mich sogleich mit der Regierung in Verbindung. Der Amtsschimmel geht überall sehr langsam. Aber ich werde angeben, daß ich nach Ablauf eines halben Jahres eine neue Position angenommen habe. Das wird die Sache etwas beschleunigen. Außerdem ist es klug, anzugeben, daß ich eine weitere Position annehmen will. Sie werden daraus schließen, daß ich hier nicht reich geworden bin, um die Hände schon in den Schoß legen zu können. Denn daß man arbeitet aus Freude an der Arbeit, verstehen diese Menschen allesamt nicht. So werden wir also vielleicht schon nach einem halben Jahr aufbrechen können. Es hat keinen Zweck, den Abschied von hier noch lange hinauszuschieben, wir fühlen uns schon vollständig wurzellos, Mutter und ich. Und wenn wir bei längerem Hierbleiben schließlich auch noch einige Steine mehr finden würden – wozu? Wir haben reichlich, was wir brauchen, und – du willst ja schließlich auch etwas verdienen, nehme ich an.«

»Ja, Vater, ich will schon meinen Mann stehen, und in Amerika verstehen sie es, *business* zu machen, da muß man nur die Augen aufmachen. Ich will das auch und habe mich schon gut umgesehen. Außerdem werden mir Mister Warren und Mister Nordau in der ersten Zeit mit Rat und Tat zur Seite stehen.«

»Gut, solche Verbindungen darf man nicht unterschätzen.«

Noch allerlei besprachen beide miteinander, und der Vater freute sich über die scharfe Auffassungsfähigkeit des Sohnes, über sein gereiftes energisches Wesen.

Als alles besprochen war, sagte Klaus Hohwart:

»Nun kannst du Mutter und Marielies Gesellschaft leisten, sie werden schon auf dich warten. Ich habe noch Briefe zu schreiben. Doktor Berger fehlt mir doch sehr.«

»Kann ich das nicht für dich tun, Vater?«

»Nein, nein, da müßte ich dir erst zu viel erklären, du warst doch zu lange fort. Ich werde bald fertig sein. Nur noch eines, Werner – mein Testament liegt hier im Tresor. Es enthält für dich nichts Neues, es ist nur ein Nachweis für dich, daß du in meine Rechte eintrittst. Man weiß ja nicht, was geschieht, und in Bereitschaft sein ist alles. Also wie gesagt, du bist mein Universalerbe, nur Marielies habe ich mit einem Legat von einer halben Million Gulden bedacht – falls – nun ja – falls sie einen andern Mann heiraten sollte als dich.«

Werner fuhr zusammen, als habe der Vater seine tiefsten Gedanken erraten.

»Vater!«

Der lächelte und legte ihm die Hand auf die Schulter.

»Nun, da du zurückgekommen bist und ich dich und Marielies zusammen beobachten konnte, weiß ich, daß das nicht nötig gewesen wäre. Ich weiß, daß sie im Herzen nicht mehr deine Schwester ist.«

Werner preßte des Vaters Hand.

»Ich weiß es ebenfalls, Vater, und – Marielies ahnt es. Aber noch ist sie sich dessen noch nicht so klar bewußt, wie ich es bin. Und das braucht auch noch Zeit, ich darf sie nicht erschrecken. Sie muß sich erst langsam umstellen.«

Der Vater nickte ihm zu.

»Ja, ja, lasse ihr Zeit, sie ist noch so unerfahren. Aber Mutter wird sich freuen; es ist seit langem ihr Wunsch, und von Marielies wissen wir, daß sie diesen erfüllen wird, sobald die Zeit herangekommen ist. Aber wir wußten nicht, wie du wiederkehren würdest – ob nicht neue Eindrücke Marielies aus deinem Herzen verdrängt haben würden.«

»Das kann niemals geschehen, Vater. Der Gedanke an Marielies hat mich gegen alle Versuchungen gefeit.«

»Ich bin froh, daß wir auch das besprochen haben, mein Junge. So etwas soll man nicht aufschieben. Ich habe dich ja schon vor deiner Abreise über meine Vermögensverhältnisse informiert, aber inzwischen ist doch ein gut Teil dazugekommen. Und wie gesagt, man soll in Bereitschaft sein, jeden Tag kann man abberufen werden.«

Werner sah den Vater mit liebevollen Augen an. Er warf sich in seine Arme, und dann drückten sie sich die Hände. Kein Wort mehr sprachen sie dabei, und stumm ging Werner hinaus. In seinem Herzen war plötzlich ein Gefühl der Unruhe.

Draußen auf der Veranda fand Werner Marielies, mit einer feinen Handarbeit beschäftigt. Er setzte sich zu ihr.

»Wo ist Mutter, Marielies?«

»Sie hat sich ein wenig hingelegt. Sie wird jetzt so leicht müde, Werner.«

Er seufzte.

»Mutter ist stärker gealtert als Vater; sie sieht recht leidend aus«, sagte er besorgt.

Marielies sah sich vorsichtig um, ihr Gesicht wurde trübe.

»Sie ist leidend, Werner, aber sie will nicht, daß es jemand wissen soll. Sie will uns nicht Sorge machen. Aber – ich meine, sie müßte bald in Behandlung eines tüchtigen Arztes.«

»Du machst mich bange.«

»Vielleicht bin ich zu ängstlich, aber ich weiß, daß sie oft große Schmerzen hat, und reiten kann sie schon lange nicht mehr. Sie schwört ja auf den Balsam, den ihr der alte Noya bereitet, weißt du, der älteste von unsern farbigen Leuten. Er kuriert ja schlecht und recht alle Kranken unten mit seinen Tränken, und sicherlich sind in der Natur heilsame Säfte zu finden. Auch stillt der Balsam unbedingt Mutters Schmerzen, aber immerhin – ihr Leiden liegt vielleicht tiefer als wir denken, und der Balsam lindert wohl nur die Schmerzen. Wenn sie jünger wäre – da hilft sich der Körper zumeist selbst, aber sie ist doch nun schon in den fünfziger Jahren.«

»Ja, Marielies, und sie hat fast dreißig Jahre in einem Klima gelebt, das ihrem Körper nicht zuträglich war, obzwar wir hier oben eine gesunde Luft haben. Schließlich macht sich das doch bemerkbar. Auch für Vater wird es höchste Zeit, daß er wieder in ein anderes Klima kommt, ich bin auch Vaters wegen besorgt.«

»Oh, Vater ist doch gesund und rüstig, Werner, er sieht so wohl aus, hat immer so rote Wangen.«

»Ja, Marielies, aber ich fürchte, sein Blut ist zu dickflüssig, und leider kann er sich den schweren Burgunder nicht abgewöhnen, der ihm bestimmt gar nicht guttut. Mir wäre es lieber, wenn er nicht so rote Wangen hätte. Aber ich erhoffe auch für ihn viel von einem Klimawechsel, und Mutter wird der auch sehr zum Vorteil sein. Dir übrigens auch, Marielies, du siehst zwar aus wie das blühende Leben selbst, aber ich denke, auch für dich wird es besser sein, wenn du in eine gemäßigte Zone kommst. Woran arbeitest du denn da so eifrig, Marielies?«

»An einer Zierdecke, Werner.«

»Wofür ist die bestimmt?«

»Für meine Aussteuer, sagt Mutter, ich soll alles, was ich an solchen feinen Arbeiten anfertige, für meine Aussteuer aufheben. Sie will es so. Aber das ist doch Unsinn«, sagte sie unschuldig und unbefangen.

Er schluckte vor Erregung.

»Also, wenn du einmal heiraten wirst, brauchst du das?«

Marielies wurde plötzlich ein wenig rot, lachte aber.

»Das ist ein drolliger Gedanke, nicht, Werner!«

»Drollig? Nein, drollig kann ich das nicht finden. Du bist nun erwachsen, und in deinem Alter denken junge Damen immer ans Heiraten. Hast du das nicht auch schon getan?«

»Nein, o nein, ich werde nie heiraten, ich will doch nicht fort von dir – und den Eltern.«

Er tastete mit bebender Hand nach der feinen Stickerei und sah scheinbar stark interessiert darauf.

»Du willst nie heiraten?«

»Nein, Werner! Was sollte ich mit einem fremden

Mann? Das wäre ein entsetzlicher Gedanke, laß uns gar nicht davon reden«, sagte sie unruhig.

»Ich will dir etwas sagen, Marielies, schenke mir diese Decke, wenn sie fertig ist.«

»Oh, gern! Aber was willst du damit anfangen?«

Er sah sie immer noch nicht an.

»Nun, diese Decke legt man doch auf den Teetisch. Du müßtest sehen, wie Tante Johanna den ihren herrichtet oder wie man das in New York tut in der Villa Warren oder in der Villa Nordau. Also auf einen Teetisch paßt diese Decke wundervoll. Und – wenn ich mal heirate, dann möchte ich in meinem Heim auch so reizend gedeckte Teetische haben.«

Auch bei diesen Worten hatte er nicht aufgesehen, sondern schien immer noch in die Betrachtung der Dekke vertieft zu sein. Als Marielies keine Antwort gab, sah er zu ihr auf – und erschrak über ihr blasses, bestürztes Gesicht. Sie suchte Fassung zu bewahren, sah ihn aber mit großen, angstvollen Augen an und sagte dann leise:

»Du – du wirst heiraten?«

Ihre Angst und Unruhe rührten ihn, beglückten ihn aber zugleich, und er konnte es nicht lassen, seine Fühler noch etwas weiter auszustecken.

»Nun ja, Marielies, ein Mann muß doch eine Familie gründen.«

Sie rang die angstvolle Erregung in sich nieder.

»Du – du hast wohl schon – ich meine – du weißt wohl schon, wen du heiraten willst?«

Wie gern hätte er gesagt: Ja, dich will ich heiraten. Aber er wußte, das war viel zu früh, das würde sie noch erschrecken. Und sosehr ihn ihre Angst beglückte, wollte er sie doch nicht länger quälen, und darum sagte er scheinbar leichthin:

»Aber nein, Marielies, daran zu denken habe ich gar keine Zeit gehabt, es eilt mir auch nicht. Vorläufig denke ich noch nicht daran, und vielleicht mache ich es auch wie du und heirate gar nicht. Das heißt, wenn du bei mir bleibst, so daß ich eine Frau gar nicht brauche. Dann kannst du mir mein Heim behaglich machen – und – legst mir diese schöne Decke auf meinen Teetisch.«

Die Farbe kehrte in ihre Wangen zurück.

»Ja, o ja, Werner, das will ich gern tun. Was willst du auch mit einer fremden Frau? Es wird viel schöner sein, wenn wir allein zusammenbleiben, mit den Eltern selbstverständlich.«

Er hätte am liebsten laut aufgejauchzt.

»Du mußt mir dann aber fest versprechen, daß du nie von mir fortgehst, nie einem andern Mann folgen wirst – um ihn zu heiraten.«

Sie nickte eifrig und reichte ihm die Hand.

»Mein Wort darauf, Werner, nie gehe ich von dir fort, nie folge ich einem fremden Mann. Aber dann mußt du mir ebenfalls fest versprechen, daß du keine fremde Frau heiraten und nie von mir fortgehen wirst.«

Mit einem festen Griff faßte er ihre Hand.

»Ich gebe dir mein Wort, Marielies. Du und ich, wir gehören zusammen für alle Zeit, du hast doch nicht vergessen, daß du überhaupt nur mir gehörst?«

Sie atmete wie erlöst auf.

»Wie könnte ich das vergessen, Werner«, sagte sie, und ein heller Glücksschein lag auf ihrem reizenden Gesicht. Es fiel ihm wieder einmal sehr schwer, sich zu beherrschen, sie nicht in seine Arme zu reißen und ihren Mund mit Küssen zu bedecken. Schnell begann er von andern Dingen zu sprechen, das bisherige Thema erschien ihm doch zu gefährlich für seine Seelenruhe. Er mußte ihr nun beschreiben, wie Tante Johanna den Teetisch deckte und wie es in den New Yorker Häusern aussah, wo er verkehrt hatte. Und Marielies beschloß bei sich, ihm schon jetzt den Teetisch in ähnlicher Weise decken zu lassen, sie wollte sich selber darum kümmern. Und das tat sie auch in Zukunft zu Werners großer Freude.

Jetzt brachte er das Gespräch auf Mildred Warren.

»Ihr beide müßt sehr gute Freundinnen werden, sie ist ein reizendes Geschöpf, das dir sehr gefallen wird.«

Wieder sah sie ihn prüfend an.

»Dir gefällt sie wohl sehr?«

»O ja, sie gefällt mir sehr gut, aber noch mehr gefällt sie meinem Freund Hans Nordau, und dessen Frau wird sie bestimmt werden. Wahrscheinlich sind sie jetzt schon verlobt.«

Ach, wie leicht wurde es Marielies ums Herz. Auch diese Angst und Sorge war sie los. Gelassen erzählte Werner weiter von seinen New Yorker Freunden. Da fragte sie plötzlich:

»Du, Werner, werde ich mich nicht furchtbar dumm und ungeschickt anstellen, wenn ich erst in New York bin?«

Er schüttelte den Kopf.

»Du bist so graziös und gewandt, Marielies, und wenn du auch ein wenig fremdartig wirken wirst, so wird man dich doch sehr bewundern, etwa wie eine seltene Blume aus einer fremden Welt.«

Das klang weich und schmeichelnd, weil es etwas von seinem eigenen Empfinden verriet. Sie senkte den Kopf noch tiefer, um ihre Verwirrung zu verbergen.

»Du hast fern von uns gelernt, schöne Worte zu machen, so hast du früher nie zu mir gesprochen«, sagte sie unsicher.

Er atmete auf.

»Nein, weil ich dich alle Tage sah, wußte ich nicht, wie reizend du bist. Vielleicht hast du dich auch in meiner Abwesenheit sehr verändert – ja, so wird es sein. Jetzt sehe ich jedenfalls, daß du bezaubernd bist«, sagte er mit verhaltener Erregung.

Sie wurde glühendrot und wagte nicht, ihn anzusehen. Zum Glück kam jetzt die Mutter herein, so daß sie beide schnell ihre Fassung wiederfanden. Marielies sprang auf und ging der Mutter entgegen.

»Sind die bösen Schmerzen vorbei, liebe Mutter?«

»Aber Marielies, von einer solchen Kleinigkeit macht man doch nicht viel Aufhebens. Ich habe meinen Balsam angewandt, und nun ist alles wieder gut.«

Auch Werner hatte sich erhoben und legte den Arm um die Mutter, um sie zu einem Sessel zu führen.

»Ich sorge mich um dich, Mutter. Marielies hat mir gesagt, daß du zuweilen Schmerzen hättest.«

Die Mutter lächelte zu ihm auf.

»Darauf müßt ihr gar nicht achten. Wenn man älter wird, stellen sich allerlei Gebrechen ein.«

»Du bist aber noch gar nicht alt, Mutter. Tante Johanna ist auch in deinen Jahren, aber sie ist noch so frisch und leistungsfähig – und so jung. Du wirst auch wieder jünger und frischer werden, sobald wir reisen; schon der Aufenthalt auf See wird Wunder tun.«

»Ja, ja, Werner, auf unserer Insel zählen die Jahre doppelt. Und du hast recht, die Reise wird mir wohltun. Sagt nur Vater nicht, daß ich mich ein bißchen unpaß fühle, er sorgt sich gleich zu sehr, und es ist ja gar nicht schlimm. Mir ist schon wieder ganz wohl.«

Aber Werner merkte doch, daß die Mutter seltsam verfallen aussah, und er dachte, wie gut es sein würde, wenn sie von Paradiso fortkäme. Er wollte schon dafür sorgen, daß sie gleich in Deutschland einen tüchtigen Arzt konsultierte.

16

Werner und sein Vater waren bereits verschiedene Male wieder an der Fundstelle auf dem Berg gewesen. Es waren abermals Wochen vergangen, und Werner hätte fast vergessen, daß er so lange von Paradiso fortgewesen war, wenn er nicht einige Briefe von Hans Nordau und Tante Johanna bekommen hätte, die ihn immer wieder daran erinnerten.

Für ihn war es wirklich nicht schwer gewesen, an die Abbruchstelle auf dem Felsen heranzukommen, und die Ausbeute war überraschend gut. Viel mehr, als Klaus Hohwart geglaubt hatte, war seinem Sohn da oben als Beute in die Hand gefallen. Der Vater mußte immer auf halbem Weg zurückbleiben, Werner litt es nicht, daß er sich da hinaufwagte, wohin nur er durch seine jugendliche Gewandtheit emporklimmen konnte. Aber der Vater ließ auch Werner nicht allein zur Fundstelle gehen, er wollte wenigstens seinem Sohn mit den Augen folgen.

Werner hatte sich einen guten Stahlhammer mitgebracht, um hier und da das Gestein losschlagen zu können. So konnte er überraschende Erfolge erzielen.

Klaus Hohwart hatte längst schon an die Regierung geschrieben, er wünsche wegen einer anderen Stelle Paradiso möglichst bald zu verlassen, man möge daher einen Bevollmächtigten senden, um das Inventar aufzunehmen, damit er möglichst schnell mit der Regierung abrechnen könne.

Der Bevollmächtigte war auch mit dem Regierungsdampfer eingetroffen, hatte alles Nötige mit Klaus Hohwart und seinem Sohn besprochen und alles aufgenommen, was die Regierung übernehmen würde. Sie war auch gewillt, die beiden Segelschiffe sowie Werners kleine Segeljacht zu übernehmen.

Besorgt hatte sich Klaus Hohwart erkundigt, was aus seinen Leuten werden würde, wenn er Paradiso verließe. Der Beamte hatte ihn beruhigt: Die Leute sollten nach wie vor in ihren Hütten wohnen bleiben und würden auch weiterhin lohnende Arbeit finden. Die Leute seien ja notwendig für die Arbeiten und sollten durchaus nicht vertrieben werden.

Darüber war Klaus Hohwart sehr froh, denn es war sein Wunsch, daß es all denen, die ihm treu gedient hatten, auch fernerhin gutgehen solle.

Nun wartete er auf die behördliche Entscheidung wegen der Abfindungssumme. Er hatte seine Forderungen, um Weiterungen zu sparen, so gestellt, daß sie ohne weiteres annehmbar waren. Aber er wußte, daß er Geduld haben müsse, denn es ging alles langsam bei der Regierung. Dieser mußte jedoch anscheinend sehr viel an einer Räumung der Insel liegen, denn überraschend schnell folgte die Entscheidung. Man nahm Klaus Hohwarts

Forderungen an und erbat sich definitiven Bescheid, wann er die Insel verlassen würde; es sollte umgehend alles Nötige geregelt werden.

Klaus Hohwart besprach sich mit seinen Angehörigen, und man einigte sich dahin, daß man schon Anfang April abreisen wolle, also fast ein halbes Jahr vor Ablauf des dreißigsten Pachtjahres. Bis dahin waren es nur noch zehn Wochen.

Klaus Hohwart kümmerte sich nun gar nicht mehr um die laufenden Geschäfte, er überließ alles seinen Leuten. Die Kapitäne nahmen wohl noch Ladungen ein, fuhren damit zum Hafen und kehrten wieder zurück, um neue Ladung zu holen. Auch rechneten Werner oder sein Vater mit ihnen ab, aber sonst ließ Klaus Hohwart alles laufen, wie es laufen wollte. Er und Werner waren jetzt fast jeden Tag an der Fundstelle, und sie staunten selbst über den reichen Ertrag ihrer Ausbeute. Sie war viel größer, als sie es erwartet hatten, und Klaus Hohwarts Vermögen vergrößerte sich in diesen letzten Monaten noch um ein beträchtliches.

Werner hatte jetzt wenig Zeit für Marielies, aber er tröstete sich damit, sich ihr während der Reise ganz widmen zu können. Das sagte er ihr auch, wenn sie klagte, daß sie jetzt so wenig von ihm habe. Auch die Mutter sah Werner nur noch bei den Mahlzeiten, und dabei fiel ihm auf, daß sie mehr und mehr verfiel. Sie machte ihm große Sorge, und endlich konnte er es nicht mehr für sich behalten. Als er eines Tages mit dem Vater auf den Felsen hinaufkletterte, äußerte er:

»Vater, es ist, glaube ich, höchste Zeit, daß Mutter nach Deutschland kommt, sie muß sich dort sofort in ärztliche Behandlung begeben.«

Betroffen blieb der Vater stehen und sah ihn an.

»Wie meinst du das? Glaubst du, daß Mutter krank ist?«

»Aber Vater, fällt es dir denn nicht auf, wie sie mehr und mehr verfällt? Sie will ja nicht, daß wir zu dir davon sprechen, denn du sollst dir keine Sorge machen, aber ich kann das nicht länger mit mir herumtragen. Du hast Mutter immer um dich gehabt, deshalb ist dir wohl nicht aufgefallen, wie elend sie geworden ist.«

Klaus Hohwart setzte sich schwer auf den Felsvorsprung nieder, auf dem er gestanden hatte, blieb so sitzen und sah mit großen Augen zu Werner empor.

»Es ist mir manchmal aufgefallen, daß sie nicht gut aussieht, aber sie gibt nicht zu, daß ihr etwas fehlt.«

»Nein, sie will es nicht wahr haben und schwört auf Noyas Heilbalsam. Aber mir scheint, daß sie damit zwar die Schmerzen vorübergehend lindert, aber gründlich geholfen wird ihr damit keinesfalls. Wie gesagt, ihretwegen wird es höchste Zeit, daß wir nach Europa kommen, und deshalb ist es mir sehr lieb, daß dies zeitiger geschieht, als wir geplant hatten.«

Klaus Hohwarts Gesicht hatte sich vor Schrecken seltsam blaurot gefärbt, und darüber erschrak Werner sehr. So hatte er den Vater noch nie gesehen, und zu der Sorge um die Mutter gesellte sich nun auch die um den Vater. Ein unheimliches Angstgefühl stieg in ihm auf. Er beugte sich zu dem Vater herab.

»Vater, was ist dir? Fühlst du dich unwohl?«

Der alte Herr richtete sich auf, ein wenig mühsam und schwer.

»Es ist nur die Sorge um Mutter, Werner, das hat mich ein bißchen überwältigt.«

»Ich hätte es doch nicht sagen sollen?«

»Doch, mein Junge, das war deine Pflicht. Aber, weiß Gott, mir zittern die Knie. Wenn man so sein ganzes Leben Seite an Seite mit seiner Frau gegangen ist, immer im besten Verstehen und innigster Harmonie, dann packt einen die Angst, es könnte einmal nicht mehr weitergehen.«

»So schlimm wird es ja nicht kommen, Vater, wir reisen ja bald ab, und schon die Seereise wird Wunder tun.«

»Ja, mein Junge – nun brennt mir der Boden unter den Füßen. Und ganz offen, ich glaube, auch für mich wird es Zeit. Ich merke jetzt zuweilen doch, daß ich etwas abgewirtschaftet bin. Manchmal wird mir verdammt übel, dann ist mir, als ob alles um mich herum zu tanzen beginnt.«

Werner erschrak. Er drückte den Vater wieder auf seinen Platz nieder.

»Du gehst jetzt keinen Schritt weiter hinauf, Vater. Bitte, bleibe hier sitzen, bis ich wieder herunterkomme. Und – laß uns heute zum letzten Mal nach den Steinen suchen. Wir haben genug, mehr, als wir erwarten konnten.«

Der Vater nickte.

»Gut, so soll es sein. Ich warte hier auf dich, und du steigst das letztemal hinauf.«

»Kann ich dich unbesorgt hier sitzen lassen?«

»Aber, Werner, so ein kleiner Rumpelschuß hat doch nichts auf sich. Ich bin doch noch kein Mummelgreis mit meinen sechzig Jahren.«

»Aber du hast ein schweres Leben hinter dir, Vater, darum mußt du haushalten mit deinen Kräften. Und um eines möchte ich dich bitten – aber du mußt mir nicht böse sein, nur die Sorge läßt mich das tun, daß du dir schaden könntest.«

»Na, raus mit der Bitte, Werner, was hast du denn auf dem Herzen?«

»Vater, der schwere Burgunder bekommt dir sicher nicht gut. Möchtest du nicht lieber einen leichteren Wein trinken?«

Der alte Herr lachte sorglos.

»Aber geh, Werner, was soll mir denn mein Burgunder schaden? Er tut mir doch immer so gut. Nun los, mein Junge, ich warte auf dich und werde hier so lange faul in der Sonne sitzen.«

Werner seufzte ein wenig. Vaters schwerer Burgunder machte ihn mehr besorgt, als er zeigen wollte. Aber vielleicht konnte er sich mit dieser Sorge in Deutschland auch hinter einen Arzt stecken. Er nickte dem Vater zu.

»Es war gut gemeint, Vater!«

»Weiß ich, mein Junge, aber sorge dich nicht und laß mir mein Tröpfchen, es bekommt mir ausgezeichnet.«

Leichtfüßig, aber mit etwas schwerem Herzen stieg Werner aufwärts, bis fast zur höchsten Stelle des Berges, dorthin, wo der riesige Felsblock abgestürzt war, was man an der frischen Bruchstelle sehen konnte. Er sah jedoch immer wieder besorgt zu dem Vater zurück. Der saß aber ganz behaglich und rauchte seine Pfeife. Da atmete Werner wie befreit auf.

Heute fand er einige besonders wertvolle Stücke, aber als er sich umsah, sagte er sich, daß ohne bedeutende Sprengungen hier wohl nicht mehr viel zu holen sei. Als er wieder hinabkletterte, fand er den Vater eingeschlafen auf seinem Platze sitzen. Er kniete neben ihm nieder und weckte ihn sanft. Als Klaus Hohwart erwachte, sah er Werner lächelnd an.

»Ich habe geschlafen, Werner?«

»Ja, Vater.«

»Das hat mir gutgetan. Gib acht, dein Alter bildet sich jetzt langsam zum Faulpelz aus.«

»Das tue nur, lasse mich für dich arbeiten.«

»Du, Werner, ich habe wunderschön geträumt, ich sah Mutter so, wie ich sie damals vom Hafen abholte und mich gleich dort mit ihr trauen ließ. So jung und frisch sah sie aus. Sie war eine schöne Frau, deine Mutter – für mich ist sie es jetzt noch. Aber damals, als ich sie hierherführte – oh, wie schön war das, mein Junge. Mir ist durch den Traum ganz leicht und froh zumute geworden. Mutter wird sich schon wieder aufrappeln, und ich auch. Es war doch eine herrliche Zeit, die wir miteinander verleben durften, wenn sie auch mit Arbeit bis zum Rande gefüllt war – oder gerade deshalb.«

»Und euer Lebensabend soll nun erst recht schön werden. Sieh, Vater, eine wie gute Ausbeute ich zum letzten Mal gehabt habe, mir scheint, das sind die wertvollsten von all unsern Steinen.«

Der Vater sah sie befriedigt an.

»Ein schöner Abschluß. Eigentlich ist es doch jammerschade, daß wir alles Weitere zurücklassen müssen.«

»Ohne große Sprengungen ist nichts mehr zu machen, Vater, und – ich denke, wir haben genug. Du hast mir einmal gesagt, ein zu großer Reichtum sei nicht erstrebenswert. Mich dünkt, du kannst zufrieden sein mit dem, was du hier in dreißig Jahren erreicht hast. Damit kannst du dir und mir draußen in der Welt alle Wünsche erfüllen. Ich will auf der Werft auch noch was zu verdienen haben, und zu einer schönen Villa am Meer reicht es, und zu allem andern ebenfalls.«

»Hast recht, mein Junge. Ich bedaure es auch nicht

meinetwegen, daß ich hier vielleicht enorme Werte zurücklassen muß, nur hätte ich es lieber in guten Händen gesehen.«

»Nun, so wie wir es geplant haben, Vater, kommt ein Teil dieses Segens einer Hilfsorganisation zugute. Wir wollen schon diplomatisch mit der neuen Herrschaft verhandeln, zwanzig Prozent vom Reingewinn muß sie uns dafür garantieren – sonst verraten wir die Fundstelle nicht und auch nicht das Geheimnis, welche Schätze hier verborgen liegen.«

Der Vater nickte.

»So soll es sein, Werner, daran wollen wir festhalten. Den Plan hast du ausgezeichnet gemacht – sobald unsere gesamte Ausbeute zu Geld gemacht ist, treten wir in Unterhandlung. Ich denke, das kann ich alles dir überlassen, du wirst das schon diplomatisch einfädeln.«

»Unbesorgt, Vater!«

»Und nun komm heim, ich habe Sehnsucht nach Mutter. So hübsch und jung sah sie in meinem Traumhaus aus, und so gesund und frisch.«

Werner half dem Vater beim Abstieg, aber so, daß er diese Hilfe nicht merkte. Er wußte, der alte Herr mochte es nicht, wenn man ihn stützte. So sorgte er nur, daß der Vater nicht fehltrat, und ging voraus, um ihn im Notfall halten zu können.

Aber sie kamen gut hinunter und umgingen unten den Felsen bis zu der Stelle, wo sie ihre Pferde gelassen hatten. Sie mußten an dem abgestürzten Felsblock vorbei, der sich durch den Sturz tief in die Erde eingewühlt hatte.

Hierher kam selten ein Mensch. Es war der am wenigsten fruchtbare Teil der Insel, und niemand außer Vater und Sohn und der Mutter ahnte, welch kostbaren Schatz dieser Felsen barg.

Als sie nach Hause kamen und sich erfrischt hatten, gingen sie zu Tisch. Klaus Hohwart sah mit geheimer Sorge zu seiner Gattin hinüber und war heute besonders liebevoll zu ihr.

»Na, Mutter, noch drei Wochen, dann schwärmen wir aus! Wir müssen nun unser Bündel schnüren.«

»Es wird ein umfangreiches Bündel, Klaus, die großen Koffer, die der Kapitän aus dem Hafen mitgebracht hat, werden kaum ausreichen, um alles zu verstauen, was uns so lieb ist, daß wir es hier nicht zurücklassen mögen.«

»Du wirst noch viel Arbeit haben, meine gute Anna.«

»Oh, Marielies ist mir jetzt eine tüchtige Hilfe, und wir haben schon alles zusammengetragen, was wir nicht bis zum letzten Tag brauchen.«

Sie besprachen noch allerlei, und nach Tisch ging Klaus Hohwart mit seiner Frau auf die Veranda hinaus. Sie setzten sich nebeneinander, mit dem Rücken zum Haus, und hielten sich bei den Händen. Versonnen schweifte ihr Blick über Paradiso hinweg ins Weite. Und plötzlich krampften sich ihre Hände wie im Abschiedsweh ineinander.

»Meine liebe gute Anna, was für ein tapferer Kamerad bist du mir allezeit gewesen. Habe Dank dafür!« sagte Klaus Hohwart bewegt.

Sie sah ihn lächelnd an.

»Du warst es doch auch für mich, Klaus. Und schön war es doch auf Paradiso, wunderschön.«

»Hast du nie bereut, daß du mir hierher gefolgt bist?«

»Nie, Klaus! Und – ein bißchen bange ist mir nun doch vor der Welt da draußen.«

»Ganz offen gesagt, mir auch, Anna. Wir sind eben nicht mehr jung genug, um uns zu freuen am Schweifen in die Weite.«

Wieder lächelte sie ihm zu.

»Hast du also endlich ganz ausgestürmt, mein Klaus?«

Auch er mußte lächeln.

»Ja, Anna, schon lange! Schließlich bin ich doch schon ein seßhafter Mann gewesen, seit du an meiner Seite lebst. Männer wie ich finden eben nur Ruhe in der treuen Freundschaft der Frau, die sie von Herzen lieben. Unser Werner wird auch ausgestürmt haben, nun da er von der Welt gesehen hat, was sehenswert für ihn war, und wenn er erst in New York auf seiner Werft arbeitet und seine künftige Frau ihm treu zur Seite steht. Eine gute Wahl hat er ja getroffen.«

»Du meinst also wirklich, daß unser Wunsch sich erfüllt – daß er und Marielies ...«

»Ja, Anna, er nimmt sich die zur Frau, die er sich vom Meer hereingeholt hat.«

Frau Annas Augen leuchteten in frohem Glanz.

»Wie gut, daß sie zu uns kam!«

»Der Tag sei gesegnet! Schön wird es sein, Anna, wenn wir uns im Glück unserer Kinder sonnen können, egal wo auch immer.«

Sie nickte verträumt.

»Ja, Klaus, ihr Glück ist das unsere.«

Sie saßen noch lange Hand in Hand, Zukunftspläne schmiedend. Es war ein ungewohnter Anblick, daß diese beiden arbeitgewohnten Menschen sich am Tag der Ruhe hingaben. Sie saßen da in tiefem, abgeklärtem Frieden, wie Menschen, die am Ziel ihrer Wanderung durchs Leben angelangt sind und nun Rast halten.

Marielies und Werner hatten die Eltern allein gelassen. Sie glaubten, sie hielten Siesta, und benutzten die Zeit, allerlei zusammenzutragen, was in die Koffer gepackt werden sollte. Marielies brachte das große Album herbei, in dem Doktor Berger alle von ihm auf Paradiso gemachten Fotografien aufbewahrt hatte. Er hatte dies Album Marielies vererbt und ihr gesagt:

»Wenn ihr einmal nicht mehr hier weilen könnt, wird euch das eine schöne Erinnerung sein.«

Das erzählte sie Werner, und sie blätterten in dem dikken Album. Die ganzen Jahre auf Paradiso waren gewissermaßen in diesen Aufnahmen festgehalten.

»Sieh nur, Marielies, von klein auf hat uns der gute Doktor in allen Situationen aufgenommen. Sieh hier, so sahst du aus, als du hierherkamst, wahrhaftig, in diesem Gewand trug ich dich an Bord meiner Jacht. Und da hat er auch das Grab deiner Mutter fotografiert.«

»Er liegt nun selber ganz nahe bei ihr begraben. Das hat er sich sicherlich nicht träumen lassen.«

»Und hier, sieh das Bild der Eltern – wie frisch und gut sieht Mutter da noch aus. Hier sind auch die beiden Kapitäne – hier der alte Noya – und da der Hochzeitstanz von Noyas Enkelin, famos ist das aufgenommen. Und sieh doch hier die Affenfamilie; drollig, wie sie an den Palmen hinaufklettern.«

»Ja, Werner – und hier unser Wohnhaus, der Blick über die Insel von der Veranda aus. Und hier du, am Strand, mit Pfeil und Bogen, das ist ein sehr gutes Bild von dir, Werner – aber wie ganz anders siehst du jetzt aus. Wie sorgfältig Doktor Berger das alles geordnet hat, jedesmal hat er das Datum daruntergeschrieben, wann er die Aufnahmen gemacht hat. Da ist er ja auch selbst – das Bild hat

Mutter von ihm aufgenommen. Und hier der Missionar Bode, hier die beiden Segelschiffe, die ›Anna‹ und die ›Marielies‹. Und auch deine Jacht. Ach Werner, alles nehmen wir in diesem Album mit, was uns an Paradiso lieb war. Wie wertvoll sind solche Bilder. Denke doch, wenn ich auch solche Andenken an meine Angehörigen hätte. Das einzige Bild, das ich von ihnen besitze, hier im Medaillon meiner verstorbenen Mutter, ist leider ganz verwischt.«

Sie zog das Medaillon hervor, das sie immer trug, aber unter ihren Kleidern verborgen. Er nahm es in die Hand und öffnete es. Sinnend sah er auf das verwaschene Männerbildnis. Dann schloß er die Kapsel und ließ sie aus seiner Hand gleiten. Mit einem seltsamen Blick sah er Marielies an.

»Du sollst nur uns gehören – nur mir«, stieß er hervor.

Sie schloß das Album.

»Niemand wird mich euch streitig machen, Werner«, sagte sie leise.

»Wir würden dich auch nicht wieder hergeben – ich nicht«, sagte er heiser.

»So, Werner, lege das Album zu den Sachen, die hier eingepackt werden sollen«, sagte sie ablenkend. »Der arme Doktor – er muß nun hierbleiben, bei meiner toten Mutter.«

Werner seufzte auf.

»Wenn ich nur Vater und Mutter erst glücklich in Deutschland hätte, Marielies, ich weiß nicht – mir ist so bange um sie, auch um Vater. Er klappte mir heute unterwegs zusammen und wurde blaurot im Gesicht. Ich bat ihn, keinen Burgunder mehr zu trinken, aber er lachte mich aus und behauptete, der bekomme ihm sehr gut.

Das scheint mir aber nicht so. Gerade in diesem Klima erscheint er mir für ihn direkt gefährlich. Ich bin jedenfalls sehr froh, daß wir nun schon früher reisen. Morgen gebe ich dem Kapitän der ›Anna‹ Auftrag, unsere Dampferplätze zu bestellen. Wir fahren von Hongkong aus, wie ich es getan habe. Diese Verbindung ist die beste, wenn wir auch zunächst einen kleinen Umweg machen müssen.«

»Ja, Werner, du wirst schon alles recht machen. Auch ich bin froh, daß wir nun reisen, schon Mutter wegen. Über Vater machst du dir hoffentlich unnütze Sorge, ich finde doch, er sieht sehr wohl aus.«

Werner war zu sehr in Sorge um seine Eltern, als daß er sich seiner Liebe zu Marielies jetzt so recht hätte freuen können.

Als sie aber später mit den Eltern den Tee einnahmen, erschienen ihm beide bedeutend frischer und wohler. Sie waren beide in so guter Stimmung. Da wurde auch er wieder froh.

Klaus Hohwart war sehr aufgeräumt, scherzte und lachte, und Frau Anna hatte keine Schmerzen und konnte mit den andern vergnügt sein.

Werner schalt sich töricht wegen seiner Angst vorhin.

Sie blieben alle bis zum Abend auf der Veranda beieinander. Auch der Kapitän kam heraus; er erhielt Auftrag wegen der Dampferplätze.

Klaus duldete nicht, daß heute gearbeitet wurde.

»Heute ist ein so herrlicher Tag, ein Tag der Ruhe und des Friedens, den wollen wir dankbar genießen. Wir können uns schon mal einen Ruhetag gönnen.«

Und so blieb man in froher Stimmung zusammen. Frau Anna gab Order, daß dem Kapitän nochmals alle Delikatessen vorgesetzt würden; es gab ein Festmahl. Und wiederum sprachen die beiden Herren, der Hausherr und der Kapitän, dem Burgunder besonders fleißig zu.

Man besprach noch allerlei. Alles Geschäftliche mit der Regierung war schon erledigt. Werner bat den Vater noch, dem Kapitän den Betrag für die Schiffsplätze auszuhändigen.

»Liegt schon bereit, Werner.«

So verging der Abend in Harmonie und Behaglichkeit; ein wunderbar friedlicher Abend. Nach besonders liebevollem Abschied zogen sich die Eltern in ihr Schlafgemach zurück. Auch Marielies verabschiedete sich von Werner und dem Kapitän.

Dieser blieb im Hause, er wollte erst morgen bei Tagesanbruch wieder an Bord der »Anna« gehen.

Als auch Werner sich zur Ruhe begab, war ihm das Herz etwas leichter als in den letzten Tagen. Er hoffte, seine Sorge um die Eltern möge übertrieben gewesen sein. Und er schlief schnell ein.

Am nächsten Morgen erhob er sich frühzeitig und konnte sich gerade noch von dem Kapitän verabschieden, der eben aufbrach, um an Bord zurückzukehren.

»Gut bekommen, Kapitän?« fragte er ihn lächelnd.

Dieser nickte schmunzelnd.

»Die Abende bei Frau Hohwarts Küche und Herrn Hohwarts Burgunder bekommen mir immer gut, junger Herr.«

»Wann lichten Sie den Anker?«

»Erst am Spätnachmittag.«

»Gut, dann kommen wir vielleicht noch hinunter, Marielies und ich.«

»Soll mich freuen.«

Als der Kapitän verschwunden war, nahm Werner seine kalte Dusche und machte seine gymnastischen Übungen auf der Veranda. In tiefen Zügen atmete er die würzige Luft ein und ließ seine Augen über die Insel hinweg hinaus auf das Meer schweifen. Tiefe Ruhe herrschte ringsumher. Nur einige Affenpärchen kletterten von Baum zu Baum, und Vögel huschten vorüber auf der Jagd nach ihrem Morgenimbiß. Lächelnd dachte Werner an die Morgen in New York. Wie verschieden waren sie von denen hier auf Paradiso. Er reckte sich tatendurstig. Nun kam er bald dazu, seine Kräfte zu regen, wie er es sich wünschte.

Er ließ sich in einen Sessel gleiten und lauschte ins Haus hinein.

Marielies war sonst immer die erste, die nach ihm erschien, aber heute hörte er sie noch nicht. Nur die nackten Füße der Dienerschaft huschten hin und her. Marielies war gestern gleich ihm später als sonst zur Ruhe gegangen und hatte wohl noch nicht ausgeschlafen.

Lächelnd vertiefte er sich in seine Gedanken. Wie lange würde er noch warten müssen, ehe er zwischen sich und Marielies Klarheit schaffen konnte? Vielleicht fand sich schon während der Seereise Gelegenheit dazu. Er fühlte, sie wurde sich dessen immer bewußter, daß ihre Gefühle für ihn eine große Änderung erfahren hatten. So konnte es doch nicht mehr so sehr lange dauern, bis sie sich vollkommen klar darüber wurde, daß sie ihn liebte – nicht wie eine Schwester ihren Bruder, sondern wie die Frau den Mann, dem sie sich fürs ganze Leben zu eigen geben will.

Sehnsuchtsvoll dachte er an sie und wünschte, sie möge bald erscheinen.

Aber plötzlich wurde er unsanft aus diesen beglückenden Träumen emporgeschreckt, er vernahm den lauten, verzweifelten Aufschrei einer Frauenstimme, der durch das Haus gellte wie ein Ruf in höchster Not. Er sprang erschrocken auf – das war doch die Stimme seiner Mutter? Er wollte ins Haus eilen, aber da kam ihm schon die Mutter entgegengestürzt, noch im Nachtgewand und mit über die Schultern hängenden graumelierten Zöpfen. Sie taumelte auf den Sohn zu, ihn mit entsetzten Augen anstarrend, und warf sich in seine Arme, wie nach einem Halt suchend.

»Werner! Der Vater!« keuchte sie, sah ihn wie hilfeflehend an und brach in seinen Armen zusammen.

Erschrocken hob er sie empor. Jetzt erschien auch Marielies mit verstörtem, blassem Gesicht. Sie trug ein lichtes Morgenkleid, und die kurzen kastanienbraunen Locken hingen ihr noch etwas wirr um die Schultern. Sie war gerade dabei gewesen, ihr Haar zu ordnen, als sie den Schrei der Mutter gehört hatte. Hinter ihr kamen einige Diener und Dienerinnen gelaufen.

»Was ist mit Mutter, Werner?« fragte Marielies fassungslos.

Werner legte die Mutter im Wohnzimmer auf den Diwan, auch er war sehr blaß geworden. Die Mutter erschien ihm so seltsam schwer.

»Mutter ist ohnmächtig geworden, Marielies, bleibe bei ihr, ich muß nach Vater sehen. Ich schicke dir jemand zu Hilfe.«

Damit rannte er hinaus und gebot den vor der Tür stehenden Dienerinnen, seiner Schwester zu helfen, die Mutter wieder zu Bewußtsein zu bringen.

Dann eilte er in das elterliche Schlafzimmer.

Da lag der Vater in seinem Bett – starr und kalt, mit gebrochenen Augen –, er war tot.

Klaus Hohwart hatte in der Nacht einen Schlaganfall erlitten und war verschieden, ohne daß seine Gattin es gemerkt hatte. Sie hatte es erst am Morgen nach dem Erwachen entdeckt und war darüber so erschrocken gewesen, daß sie laut aufschreiend zu ihrem Sohn geeilt war, um ihn zur Hilfe herbeizurufen.

Mit bebender Hand, tief erschüttert, drückte Werner dem Vater die Augen zu und faltete ihm die Hände, die er inbrünstig küßte.

»Wolltest du nicht fort von Paradiso, von deinem Lebenswerk?« fragte er den Toten, als könne der ihm Antwort geben.

Er verrichtete ein kurzes Gebet, dann aber trieb es ihn zur Mutter; dem Vater konnte er nicht mehr helfen, das sah er ein.

Im Wohnzimmer aber erwartete ihn ein neues Leid. Anna Hohwart war nicht ohnmächtig in seinen Armen zusammengebrochen, sie hatte vor Schreck über den Tod ihres Gatten einen Herzschlag erlitten. Werner hatte eine Tote auf seinen Armen ins Wohnzimmer getragen, deshalb war sie ihm so schwer erschienen.

Marielies und die Dienerinnen hatten zunächst auch nur eine Ohnmacht vermutet und es mit belebenden Essenzen versucht. Aber Anna Hohwart konnte nichts mehr einatmen. Und gerade als Werner eintrat, hatte Marielies erkannt, daß der Mutter Herz nicht mehr schlug.

Sie taumelte Werner leichenblaß entgegen und deutete, unfähig zu sprechen, auf die Tote. Werner mußte Marielies auffangen, sonst wäre sie kraftlos zu Boden gestürzt. Er ließ sie in einen Sessel gleiten und nahm einer der Dienerinnen eine Riechflasche aus der Hand, die er Marielies zum Einatmen vorhielt. Als sie wieder zu sich kam, überließ er sie den Frauen, um wieder zu seiner Mutter zu eilen. Ahnungsvoll beugte er sich über sie und erschrak bis ins tiefste Herz. Erschüttert schloß er auch der Mutter die Augen und kniete neben ihr nieder, sie mit seinen Armen umfassend. Das war auch für ihn zuviel – beide Eltern an einem Tag tot! Auch die Mutter hatte wohl nicht fortgewollt von Paradiso, da der Vater hierbleiben mußte.

Marielies hatte sich erhoben und kniete neben ihm nieder. Sie umfaßte seinen Arm, fühlte, daß er trostbedürftiger war als sie, so lieb sie auch die Pflegeeltern gehabt hatte.

»Werner – armer Werner – ist Mutter wirklich tot?« fragte sie leise.

Er nickte stumm, sprechen konnte er nicht, weil er sonst seine Fassung nicht hätte bewahren können. Er griff nur nach ihrer Hand und hielt sie fest in der seinen.

Die Dienerinnen machten, hinausstürzend, das gesamte Hauspersonal rebellisch, und draußen begann ein lautes Wehklagen, wie es diesen Naturvölkern bei Trauerfällen eigen ist. Das riß Werner und Marielies aus ihrem Schmerz empor, und Marielies sagte leise:

»Komm, Werner, wir müssen es Vater schonend beibringen, das Klagen der Leute könnte ihn erschrecken.«

Da fuhr er auf und drückte die Knöchel seiner Hand an die Zähne, um den aufsteigenden Jammer zu unterdrükken. Er erhob sich und zog Marielies mit sich empor. Er hielt ihre Hände fest und sah sie mit trüben Augen an.

»Marielies, die Mutter starb vor Schreck über Vaters Tod, sie fand ihn leblos in seinem Bett. Das ließ sie aufschreien vor Schreck und Entsetzen. Auch Vater haben wir verloren.«

Nun kamen Marielies erlösende Tränen. Hand in Hand ging sie mit Werner zum Vater. Sie mußte sich überzeugen, daß auch er nicht mehr am Leben war.

Es folgte nun all das unruhige Durcheinander, das in einem solchen Fall in einem Trauerhaus herrscht, alles das, was so furchtbar quälend ist und doch wohltätig von dem Schmerz ablenkt. Unablässig wehklagte die Dienerschaft um ihren guten Herrn und ihre gute Herrin. Sie alle hatten mit großer Ergebenheit an ihnen gehangen.

Werner nahm alle Kraft zusammen, um ruhig zu erscheinen. Viel lag jetzt auf seinen Schultern. Seine Stimme zitterte, als sie Befehle erteilte, aber es mußte sein. Und Marielies bezwang ebenfalls ihren Schmerz, um ihm nach Kräften zur Seite zu stehen.

Sogleich schickte Werner einen Boten mit dem Wagen zum Kapitän der »Anna« hinunter, er möge noch einmal heraufkommen. Der Tod seiner Eltern mußte den Behörden im nahen Hafen gemeldet werden. Auch sonst hatte Werner noch allerlei mit dem Kapitän zu besprechen.

Als dieser dann kam, lagen die beiden Toten schon friedlich nebeneinandergebettet auf ihrem Lager. Sie lagen da wie im Schlaf, und der Tod hatte ihren Gesichtern, deutlicher noch als im Leben, einen edlen Ausdruck gegeben.

Tiefbewegt nahm der alte Kapitän seine Mütze ab, als man ihn an das Totenlager führte. Sein Gesicht zuckte, als er ein stilles Gebet verrichtete, er mußte dankbar daran denken, daß ihm diese beiden Menschen nur Gutes erwiesen und daß Klaus Hohwart ihm gestern noch einen Scheck über dreißigtausend Gulden ausgehändigt hatte, damit er seinen Lebensabend sorglos verbringen könne. Mit seinem Ersparten hätte er gerade knapp auskommen können; diese Spende seines Herrn, durch die ihm dieser seine Dankbarkeit für langjährige treue Dienste hatte ausdrücken wollen, würde ihm manche Annehmlichkeit gestatten.

Als er hiernach zu Werner und Marielies trat, sagte auch er:

»Sie haben nicht fortgewollt von Paradiso, wie der Doktor auch nicht. Gott schenke ihnen den ewigen Frieden. Beide waren so gute Menschen! Und Sie sollten sich trösten, junger Herr, und auch Sie, Fräulein Marielies, einen schönen Tod haben sie beide gehabt, ohne lange Krankheit, ohne viele Schmerzen. Friedlich sind sie beide jetzt vereint. Trösten Sie sich, denn aller Schmerz kann die Toten nicht lebendig machen.«

Und er half Werner alles Nötige ordnen. Als er dann aufbrechen mußte, weil er seine Abfahrtszeit mit der »Anna« nicht aufschieben durfte, um rechtzeitig zum Hafen zu kommen, fragte er:

»Was soll nun mit den Dampferplätzen werden, junger Herr?« Werner seufzte tief auf.

»Jetzt brauchen wir nur noch zwei, Kapitän, aber es bleibt bei unserm Abfahrtstermin. Bitte besorgen Sie das. Meine Schwester und ich, wir wollen nicht länger mehr auf Paradiso bleiben. Sobald die Eltern zur letzten Ruhe bestattet sind und wir unsere Sachen gepackt haben, gibt es hier nichts mehr für uns zu tun.«

»Gut, junger Herr, ich besorge das.«

»Und Sie kommen rechtzeitig mit der ›Anna‹ zurück,

um uns zur letzten Fahrt abzuholen, wenn wir Paradiso verlassen, nicht wahr?«

»Das lasse ich mir doch nicht nehmen, junger Herr! Und wenn ich Sie dann zum Hafen gebracht habe, übergebe ich die ›Anna‹ dem Regierungsbevollmächtigten. Die ›Marielies‹ ist ja wohl schon abgeliefert, sie kehrt nicht mehr zurück.«

»So ist es. Sie nehmen bitte meine Jacht mit ins Schlepptau, Kapitän, bis zur Missionsinsel. Noyas Schwiegersohn soll den Missionar Bode herüberholen, damit er meinen Eltern die Grabrede halten kann.«

»Es wird alles besorgt, junger Herr.«

So wurden schon am übernächsten Morgen die beiden Verstorbenen neben Doktor Berger und Marielies' Mutter unter Palmen begraben. In den Tropen kann man die Toten nicht lange unbeerdigt lassen; das ging auch in dem günstigen Klima von Paradiso nicht länger.

Es war gut, daß Werner und Marielies noch sehr viel zu tun hatten. Sie wurden dadurch ein wenig von ihrem Schmerz abgelenkt.

Werner hatte das Testament seines Vaters an sich genommen. Auch die Steinsammlung und das vorhandene Bargeld legte er zum Mitnehmen bereit. Alles andere war bereits auf New Yorker Banken überwiesen worden. Das hatte der Vater alles noch geordnet, alles war vorbereitet. Allerdings hatte Werner doch noch einige Formalitäten zu erfüllen. Er mußte alles an den Regierungsbevollmächtigten übergeben. Aber da man behördlicherseits Paradiso gern geräumt sah, ging alles glatt und ohne Verzögerung vonstatten.

Die Koffer waren gepackt, und die »Anna« lag wieder

in dem kleinen Hafen, um Werner und Marielies abzuholen.

So kam der Tag der Abreise heran.

Werner und Marielies nahmen Abschied von der Dienerschaft und ritten ein letztes Mal auf ihren Pferden zum Hafen hinunter. Und zum letzten Mal suchten sie die Gräber auf. Werner hatte dem alten Noya und seiner Familie, die schon bis zum Urenkel vorhanden war, Weisung gegeben, in welcher Weise die Gräber gepflegt werden sollten. Da er diesen Dienst gut bezahlt hatte, konnte er dessen gewiß sein, daß die Gräber in Ordnung gehalten würden. Im übrigen hatte der Vertreter der Regierung Werner freiwillig versprochen, darauf achten zu wollen, daß seine diesbezüglichen Anordnungen befolgt würden.

Marielies weinte bitterlich, als sie mit Werner an den Gräbern kniete. Sie bückte sich herab und küßte die Erde, unter der ihre Lieben lagen. Auch Werner mußte die Zähne zusammenbeißen, um nicht schwach zu werden. Mit umflorten Augen sah er auf die Gräber herab. Ein letztes stilles Gebet, dann gingen die beiden Verlassenen Hand in Hand zum Hafen hinüber, wo die »Anna« bereitlag, sie ein letztes Mal auf die See zu führen.

Alles Gepäck war schon verladen. Der Vertreter der Regierung verabschiedete sich von ihnen. Draußen auf dem Meer lag der Regierungsdampfer, der der vorgelagerten Korallenriffe halber nicht in den kleinen Hafen einlaufen konnte.

Werner hatte den von ihm angefertigten Plan mitgenommen. Er wollte den Willen seines Vaters erfüllen und später Unterhandlungen mit der Regierung anknüpfen. Vorher aber wollte er seine Steinsammlung verkaufen und den Erlös auf New Yorker Banken anlegen.

Werner gedachte Marielies zunächst zu Tante Johanna zu bringen, an die er zwei Telegramme gesandt hatte. Das eine sollte ihr das Ableben der Eltern melden, das andere den Termin ihrer Ankunft.

Auch an Hans Nordau hatte er eine Drahtnachricht gesandt, um ihm den Tod seiner Eltern zu melden.

So verließen Werner und Marielies Paradiso. Hand in Hand standen sie an der Reling der »Anna« und schauten zurück auf die Insel, bis sie im Dunst entschwunden war.

Marielies rannen die Tränen über die Wangen, und Werner legte wie schützend den Arm um sie und rang um Fassung. Sie waren beide so traurig, daß sie allein reisen mußten, daß sie an nichts anderes zu denken vermochten.

17

Hans Nordau war bei seiner endgültigen Übersiedlung nach New York von seinem Vater mit herzlicher Freude aufgenommen worden. Mildred Warren und ihr Vater waren gleichfalls zu seiner Begrüßung am Pier gewesen, und Mildreds Augen strahlten ihm mit so unverhohlener Glückseligkeit entgegen, daß ihm das Herz heftig in der Brust klopfte.

Vater und Tochter verabschiedeten sich aber gleich wieder, weil Mister Warren wichtige Geschäfte hatte. Als Hans ihnen betrübt nachsah, sagte sein Vater lächelnd:

»Sei nur ruhig, mein Junge, wir sehen beide heute abend bei uns. Wir müssen doch deinen Doktor feiern.«

Da war Hans zufrieden. Sie fuhren nun nach Villa

Nordau hinaus, und Hans berichtete dem Vater alles Wichtige, bestellte auch herzliche Grüße von Werner Hohwart und Tante Johanna.

»Von Werner Hohwart wurde dir der Abschied wohl sehr schwer, Hans?« fragte der Vater.

»Ja, Vater, das kannst du dir denken, wir waren in den vier Jahren unseres Studiums nicht einen Tag getrennt.«

»Aber du hast den Trost, daß dein Freund später nach New York kommen wird.«

»In spätestens einem Jahr will er mit seinen Angehörigen hier eintreffen, und dann wird er hoffentlich auch Tante Johanna mitbringen.«

»Das hoffe ich auch. Es ist ein Gewinn, mit dieser klugen, feinsinnigen Frau Bekanntschaft zu pflegen. Sehr gespannt bin ich aber, ob Werner Hohwarts Eltern und Schwester sich so ohne weiteres nach New York verpflanzen lassen werden. Es gehört immerhin eine große Elastizität dazu, sich unserm Tempo anzupassen.«

»Werner hat das längst in Erwägung gezogen und sagt, daß seine Eltern vielleicht etwas abseits von New York vor Anker gehen müßten, wo er sie jederzeit aufsuchen kann. Jedenfalls ist er dir sehr dankbar, daß du die Seinen für die erste Zeit in deinem Haus aufnehmen willst.«

»Das war doch selbstverständlich nach allem Guten, was dir von ihm und seiner Tante widerfahren ist. Sie sollen herzliche Aufnahme finden. Mein Haus ist groß genug, und ich werde mich freuen, wenn es so liebe Gäste beherbergen darf. Doch das hat ja noch lange Zeit.«

Hans begleitete seinen Vater gleich nach Tisch nach Brooklyn hinüber, in dessen Fabrik. Er nahm eine Aktenmappe mit, in der er etwas Geheimes zu verbergen schien.

»Ich bin sehr begierig darauf, Vater, nun schnell Arbeit und einen Posten in deiner Firma zu bekommen, ich möchte arbeiten und Geld verdienen.«

Der Vater lachte.

»Sei ohne Sorge, mein Junge, an Arbeit wird es dir nicht fehlen. Aber wozu willst du so eilig Geld verdienen?«

Hans sah ihn mit ernsten Augen an.

»Du weißt, Vater, es drängt mich, selbständig zu werden und auf eigenen Füßen zu stehen, Mildreds wegen. Sie hat treulich auf mich gewartet, ich möchte ihr daher nicht mehr eine lange Wartezeit zumuten – und – mir auch nicht.«

»Kann ich mir denken, mein Junge. Aber das wird sich alles schnell regeln lassen. Es geht dir also um einen einträglichen Posten?«

»Ja, Vater, um einen, der es mir ermöglicht, um Mildred Warren anzuhalten, ohne daß ihr Vater mich fragen muß, womit ich meine Frau nähren und kleiden will.«

Die beiden Herren saßen in Rudolf Nordaus Privatkontor. Hans Günters Vater war in den letzten Jahren eher jünger als älter geworden. Er sah zufrieden und froh aus, freute sich an seinem Sohn und sah ihn jetzt mit humorvoller Überlegenheit an.

»Hm! Es muß also schon etwas sein, was Mister Warren imponieren kann?«

»Ach Vater, ich weiß ja, daß ich noch nichts bin, daß ich nichts zu bieten habe, aber – ich habe Mildred so lieb, daß ich nicht weiß, wie ich eine lange Wartezeit ertragen soll.«

»Wer spricht denn von einer langen Wartezeit?«

»Es ist mir klar, daß es eine große Kühnheit wäre, wollte ich schon jetzt um Mildreds Hand anhalten.«

»Kann ich gar nicht finden, mein Sohn. Die Firma Nordau hat einen ebenso guten Ruf wie die Firma Warren, und eine ist soviel wert wie die andere.«

»Aber ich bin doch nur der recht unbedeutende Sohn Rudolf Nordaus.«

Rudolf Nordau mußte lachen.

»Na, mit Mildred wirst du es in bezug auf Bedeutung wohl noch aufnehmen können – und sonst ist sie auch nur die Tochter Georg Warrens.«

Es zuckte in Hans Nordaus Gesicht.

»Du verstehst mich in allen übrigen Dingen so gut, Vater, kannst du mich nicht auch in dieser Beziehung verstehen?«

»Ja, ja, das kann ich schon, ich habe dich ja auch nur ein bißchen geneckt, weil ich längst auf Abhilfe für deine Schmerzen gesonnen habe. Also höre zu, du trittst hier als Volontär ein und wirst dich in alle Abteilungen des Betriebes einarbeiten, soweit du das nicht schon in deinen Ferien getan hast. Dazu brauchst du bei deiner Intelligenz – sagen wir, ein Vierteljahr. Und – dann trittst du als mein Kompagnon in die Firma ein. Meinst du, daß du es daraufhin wagen darfst, bei Georg Warren um die Hand seiner Tochter anzuhalten?«

Hans faßte des Vaters Hand und zog sie impulsiv an seine Lippen.

»Vater, du machst mir alles viel zu leicht, ich – ich möchte doch selber zeigen, daß ich ein ganzer Kerl bin.«

»Nun, ich denke, das hast du schon genug bewiesen. Und aller Anfang ist schwer. Man kann die Welt nicht gleich aus den Angeln heben, aber man kann immerhin in einem Betrieb wie dem unseren zeigen, daß man auf festen Füßen steht.«

»Das will ich gewiß, Vater. Aber – als Kompagnon muß man etwas zu bieten haben, wenn man als solcher in eine Firma eintritt. Und – mit ganz leeren Händen komme ich – gottlob – nicht. Ich habe eine Erfindung gemacht, an der ich schon seit Jahren arbeite, habe ein neues Farbverfahren ausgeklügelt, das vielleicht wertvoll für die Firma sein kann. Es handelt sich um lichtechte Farben, die in allen Nuancen auf kaltem Weg angewandt werden können und nicht nur Stoffe, sondern auch Leder – ja – sogar dünne Holzplatten vollständig lichtecht färben.«

Rudolf Nordau sah seinen Sohn fast betroffen an.

»Versprichst du da nicht ein wenig zuviel, Hans?«

»Höre mich nur weiter an, Vater. Schon lange habe ich experimentiert, aber immer fehlte mir noch etwas an der Vollendung meiner Erfindung. Immer blieb noch ein Mangel, die Farben hielten immer noch nicht allen Einflüssen stand. Schließlich kam mir ein Gedanke, wie ich es erreichen könnte. Wir waren abends im Theater zu einer Premiere gewesen, als es mich wie ein Blitz durchzuckte. Ich konnte die Zeit nicht abwarten, bis ich nach Hause kam. Ich verabschiedete mich hastig von Werner, der gleich zu Bett ging. Ich aber experimentierte und ließ mir nicht einmal Zeit, mich umzukleiden. Ich warf nur den Smoking und die Weste ab und arbeitete in Beinkleid und Oberhemd weiter. Da bespritzte ich mir das Oberhemd in einer Weise, daß es mit Farbflecken in allen Nuancen bedeckt war. Die halbe Nacht hatte ich gearbeitet und mußte dann aufhören, weil ich nun erst wieder erproben mußte, ob die Farben so lichtecht waren, wie ich hoffte. Ich betone nochmals, daß dieses Farbverfahren nur auf kaltem Weg angewandt werden sollte. Du kannst ja ermessen, welche Vereinfachung das bedeutet, wenn mir das geglückt sein sollte.«

»Das kann ich freilich ermessen – aber es ist ja unmöglich, daß die Farben dann lichtecht sein können.«

Hans Nordau lachte glücklich.

»Es ist nicht unmöglich, Vater. Höre zu. Am anderen Morgen zankte Tante Johanna mit mir, daß ich das gute Oberhemd so zugerichtet hätte. Es kam sofort in die Wäsche – aber – die Farbflecken wichen nicht. Das Hemd wurde gebleicht, in Seifenwasser gekocht, es wurde chemisch gereinigt – mit einem Wort –, alles wurde versucht, um die Farbflecken zu entfernen. Vom Hemd blieben schließlich nur noch Lumpen übrig – aber diese Lumpen zeigten unentwegt die Farbflecken, sie hatten sich absolut nicht verändert. Tante Johanna war konsterniert, daß ich sie umfaßte und mit ihr im Zimmer herumtanzte, als sie mir mit trauriger Miene die Lumpen zeigte. Sie konnte ja nicht verstehen, daß diese Probe auf die Echtheit meiner Farben mich sehr glücklich machte. So hatte ich denn endlich das Richtige gefunden, meine Erfindung war geglückt. Und eben diese bringe ich dir mit und hoffe, der Firma Nordau damit einigen Nutzen zu bringen. So komme ich doch nicht ganz arm zu dir.«

Es zuckte wie Rührung in dem Gesicht des Vaters.

»Es kommt dir wohl sehr schwer an, mich für dich sorgen zu lassen.«

»Du verstehst mich schon, Vater.«

Der Vater klopfte ihn auf die Schultern.

»Ja, ja – ich verstehe dich, mein Junge. Aber, wenn deine Erfindung wirklich so epochal ist, wie es den Anschein hat – dann kommst du wirklich nicht mit leeren Händen. Du mußt mir das Experiment vorführen.«

»Soll es gleich sein, Vater?«

»Könntest du es gleich tun?«

»Ich habe alles Nötige in dieser Aktentasche bei mir.«

Der Vater sah auf die Uhr.

»Drei Stunden haben wir noch Zeit.«

»Das ist mehr als genug.«

»So komm in das Laboratorium. Ich muß gestehen, ich bin neugierig, deine Erfindung kennenzulernen.«

Vater und Sohn gingen in das große Laboratorium der Firma. Sie ließen sich Laborkittel geben, um sie über ihre Kleider zu ziehen, und schlossen sich ein. Alles Material war vorhanden. Hans packte seine Aktenmappe aus und begann zu brauen und zu mischen.

Er hatte verschiedene Stofflappen mitgebracht, verschiedene Stücke Leder, feines und starkes, und einige dünne Holzplatten. Und nachdem er verschiedene Farben gemischt hatte, färbte er damit auf kaltem Weg erst die feinen Stoffe, dann die mittleren und stärkeren, danach die verschiedenen Lederstücke und zuletzt die Holzplatten. Auf all diesen Materialien stand die Farbe in leuchtender Klarheit. Sie wurden nun künstlich getrocknet.

»Siehst du, Vater, nun hast du die verschiedensten Nuancen, es läßt sich auf diese Weise jede Farbe herstellen, bis zu den feinsten Pastelltönen herab. Das macht gar keine Schwierigkeiten. Jetzt sind die Farben getrocknet, und alle Fasern sind durchtränkt. Und nun will ich alle möglichen Bleichmittel anwenden, auch die schärfsten.«

Er tat das. Interessiert sah der Vater zu, und immer erstaunter wurde sein Gesicht – die Farben widerstanden wirklich den schärfsten Bleichverfahren.

Aufatmend, mit glühendem Gesicht, sah Hans den Vater an.

»Du hast gesehen, Vater, alles wurde auf kaltem Weg gefärbt. Es ist also eine ganz neue Art, die verschiedensten Stoffe zu behandeln. Du kannst ohne Schwierigkeiten jede Nuance herstellen. Und sieh dir an, wie transparent diese Farben wirken. Die Echtheit und Haltbarkeit ist über jeden Zweifel erhaben. Eher gehen die Stoffe kaputt, als daß die Farbe um das geringste verblaßt. Und die Stoffe bleiben weich und duftig, mögen sie auch noch so zart sein.«

Rudolf Nordau hatte das Tun seines Sohnes mit größter Aufmerksamkeit verfolgt. Nun klopfte er Hans auf die Schultern.

»Junge, ahnst du denn überhaupt, welche epochemachende Erfindung dir gelungen ist? Du wirfst ja das ganze bisherige Färbverfahren über den Haufen. Und wenn du der Firma Nordau diese Erfindung überläßt, dann wird sie mit einem Schlag an erster Stelle stehen. Und das bringst du da so bescheiden aus deiner Aktenmappe heraus und sprichst nur von einem Kommen mit nicht ganz leeren Händen! Soweit ich es heute übersehen kann, ist diese Erfindung Millionen wert. Mein lieber Junge, du brauchst deinen Vater nicht mehr, um deinem künftigen Schwiegervater zu imponieren.«

Hans sah ihn mit strahlenden Augen an.

»Ich wußte, Vater, daß diese Erfindung nicht ohne Wert für deinen Betrieb sein würde. Gerade deshalb freut sie mich so sehr. Aber ihre ganze Bedeutung habe ich nicht übersehen.«

»Wenn du mit dieser Erfindung zu einer Konkurrenzfirma gegangen wärest, hätte man dir vielleicht einzureden versucht, daß du mit hunderttausend Dollar dafür überreich bezahlt sein würdest. Und hättest du sie Mister Warren angeboten und dafür die Hand seiner Tochter verlangt, hätte er sie dir gegeben. Ich aber sage dir nun, daß du mit vollem Recht als Kompagnon in die Firma Nordau eintreten kannst. Und wärst du nicht mein Erbe, würde ich dir sagen, du hättest zuviel eingezahlt. Aber es bleibt ja doch alles dein. Nun laß dir von Herzen Glück wünschen, mein Junge. Jetzt kannst du ohne Bangen um Mildred Warrens Hand anhalten, denn auch ohne eure Väter könntet ihr auf deine Erfindung hin einen Hausstand gründen.«

»Ist das wahr, Vater, so viel gilt diese Erfindung?«

»Ich denke wohl, mein Sohn. Georg Warren ist Fachmann genug, um beurteilen zu können, daß seine Tochter eine gute Partie macht, wenn sie dich heiratet – falls es ihm um eine gute Partie zu tun wäre, was aber keineswegs der Fall ist. Er weiß so gut wie ich, daß nur ihr beide miteinander glücklich werden könnt, und das ist für uns die Hauptsache. Aber all diese Stoffe nehmen wir mit, um sie ihm zu zeigen. Am meisten ist die transparente Färbung des Leders und der Holzplatten zu bewundern. Damit lassen sich direkt künstlerische Wirkungen erzielen. Ich freu mich schon darauf, diese Erfindung mit dir ausbauen und auswerten zu können.«

»Das beschämt mich fast, Vater.«

Rudolf Nordau zog den Sohn in seine Arme.

»Ich bin wirklich ein stolzer Vater und muß mich noch sehr bedenken, ob mir Mildred Warren als Schwiegertochter noch wünschenswert erscheint«, sagte er fast übermütig.

Hans lachte mit.

»Aber mir ist nur sie wünschenswert, Vater. Ich kann die Zeit nicht abwarten, bis sie mein eigen ist.«

»Nun, jetzt brauchst du wirklich keinen Tag länger zu warten, jetzt hast du wahrlich zur Genüge gezeigt, daß du ein ganzer Kerl bist.«

18

Am Abend dieses Tages kamen Mister Warren und seine Tochter zu einer kleinen privaten Feier in die Villa Nordau. Der Vater wollte die glückliche Beendigung der Studien seines Sohnes feiern.

Hans begrüßte Mildred mit unterdrückter Erregung. Es wurde ihm sehr schwer, ihr noch immer förmlich und konventionell zu begegnen.

Mildred war eine junge Dame von vollendeter Schönheit und Lieblichkeit geworden, und ihre Augen sahen Hans mit unverhüllter Liebe entgegen. Wußte sie doch, daß sie wiedergeliebt wurde. Sie beherrschte die deutsche Sprache jetzt ganz fehlerfrei, denn sie hatte in all den Jahren fleißig geübt.

Als die vier Personen und Mistreß Lipping an der reizend geschmückten runden Tafel Platz genommen hatten und die Suppe bereits gegessen war, erhob sich Mister Nordau.

»Meine verehrten lieben Gäste! Sie sehen in mir einen sehr stolzen und glücklichen Vater, denn mein Sohn hat nicht nur seine Examina mit Auszeichnung bestanden, was ja schon ein ausreichender Anlaß zu dieser Feier gewesen wäre, nein, er hat auch eine bedeutsame Erfindung gemacht. So jung er ist, so anstrengend sein Studium für ihn war, hat er doch noch Zeit und Gelegenheit gefunden, schwierige und zeitraubende Experimente zu machen. Du, mein lieber Freund Georg, bist Fachmann und wirst ermessen können, wie wertvoll diese Erfindung ist. Sie wird mit einem Schlag die Firma Nordau über jede Konkurrenz erheben. Ich werde dir nach Tisch die Beweise unterbreiten. Du darfst mir schon glauben, daß ich nicht übertreibe. Mein Sohn hat mir seine epochemachende Erfindung so still und bescheiden gebracht, ohne viel Aufhebens davon zu machen, daß ich darin abermals eine Veranlassung sehe, auf meinen Sohn stolz zu sein. Und deshalb, meine lieben Freunde, bitte ich Sie, Ihre Gläser mit mir zu erheben und mit mir auf das Wohl meines Sohnes anzustoßen. Ich weiß, daß Sie es gern tun.«

Die Gläser klangen aneinander, und Hans und Mildred sahen sich glückstrahlend an. Als man wieder Platz genommen hatte, sagte Mister Warren:

»Mein lieber Rudolf! Ich habe deinen Sohn von Anfang an in einer Weise kennengelernt, daß ich ihn immer für einen sehr tüchtigen Menschen gehalten habe. Von jeher traute ich ihm nur Gutes und Tüchtiges zu, und so hat es mich kaum gewundert, daß er sein Studium mit Auszeichnung beendet hat. Was du von der Erfindung sagst, freut mich deinetwegen und seinetwegen von Herzen; aber von einem Menschen wie ihm darf man ohne weiteres etwas Besonderes und Hervorragendes erwarten. Es interessiert mich auf alle Fälle sehr, seine Erfindung kennenzulernen. Ich bin sehr gespannt, Näheres darüber zu erfahren.«

»Das soll nach Tisch geschehen, Georg«, erwiderte Rudolf Nordau.

»Aber ich möchte nebenbei bemerken, daß ich Glück hatte. Ohne einige glückliche Zufälle wäre ich kaum zu dem Resultat gekommen«, sagte Hans.

Georg Warren lachte, während sein Vater und Mildred ihn stolz anstrahlten.

»Mein lieber Doktor Nordau, wollen Sie in Amerika Wurzeln fassen, müssen Sie sich diese überflüssige Bescheidenheit abgewöhnen.«

Nach dem Mahl begab man sich in das Nebenzimmer, wo Mistreß Lipping den Mokka servieren ließ. Danach zog sie sich zurück. Rudolf Nordau holte nun die gefärbten Stoffe herbei und legte alles Mister Warren vor.

»Sieh dir das an, Georg, all diese verschiedenartigen Stoffe sowie das Leder und die Holzplatten sind auf kaltem Weg gefärbt worden.«

Und er erklärte dem Freund, daß alle Nuancen auf die einfachste Weise erzielt werden könnten, und machte ihn darauf aufmerksam, wie transparent diese Stoffe wirkten und wie leuchtend die Farben seien.

Interessiert betrachtete Mister Warren das alles, dann sagte er bedächtig:

»Es ist, weiß der Himmel, erstaunlich, daß dies auf kaltem Wege geschehen konnte, erstaunlich ist auch die Leuchtkraft der Farben. Aber ich fürchte, daß die Farben, gerade weil sie nur kalt aufgetragen worden sind, sehr bald verbleichen werden.«

Vater und Sohn sahen sich lächelnd an.

»Mein lieber Georg, was wirst du sagen, wenn ich dir erkläre, daß all diese Proben bereits den stärksten Bleichverfahren ausgesetzt waren?«

Und er berichtete, was alles Hans angewandt hatte, um diese Farbproben zu bleichen.

»Nach alledem haben sich die Farben nicht um eine Nuance verändert, mein lieber Georg.«

Mister Warren sah verblüfft auf die beiden Herren.

»Das ist doch nicht möglich!«

»Doch, Mister Warren, ich bin bereit, das Experiment in Ihrer Gegenwart zu wiederholen.«

Mit einem unterdrückten Ausruf sprang Mister Warren empor.

»Mein lieber Hans Nordau, dann haben Sie so etwas wie den Stein der Weisen entdeckt! Das ist wirklich eine grandiose Erfindung! Man darf der Firma Nordau gratulieren. Mein lieber Rudolf, ihr werdet bald nicht mehr alle Aufträge bewältigen können. Das gibt ja eine Sensation. Ich wünsche dir von Herzen Glück zu deiner Vaterschaft«, sagte er erregt.

Rudolf Nordau klopfte ihn auf die Schulter.

»Mein lieber Georg, deine und meine Firma sind Schwesterfirmen. Du hast mich manchmal profitieren lassen an Errungenschaften deiner Firma – ich bin überzeugt, mein Sohn wird nicht abgeneigt sein, dir für deine Firma eine Lizenz zu geben. Wenn wir beide davon profitieren, werden unsere beiden Firmen enorm florieren.«

Mit glänzenden Augen sah Mister Warren vom Vater zum Sohn. Der Amerikaner witterte glänzendes Business, und da war er gleich zur Stelle. Er klopfte Hans auf die Schulter.

»Sind Sie damit einverstanden?«

»Wenn es mein Vater gutheißt, gewiß, Mister Warren.«

»Well! Die Sache wird schleunigst perfekt gemacht. Allerdings muß das Geheimnis Ihrer Erfindung gewahrt bleiben.«

»Selbstverständlich, Mister Warren. Außer meinem Vater und mir dürfen nur Sie davon wissen. Es ist sehr günstig, daß auch bei der Herstellung der Farben das Geheimnis gewahrt bleiben kann. Die bestimmte Mixtur kann der fertigen Farbmischung jedesmal einer von uns beifügen, ohne daß die Arbeiter nur ahnen, woraus sie besteht.«

»Großartig – ganz großartig!« rief Mister Warren begeistert.

Es wurde noch lange darüber debattiert, wie die Erfindung geschützt werden müsse, und auch Mildred zeigte großes Interesse dafür. Sie war Amerikanerin genug, um zu ahnen, daß es sich hier um ein ganz bedeutendes Geschäft handelte. Ihr Vater begeisterte sich nicht für eine Kleinigkeit. Und sie freute sich, daß Hans Nordau dadurch an Bedeutung gewann. Nicht in ihrem Herzen, das war nicht mehr möglich, aber andern Leuten gegenüber.

Als man das Thema von allen Seiten beleuchtet hatte, sagte Rudolf Nordau zu Mildred:

»Darf ich Sie bitten, ein wenig zu musizieren, Miß Mildred? So etwas recht Beruhigendes, weil ich sonst heute nacht vor Aufregung nicht schlafen kann.«

Mildred erhob sich bereitwillig.

»Ich werde Ihnen Schumann und Mendelssohn vorspielen, Mister Nordau, ich weiß, das sind Ihre Lieblingskomponisten. Und ich bin sehr froh, auch einmal zu etwas nütze zu sein, ich kam mir schon schrecklich überflüssig und klein vor zwischen so vielen klugen Männern.«

Sie ging schnell und ohne auf den Protest der Herren zu achten in das nebenan gelegene Musikzimmer. Dort stand ein kostbarer Steinway-Flügel.

»Ich werde Miß Warren die Noten umblättern«, sagte Hans und folgte ihr schnell.

Die beiden Freunde blieben zurück und sahen sich lächelnd an.

»Ich habe Mildred absichtlich fortgeschickt und war sicher, daß Hans ihr folgen würde. Er hat mir heute nachmittag mitgeteilt, daß er sich sehr danach sehnt, das entscheidende Wort zu ihr zu sprechen. Aber er fürchtete, daß du ihn zweifelnd fragen könntest, woraufhin er heiraten wolle. Aber nachdem ich dir von seiner Erfindung erzählt habe, wirst du kaum eine derartige Frage an ihn richten.«

»Das wäre ohnedies nicht geschehen, Rudolf. Ich habe nicht vergessen, daß er meiner Tochter das Leben gerettet hat. Schon das allein würde mich bestimmen, ihm mein Jawort zu geben. Außerdem ist er der Sohn meines besten Freundes und – was ausschlaggebend ist – Mildred liebt ihn und würde nie einem anderen Manne gehören wollen. Von der Erfindung ganz abgesehen, hätte er also keinen Korb zu fürchten brauchen.«

»Ich habe ihm auch Mut zugesprochen. Er ist wirklich ungemein bescheiden. Jeder andere an seiner Stelle hätte ein großes Geschrei mit dieser Erfindung gemacht. Er kommt ganz ruhig damit an und stellt sie mir zur Verfügung. Ich hatte ihm schon vorher gesagt, daß er jetzt als Volontär in die Firma Nordau eintreten und nach einem Vierteljahr – sobald er sich ein wenig eingearbeitet hat – mein Kompagnon werden solle. Darauf sagte er mir, er sei froh, nicht mit ganz leeren Händen zu mir zu kommen, berichtete von der Erfindung und führte sie mir vor, daß ich vor Staunen sprachlos war. Also, mein lieber Georg, wundere dich nicht zu sehr, wenn nach kurzer Zeit da drüben das Klavierspiel verstummt. Ich denke, daß wir, sobald Hans mein Kompagnon ist, die Verlobung unserer Kinder bekanntgeben können.«

»Vorausgesetzt, daß die Kinder nicht einen früheren Termin dafür ins Auge fassen. Mir scheint, Mildred spielt schon recht unsicher.«

Die beiden Herren sahen sich lächelnd an und drückten sich die Hände. Sie plauderten dann weiter und schienen gar nicht darauf zu achten, daß Mildreds Spiel schnell verstummte.

Das war so gekommen: Mildred hatte sich am Flügel niedergelassen und das Allegro moderato von Schumann gespielt. Das ging noch sehr gut. Aber dann trat Hans zu ihr heran, und seine Augen hingen unverwandt an ihrem reizenden Gesicht.

Sie hatte sich in den letzten Jahren herrlich entfaltet. Ihre Gestalt war etwas größer und ein wenig voller geworden, so daß sie bei aller Schlankheit edel gerundete Formen zeigte. Das blonde Haar war eine Schattierung dunkler geworden, hatte aber noch einen intensiveren Glanz bekommen und umgab das reizende Gesicht in kurzen Locken. Und ihre samtbraunen Augen blickten noch beseelter als früher.

Ein Sturm von Empfindungen brauste über Hans Nordau hin, als er so neben ihr stand und sie ungehindert anschauen konnte. Das Licht der elektrischen Beleuchtung streute Goldfunken auf ihr Haar. Er merkte, wie sie unter seinen Blicken immer unruhiger wurde, obwohl sie die Augen nicht hob, und plötzlich brach sie mitten im Spiel ab und ließ die Hände herabsinken.

»Weshalb sehen Sie mich so unverwandt an, Mister Nordau?«

Er atmete tief.

»Woher wissen Sie, daß ich Sie unverwandt angesehen habe? Sie haben doch gar nicht aufgeblickt.«

»Ich habe es gefühlt«, sagte sie leise.

Er trat ganz nahe an sie heran und faßte ihre Hand.

»Man fühlt nicht die Blicke von Menschen, die einem gleichgültig sind, Miß Mildred«, sagte er leise, sie verlangend ansehend.

Sie wurde sehr rot, hielt aber seinen Blick aus und sagte tapfer:

»Sie sind mir doch auch nicht gleichgültig, Doktor Nordau, das müssen Sie doch wissen. Wie könnte mir mein Lebensretter jemals gleichgültig werden.«

Seine Stirn zog sich zusammen.

»Ich kann es nicht mehr anhören, daß Sie mich Ihren Lebensretter nennen«, stieß er fast zornig hervor.

»Warum nicht?« fragte sie ihn.

»Sobald Sie mir etwas Nettes, Liebes sagen, was mich beglücken könnte, dann schwächen Sie es jedesmal hinterher dadurch ab, daß Sie hinzufügen, es gelte nur Ihrem Lebensretter. Ich möchte viel lieber, daß Sie mir einmal etwas Liebes sagten, ohne an den Lebensretter zu denken. Sonst muß ich wirklich anfangen, diesen zu hassen – und auf ihn eifersüchtig werden.«

Sie löste ihre Hand, die er festhielt, nicht aus der seinen.

»Sie können sich doch nicht selbst hassen, nicht auf sich selbst eifersüchtig sein«, versuchte sie zu scherzen. Und dabei huschte das Schelmenlächeln, das er so sehr liebte, über ihr Gesicht, und das machte ihn nur noch unruhiger.

»Weichen Sie mir doch nicht aus, Mildred – süße, liebe Mildred –, Sie sind so entzückend, so anbetungswürdig mit diesem Schelmenlächeln, daß ich noch mehr den Verstand verliere als sonst. Sie wissen doch längst, daß ich Sie liebe, von ganzem Herzen liebe. Seit jener Stunde, da Sie in meinem kleinen Fährhaus mein Gast waren, habe ich mein Herz an Sie verloren. Damals hielt ich es für unmöglich, Ihre Liebe gewinnen zu können oder gar Sie besitzen zu dürfen. Sie waren unerreichbar für mich, und meine Vernunft sagte mir, es sei für mich unmöglich, Ihnen jemals näherzukommen. Jetzt endlich sehe ich aber eine Möglichkeit, Mildred – aber, wozu soll ich Ihnen das alles erzählen, Sie wissen ja doch längst, wie es in meinem Herzen aussieht.«

Mit feuchtem Blick sah sie zu ihm auf.

»Ich höre es aber so gern, wenn Sie zu mir davon sprechen, ich – ich habe doch damals auch schon mein Herz an den Fährmann in der blauen Arbeitsbluse, mit dem zerwühlten blonden Schopf verloren. Wissen Sie das nicht, Hans Nordau?«

Er zog sie an den Händen zu sich empor.

»Ja, Mildred, ich weiß es, ich fühle es, und deshalb kann ich nicht mehr länger warten. Seit ich Sie kenne, habe ich mich danach gesehnt, Ihre Lippen zu küssen, Mildred.«

Dunkel erglühend, hob sie das Köpfchen empor und bot ihm die Lippen in reizender Verschämtheit.

Mit einem unterdrückten Jubelruf zog er sie in seine Arme, und beider Lippen fanden sich nach jahrelanger Sehnsucht im ersten, heißen Liebeskuß. Sie hielten einander fest umschlungen, küßten sich immer wieder und sahen sich mit glückstrahlenden Augen an.

Dazwischen sagten sie sich all die süßen Zärtlichkeiten, die junge liebende Menschen sich in solchen Stunden zu sagen haben. Und aus der Zärtlichkeit wurde dann ein glückseliger Übermut geboren. Sie schalten sich gegenseitig aus, daß sie einander nicht früher aus diesem Hangen und Bangen erlöst hatten.

Hans verteidigte sich.

»Ich konnte doch nicht, süße Mildred, erst mußte ich wenigstens mein Studium vollenden. Sollte ich als halbfertiger Student um dich anhalten? Was hätte dein Vater dazu gesagt?«

»Aber ein wenig zärtlicher hättest du schon zu mir sein können, nicht immer so schauderhaft konventionell«, schalt sie schmollend.

»Nein, das war ganz ausgeschlossen. Dann hätte ich mich nicht mehr in der Gewalt gehabt. Wenn du wüßtest, was es mich gekostet hat, so ruhig und formell zu scheinen mit all der heißen Sehnsucht im Herzen. Gottlob, daß das vorüber ist, daß ich nun meine Sehnsucht stillen kann an deinen roten Lippen. Ich mußte gleich an diesem ersten Tag mit dir von meiner Liebe sprechen.«

»Hättest du mich noch länger warten lassen sollen?« fragte sie vorwurfsvoll.

Er küßte sie erst wieder, bis sie ganz atemlos war. Dann sagte er aufatmend:

»Nein, das konnte kein Mensch von mir verlangen. Ach, Mildred, habe ich eine Angst gehabt, daß ein anderer Mann dich mir wegnehmen könnte.«

»Hast du das wirklich befürchtet? Hatte ich dir nicht versprochen, jedesmal, wenn du abreistest, daß ich auf dich warten würde?«

»Ja, das hast du mir gesagt, und daraus mußte ich immer für ein ganzes Jahr Mut schöpfen. Liebe süße Mildred, ich danke dir nachträglich noch tausendmal dafür, daß du mir diesen Trost immer mit auf den Weg gegeben hast.«

So ging es weiter, und immer wieder fanden sich ihre Lippen, und sie vergaßen beide ganz, daß Mildred zum Musizieren herübergeschickt worden war, dachten nicht mehr daran, daß drüben die beiden Väter saßen.

Plötzlich aber schraken sie zusammen, denn die beiden Väter standen vor ihnen, und Rudolf Nordau sagte vorwurfsvoll:

»Ist das Musik, Miß Mildred?«

Sie wurde sehr rot, sah ihm aber lachend ins Gesicht und sagte schelmisch:

»Ich finde, daß dies eine herrliche Musik ist, Mister Nordau. Ihr Sohn Hans hat mir so viel Liebes und Schönes erzählt, daß es mit keiner anderen Musik zu vergleichen ist.«

»Und ich finde, lieber Vater, daß das, was ich von Miß Mildred gehört habe, nur mit dem Gesang der Engel zu vergleichen ist«, fügte Hans hinzu, wandte sich dann aber an Mister Warren und sagte aufatmend: »Nun muß ich erst Ihnen gegenüber mein Verhalten rechtfertigen, Mister Warren. Ich liebe Ihre Tochter von ganzem Herzen, von ganzer Seele und von ganzem Gemüt. Verzeihen Sie, wenn ich mich von meinen Gefühlen habe hinreißen lassen, die erste Instanz zu übergehen, sie waren mächtiger als ich. Bitte, seien Sie großmütig, und geben Sie mir Ihr Jawort, ich bitte herzlich und innig darum.«

Mildred flog ihrem Vater um den Hals, lachend und weinend.

»Vater, du weißt, daß mein Leben ihm gehört. Er hat es mir neu geschenkt, damit ich es nun ihm schenken kann.«

Mister Warren küßte seine Tochter. Dann reichte er Hans die Hand.

»Nun ja, eigentlich haben Sie das gleiche Recht auf Mildred wie ich, und mir scheint, ich habe gar nicht viel dazu zu sagen«, scherzte er.

Hans drückte seine Hand sehr fest.

»Denken Sie nicht daran – denken Sie nur daran, daß ich Mildred unaussprechlich liebhabe, Mister Warren.«

»Nun, mein lieber Hans, keinem Manne vertraue ich das Schicksal meiner Tochter lieber an als Ihnen.«

»Ich danke Ihnen, und ich verspreche Ihnen, daß Mildreds Glück mein innigstes Bestreben sein soll.«

Rudolf Nordau breitete die Arme aus.

»Kleine Mildred, komm in meine Arme, du weißt, daß du mir als Tochter willkommen bist.«

Sie warf sich an seine Brust und gab ihm einen herzhaften Kuß.

»Jetzt habe ich zwei charmante Väter, und ich will sie beide von Herzen liebhaben.«

Man saß nun wieder zusammen und beriet allerlei. Die Verlobung des jungen Paares sollte erst bekanntgegeben werden, wenn Hans als Kompagnon in die Firma Nordau eingetreten war. Das wünschten beide Väter, und dem Brautpaar war es recht, die Verlobung vorläufig noch geheimzuhalten. Denn wenn erst gesellschaftliche Pflichten an sie herantraten, hatten sie nicht mehr viel voneinander, da Hans tüchtig arbeiten mußte. Die Väter versprachen aber, daß sich das junge Paar jeden Tag sehen könne. Man wollte abwechselnd in Villa Warren und in Villa Nordau zusammenkommen.

Dann wurde auch beraten, wo das junge Paar in Zukunft wohnen solle, und Mister Warren sagte:

»Da möchte ich einen Vorschlag machen: Unsere beiden Häuser sind groß genug, um die Residenz der jungen Leute entweder bei dir, Rudolf, oder bei mir aufzuschlagen. Meinetwegen können wir durch das Los entscheiden lassen, ob du das Glück haben sollst, die Kinder bei dir zu haben, oder ob es mir zufällt. Oder aber, wir lassen das junge Paar wählen. Was sagt ihr zu dem Vorschlag?«

»Er ist ausgezeichnet«, sagte Rudolf Nordau. »Mildred soll entscheiden.«

»Nein«, sagte Mildred, »wir wollen lieber das Los sprechen lassen. Dann bestimmt das Schicksal, und keiner von euch kann sich beschweren. Ich möchte durch eine Wahl keinen unserer Väter einsam machen.«

Dieser Vorschlag wurde angenommen. Es wurde gelost, und das Los fiel auf die Villa Warren.

Mister Warren freute sich sehr und sagte:

»Du trägst es mir hoffentlich nicht nach, Rudolf, daß ich durch das Los begünstigt wurde?«

»Gewiß nicht, Georg.«

»Ich möchte auch bemerken, daß mein Haus sich noch besser eignet als das deine, weil es den großen Seitenflügel hat. Diesen werde ich dann beziehen. So stören wir uns gegenseitig überhaupt nicht.«

»Da hast du recht, Georg, das läßt sich sehr gut einrichten. Und mache dir keine Gedanken darüber, daß das Los dich begünstigt hat, ich bin schließlich besser als du daran gewöhnt, allein zu hausen.«

»Und wann soll die Hochzeit sein?«

Das Brautpaar sah sich an, ohne etwas zu erwidern. Aber Rudolf Nordau meinte lächelnd:

»Ich denke, im Sinne meines Sohnes zu sprechen, wenn wir die Hochzeit nicht gar zu weit hinausschieben. Die

Kinder haben ja schon lange genug warten müssen. Wie wäre es, wenn wir zu Weihnachten die Verlobung bekanntgäben und zu Ostern Hochzeit feierten?«

Hans sah Mildred sehnsüchtig an.

»Wenn es nicht früher sein kann.«

Mildred errötete, aber ihr Vater sagte energisch:

»Nein, nein, so lange mußt du schon noch warten, lieber Hans. Es muß doch mancherlei im Hause geändert werden, und Mildred muß ihre Aussteuer besorgen.«

So blieb es also bei dem Vorschlag von Rudolf Nordau.

Als Mister Warren mit seiner Tochter sich entfernt hatte, sagte Hans zu seinem Vater:

»Wird es dich nicht betrüben, Vater, daß du nun bald wieder allein bleiben mußt?«

Der Vater drückte ihm die Hand.

»Mache dir deswegen keine Sorge, Hans, ich werde ja trotzdem nicht viel allein sein. Eure Wohnung liegt sehr nahe – und ich werde dich tagsüber in der Fabrik in meiner Nähe haben. Das Los hat schon richtig entschieden. So bleibt dann auch bei mir genügend Raum, um deine Freunde aufzunehmen. An unser Haus hätten wir erst einen Seitenflügel anbauen lassen müssen, denn ihr jungen Leute sollt doch nicht gestört werden. Es ist gut so, wie es ist.«

»Schade, daß mein Freund Werner nicht an meiner Hochzeit teilnehmen kann.«

Lächelnd sah ihn der Vater an.

»Du kannst ja deine Hochzeit aufschieben, bis er nach New York kommt.«

Hans lachte. »Nein, Vater, es dauert ohnedies reichlich lange.«

19

Gleich nach der Ankunft im Hafen wurde Werner ein inzwischen für ihn eingegangener Brief überreicht. Es war ein Schreiben von Hans Nordau. Werner hatte jetzt keine Zeit, es zu lesen, und steckte es zu sich. Es gab noch allerlei zu erledigen. Er mußte noch ein letztes Mal mit dem Kapitän abrechnen und dann dafür Sorge tragen, daß seine und Marielies' Koffer auf den bereitliegenden Dampfer geschafft wurden, der sie nach Hongkong bringen sollte. Erst als sie beide, nach herzlichem Abschied von dem Kapitän, an Bord dieses Dampfers gelangt waren, hatte Werner Zeit, den Brief des Freundes zu lesen. Er lautete:

»Mein lieber Werner!

Endlich habe ich mich mit Mildred Warren verlobt. Ich teilte Dir schon mit, daß wir uns bereits am Tag meiner Ankunft heimlich verlobt hatten, aber nun ist das offiziell geworden. Man soll sein Glück nicht berufen, Werner, aber es ist doch wunderbar, wie sich mein Schicksal gewendet hat. Der arme Fährmann Hans Jürgen ist nun schon Kompagnon seines Vaters Rudolf Nordau geworden und der Verlobte des entzückendsten Geschöpfes, das die Erde trägt.

Mein Vater bezeigt mir nach wie vor soviel Liebe und Güte, daß es mich immer wieder rührt. Ich habe Dir bisher immer nur kurz Nachricht geben können, denn ich hatte gleich in der ersten Zeit alle Hände voll zu tun. Du kannst Dir denken, daß ich mit Feuereifer an meine Arbeit heranging.

Meine Erfindung hat sich zu meinem eigenen Erstaunen als eine ganz große Sache herausgestellt. Die Firma Nordau wird dadurch einen ungeahnten Aufschwung nehmen, und die Firma Warren, die an dieser Erfindung partizipiert, ebenfalls. Mein Schwiegervater hat mir für die ihm erteilte Lizenz eine so bedeutende Summe bezahlt, daß ich jetzt schon den Grundstock zu einem recht ansehnlichen Vermögen gelegt habe. Meinem Vater habe ich die Erfindung mit in die Firma gebracht, und nun habe ich das herrliche Gefühl, schon selber einige Geltung zu besitzen, und zwar nicht bloß als Sohn meines Vaters. Wie glücklich ich darüber bin, kannst Du Dir denken, Du kennst mich ja.

An Ostern wird unsere Hochzeit sein, und ich kann Dir nicht sagen, wie glücklich ich bin durch die Liebe meiner süßen Braut. Wir werden in der Villa Warren wohnen. Mein armer Vater wird also wieder allein sein. Aber er klagt nicht; er macht es mir auch nicht schwer und sagte mir lächelnd, um so besser könne er Euch alle unterbringen, wenn Ihr kommt.

Wie gern hätte ich gesehen, daß Du meiner Hochzeit beiwohnen könntest, aber Du wirst verstehen, daß ich sie nicht eine Stunde länger aufschieben möchte, als es ohnehin sein muß. Es steht ja auch noch gar nicht fest, wann Du mit Deiner Familie eintreffen wirst, wenn Du mir auch mitgeteilt hast, daß Ihr eher aufbrechen würdet, als Du zuerst angenommen hattest.

Du fehlst mir sehr, trotz meiner neuen Aufgabe und trotz Mildred. Du hast mir bisher immer nur kurz Nachricht gegeben, und ich kann mir schon denken, daß Du allerlei Arbeit zu erledigen hast.

Wie gefällt es Dir jetzt auf Paradiso? Es muß dort meiner Meinung nach eine für Dich fast beklemmende Stille herrschen. Aber Du hast nun alle Deine Lieben wieder um Dich, und sie werden sehr glücklich sein. Wie sehen sie der Übersiedlung entgegen? Wird alles gutgehen?

Bitte grüße alle unbekannterweise von mir. Wir freuen uns alle darauf, sie kennenzulernen. Mildred sehnt sich ganz besonders nach Deiner Schwester. Sie müssen so gute Freundinnen werden, wie wir gute Freunde sind.

Unsere Hochzeitsreise machen wir nach Florida, wo es sehr schön sein soll. Aber wir werden nur vier Wochen fortbleiben können, denn ich bin in der Fabrik schlecht abkömmlich wegen der Realisierung meiner Erfindung. Ja, lieber Werner, ich bin wirklich schon eine sehr gewichtige Persönlichkeit im Hause Nordau. Mein neues Farbverfahren hat allerlei Neuerungen notwendig gemacht, die sich aber, gottlob, sehr gut rentieren werden. Mein Vater ist sehr zufrieden mit seinem Sohn – und das macht mich stolz und glücklich, das wirst Du verstehen können.

Für heute nichts mehr. Du gibst mir hoffentlich bald genaue Nachricht, wann wir Euch erwarten können. An Tante Johanna habe ich alles Wichtige schon berichtet.

Und nun viele herzliche Grüße, mein lieber Werner; hoffentlich auf baldiges Wiedersehen! Mildred sendet Dir gleichfalls herzliche Grüße, mein Vater und Mister Warren ebenso; sie sind Dir alle sehr zugetan. Nochmals auf Wiedersehen!

Dein treuer Freund Hans«

Werner berichtete Marielies alles, was sie an diesem Brief interessieren konnte.

Sie richteten sich nun an Bord des kleinen Dampfers ein, so gut es ging. Marielies staunte schon über die Größe dieses Dampfers. Er erschien ihr riesengroß im Vergleich zur »Anna« und zur »Marielies«.

Wie verwunderte sie sich aber erst, als sie in Hongkong an Bord des großen Luxusdampfers kamen! Sie wurde durch all diese neuen Eindrücke wohltuend von ihrer Trauer abgelenkt. Auch Werner wurde innerlich ruhiger und hieß diese Ablenkung willkommen.

So fanden beide langsam ihr seelisches Gleichgewicht wieder. Der große Luxusdampfer war gut besetzt, und Marielies mußte allerlei Hemmungen im Umgang mit den vielen fremden Menschen überwinden. Zum Glück hatten sie nebeneinanderliegende Kabinen bekommen.

Werner hielt es für angezeigt, daß Marielies auf der Reise für seine Schwester gehalten wurde. Er hatte sich aber von seinem Vater eine behördliche Bestätigung besorgen lassen, daß Marielies nicht seine Schwester war und nur den Namen Hohwart führte, weil ihr richtiger Name nicht zu ermitteln gewesen war. In der Schiffsliste standen sie einfach als die Geschwister Werner und Marielies Hohwart.

Die Geschwister Hohwart erweckten bald die Aufmerksamkeit der Mitpassagiere. Werners Erscheinung war interessant. Man spürte das Bedeutende seiner Persönlichkeit. Zumal den jungen Damen an Bord stach er gewaltig in die Augen. Marielies wirkte geradezu wie eine fremdartige Wunderblume inmitten der modernen Reisegesellschaft, und ihre weißen, nur von einer Schärpe zusammengehaltenen, nach Art von Hängekleidern geschnittenen Gewänder erregten beinahe eine Sensation. Trauer um ihre geliebten Toten anzulegen lag ihr fern. Sie kannte zudem nicht einmal den Brauch, Trauer nach außen hin durch schwarze Kleider kundzutun. Werner hatte das auch nicht von ihr verlangt. Sie sollte ruhig ihre schlichten Kleider tragen, bis in Berlin Tante Johanna ihre Ausstaffierung übernehmen würde. Aber gerade diese schlichten, weißen Kleider rückten Marielies' körperliche Vorzüge in das hellste Licht.

Das Fremdartige ihrer Erscheinung beschäftigte alle Gemüter an Bord, zumal ihr »Bruder« durchaus wie ein eleganter zivilisierter Europäer wirkte. Man ruhte nicht eher, als bis man durch den Kapitän in Erfahrung gebracht hatte, daß die Geschwister Insulaner seien und daß der Bruder schon jahrelang in Deutschland geweilt und dort studiert habe. Damit gab man sich zufrieden.

Seit Werner Hans Nordaus Brief gelesen hatte und wußte, daß der Freund nun wahrscheinlich schon verheiratet war, überkam ihn stärker denn je die Sehnsucht, Marielies zu besitzen. Aber diese Reise mußte erst hinter ihnen liegen und Marielies erst ihre Trauer verwunden haben. Erst wenn er mit ihr ein festes Domizil haben würde, konnte er es wagen, sie aus ihrer Unerfahrenheit zu wecken und ihr begreiflich zu machen, daß er sie nicht mehr als Schwester liebe, sondern sie zur Frau begehre.

Marielies schien vorläufig ganz zufrieden zu sein mit ihrem Verhältnis zu Werner. Er war ja bei ihr, umgab sie mit nimmermüder Liebe und Aufmerksamkeit und hielt von ihr alles fern, was sie aufregen oder bedrücken konnte. Er war nur für sie da, kümmerte sich wenig um die andern jungen Damen an Bord, die sich ebensooft in seine Nähe drängten wie die Herren in die von Marielies.

Werner blieb jede Anwandlung von Eifersucht erspart, denn Marielies kümmerte sich um keinen der Herren, schob immer wieder ängstlich die Hand unter seinen Arm, wenn irgendwer Anstrengungen machte, ihr nahezukommen, und lächelte ihm dankbar zu, wenn er sie so oder so in Sicherheit brachte.

Eines Tages, als sie schon das Mittelmeer passierten und nebeneinander an der Reling standen, sagte Werner:

»Weißt du, Marielies, so sehr es mich auch schmerzt, daß die Eltern nicht mit uns kommen konnten, so habe ich doch jetzt oft das Gefühl, als wüßte ich sie gut aufgehoben. Ich denke manchmal, daß sie doch schwer in einem neuen Boden hätten Wurzel fassen können. Vielleicht wären ihnen bittere Erfahrungen beschieden gewesen. Und Mutter wäre wohl kaum wieder ganz gesund geworden, sie hätte vielleicht noch viele Schmerzen erleiden müssen. Und Vater – wenn der nicht mehr hätte so aus dem Vollen schaffen und arbeiten können – wäre wohl überhaupt nicht zufrieden gewesen. Sein Zustand hätte ihm allerlei Schonung aufgenötigt. Das alles wollen wir uns zum Trost sagen. Sie sind ohne große Schmerzen dahingegangen und liegen nun friedlich auf Paradiso.«

Marielies hatte feuchte Augen.

»Ja, Werner, wir müssen uns trösten, wenn ich mir auch noch gar nicht denken kann, wie ich mich ohne die Eltern im Leben zurechtfinden soll. Sie werden mir immer sehr fehlen.«

»Du hast doch mich, Marielies – und Tante Johanna wird dir sehr viel sein können, sie ist eine herrliche Frau und wird für dich Verständnis haben.«

»Aber du läßt mich nie allein, Werner? Das versprichst du mir?«

Er faßte ihre Hand mit warmem Druck, und seine Augen hingen an ihrem feinen Profil.

»Nein, Marielies, wir trennen uns nie mehr. Nie lasse ich dich von mir«, sagte er fast feierlich.

Da atmete sie erleichtert auf und sagte sinnend:

»Denke dir, Werner, seit wir an Bord dieses Dampfers sind, ist mir immer, als hätte ich das alles schon einmal erlebt. Ich sehe im Geiste allerlei Gestalten, die sich auch an Bord eines Dampfers bewegen, und darunter sehe ich immer wieder eine schlanke, schöne Frau, die mir ähnlich sieht und deren Gesicht auf mich wirkt wie eine ferne, süße Erinnerung. Sie hat Haar von derselben Farbe wie ich, hat genau solche Augen wie ich und sieht mich liebevoll an. Sie trägt ein langes weißes Gewand und neigt sich über mich. Ganz deutlich höre ich dann, wie sie zu mir sagt: ›Mein Kind, meine kleine Marielies.‹ Und vorige Nacht habe ich ganz lebhaft von ihr geträumt. Sie nahm mich an der Hand, lächelte mir lieb und gütig zu und sagte zu mir:

›Komm, Marielies, ich führe dich zum Vater.‹ Ist das nicht seltsam, Werner?«

Er hatte ihr aufmerksam zugehört.

»Du hast von deiner Mutter geträumt, und das beeinflußt dich.«

»Aber die Gedanken waren schon da, ehe ich von ihr träumte. Und ich habe früher doch niemals von meiner Mutter geträumt, habe kaum an sie gedacht, habe nur für ihr Seelenheil gebetet und stellte sie mir immer vor wie einen Engel. Aber nie wußte ich, wie sie ausgesehen hat. Jetzt meine ich, daß ich es wieder wüßte.«

»Dennoch ist das alles leicht zu erklären. Du fährst jetzt zum erstenmal wieder auf einem großen Dampfer. Und damals, ehe du zu uns kamst, reistest du mit deiner Mutter – und wahrscheinlich auch mit deinem Vater – auf einem Dampfer, der, wie du weißt, in jener Sturmnacht unterging. Die jetzige Dampferfahrt weckt Erinnerungen an jene frühere und löst in deinem Gedächtnis allerlei Bilder aus.«

»Wie seltsam aber, daß ich mich nie an jene Sturmnacht erinnert habe, die doch einen tiefen Eindruck auf mich gemacht haben müßte. Auch daran erinnere ich mich nie, daß ich mit meiner toten Mutter hilflos auf der Holzwand im Meer trieb.«

Er preßte ihren Arm an sich.

»Gottlob, daß du dich dessen nicht entsinnst. Du darfst auch nicht mehr darüber nachgrübeln, sonst weckst du vielleicht diese schlimmen Gedanken auf. Laß ruhen, was vorüber ist.«

»Ich denke ja nicht bewußt daran. Das kommt, ohne daß ich es will. Und seit dem Tod der Eltern kommt mir zuweilen der Gedanke, ob es wohl auf der Welt noch Menschen gibt, die irgendwie zu mir gehören?«

»Es hat sich damals niemand gemeldet, Marielies, wiewohl Vater wiederholt in deutschen Zeitungen inserieren ließ. Anscheinend ist dein Vater gleichfalls mit jenem Dampfer untergegangen. Vielleicht mußten die Männer zurückbleiben, als die Frauen und Kinder in die Rettungsboote gebracht wurden. Dann ging wohl der Dampfer mit den Männern unter, und du und deine Mutter wurdet aus dem Rettungsboot geschleudert, als auch das unterging. Deine Mutter umklammerte dich und rettete dich auf die herantreibende Holzwand, vermochte auch selbst noch auf diese hinaufzuklettern. Irgendwie hat sie sich dann diese schwere Verletzung am Hinterkopf zugezogen, an der sie starb. Du sagtest damals, ihr hättet zu Großpapa reisen wollen. Also lebte irgendwo dein Großvater. Aber der wird angenommen haben, daß ihr alle mit dem Dampfer untergegangen seid, und hat sich damit abgefunden. Wahrscheinlich ist auch er inzwischen gestorben. Ich bitte dich, Marielies schlage dir all diese Gedanken aus dem Kopf, sie beunruhigen dich nur. Oder – ist jetzt nach dem Tod der Eltern plötzlich die Sehnsucht nach deinen verlorenen Angehörigen aufgewacht, fühlst du dich einsam mit mir allein?« forschte er unruhig.

Es lag fast eine eifersüchtige Erregung in seinen Worten.

Sie sah ihn mit ihren leuchtenden Grauaugen liebevoll an und schüttelte lächelnd den Kopf.

»Einsam? Mit dir? O Werner, nur ohne dich würde ich einsam sein.«

Er mußte die Zähne zusammenbeißen und vermochte nicht zu sprechen. Die Muskeln seines Gesichts zuckten, das sah Marielies, und plötzlich erfaßte sie das Verlangen, sich in seine Arme zu werfen und dies geliebte, braungebrannte Gesicht zu küssen. Sie mußte an das Gefühl denken, das sie damals im Hafen bei seinem ersten Kuß überkommen hatte. Ihr Gesicht rötete sich plötzlich, und sie schloß die Augen. Werner sah dies Erröten, merkte und fühlte, daß in diesem Moment etwas in ihr vorging, was sie erregte.

»Marielies, woran dachtest du jetzt?« fragte er heiser.

Sie wurde noch verlegener, wandte das Gesicht zur Seite und schüttelte den Kopf.

»An nichts, Werner.« Ihre Stimme klang unsicher.

»O Marielies, an nichts kann man doch nicht denken.«

»Ich – ich meine nur – an nichts Besonderes.«

Er wußte aber, fühlte es mit Gewißheit, daß sie an seinen Kuß gedacht hatte, gerade weil sie es nicht verraten wollte.

»Du kannst es mir doch sagen«, drängte er mit versagender Stimme.

»Oh, ich – ich dachte nur gerade an den Tag, als ich dich vom Hafen abgeholt habe, das liegt nun schon so weit zurück.«

Durch seine Adern rann es wie Feuer. Auch er dachte an jenen Kuß und fühlte, jetzt würde er die Gewalt über sich verlieren, wenn er noch länger allein in ihrer berükkenden Nähe weilte.

»Komm, Marielies, laß uns einen kleinen Spaziergang machen, man hat hier an Bord so wenig Bewegung«, stieß er hervor und wandte sich zum Gehen.

Sie folgte ihm willig, und er steuerte auf die Gruppen zu, die um die Musikkapelle herum saßen und standen. Es war Teezeit an Bord, und die Kapelle begann eben zu spielen. Das war immer ein frohes Ereignis für Marielies. Musik war ihr etwas ganz Ungewohntes. Aber heute achtete sie kaum darauf, sie war froh gewesen, daß Werner sie nicht weiter gefragt hatte, und war selbst viel zu verlegen, als daß sie auf sein seltsames Wesen geachtet hätte.

Sie promenierten nun eine Weile, bis Werner sich wieder in der Gewalt hatte. Dann führte er sie zu einem etwas abseits stehenden Tisch. Hier nahmen sie den Tee. Auf einem freien Platz in ihrer Nähe wurde getanzt. Marielies sah dem Tanze immer staunend zu. Sie hatte erst gedacht, die miteinander tanzenden Paare müßten zusammengehören. Aber dann merkte sie, daß die Damen aus einem Arm in den anderen wechselten. Das erstaunte sie sehr. Was sie bisher an Tänzen gesehen hatte, waren die Tänze der Eingeborenen auf Paradiso bei festlichen Gelegenheiten gewesen. Aber die tanzten entweder allein oder alle zusammen in einem großen Kreis. Sie selbst hatte wohl, wenn sie einmal besonders freudig gestimmt war, für sich allein irgendeinen Freudentanz ausgeführt, ohne jede Regel, nur aus Freude an der Bewegung. Aber hier dieses Zusammentanzen von Menschen, die im nächsten Moment wieder fremd aneinander vorübergingen und gar nicht zusammengehörten, erschien ihr sonderbar. Sie hatte Werner gefragt, ob dieses Tanzen in zivilisierten Ländern Sitte sei, und er hatte es bestätigt. Da hatte sie gesagt:

»Nie möchte ich so mit einem fremden Herrn tanzen.«

»Möchtest du überhaupt nicht tanzen, Marielies, auch mit mir nicht?«

»Oh, mit dir wohl, aber jetzt nicht, im Augenblick möchte ich überhaupt nicht tanzen, dazu bin ich zu traurig«, hatte ihre Antwort gelautet. Sie betrachtete den Tanz als einen Ausdruck für Lebensfreude und als nichts anderes.

Auch heute sah Marielies den Tanzenden verständnislos zu. Werner beobachtete sie, und ihr sprechendes Gesicht verriet ihm ihre Empfindungen. Er plauderte mit ihr, um sie abzulenken, sprach mit ihr über seinen Freund Hans, der wohl nun schon verheiratet sei, und über dessen junge Frau. Auch von den beiden Vätern sprach er und von Tante Johanna.

»Das sind alles Menschen, Marielies, an denen du deine Freude haben wirst. Tante Johanna wirst du ja nun bald kennenlernen.«

»Wie lange brauchen wir noch bis Berlin, Werner?«

»Am achtzehnten Mai laufen wir in Bremerhaven ein, und gleich am anderen Tag sind wir in Berlin. Du kommst mitten in den deutschen Frühling hinein, und das ist gut so. In den nordischen Winter hätte ich dich nicht gleich verpflanzen mögen. Du mußt dich erst akklimatisieren.«

Die letzten Reisetage an Bord gingen schnell vorüber. In Marseille gab es einen kurzen Aufenthalt. Man fuhr an den Quarantäneinseln vorbei. Und Marielies staunte die Stadt auf dem Berge an. Aber sie gingen auch hier nicht an Land, wie auf der ganzen Reise nicht. Werner wollte vermeiden, daß gar zuviel Neues auf Marielies einstürmte.

20

Tante Johanna hatte sich nach der Abreise ihrer beiden Zöglinge nur sehr schwer an die Einsamkeit gewöhnen können. Sie hatte wohl im Herbst wieder zwei Studenten der Hochschule aufgenommen, kümmerte sich aber wenig um sie. Von Werner und Hans hatte sie zunächst nur kurze Nachrichten erhalten, aber dann bekam sie von letzterem einen langen Brief, wo er ihr von allem berichtete, was sie interessieren konnte, vor allem auch von seiner Verlobung. Und nach Ostern traf auch seine Vermählungsanzeige ein.

Sie hatte auch ausführliche Briefe von ihrem Bruder und von Werner erhalten. Ihr Bruder schrieb ihr, er sei ihr sehr dankbar für all ihre Bemühungen um seinen Sohn, und wie sehr er sich freue und sich danach sehne, sie nach so langen Jahren endlich wiedersehen zu dürfen. Werner schrieb ihr aber besorgt, er habe die Mutter leidend gefunden und auch des Vaters Gesundheitszustand beunruhige ihn etwas. Aber es kam ihr keineswegs in den Sinn, daß für Bruder und Schwägerin Ernstliches zu befürchten sei.

Um so mehr erschrak Frau Trautmann, als sie dann Werners Telegramm von dem plötzlichen Tod beider erhielt. Schmerzlicher als sonst empfand sie es, so weit entfernt zu sein von diesen ihr nahestehenden Menschen. Und es tat ihr sehr weh, daß sie nun ihren Bruder niemals mehr wiedersehen würde.

Bald darauf erhielt sie dann ein zweites Telegramm von Werner, das ihr sein und Marielies' Eintreffen ankündigte. Und nun hatte sie keine Ruhe mehr. Den beiden Studenten, die bei ihr wohnten, hatte sie Ostern schon die Wohnung gekündigt, weil sie die Zimmer für Werner und Marielies brauchen würde. Zu der Zeit, als diese in Bremerhaven eintreffen mußten, reiste sie dorthin. Ihr war, als könne sie die Sehnsucht nach zu ihr gehörenden Menschen nicht länger bezwingen.

Und so wurden Werner und Marielies am Pier von ihr empfangen.

Die Begrüßung zwischen Werner und der Tante war sehr herzlich, und dann schob er ihr Marielies in die Arme.

»Das ist etwas zum Liebhaben für dich, Tante Johanna. Marielies braucht dich sehr nötig.«

Entzückt sah die Tante in Marielies' reizendes Gesicht. Es war vor Erregung sehr blaß, und die grauen Augen sahen ein wenig ängstlich in die der alten Dame. Aber deren Herz hatte sie sehr schnell gewonnen. Sie zog sie mütterlich in die Arme.

»Etwas Besseres kannst du mir nicht sagen, Werner, als daß sie mich braucht.«

»Das weiß ich, Tante Johanna.«

Diese küßte Marielies auf Mund und Augen.

»Kind, was hast du für liebe Augen, man muß dich gleich liebhaben«, sagte sie.

Und Marielies fühlte sogleich eine lebhafte Sympathie für die ältere Frau.

»Du hast Vaters gute Augen, ich werde dich liebhaben können«, sagte sie ein wenig schüchtern.

Schon auf der Reise nach Berlin kamen sich Tante Johanna und Marielies sehr nahe. Selbstverständlich gab es für Marielies allerlei Erregendes. Zunächst einmal ihre erste Eisenbahnfahrt. Das schnelle Tempo und das Rattern der Wagen ängstigten sie ein wenig. Aber Werner nahm ihre Hand und nickte ihr beruhigend zu. Da wurde es gleich besser.

»An allerlei Lärm wirst du dich gewöhnen müssen, Marielies. Du mußt nur immer denken: Wo Lärm ist, ist auch Leben, ist Kraft und Bewegung, dann wird er dich bald nicht mehr stören«, sagte er.

Sie bezwang tapfer ihre Angst und Unruhe und nahm sich vor, sich so schnell wie möglich allem auf sie eindringenden Neuen anzupassen. Es gab auch vielerlei, was ihr Freude machte. Zum Beispiel das schnelle Vorüberziehen der Landschaft und überhaupt alles, was sie von den Fenstern des Zuges aus sah. Außerdem war ja Werner bei ihr, und auch die gute Tante Johanna, die stets den rechten Ton für sie fand.

So kam sie in ganz leidlicher Verfassung in Berlin an.

Die Stadt wirkte nun freilich ziemlich atemberaubend auf sie. Sie hielt sich an Werners Arm fest, bis sie mit ihm und der Tante in einem Auto saß. Die Autofahrt erschien ihr dann wieder ganz vergnüglich, nur manchmal schrak sie zusammen, wenn die andern Wagen so schnell an ihnen vorüberhuschten. Sie schrie einige Male auf und faßte wieder nach Werners Hand. Die Tante streichelte sie und sagte beruhigend:

»Meine kleine Insulanerin, dir ist wohl bange vor dem Ungeheuer Berlin, aber sei nur getrost, wenn man es kennt, ist es gar nicht schlimm. Es hat auch sehr viel Schönes zu bieten, woran du dich freuen wirst.«

Marielies lachte ein wenig.

»Wie können nur so viele Menschen und Wagen so dicht beisammen sein? Aber ich gewöhne mich schon daran. Werner hat mir mancherlei von Berlin erzählt, und New York soll ja noch lebhafter sein. Da muß ich mich schon zusammennehmen und darf mich nicht fürchten. Ihr seid ja bei mir.«

Sie war aber doch sehr froh, als sie in die stille Straße einbogen, wo Tante Johannas Wohnung lag, und sie atmete auf, als sie in deren behaglichem Heim gelandet war.

Es war schon ein Brief von Hans Nordau für Werner eingetroffen. Dieser schrieb:

»Mein lieber Werner!

Soeben von meiner Hochzeitsreise zurückgekehrt, finde ich Dein Telegramm vor, in dem Du mir die betrübliche Mitteilung vom Tod Deiner Eltern machst. Das war ein schwerer Schlag für Dich, ich kann mir denken, wie tief Dich das getroffen hat. Unserer innigen Teilnahme kannst Du sicher sein. Es tut mir sehr, sehr leid, daß ich Deine Eltern nicht mehr kennenlernen kann.

Vielleicht bist Du inzwischen schon mit Deiner Schwester in Berlin eingetroffen. Ich sende diesen Brief jedenfalls auf dem schnellsten Weg. Von mir will ich Dir jetzt nichts erzählen, als daß ich unsagbar glücklich im Besitz meiner angebeteten Frau bin. Hoffentlich kommst Du recht bald mit Deiner Schwester nach New York. Meines Vaters Haus erwartet Euch, und Ihr werdet mit offenen Armen von uns allen aufgenommen werden.

Leider will Mistreß Lipping meinen Vater verlassen. Sie möchte gerne zu ihrer verheirateten Tochter nach Philadelphia übersiedeln, und daher kann Vater sie nicht halten. Er ist nun in die unangenehme Lage versetzt, sich eine neue Hausdame engagieren zu müssen. Davor fürchtet er sich sehr. Mistreß Lipping ist lange Jahre bei ihm gewesen, und er hatte sich sehr an sie gewöhnt. Es wird ihm darum schwerfallen, sich mit einer neuen Repräsentantin einzuleben.

Es tut mir leid, daß er jetzt wieder ganz allein ist. In der Fabrik sind wir zwar täglich zusammen. Doch in seinen vier Wänden hat er niemanden um sich, der ihm wirklich nahesteht. Zum Glück hat Mistreß Lipping sich damit einverstanden erklärt, so lange auszuhalten, bis mein Vater eine ihm genehme Hausdame gefunden hat.

Ich freue mich daher aufrichtig darüber, daß Ihr früher kommen könnt, als es ursprünglich geplant war. Hoffentlich kommt Tante Johanna mit Euch herüber. Dann hat mein Vater angenehme Gesellschaft im Hause, und das wird ihn freuen. Tante Johanna – das wäre so eine Hausdame für Vater, wie ich sie ihm wünschte, aber daran ist wohl nicht zu denken. Wenn sie wirklich mit herüberkommt, wird sie Euch sehr nötig sein, da Deine Schwester unbedingt eine Beschützerin braucht.

Aber mit meinen Sorgen will ich Dir nicht länger lästig fallen, mein lieber Werner. Ich will Dich nur nochmals meiner innigen Teilnahme versichern. Ich bitte Dich, komme bald! Vater hat für Dich schon überall seine Fühler ausgestreckt, und er meint, auf der Realywerft hättest Du gute Aussichten, wenn Du Dich mit Kapital beteiligen willst. Sie soll vergrößert werden, und es ist, wie Du ja selbst weißt, ein erstklassiges Unternehmen. Du sagtest mir einmal, als wir zusammen hier in New York waren, daß die Realywerft Dich reizen würde. Also komme bald, mein lieber Freund!

Herzliche Grüße an Tante Johanna. Sage ihr nur, wir bräuchten sie hier sehr nötig. Lasse sie nicht aus! Frauen ihrer Art gibt es hier sehr wenige. Und viele herzliche Grüße an Dein Schwesterchen, auch von meiner Frau, die sich ganz besonders auf sie freut. Laßt bald von Dir hören!

Dein getreuer Freund Hans«

Werner gab der Tante sowie Marielies den Brief zu lesen, und als beide damit fertig waren, fragte er:

»Nun, Tante Johanna, wie stellst du dich jetzt zu einer Übersiedelung nach New York? Ich brauche dir nicht erst zu versichern, daß wir uns sehr freuen würden, wenn du mitkämest. Wir könnten dich wirklich sehr nötig brauchen.«

Tante Johanna hatte sinnend vor sich hin gesehen.

»Mein lieber Werner, ich sage dir offen, daß ich mir in der letzten Zeit schauderhaft einsam und verlassen vorgekommen bin. Und wenn ich daran denke, daß ich wieder allein zurückbleiben müßte, sobald ihr jetzt fortgeht, könnte mich das veranlassen, sogar mit nach Paradiso zu gehen. Nach New York freilich um vieles lieber.«

»Also gehst du mit uns?«

»Ich glaube, es ist das beste und vernünftigste für mich.

Es fügt sich gerade, daß ich meine Wohnung mit allem Zubehör und der ganzen Einrichtung verkaufen könnte. Mit meinem Schwager habe ich auch schon Rücksprache genommen, er würde mir meine Bezüge nach New York überweisen lassen. So besteht kein ernstes Hindernis, mich euch gleich anzuschließen.«

Das wurde mit Jubel aufgenommen, und Tante Johanna sagte ganz gerührt:

»Kann ich euch denn wirklich etwas sein?«

Sie bekam die richtige Antwort darauf, und es wurde nun gleich alles überlegt und beraten, was zu tun sei.

Zunächst bat Werner die Tante, Marielies vollständig neu auszustatten. Er sagte ihr, daß sie von seinem Vater eine halbe Millionen holländische Gulden geerbt habe, sie brauche also nicht zu sparen. Sie müsse als ganz moderne und elegante junge Dame in New York eintreffen. Und die Tante müsse sie gleich in die Schule nehmen, damit sie sich schon einige Sicherheit aneigne.

»Du wirst ihr schnell alles Nötige beibringen, Tante Johanna, denn erstens hast du dafür ein großes Talent, und zweitens ist Marielies sehr lerneifrig, klug und graziös. Sie wird dir nicht viel Mühe machen.«

Tante Johanna zog Marielies in ihre Arme.

»Das weiß ich längst. Sei darum ganz unbesorgt, bis Marielies zu deinen Freunden kommt, soll sie schon eine richtige Dame von Welt sein und niemand ihr anmerken, daß sie eine kleine wilde Insulanerin war. Du wirst dich doch meiner Führung anvertrauen, Marielies?«

»Gern, Tante Johanna, ich weiß ja von Werner, du machst so etwas sehr lieb und geschickt, und ich will gut acht geben, damit ihr euch meiner nicht zu schämen braucht.«

Werner bekam eine rote Stirn. Wie gern hätte er Marielies in seine Arme genommen und ihr gesagt, daß er immer stolz auf sie sein würde, aber er traute sich nicht die nötige Fassung zu und ging mit einem Scherzwort darüber hinweg. Und dann sagte er:

»Während du mit Marielies Ausstattungseinkäufe machst, liebe Tante, und alles zu unserer Abreise vorbereitest, werde ich eine kleine Geschäftsreise unternehmen.«

Erschrocken sah ihn Marielies an.

»Du willst fort, Werner?« fragte sie angstvoll.

Es freute ihn, daß sie so sehr darüber erschrak, aber er nahm beruhigend ihre Hand.

»Sei unbesorgt, Marielies. Es wird nicht lange dauern. Ich muß nur einige Geschäfte erledigen, die Vater mir noch aufgetragen hatte.«

»Wohin gehst du?«

»Nur nach Paris und Amsterdam.«

Er sehnte sich danach, die Steine loszuwerden, denn es war immerhin ein unbehagliches Gefühl, so enorme Werte mit sich herumtragen zu müssen.

»Was für Geschäfte hast du dort zu erledigen?« fragte Marielies, und Tante Johannas Augen fragten das auch.

Werner wollte aber nicht, daß die Damen beunruhigt würden.

»Das sollt ihr nach meiner Rückkehr erfahren. Sei nicht traurig, Marielies, es muß sein, und ich kehre so schnell wie möglich heim. Inzwischen fährst du mit Tante Johanna auf eine Einkaufstour, dabei bin ich ja sowieso überflüssig. Gib acht, es wird dir Freude machen, alle die hübschen Sachen einzukaufen, die du so oft an andern jungen Damen bewundert hast. Ich werde dann schon eine ganz andere Marielies bei meiner Rückkehr vorfinden.«

Sie sah ihn unsicher an, merkte aber an seinem Gesicht, daß sein Entschluß unabänderlich war, und so fügte sie sich seufzend in die Trennung.

Frau Johanna hatte gestaunt, als sie hörte, daß ihr Bruder seiner Pflegetochter eine halbe Million holländische Gulden vermacht habe. Für einen so reichen Mann hätte sie ihn doch nicht gehalten, denn sie sagte sich, daß Werner viel besser bedacht worden sein müsse. Aber sie fragte nicht, da sie merkte, daß er noch nicht über das alles sprechen wollte.

Werner blieb noch einige Tage, bis sich Marielies ein wenig an Tante Johanna gewöhnt hatte, dann reiste er ab.

Beide Damen fuhren nun von einem Geschäft zum andern, und es wurde alles eingekauft, was ein vornehmes und reiches junges Mädchen benötigt. Marielies fand wirklich Gefallen an diesen Einkäufen, und sie sah zuweilen ganz erstaunt und betreten auf ihr eigenes Spiegelbild, wenn sie wieder einmal irgendwie neu ausstaffiert aus der Hand einer Modistin hervorgegangen war.

Dabei gab ihre Tante Johanna in ihrer taktvollen und doch eindringlichen Art allerlei Direktiven und Verhaltungsmaßregeln. Sie staunte selbst, wie spielend und leicht Marielies alles begriff und wie sicher diese kleine Insulanerin unter den vorgeführten Kleidern ihre Auswahl traf und immer gerade das herausfand, was für sie am kleidsamsten und passendsten war. Sie zeigte überhaupt einen guten, vornehmen Geschmack, ganz gleich, ob es sich um Kleider, Hüte oder Schuhe handelte.

Tante Johanna dachte unwillkürlich: Sie muß aus sehr

guter Familie stammen, so etwas kann nur angeboren sein.

Schnell vergingen die Tage. Tante Johanna regelte zwischendurch auch ihre eigenen Angelegenheiten. Auch fuhr sie mit Marielies im Auto durch Berlin und zeigte ihr alle Sehenswürdigkeiten, soweit es in der kurzen Zeit möglich war. Dabei belehrte sie sie über vielerlei, ohne daß es dem jungen Mädchen so recht zum Bewußtsein gekommen wäre. Wenn die Geschäfte dann alle die schönen gekauften Sachen lieferten und Marielies sie vor dem Spiegel anprobierte, stieg ihr oft das Blut in die Wangen, wenn sie sich fragte, wie sie Werner wohl in all den neuen Kleidern gefallen würde. Werner war ihr Gedanke von früh bis spät, und immer sprach sie nur von ihm. Sie zählte die Tage und Stunden, bis er zurück sein würde.

Werner war zuerst nach Paris gefahren und hatte dort den einen Teil der Steinsammlung verkauft. Jetzt wußte er ja schon, was er fordern konnte. Er veräußerte die Steine aber an verschiedene Händler, es sollte nicht auffallen, daß er davon so viele besaß. Und überall nahm man ihm gern die Steine ab, wenn man auch immer zuerst allerlei diplomatische Kniffe anwandte, um den Preis zu drükken. Werner blieb aber fest, und so erreichte er allemal, was er erreichen wollte. Er verlangte die Zahlung in Dollar und ließ die einzelnen Summen regelmäßig auf New Yorker Banken überweisen, bei denen sein Vater Konten hatte einrichten lassen. Als habe er eine Ahnung gehabt, daß er selbst diese Konten nicht lange würde benutzen können, hatte Klaus Hohwart sie zugleich mit auf den Namen seines Sohnes einrichten lassen. Das ersparte Werner Umständlichkeiten. Man hielt ihn überall für einen Edelsteinzwischenhändler. So wickelte sich alles ganz glatt ab.

Von Paris aus hatte er an Marielies depeschiert:

»Hier alles erledigt – fahre heute weiter – Herzliche Grüße – Werner.«

Marielies rechnete sich nun aus, daß Werner für Amsterdam noch einmal soviel Zeit brauchen würde.

Werner hatte aber in Amsterdam seine Geschäfte etwas schneller erledigen können. Auch dort hatte sich alles leicht und schnell erledigen lassen, und so stand er dann eines Abends überraschend wieder vor Marielies und Tante Johanna. Erstere flog ihm mit einem Jubelruf entgegen, als wollte sie sich an seine Brust werfen, und auch er breitete seine Arme aus, um sie aufzufangen und an sein wildklopfendes Herz zu ziehen. Aber da stockte ihr Fuß – und seine Arme sanken herab. Sie dachten beide an ihre Begrüßung damals im Hafen. – Die Erinnerung an den Kuß, den sie getauscht hatten, an seine Süßigkeit, und die Verwirrung, die er ausgelöst hatte, ließ sie erschrocken innehalten. Tante Johanna war Zeugin dieser seltsamen Begrüßung. Sie sah, daß Marielies erst dunkelrot, dann ganz blaß wurde und verlegen zu Boden sah. Sie sah, daß Werner die Zähne zusammenbiß, daß die Muskeln seines Gesichts zuckten. Und dann sah sie, wie sich beide mit einem verlegenen Händedruck begrüßten. Da ging der klugen Tante Johanna ein helles Licht auf. Sie las in den Augen beider die verhaltene Sehnsucht, das scheue Erschrecken vor den eigenen Gefühlen, und da wußte sie, wie es um die beiden stand.

Man speiste zusammen zu Abend. Nach dem Essen berichtete Werner, welcher Art seine Geschäfte in Amsterdam und Paris gewesen waren. Auch Marielies erfuhr nun erst von den kostbaren Steinfunden auf Paradiso und staunte, ebensosehr Tante Johanna. Werner hatte einige besonders schöne Exemplare zurückbehalten, daraus wollte er für Marielies einen Schmuck arbeiten lassen, den sie zum Andenken an Paradiso tragen sollte. Und auch für Tante Johanna und für Mildred Warren gedachte er je einen dieser Steine verarbeiten zu lassen, um sie ihnen bei passender Gelegenheit zu schenken. Für Mildred sollte es ein nachträgliches Hochzeitsgeschenk sein.

Tante Johanna betrachtete die Steine und bewunderte deren Schönheit.

»Sie werden erst richtig wirken, wenn sie verarbeitet worden sind, Werner«, sagte sie.

Werner berichtete, daß der Erlös für die Steine schon nach New York überwiesen sei, und fragte nun, wie weit die beiden Damen mit ihren Reisevorbereitungen gekommen wären.

Am anderen Tag führte ihm Marielies ihre Einkäufe vor. Er staunte über die entzückende kleine Modedame, die sich so sicher und graziös in den eleganten Kleidern bewegte. Tante Johanna merkte sehr wohl, wie seine Augen brannten, wenn sie auf Marielies' reizender Erscheinung ruhten, und wie Marielies unter seinen Blicken errötete und erblaßte. Und dann sagte sie humorvoll:

»Wir haben da ein hübsches kleines Vermögen ausgegeben, Werner, aber nun ist Marielies auch für alle Fälle glänzend ausgestattet, bis auf die kleinsten Kleinigkeiten, und sie wird sich vor deinen New Yorker Freunden sehen lassen können.«

Marielies hatte keine Ahnung, welche Summen für sie ausgegeben worden waren, und fragte naiv:

»War das alles sehr teuer, Tante Johanna?«

Diese lachte herzlich auf.

»Über Geld und Geldwert muß die kleine Insulanerin erst noch aufgeklärt werden, sie scheint keine Ahnung davon zu haben.«

Werner nickte Marielies lächelnd zu, als sie ihn ein wenig beklommen ansah.

»Darum brauchst du dich auch vorläufig nicht zu sorgen, Marielies, auch das wirst du noch lernen.«

Tante Johanna hatte entschlossen alle Zelte hinter sich abgebrochen. Sie hatte sich endgültig losgelöst von der deutschen Heimat und war mit Werner und Marielies nach Hamburg gefahren, um die Überfahrt nach New York anzutreten. Werner hatte seine und der beiden Damen Ankunft nach New York gemeldet und Plätze auf einem der schönsten Dampfer belegt.

Es war inzwischen Mitte Juni geworden. Die Seereise erwies sich als ein Genuß für die drei Passagiere. Marielies fiel nun nicht mehr durch eine fremdartige Kleidung auf, sondern nur noch durch ihre aparte Schönheit und Lieblichkeit. Werner staunte täglich aufs neue, was aus ihr geworden war. Sie erschien ihm in jedem neuen Kleid als eine andere und entzückte ihn immer wieder von neuem. Sie trug die modernen Kleider mit absoluter Selbstverständlichkeit, bewegte sich darin so sicher und gewandt und hatte Tante Johannas Lehren sich so vollkommen zu eigen gemacht, daß man ihr wirklich schon jetzt nicht mehr anmerkte, daß sie bisher auf einer einsamen Insel gelebt hatte.

Nur ein wenig scheu war sie noch im Umgang mit fremden Menschen. Das wirkte aber nicht als Unsicherheit, sondern als vornehme Zurückhaltung.

In Werners Herzen loderte die Liebe zu Marielies immer höher empor. Er ertrug das Warten nur, weil er fühlte, daß die Geliebte ihm ganz gehörte und daß es auch in ihrer Seele immer klarer wurde. Das merkte er an ihrer immer größer werdenden Zurückhaltung vor jeder körperlichen Berührung mit ihm. Ja, sie gehörte ihm mit jedem Gedanken, mit jedem Atemzug, und das beseligte ihn. Er wußte, daß er bald, sehr bald das ersehnte Ziel erreichen würde. Marielies sollte nur erst in New York die Begegnung mit den Freunden hinter sich haben und zur Ruhe gekommen sein, dann wollte er ihr sagen, wie es um ihn stand, und ihr zugleich auch vollends die Augen öffnen über ihre eigenen Empfindungen.

Tante Johanna freute sich im stillen über dieses heimliche Werben von Werner und über das scheue Beglücktsein von Marielies. So hatte ihres Bruders gute Tat an diesem fremden Kind doch goldene Früchte gezeitigt, denn er hatte in ihr seinem Sohn eine Lebensgefährtin erzogen, wie er sie wertvoller und liebenswerter nicht hätte finden können.

Marielies trug noch immer das Medaillon ihrer verstorbenen Mutter um den Hals; zumeist unter den geschlossenen Kleidern. Nur wenn sie in großer Abendtoilette war, wurde dieses wertvolle Schmuckstück sichtbar.

Tante Johanna hatte erfahren, woher es stammte, und auch das war ihr ein Beweis, daß Marielies aus guter Familie sein müsse.

Nach einer sehr angenehmen Seefahrt trafen die Reisenden in New York ein und wurden am Dampfer von Hans Nordau und seiner jungen Frau empfangen.

Mister Warren und Mister Nordau waren durch wichtige Geschäfte verhindert, die Ankömmlinge schon jetzt zu begrüßen, aber Hans berichtete, sie würden schnellstens in der Villa Nordau eintreffen. Er sei beauftragt, die Gäste seines Vaters in dessen Haus zu führen.

Marielies fühlte sogleich eine sehr herzliche Zuneigung zu dem Freund Werners, und dieser erwiderte dies Gefühl auf der Stelle. Sie begrüßten sich beide mit einem strahlenden Lächeln, und Hans sagte:

»Wir sind ja im Grunde schon ganz alte Bekannte, wenn wir uns auch noch nie persönlich begegnet sind.«

»Aber wir haben sehr viel voneinander gehört«, sagte Marielies herzlich.

Ebenso herzlich war die Begrüßung zwischen ihr und Mildred.

»Wir müssen ganz schnell sehr gute Freundinnen werden, Miß Hohwart. Ich freue mich, daß Sie mir so gut gefallen.«

»Ich habe auch sehr viel Sympathie für Sie, Mistreß Nordau, und es wird mich beglücken, wollen Sie mir gestatten, ihre Freundin zu sein. Ich habe schon viel Liebes und Gutes von Ihnen gehört.«

Auch Tante Johanna wurde von Hans und Mildred herzlich begrüßt, und letztere sagte freimütig:

»Sie müssen mir gestatten, Sie gleichfalls Tante Johanna nennen zu dürfen, wie es mein Mann tut. Ich bin Ihnen von Herzen dankbar, daß Sie Hans so viel Gutes und Liebes gelehrt haben. Er ist ein sehr aufmerksamer Gatte, und immer sagte er mir: Das habe ich von Tante Johanna gelernt.«

Tante Johanna zog die junge Frau an sich.

»Ich gestatte es nur zu gern, Mistreß Nordau, dann fühle ich mich hier gleich mehr zu Hause. Vielleicht gestatten Sie mir dann auch, daß ich Sie Mistreß Mildred nenne.«

»Bitte sagen Sie einfach Mildred zu mir, ich habe keine Mutter mehr und werde Sie ebensogern als Vizemama annehmen, wie es mein Mann getan hat. Und Miß Hohwart und ich, wir sagen auch Mildred und Marielies zueinander und gleich ›du‹, damit gar nicht erst ein Fremdsein aufkommt. Einverstanden, Marielies?«

»Gern, Mildred, ich habe noch nie eine Freundin gehabt.«

»Aber du bist schon ganz perfekt, ich habe geglaubt, du würdest ein kleiner Wildling sein.«

»Das hat Tante Johanna schon ausgemerzt, so gut es ging«, sagte Marielies, die von Mildred ganz entzückt war, was aber auf Gegenseitigkeit beruhte.

Nun konnte endlich auch Werner Mildred begrüßen und Hans Tante Johanna.

Mildred legte den Arm um Marielies und rührte sie zu den wartenden Autos. Werner und Hans nahmen Tante Johanna in die Mitte und folgten ihnen. Hans hatte sich von Werner den Gepäckschein geben lassen und übergab ihn einem Diener. Es war genug Dienerschaft und auch ein Gepäckauto zur Stelle. Mildred nahm mit Marielies in ihrer kleinen Limousine Platz, während die beiden Herren mit Tante Johanna in das größere Auto stiegen.

Nun ging es durch die Straßen von New York hinaus zur Villa Nordau. Dort empfing Mistreß Lipping die Gäste in liebenswürdiger Weise und führte sie selbst zu ihren Appartements. Mildred begleitete Marielies auf ihr Zimmer; es lag neben dem Tante Johannas, an deren Zimmer schloß sich wiederum das Werners.

»So, liebe Marielies, vorläufig bist du nun gut untergebracht. Du hast jetzt genügend Zeit, dich umzukleiden, in einer Stunde findet das Dinner statt. Mein Mann und ich fahren nur noch schnell nach Hause, um uns ebenfalls umzukleiden. Wir brauchen nur fünf Minuten. Wir werden pünktlich zurück sein, und unsere Väter sind dann auch zur Stelle. Das Gepäck wird gleich hier sein. Auf Wiedersehen, Marielies – ich freue mich sehr, daß du da bist.«

Sie umarmte und küßte Marielies in ihrer herzlichen, lebhaften Art und ging davon. Marielies sah ihr entzückt nach.

Tante Johanna öffnete jetzt die Verbindungstür zwischen ihrem und Marielies' Zimmer.

»Kind, ist das nicht eine reizende Häuslichkeit? Ich denke, wir können mit dem Empfang zufrieden sein.«

»O ja, Tante Johanna, Mildred ist entzückend, und Hans Nordau gefällt mir auch sehr gut. Mir ist gar nicht, als sei ich ihm fremd.«

»Nun, und von unserm liebenswürdigen Wirt wirst du in gleicher Weise entzückt sein, er ist ein charmanter Kavalier und seinem Sohn sehr ähnlich. Es ist sehr angenehm, daß wir hier nebeneinander untergebracht sind. Wenn es dir recht ist, lassen wir die Verbindungstür offen.«

»O gewiß, Tante Johanna, dann bin ich nicht allein. Wo befindet sich Werners Zimmer?«

»Gleich neben dem meinen; wenn wir wollen, können wir uns jederzeit mit ihm in Verbindung setzen. Aber – da kommen unsere Koffer, das ist gut. So können wir uns rechtzeitig umkleiden.«

Gleichzeitig meldeten sich einige Dienerinnen, die Mistreß Lipping geschickt hatte, um die Koffer auszupacken und den Damen behilflich zu sein. Für Werner hatte sich bereits ein Diener zur Verfügung gestellt. Die Dienerinnen baten sich die Kofferschlüssel aus und begannen, ohne viel zu fragen, auszupacken. Im Handumdrehen war alles in Schränke und Schubfächer eingeräumt. Marielies sah staunend den flinken Mädchen zu. Die Dienerinnen auf Paradiso hätten dreimal soviel Zeit dazu gebraucht.

Dann fragten die Dienerinnen, ob sie den Damen beim Umkleiden behilflich sein dürften, aber sowohl Tante Johanna wie Marielies dankten, sie waren gewohnt, sich selbst zu bedienen. Sie machten nun Toilette und waren gerade damit fertig, als Mildred in elegantem Abendkleid wieder erschien. Aber Marielies stand ihr an Eleganz und Vornehmheit nicht nach. Es war ein entzückendes Bild, als die beiden jungen Damen nebeneinanderstanden. Der Gong rief zum Dinner, und Tante Johanna und Werner gingen schon hinunter. Mildred hielt Marielies noch ein wenig zurück, sie hatte noch allerlei zu fragen.

Werner hatte sich auf der Treppe suchend nach Marielies umgesehen, aber die Tante sagte lachend:

»Laß uns nur gehen, um den Hausherrn zu begrüßen, die kleine Mildred und Marielies schwatzen noch ein wenig, sie kommen nach.«

Unten im großen Empfangszimmer begrüßte Rudolf Nordau seine Gäste und entschuldigte sich, daß eine wichtige Konferenz ihn abgehalten habe, sie ebenfalls abzuholen. Er beugte sich nach deutscher Sitte zum Kuß über Tante Johannas Hand und begrüßte Werner mit einem herzlichen Händedruck. Jetzt erschien auch Mister Warren und wurde vorgestellt, und auch hier herrschte

Sympathie auf den ersten Blick. Tante Johanna und Mister Warren wußten gleich, daß sie sich gut würden leiden können. Man saß zusammen und plauderte. Auch Hans kam herbei und setzte sich zu ihnen. Werner aber sah immer wieder nach der Tür und sagte schließlich ungeduldig:

»Wo bleibt denn Marielies?«

Bei diesem Namen zuckte Rudolf Nordau plötzlich zusammen und starrte Werner an.

»Vom wem sprechen Sie?« stieß er heiser hervor.

Erstaunt sah Werner in sein blasses Gesicht.

»Von meiner Schwester Marielies, Mister Nordau. Sie ist mit Mistreß Nordau noch auf ihrem Zimmer geblieben.«

»Sie werden schon kommen«, meinte Hans lachend, ohne die Aufregung seines Vaters zu bemerken. »Mildred will deine Schwester erst noch ein Weilchen für sich haben, sie ist ganz entzückt von ihr.«

Werner sah aber immer noch betroffen in Mister Nordaus blasses Gesicht.

Dieser strich sich über die Stirn.

»Was ist Ihnen, Mister Nordau?« fragte Werner besorgt.

Auch Hans wurde jetzt aufmerksam und beugte sich zu seinem Vater herab, ihn liebevoll ansehend. Rudolf Nordau versuchte zu lächeln.

»Ich muß um Verzeihung bitten, aber – der Name Marielies – er ist nicht sehr gebräuchlich, und ich bin darüber ein wenig aus dem Gleichgewicht geraten. Meine kleine, mir leider verlorene Tochter hieß Maria Elisa und wurde von uns nur Marielies genannt. Sicherlich heißt Ihre Schwester auch Maria Elisa?«

»Das weiß ich nicht, Mister Nordau, wir haben sie immer nur Marielies genannt, weil sie sich selbst so nannte, nachdem wir sie aufgefunden hatten«, erklärte Werner.

»Aufgefunden hatten?« fragte Rudolf Nordau unruhig.

»Ach – ich habe mit Ihnen vielleicht noch nie davon gesprochen, daß Marielies nur meine Pflegeschwester ist.«

In diesem Moment traten Mildred und Marielies Arm in Arm in das Zimmer.

Rudolf Nordau starrte Marielies an, sprang auf und taumelte mit ausgestreckten Händen auf sie zu.

»Allmächtiger Gott!« stieß er tonlos hervor und faßte, Halt suchend, nach einer Sessellehne.

Hans Nordau trat bestürzt an seine Seite und stützte ihn.

»Was ist dir, Vater?«

Dieser zeigte wie außer sich auf Marielies.

»Wer ist das?« fragte er heiser.

»Es ist Marielies Hohwart, Werners Pflegeschwester, lieber Vater. Was bewegt dich so?«

Rudolf Nordau ließ sich kraftlos in den Sessel fallen. Er blickte unverwandt auf Marielies, die ihn befremdet und unruhig ansah.

»Verzeihen Sie, meine Herrschaften, aber es ist wohl begreiflich, daß ich etwas außer Fassung geraten bin. Diese junge Dame, sie führt nicht nur den Namen meiner schmerzlich betrauerten Tochter, sie sieht auch meiner unvergeßlichen Frau so auffallend ähnlich, daß ich im Moment, als sie eintrat, glaubte, sie selbst stehe auf der Schwelle dieses Zimmers. Sie sieht ihr nicht nur fabelhaft ähnlich, sondern hat auch dieselbe Haarfarbe und die gleichen Augen«, sagte er ganz erschüttert.

Werner war blaß geworden, eine Ahnung durchzuckte ihn. Er trat an Rudolf Nordaus Seite.

»Mister Nordau, wollen Sie mir sagen, auf welche Weise Sie Ihre Frau und Ihre Tochter verloren haben? Ich weiß, Sie sprechen nicht gerne davon, aber es ist nicht Neugier, die mich diese Frage tun läßt.«

Rudolf Nordau starrte Marielies noch immer an, als traue er seinen Augen nicht.

»Meine Frau und meine Tochter gingen vor fünfzehn Jahren mit einem Dampfer unter. Sie waren auf einer Reise nach Australien, da meine Frau ihren schwer erkrankten Vater besuchen und ihm seine Enkelin bringen wollte, die er noch nicht kannte. Ich konnte sie nicht begleiten, weil mich Geschäfte zurückhielten – und – ich habe sie beide nicht wiedergesehen.«

»Wo ging der Dampfer unter?« fragte Werner rauh.

»Südwestlich der Hawaii-Inseln, nahe den Marshall-Inseln.«

Da sah Werner Marielies mit einem seltsamen Blick an, trat zu ihr hin und führte sie zu Rudolf Nordau.

»Marielies, bitte zeige doch Mister Nordau einmal das Medaillon, das man bei deiner toten Mutter gefunden hat.«

Marielies war sehr bleich geworden. Ergriffen und beunruhigt sah sie in Rudolf Nordaus schmerzverzogenes Gesicht. Sie zog das Medaillon aus dem Ausschnitt ihres Kleides, löste es mitsamt der Kette von ihrem Hals und reichte es ihm.

Da schrie Rudolf Nordau auf, taumelte und starrte auf das Medaillon. Ein Zittern lief über ihn hin. Und dann streckte er die Hand aus und strich mit dieser bebenden Hand Marielies das kastanienbraune Gelock von der rechten Schläfe. Da sah er das kleine Muttermal in Gestalt einer langgezogenen Linse.

»Mein Kind – o Vater im Himmel, mein Kind lebt –, ich habe mein Kind wiedergefunden«, stammelte er fassungslos und zog Marielies an den Händen zu sich heran. Sie sah hilflos zu Werner hinüber, als müsse er ihr helfen, und er verstand sie sogleich und trat an ihre Seite.

»Ja, Marielies – ein Wunder ist geschehen –, Mister Nordau ist dein Vater, daran scheint mir kein Zweifel möglich.«

Mister Nordau zog Marielies in seine Arme.

»Nein, kein Zweifel ist möglich, ich sehe es, fühle es ja, du bist meine kleine süße Marielies, das Ebenbild deiner Mutter. Dies Medaillon, ich schenkte es deiner Mutter – mit meinem Bild.«

Er öffnete mit bebenden Händen das Medaillon, sah sein eigenes, verwaschenes Bild und löste es aus der Umrahmung, was noch nie geschehen war. Und da stand eingraviert hinter dem Bild: »Rudolf seiner geliebten Elisa.« Das zeigte er Marielies. Sie sah staunend und beklommen darauf nieder, und Werner, der es ebenfalls sah, atmete tief und gepreßt. Ein wahnsinniger Schmerz durchzuckte ihn bei dem Gedanken, daß Marielies nun nicht mehr nur seine Marielies sei.

Bleich und erschüttert trat er zurück. Es währte lange, bis sich der Sturm der Erregung legte, der alle befallen hatte. Rudolf Nordau zog Marielies neben sich auf eine Ruhebank, während alle um ihn herumstanden. Nur Werner stand abseits und rang mit seinen aufgewühlten Empfindungen. Aber nun wandte sich Rudolf Nordau wieder an ihn.

»Mein lieber Mister Hohwart, bitte erklären Sie mir das

alles. Wie kam mein Kind zu Ihren Eltern, wie konnte das alles geschehen, ohne daß ich eine Ahnung davon hatte?«

Werner blieb stehen, alle sahen zu ihm hin. Er riß sich zusammen und berichtete in kurzen Worten, wie er Marielies und ihre tote Mutter im Meer, auf einer Holzwand treibend, gefunden hatte und was danach geschehen war. Da schluchzte Rudolf Nordau trocken auf.

»Gelobt sei Gott, nun liegt mein armes Weib doch in geweihter Erde. Und meine Tochter lebt, ich sehe sie gesund vor mir – ich danke dir, Vater im Himmel, für diese Gnade!«

Und dann sah er zu Hans empor.

»Komm her, mein Sohn, das ist deine Schwester. Gott war barmherzig. Weil ich an dir gutgemacht habe, was ich an dir gefehlt, hat er mir meine Tochter wiedergeschenkt.«

Er vereinigte die Hände seines Sohnes und seiner Tochter in tiefer Ergriffenheit. Hans Nordau umarmte Marielies. Dann sah er zu Werner hinüber, der wieder stumm und bedrückt dastand.

»Werner, wie wunderbar sind die Wege des Schicksals, es hat uns nicht ohne Absicht zusammengeführt. Nun ist deine Schwester meine Schwester.«

Marielies sah zu Werner hinüber, sah in sein blasses, gequältes Gesicht und riß sich plötzlich los. Sie lief zu Werner hinüber und warf sich an seine Brust. Er fühlte, wie sie zitterte und bebte.

»Dir gehöre ich, Werner, dir allein, keinem andern«, flüsterte sie fassungslos.

Er preßte sie an sich und sah über ihren Kopf hinweg zu den andern hinüber. Er hatte sich wieder in der Gewalt.

»Dank dir, Marielies«, flüsterte er zurück.

Und dann sagte er zu den andern:

»Sie alle müssen Marielies jetzt entschuldigen. Sie ist erschüttert, ist fassungslos, das alles war zuviel für sie. Bitte, gestatten Sie mir, daß ich mich kurze Zeit mit ihr zurückziehe, ich glaube, mir wird es am besten gelingen, sie zu beruhigen.«

Und da Rudolf Nordau ihm zunickte, führte er Marielies in das Nebenzimmer. Tante Johanna sah verständnisvoll hinter ihnen her und suchte die Situation zu retten, indem sie alles erzählte, was ihr Bruder damals über die Rettung von Marielies geschrieben hatte. Damit lenkte sie die Aufmerksamkeit, wie sie gewollt hatte, von Werner und Marielies ab.

Werner ließ Marielies drüben in einen Sessel gleiten und strich zärtlich über ihr Haar.

»Marielies, sieh mich an.«

Sie umklammerte seinen Arm und sah mit blassem Gesicht zu ihm auf.

»Werner – ich gehöre dir –, laß nicht zu, daß man mich von dir trennt«, stammelte sie außer sich.

»Beruhige dich, Marielies«, bat er ergriffen.

»Verlasse mich nicht, dir gehöre ich, du holtest mich aus dem Meer«, stieß sie mit versagender Stimme hervor.

Ein erlöstes Lächeln huschte um seinen Mund.

»Nein, Marielies, ich verlasse dich nicht – o nein –, ich war so in Angst, daß du mich verlassen wolltest, nun, da du Vater und Bruder gefunden hast. Aber nun weiß ich, du gehörst mir. Aber du mußt mir nun ein anderes Recht geben, damit ich dich halten kann! Für immer, Marielies! Ich liebe dich, nicht wie ein Bruder seine Schwester liebt, sondern wie Vater die Mutter liebte, wie Hans Nordau Mildred liebt. Ich will dich zur Frau, Marielies, das ist meine Sehnsucht schon lange.«

Er zog sie zu sich empor, umschlang sie mit seinen Armen und preßte seine Lippen auf die ihren, heiß und fordernd, so wie der Mann die Frau seiner Liebe küßt.

Und Marielies lag an seinem Herzen, und die Tore des Himmels öffneten sich weit für sie. Sie trank seinen Kuß und bebte am ganzen Körper unter dem Übermaß ihres Empfindens. Und flüsternd, mit versagender Stimme stieß sie hervor:

»Ich liebe dich – ich liebe dich – ich glaube, ich habe dich immer nur so geliebt wie jetzt. Halte mich, Werner, ich gehöre dir – nur dir.«

Ihre Lippen fanden sich wiederum in heißem Liebeskuß. Ihre Herzen drohten zu zerspringen, und mit fast schmerzhafter Innigkeit hielten sie sich umschlungen, als könnten sie nie wieder voneinander lassen.

So standen sie lange in seliger Versunkenheit, immer wieder die Lippen aufeinanderpressend, um die Seligkeit dieser Küsse erneut zu empfinden. Aber endlich richtete sich Werner auf und strich Marielies zärtlich über das Haar.

»Süße Marielies, jetzt dürfen wir deinen Vater nicht länger warten lassen, er wird sich um dich ängstigen. Denke daran, wie lange er dich schmerzlich entbehrt hat.«

Mit einem reizenden, verträumten Lächeln sah sie zu ihm auf.

»Nun kann ich ihn liebhaben, Werner, und meinen Bruder Hans auch, ich war ihm doch gleich so gut. Vorhin war mir, als könnte ich sie nicht lieben, weil ich fürchtete, sie könnten mich von dir trennen. Da überfiel mich so große Angst, daß ich mich zu dir flüchten mußte.«

Er küßte sie noch einmal mit überströmender Innigkeit.

»Niemand kann uns jetzt noch trennen, Marielies – *meine* Marielies!« flüsterte er, »nun bist du ganz mein, für immer. Und nun kann ich auch großmütig sein und deinem Vater und deinem Bruder einen Teil deiner Liebe gönnen. Vorhin, das sage ich ehrlich, vorhin war ich brennend eifersüchtig auf sie. Mir war, als könne mir etwas von dir verloren gehen. Aber nun weiß ich, du kannst ihnen geben, ohne mir etwas zu nehmen. Für sie bist du nur Tochter und Schwester – für mich – alles! Marielies, meine süße Frau sollst du werden – und zwar bald – bald! Wie lange sehne ich mich schon danach und mußte doch so ruhig scheinen, weil ich dich nicht erschrecken wollte. Nun komme zu deinem Vater und zu deinem Bruder.«

Er legte den Arm um sie und führte sie hinüber, wo die andern noch in großer Erregung beisammensaßen. Werner führte Marielies zu ihrem Vater und schob sie in seine Arme.

Sie umfaßte ihn.

»Mein lieber, lieber, armer Vater, was mußt du gelitten haben«, sagte sie zärtlich und liebevoll.

Er umschlang sie fest.

»Spürst du das, mein Kind? Kannst du es mir nachfühlen – o nein, nie sollst du solche Schmerzen fühlen müssen.«

»Ich kann es jetzt verstehen, Vater. Vorhin war ich vollständig fassungslos, es kam alles so schnell über mich.

Und – ich hatte Angst, daß du mich von Werner trennen würdest.«

Er sah über ihr Köpfchen hinweg zu Werner hinüber. Der stand mit glückstrahlenden Augen, aus denen Tante Johanna alles las, da und zwang sich zur Ruhe.

»Sie haben mein Kind gerettet, Werner Hohwart, Sie haben es zu Ihren Eltern gebracht, denen ich leider nicht mehr danken kann, daß sie es zu einem so herrlichen Geschöpf erzogen haben. Wie könnte ich Marielies von Ihnen trennen? Wie kann ich Ihnen danken, daß Sie mir meine Tochter wiedergegeben haben?«

Er faßte Werners Hand mit schmerzhaftem Druck. Dieser sah ihn mit ernsten Augen an.

»Mister Nordau – ich habe Ihnen Ihre Tochter wiedergegeben, aber – ich werde sie Ihnen auch wieder nehmen müssen. In dieser Stunde ist es Marielies klar geworden, was sie schon lange für mich gefühlt hat, ohne es verstehen zu können. Ich wußte es längst, aber ich wollte ihre Ruhe nicht vorzeitig stören, sie sollte sich erst selber über ihre wahren Gefühle klar werden. Schon seit ich Marielies nach langer Trennung wiedersah, wurde es mir bewußt, daß ich in ihr nicht die Schwester liebte, sondern die Frau, die mich beglücken konnte. Und nun hat auch Marielies die Furcht, mich zu verlieren, empfunden. Ich habe sie gefragt, ob sie meine Frau werden wolle, tat es gerade jetzt, weil ich fühlte, daß der Wirrwarr ihrer Gefühle zu einer schweren Krisis führen könnte. Ich kenne sie bis in die letzten Fasern ihres Wesens hinein. Nun nahm ich ihr die letzten Zweifel dadurch, daß ich ihr zum Bewußtsein brachte, welcher Art die Liebe ist, die sie für mich fühlt. Ich habe ihr dadurch die Sicherheit gegeben, daß niemand uns trennen kann, daß sie mir gehört, wie sie es nie anders gewußt hat. Nun ist es ruhig in ihrer Seele geworden, und sie kann sich rückhaltlos ihrer Liebe zu Vater und Bruder freuen.

Mister Nordau – ich bitte Sie, geben Sie mir Marielies zur Frau. Meine Eltern gaben mir ihre Einwilligung und ihren Segen, geben Sie uns den Ihren auch. Für ihren Vater und für ihren Bruder bleibt genug Liebe übrig, Marielies verfügt über einen unendlichen Liebesreichtum, und was sie bisher für meine Eltern empfand, lag jetzt brach und wird nun Ihnen gehören. Was sie aber für mich als Bruder empfunden hat, wird sie Hans schenken. Und so können wir alle zufrieden sein. Bitte geben Sie uns Ihren Segen.«

Es zuckte in Rudolf Nordaus Gesicht, er mußte erkennen, daß Werner Hohwart seine Tochter jetzt besser verstand als er selbst und daß sie nur bei ihm ihr Glück finden konnte. Er war tiefbewegt, küßte Marielies auf die Augen, die ihn an seine Frau erinnerten, und legte sie Werner in die Arme.

»Marielies gehört dir, Werner, und du mußt nun auch mein Sohn werden, damit ich nichts verliere, sondern nur gewinne. Gott schenke euch ein reiches Glück, meine Kinder.«

Und während Werner Marielies in seine Arme zog und ihr tief und glückselig in die Augen sah, trat Rudolf Nordau zu seinem Sohn und zog ihn in seine Arme.

»Du hast meinem Haus Segen gebracht, mein Sohn. Hätte ich dich nicht gefunden, wäre auch Werner nie in mein Haus gekommen. Nie hätte ich dann erfahren, daß meine Tochter noch lebt und daß meine Frau wenigstens in geweihter Erde ruht – niemals. Und ich weiß, du wirst mit deiner Schwester gerne teilen; was von ihrer Mutter kam, muß ihr gehören. Aber du wirst deshalb nicht zu kurz kommen, jetzt arbeite ich für zwei Kinder, und das soll meine Kräfte verdoppeln.«

»Mein lieber Vater, ich bin froh und glücklich, daß das Schicksal gerade mich zum Werkzeug erkor, dir deine Tochter wieder zuzuführen. Es ist ein wunderschöner Gedanke für mich, nun auch noch eine liebe Schwester zu haben. So bin ich nun doppelt reich geworden«, sagte Hans ergriffen.

Werner trat, Marielies im Arm haltend, an Hans heran.

»Wir waren Freunde bisher, Hans, nun wollen wir Brüder sein. Das wird uns noch fester aneinanderbinden.«

Sie drückten sich die Hände, und Marielies und Hans sahen sich lächelnd an.

»Mein lieber Bruder!«

»Meine geliebte Schwester!«

Jetzt durften auch die andern zu Wort kommen, die bisher nur stumme Zuhörer gewesen waren. Sie gaben ihrer Freude Ausdruck und beglückwünschten die vier Glücklichen. Es gab eine große Rührung, Umarmungen und Küsse und allgemeine Fröhlichkeit.

»Nun bin ich freilich mit einem Mal schrecklich überflüssig geworden«, sagte Tante Johanna endlich, »aber ihr müßt mich nun schon behalten. Irgendwo wird sich wohl noch ein Plätzchen für mich finden, wo ich helfen und liebhaben kann.«

»Wir brauchen dich alle, Tante Johanna«, rief Hans, »du gehörst zu uns, und auch du hast dein Teil beigetragen zu unserm Glück, denn hättest du den armen Studenten nicht gütig in dein Haus aufgenommen, hätte ich Werner nicht kennengelernt, hätte ich keine Schwester und mein Vater keine Tochter. Sogar Mister Warren hat als treibende Kraft bei dieser Schicksalsfügung mitgewirkt, denn hätte er mir nicht die Mittel zum Studium geliehen, wäre ich noch lange nicht nach Berlin gekommen und Werner niemals begegnet.«

»Oh, und wäre ich nicht mit dem Auto ins Wasser gefahren, hättest du mich nicht retten können – also hab' auch ich mitgeholfen«, sagte Mildred schelmisch.

Hans küßte sie lachend.

»Ehre, wem Ehre gebührt! Darum dürfen wir auch den Chauffeur nicht vergessen, der das Auto mit dir in den Fluß steuerte, ich werde ihm die letzten Ratenzahlungen auf das Häuschen erlassen«, sagte er.

»Und ich werde ihm eine Belohnung dafür aussetzen, daß er den Stein ins Rollen brachte«, fügte Rudolf Nordau hinzu. Aber dann faßte er Tante Johannas Hand.

»Tante Johanna, soll ich Ihnen sagen, wo Sie einen Platz finden werden, den Sie herrlich ausfüllen können, wo sie nach Herzenslust helfen und uns alle liebhaben können?«

Mit feuchten Augen sah sie ihn an.

»Sagen Sie mir schnell, wo ich diesen Platz finde.«

»In meinem Haus, Tante Johanna, denn so nenne ich Sie von nun an auch. Sie sollen meinem Haus als Hausdame vorstehen. Mistreß Lipping will mich verlassen, aber sie wird Ihnen vor ihrem Scheiden gewiß gerne helfen, sich einzuleben und den Haushalt zu übersehen. Ich hoffe, daß Marielies und Werner in Zukunft in meinem Hause leben werden, wie Hans und Mildred in meines Freundes Warren Haus. Marielies wird aber kaum imstande sein, einen so großen Haushalt zu leiten. Wollen Sie sich unserer annehmen? Sie haben ganz das Zeug dazu, eine sehr repräsentative Hausdame zu sein, und es stehen Ihnen genügend Dienstboten zur Verfügung, so daß Sie sich nicht zu sehr anzustrengen brauchen. Sie haben es dann nicht nötig, sich überflüssig zu fühlen und sich von Werner und Marielies zu trennen. Wir bleiben dann alle zusammen und bilden eine große Familie. Selbstverständlich werden wir beide, Sie und ich, für uns bleiben. Ich werde noch einen Seitenflügel anbauen lassen, in den ziehen wir beide uns zurück, während Werner und Marielies die Villa in ihrer jetzigen Form bewohnen und ganz ungestört für sich leben können, außer wenn sie uns sehen wollen. Was sagen Sie zu diesem Vorschlag?«

Tante Johanna lachte und schüttelte ihm die Hand. »Ich finde ihn wundervoll und hoffe, daß ich mir Ihr Vertrauen verdienen kann.«

Allgemeiner Jubel brach los und verriet, wieviel Liebe man Frau Johanna entgegenbrachte. Mister Warren meinte humorvoll:

»Darf ich mich schon jetzt zuweilen für einige Abende in dem Seitenflügel anmelden? Ich glaube, es läßt sich gut plaudern mit Tante Johanna, die ich hiermit bitte, mir diese Anrede ebenfalls gestatten zu wollen.«

Tante Johanna reichte ihm lächelnd die Hand, und Rudolf Nordau sagte:

»Warte nur erst, bis der Seitenflügel fertig ist, Georg.«

»Nein, nein, ich merke mich beizeiten vor, damit auch für mich ein Winkelchen mit angebaut wird.«

Die Freunde schüttelten sich die Hände. Dann umarmte Rudolf Nordau Werner und Marielies zugleich.

»Ihr habt gehört, was ich vorgeschlagen habe, zunächst, ohne euch zu fragen. Aber für mich wäre es eine große Freude, wenn ich euch so nahe haben könnte. Wir werden euer Reich ebenso streng respektieren wie mein Freund Warren das seiner Kinder. Doch ich halte es für das Vernünftigste, wenn ihr mein großes Haus übernehmt, das für mich allein so schrecklich leer ist. Ich lasse euch alles nach eurem Geschmack einrichten. Seid ihr einverstanden?«

Werner und Marielies nickten sich lächelnd zu, nur sagte Werner bittend:

»Auf eine lange Wartezeit darfst du mich aber nicht setzen, Vater Nordau.«

»Ich lasse sofort mit dem Anbau beginnen. In spätestens einem Vierteljahr kann alles gemacht sein.«

»Und so lange bist du unser Gast in unserm Haus, Schwager Werner«, sagte Mildred lachend.

Er sah sie überrascht an.

»Darf ich denn nicht hier bei Marielies bleiben?«

Alle lachten über sein Gesicht.

»Nein, Brautleute dürfen nicht in einem Haus wohnen. Du mußt schon in den sauren Apfel beißen«, scherzte Mildred.

Das Brautpaar sah sich bestürzt an, aber da sagte Rudolf Nordau begütigend:

»Ich schlage vor, daß Werner tagsüber in der Villa Nordau zu Hause ist und auch die Mahlzeiten mit uns teilt. Höchstens zum Frühstück lassen wir ihn euch noch, sonst nur des Nachts, nicht wahr, Marielies?«

Diese umarmte und küßte ihren Vater, der ihr mit jeder Minute lieber wurde.

»Ja, lieber Vater, ich danke dir für diesen Ausweg. Ich möchte mich nicht von Werner trennen.«

»Gut, so ist alles in Ordnung. Und nun wollen wir endlich zu Tisch gehen. Mistreß Lipping wird schon halb verzweifelt sein, weil sich das Dinner so lange verzögert hat. Aber wenn ich ihr sage, daß für sie ein Ersatz gefunden worden ist, wird sie milde gestimmt sein.«

Man ging zu Tisch, und alle um ihn Versammelten, die zu einer großen Familie vereinigt waren, kamen in angeregte Stimmung.

Nach Tisch berichtete Werner noch einmal ausführlich, wie Marielies nach Paradiso gekommen war, was alles man unternommen hatte, um etwaige Angehörige zu ermitteln, und wie Marielies aufgewachsen war. Diese holte Doktor Bergers Album mit den Fotografien herbei, das von Hand zu Hand ging und Werners Bericht illustrierte. So konnte Rudolf Nordau wenigstens im Bild die letzte Ruhestätte seiner Frau kennenlernen.

Zum Schluß berichtete Werner auch noch, daß sein Vater Marielies in seinem Testament eine halbe Million holländische Gulden vermacht habe.

»Ich will dadurch nur dokumentieren, wie lieb meine Eltern Marielies gewonnen hatten. Sie sollte auch vor Sorgen geschützt sein, falls sie nicht, wie meine Eltern hofften, meine Frau werden würde«, sagte er.

Dann berichtete er auch von den Smaragdfunden, und daß er mit der Regierung in Verhandlung treten wolle, damit ein Teil dieses Segens für Bedürftige abfallen sollte.

Interessiert hörten alle zu, und Mister Warren und Rudolf Nordau gaben Werner wertvolle Winke, wie er sich in dieser Angelegenheit am besten sichern könne.

Im Laufe des Abends wußte Werner es einzurichten, Marielies noch einmal allein sprechen zu können. Er zog sie ins Nebenzimmer in einen Kaminwinkel, wo sie beide auf einer Ruhebank Platz nahmen und von den andern in rücksichtsvoller Weise nicht gestört wurden.

»Marielies, bist du nun ganz glücklich?« fragte er sie, zärtlich über ihr Haar streichelnd.

Sie sah mit ihren leuchtenden Augen zu ihm auf, während ein helles Rot in ihr Gesicht schoß.

»Weißt du das nicht, Werner? Du weißt doch alles von mir.«

»Ja, Marielies, ich weiß es, aber es ist so süß, wenn du es mir sagst.«

»Ich bin sehr, sehr glücklich, Werner, so glücklich, daß mein Herz fast weh davon tut.«

Er küßte sie, und sie versanken beide in ein Meer von Seligkeit. Dann fragte er:

»Seit wann hast du gefühlt, daß du mich anders liebst als einen Bruder?«

»Mußt du das wissen?« fragte sie verschämt.

»Ja, ich will alles wissen, was dich betrifft, Marielies.«

Sie barg ihr Gesicht an seiner Brust.

»Seit damals, Werner, als ich im Hafen auf dich wartete und als du mich küßtest – da erschrak ich vor der Süßigkeit dieses Kusses.«

Er hob ihr Köpfchen und preßte seine Lippen auf die ihren.

»Ich habe es gewußt, gefühlt, Marielies, auch für mich war jener Kuß eine süße Offenbarung. Oh, mit welchem Glücksgefühl fuhr ich mit dir auf der ›Anna‹ nach Paradiso! Was hat es mich gekostet, ruhig zu scheinen! Aber ich wollte dich nicht erschrecken durch meine leidenschaftlichen Zärtlichkeiten, wollte dir Zeit lassen, dir über dich selbst klar zu werden. Ich war sogleich mit mir im reinen, wußte gleich, daß du nun meine Frau werden müßtest.

Wie schwer ist mir das Warten geworden! Weißt du noch, wann es war, als ich mit dir zum ersten Mal davon sprach, daß ich heiraten würde?«

Sie nickte.

»Als du verlangtest, ich solle dir die Decke für den Teetisch schenken? Wie erschrak ich darüber! Ich dachte, du wolltest eine andere Frau heiraten, und wußte nicht, weshalb mir dabei das Herz so weh tat.«

»Ich wußte aber ganz genau, daß ich nur dich heiraten würde, und wollte durch meine Frage nur ergründen, ob du auch für mich fühltest, was ich für dich empfand.«

Und sie beichteten einander ihre geheimsten Gefühle: wie sie sich nach einem weiteren Kuß von ihm gesehnt und sich doch vor der leisesten Berührung gefürchtet hatte und wie seine Liebe immer stärker, ungeduldiger und fordernder geworden war.

»Aber ganz klar war ich mir doch erst über mich selber geworden, als mein Vater mich in seine Arme nahm und Hans mich küßte. Da fühlte ich mit einem Mal, daß meine Empfindungen für dich ganz andere seien, und da erfaßte mich eine unsinnige Angst, daß man mich von dir trennen könne, und ich riß mich los und kam zu dir. Nur dir konnte ich gehören, das wußte ich.«

Trunken vor Glück sahen sie sich in die Augen und küßten sich wieder und wieder. Sie vergaßen alles um sich her, und diesmal fanden sie nicht von selbst wieder in die Wirklichkeit zurück. Sie schraken erst auf, als Mildred und Hans sie aufsuchten und ihnen lachend sagten, daß sie nach Hause gehen wollten.

21

Ein Vierteljahr später war der Seitenflügel an Villa Nordau angebaut, und Rudolf Nordau und Tante Johanna waren bereits dorthin übergesiedelt. Mildred und Tante Johanna hatten geholfen, Marielies' Ausstattung zusammenzustellen.

Werner hatte inzwischen mit der Realywerft abgeschlossen. Er hatte sich mit der Hälfte seines Vermögens an dem Unternehmen beteiligt, und es wurde ihm nun ein weites Arbeitsfeld eröffnet, wie es seiner Tatkraft entsprach.

Wegen der Edelsteinfunde hatte er mit der Regierung diplomatische Unterhandlungen geführt, und Rudolf Nordau hatte ihm dabei seine Unterstützung zuteil werden lassen. So konnte er sicher sein, endlich zu einem Abschluß im Sinne seines verstorbenen Vaters zu gelangen. Man hatte sich auf der Gegenseite sehr interessiert gezeigt und wollte den Plan ausgeliefert haben, doch Werner antwortete darauf, er werde diesen erst nach Unterzeichnung eines Vertrages ausliefern, der einer Hilfsorganisation zwanzig Prozent vom Reingewinn für gute Zwecke garantiere.

Jede freie Minute verbrachte Werner in Marielies' Gesellschaft, die in ihrem jungen Glück, umsorgt und umhegt von dem geliebten Vater und Bruder, herrlich erblühte. Sie hatte sich schneller als geglaubt in die New Yorker Verhältnisse eingelebt.

Tante Johanna stand längst schon Rudolf Nordaus Haushalt vor und verjüngte sich geradezu in ihrem neuen Pflichtkreis. Sie verstand sich ausgezeichnet mit Rudolf

Nordau, und auch mit Georg Warren hatte sie sich herzlich angefreundet. Alle drei waren stets in sehr heiterer Stimmung, wenn sie beisammen und die beiden jungen Paare mit sich selbst beschäftigt waren. Die humorvolle, geistreiche Art von Tante Johanna war das belebende Element für die beiden Väter, und man hörte sie oft herzlich miteinander lachen, was die beiden jungen Paare sehr freute.

Endlich rüstete man in der Villa Nordau zur Hochzeit von Werner und Marielies. Eine glänzende Hochzeitsfeier sollte es werden.

Werner hatte in Paris aus den letzten der Smaragde von Paradiso einen kostbaren Schmuck arbeiten lassen, der aus einem Halsband, einem Armreifen, Ohrgehängen und einem Ring bestand. Auch für Mildred und Tante Johanna war auf seine Order je ein Ring gefertigt worden.

Nach vollzogener Trauung überreichte der glückliche junge Gatte seiner Frau den prächtigen Schmuck. »Ein letzter Gruß aus Paradiso, Marielies, und ein fortwährendes Andenken daran.«

Sie warf sich in seine Arme und bot ihm die Lippen zum Kuß. Ihre Freude war groß, zumal als sie vernahm, daß Werner die Zeichnung für den Schmuck selber entworfen habe.

Das junge Paar brach nach der Festtafel zu einer mehrwöchigen Hochzeitsreise auf. Zum Weihnachtsfest kehrten sie wieder zurück, und alles war in der Villa Nordau zu ihrem Empfang bereit.

Als das junge Paar sich zum ersten Mal in seinem Heim allein befand, zog Werner seine Frau an seine Brust.

»Marielies, meine süße Frau, wie danke ich dir, daß du mir so viel Glück schenkst.«

Sie strahlte ihn mit ihren herrlichen Augen an.

»Ich schenke es mir selbst, indem ich es dir schenke, mein geliebter Werner. Da ich es mit dir teile, verdoppelt es sich.«

Ihre Lippen fanden sich im heißen Liebeskuß. Glück war mit ihnen eingezogen in das Heim, das ihnen die Liebe von Marielies' Vater bereitet hatte.

Die fast vierzigjährige Emmie Dart ist William James' Haushälterin. Eines Tages macht ihr sein Sohn Walter, zwei Jahre jünger als sie, einen Heiratsantrag. Bisher hat er nicht viel mit seinem Leben anzufangen gewußt, und er bittet sie, ein dunkles Geheimnis aus seiner Vergangenheit mit ihm zu teilen. Emmie glaubt, ihrer Herkunft wegen eine unwürdige Kandidatin zu sein. Doch trotz allem funktioniert die Ehe. Drei Kinder kommen zur Welt, wachsen auf und heiraten. Allmählich beginnen drei Frauen die Familie zu beherrschen: die stolze, starke, loyale Dorothy, die unehelich geborene Kildie mit ihrem Hang zur Dramatik und die Enkelin Holly, deren liebevolles Wesen alle zusammenhält. Nach über fünfzig Jahren kommt nun endlich Walter James' Geheimnis an Licht und droht die Familie zu zerstören ...

ISBN 3-404-14366-3

BASTEI
LÜBBE

Als Schulmädchen, im Krieg evakuiert, lernten sie die Brüder Reid kennen. Der attraktive, amüsante Berry faszinierte sie alle. Irgendwie symbolisierte er jenen goldenen Sommer auf der Farm, auf der sie arbeiteten. Und dann brach ihre Welt zusammen. Morag, die stärkste, ruhigste der drei Frauen, verlor bei einem Bombenangriff alles, was sie besaß. Vallerys geliebter Bruder fiel im Wüstenkrieg. Und Jannie hatte nicht viel zu verlieren. Ihr Vater leistete seinen Kriegsdienst, und sie mußte mit ansehen, wie zahlreiche »Onkel« durch das Schlafzimmer ihrer Mutter wanderten. Aber sie hatte immer noch Morag und Vallery. Schließlich kehrten die Reid-Brüder aus dem Krieg zurück. Berry hatte sich verändert. Körperlich und seelisch verkrüppelt, heiratete er Vallery, obwohl er von Morag träumte. Während sie alle auf den abgeschiedenen Klippen lebten, festigte sich das alte Band zwischen den Brüdern und den drei Frauen, die Berrys verwirrende Anziehungskraft immer noch spüren ...

ISBN 3-404-14323-X

BASTEI
LÜBBE

Die Tochter der zweiten Frau
Sag, wo weiltest du so lange
ISBN 3-404-14521-6

Ihr Reisemarschall
Deines Bruders Weib
ISBN 3-404-14522-4

Die entflohene Braut
Heidelerche
ISBN 3-404-14523-2

Aus erster Ehe
Ich weiß, was du mir bist
ISBN 3-404-14524-0

Dorrit und ihre Schwester
Ihr Geheimnis
ISBN 3-404-14525-9

Lissa geht ins Glück
Nur wer die Sehnsucht kennt
ISBN 3-404-14526-7

Du bist meine Heimat
Jolandes Heirat
ISBN 3-404-14527-5

Das Erbe der Rodenberg
Die Pelzkönigin
ISBN 3-404-14528-3

Des Schicksals Wellen
Hilfe für Mona
ISBN 3-404-14529-1

Während der sechziger Jahre arbeiteten vier junge Frauen in einem exklusiven Juweliergeschäft. Eine enge Freundschaft verband Natasha, Prudence, Rachel und Maisie.

Viele Jahre später kehrt Natasha, frisch geschieden, mit ihrer fünfzehnjährigen Tochter aus Amerika zurück und beschließt, ein Wiedersehen zu organisieren. Prudence, stets von Geheimnissen umgeben, schlägt eine Zusammenkunft in ihrem Haus in Malvern Hill vor. Nur zu gern verläßt Rachel – mit ihrem ehemaligen Chef verheiratet – eine problematische häusliche Situation, um ihre Freundinnen wiederzusehen. Nur Maisie, vielleicht die verletzlichste der vier, Mutter von fünf Kindern und Ehefrau des unberechenbaren Edward, erscheint nicht in Malvern Hills. Ihr dramatisches Verschwinden hat schwerwiegende Folgen für Leben und Schicksal der drei anderen.

ISBN 3-404-14284-5

BASTEI LÜBBE